Abschied von Eldorado

Das Buch

V. S. Naipaul wuchs im Herzen der Zuckerrohrplantagen von Trinidad, in der Ansiedlung Chaguanas auf, wohin seine indischen Vorfahren einst als Kontraktarbeiter ausgewandert waren. Das Trinidad seiner Kindheit war eine Welt, die auf Naipaul abgeschlossen, endgültig wirkte, eine Welt, die scheinbar keine Geschichte kannte. Doch als Erwachsener überkam ihn Verwunderung darüber, zusammen mit dem Gefühl, von der Vergangenheit abgeschnitten worden zu sein – eine Empfindung, die beim Schreiben dieses Buches wuchs. *Abschied von Eldorado* ist der Versuch, sich dem Schauplatz seiner eigenen Geschichte und damit seiner Vergangenheit anzunähern. Denn Trinidad kam zweimal sehr heftig mit der Historie in Berührung: bei der Suche nach dem sagenhaften Eldorado, das man im 16. Jahrhundert irgendwo in Südamerika vermutete, und bei der britischen Eroberung, der die Gründung einer Sklavenkolonie folgte. V. S. Naipaul dringt sprachgewaltig in fernes Dunkel vor: Er hat akribisch historische Quellen studiert und stellt die darin enthaltenen Figuren und Ereignisse als lebendige Teile seiner karibischen Heimatinsel vor.
Abschied von Eldorado ist eine Kolonialgeschichte, die von der Ausrottung der Ureinwohner, von brutalster Sklaverei, Fremdherrschaft und Revolution erzählt. Und es ist ein biographisch motiviertes Buch, das in der Erinnerung haftet – geschrieben von einem glänzenden Literaten, der wie kein anderer die Frage nach Identität thematisiert.

Der Autor

Vidiadhar Surajprasad Naipaul wurde am 17. August 1932 auf Trinidad geboren und lebt seit 1950 in Großbritannien. Der Romancier, Reiseschriftsteller und Journalist gilt als bedeutendster Vertreter der englischsprachigen Autoren aus dem früheren Empire und hat alle nur denkbaren literarischen Auszeichnungen erhalten, zuletzt 2001 den Nobelpreis für Literatur. V. S. Naipaul lebt in England.

In unserem Hause sind von V. S. Naipaul bereits erschienen:

An der Biegung des großen Flusses
Auf der Sklavenroute
Ein halbes Leben
Ein Haus für Mr. Biswas
Ein Weg in der Welt
Eine islamische Reise
Guerillas
Land der Finsternis
Miguel Street
Der mystische Masseur
Wahlkampf auf karibisch

V. S. Naipaul

Abschied von Eldorado

Eine Kolonialgeschichte

Aus dem Englischen
von Bettina Münch und Kathrin Razum

List Taschenbuch

Besuchen Sie uns im Internet:
www.list-taschenbuch.de

Umwelthinweis:
Dieses Buch wurde auf chlor- und säurefreiem Papier gedruckt.

List Verlag
List ist ein Verlag des Verlagshauses Ullstein Heyne List GmbH & Co. KG.
1. Auflage Oktober 2003

Titel der englischen Originalausgabe: *The Loss of El Dorado. A Colonial History* (1969 bei André Deutsch, 1973 bei Penguin Books und in überarbeiteter Ausgabe 2001 bei Picador, London)
Übersetzung: Bettina Münch, Kathrin Razum
Umschlagkonzept: HildenDesign, München – Stefan Hilden
Umschlaggestaltung: Hauptmann und Kampa Werbeagentur, München – Zürich
Titelabbildung: photonica/Carlos Secchin; E. Pansegrau Bilderdienst (oben)
Druck und Bindearbeiten: Elsnerdruck, Berlin
Printed in Germany
ISBN 3-548-60358-0

Inhalt

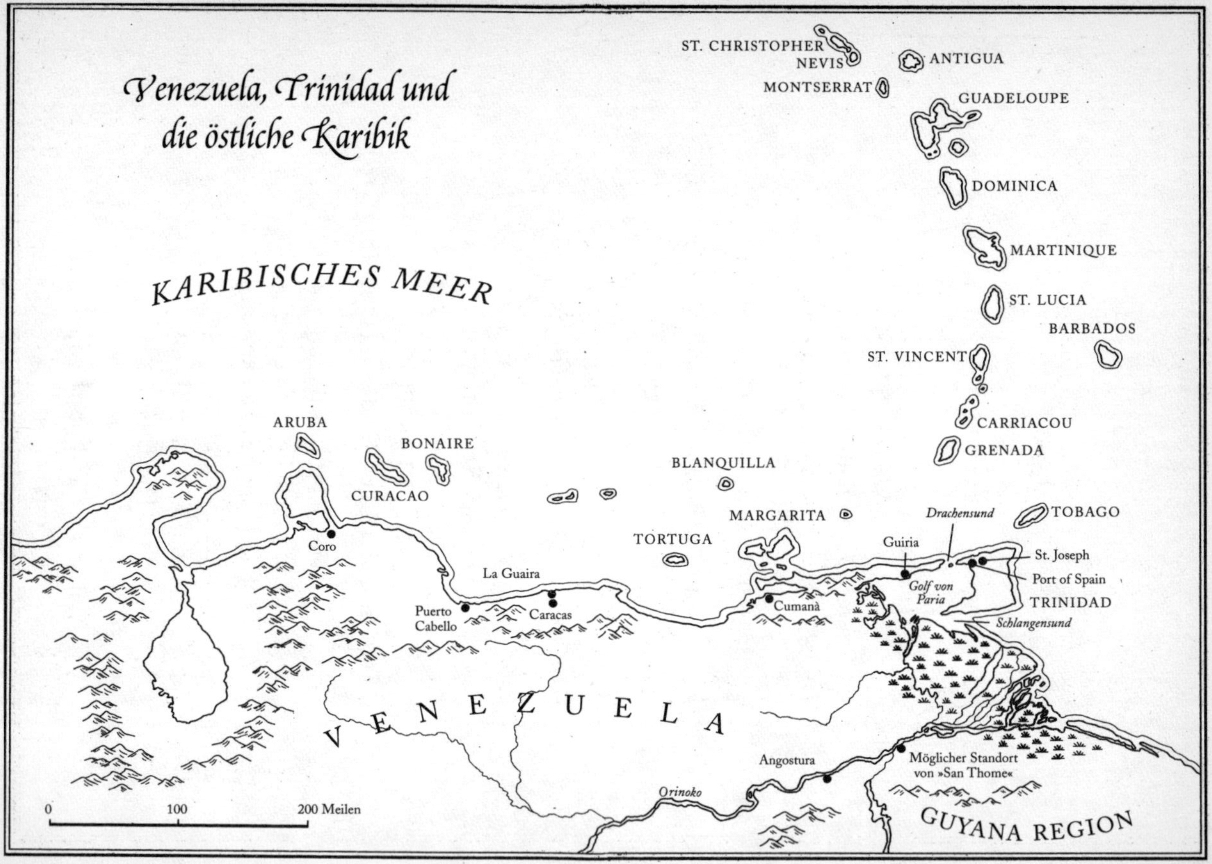
Venezuela, Trinidad und
die östliche Karibik
KARIBISCHES MEER
ST. CHRISTOPHER
NEVIS
MONTSERRAT
ANTIGUA
GUADELOUPE
DOMINICA
MARTINIQUE
ST. LUCIA
BARBADOS
ST. VINCENT
CARRIACOU
GRENADA
TOBAGO
ARUBA
BONAIRE
CURACAO
BLANQUILLA
MARGARITA
TORTUGA
Drachensund
Guiria
St. Joseph
Port of Spain
TRINIDAD
Golf von Paria
Schlangensund
Coro
La Guaira
Puerto Cabello
Caracas
Cumanà
VENEZUELA
Angostura
Möglicher Standort von »San Thome«
Orinoko
GUYANA REGION
0
100
200 Meilen

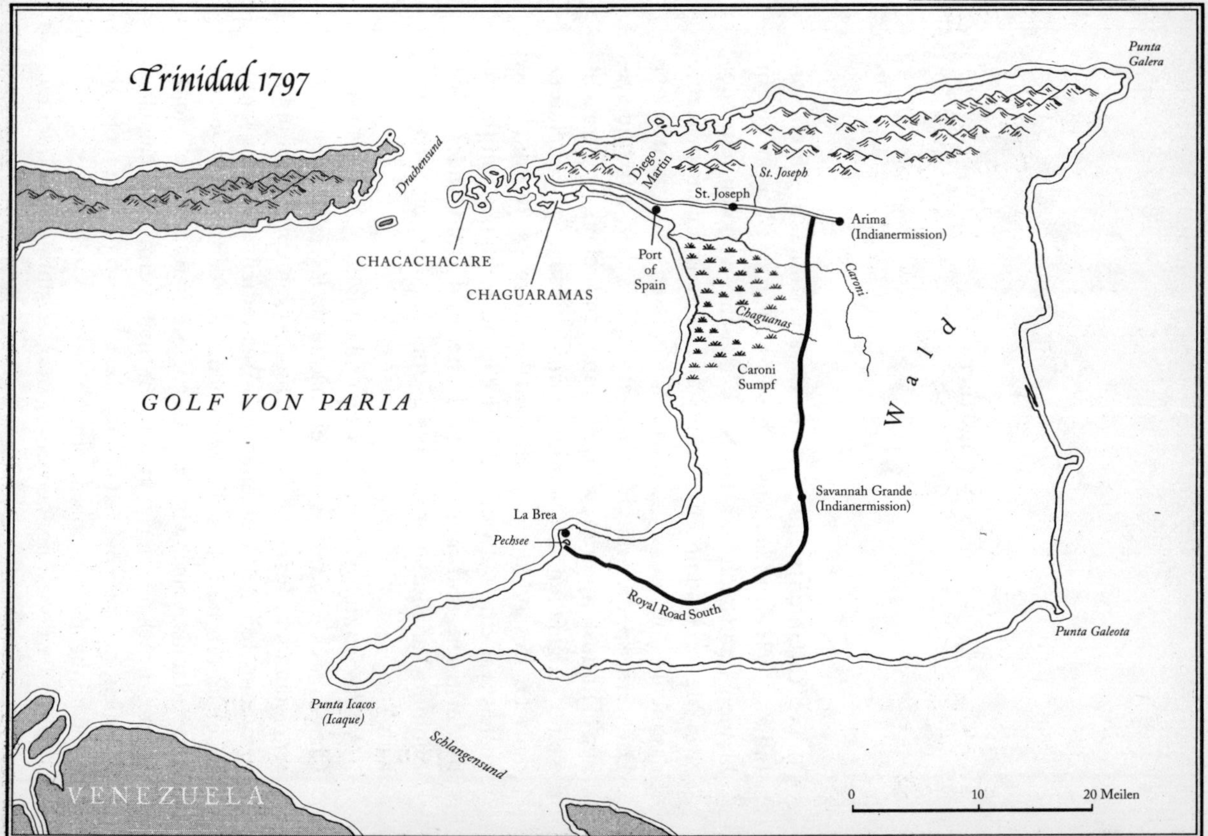
Trinidad 1797
Punta Galera
Drachensund
Diego Martin
St. Joseph
St. Joseph
Arima (Indianermission)
CHACACHACARE
CHAGUARAMAS
Port of Spain
Caroni
Chaguanas
Caroni Sumpf
Wald
GOLF VON PARIA
Savannah Grande (Indianermission)
La Brea
Pechsee
Royal Road South
Punta Galeota
Punta Icacos (Icaque)
Schlangensund
VENEZUELA
0
10
20 Meilen

Vorwort

Meine Vorfahren wanderten vor etwa einhundert Jahren von Indien nach Trinidad aus. Ich selbst wurde 1932 in einem kleinen Landstädtchen namens Chaguanas geboren, ein oder zwei Meilen landeinwärts vom Golf von Paria, in einem Haus, das mein Großvater 1920 erbaut hatte. Dieses Haus mit seiner Dachterrasse, die von einer Balustrade umgeben war, und seinen Hinduskulpturen wäre in einer indischen Stadt nicht weiter aufgefallen. Im heutigen Trinidad ist es eine architektonische Besonderheit, doch damals passte es dorthin. Chaguanas war eine vorwiegend indische Ansiedlung. Man feierte hinduistische und muslimische Feste; und Hindi (oder seine Bhojpuri-Variante) war die erste Sprache, die mir zu Ohren kam.

All das wirkte so abgeschlossen und endgültig, dass man sich Chaguanas kaum anders vorstellen konnte. Es schien nicht weiter erstaunlich, dass mehr als vierhundert Jahre nach Kolumbus in einem Teil der Welt, den er »Westindien« genannt hatte, Inder lebten und dass die Menschen, die er Indianer getauft hatte, daraus verschwunden waren. Sie hatten keine Monumente zurückgelassen und wurden nicht vermisst. Chaguanas war nicht mehr als ein Ortsname. Viele Inder wandelten ihn um in »Chauhaan«, eine hinduistische Kastenbezeichnung.

Die Verwunderung kam erst später, zusammen mit meinem eigenen Gefühl, von der Vergangenheit abgeschnitten zu sein;

und sie wuchs beim Schreiben dieses Buches. Im Britischen Museum erfuhr ich eines Tages Näheres über den Namen meines Geburtsortes. Die königlich-spanische Korrespondenz war damals langsam. Es konnte Jahre dauern, ehe ein Brief aus Trinidad in Madrid gelesen wurde. 1625, acht Jahre nach Sir Walter Raleighs Versuch, die »Goldminen« von Guayana zu finden, wechselten die Spanier noch immer Briefe über die Folgen dieses Unternehmens.

»Wir baten Euch«, schrieb der König von Spanien am 12. Oktober 1625 an den Gouverneur von Trinidad, »Uns von einem gewissen indianischen Volk mit Namen Chaguanes zu berichten, das, wie Ihr sagt, mehr als tausend Menschen zählt und welche von so übler Gesinnung seien, dass sie die Engländer bei der Eroberung der Stadt anführten. Die Untat blieb ungesühnt, weil es zu diesem Zwecke an Soldaten mangelte und weil die Indianer keinem anderen Herrn als ihrem eigenen Willen zu folgen bereit sind. Ihr habt beschlossen, sie zu strafen. Folgt den Ordern, die Wir Euch gaben, und lasst Uns vom Fortgang der Dinge wissen.«

Was geschah, ist nicht bekannt; aber schon bald wusste in dem Ort, der Chaguanas genannt wurde, niemand mehr, dass es einst ein Volk mit diesem Namen gegeben hatte. Meines Wissens ist die Tatsache seiner Existenz nur in diesem einen Dokument belegt, das man erst 1897 in den spanischen Archiven entdeckte.

Wer über Raleigh schreibt, muss gewöhnlich sehr bald mit ihm in den Tower von London zurückkehren; dem, was er hinter sich ließ, schenken seine Chronisten ebenso wenig Aufmerksamkeit wie er selbst. Ein unbedeutender Teil der Neuen Welt wird für einen Augenblick von der Geschichte gestreift; dann versinkt er wieder in der Dunkelheit, und die Chaguanes verschwinden lautlos. Ihr Verschwinden ist unwichtig, kein Bestandteil irgendeiner Geschichte, und dennoch entstand auf diese Weise eine Kolonie in der Neuen Welt.

Es gab zwei Momente, in denen Trinidad von der »Geschichte« berührt wurde. Das vorliegende Buch ist ein Versuch, diese beiden Momente festzuhalten. Die Geschichte endet im Jahr 1813. Die ersten indischen Einwanderer trafen 1845 ein, doch die Kolonie entstand bereits lange davor.

Prolog: Der beraubte Konquistador

Dieses Buch besteht aus zwei vergessenen Geschichten. Die erste handelt vom Ende der Suche nach Eldorado. Sie wird gewöhnlich in den Worten Sir Walter Raleighs erzählt und ausschließlich als Teil seiner Erlebnisse betrachtet. Sie beginnt mit seinem Raubzug nach Trinidad und Südamerika im Jahr 1595 und endet 1617 mit seiner unerklärlichen Rückkehr dorthin, nach einer bedingten Entlassung aus dem Tower von London.

Ursprünglich jedoch war Eldorado ein rein spanischer Irrglaube. Das im Innern Trinidads gelegene St. Joseph mit seinem Hafen, der »von den Spaniern Puerto de los Hispanoles genannt wird« – jene Ansiedlung, die Raleigh später überfiel –, war als Ausgangspunkt für die Suche nach Eldorado gegründet worden. Die Gründung war das alleinige Werk eines fünfundsiebzigjährigen Konquistadoren und stand am Ende einer der großen spanischen Entdeckungsreisen durch Südamerika. Für den Konquistadoren mündete das Abenteuer von Eldorado in Entführung, Einsamkeit und Wahnsinn. Seine Provinz – der Traum vom dritten spanischen Marquisat nach Mexiko und Peru – wurde zur Geisterprovinz des Spanischen Weltreichs.

Die zweite Geschichte trägt sich fast zweihundert Jahre später zu. Sie handelt vom Versuch der Briten, ausgehend von der gerade eroberten Insel Trinidad im Spanischen Weltreich eine Revolution der hehren Prinzipien auszulösen. Doch es gab Komplikationen. Trinidad sollte nicht nur Ausgangspunkt einer

Revolution sein, sondern wurde gleichzeitig als britische Sklavenkolonie ausgebaut. Dieser Zwiespalt fand in einem Skandal Ausdruck. Im Jahr 1801 brachte man zwei Tage vor Weihnachten Luisa Calderon, ein spanisches Mulattenmädchen von vierzehn oder fünfzehn Jahren, in die Dachkammer des Gefängnisses von Port of Spain, der bevorzugten Züchtigungsstätte für Neger, und folterte sie.

Die nachfolgende Gerichtsverhandlung gegen den britischen Gouverneur – der später einer von Wellingtons Generälen im Peninsular-Krieg und einer der Helden von Waterloo werden sollte – geriet in London zur Sensation.

Die Geschichte von Port of Spain, ein besonderes Abenteuer der Neuen Welt, ist in diesen beiden Geschichten enthalten. Ein Ort wie Port of Spain hat in der dünn besiedelten Neuen Welt kein Eigenleben; er verändert sich mit den Menschen, die ihn aufsuchen. Auch Sir Walter Raleigh träumte von einer südamerikanischen Revolution: Das Volk der Inka oder Inga sollte (in Erfüllung einer indianischen Prophezeiung) durch das Volk der Ingla-tierra von den Spaniern befreit und in ein Britisches Weltreich der Gleichheit und Schönheit, des Reichtums und der vereinten Weisheit (man wollte junge Indianer in England erziehen und mit englischen Frauen verheiraten) eingebunden werden. Als die südamerikanische Revolution schließlich stattfand, wurde sie von England unterstützt. Doch Ziel der Engländer war der Handel, und als das Britische Weltreich in Trinidad – eine der »Provinzen von Eldorado« – Einzug hielt, etablierte es sich als ein Reich der Plantagen und der Neger, der Peitsche und des Brandeisens, des Messers (zum Abschneiden von Negerohren), des Pfahls und der Folterzellen im Gefängnis von Port of Spain.

Es war ein Fehlschlag. Die südamerikanische Revolution verselbstständigte sich. Port of Spain wurde nicht zum großen britischen Handelshafen innerhalb eines unabhängigen Südamerikas. Und noch während man Luisa Calderon folterte, wandte sich das britische Weltreich bereits nach Osten, in Richtung Asien. Bald schon waren die Sklaveninseln im Westen heruntergewirtschaftet, und Port of Spain wurde einmal mehr zu einem entlegenen Verwaltungsbezirk. Es war das Ende des Abenteuers.

Im heutigen Kolumbien hatte es einst einen goldenen Mann gegeben, *El Dorado* genannt, der Vergoldete: ein Häuptling, der sich einmal im Jahr in Terpentin wälzte, dann mit Goldpuder bestäubt wurde und in einen See sprang. Doch das Volk des goldenen Mannes war bereits eine Generation vor Kolumbus' Landung in der Neuen Welt bezwungen worden. Die Spanier jagten einer indianischen Erinnerung nach, und diese Erinnerung vermischte sich mit der unter den Urwaldindianern kursierenden Legende über Peru, das die Spanier bereits erobert hatten.

Alle Indianer erzählten von einem reichen, zivilisierten Volk, das nur wenige Tagesmärsche entfernt lebte. Mitunter tauchten kunstvoll gearbeitete Stücke aus Gold auf, einmal entdeckte man im Dschungel einen Sonnentempel und ein andermal kehrte ein verrückt gewordener Entdecker zurück und erzählte von einer riesigen Stadt mit langen, geraden Straßen und Tempeln voller goldener Statuen. Nach Mexiko, Peru und Neugranada war alles möglich. Auch nach fünfzig Jahren und unzähligen Katastrophen veranstalteten rivalisierende Konquistadoren immer noch wahre Wettrennen nach Spanien, um als Erste die Erlaubnis zur Erforschung einer neuen, viel versprechenden Region einzuholen. Die Suche, die im Westen des Kontinents begonnen hatte, verlagerte sich nach Osten. 1569 erhoben drei Männer auf Grund hehrer Prinzipien Anspruch auf Trinidad. Der Mann, der ausgewählt wurde, damit er die Indianer in Christen verwandelte, ging mit zwölf Priestern an Land. Vierzehn Tage später verkündete er den vollständigen Sieg des Evangeliums; dann verschwand er.

Von all diesen Fahrten ist wenig geblieben. Ein Konquistador, der nichts fand, hatte nichts zu berichten. Da er an Wunder glaubte, fehlte ihm die Gabe, sich zu wundern. Als Kolumbus nach Trinidad kam, meinte er die Ausläufer des Garten

Eden gefunden zu haben. Er bat die Eingeborenen um Perlen; diese entstanden aus Tautropfen, die in offene Austern fielen. Die Bewohner waren hellhäutig – eine Enttäuschung, denn die größten Reichtümer der Erde waren in den Ländern der schwärzesten Neger zu finden. Auf dem Atlantik, dem ozeanischen Meer, waren Fliegende Fische einfach nur Fische, die Kolumbus aufs Schiff geflogen waren: nicht mehr als ein anerkannter Bestandteil des begrenzten Repertoires der erschaffenen Welt. Erst ein englischer Soldat, der hundert Jahre später nach Trinidad übersetzte, sollte die Fische wie ein Entdecker beschreiben: »Bisweilen sehen wir Unmengen dieser Fliegenden Fische zusammen durch die Lüfte fliegen, von anderen Fischen verfolgt wie eine Schar Lerchen, denen ein Falke nachjagt.«

Ein Ort, an dem ein Konquistador keine Wunder vorfand, war bedeutungslos. Er existierte nur dem Namen nach, und eine Landschaft war lediglich einfaches oder schwieriges Gelände. Täler, Berge, Kämme, Gipfel, Wälder, Auen, Flüsse, Ebenen, Quellen und nackte, edle Wilde: Mit dieser unzutreffenden Aufstellung beschreibt im Jahr 1570 ein spanischer Priester Trinidad. Die Kargheit vieler dieser Berichte ist eine typische Schwäche der Spanier. Unberührt von Fantasie oder Intellekt werden große Taten zu reinen Aktivitäten und damit Teil der großen spanischen Vergeudung. Eldorado wird zu einer Abstraktion und Tote werden zu Zahlen.

Und dann, ganz unerwartet, meldet sich eine Stimme und spricht von einer Landung auf Trinidad, jener Insel mit den so nüchtern imaginierten Tälern, Flüssen, Ebenen und Quellen. »Ew. Majestät werden sich zurecht verwundern, von einem Armseligen wie mir einen Brief zu erhalten, jedoch ...« Es ist ein Beschwerdebrief an König Philipp II. Er stammt von einem Überlebenden der Landung von 1570, dem Jahr, in dem sich vier Fiaskos um Eldorado ereigneten. Trinidad sei »entvölkert«, die Spanier tot oder fort. Der Schreiber, Francisco Vazques de Bravo, war damals zur Perleninsel Margarita weitergefahren und hatte dort seitdem fünfundzwanzig Jahre lang dem König als treuer Untertan gedient. Bis vor zwei Jahren war es ihm wohl ergangen. Dann begannen französische und englische Korsaren Margarita anzusteuern. Die spanischen Beamten trieben Handel mit den Seeräubern. Doch es war verboten, mit Ausländern Handel zu treiben, und de Bravo, der treue Untertan, protestierte.

Die Beamten verschworen sich gegen ihn. De Bravo schrieb, der Gouverneur drohte ihm in aller Öffentlichkeit, »er wolle die Stadtmauer, die er gerade errichtet – was ohnehin kaum von Nutzen sein wird, dafür aber einen Batzen Geld verschlingt –, nicht um die Häuser ziehen, die ich besitze und welche die schönsten am ganzen Ort sind. Da diese Häuser also außerhalb der Stadtmauer stehen würden, müsse man sie folglich abreißen. Fürderhin droht er, mir auch in anderen Belangen zu schaden, da ich meine Zunge nicht im Zaum halten könne, und dies alles, weil er vorgenannten Hass und Feindschaft gegen mich empfindet, da ich die Wahrheit offen ausspreche und da ich ein Mann von sechsundsechzig Jahren mit vielen kleinen Kindern bin und auch nicht zu den Ärmsten dieser Insel zähle, weshalb er mir großen Schaden zufügen kann.«

Dieser Egoismus ist ein weiterer Bestandteil der spanischen Schwäche. Denn auch wenn de Bravo es nicht so darstellte, war der Bau einer Stadtmauer auf Margarita durchaus notwendig. Einige Monate zuvor hatte es einen Überfall durch Kapitän Amyas Preston gegeben, und Raleigh hatte nach der Plünderung von Port of Spain und St. Joseph auf Trinidad und der Erforschung des Orinoko ebenfalls versucht, Margarita zu überfallen.

De Bravo schrieb im Oktober 1595 an den König. Noch sechzig oder siebzig Jahre zuvor wurden Briefe aus Puerto Rico innerhalb von drei Monaten in Spanien gelesen. Aber das Reich und damit der Briefverkehr hatten sich ausgeweitet, und so dauerte es inzwischen vierzehn Monate, bis de Bravos Brief den König erreichte. Er wurde persönlich protokolliert und an den Richter für Irregularien weitergereicht. Die Region war wichtig. Erst kürzlich hatte die größte Eldorado-Expedition (das Geld für die Schiffe hatte man von flämischen Kaufleuten geliehen) Spanien in Richtung Trinidad verlassen. Raleighs Überfall wirkte wie ein weiterer Beweis für die Existenz von Eldorado. Und im vorangegangenen Monat hatte der König von Spanien zum zweiten Mal den Bankrott erklärt.

Der Mann, auf den sich die Expedition berief, war der fünfundsiebzigjährige Konquistador, den Raleigh beraubt hatte. Das gesamte Wissen über Eldorado, das er im Laufe von fünfzehn Jahren, während dreier Fahrten erworben und mit einem Vermögen bezahlt hatte, hatte sich Raleigh angeeignet und in seinem neuen Buch *The Discovery of the Large, Rich and Beautiful Empire of Guyana* dargelegt. Raleighs Buch, das einige Monate nach seiner Rückkehr erschien, schilderte auch die Gefangennahme und die Schmach des Konquistadoren: seine Soldaten massakriert, seine Besitztümer auf Trinidad geplündert, den jubelnden Indianern übergeben und, nachdem man die Gefängnisse geöffnet und die Häuptlinge freigelassen hatte, niedergebrannt.

Als endlich Hilfe nahte, als der König selbst Interesse zeigte, kam für den alten Konquistadoren jede Rettung zu spät. Er befand sich in der Wildnis, auf einer Insel mitten im Orinoko, mit weniger als einem Dutzend Anhängern. Er versteckte sich vor seinen spanischen Feinden, denen Raleigh ihn ausgeliefert hatte. Mit ziemlicher Sicherheit war er inzwischen wahnsinnig, und er würde nie wieder eine Stadt zu Gesicht bekommen.

ERSTER TEIL

Das dritte Marquisat (1592–1618)

I

Der Berg aus Kristall

1592–1595

Der beraubte Konquistador war Antonio de Berrio. Sechzehn Jahre zuvor war er zum ersten Mal nach Westindien gekommen, als sechzigjähriger, aus dem Dienst geschiedener Soldat. 1520 geboren, als Cortés gerade in Mexiko einmarschiert war, hatte Berrio in vielen Kriegen gefochten, die Spaniens Ruhm zugleich festigten und aufzehrten. Er hatte in Siena gekämpft, gegen die Berber-Piraten, in Deutschland, in den Niederlanden unter dem Herzog von Alba, in Granada gegen die rebellierenden konvertierten Moslems. Zwei seiner Brüder hatte er fallen sehen, ein dritter kam in der Seeschlacht bei Lepanto ums Leben, dem berühmten spanischen Sieg über die Osmanen, der dennoch keine Entscheidung brachte.

Berrio heiratete spät, mit drei- oder vierundfünfzig. Seine Frau war die Nichte des Konquistadoren Quesada, der den Schatz der Chibchas erbeutet und etwa auf dem Gebiet des heutigen Kolumbien das spanische Königreich Neugranada gegründet hatte. Quesada war reich. Seine Besitzungen warfen vierzehntausend Dukaten jährlich ab, und er trug den Titel eines *Adelantado*, eines Gouverneurs. Doch Quesada wollte der dritte Marquis der Neuen Welt werden, nach Cortés und Pizarro. Und Eldorado, wenn er es denn entdeckte, würde das dritte Marquisat sein – diese Abmachung hatte er als alter Mann mit dem König von Spanien getroffen.

Seine Expedition dauerte drei Jahre; von zweitausend Männern überlebten ganze fünfundzwanzig. Quesada selbst starb einige Jahre später, von der Lepra entstellt. Seine Besitzungen in Neugranada gingen auf seine Nichte und durch sie auf Antonio de Berrio über. Um dieses Erbe einzufordern, war Berrio, nachdem er sich aus den Kriegen in Europa zurückgezogen hatte, 1580 nach Westindien gekommen. Er war schon sechzig, doch seine Familie war noch jung. Seine älteste Tochter war fünf, sein Sohn zwei Jahre alt. Als Berrio nach Neugranada kam, stellte er fest, dass Quesada in einer Klausel des Testaments nachdrücklichst von ihm verlangte, die Suche nach Eldorado fortzusetzen.

»Ich kam zu dem Schluss«, schrieb er fünf Jahre später, »dass dies nicht die Zeit für Müßiggang war.« Und auch dreizehn Jahre später, als die Suche zu seinem Lebensinhalt geworden war, hatte er keine andere Erklärung zu bieten. »Die Umstände und meine Neigung waren Grund genug, mich der Sache zu verschreiben. So beschloss ich, mich bereit zu machen und die große Suche aufzunehmen. Ich sammelte eine große Streitmacht um mich sowie reichlich Pferde, Vieh, Munition und Kriegsvorräte aller Art, und solchermaßen gerüstet, was mich eine stattliche Menge Gold gekostet hatte, brach ich auf.« Die Vorbereitungen, die hier in einem knappen Satz dargelegt sind, hatten drei Jahre gedauert.

Berrio unternahm drei Expeditionen. Die erste dauerte siebzehn Monate; es waren Menschenleben zu beklagen. Die zweite endete nach achtundzwanzig Monaten. »Während ich Kanus anfertigen ließ, um diesen Fluss hinabzufahren, meuterte ein Hauptmann und floh mit dem Großteil seiner Männer, sodass ich gezwungen war, ihm nachzusetzen.«

Die Zeit tritt in Berrios Schilderung völlig in den Hintergrund, genau wie die Mühsal der Expeditionen und die Landschaft. Schon ist Berrio bereit, seine dritte Expedition anzutreten. Zehn Jahre sind vergangen. Er ist inzwischen siebzig und hat sechs Töchter; sein Sohn ist zwölf und wird mit dem Vater auf Entdeckungsreise gehen.

Dies war die große Fahrt; die Fahrt, von der Berrio wieder und wieder berichten sollte, nicht wegen der Wunder, die er gesehen, oder weil er einen neuen Kontinent durchquert hatte, sondern weil er auf halbem Weg eine Tat beging, die ihn nach seinem Empfinden mit den Helden des Altertums verband.

Er hatte vor, den Orinoko bis zum Hochland von Eldorado hinabzufahren und vom Fluss aus einen Pass über die Bergkette zu suchen, die, wie man glaubte, die sagenhafte Stadt beschützte. Es war eine kleine Expedition, weniger als hundertzwanzig Mann und kaum Träger oder Negersklaven. Die Hälfte der Männer fuhr unter Berrios Kommando in zwanzig Kanus auf dem Fluss, die andere Hälfte zog mit den zweihundert Pferden am Ufer entlang, geführt von einem alten Soldaten, der schon unter Quesada gedient hatte.

Auf diese Weise waren sie ein Jahr lang unterwegs. Kein Pass über die Berge bot sich an. Dann, in der Regenzeit, kampierten sie an den überschwemmten Ufern des Orinoko, und die Schwierigkeiten begannen. »Die Kanus gingen verloren, und drei spanische Trupps, vierunddreißig Mann im Ganzen, entflohen, wobei sie viele Pferde mit sich nahmen. Eine fast an die Pest gemahnende Krankheit raffte alle meine Träger dahin, und dazu mehr als dreißig Spanier.«

Um weitere Desertionen zu verhindern und jedem Gedanken an eine Rückkehr nach Neugranada einen Riegel vorzuschieben, ordnete Berrio an, sämtliche verbliebenen Pferde zu töten. Dies war die heroische Tat, die zu bestaunen er nach dem Ende der Reise nicht müde wurde.

Sie aßen die Pferde. Sie höhlten vier Baumstämme aus und fuhren darin den Fluss hinunter, bis sie Kariben-Gebiet erreichten. Die Kariben waren Menschenfresser. Zweimal im Jahr fuhren sie in Verbänden von bis zu dreißig Kanus den Orinoko hinauf, um zu jagen. Die Ufer waren über mehr als eineinhalbtausend Kilometer entvölkert, gleichsam leer gefressen. Doch die Jagdgesellschaft, der Berrio begegnete, war freundlich gesinnt. Die Männer boten den Spaniern Essen an. Außerdem boten sie ihnen an, sie einen Teil des Weges nach Eldorado zu führen. Sie brachten Berrio zur Mündung des Caroni, in das Gebiet des Häuptlings Moriquito.

Moriquito war unmutig; er hatte Kontakt zu den Spaniern an der Nordostküste. Berrio befand sich schon fast wieder in der Zivilisation. Moriquito behauptete, nach Eldorado seien es nur vier Tagesmärsche, doch Berrio behagte es nicht, Moriquito im Rücken zu haben. »Ich hatte nur fünfzig Soldaten, und von diesen waren nur fünfzehn bei guter Gesundheit. Auch durfte ich die Kanus nicht zurücklassen, denn gingen diese verloren, so war alles verloren.«

Fünf weitere von Berrios Männern erkrankten, und als es zwischen ihm und Moriquito zu Streitigkeiten um Nahrungsmittel kam, beschloss Berrio weiterzuziehen. Jetzt ging es ihm nur noch darum zu überleben, aus dem Orinokogebiet herauszukommen und eine spanische Siedlung zu erreichen. Ein Stück flussabwärts fand er einen spanischen Anker, eine Erinnerung an eine fünfzig Jahre zurückliegende Tragödie um Eldorado: Damals war ein berühmter Konquistador umgekommen, ein Gefährte von Cortés. Doch der Häuptling, dessen Gebiet Berrio als Nächstes erreichte, war freundlich gesinnt. Er war achtzig Jahre alt und stand mit jedermann auf gutem Fuß, selbst mit den Kariben. Trinidad kannte er gut. Er hatte seine Jugend dort verbracht, um einer Stammesfehde in seiner Heimat aus dem Weg zu gehen, und erzählte, dass er schon vielen Fremden begegnet sei. Das Delta des Orinoko sei schwieriges Gebiet, er gebe Berrio wohl besser einen Lotsen mit.

»Ich fuhr den Orinoko zum Meer hinab. Dieser Fluss verzweigt sich in so viele Arme und schmale Kanäle, dass er einen hundertdreißig Landmeilen (das alte Längenmaß der geographischen Meile: 7,5 km. A.d.Ü.) langen und mehr als fünfundzwanzig Meilen breiten Küstenstreifen unter Wasser setzt. Die Mündung des Flussarms, der mich zum Meer führte, liegt gegenüber der Insel Trinidad, welche zweieinhalb Meilen vom Festland entfernt ist. Ich war entschlossen, dort zu bleiben und die Insel zu besiedeln; ich wollte meine Männer erneut um mich sammeln und nochmals nach Guyana ziehen. Indessen hatte Gott es mir bestimmt, dass wir getrennt wurden, kaum dass wir uns auf See befanden. Die Boote waren klein, die Soldaten krank und unerfahren, nicht mehr im Stande zu rudern. Ich erreichte Trinidad mit zwanzig Männern und blieb acht Tage, wiewohl meine Männer alle krank waren.«

Berrio legte die Stellen für seine Bauvorhaben fest, den Hafen und die im Landesinnern am Fluss gelegene Stadt. In den Schluchten gab es Spuren von Gold. Und der Fluss hieß, wie in Nachäffung der Verhältnisse in Guyana, Caroni. »Ich fand die Insel dicht besiedelt von Eingeborenen, einer äußerst häuslichen Rasse, und das Land war sehr fruchtbar.« Dann hieß er seine kranken Männer wieder in die Kanus steigen, um den gefährlichen letzten Teil der Reise durch die Strömungen des Drachensund zur Perleninsel Margarita zurückzulegen.

Die Expedition hatte achtzehn Monate gedauert. Sie hatte Berrio gebrochen. Die achttägige Erkundung von Trinidad war seine letzte Unternehmung bei klarem Verstand gewesen, bevor seine dauerhafte Erschöpfung endgültig die Oberhand gewann. Das Erste, was er auf Margarita erfuhr, war, dass in Neugranada, am anderen Ende des Kontinents, seine Frau gestorben war. »Es fügte sich aber«, schrieb er an den König, »»dass sie in Westindien zwei Söhne und sieben Töchter« – eine Tochter war nach Berrios Abreise zur Welt gekommen –, »zu Ew. Majestät Diensten zurückgelassen. Die Mitgift der Mädchen habe ich aufgezehrt.«

Es war keine Bitte um Geld. Vielmehr wollte er, dass die Mission, Eldorado zu suchen, und die zu erwartende Belohnung auf seinen inzwischen vierzehnjährigen Sohn übergingen. Doch die Expedition hatte auch bei Berrios Sohn ihre Spuren hinterlassen. Der Vater schickte ihn nach Caracas und Neugranada, wo er weitere Männer anwerben, Vorräte besorgen und dann zurückkehren sollte. Doch er blieb zu Hause in Neugranada.

Berrios Expedition ist nicht Bestandteil der Legende um Eldorado. Das spanische Imperium war riesig. Berrios Berichte über sein Scheitern gingen zwischen den ungeprüften königlichen

lichen Berichten, die sich im spanischen Simancas ansammelten, bald verloren. Über Berrio war nicht mehr bekannt als das, was Raleigh geschrieben hatte. Als Berrios Schriften dreihundert Jahre später wieder entdeckt wurden, war das Spanische Weltreich untergegangen und die Legende um Eldorado hatte feste Gestalt angenommen: Ihr Held war Raleigh.

Der Gouverneur von Margarita, ein sehr junger Mann, war mit einer großen Familie geschlagen. Doch er war äußerst gastfreundlich. Er nahm Berrio in sein Haus auf, lieh ihm Geld und versprach ihm Männer. Er habe von Berrios Schwierigkeiten auf dem Orinoko gehört, sagte er, und vor einer Woche einen Rettungstrupp ausgesandt. Berrio hatte mit solcher Anteilnahme nicht gerechnet. Er war schon vor langer Zeit zu der Auffassung gekommen, »Männer, die in Westindien geboren« seien, blieben »nicht länger als drei Tage standhaft«. Er schrieb dem spanischen König von dem guten Gouverneur. Zur gleichen Zeit schrieb der Gouverneur an den König und erbot sich, selbst die Suche nach Eldorado anzutreten. Berrio, so der Gouverneur, sei ein alter Narr; er habe die falsche Route gewählt, die Hälfte seiner Streitmacht aufgerieben und aus lauter Dummheit den Rettungstrupp verpasst.

Einige Monate später kehrte der Rettungstrupp mit dreihundert Indianersklaven aus Moriquitos Gebiet nach Margarita zurück. Auf Margarita wurden ständig Sklaven für die Perlenfischerei benötigt; das Tauchen verschliss sie schnell. Sklaven holte man sich vom Festland und auf Trinidad, manchmal durch Gefangennahme, aber auch durch Tauschhandel mit den Stammeshäuptlingen oder den Oberhäuptern großer Familien. Für drei oder vier Beile verkaufte ein Karibe einen Neffen oder eine Nichte, für seine Tochter verlangte er etwas mehr. Ein Mädchen von zwölf oder dreizehn Jahren wechselte auf Margarita für hundertfünfzig Pesos den Besitzer, zu einer Zeit, als ein Peso eine englische Krone wert war.

Doch der Sklavenhandel mit Indianern war illegal; und Berrio glaubte, der ohnehin schon verärgerte Moriquito werde jetzt gewiss keinem Spanier mehr gestatten, über sein Gebiet nach Eldorado zu ziehen. Berrio beklagte sich beim Gouverneur und schrieb an den König. Man könne Indianer nicht »verkaufen wie Neger«. Indianer seien Untertanen des Königs. Neger seien das nicht, sie seien von Natur aus Sklaven. Der Gouverneur verhaftete den Anführer des Rettungstrupps und entließ ihn zwei Tage später wieder. Das entsprach der Maxime Westindiens: *se obedece, pero ne se cumple* – man achtet das Gesetz, doch man befolgt es nicht. Berrio begriff, dass der Gouverneur, der Anführer des Rettungstrupps und Moriquito befreundet und allesamt Sklavenhändler waren. Er hatte Moriquitos Unmut falsch gedeutet; nun hatte er sich drei Feinde gemacht.

Berrio war krank, er litt an Wechselfieber. Er bat den Gouverneur, ihm geradeheraus zu sagen, ob er und seine Freunde sich selbst auf die Suche nach Eldorado machen wollten. Der Gouverneur verneinte das. Berrio glaubte ihm nicht. »Er leugnete es, weil ich sein Gast war.« Berrio folgte noch immer dem spanischen Kodex, und nach diesem interpretierte er auch das Verhalten anderer. Er bot dem Gouverneur im Tausch für seine Hilfe das halbe Marquisat. Zusammen würden sie Trinidad besiedeln; zusammen würden sie durch Moriquitos Territorium nach Eldorado ziehen. Der Gouverneur lehnte ab: Berrio hatte ihm nichts zu bieten.

Berrio hatte dieses Angebot gemacht, weil gerade ein neues Eldorado-Fieber um sich griff. Ein Mann namens Albujar war angeblich nach sechzehn Jahren im Urwald wieder aufgetaucht, der einzige Überlebende einer fast vergessenen Eldorado-Expedition. In Westindien machten verschiedene Versionen seiner Geschichte die Runde. Albujar, so hieß es, sei auf der Expedition für die Munition verantwortlich gewesen. Diese sei explodiert und Albujar daraufhin auf ganz besondere Weise zum Tode verurteilt worden: Man setzte ihn in einem Kanu auf dem Orinoko aus. Die Expedition wurde von Indianern niedergemacht, Albujar dagegen gerettet und gesund gepflegt. Vierzehn Tage lang führte man ihn mit verbundenen Augen von einer Indianersiedlung zur nächsten und zeigte ihn herum. Dann kam er eines Mittags in eine weitere Ansiedlung. Man nahm ihm die Augenbinde ab, und Albujar stellte fest, dass er sich im sagenhaften Manoa befand, in der Stadt des goldenen Mannes.

»Er wanderte den ganzen Tag bis zum Abend durch die Stadt … und genauso den nächsten Tag von Sonnenaufgang bis Sonnenuntergang, ehe er den Palast des Inkas erreicht hatte.« Albujar erhielt ein Zimmer im Palast und wurde bestens versorgt. Er lernte die Sprache, und in einigen Versionen der Geschichte heiratete er eine Inkafrau. Eines Tages fragte ihn der Inka, ob er bleiben oder zu seinen eigenen Leuten zurückkehren wolle. Albujar entschied sich zu gehen. Der Inka beschenkte ihn zum Abschied mit Gold und ließ ihn bis an die Grenzen seines Herrschaftsgebiets bringen. Dann wurde es gefährlich für Albujar. Primitive Indianer raubten all sein Gold. Er konnte lediglich einige goldene Perlen in zwei Kürbisflaschen retten, da die Indianer glaubten, die Kalebassen enthielten nur Nahrungsmittel.

Vielleicht hat Albujar gar nicht existiert. Niemand hat ihn je gesehen, und es hieß, er habe seine Rückkehr nicht lange überlebt. Angeblich starb er in Puerto Rico, während er auf ein Schiff nach Spanien wartete. Niemand hat je die goldenen Perlen gesehen. Albujars Beichtvater soll sie bekommen haben, als Bezahlung für die Messen. Eldorado, das zunächst nur die Suche nach Gold verkörpert hatte, wurde zu etwas Größerem, zum Wunschbild, zum Traum von Shangri-la, der heilen Welt. Diese heile Welt hatte tatsächlich existiert, und die Spanier hatten sie zerstört. Und nun, von einem Gefühl des Verlustes erfüllt, das ihre Fantasie noch beflügelte, wollten sich die Spanier das Abenteuer zurückholen. Ihre Fehlschläge bereicherten den Mythos noch. Er trug die Spanier über die Realität ihres Lebens in der Wildnis hinaus; er narrte ihre darbenden Sinne.

Die Stadt Manoa lag im Urwald, allerdings in einer hohen, kalten Region. Das Essen dort war gut. »Die Menschen essen

Mais, der ihren Leib nicht schwellen lässt, an Stelle von Wurzeln und sonstiger Nahrung, die weibische Rassen hervorbringt.«

Die Bewohner waren keine nackten Wilden, sondern trugen Kleider. Sie verwendeten geprägtes Gold, aber sie feierten auch gewaltige bacchantische Gelage. Und doch kämpften sie nur mit Speeren, sodass ein einfacher Mann aus der Außenwelt ihnen durchaus einzigartig erscheinen konnte. Der goldene Mann war keineswegs das Rätsel, er war die Lösung: Er war ein Nachkomme des Inka, der aus Peru geflohen war.

Doch die Mär vom indianisierten Spanier war nicht neu, und die Geschichte von Albujars Wiederkehr, von seiner Fahrt über den Orinoko nach Trinidad und Margarita, die den Eldorado-Mythos abrundete und sowohl Berrio als auch Raleigh in Begeisterung versetzte, war womöglich sogar ein Echo auf Berrios eigene Reise.

In Caracas lebte ein gebildeter Spanier, Domingo de Vera. Er hörte von Berrios Expedition und von der Schlachtung der Pferde mitten in der Fremde. Für ihn war es eine »Tat, den Heldentaten des Altertums ebenbürtig, welche ihre Vollbringer bedeutend, berühmt und unsterblich gemacht«. Berrios missliche Lage erzürnte ihn. »So geht es mit den großen Taten lebender Männer: Sie werden von vielen verleugnet, von wenigen gerühmt und von keinem belohnt.«

De Vera hatte Geld. Zumindest – mehr ist über ihn nicht bekannt – besaß er Neger, und seine Frau hatte Juwelen und eigene Neger als Bedienstete; Letztere waren 1592 in Caracas selten und wertvoll. De Vera rekrutierte achtundzwanzig Soldaten, zog nach Margarita und bot Berrio seine Dienste an.

De Vera stammte nicht aus Westindien. Berrio erzählte ihm von seiner dritten Fahrt und den Demütigungen des vergangenen Jahres, als er Gast und Abhängiger im Haus seines Feindes gewesen war. Es sei schlimmer gewesen, berichtete Berrio, als alles, was er auf seinen insgesamt mehr als zehn Jahre dauernden Reisen erlebt hatte. De Vera schwor dem Helden und seiner Suche die Treue, und Berrio ernannte ihn an Stelle seines abwesenden Sohnes zum »Lagermeister von Eldorado«.

Die erste Aufgabe des Lagermeisters – von großer Dringlichkeit nach der Aufregung um Albujar – war die Besiedlung und Befriedung Trinidads. Berrio hatte die Orte bereits ausgesucht und plante, die Indianer auf beiden Seiten des Golfs von Paria umzusiedeln. De Vera verlor keine Zeit. Am 18. April 1592 übergab ihm Berrio die schriftlichen Vollmachten. Vier Wochen später ging de Vera mit seinen Soldaten, einem Mönch und einem Notar in Trinidad an Land.

Im Hafen von Cumucurape, der heute zu Port of Spain gehört, wurde die Insel formell in Besitz genommen, »Ende und Mündungspunkt des Flusses Orinoko aus den überaus reichen Provinzen Guyana, Dorado und Manoa.« De Vera fällte einen vierzig Fuß hohen Baum und fertigte daraus ein Kreuz. Dann, nachdem er »den Hut abgenommen und dem Kreuze die gebührende Ehre erwiesen« hatte, bat er den Mönch, ihm beim Aufstellen des Kreuzes zu helfen. De Vera markierte eine kleine viereckige Stelle neben dem Kreuz und bat den Notar, seine Handlungen zu bezeugen. Dann zog er sein Schwert und rief: »*Yo corto esta yerba*! Ich nehme an Wasen und Zweig Besitz!«

Er hieb ins Gras und gegen die Äste der umstehenden Bäume, hielt das Schwert in der einen Hand und abgeschnittene Gräser und Zweige in der anderen.

Der Notar bestätigte, die Landnahme mit angesehen zu haben. Mit erhobenem Schwert verkündete de Vera: »Caballeros, im Namen des Königs, unseres Herrn, und seines Gouverneurs, Antonio de Berrio, nehme ich dieses Eiland in Besitz. Sollte einer von euch Herren im Namen eines fremden Fürsten oder einer anderen Person Zweifel an der rechtmäßigen Aneignung dieses Besitzes hegen, so möge er vortreten; als treuer Untertan unseres Herrn, des Königs, und als Oberster Lagermeister unseres Kommandeurs Antonio de Berrio will ich ihm Rede und Antwort stehen, ob ich nun bewaffnet bin oder nicht.«

De Vera sprach laut und deutlich. Immer wieder rief er: »Ist jemand hier, der Einspruch erheben will?«

Der Fähnrich stand mit wehender Fahne da, und die Soldaten riefen: »Lang lebe der König und sein Gouverneur! Dieses Land wurde rechtmäßig in Besitz genommen, und wir alle sind bereit, es gegen jeden zu verteidigen, der anderes behauptet.«

Dann wurde es Zeit, die Eingeborenen in Besitz zu nehmen. De Vera teilte zwei Häuptlingen, die bei der Prozedur zugesehen hatten, über einen Dolmetscher mit, dass er die Insel in Besitz genommen habe und ein, zwei oder mehrere von Spaniern bewohnte Städte darauf errichten wolle. Die Häuptlinge seien nun Untertanen des spanischen Königs; sie würden von Spaniern in »allen Belangen unseres heiligen katholischen Glaubens« unterwiesen und außerdem vor Überfällen der Kariben beschützt werden. Der Notar befand, dass die Häuptlinge einverstanden seien, und de Vera ließ sie zum Zeichen ihrer Untertanentreue ein Buch berühren.

Dann kehrten de Vera und seine Männer zu den Booten zurück und ruderten am Indianerdorf Conquerabia – dort, wo später Port of Spain gegründet werden sollte – vorbei zum Fluss Caroni. Sie fuhren flussaufwärts, passierten dicht besiedelte Dörfer und Felder mit Mais, Zuckerrohr, Kartoffeln und Baumwolle, bis sie zum Dorf des Häuptlings Guanaguanare gelangten. Hier wollte de Vera, vier Tage nachdem er die Insel in Besitz genommen hatte, die Stadt St. Joseph von Oruña gründen – Oruña war der Familienname von Berrios verstorbener Frau.

De Vera rief Guanaguanare und seine Indianer zusammen und verkündete, er habe sie im Namen des Königs von Spanien unterworfen und werde sie im katholischen Glauben unterweisen. Der Notar befand, dass die Indianer »jubelten«. De Vera verlas Berrios Vollmacht. Darin sprach Berrio von seinen Fahrten und seinen Leiden, aber auch von den hunderttausend Kronen in Gold, die er aufgewendet, und von den elfhundert Meilen, die er auf dem Orinoko zurückgelegt hatte. Die Besiedlung Trinidads sei ein großer Dienst an Gott und dem König und wichtig für die Entdeckung von Eldorado.

De Vera maß mit großen Schritten die *plaza* der neuen Stadt ab und verkündete: »St. Joseph de Oruña, ich gründe dich im Namen des Königs, unseres Herrn, und seines Gouverneurs, Antonio de Berrio. Sollte jemand der hier Versammelten damit nicht einverstanden sein oder von einem Hinderungsgrund Kenntnis haben, so lasst ihn mir die Stirn bieten.«

Alle Spanier bestätigten, die Stadt sei rechtmäßig gegründet worden und sie wollten zu ihrer Verteidigung beitragen. De Vera bat den Notar, Anlass und Ort zu bezeugen. Die Prozedur der Inbesitznahme von »Wasen und Zweig« wurde wiederholt, desgleichen die Herausforderung, die niemand annahm.

Dann wandte sich de Vera an die Indianer. Sie und ihr Land würden im Umkreis von hundert Landmeilen an spanische Siedler verteilt werden. Der rechte Glaube solle verbreitet, Untaten sollten gesühnt und Recht und Gesetz eingeführt werden. In Zukunft würden die Indianer nicht mehr als Sklaven nach Margarita verschleppt werden. Außerdem versprach er Schutz vor Überfällen durch Kariben, Franzosen und Engländer. (Im gleichen Moment fuhr Kapitän Benjamin Wood mit vier Schiffen in den Golf von Paria ein.) Die *plaza* der zukünftigen Stadt werde genau dort liegen, wo er, de Vera, gerade stehe. An den Rändern der *plaza* markierte er die Standorte der zukünftigen spanischen Wohnhäuser. Er wählte den Platz für die Kirche und taufte sie Nuestra Santa de la Concepción. Und so, wie schon Cortés auf seinem Marsch nach Mexiko bei der Gründung von Vera Cruz als erstes Galgen und Pranger errichtet hatte, ließ auch de Vera nach der Verkündung der neuen Rechtsordnung in Guanaguanares Dorf einen dicken, hohen Pfahl in den Erdboden rammen, der als Galgen und Pranger für Verbrecher und Übeltäter dienen sollte.

Er befahl dem Mönch, für den heiligen Joseph eine Messe zu lesen und um gutes Gelingen zu bitten, damit dieser sich beim Allmächtigen für den Schutz, den Frieden und das Gedeihen der Stadt verwenden möge. Die Messe wurde gelesen, ein kompletter *cabildo*, ein Stadtrat, ins Amt gerufen, dann verkündete Hernando, de Veras Negersklave, in der neu gegründeten Stadt die Ereignisse des Tages.

Auf der Insel lebten zwischen fünfunddreißig- und vierzigtausend Indianer und nicht alle von ihnen waren, wie es die Spanier anerkennend formulierten, »Indianer des Friedens«. Mit seinen achtundzwanzig Soldaten konnte de Vera es nicht wagen, sie zu »befrieden«. Doch Berrio erhielt auf Margarita endlich etwas Geld aus Neugranada und rekrutierte damit fünfzig Mann, die ihn, wie er sagte, ihr Gewicht in Gold kosteten. Sie kamen nach Trinidad herüber, und de Vera machte sich ans Werk.

Er plante, die Arawaken, ein Wandervolk, als Verbündete zu gewinnen und sie in den evakuierten Gebieten auf beiden Seiten des Golfs von Paria anzusiedeln. Die Region rund um die neue Stadt sollte als Erstes befriedet und neu besiedelt werden. De Veras Ansicht nach ging alles gut; es war nicht notwendig gewesen, »Bestrafungen oder Tötungen vorzunehmen, da die Eingeborenen aus eigenem, freiem Willen Frieden und ihre Dienste anboten«. Von Guanaguanare sprach de Vera nicht. Vier Jahre später notierte ein Beamter, der spätere Richter für Irregularien, der damals zu Besuch war und die Geschichte der Siedlung zusammenfasste: »Guanaguanare verschwand woandershin.«

Doch die Landnahme war ungesetzlich. Der spanische König hatte Berrio Trinidad nie zugesprochen. Er hatte die Insel dem Gouverneur von Cumaná versprochen, der schon bald auftauchte und Schwierigkeiten zu machen begann. Der Gouverneur von Cumaná war ebenso alt wie Berrio; er war ein westindischer Haudegen, handelte mit Indianersklaven und war ein Freund Moriquitos. Er war ein Gesetzesbrecher, der sich auf das Recht berief. Mit ihm ließ sich nur auf die westindische Art fertig werden, nach der man das Gesetz zwar achtete, es aber nicht immer befolgte. Jeder Beamte schloss seinen eigenen Kontrakt mit dem König ab. Die Rechtmäßigkeit bemaß sich stets am Erfolg eines Mannes, daher war jeder so mächtig, wie er sich selbst darstellte.

Berrio wies die Ansprüche des Gouverneurs von Cumaná nicht zurück. Er erwiderte lediglich, Trinidad sei bereits befriedet und besiedelt. Alles, was die Insel brauche, um zum wohlhabendsten Handelszentrum Westindiens zu werden, seien einige redliche Kaufleute und ein paar steuerfreie Neger, vielleicht fünfhundert Stück. Er finde nicht, dass er einen solchen Ort ohne direkte Weisung vom König übergeben könne. Das schrieb er auch dem König. Anschließend begab er sich mit fünfzehn weiteren Rekruten nach Trinidad. Er hatte mehr Männer als der Gouverneur von Cumaná; vertreiben konnte man ihn also nicht. Die Antwort des Königs würde drei Jahre auf sich warten lassen – genug Zeit, um Eldorado zu finden: und damit offizielle Anerkennung, das dritte Marquisat und »die größte Pracht, den größten Reichtum, den die Welt bereit hält«.

Es war alles andere als ruhig auf der Insel, als Berrio ankam. Die Befriedung war weniger glatt verlaufen, als de Vera berichtet hatte. Englische Händler stifteten Unruhe unter den Indianern, und es gab Berichte, dass einige der Indianer nach England gebracht wurden, wo man Dolmetscher aus ihnen machte. Die menschenfressenden Kariben, die von den nördlichen Inseln zum unbesiedelten Tobago kamen, waren eine Bedrohung für alle.

Berrio hatte nur hundert Männer, er durfte sich nicht allzu lange Zeit lassen. Also schickte er de Vera mit fünfunddreißig Mann über den Golf, sie sollten das Land am Orinoko in Besitz nehmen und sich dort umsehen. Er selbst blieb in St. Joseph zurück, »alt, nutzlos und bestrebt, ihnen nicht zur Last zu fallen«.

Vier Wochen später kehrte de Vera zurück. Er hatte zehn Männer verloren. Doch er brachte Gold mit: siebzehn wunderbar gearbeitete Mensch- und Tierfiguren. Und mehr noch: Er habe Eldorado gefunden, verkündete er und erzählte von der kalten, in großer Höhe gelegenen Stadt mit Tempeln voller Gold. Er berichtete von einem zivilisierten und hoch kultivierten Volk, das Kleider trug und sich besonders auf die Fertigung von Strohtieren verstand, »welche von so lebendigem Aussehen waren, dass sie wahrlich einen erstaunlichen Anblick boten«. Die Indianer seien aus dem Westen gekommen und hätten erst zwanzig Jahre zuvor die Urwaldindianer besiegt. Es war das neue Reich des geflohenen Inka-Herrschers, »wo es Indianer in solcher Zahl gibt, dass sie der Sonne Glanz verdecken, und solche Mengen Goldes, dass der dortige Boden es nicht zu fassen vermag«.

Die Geschichte machte in ganz Westindien die Runde. Aus den siebzehn goldenen Figuren wurden »vierzig seltsam geformte Schüsseln aus dem reinsten Golde sowie mit Gold verzierte Schwerter aus Guyana und goldgeschmückte Federn« sowie diverse Raritäten – so hörte Kapitän Preston es von einem Spanier, der behauptete, mit de Vera gesprochen zu haben. In Cartagena hieß es, Eldorado sei erobert worden und der goldene Mann habe dem spanischen König eine Huldigung dargebracht: »das Bildnis eines Riesen, der zur Gänze aus Gold und von siebenundvierzig Doppelzentnern Gewicht war, welchen die Indianer als ihren Götzen anbeten.«

Die Rechtmäßigkeit oder Unrechtmäßigkeit von Berrios Anwesenheit auf Trinidad war nun nicht länger von Bedeutung. Er schrieb an König Philipp II. und verkündete die Entdeckung von Eldorado. Eine Belohnung für sich selbst erbat er nicht. Er hatte das dritte Marquisat, darauf hätten sie sich vor langer Zeit verständigt, und schon bald werde er in der Lage sein, alle seine Anhänger zu entlohnen. Doch für die zwanzig Männer, die während der dreizehnjährigen Suche, der drei Expeditionen und trotz aller Demütigungen zu ihm gestanden hatten, wollte er mehr als Geld. Er wollte, dass die Männer geehrt und ausgezeichnet und dass zwölf von ihnen zu Rittern von Santiago geschlagen wurden. Dass er mitten im Busch von St. Joseph für Männer, die schon bald unvorstellbar reich sein würden, den Wunsch nach Ehrungen äußerte, zeigt, dass Berrios Denken noch immer auf dem Kodex des alten Spanien fußte.

Dabei hatte er nichts vorzuweisen. De Vera hatte kaum etwas erforscht, was Berrio nicht schon vor ihm erforscht hatte, er hatte nichts gehört, was Berrio nicht auch schon gehört hatte. Es gab Gold in Guayana, allerdings nur in kleinen Mengen. Die Artefakte aus Peru waren über ganz Südamerika verteilt, und

Moriquito trieb mit den spanischen Beamten an der Küste schon seit einiger Zeit Tauschhandel mit goldenen Schalen. Die Indianer waren also eingebunden. Es war de Vera, über den man lachte, weil er, als man ihm etwas Gold für ein Beil anbot, »dieses den Soldaten präsentierte und es dann von sich warf und so tat, als sei es sein Augenmerk nicht wert«.

Als de Vera die Einzelheiten der Legende selbst erfuhr, glaubte er, sie voll und ganz bestätigt zu sehen. Er hatte von dem goldenen Mann und dem Ritual der Vergoldung gehört. Und nun erzählten ihm die Indianer im Urwald von den Orgien in Eldorado, bei denen sie »besagtes Gold als Staub aufnehmen und sich damit gänzlich bedecken, auf dass man die Mutigen unter ihnen erkenne. Damit das Gold beständig an ihnen haften bleibt, verreiben sie auf ihren Körpern zermahlene Kräuter von klebriger Substanz.«

Eldorado sei nur eine Tagereise entfernt, erzählten die Indianer de Vera. »Als wir kundtaten, jenen Ort aufsuchen zu wollen, warnten sie uns, dort würden derzeit *borracheras* oder Trinkgelage abgehalten, man werde uns töten.«

Es war wie ein Beweis. Die Legende von Eldorado, Geschichte in der Geschichte, Zeugnis anderen Zeugnisses, war zu einem solch feinen Erzählgespinst geworden, dass sie von der Wahrheit nicht mehr zu unterscheiden war.

Die Indianer hatten de Vera erzählt, er brauche tausend Männer, um Eldorado einzunehmen. Eine solche Streitmacht überstieg Berrios Mittel, und so kam man zu dem Schluss, dass de Vera mit den goldenen Figuren als Beweisstücken nach Spanien fahren sollte, um die Unterstützung des Königs zu erbitten.

Doch zuerst galt es, den Zugang zu Eldorado über Moriquitos Gebiet zu sichern. De Vera hatte dort in einem Hinterhalt zehn Männer verloren, und Moriquito musste bestraft werden. Dieser flüchtete an die Küste zu seinen spanischen Freunden, den Sklavenhändlern, und bat sie, ihn zu verstecken. Er bot ihnen Gold, doch sie lieferten ihn an Berrios Männer aus und er wurde hingerichtet. Moriquitos Onkel wurde in Ketten gelegt und siebzehn Tage lang »wie ein Hund von Ort zu Ort geführt, bis er ihnen als Lösegeld hundert Stück Goldgeschirr und verschiedene Ketten von Milzstein auslieferte«.

Nach diesem harten Durchgreifen versuchte man es mit Versöhnung. Moriquitos Sohn wurde getauft; Berrios Männer nannten ihn Don und behandelten ihn mit viel Respekt. Doch diejenigen Indianer, die »Männer des Krieges« waren, erinnerten sich nur an die Härte; die innerhalb des Stammes entstehende Fraktion, die Berrio unterstützte, war dagegen bedeutungslos. Das Gebiet musste garnisoniert werden. Berrios kleine Streitmacht war nun zwischen dem Festland und St. Joseph auf Trinidad aufgeteilt; er selbst glich einem an beiden Orten Belagerten. Der Teufel, pflegte Berrio zu sagen, sei der Schutzpatron seiner Suche.

Der Gouverneur von Cumaná wurde nicht müde, Trinidad für sich zu reklamieren. Berrio ließ er ausrichten, dass er ihn töten werde. Der Gouverneur von Caracas verbot Berrio, in Caracas weitere Männer zu rekrutieren und sandte selbst eine Expedition aus. Ein plötzliches Feuer in den verdorrten Savannen schloss alle hundertsiebzig Mann ein und sie verbrannten. Zwei Jahre später brüsteten sich die dort lebenden Indianer gegenüber Raleigh, sie hätten dreihundert Soldaten umgebracht. Auch der junge Gouverneur von Margarita machte weiterhin Schwierigkeiten. Doch als er bei der Verteidigung Margaritas gegen einen englischen Freibeuter ums Leben kam, war dies für Berrio nur ein schwacher Trost. Der Hass der Indianer, ein Angriff der Kannibalen aus dem Norden, der Überfall durch einen Freibeuter: All diese Gefahren machten auch Berrio Sorgen. Hundert Männer hatten Margarita zerstört; auf Trinidad hatte Berrio weniger als fünfzig.

De Vera war fort, um in Spanien Männer anzuwerben. Doch er wurde monatelang in Caracas aufgehalten. Er war von seinen Neuigkeiten erfüllt; sie eilten ihm voraus. Auch Kapitän Amyas Preston kamen sie zu Ohren. Kapitän George Popham »überrumpelte« ein spanisches Schiff auf dem Weg zurück nach Spanien und erbeutete Abschriften von de Veras Aufzeichnungen über Trinidad und die Gebiete am Orinoko: die verschiedenen Landnahmen, die Stadtgründung auf Trinidad, die Entdeckung »der mannigfaltigen Reichtümer« von Eldorado (»Wollte man sie an dieser Stelle aufzählen, so reichten vier Blatt Papier nicht hin, sie aufzunehmen«). Noch bevor de Vera Spanien erreichte, gelangten seine Neuigkeiten nach London, ins Durham-House an der Themse, wo Sir Walter Raleigh wohnte.

Raleigh war vierzig; er hatte erst vor kurzem seine erste Haft im Tower von London hinter sich gebracht. Berrio war vierundsiebzig und hatte nach vierzehn Jahren Eldorado gefunden. Doch nun konnte er nichts anderes tun, als abzuwarten; er war noch nie so verletzbar gewesen. In seiner Siedlung St. Joseph, ein paar strohgedeckten Hütten an dem kleinen, schlammigen Fluss mit dem schönen Namen Caroni, lebte er schon jetzt wie ein Gefangener.

Während dieser Monate des Wartens hatte Berrio Anteil an einer weiteren Tragödie, von der er nie erfuhr. Im Juni 1593 lief das englische Schiff *Edward Bonaventure* in den Golf von Paria ein, »in der Hoffnung, dort Erquickung zu finden«. Sechs Monate lang hatte die Besatzung nur von Reis gelebt, und nun litt sie Hunger. Der Kapitän sah Berrios Männer im Hafen von St. Joseph, dort, wo früher das Indianerdorf Conquerabia gewesen war, und wagte nicht, einen Landungstrupp auszuschicken: Spanien genoss noch immer einen Ruf. Die *Edward Bonaventure* war seit mehr als zwei Jahren auf See. Sie hatte eine beeindruckende Reise gemacht, von England nach Westindien und zurück über den Indischen Ozean, vorbei an Kap Hoorn und dann hinauf über den Atlantik. Zuletzt hatte sie vor zwei Monaten an der Insel St. Helena Halt gemacht, um Wasser aufzunehmen.

Zehn Männer waren im Beiboot des Schiffes an Land gegangen. St. Helena war »kein Paradies auf Erden, wie gemeinhin berichtet wird«. Die Insel war verlassen, heiß und hügelig. Die Portugiesen hatten für vorbeikommende Seeleute einige Zitronen- und Feigenbäume angepflanzt. Es gab nur ein Gebäude, eine Kapelle, und aus dieser ertönte Gesang, als die Männer der *Bonaventure* die Insel betraten. Sie stießen die Tür auf und erblickten einen nackten Mann. Er war außer sich vor Angst, weil er sie für Portugiesen hielt, die gekommen waren, um ihn zu töten.

Er war ein englischer Schneider, der zur See gegangen und krank geworden war. Man hatte ihn auf St. Helena ausgesetzt, und dort hatte er vierzehn Monate mutterseelenallein gelebt. Um der Sonne zu entgehen, verbrachte er seine Tage in der Kapelle. Als er begriff, dass die Neuankömmlinge Landsleute waren, »verwirrte sich in seinem Schwanken zwischen übermächtiger, plötzlicher Bangigkeit und ebensolcher Freude sein Geist, was uns in höchstem Maße bekümmerte«. Vierzig Ziegenhäute lagen zum Trocknen in der Sonne. »In Ermangelung von Rock oder Kleid« fertigten die Seeleute ihm »zwei Gewänder aus Ziegenhaut, mit der haarigen Seite nach außen, nach Art der Wilden in Kanada«.

Er war noch am Leben, als die *Edward Bonaventure* in den Golf von Paria einlief, aber wahrscheinlich schon tot, als das Schiff den Golf acht Tage später mit der hungernden Mannschaft durch den Drachensund wieder verließ: schon jetzt ein Geisterschiff, dessen Reise bald in Meuterei, Chaos und Dunkelheit enden würde.

So steht die Geschichte in Richard Hakluyts Werk *Hakluyt's Voyages*. Hundert Jahre später diente sie als Vorlage für *Robinson Crusoe*. Der Schiffbruch, der in Hakluyts Erzählung erwähnt wird, geht auf einen anderen Seemann auf einer Bermuda-Insel zurück. Defoe verlegte die Handlung auf eine unbewohnte Insel, die von menschenfressenden Kariben wie denen, die Berrio so fürchtete, aufgesucht wurde. Im Westen lag der Fluss Orinoko mit der großen »Insel Trinidad ... am nördlichsten Punkt der Flussmündung«. Und Robinsons Insel gab es wirklich: Es war Tobago. Auch die hilflosen, aber dennoch bedrohlichen spanischen Soldaten, wie Defoe sie beschrieb, existierten: Sie kamen aus Berrios Stadt St. Joseph.

Fakten und Fiktion treffen aufeinander: Berrio vereint die beiden Wunschträume der Neuen Welt. Der erste Mensch auf Erden zu sein, der am ersten Getreide die ersten Knospen entdeckt und der den ersten Schuss abgibt, »der seit der Erschaffung der Welt dort fiel«. Hierin drückt sich aus, was die Suche nach Eldorado inzwischen symbolisierte. *Robinson Crusoe* ist in seinem wesentlichen, mittleren Teil ein Monolog, der nur im Kopf stattfindet. Andere Menschen sind fast immer weit entfernt, sie sind aktiv, aber stumm und mit irgendetwas beschäftigt, ganz so, als blicke man durch ein Teleskop.

Jene hungernden Soldaten Berrios müssen gerettet werden, denn ein Mensch erbarmt sich seiner Mitmenschen. Aber wie sollen sie gehorchen, wenn – wie Robinson feststellt – Überleben das Einzige ist, was zählt? Er verschickt eine Botschaft: Die Soldaten müssen einen Vertrag unterzeichnen. Doch dann fällt Robinson ein, dass es in dieser Welt weder Tinte noch Feder gibt. Mit dieser Schwierigkeit, albtraumhaft irrational und konkret zugleich, endet der Traum von Unschuld, Reichtum und Macht. Robinson Crusoe wird gerettet.

Vor Ort gab es nichts als Sorgen, doch Spanien genoss noch immer seinen Ruf, und das war Berrio auf Trinidad auch weiterhin nützlich. Wenn fremde Schiffe sich näherten, waren sie ebenso vorsichtig wie die *Edward Bonaventure*. Als im neuen Jahr weitere Soldaten aus Neugranada eintrafen, schickte Berrio sie lieber zur Garnison in Moriquitos Gebiet. Die Spanier auf Trinidad, in St. Joseph und Puerto de los Hispanoles, wie Conquerabia nun allmählich genannt wurde, warteten ab und waren auf der Hut. Mitunter schmolzen sie Erzproben aus örtlichen Vorkommen, wobei Berrios Mönch der »Abtreiber« war, der das Erz schmolz. Ein andermal galt es, Guanaguanares enteigneten Indianern die Stirn zu bieten. Die Arawaken hielten ihr Versprechen und warnten vor fremden Schiffen, die von Süden in den Golf von Paria einliefen. Berrio war nicht auf Schwierigkeiten erpicht. Er machte keine Anstalten zu verhindern, dass man Indianer nach England brachte, damit sie dort

Englisch lernten. Und er gestattete ausländischen Schiffen, Proviant und Wasser aufzunehmen und mitunter, obwohl es eigentlich verboten war, auch Handel zu treiben. Spanische Schiffe kamen nicht vorbei. Berrio und seine Spanier lebten wie Schiffbrüchige von den Erträgen des Landes.

Auch der englische Kapitän Jacob Whiddon durfte an Land gehen, um Wasser und Holz aufzunehmen. Doch er stellte zu viele Fragen. Er durchkreuzte den Golf, und seine Erklärung, dass er auf der Suche nach der *Edward Bonaventure* sei, war absurd. Eines Tages fuhren einige Arawaken mit dem Kanu zu Whiddons Pinasse hinüber. Sie hatten Hunde im Kanu, Karibenhunde, die, den Berichten früher Reisender zufolge, nicht bellten. Die Indianer gaben vor, in den Wäldern jagen zu wollen und luden die Seeleute ein, sie zu begleiten. Diese willigten ein, doch »sie hatten das Ufer noch keinen Büchsenschuss weit hinter sich, als Berrios [sic] Soldaten aus einem Hinterhalt herausstürzten und sie packten«.

Der Vorfall ist rätselhaft – die Geschichte stammt von Whiddon –, doch es kamen tatsächlich Männer ums Leben, und Whiddon begab sich eiligst zurück nach England, um seinem Herrn Bericht zu erstatten. Dieser Herr war Sir Walter Raleigh, ein erfahrener Freibeuter, und Jacob Whiddon war sein erster Kapitän. Raleigh hatte ihn geschickt, damit er sich ein wenig umsah.

Raleigh plante einen großen Angriff. Er wollte durch zahlenmäßige Überlegenheit siegen. Er hatte weit mehr im Sinn als die Plünderung von St. Joseph und die Suche nach Eldorado. Er träumte von einem Weltreich Guyana, in dem die Indianer durch ihre Zahl und die Engländer durch ihre Fähigkeiten die spanische Vormacht in Westindien an ihrer Wurzel zerstören würden. Die Suche nach Eldorado konnte er mit Berrio teilen; doch Raleigh wollte mehr. Hätte Berrio zu diesem Zeitpunkt seine Motive erklären können, hätte er vielleicht gesagt, er wolle Gold und das dritte Marquisat; und wahrscheinlich hätte er dies als Dienst an seinem König dargestellt, der als Einziger einen Untertan ermächtigen konnte, Reichtum und Ehre zu erringen. Dabei hätte er es bewenden lassen: ein persönliches Verdienst, das gleichsam im Nichts hing, in einem undefinierten Raum wie dem südamerikanischen Urwald. Raleigh dagegen schaffte es, persönlichen Ehrgeiz mit etwas Größerem zu verknüpfen. Er hatte eine Vision von Gesellschaft und Gemeinschaft, die Berrio – bei allem diplomatischen Geschick, das er als altgedienter Soldat im Umgang mit unzufriedenen Einheimischen (in den Niederlanden, Granada und Südamerika) gezeigt hatte – völlig abging.

Nicht nur Raleigh besaß eine klare dreidimensionale Sicht auf die Welt und ihre Möglichkeiten. Laurence Keymis, Dozent am Balliol College in Oxford, der Raleighs Expeditionsgefährte war, schrieb über die Schwäche der Spanier: »Jene riesigen Länder Westindiens, die keine Gemeinsamkeit haben und weder vom Wesen her noch durch Gesetz, Sprache oder Religion miteinander verbunden sind und die ohne auswärtige Handelsbeziehungen zu bestehen vermögen, sind nicht so primitiv, als dass sie nicht um ihre eigene Stärke wüssten und vielmehr das Gefühl hätten, die Spanier zu besitzen, als selbst im Besitz der Spanier zu sein.«

Im Vergleich dazu erscheint Berrio wie eine Gestalt aus einer anderen Epoche. Die Spanier zahlten jetzt den Preis für ihre Geschichte, für Jahrhunderte unter muslimischer Herrschaft und die nachfolgende langwierige innere Loslösung ihres Landes: Sie waren Einzelwesen, die sich einem heiligen Krieg verschrieben hatten und die einem veralteten Kodex der Ritterlichkeit folgten, der in der Neuen Welt seine zynische Kehrseite zeigte – jeder blieb isoliert und kämpfte letztlich nur um das eigene Überleben.

Während er auf den Freibrief der Königin wartete, entwickelte Raleigh in London ähnliche Besitzansprüche auf Eldorado, wie Berrio sie auf Trinidad erhob. Beide hatten ihre Sorgen. So erschien der Gouverneur von Cumaná eines Tages mit einigen Soldaten in Port of Spain, um seinen Anspruch auf Trinidad zu untermauern, und forderte Berrio auf, abzuziehen. Als dieser sich weigerte, zog der Gouverneur sich zurück. Doch Berrio war beunruhigt; er bat seine Männer um eine schriftliche Treueerklärung – der Albtraum aus *Robinson Crusoe*: Wieder wurden die Fakten zum Echo auf Defoes Fantasie.

Etwa zur selben Zeit erfuhr Raleigh, dass ein junger englischer Höfling im Begriff war, eine Expedition nach Trinidad und Eldorado zu unternehmen. Es war kein ernsthaftes Unterfangen; es sollte dem jungen Mann nur als Erfahrung dienen, »um die Reife seiner Jahre zu fördern«, und war zum Teil die Idee der Königin. Den jungen Mann selbst zog es in die Südsee, doch das hatte die Königin abgelehnt; eine solche Reise sei zu gefährlich für einen Zwanzigjährigen. Raleigh tobte, doch er war gezwungen, bis zum Jahresende auf seinen eigenen Freibrief zu warten. Sollte den indianischen »Königen« ein Leid geschehen, schrieb er später, dann sei »von ihrer Seite nichts Gutes mehr zu erwarten, denn auch wenn ich alter Narr eine Zukunft in gegenseitigem Respekt befürworte und danach trachtete, die Könige für den Dienst an Ew. Majestät zu gewinnen, statt sie auszuplündern, so weiß ich doch, wie andere verfahren werden«.

Der junge Mann war Sir Robert Dudley, der uneheliche Sohn des Earl of Leicester. Sir Philip Sidney war sein Cousin ersten Grades; seine Mutter war die Tochter einer Kusine von Königin Elisabeth. Hundert Jahre später bezeichnete der Herausgeber eines biografischen Lexikons den jungen Dudley als einen vollkommenen Gentleman im elisabethanischen Sinne: »ein gewissenhafter Seemann, ein guter Navigator, ein vorzüglicher Architekt, Mathematiker, Arzt, Chemiker und anderes mehr.« Er machte eine gute Figur im Sattel, war bekannt für sein Geschick in Turnieren und dafür, dass er »als Erster einen Hund lehrte, bei der Rebhuhnjagd still zu sitzen«.

Sein Leben, das so viel versprechend begonnen hatte, sollte sich bald zum Schlechteren wenden. Als einige Zeit nach seiner Rückkehr aus Trinidad sein Antrag auf Ehelicherklärung abgelehnt wurde, verließ er seine zweite Frau und die Kinder und ging nach Italien ins Exil. Dort verwendete er die Titel, die man ihm in England verwehrte. Er wurde Katholik und verfolgte sämtliche englischen Häretiker, deren er habhaft werden konnte. Anfänglich hielt er mit England weiter Verbindung, sandte Entwürfe für neue Schiffe und einmal sogar einen »Antrag zur Zügelung der Impertinenz im Parlament«; doch im Laufe der Jahre entwickelte er sich zu einem italienischen Edelmann, dessen Treue allein Florenz galt.

Seine Werke über die Seefahrt, die er mit zweiundsiebzig Jahren in Italien veröffentlichte, waren dem Großherzog der Toskana gewidmet. Die gleiche Widmung fand sich auch auf seiner Karte von Trinidad und Guyana wieder, die mit Schiffen und nackten Indianern illustriert war und auf der die Ortsnamen italienisch waren (S. Gioseppe für St. Joseph). So blieb Dudleys Wissen erhalten, die eigentliche Natur seines Unternehmens fünfzig Jahre zuvor jedoch war nicht mehr zu erkennen: wie er den Strand einer Insel in der Neuen Welt zu seiner Bühne gemacht hatte, seinen englischen Gefolgsleuten ein »Abbild des Rittertums« gewesen war und wie er – zumindest behauptete er das – Berrio »im Namen unserer gnädigen Königin, die zu verteidigen uns die Untertanentreue gebietet« ein Schmähschreiben übersandt hatte.

Doch mehr als nur seine Untertanentreue hatte sich verändert. Dudleys Zeit in Trinidad war ein Aufenthalt in einer Fantasiewelt gewesen, einer Welt des fahrenden Rittertums und der poetisch verklärten Heldentaten, der Herausforderung und der Suche nach einem vorbestimmten Feind – und wie gut sich die Spanier für diese Rolle eigneten! – in einem seltsamen, schillernden Wald voller Gefahren und wilder Gestalten.

Die umfassendste Darstellung dieses Abenteuers blieb bis 1899 unveröffentlicht. Sie stammt von Captain Wyatt, von dem sonst nichts bekannt ist. Wyatt betrachtete Dudley als den größten Helden des Rittertums und sich selbst als Dudleys Schildknappen. Sein Stil zielt darauf ab, dem Abenteuer und seiner eigenen Rolle zu entsprechen. Ein Sturm auf See kommt bei Wyatt »wie eine zweite Sündflut über die Welt«. Sein Reisetagebuch, in dem er sich ständig um derartige Effekte bemüht, ist das erste, das die Spannung einer Atlantiküberquerung nach Trinidad festhält: wie die Mannschaften den Weihnachtstag, einen überaus heißen Tag, vor Teneriffa verbringen, wie die Männer von Schiff zu Schiff schwimmen und ausgelassen feiern, die zweiundzwanzigtägige Überfahrt, Fliegende Fische, die sich wie ein Schwarm verängstigter Lerchen aus dem Meer erheben, das unbekannte Klima.

Vor Wyatts Erzählung war in den Dokumenten über Trinidad das Meer einfach nur das Meer, ein Klima gab es in der Neuen Welt nicht, und Virginia, Neufundland, der Regenwald von Guyana und die Antillen waren eins. Landschaften waren reine Formalien. Kolumbus hatte Gärten wie die in Andalusien im Mai gesehen, auch sonst hatte niemand mehr gesehen. Wyatt hingegen war erfüllt von den Londoner Theaterstücken, die er besucht hatte (er konnte Teile des neuen Stückes *Die spanische Tragödie* rezitieren), und er wollte Poesie zu Papier zu bringen. Doch in seiner Begeisterung für die Natur und in dem Staunen, das in seinen Worten aufkeimt, ist das nahende Ende der Neuen Welt als mittelalterliches Abenteuer bereits zu erkennen. Und Berrio, der unnatürliche Feind auf seiner Waldlichtung, erscheint in seiner Suche in doppelter Hinsicht gefangen.

Dudley standen hundertvierzig Männer und zwei erfahrene Seeleute zur Verfügung. Benjamin Wood kannte Trinidad gut. Der Oberlotse, Abraham Kendall, war einer der besten englischen Navigatoren seiner Zeit. Neun Jahre zuvor war er mit Drake in Westindien gewesen und hatte bei der vier Wochen währenden Zerstörung der bedeutenden Stadt Santo Domingo mitgewirkt, die Haus für Haus vernichtet wurde. Und ausgerechnet im Golf von Paria hatte sich Kendall einmal mit seinen beiden Pinassen von einer Expedition davongestohlen, die rund um die Welt führen sollte, aber bald darauf etappenweise in Schiffbruch endete. Kendall war auf unheimliche Weise mit Angst und Schrecken verbunden, und er war nicht sehr beliebt. Angeblich duldete er es nicht, dass jemand an Bord seines Schiffes starb. Er war es auch gewesen, der aus diesem Grund die

Robinson-Crusoe-Gestalt auf der Insel St. Helena ausgesetzt hatte.

Dudley hätte Trinidad mit seiner Streitmacht erobern können. Doch er wollte kein Gefecht. Er wusste nicht, wie stark Berrio war, und er wollte Raleigh nicht noch mehr reizen. Im Grunde ging es ihm nur um das Abenteuer; ihn interessierten die Geschichten über Indianer, Spanier und Gold. Sobald er im Golf von Paria, in der Nähe des Pechsees, vor Anker gegangen war, schickte er seine Kapitäne mit verschiedenen Gentlemen aus, um zu sehen, ob sie nicht »einige jener Wilden herbeiholen oder sich zumindest mit ihnen unterreden könnten«. Die Indianer wurden zum Schiff gebracht und zogen mit Messern, Hörnern, Glasperlen, Angelhaken und Beilen wieder ab. Man hoffte, dass sie mit Gold zurückkehren würden. Stattdessen kamen sie mit Nüssen, Früchten und Tabak.

Einer der Indianer sprach Spanisch. Das war ein Warnzeichen; doch Dudley erkundigte sich bei ihm, ob es nicht eine Goldmine in der Nähe gebe. Er werde sie gleich hinbringen, erwiderte der Indianer. Dann führte er sie acht Meilen die Küste entlang bis zu der Stelle, an der die Fremden normalerweise nach Gold gruben. Wyatt und seine Gefährten gruben jede Menge Sand und Markasit aus. Sie nahmen jeder eine Ladung auf die Schultern und marschierten damit die acht Meilen zurück zum Schiff.

Am nächsten Morgen schickte Dudley seine Soldaten aus. Wenig später ging auch er an Land. Vom Schiff wurde ein Salut abgefeuert, und die Soldaten gaben eine Salve Gewehrschüsse ab. »Sie marschierten in solch geordneter Formation zur Mine«, schrieb Wyatt »dass, wären auch zehntausend Indianer auf uns losgestürmt, sie uns dennoch kein Leid hätten zufügen können«.

Wyatt hatte am Vortag sechzehn Meilen zurückgelegt und bestritt nun in voller Rüstung weitere acht; doch seine ganze Sorge galt seinem General.

»Da wir denn, und es war dies an einem überaus heißen Tage, acht lange Meilen durch den tiefen Sand marschiert, angeführt von unserem Generale, der an Fußmärsche bei Gott nicht gewöhnt, erreichten wir endlich den Ort, an dem das Erz sich befand. Sobald wir das Corps de Garde an konvenabler Stelle platziert und die Wachen aufgestellt hatten, erhielten die Übrigen die Order, nach dem Erz zu graben. Und hatten wir binnen kurzem eine solche Menge beisammen, dass wir, nachdem alle in gleichem Maße beladen waren, gar ein ganzes Viertelfass zurücklassen mussten, welches die Männer nicht mehr zu tragen vermochten, doch kam das Wasser unterdessen so schnell herein, dass wir bis Mitternacht ausharren mussten, ehe der höchste Stand überschritten war.

Derweil ließ unser General, da er einen dichten Nebel sich herabsenken sah, einen Arm voll Gezweig abschlagen und auf dem Boden ausbreiten, um sich darauf zu betten. Der alte Barrow hielt sein Banner, und Wyatt wählte einige unserer besten Männer aus und befahl ihnen, um den General Aufstellung zu nehmen.

Da er so einige Stunden geruhet, erwachte er, und alsbald ward Alarm geschlagen, was ich eher der Unwissenheit unserer Wachen zuschreibe als einem feindlichen Angriff. Gibt es doch eine bestimmte Fliege, die des Nachts wie ein Feuer leuchtet; ich selbst habe wenigstens zwei oder drei von ihnen im Wald gesehen, und sie weisen solche Ähnlichkeit mit kleinen Flämmchen auf, dass ich in ihnen den Anlass für die plötzliche Furcht der Wachen vermute, welche den Alarm gegeben…

Nachdem unsere Männer sich also ausgeruht hatten und das Meer zurückzuweichen begann, erteilte der General den Befehl zum Rückmarsch, was sowohl mit Trompeten als auch mit Trommeln angezeigt ward, und wir setzten uns allesamt in Marsch. Das Wasser reichte unseren Männern bis zum Bauch, unserem General bis hoch zum Schritt, so marschierte er voraus, was für ihn als Höfling gänzlich ungewohnt, doch durchaus angemessen, da er doch unser General in Indien war. Dabei schritt er mit solcher Würde voran und zeigte sich von solch eiserner Entschlossenheit, dass wir, die wir ihm folgten, befanden, ohne Zweifel werde er allein sich als glänzendes Abbild des Rittertums erweisen. Denn wann immer es etwas zu entscheiden galt, tat er dies mit meisterlicher Weitsicht und Besonnenheit, und sobald er den Entschluss gefasst, was zu tun sei, hieß er ihn so geschwind in die Tat umsetzen, dass er wie Cäsar von sich sagen mochte: ›*veni, vidi, vici*‹.«

Sie erreichten das Schiff zwischen zwei und drei Uhr morgens. Die Golfküste war leer und verlassen, dennoch hatten sie ihr die Spannung einiger nächtlicher Stunden und eines mitternächtlichen Marsches in voller Rüstung abgewonnen. Die Feuerfliegen und die Flut hatten ihnen zwei Abenteuer beschert und sie hatten einen Haufen Sand erbeutet. Spanier waren nicht aufgetaucht; und als Dudley sich später an diesem Tag erhob, machte er sich – veni, vidi, vici – sogleich an die Anfertigung einer passenden Gedenktafel. Auf ein Stück Blei wurde das Wappen der Königin eingraviert und darunter ein lateinischer Satz, in dem Dudley in seinem und im Namen der Königin Elisabeth Anspruch auf die Insel erhob. Erst bei Anbruch der Dunkelheit war die Tafel fertig. Dudley übergab Wyatt seinen Degen und bat ihn, die Tafel an einem Baum in der Nähe der Goldmine anzubringen.

Wyatt verstand die Würde und Verantwortung dieses Auftrags. Er begab sich unverzüglich mit seinen Leuten an Land und sie marschierten – ein weiteres Spannungselement – die acht Meilen durch die Dunkelheit zur Mine. Sie beschlossen, die Nacht im Wald oberhalb des Strandes zu verbringen, an einem Platz, an dem es Holz und Wasser gab, »welche für Soldaten auf dem Marsch unerlässlich sind«, wie Wyatt notierte. Eine Stunde lang suchten sie die Umgebung ab. Als sie sich davon überzeugt hatten, dass ihr Lager »unbezwingbar« sei, wurden Wachen aufgestellt, und die Mannschaft legte sich schlafen.

Wyatt schlief tief und fest; er war in weniger als drei Tagen vierzig Meilen marschiert. Am Morgen erfuhr er von den Wachen, dass in der Nacht einmal ein Hund gebellt habe und mehrmals kleine Feuer gesichtet worden seien. Dies weckte in Wyatt den Verdacht, es handele sich um feindliche Kundschafter, und nach den Gewehrsalven und Trompetenstößen hielt er es nun für ratsamer, Vorsicht walten zu lassen. Er nahm zwei oder drei gute Schützen mit und begab sich, »so leise wir es nur vermochten«, hundert Schritte tiefer in den Wald hinein. Dort fanden sie Fußabdrücke im Sand. Vermutlich hatten sich die feindlichen Kundschafter in der vergangenen Nacht dort aufgehalten. Damit gab sich Wyatt zufrieden. Es schien ihm unnötig, sich weiter unauffällig zu verhalten. Zurück im Lager ließ er seine Männer antreten, und sie marschierten »in vorschriftsmäßiger Ordnung« zur Mine, wo es »einen Dienst zu verrichten galt«.

»Erst ließen wir dreimal feierlich unsere Trompeten erschallen, dieweil die Kompanie sich sammelte. In unserer Mitte marschierte Wyatt mit dem Wappen der Königin, welches in einen weißen Seidenschal mit einem Besatz von dunkler, silberner Spitze gehüllt war, an seiner Seite Mr. Wright und Mr. Vincent, und allesamt in Waffen, die Fahne des Generals entrollt, die Trompeten und Trommeln an der Spitze ... So marschierten wir denn die Kuppe des Hügels hinauf zu einem etwas abseits stehenden Baume, wo wir Aufstellung nahmen. Nach einem Moment der Stille verlas Wyatt den Soldaten die lateinischen, sodann die englischen Worte. Er küsste die Tafel und hielt sie an den dazu ausersehenen Baum, auf dem ein Zimmermann mit Hammer und Nägeln bereit saß, um selbige dort zu befestigen. Daraufhin sprachen wir die Worte nach: ›Der Ehrenwerte Robert Dudley hat uns an diesen Ort entsandt, auf dass wir in seinem Namen diese Ehrentat vollbringen und dies mit seinem Degen und Gottes Beistand; so schwört er, jedem Ritter dieser Welt die Stirne zu bieten.‹ Hiernach erklangen die Trompeten und Trommeln und die ganze Kompanie rief: ›Gott schütze unsere Königin Elisabeth‹, und da wir dies in der feierlichsten Manier vollbracht und unseren Auftrag ausgeführt, marschierten wir wieder den Hügel hinab.«

Wyatt sah noch eine weitere Möglichkeit, Dudley einen Dienst zu erweisen. Er belud alle seine Männer gleichermaßen mit Markasit und ließ sie damit die acht Meilen zurück zum Schiff marschieren.

Am nächsten Tag hatten sie eine Idee. Sie segelten an die Stelle, wo die Mine war, und Dudley taufte den Ort Port Peregrine. Nicht vom Land, wohl aber vom Meer aus konnten sie das befestigte und mit Soldaten bewehrte Puerto de los Hispanoles sehen, das Abraham Kendall als das Indianerdorf Conquerabia in Erinnerung hatte. Kendall war deshalb nervös, doch Dudley war der Ansicht, dies sei eine gute Gelegenheit, um Trinkwasser aufzunehmen, die Schiffe mit Ballast zu beschweren und die Ladung zu trimmen. Wieder schickte er seine Soldaten aus. Wyatt musste nun einsehen, dass ihre am Vortag errichtete »unbezwingbare« Befestigung des Lagers »in aller Hast errichtet« worden war. Sie wurde abgerissen und durch eine neue Befestigung ersetzt, die er für »gänzlich unbezwingbar« hielt. Dudley selbst blieb an Bord. Nur einmal begab er sich an Land, um sich freundlich mit »den Wilden« zu unterhalten und zwei oder drei von ihnen zu überreden, mit ihm aufs Schiff zu kommen. Es war gefährlich für die Indianer, und mindestens einer von ihnen wurde gefangen genommen. Aber es war auch gefährlich für Dudley, denn die Indianer sprachen Spanisch und hatten spanische Namen.

Um Mitternacht – Wyatts Bericht wird nun sprunghaft und diffus – schickte Dudley Wyatt und den anderen eine Nachricht. Sie sollten sich beeilen und die Schiffe flottmachen. Die Spanisch sprechenden Indianer, die Kundschafter im Wald: genau wie Kendall befürchtet hatte, waren Berrios Spanier von Anfang an im Bilde gewesen. Kapitän Benjamin Wood war in ein Indianerdorf gegangen, um sich mit den Bewohnern zu unterhalten, und nicht zurückgekehrt. Man würde das Dorf angreifen müssen. Nun würde es doch noch zu Kämpfen kommen.

»Am nächsten Tag wollte Cap. Jobson geradewegs nach Parracow marschieren und den Ort einnehmen, doch da er Wyatt eben den Befehl gegeben hatte, eine Kompanie für den Marsch bereit zu machen, gewahrten wir hinter den Felsen zwei oder drei Gestalten, die mit einer weißen Fahne aus dem Wald traten und diese schwenkten. Sie fragten, ob es gestattet sei, näher zu kommen, um mit uns zu sprechen. Dies gewährte ihnen Cap. Jobson auf der Stelle, und sobald sie bei ihm anlangten, sprach einer die Worte: ›*Vinie en pais ou con gero*‹, was in unserer Sprache so viel heißt wie: ›Kommt Ihr in Frieden oder bringt Ihr den Krieg?‹, und übergab ihm ein Schreiben.«

Und so erscheint der spanische Feind, eine weiße Fahne schwenkend und radebrechend, ohne seine wahre Nationalität preiszugeben. Der Brief stammte vermutlich von Berrio. Dudley berichtete später, Berrio habe dreihundert Männer zur Verfügung gehabt und sei bestens auf ihn vorbereitet gewesen. Das war ein Bluff von Berrio, auf Grundlage der Berichte seiner indianischen Spione. In Wirklichkeit hatte Berrio weniger als fünfzig Mann auf Trinidad, und diese waren auf St. Joseph und Puerto de los Hispanoles verteilt. Abends schickte Dudley seinen Männern an Land wieder eine Nachricht. Nach all den Märschen sollten sie sich nun verborgen halten und ihre Zahl nicht zu erkennen geben. Für den Fall, dass Spanier auftauchten, sollte diesen bestellt werden, dass Dudley sie verachte. Doch am nächsten Tag schickte Dudley seine drei Karavellen nach England zurück.

Dudley selbst wartete auf einen weiteren Brief von Berrio, der womöglich Angaben über Kapitän Benjamin Wood und die Bedingungen für seine Freilassung enthalten würde. Der Brief kam zwei Tage später in der Abenddämmerung. Die Boten waren zwei Indianer, die auch Geschenke mitbrachten. Dudley nahm das Schreiben entgegen, doch um die Verachtung zu demonstrieren, die er seinen Männern anbefohlen hatte, weigerte er sich, mit den Indianern zu sprechen oder ihre Geschenke anzunehmen. Am nächsten Tag zog er alle seine Männer vom Strand zurück, und die ganze Nacht hindurch lag ein Boot mit Musketieren vor der Küste, »damit sie von hinten auf jedweden schössen, der einen Angriff auf die *baraskado* wagte«. Am nächten Morgen – Benjamin Wood befand sich inzwischen zweifellos wieder bei ihnen – waren sie bereit zur Abfahrt.

Doch es blieb noch Zeit für eine weitere Geste. Man hatte eine zweite Bleitafel angefertigt, die besagte, dass der Engländer Robert Dudley, Sohn des Earl of Leicester, an dieser Stelle der Insel gelandet war, sie Port Peregrine getauft hatte und hier geschaltet und gewaltet hatte, wie es ihm beliebte. Ein einzelner Mann, ohne Dudleys Degen und ohne Begleitung durch Trommeln und Trompeten, brachte die Tafel an Land, stellte sie auf – oder vielmehr ab, denn einen Zimmermann hatte er nicht dabei – und eilte zum Schiff zurück. Sie nahmen Kurs auf den Süden der Insel, fort von Berrios Hafen und seinen herumstreichenden Männern.

Das Abenteuer war noch nicht vorüber. Baltasar, der Spanisch sprechende Indianer, war immer noch ihr Gefangener, und sie hatten in der Zwischenzeit noch einen weiteren Indianer aufgegriffen. Sie befragten Baltasar nach Eldorado, doch er weigerte sich zu sprechen. Als man »ihn mit dem Tode bedrohte«, machte er schließlich den Mund auf. Er versprach, sie nach Eldorado zu bringen. Bei dem anderen Indianer waren Drohungen überflüssig. Alle Geschichten über Eldorado seien wahr, bestätigte er; »die Wilden dort hängten sich an Stelle von Brustplatten große Klumpen aus Gold um den Hals«. Wyatt und die anderen erinnerten sich später, dass der Indianer dieses nur »bestätigt« habe und das »durch Zeichen«.

Aber Dudley genügte es. Er werde mit Baltasar nach Eldorado gehen, verkündete er. Da regte sich Widerspruch. »Man hielt es allenthalben für sehr unangemessen, dass sich ein so hoch geschätzter und viel versprechender Kavalier gleich einem federlosen Pfeile der Gefahr aussetze; in einem solch kleinen und einfachen Boote.«

Dudley verstand die Sorge. Er verstand auch, dass die Männer sich davor fürchteten, unter dem Kommando von Abraham Kendall zurückzubleiben; dass sie gewaltige Furcht vor dessen »Niederträchtigkeit« empfanden. Kendall selbst weigerte sich rundweg zu gehen. Zum Anführer der Erkundungsmannschaft benannte man jenen Mann, der die zweite Bleitafel an Land gebracht hatte. Er war nicht gerade froh darüber. Wyatt hörte, wie er erzählte, er habe sich in der vergangenen Nacht im Traume wahrhaftig ertrinken sehen.

Er nahm »die beiden Kapitänsmaate, den Bootsmann, den Hilfskanonier, den Obermaat und seinen Burschen, den Waffenmeister, einen Zimmermann, zwei gestandene junge Seeleute und zwei umsichtige und fähige Holländer« mit sowie die beiden Indianer. Sie setzten aufs Festland über und man hörte eine ganze Woche lang nichts von ihnen. Wyatt und die anderen an Bord des Schiffes »opferten dem Herrn täglich und riefen ihn an in inbrünstigen Gebeten für die Gefährten«. Zwei Wochen vergingen. Kendall gab die Männer verloren. Er murrte über eine gefährliche Einwärtsströmung in der Nähe der Schiffe, mit der er bereits unheilvolle Erfahrung gemacht habe. Wie immer bestrebt, seine Verluste zu begrenzen, plädierte er dafür, dem Golf und Berrios Spaniern den Rücken zu kehren.

Baltasar hatte den Eldorado-Suchtrupp zu einem Indianerdorf geführt, das direkt auf der anderen Seite des Golfs lag. Dort erzählten die Dorfbewohner den Männern von Gold. Sie folgten Baltasar einen Bach hinauf, der von umgestürzten Bäumen, Laub und Ästen zum Teil regelrecht blockiert war, sodass sie ihre Boote streckenweise tragen mussten. Während sie sich im Urwald mit solcherlei Hindernissen herumschlugen, verschwand Baltasar, »der heimtückische Schurke«, eines Nachts in den Wald. Zutiefst erschrocken legten sie den anderen Indianer in Fesseln. Doch es nützte ihnen nichts, da dieser, wie sie nun feststellten, weder Englisch noch Spanisch sprach. Er deutete immer wieder irgendwohin und rief: »*Paracoa, paracoa.*« Er versuchte ihnen den Weg zurück zum offenen Wasser zu zeigen, zum Golf, doch sie beachteten ihn nicht.

Und dann machte sich auch »dieser Halunke eines Nachts, als wir ihn sicher gebunden wähnten, zur gleichen nächtlichen Stunde über Bord davon, doch setzten wir ihm nach, da der Fluss hier breiter war, und fanden daran großen Gefallen; allerdings glaube ich nicht, dass er je seine Heimat erreichte, da er von einer Hellebarde getroffen ward«.

Die Flüsse von Guyana, die beim ersten Anblick so licht und weit wirkten, mit »Vögeln in Weiß, Zinnober und einem vollendeten Blau«, »die Ufergestade mit gleich bleibend schönem

Pflanzenschmuck bewehrt und häufig von den herrlichsten Düften erfüllt«, wurden nun zum Schauplatz einer albtraumhaften Schinderei im Rudern, Ziehen und Tragen der Boote, und nur durch ein Wunder, für das sie unaufhörlich beteten, fanden sie zum Golf zurück.

In ihrem benommenen Zustand – seit drei Tagen waren sie ohne Wasser – begannen sie in die falsche Richtung zu rudern und mussten umkehren. Doch als sie schließlich die Stelle erreichten, an der sie Dudley und Kendall zurückgelassen hatten, fanden sie dort keine Schiffe mehr vor. Sie beschlossen, das Risiko, Spaniern zu begegnen, in Kauf zu nehmen und nach Port Peregrine zurückzurudern. Dort sahen sie ihre eigenen Schiffe und noch ein weiteres vor Anker liegen. Das neue Schiff war eine englische Pinasse aus Plymouth. Ihre Ankunft vor fünf Tagen war das Wunder, das sie gerettet hatte, denn sie gab Kendall und Dudley den Mut zu bleiben. Als Willkommensgruß ließ Dudley für seine Männer, die vor Hunger halb tot waren, eine ganze Stunde lang aus Kanonen und Gewehren Salut schießen.

Am nächsten Tag schlug Dudley vor, auf Grund der gewonnenen Erfahrung und der größeren Sicherheit durch das neue englische Schiff einen weiteren Vorstoß auf Eldorado zu unternehmen. Er fragte nach Freiwilligen, doch niemand meldete sich, »obgleich ich bevollmächtigt war, sie aufzuhängen oder sonst wie zu töten«. Dieses Mal würde er allein gehen müssen und niemand würde versuchen, ihn davon abzubringen. Doch Dudley hatte den Wunsch, sein Abenteuer mit einem Bravourstück abzuschließen. Er bekam langsam Zweifel bezüglich des Sandes und des Markasits (später behauptete er, er habe immer gewusst, dass es nur Sand sei); und er wollte den Neuankömmling, der die Region kannte und kein Dummkopf war, beeindrucken. Er entschied sich für einen Marsch auf der Insel und wählte dafür ein Gebiet weit südlich von St. Joseph, Puerto de los Hispanoles und den Indianerdörfern der hinterhältigen Arawaken aus.

Das Unternehmen begann im bewährten Stil: Man wollte

dem Neuankömmling demonstrieren, was man bisher vollbracht hatte. Zuerst ging Wyatt mit dreißig Mann an Land und machte sich bereit, Dudley mit einer Gewehrsalve an Land zu begrüßen. Dann griffen sie einige Indianer auf, die ihnen als Lotsen dienen sollten. Diese schworen Königin Elisabeth auf der Stelle die Treue. Man befragte die Indianer nach Gold. Sie erzählten, dass ein Indianer in der Nähe von Port Peregrine sich meisterlich darauf verstehe, aus Markasit Gold zu schmelzen. Es sei ein freundlicher Indianer, der, so Wyatts Interpretation, »an den Klang der Trompeten und die Schüsse unserer Gewehre beim Aufstellen und Ablösen der Wachen« gewöhnt war. Doch die Geschichte von Baltasar musste sich herumgesprochen haben. Der indianische Goldexperte floh Minuten vor ihrer Ankunft in den Wald. »Er entkam uns mit solch knapper Not, dass er das Mahl zurücklassen musste, das auf dem Feuer simmerte, und das zu verspeisen er eben ansetzen wollte, von welcher Aufgabe ihn unsere Männer erlösten.«

Sie marschierten durch die dichten Wälder, über »hohe, unerquickliche Berge« – die nicht existieren – und durch »tiefe, gefährliche Flüsse«. Es war nicht so schlimm wie das Lavieren eines Bootes durch einen blockierten Bachlauf in Guyana, doch Wyatt fand, nur Menschen, die einen solchen Marsch hinter sich gebracht hätten, wüssten derartige Strapazen zu würdigen, denn Trinidad und ähnliche Länder unterschieden »sich durch den seltsamen Wuchs ihrer Wälder vom Rest der Welt«.

Die Indianer flohen vor ihnen in die Nacht und ließen ihre Abendessen und Häuser zurück. Dudley, dem das Markasit noch immer am Herzen lag, meinte zahlreiche Schmelztiegel mit Schlacke zu erkennen. Wyatt glaubte, die Indianer flüchteten wegen der Trompetenstöße und der wiederholten Musketenschüsse, »welche wir in voller Absicht ertönen ließen, um den Spaniern kundzutun, in welcher Richtung wir mit wehenden Fahnen marschierten, zu Ehren Englands und ungeachtet der Nähe der Spanier«.

Nach zwanzig Meilen kampierten sie in einem verlassenen Indianerdorf. Um sich herum hörten sie die vertriebenen

Bewohner ihre Pfeifen blasen, ihre Kriegspfeifen, wie Wyatt und die anderen zu erkennen meinten. Sie fesselten ihre indianischen Führer und »bedrohten sie mit dem blanken Dolch an der Kehle«. Es half nichts; einer der Indianer befreite sich von seinen Fesseln und verschwand. Obwohl in dieser Nacht alles ruhig blieb, beschlossen sie am nächsten Morgen, so schnell und lautlos wie möglich zur Küste zurückzukehren, ohne Trompetenstöße und Musketenschüsse. Noch am selben Abend gingen sie an Bord. Damit war das Abenteuer vorüber.

Die simmernden Abendessen, die nächtlichen Kriegspfeifen, die leeren Häuser und die Kochnäpfe: näher werden wir dem indianischen Leben nicht kommen. Als dieser Hochwald das nächste Mal von einem für die Natur aufgeschlossenen Menschen besucht wird – es ist Charles Kingsley im Jahr 1868 –, sind die Indianerdörfer bereits verschwunden und mit ihnen jenes große, lautlose Volk, das beständig zwischen Guyanas Flüssen und Trinidads Waldpfaden unterwegs war. Es ist die Abwesenheit der Indianer, die das Zeitempfinden bezüglich jenes Teils von Westindien verzerrt. Dudleys Abenteuer, das uns Wyatt in seiner Erzählung so nahe bringt, könnte ebenso gut – und das entspräche nur teilweise Wyatts Absicht – in einem mythischen Land angesiedelt sein, in historischer Dunkelheit.

Der Neuankömmling, der an Dudleys Nachtmarsch teilgenommen hatte, war Kapitän Popham. Er war weniger beeindruckt, als Dudley gehofft hatte. Denn es war Popham gewesen, der Domingo de Veras Botschaften über die Entdeckung von Eldorado abgefangen hatte. Und Popham wusste auch von Sir Walter Raleighs Plänen für Trinidad und Guyana. Da diese Pläne auf indianische Unterstützung bauten, bildete Raleigh schon seit Jahren indianische Dolmetscher aus; niemals hätte er die Einschüchterung und Misshandlung der ortsansässigen Indianer durch Dudley gebilligt.

Popham muss Dudley das zu verstehen gegeben haben. Denn gleich nach seiner Rückkehr nach England schrieb Dudley einen unterwürfigen Brief an Robert Cecil, der als erster

Minister der Königin in Raleighs Expedition investiert hatte. Der Reisebericht, den Dudley später, nach gehörigem Druck, für die Hakluyt Society anfertigte, war bescheiden, aber lückenhaft: Niemand hatte sich Sand auf die Schultern geladen, es gab keine feierlich aufgehängten Bleitafeln und keine mit dem Tod bedrohten oder durch Trompetenstöße und Musketenschüsse aus ihren Häusern vertriebenen Indianer.

»Jener Kapitän und ich«, schrieb Dudley, »warteten noch sechs oder acht Tage auf Sir Walter Raleigh (der sich diese Entdeckung, so vermuteten wir, hätte zu Nutze machen können), auf dass unser Wissen und seine Schiffe sich zu einem guten Zwecke verbinden lassen würden; doch wie es schien, traf er erst sechs oder acht Wochen später ein. Daher deuchte es Kapitän Popham und mir nicht ratsam, länger zu bleiben.«

In Wirklichkeit handelte es sich bei den sechs oder acht Tagen des Wartens um die gesamte Dauer von Pophams Aufenthalt im Golf; Dudley und Popham warteten überhaupt nicht, sondern kehrten am Abend zu den Schiffen zurück und legten am nächsten Morgen ab. Gerade noch rechtzeitig. Zehn Tage später – und nicht sechs oder acht Wochen, wie Dudley beim Verfassen seines Berichts sehr wohl wusste – fuhr Raleigh von Süden in den Golf ein.

Raleighs Streitmacht war weniger groß als geplant. Er hatte vereinbart, sich in Teneriffa mit Kapitän Amyas Preston zu treffen, doch da Raleigh Preston schon einmal um ein »Prisengeld« betrogen hatte, zog Letzterer es vor, seine Raubzüge auf eigene Faust vorzunehmen. Außerdem hatte Raleigh während der Überquerung des Atlantiks zwei seiner Schiffe aus den Augen verloren und lief daher eher vorsichtig in den Golf von Paria ein. Vier oder fünf Tage lang ankerte er an der Südwestspitze der Insel. Er sah weder Indianer noch Spanier, auch wenn er einmal ein indianisches Feuer entdeckte. Er glaubte, die Indianer hielten sich aus Angst vor den Spaniern vom Schiff fern. Er schickte die beiden indianischen Dolmetscher, die er aus England mitgebracht hatte, an Land. Diese warben zwei indianische Kundschafter an, die auf der Seite des Golfes lebten, wo Cumaná lag.

Während seine Schiffe vor Anker lagen, fuhr Raleigh mit einem Boot dicht an der Küste entlang. Bei Ebbe erblickte er Austern an den freigelegten Wurzeln der Mangroven in den Bächen. Wie Kolumbus berief er sich auf eine klassische Autorität, auf Plinius' d. Ä. *Buch der Naturgeschichte*; dabei nahm er allerdings nicht auf das neunte Buch Bezug, in dem zu lesen ist, dass Perlen aus Tautropfen entstehen, die in offene Austern fallen, sondern auf das zwölfte Buch, in dem nach Raleighs Ansicht eine Pflanze wie die Mangrove beschrieben wird. Später schrieb er, auf Trinidad wüchsen Austern auf Bäumen, was man für eine seiner Lügen hielt. Er sah sich auch den Pechsee genau an; Abraham Kendall hatte festgestellt, dass das Pech sich gut dazu eigne, Schiffe abzudichten. Raleigh teilte diese Ansicht. Nach zwölf Tagen trafen die beiden verloren gegangenen Schiffe ein. Nun machten sie sich auf den Weg nach Port of Spain, drei ziemlich große und sieben kleinere Schiffe sowie dreihundert Soldaten.

Mit einer weißen Flagge – Spanien und England befanden sich im Krieg – fuhr Kapitän Whiddon im Beiboot des Flaggschiffs zum Landungsplatz hinüber. Dort hatte Berrios Neffe das Kommando, er hatte acht Spanier und fünfundzwanzig Bogenschützen der Arawaken unter sich. Offenbar erkannte man Whiddon vom vergangenen Jahr. Whiddon erklärte, die englischen Schiffe seien lediglich zum *refresco*, zur Aufstockung ihrer Vorräte nach Trinidad gekommen, sie seien auf dem Weg zu der englischen Siedlung in Canaveral in Florida. Whiddon übergab einen für Berrio bestimmten Brief von Raleigh; später meinten die Spanier, Raleigh habe sogar einen Ring als Zeichen der Freundschaft geschickt. Whiddon erklärte, sie brächten eine Menge Waffen und Munition nach Florida; falls Berrio daran Mangel habe, könnten sie ihm zur Befriedung der Eingeborenen einen Teil davon überlassen.

Raleighs Brief wurde zu Berrio nach St. Joseph geschickt, und Whiddon lud Berrios Neffen und die acht Spanier ein, auf ein

Glas Wein an Bord des Flaggschiffs zu kommen. Die Spanier hatten seit Jahren keinen Wein mehr getrunken, doch sie trauten Whiddon nicht. Weil Whiddon aber nicht locker ließ, kamen Berrios Neffe und vier der Soldaten gegen sein Ehrenwort schließlich an Bord. Dort sahen sie sich interessiert um und erboten sich sogar, Leinen und anderes zu kaufen. Sie wurden festlich bewirtet. Raleigh erzählte ihnen von Virginia und Canaveral und wirkte durchaus überzeugend: Er hatte tatsächlich die Absicht, auf seinem Weg zurück nach England in Virginia Halt zu machen. Die Spanier waren schon nach wenigen Schlucken Wein recht angeheitert. Sie prahlten »mit Guyana und seinen Schätzen und mit all den Wegen und Passagen, die sie kannten«. Kurz darauf war der Spaß vorbei; die Spanier durften das Schiff nicht verlassen.

Raleighs Dolmetscher und ihre Kundschafter waren fleißig gewesen. Ein Kanu mit zwei Indianern, einer davon ein Häuptling, kam an diesem Abend längsseits des Flaggschiffs. Später kamen weitere Indianer. Sie brachten viele Klagen vor. So berichteten sie, dass Berrio »die Insel aufgeteilt und jedem Soldaten ein Stück davon gegeben hatte, wie er die alteingesessenen Casiqui, die Herren des Landes, zu seinen Sklaven gemacht hatte: dass er sie in Ketten schlagen und ihnen brennenden Speck auf den nackten Leib werfen ließ, und andere derartige Foltern.« Vom Festland hatte man Arawaken geholt und auf Trinidad angesiedelt, um »jene, die hier ansässig waren, zu verdrängen und auszurotten«. Kürzlich hatte man zwei Indianer gehängt und gevierteilt, weil sie Handel mit englischen Schiffen getrieben hatten.

Raleigh erkundigte sich nach Berrios Truppenstärke. Er habe nicht viele Soldaten, rechne aber jeden Tag mit Verstärkung, meinten die Indianer. Sie nannten zwei Wege, um nach St. Joseph zu gelangen. Einer führte den Caroni hinauf, doch dieser Fluss war schmal und konnte leicht abgesperrt werden. Der andere führte durch Indianergebiet über die Hügel hinter Port of Spain.

Am nächsten Tag kamen acht weitere Soldaten Berrios nach

Port of Spain und brachten Raleigh Geschenke: Geflügel, Wildbret und Obst. Whiddon lud sie ein, an Bord Wein zu trinken und sich zu vergnügen. Sie lehnten ab. Daraufhin ließ Whiddon ihnen etwas Wein an Land bringen. Inzwischen war es dunkel geworden. Zwei andere Soldaten erschienen und begannen mit ihren Kameraden zu zechen.

Ein weiteres mit Soldaten besetztes Boot verließ das Flaggschiff. Dann ertönte vom Flaggschiff ein Signal, und die vierzehn Spanier an Land wurden erstochen. Zur gleichen Zeit starben an Bord Berrios Neffe und seine vier Männer. Bald darauf befanden sich hundertzwanzig englische Soldaten in Port of Spain, und Raleighs Dolmetscher gingen zu Guanaguanares Leuten und den anderen Carinepagotes, um ihnen zu sagen, dass der große Moment gekommen sei.

Spät in der Nacht, als die Indianer aufgestachelt, die indianischen Gehilfen der Spanier dagegen passiv waren, begann der Marsch. Captain Calfield zog mit sechzig Soldaten voraus; Raleigh folgte ihm mit vierzig weiteren. Bei Sonnenaufgang erreichten die Engländer und Indianer St. Joseph. Nach wenigen Schüssen war der Kampf vorbei. Sie betraten die *plaza*, und die Engländer riefen »*Paz! Paz!* Friede! Friede!«

Sie fanden etwa ein Dutzend Spanier vor und töteten alle bis auf Berrio und den alten Mann, der ihm auf seiner dritten Reise als Adjutant gedient hatte.

Sechzehn von Berrios Soldaten, der Rest seiner Garnison auf Trinidad, waren während der Nacht über den Caroni geflüchtet. Einige erreichten den Pechsee, wo freundlich gesinnte Arawaken ihnen Kanus gaben; andere verbargen sich in den Sümpfen. Die spanischen Frauen, die man zurückgelassen hatte, waren in den Wald geflüchtet. All diese Spanier seien dem sicheren Tode entronnen, erklärte Raleigh. Sein Ziel war die Ausrottung der Spanier in diesem Teil der Welt, und er beschrieb das Massaker so, wie es sich seiner Ansicht nach für einen Mann der Tat gehörte. »Ich hätte mich wie ein rechter Esel benommen … wäre ich … nach Guyana gefahren, mit einer Garnison im Rücken, die an dem gleichen Vorhaben interessiert war und noch dazu jeden Tag Nachschub aus Spanien erwartete.«

Guanaguanares Stammesgenossen nahmen ihr Dorf wieder in Besitz, und Berrio wurde Gefangener in seiner eigenen Stadt, an deren Gründungstag Domingo de Vera als Sinnbild für die neu eingeführte Rechtsordnung Galgen und Pranger errichtet hatte. Im Gefängnis ging ein Gespenst um. Raleigh schrieb: »Als ich die Stadt betrat, fand ich dort fünf dieser Häuptlinge oder kleinen Könige (die in Westindien Casiqui heißen) aneinander gekettet, fast verhungert und von Foltern zerrüttet. In ihrer eigenen Sprache werden sie *Acarewana* genannt, und neuerdings, seitdem Engländer, Franzosen und Spanier zu ihnen gekommen sind, nennen sie sich ›Capitaines‹, weil sie gehört haben, dass der Führer jedes Schiffs diese Bezeichnung hat. Diese fünf Capitaines in Ketten hießen Wannawanare, Carroari, Maquarima, Taroopanama und Aterima.«

Dort, wo er am fantastischsten wirkte, war Raleigh am genauesten. Wannawanare, dieser schier unaussprechliche Name, wurde dreihundert Jahre später mit der Wiederentdeckung der spanischen Dokumente bestätigt und erhielt so Bedeutung. Nach der Gründung von Berrios Stadt, so vermerkte der zu Besuch weilende spanische Richter für Irregularien, »verschwand Guanaguanare woandershin«.

Guanaguanares Stammesgenossen plünderten St. Joseph, und auf ihren Wunsch hin brannte Raleigh die Stadt zwei Tage später nieder: die Strohhütten, die strohgedeckte Kirche, das Franziskanerkloster. Anschließend begab sich Raleigh mit seinen beiden spanischen Gefangenen nach Port of Spain. Dort blieb er drei Tage. Später berichtete er über seine Ansprache an die Häuptlinge.

»Durch meinen indianischen Dolmetscher … gab ich ihnen zu verstehen, dass ich einer Königin diente, die der große Casique des Nordens und eine Jungfrau sei, dass sie unter sich mehr Casiqui habe, als Bäume auf der Insel stünden, dass sie eine Feindin der Castellani wegen deren Tyrannei und Unterdrückung sei und dass sie alle Nachbarvölker von ihnen befreit habe. Nachdem sie die ganze Küste der nördlichen Welt aus dieser Knechtschaft erlöst hätte, habe sie mich ausgeschickt, um auch Trinidad zu befreien und außerdem das Land Guyana vor der Invasion und Eroberung durch jene zu schützen. Ich zeigte ihnen das Bildnis Ihrer Majestät, das sie derart bewunderten und verehrten, dass es leicht gewesen wäre, ihnen daraus einen Abgott zu machen.«

Die Indianer nannten Raleighs Königin *Ezrabeta Cassipuna Aquerewana*, »was so viel heißt wie ›Elisabeth, die große Prinzessin und höchste Befehlshaberin‹.«

Dann brachte Raleigh Berrio und seinen Adjudanten in den Süden der Insel. Er ließ keine Soldaten in Port of Spain zurück. Am selben Tag erreichten die ersten spanischen Überlebenden Margarita. Der Gouverneur der Insel sandte sofort ein Kanu mit zwanzig indianischen Kanuten, sechs Soldaten und einem Offizier nach Port of Spain. Sie kamen am folgenden Tag dort an; Port of Spain war wieder in spanischer Hand. Die Spanier, nach der Niederlage klarsichtiger als nach einem Sieg, sammelten Fakten: die Anzahl der Toten, die Flucht von Berrios Soldaten, die Feindseligkeit der Indianer. Raleighs Name machte ihnen Probleme, und so nannten sie ihn Monsieur Raeles, Guaterral, Guatarral, manchmal auch Count Guaterral, *el conde milor Guaterral.* Sie verzeichneten zudem die Titel, mit denen sich Raleigh den Indianern gegenüber ausgewiesen hatte: Earl of Cornwall, Gardeoffizier der Königin von England.

Von den Arawaken erfuhren sie, dass er sich an der Südwestspitze der Insel aufhielt, wo er Bäume fällen und ein Fort errichten ließ. Er habe drei Geschütze an Land geschafft. Er rede immer noch mit den Indianern, verspreche ihnen die Freiheit und bewege sie dazu, sich der Königin von England zu unterstellen. Das Wappen der Königin würde auf einem hohen Pfahl zur Schau gestellt.

Doch Berrio verstand nicht, dass dies mehr war als ein Überfall, dass man ihn endgültig beraubt hatte. Obwohl er seinen Neffen und dreißig Mann verloren hatte, die ihn ihr Gewicht in Gold gekostet hatten, benahm er sich immer noch wie ein

Soldat, der lediglich eine Schlacht verloren hat. »Dieser Berrio ist ein Herr von vornehmer Abstammung«, schrieb Raleigh, »sehr mutig und freigebig [sic], ein Herr von viel Selbstsicherheit und Kühnheit. Ich machte von ihm gemäß seiner Stellung und seinem Werte in jeder Hinsicht Gebrauch, so weit ich dies vermochte.«

Es war Raleighs vornehmes Gebaren, auf das Berrio ansprach, nach all den Jahren in der Gesellschaft von »Männer(n), die in Westindien geboren« waren. Raleigh zeigte Interesse, er stellte viele Fragen; und Berrio sprach so mit Raleigh, wie er auch an seinen König schrieb. Er erzählte ihm von seiner Soldatenzeit in Europa, seinem Rückzug nach Westindien, dem Beginn seiner Suche nach Eldorado. Er erzählte von der großen dritten Fahrt, der Tötung der Pferde, dem Bau der Kanus, von Albujars Aufenthalt im Inkapalast der goldenen Stadt Manoa, vom Neid der spanischen Oberen und den Schwierigkeiten mit den Indianern.

Raleigh merkte sich alle wichtigen Namen und die vielen komplexen Intrigen. Manchmal musste er Berrio die Fakten aus der Nase ziehen, die genauen landschaftlichen Besonderheiten und indianischen Bräuche, die Berrio zwar wahrgenommen hatte, aber nicht für erwähnenswert hielt. Berrio reduzierte eine Entdeckungsreise durch einen unbekannten Kontinent auf die Knappheit von Wasser und Nahrungsmitteln, auf plötzliche Krankheit, eine starke Strömung, einen hohen und schwer zu bezwingenden Berg. Raleigh, der dies alles sehen und riechen wollte, gewann immer mehr den Eindruck, Berrio sei »gänzlich ungebildet« und »ohne jede Wissbegier«.

Für den tief gläubigen Berrio, der von der realen Welt durch die Absolutheit seines Glaubens, des einzigen Wunders neben Gold, abgeschirmt war, stellte der Körper ein Mysterium dar. Krankheit war für ihn Krankheit, sie war, »fast wie die Pest«, ein Akt Gottes.

Raleigh wollte mehr darüber wissen, und das Ergebnis war eine mit mittelalterlicher Fantasie versetzte Wahrheit. »Diese Provinz Amapaia ist sehr flach und nahe am Fluss sumpfig; in dem roten Wasser, das in Rinnsalen aus dem morastigen Boden sickert, leben viele giftige Würmer und Schlangen. Die Spanier ahnten und wussten nichts von dieser Gefahr und bekamen vom Wassertrinken schweren Durchfall.«

Das Gespräch streifte auch Whiddons Expedition im Jahr zuvor und Berrios Befehl, Whiddons' acht Männer zu töten. Berrio meinte dazu, Whiddon sei zu neugierig gewesen, was Eldorado betraf.

Raleigh sagte daraufhin, er sei ebenfalls an Eldorado interessiert. Dies sei der eigentliche Grund seines Kommens, der Grund, warum er das Fort am Strand errichten lasse. Was er über Virginia und Canaveral gesagt habe, sei nur vorgeschoben.

Das war zu viel für Berrio. Er »verfiel darauf in große Melancholie und Traurigkeit, führte alle Einwände, die er wusste, gegen mein Vorhaben an«, schrieb Raleigh. Selbst Kanus mit einem Tiefgang von nur zwölf Zoll liefen auf den Sandbänken auf, die Überschwemmungszeit stehe kurz bevor, die Indianer seien feindselig. Er versuchte zu bluffen und behauptete, dass er täglich mit der Ankunft seines Sohnes rechne, der mit Verstärkung aus Neugranada unterwegs sei. Und er weigerte sich, weitere Informationen preiszugeben. Er kannte die Namen der Flüsse und Stämme nicht; nur den Orinoko kannte er, »denn er hatte nie Gelegenheit, mit den Eingeborenen zu sprechen«.

Einen Monat nach der Zerstörung von St. Joseph hörte der Gouverneur von Margarita von seinen Arawaken-Spionen – zwei von ihnen hielten sich gewöhnlich bei den Engländern auf –, dass Raleigh Berrio immer noch gut behandle, ihm Festessen kredenze und ihn gebeten habe, ihm auf dem Weg nach Eldorado, durch die zerklüfteten Inseln und überschwemmten Gebiete im Flussgebiet des Orinoko als Lotse zu dienen. Raleigh erklärte, er wisse bereits sehr viel, er besitze sämtliche Briefe, die Berrio und de Vera an den König von Spanien geschrieben hatten.

Eine Woche später berichteten die Spione, Berrio solle den Indianern ausgeliefert und durch einen Bogenschuss getötet werden. Berrios Gefährte, Alvaro Jorge, solle erhängt werden.

Die beiden Männer wurden »unter feurigen Salven« ans Ufer geschleift. Doch sie schwiegen weiter. Zwei Tage danach, so erzählten die Spione, habe Raleigh Berrio und Jorge den Orinoko hinaufgebracht. Doch diese Information ist nicht gesichert. Berrio und Jorge verschwanden an dieser Stelle aus Raleighs Erzählung, aus Gründen, die noch ersichtlich werden.

Raleigh war dreißig Tage fort, und die Hälfte dieser Zeit verbrachte er damit, vom Golf von Paria zum Hauptarm des Orinokos zu gelangen. Der erste Indianer, der ihm über den Weg lief, war sehr freundlich. Er bot ihnen an, sie zu führen, aber nach einigen Tagen wurde klar, dass er dazu nicht im Stande war; er war das letzte Mal vor zwölf Jahren am Orinoko gewesen, als kleiner Junge, und er wusste den Weg nicht mehr.

»Hätte uns Gott nicht eine andere Hilfe gesandt, so wären wir wohl ein ganzes Jahr lang in diesem Labyrinth von Flüssen herumgeirrt, ehe wir irgendeinen Weg hinein oder heraus gefunden hätten.« Diese andere Hilfe war ein Indianer, den man durch Zufall gefangen genommen hatte; er führte sie zum Orinoko.

Als Entdecker war Raleigh ebenso unerfahren wie Dudley und sogar noch ängstlicher. Er hatte ständig das Gefühl, nicht genug Männer zu haben. Er sehnte sich zwar nach dem Neuen, doch gleichzeitig machte alles Unbekannte ihn nervös. Der Anblick der Wasserfälle des Caroni aus zwanzig Meilen Entfernung war ihm genug. »Ich gehe sehr schlecht zu Fuß«, sagte er über sich. Es waren seine Gefährten, die ihn von Tal zu Tal weiterdrängten, und dann war er jedes Mal froh darum, denn »überall kreuzte Wild unseren Pfad; gegen Abend sangen Vögel auf jedem Baum – tausend verschiedene Melodien; am Fluss saßen weiße, blutrote und rosafarbene Kraniche und Reiher. Ein sanfter Ostwind erfrischte die Luft …«

Die Indianer am Orinoko hatten vom Erschlagen der Spanier auf Trinidad gehört. In Moriquitos Gebiet wurde Raleigh als Befreier begrüßt. Er sprach zu den dortigen Indianern genauso, wie er zu den Indianern in Port of Spain gesprochen hatte, und fügte noch einige Details zum Sieg über die spanische Armada vor sieben Jahren hinzu. Er bekam die alten Geschichten über Eldorado zu hören. Man erzählte ihm von Minen und zeigte ihm weit in der Ferne einen diamanthaltigen Berg. Die Indianer drängten ihn, umgehend nach Eldorado zu marschieren. Doch er vertröstete sie; er habe weder genügend Männer noch ausreichend Vorräte. Nächstes Jahr, sagte er, werde er mit tausend weiteren Männern aus England, also insgesamt fünfzehnhundert Mann und allen indianischen »Nachbarn« losmarschieren.

Er verteilte etwas, das der spanische Richter für Irregularien später »aus England mitgebrachte Merkwürdigkeiten« nannte. Es waren Goldmünzen, »die neuen Zwanzig-Shilling-Münzen mit dem Konterfei Ihrer Majestät«, welche die Indianer als Zeichen ihrer neuen Untertanentreue tragen sollten. Er ließ zwei junge Engländer bei dem Häuptling zurück, einer davon ein sechzehnjähriger Junge, und im Gegenzug gab der Häuptling ihm einen seiner Söhne mit nach England. So viel Vertrauen auf beiden Seiten, obwohl Raleigh doch nicht mehr als sechs Tage bei den Orinoko-Indianern verbracht hatte.

Auf der Rückreise zum Golf regnete es. Raleigh litt; ungewöhnliche Reisen waren immer eine Strapaze für ihn. Die indianischen Spione auf Trinidad berichteten, er sei sehr zufrieden zurückgekehrt. An dieser Stelle endet Raleighs Bericht von seiner »Entdeckung« Guyanas und Eldorados. »Nun, da es Gott gefallen hat, uns sicher zu unseren Schiffen zu geleiten, ist es Zeit, Guyana der Sonne zu überlassen, die man dort verehrt, und gen Norden zu steuern.«

Mit dieser Art dichterischer Selektivität beginnt Raleigh zu lügen. Denn das Abenteuer war noch nicht zu Ende.

Berrio war immer noch gefangen. Von Trinidad, von Raleighs Schiff oder von dessen Fort aus begann er nun nach Margarita zu schreiben, um eine Leihgabe von tausendvierhundert Dukaten zu erbitten – als Lösegeld für sich und Alvaro Jorge. Es war nicht sehr viel; ein Neger kostete zwischen fünfhundert und achthundert Dukaten.

»Es entsprach nicht dem Wohlstand, in dem ich einst gelebt«, schrieb Raleigh, »dass ich nun auf Raubzug ging, von Kap zu Kap, von Ort zu Ort, gemeine Beute zu machen.« Doch es war viel Geld in Raleighs Expedition geflossen, und er begann sich über Geld Gedanken zu machen.

Dennoch war er zwiegespalten. Er dachte auch an Eldorado und an das kommende Jahr. Er erwog, bei Port of Spain ein Fort zu errichten, und sandte Erkundungstrupps aus, die die Lage sondieren sollten. Auf Margarita hieß es, Raleighs Männer hätten damit begonnen, an einer Stelle am Sandstrand, wo es ausreichend Frischwasser gab, Fundamente anzulegen. Der Gouverneur von Margarita schickte ein Boot nach Trinidad, um Genaueres herauszufinden. Das Boot kam zwar nie dort an, doch kehrte es mit Neuigkeiten zurück. Guaterral war dabei, die Insel anzugreifen.

Am nächsten Tag erschienen Raleighs zehn Schiffe vor Margarita. Er wagte einen Angriff auf die Perlenfischereien, gab jedoch auf, als er einen seiner Männer verlor. Er schickte Alvaro Jorge an Land, um die Übergabe des Lösegeldes vorzubereiten. Man traf eine Übereinkunft, doch dann gerieten die Spanier untereinander in Streit. Raleigh fuhr nach Cumaná weiter, das er auf jeden Fall angreifen wollte. Die beiden von seinen Dolmetschern angeworbenen indianischen Kundschafter kamen von dort. Sie behaupteten, geheime Zugänge zur Stadt zu kennen; möglicherweise stellten sie ihm auch einen Indianeraufstand wie auf Trinidad in Aussicht. Doch weder sie noch Raleigh wussten, dass Kapitän Amyas Preston bereits vier Wochen früher dort gewesen war, sodass die Spanier vorbereitet waren.

Ein Massaker folgte: die schnelle, beherzte Landung der Engländer, der flinke Rückzug der Spanier in höher gelegene, vorbereitete Stellungen, massives Feuer auf die Plünderer, die sich plötzlich auf einem ungesicherten Hügel wiederfanden. Raleighs Männer machten kehrt und rannten zu den Booten zurück. Die Spanier und ihre Helfer setzten ihnen nach. Nur die Feigenkakteen, so schrieb der Gouverneur von Cumaná, hätten verhindert, dass alle an der Verfolgungsjagd teilnahmen, »und ich kann es ihnen nicht verdenken«.

Als die Plünderer ihre Boote besteigen wollten, wurden sie von den indianischen Bogenschützen mit einem Hagel vergifteter Pfeile bedacht. Vierzig Engländer blieben tot am Strand zurück. Die Spanier gaben einige der Namen an: »Carofilde«, der kein anderer war als Captain Calfield, der Anführer des Marsches auf St. Joseph, »Thechen«, Kapitän Thynne, und »Glenfilo«, Raleighs Cousin Grenville.

Auf den Schiffen begann das große Leiden. Die vergifteten Männer wurden von einem ungeheuren Durst gequält; doch Raleigh glaubte, dass sich ihr Zustand durch Trinken noch verschlechtern würde. Berrio konnte ihnen nicht sagen, woraus das Pfeilgift gewonnen wurde; die Spanier verwendeten Knoblauchsaft als Gegenmittel. Doch es war zu spät. Ohne die Quelle seines detaillierten Wissens preiszugeben, beschrieb Raleigh mit außergewöhnlicher Genauigkeit die Auswirkungen des Giftes. »Der Getroffene erleidet die furchtbarsten Qualen der Welt und stirbt eines grässlichen und elenden Todes. Manchmal werden die Sterbenden vollkommen wahnsinnig, manchmal brechen ihnen die Gedärme aus dem Bauch, sie verfärben sich pechschwarz und sind so widerlich, dass niemand es ertragen kann, sie zu behandeln oder zu pflegen.«

Raleigh jedenfalls konnte es nicht. Zwei holländische Kauffahrer lagen vor Cumaná. Raleigh verbrachte die Tage an Bord der holländischen Schiffe und kehrte nur nachts auf sein eigenes Schiff und in seine Kabine mit den grünen Seidenvorhängen zurück. Der Gouverneur von Cumaná, der Raleigh beobachtete, glaubte, dieser handle aus Verzweiflung. Berrio berichtete später, dass auf den Schiffen siebenundzwanzig Männer gestorben seien.

Ein Lösegeld für Berrio zu bekommen, stand nicht länger zur Debatte. Es war unwahrscheinlich, dass der Gouverneur von Cumaná zahlen würde; er war ein alter Feind Berrios und hatte geschworen, ihn zu töten. Und wenn sie Berrio mit nach England nähmen, würde er über zu vieles berichten können. Man einigte sich darauf, Berrio und Alvaro Jorge gegen einen verwundeten englischen Jungen auszutauschen.

Ein wenig außerhalb der Stadt Cumaná stand das Haus eines alten Spaniers namens Fajardo. Fajardo war mit jedem befreundet, mit dem sich Handel treiben ließ, ob Engländer, Holländer oder Indianer. Er war Moriquitos Partner beim Sklavenhandel gewesen; er hatte Moriquito zur Hinrichtung an Berrios Männer ausgeliefert. Raleigh brachte Berrio und Alvaro Jorge zu Fajardos Haus. Man speiste zusammen. Raleighs Stellvertreter Keymis fand, dass Berrio, »nachdem er alle seine Männer verloren ... ebenso allein wie verloren« dastand, »zu nichts anderem fähig, als sich dem eigenen Trost und der Zerstreuung zu widmen«.

Auch Raleigh hatte verloren. Doch Fajardo und er sprachen über ihre Reisen. Ob Raleigh den Stamm jenseits des Flusses Caroni gesehen habe, erkundigte sich Fajardo, »eine Rasse, deren Köpfe sich nicht über den Schultern befinden«. Fajardo, »ein höchst zuverlässiger und ehrlicher Mann« sagte, »er habe viele von ihnen gesehen«. Raleigh hielt die ganze Unterhaltung in seinem Buch fest. Fajardos Namen nannte er nicht, weil er ihn nicht mit den spanischen Behörden in Konflikt bringen wollte; außerdem, so gab er an, sei das Zusammentreffen auf Cumaná zufällig gewesen.

Neun Jahre später, als Raleigh im Tower von London saß, gewann Shakespeare aus dieser Unterhaltung den Stoff für eine Zeile in *Othello*: » ... von Anthropophagen, und von Leuten, die die Köpfe unter den Schultern tragen.«

Der Gouverneur von Cumaná beobachtete Raleighs Abfahrt und fügte dem Bericht, den er gerade schrieb, hinzu: »*Postskriptum.* Heute, Freitag, den dreißigsten, segelte der Engländer davon ... Es heißt, er reise zurück nach England. Doch fährt er weniger stolz (*parado*), als ihm lieb gewesen wäre.«

Vierzehn Tage später traf Raleigh vor dem westlichen Ende Kubas auf Amyas Preston, seinen befreundeten Gegner, der erfolgreich Margarita und Cumaná überfallen hatte. »Wir hatten eine Begegnung«, schrieb Preston mit einer für Eingeweihte erkennbaren Ironie, »mit dem ehrenwerten Ritter Sir Walter Raleigh, auf dessen Rückreise von seiner beschwerlichen und glücklichen Entdeckung Guyanas und seinem überraschenden Besuch auf der Insel Trinidad.«

Es gab nur Opfer zu verzeichnen: Guanaguanare in St. Joseph in Ketten, »jene armen Soldaten« am Landeplatz von Port of Spain, die »seit Jahren keinen Wein mehr getrunken« hatten, Berrio, »in große Melancholie und Traurigkeit« verfallen, die Leiber zwischen den Feigenkakteen in Cumaná, die siechenden Männer auf den Schiffen. Der Sechzehnjährige, den Raleigh im Urwald zurückgelassen hatte, war bereits tot; seine englische Kleidung, so erzählten die Indianer, habe einen Tiger erschreckt und wild gemacht. Und die aufgestachelten, aber schutzlosen Indianer von St. Joseph sollten alsbald wieder befriedet werden.

Raleigh fuhr zurück nach London und verfasste innerhalb weniger Wochen ein Werk des Triumphes, in dem er das Land und die Menschen pries. Über die einfachen Männer aus seiner eigenen Heimat schrieb Raleigh dagegen meistens mit resigniertem Zorn, als seien sie ausschließlich zu seinem persönlichen Verdruss auf der Welt. In Trinidad und Guyana war es immer »eine mühselige Aufgabe, die gröberen Gesellen vom Plündern und Stehlen abzuhalten«. Und selbst der Tod schützte sie nicht vor Raleighs Sarkasmus: Jene acht Männer unter Kapitän Whiddon, die getötet worden waren, beschrieb er als »dumme Tröpfe, die man sich selbst überlassen« hatte. Für die Iren empfand Raleigh nichts als Verachtung: für das, was sie aßen und dafür, wie sie es aßen, für den Whiskey, für die Trunkenheit. Die Indianer hingegen bewunderte er dafür, »die größten Genießer und Trinker der Welt« zu sein, und er ermutigte seine Männer, mit ihnen zu trinken.

Den indianischen Kassavewein – die eingeweichten Kassaveknollen werden von den Frauen gekaut und durch die Zähne hinausgequetscht, wobei der Speichel der Frauen die Gärung vorantreibt – fand er »sehr frisch und sauber«. Sein Blick ruhte anerkennend auf einem Häuptling, der sich in einer Hängematte räkelte, während zwei Frauen »mit sechs Bechern und einer kleinen Kelle, um sie aus einem irdenen Henkelkrug mit Wein zu füllen« ihn bedienten. Und mit wahrem Vergnügen betrachtete er eine der Ehefrauen: »In meinem ganzen Leben habe ich nur selten eine so anziehende Frau gesehen: Sie war hoch gewachsen, hatte schwarze Augen, eine volle Figur, ein sehr schönes Gesicht, und ihr Haar reichte fast bis zum Boden, war aber in hübschen Knoten aufgebunden.« Doch nicht nur die Frau des Häuptlings, auch das Mädchen, das zum Markt gebracht wird, wo es für ein paar Messer verkauft oder eingetauscht werden soll, findet seine Anerkennung: »ein hübsches Mädchen von so schöner Gestalt, wie ich es kaum je in England gesehen habe«.

Von diesen Menschen als Befreier empfangen zu werden, das war ein Teil seines Traums. In Raleighs Erinnerung vermischte sich jene sechstägige indianische Willkommensfeier am Orinoko mit dem Bild eines zauberhaften Waldes, eines nur aus der Ferne erblickten »Berg[es] aus Kristall«, »wie ein weißer Kirchturm von außerordentlicher Höhe«, über den ein mächtiger Fluss herabstürzte, »ohne die Seiten des Berges an irgendeiner Stelle zu berühren«. Hinzu kam das Wissen um eine »Mine«, die er nie gesehen hatte.

Am Ende sog das alles ihn aus dem Tower von London, der idealen Umgebung für ihn, die er unbewusst vielleicht sogar gesucht hatte, weil er dort, frei vom Druck seiner nur unzulänglich von ihm ausgefüllten Rolle, die das Zeitalter ihm auferlegte, jenen Ruhezustand erlangte, in dem sich das Leben und das eigene Handeln mit dem Tod versöhnen.

»Ich wünschte bei Gott, Eldorado wäre nie entdeckt worden!«, schrieb nach Raleighs Überfall der erste Simón de Bolívar aus Caracas.

2

Väter und Söhne
1595–1618

Etwa ein Dutzend von Berrios Soldaten kamen im Laufe der Zeit nach Cumaná, Flüchtlinge aus Trinidad und der zerschlagenen Garnison auf Moriquitos Territorium. Sie waren immer noch bereit, ihm zu dienen, doch es gab nichts für sie zu tun. Berrio und Alvaro Jorge verharrten tatenlos bei Fajardo. Als sich in Berrio der Verdacht regte, sein alter Erzfeind, der Gouverneur von Cumaná, plane, ihn zu ermorden, sammelte er seine Männer, um mit ihnen ins Landesinnere zu ziehen, in das Gebiet des alten Häuptlings, der Berrio auf seiner dritten Expedition geholfen und ihm einen Lotsen überlassen hatte. Doch dieser Häuptling war inzwischen zu einem Anhänger Raleighs geworden, und sein Volk war gegen die Spanier aufgebracht. Berrio und seine Männer versteckten sich auf einer der Inseln im Orinoko, wo es allerdings kaum Nahrung gab.

Angegriffen wurden sie dann nicht von Indianern, sondern von einer Truppe Spanier, die von einem Mann namens Felipe de Santiago angeführt wurde. Santiago war in Berrios Haushalt in Neugranada aufgewachsen und zwölf Jahre lang mit ihm unterwegs gewesen. Er hatte an der dritten Expedition teilgenommen und gehörte zu den achtundzwanzig Männern, die der Gründung von St. Joseph beiwohnten. Später hatte er Berrio den Treueschwur geleistet. Kurz vor Raleighs Überfall war er aus St. Joseph entkommen und konnte sich aufs Festland retten. Einige Wochen später, als er zusammen mit einigen Indianern in einem Kanu fuhr, folgte der nächste Schreck: Raleighs Männer entdeckten ihn – »ein Caballero (Offizier)«, wie Raleigh ihn nannte –, und verfolgten ihn »nicht wenig erfreut« mit ihren Booten. Raleigh setzte fünfhundert Pfund auf seine Ergreifung aus, und die Captains Thynne und Calfield hefteten sich ihm an die Fersen. Felipe konnte entkommen, beschloss jedoch, von der Niederlage aufgerieben, die Seiten zu wechseln und seine Dienste nun jenen spanischen Autoritäten, den Feinden Berrios, anzubieten, die ihm gerade die Oberhand zu gewinnen schienen.

Womöglich hatte Felipe den Befehl, seinen ehemaligen Anführer zu töten. Doch der spanische Richter für Irregularien befand, Felipe habe Berrio aus »persönlicher Passion« angegriffen. Der Kampf endete unentschieden; auf beiden Seiten wurde je ein Mann getötet. Nach der Gefangennahme des zweiten Engländers, den Raleigh zurückgelassen hatte – er sollte sieben Jahre in spanischen Gefängnissen verbringen –, ging Felipe nach Trinidad, um die Insel erneut zu befrieden und auf den Trümmern von St. Joseph de Oruña die Stadt San Felipe de Montes zu gründen, zwei Meilen vom Meer und jenem Hafen entfernt, der »von den Spaniern Puerto de los Hispanoles genannt wird«. Montes war der Name des Spaniers, in dessen Dienste Felipe gewechselt war und der auch die Soldaten bereit gestellt hatte.

Von Guanaguanare oder seinen Indianern hörte man nie wieder. Die Spanier unterteilten die Eingeborenen in Indianer des Friedens, des Krieges und der Arbeit. Felipe beschrieb seine Indianer als Arbeitsindianer – ein Hinweis darauf, was nach der Befriedung vermutlich mit ihnen geschah.

Doch Felipe hatte die Seiten zu spät gewechselt. Zum Zeitpunkt der Niederlage waren Berrio und seine Suche bereits berühmt in Kastilien, besonders in Toledo, Extremadura und La Mancha, das bald als das Land Don Quijotes bekannt werden sollte. Der Grund für Berrios Berühmtheit war Raleigh. Die Nachricht von dessen Überfall (und dem spanischen Sieg) war wie ein Beweis für die Existenz Eldorados. Und auch Domingo de Vera hatte seinen Teil dazu beigetragen, hatte er doch Berrios Anliegen über ein Jahr lang in Spanien vertreten.

Die Nachricht von Berrios Gefangennahme durch Raleigh versuchte de Vera für sich zu nutzen, denn dieser bezeichnete sich weiterhin als Lagermeister von Eldorado und als loyalen Diener Berrios. Falls Berrio nach England gebracht worden sei, schrieb er an den König, dann sollten sämtliche englischen Gefangenen in Peru, Havanna, Lissabon und anderen Orten gegen Berrio ausgetauscht werden. Berrio sei ein verdienstvoller Mann und für die königliche Armee von großer Bedeutung; über Berrio könne womöglich doch noch der christliche Glaube in den Provinzen Eldorados verbreitet werden. Berrio sei ein Held.

»Mögen noch die härtesten und grausamsten Entbehrungen, die man erlitt, wirken, so man sie beschreibt.« Berrio sei das Opfer von Neidern; seine Feinde gehörten niedergemacht und alle Eindringlinge aus seiner Provinz vertrieben. »Denn es ist weder recht noch billig, sich so lange gemüht und sein Vermögen erschöpft zu haben, nur damit ein anderer davon profitiere, ganz und gar da es neun wohl geratene und verdienstvolle Kinder gibt. Ich bitte nur um Gerechtigkeit.« Niemand könne behaupten, Berrio sei in einem gerechten Kampf besiegt worden. In St. Joseph hatte er kein Fort, keine Munition, keine Artillerie, keine Pferde; seine Soldaten seien geflohen, als der Angriff begann. Und eines Tages, so de Vera, würde dies alles bekannt werden. Die Zeit sei »die Entdeckerin der Wahrheit«.

De Veras Plädoyer traf auf offene Ohren. Der König stand kurz vor seinem zweiten Bankrott und war bereit, alles auf eine Karte zu setzen. Er investierte siebzigtausend Dukaten in de Veras Expedition. Die Stadt Sevilla gab fünftausend. Einige ehemalige Infanterieoffiziere und viele erstgeborene Söhne schlossen sich an, viele Männer verkauften ihre Höfe und Häuser, um mitzufahren. Die Expedition wuchs von fünfhundert auf tausend, dann auf tausendfünfhundert und, manchen Aussagen zufolge, sogar auf zweitausend Mann an. Dann gab es einen Rückschlag zu verzeichnen, denn die Engländer – wieder unter Raleigh – überfielen Cadiz. Sie erreichten wenig, doch nach dem Bericht von Raleighs Stellvertreter Keymis wurden die Schiffe, die die Expedition nach Trinidad hatten bringen sollen, »in Asche gelegt«. Also erwarben die Spanier von den Flamen kleine, schnelle Schiffe auf Kredit. Um unterdessen Berrio in seiner Provinz zu schützen und die Feinde des Königs zu bestrafen, entsandte man den Richter für Irregularien.

Fajardo floh in die Berge jenseits von Cumaná. Laut dem Richter trieb Fajardo Handel mit den Feinden und ermutigte sie herzukommen, »die doch kaum Christlichkeit in sich tragen und in Sünde leben, die sie hier zu verbreiten trachten«, die in aller Offenheit Zeichnungen der Häfen anfertigten, die Gegend erkundeten und geschmuggelte Neger aus Angola, Guinea und Kap Verde ins Land brachten. Der Gouverneur von Cumaná wurde fuchsteufelswild, als die Männer des Richters anfingen, versteckte Schmuggelware auszugraben. »Ich gebe ihm die Schuld«, schrieb der Richter für Irregularien, »an all diesen Unregelmäßigkeiten. Ich halte einen seiner Beamten gefangen, da er drei kostbare Perlen an englische Schiffe verschachert hat.«

Die anderen spanischen Beamten begriffen und erklärten, dass sie auf Berrios Seite stünden. Der Gouverneur von Margarita meinte, er habe schon immer geglaubt, die endgültige Eroberung Eldorados sei nur eine Frage der Zeit.

Berrio lebte indes immer noch auf seiner Insel im Fluss. Für ihn kam das alles zu spät: die Vernichtung seiner Feinde, die Unterstützung durch den König und schließlich auch de Veras mächtige Streitmacht mit achtundzwanzig Schiffen, der größten spanischen Flotte, die je in den Golf von Paria eingefahren war.

Anderthalb Jahre später verfasste der sterbende de Vera, seiner rhetorischen Fähigkeiten, ja der Sprache selbst beraubt, in St. Joseph einen wirren und hysterischen Bericht seines Scheiterns. Noch mehr als zwanzig Jahre danach verfluchten die Überlebenden der Expedition, inzwischen in alle Teile des Weltreichs zerstreut, de Veras Namen. In Venezuela und auf Trinidad wurde dieses Scheitern zu einem volkstümlichen Schreckensmythos, und in dieser Form ist uns de Veras Geschichte in der von Bruder Antonio Caulin verfassten Kirchengeschichte der Region aus dem achtzehnten Jahrhundert überliefert.

Caulin berichtet, dass am Sonntag oder Montag der Heiligen Woche 1596 die Schiffe im Golf vor Anker gingen. Eine Hundertschaft Soldaten wurde abkommandiert, um Port of Spain zu besetzen und Felipe de Santiago aus St. Joseph zu vertreiben. Dies war schnell getan. Doch für tausendfünfhundert Leute gab es in Port of Spain nicht genug Unterkünfte. Man errichtete Strohhütten am Strand, und im Handumdrehen sahen sich die Mönche vor der Aufgabe, Kranken und Verzweifelten Trost zu spenden. Sie arbeiteten die ganze Nacht und den ganzen folgenden Tag hindurch. Selbst als sie sich an einen entlegenen Teil des Strandes zurückzogen, folgten ihnen Frauen, viele mit Säuglingen, um Trost in ihren frommen Worten zu finden. Schon an der Art und Weise, wie das Abenteuer begonnen habe, meinten die Frauen, sähen sie, das es ein schlimmes Ende nehmen würde.

Allerdings gab es noch einen anderen Zeugen: Laurence Keymis war als Raleighs Abgesandter an den Orinoko zurückgekehrt, um den Indianern zu erklären, warum Sir Walter Raleigh in diesem Jahr nicht zu ihnen kommen würde. Keymis hörte von de Veras achtundzwanzig Schiffen; zehn lagen immer noch in Port of Spain vor Anker, »einige in Conquerabia, der Rest vor den kleinen Inseln nahe der Mündung«. Die Katastrophe lag noch in weiter Ferne. Felipe de Santiago saß in St. Joseph im Gefängnis und wartete auf seine Hinrichtung, und Felipes Soldaten, »Akteure in diesem Zwischenspiel«, waren mit Kanus nach Cumaná und Margarita zurückgekehrt.

Über die Verhaftung und Hinrichtung von Felipe de Santiago schrieb de Vera nichts; diese spielten zum Zeitpunkt des Berichtes keine Rolle mehr. Kurz nach der Landung, so berichtete de Vera – zweifellos nach dem von Keymis beobachteten

Errichten von Befestigungen –, ließ er einige Kanus und Einbäume herbeischaffen und schickte mehr als achthundertsiebzig Mann zu Berrio. Und damit begannen die Schwierigkeiten. De Vera wusste nicht, dass sich die Verhältnisse in Guyana seit Raleighs Besuch verändert hatten. Die Indianer waren dabei, sich aus den Gebieten, die unter spanischer Kontrolle standen, zurückzuziehen. Da die Spanier nicht einmal in Extremsituationen Ackerbau betrieben, waren sie in Bezug auf Nahrung von den Indianern abhängig. Als diese sich nun zurückzogen und nichts mehr angebaut wurde, litten die Spanier Hunger. Keymis notierte noch vor der Katastrophe, dass Berrio, selbst als er noch ein paar Mann zur Verfügung hatte, viel Zeit mit der Beschaffung von »Naturalien verbringen musste, an denen großer Mangel herrscht, da die Indianer ihre Behausungen verlassen und seit einem halben Jahr ihre Äcker nicht bepflanzt haben, wodurch die Spanier gezwungen sind, ihr täglich Brot in weiter Ferne zu suchen und sich mit wenig zu bescheiden«. Das Eintreffen von achthundertsiebzig Mann führte deshalb zur Katastrophe.

Vermutlich kam es zu Überfällen auf entlegene Indianerdörfer und Felder und zu Streitigkeiten mit Indianern. Der Vorstoß auf Eldorado, unter der Führung des »alten, blinden und schwachen« Alvaro Jorge, wie de Vera schrieb, scheiterte an einem Hinterhalt, in dem Alvaro Jorge und ungefähr dreihundertfünfzig Spanier von Indianern getötet wurden. Danach ging alles schief. Die Vorräte, die de Vera von Trinidad geschickt hatte, erreichten Berrio nicht, denn sie wurden von Männern, denen Eldorado gleichgültig geworden war, nach Caracas abgezweigt. Auch aus Caracas wurde Nachschub erwartet, für den man bezahlt hatte, der aber niemals ankam: Der neue Gouverneur von Caracas war der Mann, der auf Berrios zweiter Expedition die Meuterei angeführt hatte, und für de Vera war es inzwischen zu spät, sich darüber beim König zu beschweren.

Auf Trinidad und in Guyana rebellierten die Soldaten, sie flüchteten in Gruppen von zehn oder zwanzig Mann und wurden von Indianern getötet. Andere wurden von spanischen

Beamten abgeworben. »In ihren Augen ist es ein Werk der Barmherzigkeit«, schrieb de Vera, »doch der Herr wird sich Seiner Sache wieder annehmen.« Die Mönche beförderten die vorherrschende Unzufriedenheit. »Ich gehorche ihnen«, schrieb de Vera, »und zolle ihnen den gebührenden Respekt. Doch darüber hinaus mag ich nichts mit ihnen zu schaffen haben.«

Ein von de Vera über den Golf geschickter Rettungstrupp traf auf eine Horde menschenfressender Kariben von der im Norden gelegenen Insel Dominica. Die dreihundert Kariben töteten und aßen die Männer und verschleppten die Frauen. Laut Caulin mussten die Mönche, die irgendwie überlebt hatten, die Überreste begraben: »ein unmenschliches Gemetzel, aufgerissene Brustkörbe, die Herzen verspeist; andere in Stücke zerteilt, darunter ein armes Weib aus San Silvestre nahe Madrid, aus deren Leib man das Kind herausgerissen, um es mit den Gedärmen seiner Mutter neben deren Haupt liegen zu lassen«.

Als de Vera davon hörte, fuhr er mit hundert Mann von Port of Spain auf die andere Seite des Golfs an den Ort, wo sich die Kariben nach ihren Menschenjagden versammelten, um die Beute zu teilen. De Vera berichtete, dass während der Überfahrt ein Sturm aufzog, bei dem er vierzig Männer verlor. Mit den Überlebenden erreichte er das Festland, doch die Rettungsaktion gab er auf. Stattdessen entschloss er sich, da er bereits auf halbem Wege war, weiterzuziehen und Berrio einen Besuch abzustatten.

Es war ihr erstes Treffen nach drei Jahren, und de Vera erhoffte sich zumindest etwas Anerkennung für seine Dienste. Doch Berrio wirkte entrückt. »Berrio«, notierte de Vera, »sagte nicht einmal der Höflichkeit halber, ›Ich werde tun, was Seine Majestät befiehlt‹«.

»Señor«, erwiderte de Vera, der an dieser Stelle seines Berichtes die direkte Rede verwendete, »Ihr habt Kanus. Schickt ein paar Mann damit nach Trinidad, damit sie Vorräte und Tauschgüter besorgen. Versammelt Eure Männer. Ich selbst werde freundlich gesinnte Indianer hier am Fluss aufsuchen. Sie werden uns Nahrung geben und auch weiterhin versorgen. Dann wollen wir unsere Soldaten zusammenführen. Mit Beginn des Sommers wird alles bereit sein.«

»Es ist zu viel, was wir zu bewerkstelligen suchen«, entgegnete Berrio. »Wenn wir zu viel versuchen, erreichen wir am Ende gar nichts.«

Das war alles: die einzigen gesprochenen Worte, die von Berrio überliefert sind. De Vera wartete drei Tage, doch Berrio hatte nichts mehr zu sagen. Sein Leben lang hatte er sich mehr Soldaten gewünscht, Männer, die nicht »in Westindien geboren« waren. Und jetzt waren es zu viele; ihre schiere Anzahl war ihnen zum Verhängnis geworden. De Vera kehrte nach Trinidad zurück. Die beiden Männer hatten keinen Kontakt mehr.

De Vera berichtete, er habe auch weiterhin Männer zu Berrio geschickt, die jedoch ein ums andere Mal rebellierten. Einen Trupp ließ er von einem Mönch begleiten, doch auch das funktionierte nicht; die Soldaten fesselten den Mönch, schlugen ihn mit ihren Schwertern und drohten, ihn zu ertränken. Sie setzten ihn als Kannibalenfutter an einem einsamen Strand aus, wo er wie durch ein Wunder überlebte.

Die hungernden Spanier von Guyana planten, Berrio zu ermorden. Sie hassten ihn mit spanischer Inbrunst. Berrio war wahnsinnig und lag im Sterben. Acht Monate nach seiner Begegnung mit de Vera war er tot.

Und als ob er nur auf diesen Moment gewartet hätte, erschien, sechs Jahre nachdem er seinen Vater verlassen hatte, Berrios neunzehnjähriger Sohn in Guyana, um die Provinz seines Vaters einzufordern. De Vera reiste zu ihm, um ihm Bericht zu erstatten und die Übergabe vorzunehmen, und Berrios Sohn nahm seinen offiziellen Titel an: »Don Fernando de Oruña y de la Hoz, von Königs Gnaden Gouverneur und Generalkapitän der Provinzen Eldorado, Guyana und des Sagenhaften Manoa sowie der Insel Trinidad.« Er blieb in Guyana, während de Vera nach St. Joseph zurückkehrte.

De Vera behauptete, die Indianer von St. Joseph und Port of

Spain befriedet zu haben: »Sie pflügen das Land und machen es fruchtbar.« Dennoch gab es immer noch nicht genügend Nahrung für die dreihundert Männer auf Trinidad. Die achtzig Pferde waren eine zusätzliche Belastung. In dem neuen Fort von St. Joseph mit seinen zehn schweren Geschützen warteten die Männer auf den Tod.

De Vera schrieb seinen Brief aus St. Joseph im Oktober 1597. Als das Schreiben König Philipp II. erreichte, war de Vera, laut Caulin, bereits an einer Blasenkrankheit gestorben. Auch der König lag im Sterben. Der Schriftverkehr des Weltreichs war inzwischen zu einer reinen Formsache, zur Routine geworden, in der Fehlschläge und Leid sang- und klanglos untergingen. »Mit den anderen Papieren bezüglich dieser Angelegenheit zu verwahren«, ordnete der König an. Und damit gerieten die Schreiben für dreihundert Jahre in Vergessenheit. Die Zeit, die Entdeckerin der Wahrheit, verschluckte Berrio. Es gibt nicht einmal ein Porträt von dem Mann, der nach dem dritten Marquisat der Spanischen Neuen Welt strebte.

Raleigh schickte auch weiterhin einmal im Jahr ein Schiff nach Guyana. Doch für die Spanier und allen voran für Fernando Berrio war die Suche zu Ende. Im Alter von zwei Jahren war Fernando mit seinem Vater nach Westindien gekommen, und er war zwölf, als er mit auf die große dritte Expedition ging. Mit vierzehn kehrte er in sein Elternhaus nach Neugranada zurück, und dort blieb er. Nun, als Gouverneur und Generalkapitän, setzte Fernando für Trinidad einen Vizegouverneur ein, der ihm viertausend Dukaten für den Posten bezahlte. Aus den Abgaben, die sein Stellvertreter auf der Insel erheben durfte, sollte dieser sich selbst ein Gehalt auszahlen.

Fernando blieb drei Jahre in Guyana und lebte dort mit einer Indianerin zusammen. Er baute eine Siedlung, Santo Thomé, aus und gründete eine weitere. Die Indianer zogen sich zurück; im Umkreis von fünfundzwanzig Landmeilen wurde nichts mehr angebaut. Man habe ihn mit der schlimmsten indianischen Kriegstaktik geschlagen, sagte Fernando, dem Hunger.

Er »entvölkerte« seine neue Siedlung und begab sich in die Unglücksstadt seines Vaters, St. Joseph, wo ebenfalls nur noch fünfzig Menschen lebten. Sein Stellvertreter war unzufrieden. Er hatte ein schlechtes Geschäft gemacht und wollte die Sache beenden, denn er konnte nicht einmal sein Gehalt erheben. Die königliche Schatzkammer in St. Joseph enthielt nur tausendsechshundertzweiundfünfzig Pesos, sodass er als Vizegouverneur ein Anrecht auf ganze sechzehneinhalb Pesos besaß. Fernando zahlte ihm die Summe aus und entließ ihn.

Sechzehneinhalb Pesos als Beamtengehalt: das verdeutlicht die Verhältnisse. Nach dem Fiasko um Eldorado war dieser Teil Hispanoamerikas nur noch eine Marginalie innerhalb des Spanischen Weltreichs. Auf Margarita, der fast völlig ausgebeuteten Perleninsel, standen einundfünfzig Häuser; neunzehn davon gehörten Priestern und Witwen. Dabei war Margarita das Juwel der Region. Doch die Insel hatte Beamten nichts zu bieten, und wenn sie das herausfanden, beklagten sie sich beim König wie kleine Kinder.

»Ew. Majestät wünschten mich zu belohnen. Doch mein Glück war nur von kurzer Dauer. Ich erhielt diesen unbedeutenden Posten, den ich dennoch in hohen Ehren halte, da es Ew. Majestät so gefällt.«

»Gebt mir einen anderen Posten«, schrieb der erste Simón de Bolívar. »Für Venezuela taugt ein jeder, und seien seine Fähigkeiten noch so beschränkt.«

Es kamen keine Schiffe aus Spanien, und Gehälter wurden nicht bezahlt. »Ich schwöre bei Gott, dass ich seit zwanzig Monaten nicht einen Real mehr erhalten habe. Ich muss essen, und wären da nicht meine wenigen Indianer – freie Männer –, welche auf einem kleinen Feld ein wenig Mais anbauen, dann hätten weder sie noch ich einen Bissen zu essen. Ich bin gezwungen, so zu verfahren, um meine Familie zu versorgen, und ich vertraue darauf, dass Ew. Majestät es für wohl getan befinden werden, da mir nichts anderes zu tun bleibt.«

»Und nun verlangt man von mir einen Mietzins. Muss ein Gouverneur Mietzins entrichten? Und wie soll ich obendrein

Mietzins entrichten, wenn ich kein Geld habe? Sendet mir ein Dekret, das mich dazu ermächtigt, in diesem Haus zu leben, ohne einen Mietzins zu entrichten.«

Zudem war das Leben der isolierten Beamten voller Gefahren. »In einem meiner Schreiben erbat ich von Ew. Majestät die Gefälligkeit, mich zum Gouverneur von Caracas zu ernennen. Doch nun bitte ich Ew. Majestät, mir diesen Gefallen lieber nicht zu erweisen, denn es geht die Fama, der letzte Gouverneur sei mit Kräutern vergiftet worden. Vor einigen Tagen starb der Bischof, der zu Besuch weilte, auf dieselbe Weise; und man hört, dass die Menschen dort ebenjene Kräuter zu verwenden pflegen. Einige gar seltsame Todesfälle haben sich in dieser Provinz ereignet, und ich bitte Ew. Majestät, sich meiner zu erbarmen.«

Fremde Korsaren überfielen die kleinen Siedlungen nach Belieben und mitunter einfach nur zum Spaß. So nahmen einige Holländer eines Tages vor Margarita eine Gruppe perlensammelnder Spanier gefangen und befragten sie nach der Größe der Insel. Sie sei sehr groß, erklärten die Spanier. Doch die Holländer lachten; sie wussten, dass in den Zeiten, wo nach Perlen getaucht wurde, nur etwa fünfunddreißig Menschen in den einundfünfzig Häusern von Margarita zurückblieben.

Die Spanier hatten nie genug zu essen, und sie waren stets in Gefahr, selbst gefressen zu werden. Immer häufiger gingen die menschenfressenden Kariben auf Streifzug. »Die Indianer, die sie erwischen, fressen sie, die Spanier töten sie auf grässliche Weise ... und sind weder die einen noch die anderen verfügbar, so ernähren sie sich von Negern.« In einem Bericht heißt es, die Kannibalen würden die Neger kastrieren und in »beständiger Knechtschaft« halten, bis sie sie fraßen.

Vielleicht hätten die Kariben die Spanier und ihre wertvollen Neger ebenso in Ruhe gelassen, wie sie die Holländer und Engländer in Ruhe ließen (mit denen sie sogar befreundet waren). Doch der Kannibalismus brachte die Spanier in Rage, weckte in ihnen den gleichen Wunsch nach Verstümmelung, Zerstörung und Unterdrückung wie die Sodomie, ein weiterer offen praktizierter Brauch, und die indianische Angewohnheit, bei Gesprächen zu urinieren, ohne sich abzuwenden.

»Ihre Frevel sind so ungeheuerlich und von solchem Gewicht, dass keine Hoffnung besteht, diese Menschen durch das Wort Gottes zu wandeln. Ew. Majestät müssen diese Inseln von Kariben entvölkern.« Die Kariben sollten zu Sklaven erklärt und zur Strecke gebracht werden; immer und immer wieder sandte man Pläne für Ausrottungsfeldzüge durch spanische Soldaten oder für Galeerenpatrouillen nach Madrid, wobei diese Galeeren mit versklavten Kariben bemannt werden sollten. »So man nicht irgendetwas in dieser Sache unternimmt, wird es unmöglich sein, in Trinidad, Margarita, Cumaná oder anderswo Siedlungen zu unterhalten.«

Doch es kam nur selten eine Antwort. Das Imperium war zu groß. Mexiko, Peru, der Schutz der Handelsflotten, die Schwierigkeiten in Europa: dagegen erschienen die Inseln und das östliche Hispanoamerika unwichtig. Es gebe viele Indianer auf Trinidad, meinte ein spanischer Historiker, doch es sei kein guter Ort. Bisweilen führte die Armada der Handelsflotte nach jahrelanger Korrespondenz eine Blitzaktion durch. Doch es half nichts. Die Kariben setzten ihre Überfalle fort, und die Fremden kamen weiterhin.

Doch die Fremden kamen nicht mehr, um Überfälle durchzuführen. Sie kamen nun, um Tauschhandel zu treiben und um das große Geschäft zu machen. Die Holländer bezogen ihr Salz aus Venezuela. Die Engländer kamen wegen des Tabaks nach Trinidad, um jener neuen, nationalen Leidenschaft gerecht werden zu können, die Raleigh entfacht hatte. Trinidad war aus dem spanischen Imperium so gut wie herausgefallen, dafür war es zu einem englischen Begriff geworden: Trindidad, Trinidade, Trindado, diese Worte waren in England, noch vor Virginia, ein Synonym für Tabak. Spaniern war es verboten, mit anderen Nationen Handel zu treiben. Doch es gab sonst niemanden, mit dem sie hätten handeln können. Spanische Schiffe legten in Trinidad nicht an, und auch die Siedlungen in der Nähe suchten nur wenige auf. »Selbst wenn man Wachen in der Messe postiert und die Neger hinter Schloss und Riegel schlafen – sobald ein Kauffahrer gesichtet wird, und sei es noch eine ganze Meile entfernt, strömt alles in der Nacht hinaus, um mit ihnen Handel zu treiben. So mancher hat sich auf diesen Schiffen sogar eine Überfahrt nach Flandern oder England erkauft.«

Alle spanischen Beamten verstießen gegen das Gesetz. Und alle jammerten zugleich über die eigene Hilflosigkeit und beschwerten sich über sämtliche anderen spanischen Beamten. »Mir blutet das Herz, da Ew. Majestät mich an einen Platz beordert haben, wo es so viele Feinde gibt und ich doch außer Stande bin, diese anzugreifen oder ihnen auch nur Trutz zu bieten. Ich bitte und beschwöre Ew. Majestät, mir die Güte zu erweisen, mir ein anderes Gouverneursamt zuzuteilen, wo ich nicht täglich dem Schmerz ausgesetzet, die Umtriebe unserer Feinde hilflos mit ansehen zu müssen.«

»Ich spreche die reine Wahrheit, wenn ich sage, dass dieser Schatzmeister, den ich hier habe, der übelste Mensch auf Erden ist. Ich finde kaum Zeit, seine Versäumnisse zu bestrafen, ehe er sich schon die nächsten zu Schulden kommen lässt.«

Mitunter kam es zu einer Untersuchung. »Der Lizenziat Pedro de Liaño, Richter im Auftrag Ew. Majestät, ist hier eingetroffen, um sich von den widerrechtlichen Transaktionen und Tauschgeschäften, die einige hiesige Städte so schamlos betreiben, ein Bild zu machen. Er ist ein Mann von außerordentlicher Begabung und ein wahrer Christ, der frei von jedem Eigennutz handelt.«

Fünf Monate später berichtete derselbe Beamte dem König über denselben Richter: »Ich tat, was in meiner Macht stand, um dem Mann Beistand zu leisten. Ich war streng zu jenen, die sich am Schleichhandel beteiligten. Ich bestrafte die Schuldigen höchstselbst. Als der besagte Lizenziat sah, dass man ihm zuvorgekommen war und es diesbezüglich für seine Gelüste keinen Raum mehr gab, begann er in böser Absicht weit über das hinauszugehen, was Ew. Majestät ihm zum Auftrag gemacht haben. Er schickte seine Justizbeamten an jeden Ort und bezahlte ihnen gewaltige Saläre, auf dass sie in allerlei privaten Angelegenheiten herumschnüffelten ...«

Wo alle schuldig waren, wo selbst ein alter westindischer Haudegen wie Fajardo zum Gouverneur werden konnte, ließ sich keine Rechtsordnung durchsetzen. »Der Gouverneur schickte mich aus, um zwei *alcaldes* (juristische Beiräte der spanischen Gouverneure, A.d.Ü.) zu verhaften. Sie entkamen, während ich in der Messe saß, denn sie hatten Komplizen unter den Wachen. Es gelang mir, einen *alcalde* dingfest zu machen. Der andere entkam. Die Gram hierob warf mich aufs Krankenlager, wo ich auch jetzt noch weile. Der Entkommene fürchtet nicht Gott noch seinen König. Und selbst die Priester sind in diese Angelegenheit verstrickt.«

Gott und der König: Eine andere Form von Untertanentreue, eine andere Vorstellung der Zugehörigkeit hatten die isolierten spanischen Beamten nicht. Sie waren Einzelgänger; andere Spanier waren ebenso ihre Feinde wie Fremde. »Ew. Majestät wissen, dass man gegen die Gouverneure von Cartagena, La Havanna und Puerto Rico Untersuchungen durchgeführt und sie für schuldig befunden hat. Ich bitte Ew. Majestät inständig, mir eines dieser Gouverneursämter zu übertragen. Ihr werdet keine Klagen über mich hören.«

Auch das war Teil der spanischen Verschwendung, aus der andere mit einem ausgeprägteren Sinn für Gemeinschaft einen Vorteil ziehen konnten. »Es gibt in dieser Gegend einen Spanier, der geächtet wurde, weil er einige Engländer, die ihm in die Hände fielen, gut behandelte«, schrieb ein englischer Diplomat aus Port of Spain. »Er und eine Schar Spanier flohen als erklärte Gegner der königlichen Politik aufs Festland. Ich habe meine Schaluppe ausgesandt, um ihn zu suchen. Ich bin sicher, wenn ich selbst mit ihm sprechen könnte ... könnte er Eurer Lordschaft höchlich zu Diensten sein.«

»Ich wage zu behaupten«, schrieb ein anderer englischer Händler und Entdecker, »und hoffe, in wenigen Jahren den Beweis dafür erbringen zu können, dass allein diese eine Ware, der Tabak, den Kaufleuten ebensolchen Vorteil und Gewinn einbringen wird, wie den Spaniern die besten und reichsten Silberminen auf all ihren Inseln in Westindien.« Für die Spanier war Trinidads Tabak nur eine Belastung, genau wie das Salz Venezuelas. Würde man die Tabakfelder zerstören, fände kein illegaler Handel mehr statt und die Indianer würden wieder Ackerbau betreiben und in den Minen arbeiten. Und es wurden tatsächlich Tabakfelder zerstört, doch den Handel konnte das nicht unterbinden.

Was das Salz aus Venezuela betraf, so beschloss eines Winters die *Junta de Guerra de las Indias*, das für Verteidigungsfragen zuständige Gremium des Indienrates, dass Salz »weder für jene Königreiche noch für Westindien« von irgendeinem Nutzen sei. Daher sollten die Salzgärten zerstört werden. Den Holländern das Salz zu entziehen bedeutete gleichzeitig, über die Rebellen in Flandern die mächtigste aller Sanktionen (*el mayor torcedor*) zu verhängen und so den kräftezehrenden Krieg zu beenden. Womöglich könnte man die Salzgärten überfluten. Man schickte einen Ingenieur aus, der dieser Möglichkeit nachgehen und Bericht erstatten sollte. »Schickt mir Gift«, schrieb ein anderer Beamter an den König. »Wenn wir das Wasser vergiften, wird auch das Salz vergiftet, was in Holland, Seeland und England solchen Schaden anrichten würde, dass niemandem dort der Sinn nach weiterem Salz stehen wird. Lasst mir das Gift unter größter Geheimhaltung zukommen.«

Unter den Ingenieuren und Beamten, die mit der Prüfung und Berichterstattung beauftragt waren, findet sich, völlig unerwartet, ein berühmter Name: der Herzog von Medina Sidonia. Kein Nachkomme – es ist der Admiral selbst, der widerwillige Kommandeur der Spanischen Armada, deren Niederlage Englands großer Triumph war. Man stellt sich vor, dass er sich nach seiner verheerenden Niederlage krank und gebrochen auf seine Ländereien zurückzog, und man weiß um den demütigenden englischen Überfall auf Cadiz acht Jahre später, als der Herzog Gouverneur von Andalusien war und die Schiffe, die de Veras Eldorado-Expedition nach Trinidad hatten bringen sollen, im Hafen von Cadiz »in Asche gelegt« wurden.

Doch nicht einmal unsere Fantasie reicht aus, um das hinzuzufügen, was sich sechzehn Jahre nach der Niederlage der Armada abspielte: die Vermessung der Provinz Neuandalusien, das Abschreiten der Salzgärten von Araya und die Überwachung des Golfs von Paria und der See zwischen Trinidad und Margarita. Der Feind, das waren jetzt namenlose holländische und englische Kaufleute und menschenfressende Kariben in Kanus, doch die Schwierigkeiten waren immer noch die gleichen.

»Ich habe Ew. Majestät von der dringenden Erfordernis unterricht, Männer und Geld zu schicken«, hatte er nach dem Überfall auf Cadiz geschrieben, »doch habe ich nie auch nur eine Antwort erhalten.« Auch diesmal war die Quintessenz seines Berichtes die gleiche; und auch diesmal bestand die Antwort aus dem Ausbleiben einer Antwort.

No hay que responder, no hay que proveer; es gibt nichts zu erwidern und es gibt nichts zu tun: Dies war die königliche Schweigeformel. Und sie entsprach den Tatsachen: Es gab tatsächlich wenig, was man tun konnte. Das Imperium erstreckte sich über die ganze Welt; es war einfach zu groß.

Fernando Berrio war mit den ängstlichen, jammernden Beamten nicht zu vergleichen, denn sein ererbtes Amt war eine Lebensstellung; er bat nie um seine Entlassung oder Versetzung. Er hielt sich abwechselnd in Guyana und Trinidad auf und beklagte sich nie. Offiziell suchte er immer noch nach Eldorado, doch Berichte darüber schrieb er nicht. Dafür schrieben andere über ihn. »Don Fernando ist nicht auf seinem Posten. Und wenn man sieht, wo er sich im Moment aufhält, wird er Eldorado auch in fünfhundert Jahren nicht finden. Ich gebe Ew. Majestät mein Ehrenwort, dass er mehr als achttausend Indianer getauscht oder verkauft hat.« – »Er sucht nicht nach Eldorado. Er handelt mit Indianern und hat bereits mehr als zehntausend von ihnen verkauft. Ew. Majestät müssen einer Sache gewahr werden: Wo dieser Mann ist, da ist Eldorado ganz gewiss nicht.«

»Er ist wie üblich in Schwierigkeiten und zwar aus den üblichen Gründen: zu wenig Vieh und zu wenig Pferde. Ich persönlich finde das Ganze absurd. Die Soldaten sind es leid. Sie halten das alles für einen schlechten Scherz und fühlen sich genarrt.«

Mitunter war die Kritik auch widersprüchlich. »Ich habe seit 1598 den dauernden Befehl, die Geschehnisse um Eldorado zu beobachten«, schrieb der Gouverneur von Cumaná im Jahr 1605 als Antwort auf eine Mahnung aus dem Jahr 1603 (alles dauerte jetzt etwas länger). »Ich schickte unseren Notar und einen Fähnrich mit vier Soldaten aus, heimlich Erkundigungen einzuziehen. Ich trug den Soldaten nicht auf, Sklaven zurückzubringen. Ich befahl ihnen lediglich, jene Indianer mitzubringen, die Fernando Berrio aus gutem Grunde enteignet hat.«

»In sämtlichen Provinzen wurden Tabakpflanzen zerstört, bis auf Santo Thomé und die Insel Trinidad. In Trinidad geht viel Tuchhandel vonstatten, und zu diesem Zwecke liegen ständig englische und französische Schiffe vor Anker.« Der Gouverneur von Margarita befand, im Golf von Paria und am Orinoko gehe es zu »wie auf einer Handelsmesse«. Der Orinoko, der Fluss von Eldorado, war nun eine bekannte Schmuggelroute. »Sämtliches geschmuggeltes Tuch gelangt über ihn ins Land und wird direkt nach Peru gebracht, was der königlichen Schatzkammer wenig zuträglich ist.«

»Treibende Kraft dieser und anderer Verbrechen ist der Gouverneur. Sein Betragen entbehrt jeder Christlichkeit und wird seinem Stand als Untertan Ew. Majestät in keinster Weise gerecht! Er benimmt sich wie ein allgewaltiger Monarch; er gleicht einem ungläubigen Wilden; von einem Christenmenschen hat er nichts.«

»Wir hören nicht viel von diesem Mann. Doch nach dem, was ich gehört, kann von einer Suche nicht die Rede sein. Auch wenn dieses Unternehmen nicht auf Kosten Ew. Majestät durchgeführt wird, oder vielleicht gerade darum, ist doch der christliche Glaube in beträchtlicher Gefahr. Der Preis dafür, dass man dieser Schimäre nachjagt, ist das zügellose, unstete

Leben der Soldaten, die weder die Gesetze Gottes noch die des Staates achten und sich hemmungslos jeglichen Lastern hingeben. Daher fühlen sich viele frevlerische Geistliche, Mönche und abtrünnige Klosterbrüder von diesem Orte angezogen und sind dort sehr willkommen, er ist eine rechte Brutstätte der Verdammnis. Zu all dem soll entschuldigend hinzugefügt werden, dass der Herr sich nicht der besten Gesundheit erfreut, ja dass es um seine Gesundheit sehr schlecht bestellt, so sie nicht gar ruiniert ist. Die Gründe dafür sind hinlänglich bekannt.«

Fernando Berrio lebte mit einer Indianerin zusammen. Sie sei, so schrieb ein spanischer Beamter, seine Lotsin nach Eldorado. Fernandos Krankheit könnte die Syphilis gewesen sein. Syphilis war eine indianische Krankheit, die nach Kolumbus' zweiter Reise nach Europa gelangte; die einzige Rache der Neuen an der Alten Welt.

Fernando schrieb nie von seiner Krankheit. Er schrieb überhaupt nichts. In unserer Vorstellung ist er ein siechender Mann von dreißig Jahren, der zufrieden und gesetzlos in seinem Königreich lebt. Doch so töricht und korrupt Fernando auch sein mochte, er war immer noch ein Spanier, der ebenso schnell und schmerzhaft zustechen konnte wie die unscheinbare Wespe, die auf Trinidad bis heute »Jack-Spaniard« genannt wird. Fernando trug, nach spanischer Tradition, den Nachnamen seines Cousins, »de la Hoz« – Rodrigo de la Hoz war der Mann, der damals am Landungsplatz von Port of Spain Raleighs Leuten entgegengegangen, mit der Einladung zum Wein an Bord gelockt und dort ermordet worden war. Fernando hatte Einiges, das es zu rächen galt.

Allmählich wurde man mit der Region bekannt und die Legenden schwanden dahin. Samuel Purchas, der die Manuskripte von Richard Hakluyts Reiseberichtsammlung *Voyages* geerbt hatte, erkundigte sich bei Raleighs Stellvertreter Keymis nach dem Wahrheitsgehalt der Geschichten über Menschen, die ihre Köpfe unter den Schultern trugen. Keymis erklärte, es sei eher so, dass diese Menschen »keine Hälse hatten«. Die Indianer wurden von den Engländern und Holländern gegen die Spanier eingesetzt und von den Holländern gegen die Engländer. Sie erhielten Gewehre. Ein englischer Reisender berichtete, sie hätten »gelernt, ihre Büchsen sehr ordentlich zu handhaben; und manche von ihnen sind treffliche Schützen«.

Raleigh, der inzwischen Gefangener des englischen Königs war, hatte seine eigenen Erinnerungen an diese Region, und im Tower von London wandelten sich diese Erinnerungen in Fantasien. Er schickte auch weiterhin Schiffe oder finanzierte sie mit. Doch es ging ihm nun weniger um Entdeckungen als darum, mit seinen Indianern in Verbindung zu bleiben. Noch erinnerten sich manche an ihn.

Ein Engländer namens Robert Harcourt kam mit Plänen für eine Kolonie und Plantagen nach Guyana. Den Indianern an der Küste täuschte er vor, dass Raleigh ihn geschickt habe. Der Klang dieses Namens lockte einen Häuptling mit einem Teil seines Gefolges aus dem Urwald; sie trugen inzwischen völlig zerlumpte englische Kleidung, die Raleigh ihnen vor Jahren geschickt hatte. Harcourt musste erklären, warum Raleigh nach vierzehn Jahren nicht selbst gekommen war. Raleighs alter indianischer Dolmetscher und Diener, Leonard, der selbst schon in England gewesen war, hatte eine lange Reise auf sich genommen, um Harcourt zu treffen und ihn »nicht auf die gewöhnliche, unhöfliche Art der Indianer, sondern auf zivilisierte Weise« zu empfangen. Leonard wollte, dass sich die Engländer in der Gegend niederließen. Er führte Harcourt zu einem Ort, von dem er meinte, er eigne sich gut für *houses*, und dieses englische Wort, mitten im südamerikanischen Urwald, verblüffte Harcourt.

Eine Mondfinsternis ereignete sich. Die Indianer schossen mit brennenden Pfeilen nach der Erscheinung. Martin, ein anderer Indianer, der erst kürzlich aus England zurückgekehrt war, erklärte den Brauch »und lachte über ihre Einfalt«.

Es war wie Raleighs Traum von Arkadien, und die alten Geschichten von Gold und der sagenhaften Stadt Manoa kursierten noch immer. Harcourt bat um einen Lotsen nach Manoa, man stellte ihm einen. Doch als sie die Stelle erreichten, die die Indianer beschrieben hatten, war dort überhaupt nichts, und »unser Lotse war dabei von einer unverschämten Gleichgültigkeit«. Harcourt hatte immer vermutet, dass die Londoner Geschichten über die Minen übertrieben waren. Dennoch ließ er dreißig Männer zurück, die nach dem sagenhaften Manoa suchen sollten, und begab sich selbst nach Trinidad, dem Tabakkönigreich von Fernando Berrio.

Drei englische Schiffe lagen im Süden des Golfs von Paria vor Anker. Irgendetwas war nicht in Ordnung: Es dauerte vierzehn Tage, bis Harcourt Port of Spain erreichte. Zwei Tage später kamen Fernando Berrios Stellvertreter und einige seiner Männer an Bord und wurden bewirtet. Harcourt wollte Tabak. Doch die Spanier hatten andere Sorgen.

»Sie gaben offen zu, dass ihnen die Kariben sehr zusetzten und sie nicht wüssten, wie um alles in der Welt sie diesen beikommen sollten.« Bei einem kürzlich erfolgten Angriff waren acht Spanier getötet und viele verwundet worden. Harcourts Arzt versorgte einige der Verletzten.

Die drei englischen Schiffe im Süden des Golfes waren Harcourt nach Port of Spain gefolgt. Doch sie bekamen immer noch keinen guten Tabak von den Spaniern. Das war ungewöhnlich, und es dämmerte Harcourt, dass die »Verzögerungen und schönen Worte« vielleicht Teil einer Verschwörung waren. »Nach dieser Erkenntnis machten wir uns am siebten Tag gegen ein Uhr früh kurzerhand davon und überließen die anderen Schiffe ihren Geschäften.«

Die *Diana* gehörte einem in London ansässigen Holländer, die *Penelope* ebenso wie die *Endeavour* einem Londoner Kaufmann namens Hall. Hall war mit Raleigh befreundet, und auf den beiden Schiffen befanden sich einige von Raleighs Männern. Nicht lange nach Harcourts Abreise ließ Fernando Berrios Stellvertreter sechsunddreißig Besatzungsmitglieder der *Penelope* und der *Endeavour*, die an Land gegangen waren, in Port of Spain gefangen nehmen. Man fesselte sie Rücken an Rücken und schnitt ihnen die Kehle durch. Berrio und Raleigh waren quitt. Harcourt hatte Glück gehabt; schließlich hatte er selbst Raleighs Namen verwendet.

Die Erinnerung an die Morde war noch frisch, als ein englischer Höfling und Diplomat, wiederum teilweise auf Raleighs Kosten, ein Jahr lang die Region zwischen Amazonas und Orinoko erforschte. Anschließend nahm er Kurs auf den Golf von Paria. Dort fand er fünfzehn englische, französische und holländische Schiffe vor, die in Port of Spain Tabak luden. Der Diplomat geriet mit den Spaniern über die Tötung von Halls und Raleighs Männern, »mit welchen sie schlechter verfahren als mit Mohren«, in Streit, der jedoch friedlich endete. Unter den Spaniern herrschte große Geschäftigkeit. In Port of Spain trieb man für einen weiteren Vorstoß auf Guyana Rinder und Pferde zusammen. »Doch wird sich das Unterfangen bald in Rauch auflösen, denn der Gouverneur ist faul und taugt nicht zum Arbeiten, er hat mehr Geschick dazu, Tabak zu pflanzen und zu verkaufen, als Kolonien aufzubauen oder Armeen zu führen.«

Der Diplomat, der dies schrieb, war Sir Thomas Roe. Vier Jahre später sollte er die langwierige Fahrt vom westindischen Hafen Surat nach Agra in Nordindien unternehmen, um am Hof der Moguln in Indien als erster Abgesandter des englischen Königs zu dienen. Es war ein glanzvolles Königreich, das jedoch vergleichbare Unzulänglichkeiten aufwies: Der König war einfach nur der König, und seine Untertanen waren nur Söldner, keine Nation. Ideelle Anliegen spielten eine geringere Rolle, und der Untergang dieses Königreiches sollte rascher und umfassender erfolgen. Roe ließ sich von den schwierigen und nervösen Beamten in den weiten Marmorhallen von Agra ebenso wenig beeindrucken wie zuvor von Fernando Berrios geschäftigen Spaniern in den Strohhütten von Port of Spain. »Die Spanier hier sind gleichermaßen stolz und überheblich, und doch sind sie hilflos und schwach: Ihre Stärke ist Fama, ihre Sicherheit Einbildung.«

Auch hinter der Geschäftigkeit in Port of Spain verbarg sich Schwäche. Roe erkannte sehr wohl, dass diese Geschäftigkeit nur darauf beruhte, dass man »täglich mit dem Eintreffen des Richters des Königs rechnet«.

Der königliche Untersuchungsrichter wurde erwartet. Es hatte lange genug gedauert. Der Tabakhandel auf Trinidad, der den englischen Kaufleuten sechzigtausend Pfund im Jahr einbrachte und denen auf dem europäischen Festland noch einmal so viel, war zu einem Skandal geworden. Botschafter hatten Berichte geschrieben. Spanien hatte mehrfach Warnungen an Fernando Berrio ergehen lassen (»... andernfalls wird getan, was getan werden muss«: Direktere Drohungen standen einem König nicht an). Doch selbst nachdem eine Untersuchung angesetzt war, hörten die Klagen nicht auf. Die Indianer und Spanier auf Trinidad hatten sich damit gebrüstet, dass ihre Vorräte an geschmuggeltem Tuch für vierzehn Jahre reichen würden. Auf einem gekaperten englischen Schiff fand man Briefe von Fernando Berrio, dessen Stellvertreter und sogar von einem Franziskanermönch. Fernando selbst hüllte sich in Schweigen; er brachte nicht einmal irgendeine Entschuldigung vor. Es ging das Gerücht, er unterziehe sich auf Margarita einer Art medizinischer Behandlung.

Es dauerte zwei Jahre, die Untersuchung in Gang zu setzen; und erst ein knappes Jahr nach Sir Thomas Roes Besuch machte sich der Untersuchungsrichter – ein ehemaliger Gouverneur von Venezuela – mit dem man so lange »täglich« gerechnet hatte, auf den Weg von Margarita nach Trinidad. Er reiste mit drei Barkassen und einer Piroge und hatte dreißig spanische Beamte und Soldaten sowie mehr als hundert Indianer und Neger bei sich. Die Überfahrt nach Port of Spain dauerte vierzehn Tage. Von dort begab sich der Richter nach St. Joseph, das zu dieser Zeit aus zweiunddreißig Strohhütten bestand und dessen männliche Einwohnerschaft vierzig Kopf zählte. Fernando Berrio befand sich nicht in der Stadt; er hielt sich auf der anderen Seite des Golfes in Guyana auf.

Der Richter ließ sich in der – nie beschriebenen – Herberge nieder und präsentierte den Stadtoberen seine königliche

Vollmacht. Dann besuchte er die Messe. Alle Einwohner St. Josephs, selbst die Frauen der Oberen, folgten dem Richter zurück in die Herberge. Sie hatten eine Petition vorbereitet, die der Notar verlesen sollte, sofern der Richter es gestattete. Er gestattete es, und sobald der Notar zu lesen begann, fielen sämtliche Bürger auf die Knie. Es war ein Gnadengesuch. Die Einwohner erklärten sich allesamt für schuldig, seit Jahren Handel mit Fremden getrieben zu haben, und wenn der Richter sie dafür hängen wolle, müsse er mit den Kindern anfangen. Den Richter rührte »der bedauernswerte Anblick«. Er bat die Männer, Frauen und Kinder aufzustehen und sprach ihnen Trost zu: Er werde eine Generalamnestie beantragen.

Einen ganzen Monat verbrachte der Richter damit, ihre Geständnisse aufzunehmen. Er kam zu dem Schluss, dass Fernando Berrio »gravierende Schuld auf sich geladen« habe. Da jedoch klar war, dass Fernando nicht zu ihm kommen würde, entschloss sich der Richter, zu Fernando zu gehen. Doch dann wurde Alarm geschlagen. Die Kariben griffen wieder an.

»Ich befinde mich dieser Tage in einer Stadt, in der wir zum Schutz vor den Kariben Tag und Nacht Waffen bei uns tragen«, notierte der Richter. Er war voller Anteilnahme für die ortsansässigen Spanier und teilte ihre Meinung, dass die Kariben entweder ausgerottet oder versklavt werden sollten.

Die Soldaten des Richters schlugen die Kariben zurück, und dieser begab sich nach Port of Spain, um von dort nach Guyana überzusetzen. Dort stellte er fest, dass, noch während er in St. Joseph Beweise für ungesetzlichen Handel gesammelt hatte, fremde Schiffe in Port of Spain angelegt hatten. Er erhöhte die Zahl der Anklagepunkte gegen Fernando Berrio auf achtunddreißig. Fernando blieb bei seinem Verhör in Guyana gelassen. Er sei arm und bedürftig, meinte er, und das sei in den ganzen sechzehn Jahren seiner Amtszeit als Gouverneur nie anders gewesen. Der Richter – der weder Fernando noch die Umgebung jemals näher beschrieb – tobte; er war der Ansicht, Fernando verdiene die Todesstrafe. Dann untersagte er den Anbau von Tabak in Guyana und fuhr nach Trinidad zurück.

Im Hafen von Port of Spain lagen inzwischen noch mehr fremde Schiffe. »Flamen und Engländer laufen in diesem Hafen ein und aus, als befänden sie sich im Ärmelkanal«, schrieb der Richter. »Es gibt hienieden so wenige Spanier, dafür aber so zahlreiche Feinde, dass man sich weniger berufen fühlt, mit einer Feder in der Hand umherzugehen als mit einer Muskete auf der Schulter.«

Der Richter ließ ein englisches Schiff überfallen und den Kapitän gefangen nehmen. »Bevor ich ihn hängen ließ, stellte ich ihm viele Fragen« – mehr hatte er darüber nicht zu berichten. Der Kapitän sagte aus, dass noch weitere ausländische Schiffe nach Trinidad unterwegs seien.

Und dann kamen auch Schiffe: Es waren Kriegsschiffe, eine ganze Armada. Der Richter bereitete sich darauf vor, sie in Empfang zu nehmen. Doch es waren spanische Schiffe, ein Teil der Armada, die seit fünfzig Jahren die Handelsflotten eskortierte, und zwar mit vollem Erfolg, obwohl ihre Routen und Segelzeiten genau festgelegt und allgemein bekannt waren. Die *Junta de Guerra* hatte beschlossen, die Armada einen zweitägigen Streifzug durch die Gewässer um Trinidad vornehmen zu lassen. Doch jetzt, nachdem so viele Briefe hin und her gegangen waren, schien der Besuch plötzlich doch nicht notwendig zu sein. Es war weit und breit kein fremdes Schiff mehr zu sehen. Und dafür gab es einen einfachen Grund: Die Kapitäne der fremden Schiffe waren von ihren indianischen Verbündeten gewarnt worden waren. Schon vor einiger Zeit hatte man Informationen über dieses Warnsystem nach Spanien gesandt, doch die Schreiben waren noch ungelesen.

Der spanische Admiral drängte zur Weiterfahrt. Die Zeit war kostbar und die eigene Handelsflotte wichtiger als fremde Kauffahrer. Der Richter zwang ihn, sechs Tage zu bleiben. Kein fremdes Schiff ließ sich blicken. Die beiden Männer gerieten in Streit. Der Richter erklärte, er sei nur bestrebt, dem König zu dienen und dem ketzerischen Verhalten Einhalt zu gebieten. Die Armada fuhr davon. Der Richter enthob Fernando Berrio seines Amtes als Gouverneur von Trinidad, ernannte einen

Vizegouverneur und fuhr zurück nach Margarita, um seinen Bericht zu schreiben.

Er ließ sich Zeit und gab die üblichen Empfehlungen: mehr Siedler, eine dauerhafte Garnison, mehr spanische Handelsschiffe. Er fügte ein Memorandum über Neger hinzu, die man im Tausch gegen Tabak widerrechtlich nach Trinidad gebracht hatte, und endete mit einer persönlichen Anmerkung: »Ich beklage mich nicht über die sechs Dukaten täglich, die mir während der Zeit dieser Untersuchung zustehen. Es belangt mich nicht, dass ein Richter des königlichen Gerichts zehn Dukaten am Tag erhält oder dass ich gezwungen war, Soldaten mitzubringen, die leer ausgegangen wären, hätte ich ihnen nicht etwas gegeben. Doch es gibt viele Fremde in dieser Gegend, und ich will gern alles tun, was in meiner Macht steht, und ausgeben, was mir eigentlich nicht zur Verfügung steht, im frohen Bewusstsein, Ew. Majestät hiermit dienen zu können.«

Der Gouverneur von Margarita unterstützte ihn mit einem Begleitschreiben. Beide Dokumente gingen nach Madrid. Neun Monate später vermerkte der König auf dem Brief des Gouverneurs: »Mit den anderen Papieren bezüglich des Tabaks zu verwahren, bis zu dem Tage, da eine Entscheidung getroffen wird; *y no hay que responder*, es gibt nichts zu erwidern.«

Die Entscheidung fiel zwei Jahre später, als sich Fernando Berrio nach Spanien begab und dort wegen seiner Absetzung und seinem Dasein ohne Amt vorsprach. Bis dahin hatte er in Guyana gelebt. Auf Trinidad gab es ohne ihn noch mehr Probleme als üblich, denn der neue Vizegouverneur hatte zu viel Elan. Seine erste Amtshandlung bestand darin, zwölf spanische Soldaten und einige Bogenschützen der Arawaken loszuschicken, um eine holländische Tabakplantage in Guyana ausfindig zu machen und zu zerstören. Die Holländer hatten Kanonen, und den Spaniern erging es schlecht, bis die Bogenschützen das strohgedeckte Fort mit brennenden Pfeilen beschossen. Sechs Holländer und die gesamte Tauschware fielen dem Feuer zum Opfer; die Tabakfelder wurden niedergetrampelt. Dieser Sieg zog Rachefeldzüge der mit den Holländern verbündeten Kariben nach sich, dann drohte ein Korsar, St. Joseph einzunehmen, und schließlich erhoben sich die Spanier von St. Joseph gegen ihren Vizegouverneur, weil er ihnen nur »Scherereien und Verdruss« einbrachte.

Dies war der Zeitpunkt, zu dem Fernando Berrio – als wolle er in einer unangenehmen Lage, die andere unnötig herbeigeführten hatten, seine Hände in Unschuld waschen – nach Spanien fuhr und sein »gerechtes Anliegen« dem Herzog von Lerma vortrug. Der Herzog regierte Spanien im Namen des Königs, und sein Wohlwollen hatte einen Preis. Man entzog Fernando das Gouverneursamt von Eldorado und Trinidad, gewährte ihm aber eine gewisse Entschädigung. Er erhielt einen Kredit über zweitausend Dukaten (der sich später als Geschenk erwies), eigene Ländereien in Neugranada und eine Reihe Indianer, auf die sonst niemand Anspruch erhoben hatte. Auf diese Weise endete, sechs Jahre nach ihrem Beginn, die Untersuchung gegen Fernando Berrio. Der Richter wurde nicht bezahlt; er starb wenig später.

Die *Junta de Guerra* war der Ansicht, neuer Gouverneur von Guyana und Trinidad müsse ein kluger Kopf werden, ein Soldat mit Erfahrung in westindischen Belangen. Drei Männer kamen in die engere Wahl, man entschied sich für Diego Palomeque de Acuña. Zwar hatte er keine Ahnung von Westindien, doch er war von hoher Geburt und ein Verwandter des spanischen Botschafters in London. Er und Fernando verließen Spanien mit demselben Schiff. Fernando war auf dem Weg zu seinen neuen Besitzungen in Neugranada.

Palomeque war groß und korpulent, eine auffällige Gestalt unter den mageren Spaniern in St. Joseph und Port of Spain. Er war streng; eine Truppe Soldaten aus Puerto Rico stand ihm zur Verfügung. Er beendete den Schleichhandel, untersuchte die Vermögenslage aller Verdächtigen und belegte alles, was ihm suspekt vorkam, mit Geldstrafen. Zahlungsunfähige wurden gezwungen, Schuldscheine zu unterschreiben. Nach zwei Jahren begannen die Spanier ein Komplott zu schmieden, um ihn entweder zu ermorden oder in einem Kanu von der Insel zu schaffen.

Und in dieser Situation kam aus Spanien, nach vielen vorangegangenen Warnungen, die Kunde von Sir Walter Raleighs Kommen.

Es war der reine Wahnsinn. Die Spanier suchten nicht länger nach Eldorado, und weder die Holländer noch die Franzosen hatten es gefunden. Robert Harcourt hatte die ganze Idee ins Lächerliche gezogen und auch Sir Thomas Roe hatte nichts entdeckt. Guyana mit seinem Tabak und seinen indianischen Stammesfehden hatte nichts Geheimnisvolles mehr, es war zum Tummelplatz der Kaufleute geworden. Nicht einmal Raleigh selbst erwähnte Eldorado und das sagenhafte Manoa mehr, und doch hatte er im Tower von London nie aufgehört, von Goldminen und einem Berg aus Kristall zu träumen.

Zwanzig Jahre zuvor, während seines einwöchigen Aufenthaltes am Orinoko, hatte er einen solchen Berg zu sehen geglaubt; die Mine oder Minen hatte er nie erblickt. Dennoch war diese Expedition aufmerksamer verfolgt worden als je eine andere, und als er nach dreizehn Jahren, im Alter von vierundsechzig, aus dem Tower entlassen wurde, hatte sich seine Überzeugung, »das Gold in Guyana mit ebensolcher Sicherheit zu finden ... wie den Weg von seinem Speisezimmer ins Schlafgemach«, derart verfestigt, dass er seine Freilassung zu den absurdesten Bedingungen akzeptierte, gerade so, als handle es sich um ein Gesellschaftsspiel. Die Mine lag auf spanischem Gebiet, und die Spanier würden über sein Vorgehen Bescheid wissen. Er musste die Mine finden, ohne die Spanier zu beunruhigen; versagte er, so würde er mit dem Tod bestraft werden.

Seine Überzeugung schwand, sobald er in Freiheit war. Sein Unternehmungsgeist ließ nach. Er übertrug die gesamte Verantwortung für das Auffinden der Goldmine seinem alten Freund Keymis, der behauptete, die Mine gesehen zu haben. Raleighs Vorstellungen waren vage, seine Pläne wild: Guyana, Ostindien, Westindien, eine Stellung in Frankreich, Piraterie.

Nach der inneren Aussöhnung und dem Frieden, die er im Tower gefunden hatte, und seiner Auseinandersetzung mit dem Tod stürzte er sich noch einmal ins weltliche Treiben. Es war ein Akt der Selbstzerstörung. Es ist durchaus möglich, seine schnelle Reizbarkeit gegenüber seinem Sohn und den einfachen Menschen, mit denen er es wiederum zu tun hatte, später auch gegenüber seinen geliebten Indianern, den Bewohnern Arkadiens, auf seine Selbstzweifel zurückzuführen, auf ein Gefühl des Verbrauchtseins und der Sinnlosigkeit. Es war, als hätte er sich einer Folge von Ereignissen verschrieben und als rissen ihn diese Ereignisse nun einfach mit. Pech hatte er mehr als genug. Aber Glück oder Pech ist häufig mit der inneren Einstellung eines Menschen verbunden, und bei Raleigh findet sich nun nicht mehr der geringste Hinweis darauf, dass er versucht hätte, durch seine innere Einstellung die Ereignisse zu kontrollieren. Er wirkt in sich gekehrt; die Ereignisse laufen außerhalb von ihm ab.

Die Unternehmung begann mit einem Reigen von Fehlstarts, auf Raleighs wie auf der spanischen Seite. Die Spanier beobachteten ihn und handelten immer dann, wenn er handelte; beide Seiten verhielten sich wie Amateurabenteurer, beide Seiten fürchteten sich vor einer Niederlage und sorgten sich ums Geld. Im März 1616 wurde Raleigh aus dem Tower entlassen. Im November trafen in Madrid die ersten Informationen über seine Pläne ein. Raleigh wusste, dass die Spanier Bescheid wussten; es »schrecke ihn nicht«, erzählte er einem Freund. Im Dezember lief sein Schiff, die *Destiny*, vom Stapel. Die Spanier, weit davon entfernt, auf ihn reagieren zu können, hatten noch nicht einmal beschlossen, was zu tun war. Erst im Januar entschied die *Junta de Guerra*, dass man nichts tun könne. Sie hatten nicht genug Geld; vielleicht müssten die Informationen aus London noch einmal überprüft werden; die Gouverneure von Margarita, Trinidad und Venezuela könnten mit den Truppen, die ihnen zur Verfügung standen, wenig ausrichten, aber man sollte womöglich alarmieren.

Zwei Monate später wurden die Briefe, die der spanische Botschafter in London nach Madrid schickte, dringlicher. Aber man sandte lediglich eine weitere Warnung nach Margarita, Venezuela und Trinidad. Drei Wochen später kamen zwei weitere Briefe aus London. Und wiederum drei Wochen später begann man Vorschläge für eine mögliche Strategie auszuarbeiten: Man könne die Flotte verstärken und die Insel Jamaika bewehren. Zwei Monate später, im Juni 1617, kam man nach dem Erhalt weiterer Informationen zu dem Schluss, dass es nicht nötig sei, Jamaika zu bewehren oder eine Flotte zur Verfolgung Raleighs zusammenzustellen, da er bereits aufgebrochen sei und niemand wisse, wohin er fahre. Neuerliche Warnungen ergingen an Trinidad, Venezuela und Margarita, zum dritten Mal im Laufe von fünf Monaten, diesmal in doppelter Ausfertigung.

Wenige Tage später ging das Ganze wieder von vorne los. Der spanische Botschafter berichtete aus London, Raleigh sei in Plymouth aufgehalten worden. Es mangele ihm an Vorräten und an Geld; er sei erschöpft und verzweifelt. Als Raleigh endlich in See stach, zwang ihn das schlechte Wetter, das er jedes Mal erwischte, zunächst in Falmouth und dann in Cork Zuflucht zu suchen. Unter den Männern an Bord gab es ständig Reibereien und Kämpfe; viele wurden ernsthaft verwundet. Es dauerte acht Wochen, ehe Raleigh auf offener See war.

»Ich weiß«, schrieb er an seinen Freund Keymis, »welchen Abschaum an Männern Ihr habt, von einigen wenigen Gentlemen abgesehen.« Seine Gereiztheit fand auch Eingang in das Tagebuch, das er zu führen begonnen hatte – flüchtig geschrieben, unelegant, voller Auslassungen, mit achtlos aneinander gereihten Sätzen, Entfernungsangaben, Kompassdaten und Notizen über schlechte Wetterverhältnisse. Bei den Kanarischen Inseln gab es Ärger mit den Spaniern; einer seiner Captains desertierte und kehrte nach England zurück. Bei den Kapverdischen Inseln verlor Raleigh eine Pinasse. Sämtliche Männer schliefen, keiner hielt Wache, als die Pinasse unter das Bugspriet von Raleighs Schiff geriet und sank. »Doch die Besatzung ward gerettet, obgleich sie eher den Galgen verdient denn die Rettung.« Dann kam die »Krankheit«. Die Todesfälle tauchten im Tagebuch zunächst nur als Randnotizen auf; dann wurden sie, neben den Berichten über schlechtes Wetter, zum Hauptgegenstand.

»*29. Sept.* … Vergangenen Montag, am Michaelistag, verloren wir zu unserem Leidwesen den Schiffsarzt Mr. Nubal und unseren Segelmacher. Sechzig Männer waren krank, darunter meine gesamte Dienerschaft, sodass mir niemand außer diesem Buche zur Seite stehen konnte … *1. Okt.* … ein Sturmwind mit den gewaltigsten Regenschauern kam über uns … *2. Okt.* … Freitag starb einer meiner Trompeter und ein weiterer Mann aus der Schiffskombüse …

6. Okt. Von Sonntag 12 Uhr bis Montag 12 Uhr schafften wir gut 75 M. [Seemeilen, A.d.Ü.] Diesen Montagmorgen verstarb Mr. John Haward, Fähnrich von Kapitän North, außerdem erkrankten Lieutenant Payton und Mr. Hwes. Indes betrauern wir den Verlust unseres Hauptabtreibers, Mr. Fowler. *12. Okt.* Von Samstag, dem 11. Tag, gegen Mittag bis Sonntag um die gleiche Zeit war alles still … sodass wir nicht mehr als 15 M vorankamen … Am folgenden Morgen verstarb Mr. Hwes, ein hoch anständiger und ehrlicher Gentleman, nachdem er 6 Tage auf dem Krankenbett gelegen … *13. Okt.* Von Sonntag auf Montag machten wir nicht mehr als 31 M., wegen des düsteren Wetters war keine Sicht möglich. Binnen 24 Stunden hatten wir den Tod meines Stellvertreters Captain John Pigott sowie meines guten Freundes Mr. John Talbote zu beklagen, welcher elf Jahre mit mir im Tower verbracht und welcher ein ausgezeichneter Gelehrter wie treuer, aufrechter Mann war, der seinesgleichen sucht. Außerdem verloren wir Mr. Gardner und Mr. Mordant, zwei ehrenwerte Herren, und meinen eigenen Koch Francis …«

Das schlechte Wetter hielt an. »Ich bemerkte diesen Morgen, wie schon etliche Male zuvor, dass ein Regenbogen am Morgen nicht wie in England einen schönen Tag verheißt.«

Am letzten Oktobertag wurde Raleigh selbst krank und konnte vierzehn Tage lang kein Tagebuch führen. Er nahm fast drei Wochen keine Nahrung zu sich, außer »hin und wieder einer gedünsteten Trockenpflaume«. Er schwitzte ständig und musste sein Hemd »dreimal am Tage und dreimal des Nachts« wechseln. Er war nach wie vor krank, als sie die Küste Guyanas erreichten. Obwohl er sich kaum bewegen konnte, ließ er sofort »Erkundigungen über meinen alten Diener Leonard, den Indianer, einholen, der drei oder vier Jahre bei mir in England weilte«.

Immer noch kaum im Stande einen Stift zu halten, hielt Raleigh in seinem Tagebuch voller Eifersucht fest, dass Leonard neun Jahre zuvor in Guyana Robert Harcourt behilflich gewesen sei, der sich Raleighs Namen bedient hatte. Leonard erschien nicht.

Das Schiff war »abscheulich, von den vielen siechen Männern verpestet, welche sich nicht von der Stelle zu rühren vermögen und uns mit ihrem widerlichen Gestank vergiften«. Unter den gleichen Umständen – seine von Giftpfeilen getroffenen Männer verfaulten bei lebendigem Leib – hatte Raleigh den südamerikanischen Kontinent zum letzten Mal gesehen. Er ließ sich an Land tragen. Dann sandte er Männer aus, die sich nach seinem anderen indianischen Diener, Harry, erkundigen sollten. Harry schickte seinen Bruder und zwei Häuptlinge, und die drei blieben die ganze Nacht über bei Raleigh.

Am nächsten Tag schrieb er an seine Frau: »Gott, der Herr, der mich bei all meinen Nöten mit einem starken Herz gesegnet, hat dieses nun auch im Höllenfeuer des Fiebers gestärkt.« Raleigh hatte durch die Krankheit zweiundvierzig Männer verloren. »Es wäre eitel, dir zu erzählen, ich könne hier König der Indianer sein; doch mein Name ist ihnen im Gedächtnis geblieben. Man gibt mir frisches Fleisch zu essen und alles, was das Land hervorbringt; und alle erbieten mir ihren Gehorsam.«

Doch Leonard erschien nicht, und Harry, der schließlich zu Raleigh kam, war »kaum eines englischen Wortes mehr fähig«. Raleighs Traum von Raleana, seinem indianischen Königreich, war ausgeträumt. Raleigh blieb mehr als zwei Wochen an der Küste Guyanas, aber über die Indianer verlor er kein Wort mehr.

Als er sie auf Trinidad schließlich wieder erwähnt, treten sie als eine anonyme Masse von Eingeborenen in Erscheinung. Guyana und Trinidad hatten sich in den vergangenen zweiundzwanzig Jahren verändert. Die Zusammenschlüsse, Rivalitäten und Befriedungsaktionen der Spanier, Engländer und Holländer hatten die Indianer aufgerieben. Während Raleigh an seine Frau schrieb, lag zugleich ein Kapitän Janson aus Flushing mit seinem Schiff vor der Küste, der seit zwölf Jahren Handel mit Guyana trieb.

Raleigh begrub seine Toten: den vor fünf Wochen verstorbenen Captain Pigott sowie Captain Hastings, der vor zehn Tagen gestorben war. Die Schiffe feuerten einen Salut ab, der von den Stellungen an Land dreifach erwidert wurde.

Jetzt, nach all den Jahren und der langen Reise hierher, wollte Raleigh von Eldorado, Manoa, dem Berg aus Kristall oder der Mine lieber nichts wissen. Keymis wusste, wo die Mine war. Also sollte Keymis mit fünf Schiffen und vierhundert Männern nach ihr suchen. Raleighs Sohn begleitete ihn.

Raleigh fuhr mit den anderen nach Trinidad weiter, um dort zu warten. Doch der Regenbogen am Morgen verhieß keinen schönen Tag. Während er auf die Südspitze der Insel zuhielt, gewahrte er ein böses Vorzeichen: fünfzehn Regenbogen an einem Tag, »deren einer am Heck des Schiffes seine beiden Enden aufeinander treffen ließ, sodass sie ein vollkommenes Rund ergaben, was weder ich noch sonst ein Mann auf meinem Schiff je zuvor gesehen«.

Raleigh ging an der Südwestspitze der Insel vor Anker, wo er vor zweiundzwanzig Jahren das Wappen Elisabeths aufgestellt, ein Fort errichtet, zu den Indianern gesprochen und sich Berrios Geschichte von Eldorado angehört hatte.

Diesmal besuchten keine Indianer seine Schiffe, und an Land zu gehen war gefährlich für Raleigh. Die wenigen Spanier dort waren zwar nervös, aber gut gerüstet. Diego Palomeque, der Gouverneur, befand sich in Guyana, doch sein Stellvertreter hatte Bäume fällen und den Landweg zwischen Port of Spain und St. Joseph blockieren lassen. Diesen Weg hatten

Raleigh und seine indianischen Verbündeten 1595 genommen; inzwischen waren diese Verbündeten befriedet.

Vierzehn Tage lang blieb Raleigh, wo er war; in dieser Zeit vermerkte er nichts in seinem Tagebuch. Am letzten Tag des Jahres fuhr er »nordwärts nach Conquerabo, auch ›Port of Spayne‹ genannt.« Er ging am Pechsee vor Anker, und am nächsten Tag schrieb er wieder in sein Tagebuch. Er besah sich den See sehr genau, der sich »über die ganze Ebene erstreckt und gänzlich aus Steinkohle oder Bitumen besteht, das in kleinen Quellen oder Fontänen aus dem Boden dringt und ein wenig fließt, bis es an der Luft erstarret. Auch gibt es viele Wasserquellen und Süßwasserfische allüberall.« Sie aßen Fisch, und außerdem »viele der hiesigen Fasane ... von außerordentlich fettem und köstlichem Fleische«.

Wieder schrieb er neunzehn Tage lang nichts in sein Tagebuch. Keymis' Orinoko-Expedition war nun schon seit sechs Wochen unterwegs. Raleigh wurde gereizt. Ein Priester, der sich auf seinem Schiff befand, berichtete, Raleigh habe nur wenig von der Mine gesprochen und wenn, dann mit deutlich weniger Zuversicht als vorher. Er sprach davon, abzulegen und den Suchtrupp zurückzulassen. Es spiele keine Rolle, ob sie zurückkehrten oder nicht, denn »sie taugten einzig dazu, sich die Bäuche voll zu schlagen, und seien nur deshalb zur See geschickt worden, damit sie ihren Freunden nicht länger zur Last fielen«. Er sagte, es gebe viel Tabak auf Trinidad. Er spiele mit dem Gedanken, in Port of Spain einzulaufen und auf St. Joseph zu marschieren, wie er es 1595 getan hatte. Doch er unternahm nichts dergleichen.

Er schickte ein Schiff nach Port of Spain, das Tabak erhandeln sollte. Die Spanier warteten, bis das Beiboot sich dem Ufer auf vierzig Ruderschläge genähert hatte, dann eröffneten sie mit zwanzig Musketen das Feuer und beschimpften die Engländer lautstark, als das Boot kehrt machte. Niemand wurde verletzt. Doch Raleigh sprach nicht mehr davon, Tabak zu kaufen oder in Port of Spain einzufahren. Er schickte ein Boot zurück an die Südwestspitze, wo es auf Nachrichten von Keymis warten sollte. Wenige Tage später gingen drei Männer und ein Junge am Pechsee an Land. Sie waren gerade dabei, Pech zu sieden, als man das Feuer auf sie eröffnete. Ein Mann wurde getötet, ein anderer schwamm zu den Schiffen zurück, der Dritte rannte in die Wälder, den Jungen nahm man gefangen. Auf den Schiffen wurde Alarm gegeben, und man ließ Boote zu Wasser. Die Spanier entkamen, ließen jedoch ihre Kanus, Mäntel und anderes zurück. Am Pechsee war es nicht mehr sicher. Raleigh fuhr zurück zur Südwestspitze.

Am folgenden Tag sichtete man auf dem Wachschiff eine von Süden kommende Piroge mit einigen spanischen Soldaten und indianischen Paddlern. Die Spanier entkamen, von den Indianern wurden sieben gefangen genommen. Sie sprachen kein Spanisch, gaben Raleigh jedoch durch Gebärden zu verstehen, dass sie aus Trinidad stammten, aus einem Dorf, das sechzehn Meilen östlich lag, eine Tagereise entfernt. Raleigh behielt drei der Indianer an Bord und schickte die anderen mit zwölf seiner Männer fort, »die ihr Dorf in Augenschein nehmen und Tauschhandel mit ihnen treiben sollten«. Sie waren bereits eine Weile unterwegs, als einem von Raleighs Männern auffiel, dass er einen der Indianer schon einmal gesehen hatte. Sie waren sich zwei Jahre zuvor auf dem Orinoko begegnet, und Raleighs Mann erinnerte sich jetzt, dass der Indianer damals Spanisch gesprochen hatte. Als er dem Indianer den Arm verdrehte, gab der Mann alles zu und gestand, dass auch einer seiner Gefährten auf Raleighs Schiff Spanisch spreche. Diese Nachricht sandte man zurück zu Raleigh.

Der Spanisch sprechende Indianer auf dem Schiff gab sich zu erkennen und beantwortete Fragen. Von Indianern aus Guyana, die sein Dorf besucht hatten, habe er gehört, dass es am Orinoko zu Auseinandersetzungen zwischen Spaniern und Engländern gekommen sei. Die Engländer hätten die Stadt Santo Thomé eingenommen. Der Gouverneur »Diego de Palmita« und zwei seiner Hauptmänner seien gefallen, die übrigen Spanier geflohen. Bei den Engländern seien ebenfalls zwei Hauptmänner gestorben.

Wenn das zutraf, bedeutete es das Ende. Für einen solchen Akt der Piraterie, das hatte Raleigh immer gewusst, würde er eines Tages bezahlen müssen. Es sei denn, Keymis hatte die Mine gefunden und brachte wenigstens »ein oder zwei Körbe« Erz zurück, zum Beweis, dass die Geschichte nicht erfunden war. Und zwei englische Offiziere getötet – sechs Tage lang trug Raleigh nichts in sein Tagebuch ein.

Die Männer brachten einen Bewohner des Indianerdorfes mit, der ihnen die gleiche Geschichte über Santo Thomé erzählte und zahlreiche Einzelheiten hinzufügte. Die Unklarheit der Lage war das Einzige, was Raleighs Fantasie noch beflügelte. Er sah ein Lagerfeuer an Land; doch die Männer, die er aussandte, konnten niemanden entdecken. Zwei Tage später schickte er ein Schiff zu Erkundigungen den Orinoko hinauf; einer der gefangenen Indianer fuhr als Lotse mit.

Am gleichen Tag lief eine Pinasse von der Isle of Wight in den Golf von Paria ein. Die Begegnung gab Raleigh neuen Mut. Er brachte seine Tagebucheinträge auf den neuesten Stand, irrte sich jedoch im Monat. Es war Mitte Februar; er trug den Januar ein. Immer wieder befragte er die beiden Indianer auf seinem Schiff. Ihre Geschichten veränderten sich. Einer behauptete, während des Kampfes in Santo Thomé gewesen zu sein. Raleigh führte sich auf wie ein Verrückter. Er schickte sechzehn Musketiere in das Indianerdorf, die weitere Spanisch sprechende Indianer herholen sollten. Die Musketiere kamen ohne einen einzigen Indianer zurück; ihre Gefangenen waren ihnen alle davongelaufen.

Raleigh gestattete einem der beiden Indianer, an Land zu gehen, um bei einem Stamm im Osten der Insel Messer einzutauschen, vielleicht gegen Nahrungsmittel. Sollte er nicht innerhalb von vier Tagen zurückkehren, so Raleighs Bedingung, würden sein an Bord verbliebener Gefährte und der Indianer, der sich als Lotse auf dem Orinoko befand, gehängt werden. Der zurückbleibende Indianer hatte in diese Abmachung »eingewilligt«.

Die vier Tage verstrichen, doch der zum Tauschen ausgeschickte Indianer kehrte nicht zurück. »Ich begab mich an Land und führte den Indianer mit, der gefesselt und sicher an einen meiner Männer gebunden war, auf dass er mir die Bäume zeige, welche jenes nach Angostura duftende Balsam ausscheiden, von dem ich bereits ein Schälchen voll gewonnen hatte und welches sehr rar und kostbar. Als die zehnte Stunde verstrichen und es überaus heiß und der Wald voller Stechmücken war, ging ich zurück und ließ den Indianer in der Bewachung meiner Kapitänsmaate und dreier anderer Männer zurück. Kaum hatte ich mich jedoch entfernt, da banden sie ihn auch schon los und er entfloh im Nu in den Wald, obgleich ich sie gewarnt hatte, dieser Indianer dürfe keinesfalls freikommen und auch nur einen Baum zwischen sich und seine Bewacher bringen, da ihn sonst die gesamte Besatzung unserer Flotte nicht wieder einzufangen vermöge. Nun blieb mir nur noch jener Lotse, den ich zum Orinoko geschickt, und ich fürchte, dass auch er auf Grund der Nachlässigkeit der Seeleute (ich meine die gemeinen Männer), welche nur zum Plündern und Stehlen taugen, entkommen wird.«

Das Interesse an dem seltenen Balsam, das schnelle körperliche Unbehagen, die Rage über die »gemeinen Männer«, die nur dazu da seien, um ihn zu quälen: Es scheint, als seien kurz vor dem Ende Raleighs Lebensgeister wieder erwacht, als habe er sich angesichts seines Unglücks bereitgemacht, zu handeln, um sich dann sogleich wieder aus der Welt zurückzuziehen.

Am nächsten Tag traf er eine Übereinkunft mit dem Kapitän der englischen Pinasse. Das Schiff sollte ihm sechs Monate lang folgen. Am Nachmittag schickte er drei Gentlemen und sechzig Mann in das Indianerdorf; sie sollten versuchen, einige der Ausreißer wieder einzufangen. Wenig später erschien eine von der Orinoko-Expedition geschickte Barkasse. Unter den Passagieren befand sich ein geschniegelter Indianer in spanischer Kleidung, den man aus der Gefangenschaft im Haus des spanischen Gouverneurs befreit hatte. Die Engländer behandelten ihn mit übertriebenem Respekt. Es war das kapriziöse Verhalten verängstigter Männer: Es gab Neuigkeiten für sie.

Alles, was die Indianer erzählt hatten, entsprach der Wahrheit. Vor sechs Wochen hatte man Santo Thomé angegriffen und der spanische Gouverneur war getötet worden. Die Indianer hatten sogar seinen Namen mehr oder weniger richtig übermittelt: Es war Diego Palomeque, den sie in »Diego de Palmita« verwandelt hatten. Auch die Namen der beiden spanischen Hauptmänner, die mit ihm gefallen waren, kannten sie: »Erenetta« für Arias Nieto und »John Rues« für Juan Ruiz Monje. Sie berichteten außerdem über die Verwundung von Mr. Harrington, »eines Verwandten der Gräfin Bedford«, und den Tod zweier englischer Hauptmänner. Einer von ihnen war Kapitän Cosmo, der die »Letzte Hoffnung« angeführt hatte. Der andere war Raleighs Sohn Wat.

Ein Indianer war bei der Übermittlung dieser Nachricht zugegen. Es war ein christianisierter Arawake namens Franciso, der sich entweder auf Raleighs Schiff aufhielt oder zu der eben eingetroffenen Barkasse gehörte. Er erzählte seine Geschichte einem spanischen Beamten, der sie ein halbes Jahr später anlässlich der von den Spaniern durchgeführten Untersuchung wiederholte: »Und dieser Indianer bezeugte, dass er während seiner Gefangenschaft auf dem Schiff des Generals, der Guatarral hieß, die Ankunft einer Barkasse miterlebte, welche Nachricht von den Geschehnissen brachte, und dass der General, sobald er die Kunde vernahm, den Tod seines Sohnes zu beweinen begann.«

Die Ankunft der Barkasse wird in Raleighs Tagebuch nicht erwähnt. Das Buch endet an dieser Stelle; es gibt keine weiteren Einträge.

Dabei hätte niemand sterben müssen. Falls eine Mine existierte und es notwendig gewesen wäre, die Garnisonssiedlung Santo Thomé einzunehmen, bevor die Mine gefunden und in Betrieb genommen werden konnte, so hätte dies auch ohne Auseinandersetzung vonstatten gehen können. Die spanische Garnison und die Siedler waren darauf eingestellt, sich kampflos zu ergeben. Die Menschen wollten Palomeque loswerden; sie wollten sich ihre Schuldscheine und die Pfänder zurückholen (darunter eine große Sammlung Silberplatten von Doña Andrea Maria de Berrio), die man ihnen an Stelle von Strafgebühren abgenommen hatte und seither in der königlichen Schatzkammer in Palomeques Haus unter Verschluss hielt. In der Ankunft von Keymis Trupp sahen sie die ideale Gelegenheit für einen »Unfall«. Sechs Tage zuvor hatte es bereits einen Mordanschlag auf Palomeque gegeben; und auch später deuteten einige Spanier an, Palomeque sei noch vor der Ankunft der Engländer getötet worden.

Der Angriff erfolgte nach Mitternacht. Am Morgen fand man Palomeques Körper splitternackt unter einem Wollbaum auf dem Platz der Stadt. Die linke Kopfseite war »durch einen Schwertstreich bis zu den Zähnen« gespalten. Das sichere Augenmaß des Spaniers, vielleicht aber auch das sichere Augenmaß des Indianers: Die indianischen Frauen seien, so berichteten sie, beim Anblick des toten Gouverneurs sogleich »um seiner Seele willen« in Tränen ausgebrochen. Doch der Sachverhalt ist ungewiss. In der Folge kam es zwischen Beamten aus Guyana und Trinidad zu Rivalitäten, und die Beamten aus Trinidad wollten die aus Guyana in Misskredit bringen. Sicher ist, dass die Garnison desertiert war und dass der nächtliche Angriff der Engländer auf eine menschenleere Siedlung erfolgte, die von nicht mehr als drei Männern bewacht wurde – wahrscheinlich dem Gouverneur und den beiden Hauptmännern, die er kurz zuvor aus Trinidad mitgebracht hatte.

Raleighs Sohn hatte den Angriff ausgelöst. Er setzte sich von seinen Pikenieren ab und stürmte voraus, »wo er unglücklicherweise von einer Kugel empfangen wurde«, wie ein englischer Zeuge schrieb, »und ihm keine Zeit blieb, unseren Himmlischen Vater um Vergebung für das sündhafte Leben anzurufen, das er geführt«. Danach war keine Verständigung zwischen Engländern und Spaniern mehr möglich. Die Engländer plünderten und brandschatzten. Die Spanier, die sich auf eine kleine Insel zurückgezogen hatten, erkannten, dass auf jeden von ihnen sieben Engländer kamen, und stellten sich auf eine Belagerung ein.

Und für Keymis galt das Gleiche wie für all die indianischen Führer nach Eldorado vor ihm: Er wusste gar nichts. Nichts über Gold und nichts über die Mine. Vielleicht hatte er ein zweites St. Joseph erwartet und die Begeisterung befreiter Indianer. Stattdessen fand er eine fast menschenleere Stadt vor: einen verkrüppelten Priester, zwei Neger, die von ihren Besitzern freigelassen worden waren, einen Indianer, der in Palomeques Haus in Ketten lag, Palomeques indianischen Diener, einen portugiesischen Jungen und am nächsten Morgen noch drei indianische Frauen. Die Frauen brachte man zu Keymis, der im Schlafzimmer von Palomeques Haus eine Art Büro eingerichtet hatte.

Sie fanden einen großen, schlanken Mann von sechzig Jahren vor, der auf einem Auge schielte und einen etwa einen Meter langen polierten Holzstab in der Hand hielt. Sie bräuchten keine Angst zu haben, sagte er, sie sollten lediglich für seine Männer kochen. Später bat er sie, die toten Spanier zu identifizieren und zu begraben. Sie wüssten nicht, wie man Menschen begräbt, erwiderten die Frauen. Also banden Keymis' Männer die Leichen zusammen und legten sie in das Loch, das der Gouverneur am Vortag hatte ausheben lassen, da Erdbefestigungen angelegt werden sollten. Am Tag darauf begrub man die englischen Toten. Ihre in Leichentücher gehüllten Leichname wurden auf Bretter gelegt, die die Männer auf die Schulter nahmen und in einer feierlichen Prozession mit gesenkten Fahnen zweimal um den Platz trugen.

Die Neger durften sich frei in der Stadt bewegen, aber Palomeques Diener entrann nur knapp dem Tod. Er behauptete aus irgendeinem Grund, Halbspanier zu sein, und die englischen Soldaten hätten ihn aufgehängt, hätten nicht die Neger beteuert, dass er log und in Wirklichkeit ein reinblütiger Indianer aus Neugranada sei. Der Indianer, der in Palomeques Haus in Ketten lag, war in Schwierigkeiten geraten, weil er den Spaniern öffentlich bescheinigt und erklärt hatte, er freue sich, dass die Engländer kämen. Dafür behandelten die Engländer ihn nun mit großem Respekt. Sie nannten ihn Señor Don Pedro, gaben ihm feine spanische Kleider – womöglich die übergroßen Sachen des toten Gouverneurs? – und luden ihn zum Essen ein. Der portugiesische Junge wurde durch die Stadt geführt und dann ausgepeitscht; als klar war, dass auch er nichts von Gold wusste, durfte er sich ebenfalls frei bewegen.

Es gab kein Gold. Das war das Problem. Und Keymis schien nicht mehr zu wissen als die Leute, die er anführte. Eines Nachts ging er fort und kam mit etwas »Erz« zurück. Es erwies sich als wertlos, und Keymis verlor kein Wort mehr darüber. Sechs Tage nach der Eroberung von Santo Thomé schrieb er seinen Brief an Raleigh, den er von den beiden Indianern aus Palomeques Haus in einer Barkasse überbringen ließ, zusammen mit einem Packen Dokumente aus der städtischen Schatzkammer, einem Ballen Tabak, einer Schildkröte sowie einigen Orangen und Zitronen. Bei einer Erkundungstour flussaufwärts geriet er in einen Hinterhalt von Spaniern und Indianern; sechs seiner Männer wurden getötet. Dann fuhr er mehr als zweihundert Meilen den Fluss hinauf. Weder er noch Raleigh hatten diese Flussregion je erforscht, und seine Unkenntnis und Orientierungslosigkeit traten nun offen zu Tage.

»Captain Alley«, schrieb Captain Parker an den Mann, den Raleigh von der Küste aus nach England zurückgeschickt hatte, »Euer Fortgehen erwies sich als äußerst glücklicher Umstand, blieben Euch doch auf diese Weise unaussprechliche Qualen erspart ... Nachdem wir von der Stadt Besitz genommen, brach Captain Keymis mit verschiedenen Gentlemen auf, die Mine zu suchen, trödelte zwanzig Tage lang in die Kreuz und Quer, dabei stets die Hoffnung in uns nährend, wir könnten die Mine doch noch finden. Doch mussten wir am Ende einsehen, dass seine Hinhaltungen bloße Täuschung waren und er selbst ein rechter Machiavell, denn er war falsch zu jedermann ... weder vor Gott noch vor den Menschen will ich jemals wieder von diesem verhassten Gesellen sprechen.«

Keymis selbst hüllte sich in Schweigen. Seine Expedition endete im nahen Hungertod. Er verlor die Kontrolle. Die Stadt, in der bereits Indianer, die den Spaniern feindlich gesinnt waren, ein und aus gingen, wurde geplündert und niedergebrannt. Dann war es Zeit, sich Raleigh im Golf von Paria zu stellen. Auf seinem Schiff waren zwei weiße Flaggen gehisst.

»Er schickte den Ketzer, auf dass sein Schrei in der Hölle erwidert werde.« Mit diesen Worten beschreibt Bruder Simón, der sein Geschichtsbuch ganze acht Jahre später veröffentlichte, den Tod von Raleighs Sohn und dann den Moment der Todesnachricht: »Doch ihre Freude ertrank wohl in all dem Weinen und Wehklagen, das auf die Nachricht vom Tod des Sohnes des Generals ringsum auf den Schiffen einsetzte.«

Hier zeigte sich die Art von Grausamkeit, die Besiegte erdulden mussten. Es war die gleiche Grausamkeit, die Raleigh zweiundzwanzig Jahre zuvor demonstriert hatte, als er über die Spanier und ihre Suche nach Eldorado schrieb: »Sie [die Indianer] erschlugen und begruben sie in dem so fieberhaft gesuchten Land und gewährten ihnen auf diesem Wege, es gänzlich in Besitz zu nehmen.«

Raleigh war nach wie vor zu dieser Grausamkeit fähig. Nur waren diesmal nicht die Spanier sein Ziel, sondern Keymis, sein lebenslanger Freund, dem man 1603 auf Grund seiner Verbindung zu Raleigh mit der Folter gedroht hatte; Keymis, der vor einundzwanzig Jahren geschworen hatte: »Ich habe mich selbst und die wenigen Jahre, die mir verbleiben, ganz und gar Raleana verschrieben, und meine Gedanken werden von nichts anderem beherrscht.«

Raleigh zufolge lag die Verantwortung ganz allein bei Keymis. Als dieser drei Wochen nach seinem Brief im Golf von Paria eintraf, hatte Raleighs Anklage in der Zwischenzeit feste Gestalt angenommen, sie hatte sich erhärtet und zu etwas entwickelt, an das Raleigh glauben konnte und das sich ausbauen ließ. Unfähig zu handeln, wie schon seit seiner Freilassung, ja den Sinn jeden Handelns infrage stellend, machte der weltabgewandte und auf sein Ende vorbereitete Mann diese Anschuldigung zu seinem einzigen Lebensinhalt. Die Minen existierten: Sein Glaube daran war Ausdruck reiner Eitelkeit, sonst nichts.

Es gab Gold. Und es gab die Minen, zwei, drei, sieben, acht. Nur deshalb hatten sich die Spanier zur Wehr gesetzt. Keymis war »halsstarrig« gewesen, hatte sich geweigert, seinen Anweisungen Folge zu leisten (die Raleigh später im Tower, den geographischen Realitäten enthoben, schriftlich festhielt). Hätte Keymis nur zwei Tage länger ausgeharrt, wäre ihm ein Indianerhäuptling, ein alter Freund Raleighs, zu Hilfe geeilt. (Doch Leonard war nicht gekommen, und Harry konnte kein Englisch mehr.) Raleigh drohte, er werde selbst zur Mine marschieren; doch die Schiffe waren in schlechtem Zustand und die Männer rebellisch. Er schlug noch einmal vor, in Port of Spain zu landen und nach St. Joseph zu marschieren. Doch das war alles nur Gerede. Keymis hatte sie vernichtet. Raleighs Ansehen beim König war zerstört, sein Vermögen verschwendet, sein Sohn war tot und seine Gesundheit ruiniert.

Er verhöhnte Keymis, er zwang ihn zu handeln und schrieb drei ausführliche Darstellungen über seinen Tod. »Dann tat er mir kund, er werde mir alsbald zu Diensten sein und mich wahrlich zufrieden stellen; doch kaum war ich in meiner Kabine angelangt, als ich über mir einen Pistolenschuss vernahm. Als ich Erkundigungen einholen ließ, wer ihn abgefeuert, ward mir berichtet, Keymis habe zur Reinigung seiner Pistole aus dem Kabinenfenster geschossen. Sein Bursche fand ihn in seiner Kabine, wo er in seinem Blute auf dem Bette lag, und es bestand kein Zweifel daran, dass er tot war. Die Pistole war so klein, dass die Kugel ihm lediglich eine Rippe gebrochen hatte; doch er hatte einen langen Dolch in seinem Körper stecken, von dem nur noch das Heft herausragte.«

Raleighs Berichte waren allesamt grausig und das sollten sie auch sein. Wer Selbstmord beging, war verdammt, und Raleigh, der Skeptiker, wusste sich religiöse Vorurteile wohl zu Nutze zu machen.

»Er war falsch zu jedermann, doch am scheußlichsten zu sich selbst«, schrieb Captain Parker über Keymis, »da er sich auf gottlose Weise selbst hingeschlachtet, des Lebens verdrossen, dieweil er kein Unheil mehr anzurichten vermochte. Weder vor

Gott noch vor den Menschen will ich jemals wieder von diesem verhassten Gesellen sprechen«.

Die Expedition verließ den Golf von Paria und brach immer mehr auseinander; Raleigh bedrängte die Männer, ihn zu verlassen, und beklagte sich anschließend über ihre Desertion. Unterdessen nahm Keymis' »Halsstarrigkeit« in Raleighs Fantasie und in den Briefen, die er formulierte, immer groteskere Formen an, sie wurde vollkommen unerklärlich. Palomeques Diener kam Raleigh dabei sehr gelegen. Er würde öffentlich bestätigen – wobei natürlich Raleigh den Dolmetscher spielen würde –, dass es in Santo Thomé Goldminen gab und dass er Keymis nichts davon erzählt habe, weil dieser ihn nicht danach gefragt hatte.

Die Geschichte wuchs sich aus. Die Spanier hätten einen hinterhältigen Nachtangriff gestartet (dabei waren sie mit eins zu sieben in der Minderheit gewesen). Der König habe ihn schon zu Beginn an die Spanier verraten. Guyana sei ohnehin nicht in spanischem Besitz. Und Raleigh vergaß nie, dass er schwer krank war. Seine Sehkraft ließ nach, eine Rippenfellentzündung war wieder aufgeflammt, er befand sich an der Schwelle zum Tod. Er beharrte darauf, dass es in Guyana Gold gebe. Er erfand sogar die Namen von Menschen, die angeblich Goldminen besaßen: Pedro Rodrigo de Parana (der Name eines Ortes in Südamerika); Hermano Fruntino (*hermano* bedeutet Bruder, und den Namen Fruntino hatte Raleigh den Dokumenten entnommen, die Keymis ihm aus der Schatzkammer von Santo Thomé geschickt hatte); Francisco Fachardo (Francisco de Vides war der Gouverneur von Cumaná, der Raleigh 1595 geschlagen hatte; Fajardo hieß der Spanier, mit dem sich Raleigh in Cumaná beim Essen über die Menschen unterhalten hatte, deren Köpfe unterhalb ihrer Schultern saßen).

Palomeques Diener, den einzigen verbleibenden Führer nach Eldorado, vergaß Raleigh nie. »Es wäre eitel, dir zu erzählen, ich könne hier König der Indianer sein.« Dieser Indianer, der bis zum Schluss bei Raleigh im Tower blieb, war alles, was am Ende vom Traum von zechenden indianischen Königen und ihren wunderschönen Frauen noch übrig geblieben war. Raleigh hoffte, dass der Indianer bei einem englischen Adligen Anstellung finden würde.

Und auch Keymis vergaß Raleigh nie. Noch am Tag seiner Hinrichtung verfluchte er ihn in seinen Aufzeichnungen. »Doch er, der den Zugang zu der Mine kannte, wollte sie nicht mehr ausfindig machen, als er sah, das mein Sohn dahingemetzelt war, sondern stahl sich davon.«

Es war das Ende der Suche nach Eldorado. Sie begann als Traum, der so grenzenlos ausufernd war wie die Neue Welt selbst, und endete in der Suche nach einer Mine, die kein Mensch je gesehen hat, in einem Unterfangen von Amateuren, bei dem alle großen Männer und auch einige der weniger großen ihr Leben verloren.

Mehr als drei Monate lang lag der verwesende Leichnam Diego Palomeques in dem flachen Loch, in das ihn Keymis' Männer geworfen hatten. Als er endlich begraben wurde, war er nur noch an seiner Körpergröße zu erkennen. Als der König von Spanien von Palomeques Tod erfuhr, schrieb er nach Trinidad: »Es dauert uns, einen so treuen Untertanen verloren zu haben. Wir sind gewillt, sein Andenken in Ehren zu halten und uns seinen Erben erkenntlich zu zeigen. Lasst uns wissen, ob der Gouverneur in Eurem Lande etwaige Schulden oder Verbindlichkeiten hinterließ, auf dass wir Weisung geben können, sie in angemessener Form abzulösen. Wir, der König, San Lorenzo el Real, 18. September 1618.«

Sieben Wochen später wurde Raleigh in London hingerichtet. Diego Palomeques Diener wohnte der Exekution bei. Er ging später nach Madrid und schlug sich von dort zurück nach Westindien, wo er Bruder Simón, dem Historiker, seine Geschichte erzählte.

Der Schlüssel zu diesem letzten Abenteuer liegt in Raleighs Buch über seine erste Guyana-Reise: *The Discovery of the Large, Rich and Beautiful Empire of Guyana.* Es ist ein Buch über die Entdeckung Arkadiens, es verspricht Minen, Gold, Weite und leuchtende Wälder in einer Welt, in der die Sinne, die Bedürfnisse, ja das Leben selbst Erweiterung erfahren. Das Buch gehört zu den großen Romanzen dieser Welt, doch die darin geschilderten Details sind präzise und wahrheitsgetreu. Es zeigt einen Teil der Neuen Welt in jenem kurzen Stadium zwischen der blinden Grausamkeit ihrer Entdeckung und Eroberung einerseits und der späteren Grausamkeit der Kolonisierung andererseits, in einem flüchtigen Moment, in dem sich durchaus Romantik finden ließ. Doch das Buch wurde von einem Mann geschrieben, der viel zu verbergen hatte, von einem Höfling, dessen Gaben sich nicht auf die Umsetzung dessen erstreckten, was der Kodex des Hofes eigentlich von ihm verlangte; daher ist es gerade in den Beschreibungen seiner Taten von fataler Ungenauigkeit.

Raleighs Bericht über Arkadien und über seinen Triumph ist in Wirklichkeit die Geschichte einer Niederlage und einer hektischen sechstägigen Entdeckungsfahrt. Niemand hat je eine Mine zu Gesicht bekommen – auch das ist Teil der Ungenauigkeit. Keymis und Raleigh sahen sich als Akteure großer geschichtlicher Ereignisse, als antike Gestalten, und de Vera dachte über sich und Antonio Berrio genauso. Die Suche nach Eldorado war ein heroischer Akt. Doch die Welt dieser Männer war ebenso beschränkt, wie die Antike es gewesen war, und sie veränderte sich durch ihr eigenes Zutun. Die Indianer hatten sich verändert, sie waren durch all die Unterwerfungen und Enttäuschungen abgestumpft, und in ihren dumpfen Nachkommen findet sich keine Spur mehr von jener Intelligenz und Schnelligkeit, die Raleigh so faszinierte und die sie zu solch gefürchteten Feinden machte, zu den Herrschern des Wassers.

Die Schiffe aus Europa kamen und gingen. Die Plantagen wurden größer. Das Brasilholz, das die Sklaven in der Neuen Welt schlugen, wurde von Strafgefangen in den Amsterdamer Raspelhäusern geraspelt. Die Neue Welt als mittelalterliches Abenteuer gab es nicht mehr; sie war zu einer zynischen Ausformung der sich fortentwickelnden Alten Welt geworden, zu ihrer kommerziellen Schattenseite. Niemand würde Trinidad und Guyana je wieder mit den Augen eines Walter Raleigh, eines Robert Dudley oder eines Captain Wyatt betrachten.

Wie schon einmal nach einer Katastrophe tauchte Fernando Berrio wieder auf und erhob Anspruch auf seine Provinz. Seine Forderung war legitim, und er vertrat seine Sache mit einer gewissen Verdrossenheit. Was er sagte, war mehr oder weniger, dass alles schief gehe, wenn er nicht permanent zur Stelle sei. Doch die Beamten in anderen Regionen waren skeptisch. Die mächtige Audiencia von Neugranada erklärte, diesmal werde man fest bleiben; man wünsche weder Proteste noch Verzögerungen noch Ausflüchte (*réplica, causas y escusas*).

Diese Beleidigung war schwer wiegend. Fernando schrieb an den König. Nachdem er diesem dreißig Jahre lang treu gedient habe (er war noch unter vierzig), habe er eine solche Behandlung nicht erwartet. Er erhielt eine nachsichtige, fast väterliche Antwort: »Ihr wisst um die hohen Unkosten, die uns entstanden sind. Die Staatskasse ist erschöpft und kann nicht allen Forderungen gerecht werden. Daher müsst Ihr tun, was in Euren Kräften steht, so, wie Ihr es auch früher schon getan habt.«

Dies geschah einige Zeit, bevor man Fernando vermisste. Am 30. Juni 1622 berichtete die Audiencia von Neugranada erzürnt nach Spanien, dass Fernando nicht auf seinem Posten sei. Doch in Spanien wusste man schon seit drei Wochen Bescheid. Fernando, der sich, ohne irgendjemandes Erlaubnis einzuholen, von Trinidad nach Spanien aufgemacht hatte, war im Mittelmeer maurischen Piraten in die Hände gefallen; und ausgerechnet Fernando, der sein Leben lang mit Sklaven gehandelt hatte, landete nun mit vierundvierzig Jahren auf dem Sklavenmarkt von Algier. Sein zwölfjähriger Neffe, der ihn auf seiner Reise begleitete, stand ebenfalls zum Verkauf; und der Bei von Algier ließ gegenüber einigen freigekauften Spaniern, die im Begriff waren, die Heimreise anzutreten, durchblicken, dass er wohl ein besseres Geschäft machen würde, wenn er den Jungen, gute Ware, auf dem türkischen Markt verkaufte. Was er den Menschen in Spanien zuliebe tun könne, so erklärte der Bei, sei, ein »zweites Lösegeld« von viertausend Pesos auf den Jungen auszusetzen. Der König hörte davon und zahlte das doppelte Lösegeld. Fernando starb, ehe man ihn auslösen konnte.

Drei Jahre nach seinem Tod kam ein kurzes, empörtes Schreiben aus Trinidad über eine weitere von Fernando begangene Veruntreuung, die gerade erst ans Licht gekommen war. Und noch einmal ein Jahr später berichtete ein neuer Gouverneur, er habe unter Fernando Berrios Besitztümern dreihundertfünfzig Doppelzentner Tabak gefunden. Er bat Madrid um Instruktionen, erwähnte aber gleichzeitig, dass der Tabak an Qualität bereits verliere und er ihn einigen angesehenen Bürgern »geliehen« habe. Die Antwort kam zwei Jahre später: Der Tabak solle verkauft und der Erlös mit den Galeonen aus Cartagena nach Madrid geschickt werden. Doch der Gouverneur hatte eine bessere Idee: Warum nicht mit dem Erlös die Soldaten bezahlen? Nun gut, lautete die Antwort, die im fünften Jahr der Korrespondenz eintraf, bezahlt die Soldaten, aber den Rest des Geldes schickt nach Spanien.

Berrios Name lebte durch Fernandos Neffen fort, den man aus Algier freigekauft hatte: Martín de Mendoza, der seinem Namen manchmal »de la Hoz« anfügte, manchmal »Berrio« und manchmal »de la Hoz y Quesada«. Hundert Jahre später ist im heruntergekommenen St. Joseph, dem einstmaligen Ausgangspunkt für die Suche nach Eldorado, ein Martín Mendoza dokumentiert. Es handelt sich mit großer Wahrscheinlichkeit um einen Nachfahren. So verschwanden also die großen Namen der Eroberer in den eroberten oder vermeintlich eroberten Ländern. Vielleicht war es nicht nur ein Resultat örtlicher Legendenbildung, dass gegen Ende des achtzehnten Jahrhunderts einige Leute auf dem Festland dem Forschungsreisenden von Humboldt einen zerlumpten Hirtenjungen als Nachfahren von Gonzales Ximenes de Quesada vorführten, jenem Konquistadoren, der für Spanien die Schätze der Chibchas erobert, das Königreich Neugranada gegründet und dem Ehemann seiner Nichte die Suche nach Eldorado und den Traum vom dritten Marquisat in der Neuen Welt vermacht hatte.

ZWEITER TEIL

Die spanische Kapitulation (1633–1797)

3

Die Geisterprovinz
1633–1776

Man sandte kaum etwas nach Spanien, und man erhielt kaum etwas aus Spanien. Ab 1633 legte zwanzig Jahre lang kein spanischer Kauffahrer mehr an. Doch eine Provinz des Spanischen Weltreichs blieb es weiterhin: der mächtige Strom, von dem Kolumbus glaubte, er komme geradewegs aus dem Garten Eden, das überschwemmte Deltagebiet, der Golf, die Inseln. Auch der Name hielt sich noch eine Weile, »die Provinzen von Eldorado«, und Berrios Stadt blieb weiter Hauptstadt, »jene bescheidene Stadt St. Joseph de Oruña«, wie es in einer Petition hieß: nicht mehr als ein paar Strohhütten und eine ständig baufällige Kirche, in der es häufig weder Messwein noch Lampenöl gab.

Der Aufschwung von Virginia und den beiden Carolinas machte Trinidads Tabakhandel zunichte. Doch Guyana saß den Spaniern weiter wie ein Stachel im Fleisch. Man entdeckte Quecksilber, von dem die Spanier bereits mehr als genug besaßen. Auch die Fremden kamen weiterhin. Bis die Franzosen und Engländer sich gegen sie verbündeten, um sie niederzuschlagen, waren dies meistens Holländer, die zudem stets willens waren, sich niederzulassen. Sie heirateten Karibenfrauen, und es gab eine Zeit, da die Holländer auf Trinidad mit sieben Indianerhäuptlingen gleichzeitig verbündet waren. Zweimal überfielen sie St. Joseph. Beim zweiten Mal nahmen sie die wenigen Neger der Stadt mit, fünfzehn insgesamt, sowie die komplette Kleidung der Spanier. Die Spanier versteckten sich in ihren Hütten, bis man ihnen aus Margarita andere Kleider zukommen ließ, mit denen sie sich bedecken konnten, um in der ausgebrannten Kirche Gottes Wort zu hören.

Die Provinz war eine Belastung. Dennoch war Spanien nicht gewillt, sie wie andere karibische Inseln zu entvölkern und den Fremden zu überlassen. Man wollte die strategisch wichtige Provinz am Orinoko um keinen Preis verlieren, und ihre Schwäche machte die Obrigkeiten nervös. Raubzüge, Beschwerden über Vernachlässigung, Unterschlagungen und Schmuggel, der drohende Verlust einer weiteren Provinz, ständige Forderungen nach Schiffen, Männern und Geld – irgendwann verlor der spanische König die Geduld. Die spanische *Casa de la Contratación*, die Sevillaner Handelsbehörde, die den Handel in Spanisch-Westindien regulierte, hatte ein Memorandum zu Trinidad verfasst. »Ihr schreibt von Geld«, erwiderte der König, »als hätten Wir es Euch oder einer anderen Person genommen, oder als wären nicht große Teile Italiens und Flanderns sowie ganz Burgund verloren gewesen, wenn Wir das Geld nicht genommen hätten.«

In dieser Region stand es Spaniern nicht mehr zu, auf eigene Faust zu handeln. Ein Gouverneur von Margarita vertrat die Ansicht, Entschlossenheit und Tatkraft seien wichtiger als Zahlen. Es ruinierte seine Karriere. Mit einer Rumpftruppe von weniger als achtzig Mann aus Margarita und Trinidad überfiel er der Reihe nach die holländischen und französischen Siedlungen auf Trinidad und Tobago und nahm hundert Gefangene. Sechsunddreißig davon waren Neger und damit wertvolle Beute. Die anderen stellten ein Problem dar, und sei es nur, weil ihre Zahl fast so groß war wie die der spanischen Soldaten, von denen wiederum viele Neger, Mulatten oder Mestizen waren, »Menschen, die nur Firlefanz im Kopf haben, gewiefte Lügner von unbeständigem Wesen«.

Der Gouverneur ließ die Gefangenen, bis auf neunzehn Jungen, allesamt eines frühen Morgens am Strand von Margarita erwürgen und verscharren. Dann überfiel ihn die Angst. Er befahl seinen Leuten Stillschweigen; die neunzehn holländischen Knaben sollten in Privathaushalten versteckt und im katholischen Glauben aufgezogen werden.

»Wir befehlen Euch«, schrieb der König, als er davon hörte, »nach Beendigung Eurer Amtsgeschäfte an diesen Unseren Hof zu kommen, um Uns in besonderen Angelegenheiten zu Diensten zu sein. Kommt Ihr dem nach, so werden Wir Euch als treuen Diener betrachten«.

In gegebener Zeit fuhr der Gouverneur nach Spanien. Er rechnete mit der Zuteilung einer Anzahl von Indianern oder der Verleihung der Ritterwürde, doch er musste feststellen, das sowohl er als auch sein Sohn bestraft und degradiert werden sollten. Denn auch der König hatte Angst. »Entschlossenheit und Tatkraft« verstärkten in einer geschwächten Region nur die düstere Erinnerung an die Zeiten der Macht und provozierten Vergeltungsaktionen.

Die Karibik war nicht mehr in spanischer Hand, und mehr als je zuvor war nun jeder Spanier auf sich gestellt. Ein spanischer Beamter, der über die Befestigung von Trinidad berichten sollte, kam nie auf der Insel an. Französische Piraten machten vor den Inseln über dem Winde Jagd auf ihn, nahmen ihn gefangen und verschleppten ihn nach Dieppe, wo man ihn aussetzte. Er schrieb an den spanischen Botschafter und bat um Hilfe: Er sei sich sicher, dass seine Frau und seine Kinder in Spanien Hunger litten. Er erhielt keine Antwort.

»Ich liege krank zu Bett«, schrieb der Gouverneur von Trinidad, Diego de Escobar, »und bin von Feinden und streitbaren Eingeborenen umringt. Vier Mal habe ich um Hilfe geschickt, doch keiner der hiesigen Gouverneure ist gewillt, mir beizustehen. Ich glaube, niemand auf der Welt hat je solches Ungemach und solche Mühsal auf sich nehmen müssen.« Man habe ihn nicht bezahlt, seine Soldaten – ganze zehn Mann – gingen barfuß; sie bräuchten Sandalen (*alpargatas*) und Schilde zur Abwehr indianischer Pfeile. Sein Brief war nur einer von vielen.

»Sagt denen in Santa Fé (in Neugranada), unsere Kirche sei

eher eine Türöffnung als eine richtige Kirche. Sagt ihnen, dass wir nichts haben, womit wir eine Messe feiern könnten, und dass die Mönche verzweifelt sind. Sagt ihnen, dass die Lumpen, die wir tragen, unsere Leiber nicht mehr verhüllen, und dass wir die Toten ohne Leichentuch bestatten müssen; dass wir des Nachts nicht eine Lampe haben und uns nicht mehr aus der Stadt hinauswagen. Sagt ihnen, dass das Ganze zu einer Narretei geworden ist und dass die Holländer den Indianern erzählen, wir seien tot und niemand werde uns zu Hilfe kommen.«

»Die Menschen wollen fort. Ich habe mein Salär nicht erhalten. Der Feind hat mich seit meiner Ankunft vier Mal überfallen. Ich laufe barfuß und fast nackt umher. Es ist unfassbar.«

Es gelang ihm, den Obrigkeiten von Santa Fé Angst einzujagen. Man schickte ihm Kleidung, Soldaten und Vorräte. Monate später kehrten einige der Soldaten elend und mit leeren Taschen nach Santa Fé zurück. Diego de Escobar war ihnen in Guyana entgegengekommen. Er hatte die Vorräte an sich genommen und die Soldaten angewiesen, auf ihn zu warten, während er nach Trinidad fuhr. Fünf Monate lang sahen und hörten sie nichts von ihm; dann kehrte er mit holländischer Ware zurück, die er den Soldaten zum Kauf anbot. Er hatte die fünf Monate auf Trinidad damit verbracht, die Hilfsgüter zu verhökern.

1641 ordnete Madrid eine Untersuchung an; sechs Jahre später folgte eine Mahnung. »Wir haben keinen Bericht erhalten. Ihr hattet wahrlich ausreichend Zeit.«

Die Angelegenheit verpuffte, wie so viele andere auch. Der Mann, der den Bericht hätte schreiben sollen, war Fernando Berrios Neffe, den man einst aus Algier freigekauft hatte. Genau wie sein Onkel beschwerte er sich nie. Er regierte zehn Jahre lang auf Trinidad und bat am Ende um eine Verlängerung. Einmal drohte er damit, zurückzutreten, wenn er keine Unterstützung aus Spanien erhalte. Sein Rücktritt wurde angenommen, doch irgendwie erfuhr er nie davon, und Madrid vergaß die Sache. Es war eine Geisterprovinz, entlegener als noch hundert Jahre zuvor.

»An Don Juan Muñoz«, begann einige Jahre später ein Brief des Königs, »der, wie es scheint, unser derzeitiger oder vormaliger Gouverneur …«

Irgendwann wollte schließlich niemand mehr Gouverneur sein. Der *Consejo Real y Suprema de las Indias* schlug dem König drei Männer vor und führte ihre jeweiligen Qualifikationen auf. »Wir ernennen Don Lorenzo de Cienfuegos«, schrieb der Sekretär des Königs, und dieser setzte seine *rúbrica*, seinen Schnörkelzug, dahinter.

»Sire«, schrieb der Indienrat zurück, »Don Lorenzo de Cienfuegos wurde davon unterrichtet, dass Ihr ihm die Gunst der Gouverneurswürde in Trinidad und Guyana habt zuteil werden lassen, und lässt sich entschuldigen.«

Acht Monate später versuchte es der Indienrat erneut. »Sire«, berichtete der Rat in verkürzter Form, »Don Francisco de Santillan wurde von der Gunst unterrichtet, die Ew. Majestät ihm haben zuteil werden lassen, und lässt sich entschuldigen.«

Es gab eine neue Gefahr: die französischen und englischen Bukaniere, in Tierhäute gehüllte, vor Dreck und Tierblut starrende Gesellen, der Abschaum der Karibik. Ihr Stützpunkt befand sich auf polizeifreiem Gebiet der von den Spaniern entvölkerten Insel Hispaniola. Die Rinder und Schweine, die die Bukaniere dort jagten, waren die verwilderten Nachkommen der von den Spaniern zurückgelassenen Haustiere, und ihre Jäger waren ebenso verwildert wie sie. Jetzt suchten sie sich Anführer und Schutzherren und wurden zu Banditen der Meere.

1648 kamen fünf Schiffe mit französischen Bukanieren nach Port of Spain, um nach dem Gold von Eldorado zu suchen; sie hatten die ganzen Geschichten von Indianern im Norden gehört. Der Gouverneur begab sich eiligst nach Guyana. Dort sperrten ihn seine spanischen Soldaten in die Kapelle von Santo Thomé, warfen ihre Gewehre in den Orinoko und flüchteten in den Busch. Die Plünderer nahmen den Gouverneur und einige seiner Beamten gefangen. Drei Spanier wurden gefoltert; einer starb. Den Gouverneur setzte man später halb verhungert und schwer verwundet an der Küste Trinidads wieder aus. Seine silbernen Tintenfässer und sämtliche Neger nahmen sie mit.

»Oh, was steht diese Stadt in Guyana doch unter unheilvollem Stern«, schrieb der Gouverneur, »so oft zerstört und geplündert, und dabei nicht mehr als eine Hand voll Hütten, für nichts bekannt als für ihr Unglück, und die Bewohner kaum ein Hemd auf dem Leib.«

Sechzig Jahre zuvor hatte sich Fernando Berrios Nachfolger über seinen *escribano*, seinen Schreiber und Rechtsgehilfen, beklagt. »Dieser Mann versteht sich kaum aufs Schreiben, was eine nicht unbeträchtliche Erschwernis ist, will man seinem König angemessen dienen, vor allem da ich selbst des Schreibens so wenig kundig.«

Auf Margarita fehlte es inzwischen an Papier, und auf Trinidad herrschte seit dem Verlust der Tintenfässer des Gouverneurs Tintenmangel. In der Provinz von Eldorado war der Schriftverkehr des Weltreichs kurz vorm Erliegen.

Die Inseln im Norden fielen an Frankreich und England und wurden wertvoll. Die von Sklaven betriebenen Zuckerplantagen veränderten Land und Leute für alle Zeiten (Franzosen wie Engländer erhoben Anspruch auf die Insel St. Kitts und verbündeten sich, um mit einer einzigen schnellen Attacke die Kariben auszurotten). Nordamerika wurde besiedelt. Doch Trinidad war aus der Weltgeschichte herausgefallen. Es gab weder Überfälle noch Handelsbeziehungen. Die Spanier lebten wie Schiffbrüchige am Rand der Wildnis und waren nur auf das eigene Überleben konzentriert.

Doch sie hielten durch. Es waren die Indianer, die verschwanden. Auf die bescheidenen Triumphe bei ihren Überfällen und den Rückzug ihrer Verbündeten, der Engländer, Holländer und Franzosen, folgte die »Befriedung« durch die Spanier.

»Ich selbst kehrte auf dem Seeweg zurück und schickte Kapitän Augustín de Santiago mit seinen Soldaten auf dem Landwege, auf dass er sämtliche Indianer, die ihm begegnen, bestrafe und ihre Felder niederbrenne, was er auch getan.« So lautet der Bericht über eine frühe Befriedung. Zudem wurde die indianische Bevölkerung, deren Zahl Domingo de Vera ein Jahrhundert zuvor mit vierzigtausend angegeben hatte, durch neue Krankheiten auf viertausend Menschen dezimiert.

Auf dem Festland und im Golf von Paria waren die Indianer noch immer gefährlich, und die Kariben gingen weiter auf ihre alljährliche Menschenjagd, »stolz, mutig, kriegerisch«, wie ein spanischer Beamter – nun mit Bewunderung – vermerkte, »Herren über Krieg und Frieden«. Doch auf Trinidad sanken die Arawaken von ihrem Status als Verbündete der Spanier auf den von Dienern, und sie wurden so gefügig, dass man vorschlug, sie zu christianisieren.

Die Kapuziner waren mit Feuereifer dabei. Weniger als ein Jahr nach dem königlichen Dekret zur Gründung einer Mission für Trinidad und Guyana kamen die ersten Missionare nach St. Joseph. Der Missionsvorsteher sah sich in den Indianerdörfern um und berichtete von den »glücklichen Anfängen, der reichen Ernte, die er erwartete, und der Vielzahl der Seelen, die es mit der Hilfe des Herrn zu retten galt«.

Ein Ausflug über den Golf nach Guyana verlief weniger erfreulich. Zwölf Mönche begegneten hundertfünfzig Kariben in sieben Pirogen. »Wir dankten Gott dafür, dass sie sich zurückzogen, nachdem wir sieben Stunden gegen sie gekämpft. Von jenen, die mich begleitet, starb nur ein Einziger; vier wurden verwundet.«

Die Missionare waren in größter Eile angereist, und es fehlte ihnen am Nötigsten. Sie brauchten eine Glocke, um die Indianer zum Gebet zu rufen, Weihrauchgefäße, Lüster, Gefäße für geweihte Öle und Wein, den Wein selbst, Öl, Mehl, Wachs. Sie brauchten Papier; sie brauchten so gut wie alles. »Viele Heidenbekehrungen gründen in der Pracht, dem Zierrat und den Riten der Kirche. Ich muss Ehrwürden den Zustand der Indianer nicht ausmalen; ein materialistischer Menschenschlag, der auf das reagiert, was er sieht. Und wie der Apostel sagt, gelangen sie durch das, was sie sehen, sogar zur Erkenntnis Gottes, obwohl sie ihn nicht sehen können.«

Auch zwei Jahre später hatten die Missionare noch nicht erhalten, um was sie gebeten hatten; noch immer gingen Briefe hin und her. Doch die Missionare waren fleißig gewesen. Sie hatten dreihundert indianische Sklaven befreit und durchgesetzt, dass kein Indianer mehr als »Stück« bezeichnet werden durfte; das war die Bezeichnung für einen Sklaven. Für einige der befreiten Indianer hatten sie eine Siedlung mit Namen Santa Cruz errichtet, andere hatten sie in Port of Spain angesiedelt, wo zu dieser Zeit nur zehn Spanier lebten. Sie hatten Missionsstationen auf dem Land gegründet, die als eigenständige Arbeitskolonien angelegt waren. Indianer, die in solche Missionen zogen, sollten getauft werden und lernen, gegen Bezahlung zu arbeiten, zunächst, um sich selbst Kleidung zu kaufen, und später, um einen kleinen Tribut an die Krone zu entrichten; außerdem sollten sie von ungetauften Indianern und Negern fern gehalten werden.

Die spanischen Siedler beschwerten sich. Man enthalte ihnen die Arbeitskraft der Indianer vor, behaupteten sie, zudem würden die Indianer in den Missionen verzärtelt und an den Müßiggang gewöhnt. Es kam zu Auseinandersetzungen zwischen dem Gouverneur und den Missionaren. Auch die Indianer selbst waren nicht immer kooperativ, und die Missionare verloren den Mut. Sie kamen zu der Auffassung, die Indianer seien Wilde, die lieber im Busch lebten als in Städten. Dies war ein vernichtendes Urteil, denn für die Spanier war zivilisiertes Leben gleichbedeutend mit Stadtleben. Zwei Jahrhunderte zuvor hatte Kolumbus die Indianer Zentral-Haitis als Waldbewohner verdammt – nachdem er sie ausgelöscht hatte.

Die Indianer in den Missionen wurden rebellischer, und im letzten Jahr des 17. Jahrhunderts eskalierten die Ereignisse. Es kam zum letzten indianischen Aufstand, zum letzten Zeichen indianischen Lebens. Die Rebellion bescherte Trinidad seine ersten christlichen Märtyrer und sein erstes Wunder.

In einer der Missionen war man dabei, eine neue Kirche zu errichten. Eines Morgens waren zwei indianische Arbeiter unter der Aufsicht eines Mönchs und eines spanischen Zimmermanns am Werk. Die Indianer waren ungeschickt, und der Mönch hatte den Eindruck – dies ist die offizielle Version der Kapuziner –, ihre Ungeschicklichkeit sei Absicht. Er wies sie zurecht und drohte, dem Gouverneur, der an diesem Nachmittag zu Besuch erwartet wurde, Bericht zu erstatten. Einer der beiden Indianer hob seinen Spaten und schlug den Mönch damit nieder. Der andere erstach den Zimmermann. Dann stießen beide ihren traditionellen Kriegsruf aus, woraufhin sämtliche getauften Indianer aus ihren Hütten stürzten.

Der verletzte Mönch schleppte sich in die alte Kirche und kniete vor dem Bild der Heiligen Jungfrau nieder. Die Indianer durchsiebten ihn mit Pfeilen, während er für sie betete, bis er starb. In einem abgeschiedenen Teil der Mission las ein anderer Mönch sein Stundengebet – eine passende Vorbereitung auf den Tod. Ein dritter stand in der Küche und bereitete das Mittagessen für die Mönche; er nahm sein Kruzifix, kniete nieder und wartete. Die Indianer vergruben die vier Leichname in den Fundamenten der neuen Kirche. Sie schändeten die alte Kirche, brannten die Mission nieder und griffen dann den Gouverneur und seine Begleitung aus dem Hinterhalt an. Der Gouverneur, der *sargento mayor*, der Schatzmeister, der *escribano* und einige andere wurden getötet. Sie starben langsam, denn die Indianer verwendeten vergiftete Pfeile.

Der offiziellen Version der Kapuziner zufolge vergaben die Mönche ihren indianischen Schützlingen, bevor sie starben. Doch die sechzig Spanier in St. Joseph empfanden nichts als Hass, als sie sich bald darauf indianischen Angriffen ausgesetzt sahen. Aus Guyana konnte man nicht sofort Hilfe schicken; der dortige Captain war zwanzig Monate zuvor nach Neugranada aufgebrochen, um sich Hilfe zur Bewältigung einer Krise zu holen, die inzwischen längst überwunden war. Es dauerte zwei Monate, ehe einige spanische Infanteristen und christianisierte Indianer eintrafen. Die aufsässigen Indianer wurden ans

Meer zurückgedrängt. Der letzte Kampf fand an Trinidads Atlantikküste statt, unweit des Ortes, den Kolumbus auf seiner dritten Fahrt im Jahr 1498 am späten Nachmittag als erstes Anzeichen von Land gesichtet hatte. Er hatte schlechte Augen, hatte zudem schlecht geschlafen, und so erinnerte ihn das Kap, zu dem sich das Schiff im Mondlicht seinen Weg suchte, an eine Galeere unter vollen Segeln. Er taufte das Kap Galera, und der Name ist bis heute geblieben.

In der Nähe dieses Kaps also ertränkten sich nun viele der Indianer, Männer, Frauen und Kinder, im Meer und in der Lagune. Doch weit mehr Indianer wurden gefangen genommen. Ihre Vergehen wurden für zu schwer wiegend befunden, als dass eine spontane Hinrichtung dort auf dem breiten Strand möglich gewesen wäre. Sie wurden nach St. Joseph gebracht, gefoltert und vor Gericht gestellt. Einundsechzig von ihnen wurden zum Tode verurteilt. Einige wurden erschossen. Zweiundzwanzig Indianer schleifte man, während ein Ausrufer ihre Verbrechen verkündete, durch die Stadt und hängte sie dann auf. Anschließend schnitt man ihnen Köpfe und Hände ab, riss die Leichen in Stücke und spießte diese entlang der Hauptstraße auf Stangen auf.

Ein Jahr später begab sich eine offizielle Gesandtschaft zu den Ruinen der Mission. Als man die in den Fundamenten der neuen Kirche eingeschlossenen Leichname der Mönche freilegte, fand man sie unversehrt; frisches Blut rann aus den Wunden. Die Leichen wurden nach St. Joseph gebracht und blieben auch während der neun Tage, die sie aufgebahrt in der Kirche lagen, unverändert. Irgendjemand schrieb damals ein Gedicht über dieses Ereignis: »Eine sehr traurige Geschichte« – *Romance muy doloroso*. Es war das einzige literarische Produkt der Spanier auf Trinidad und wurde schnell vergessen; wer es gehört hatte, erinnerte sich lediglich daran, dass es nicht viel taugte.

Dreißig Jahre später, so wird berichtet, standen einige Arawaken vom Stamm der Nepoios den Spaniern während eines Karibenangriffs zur Seite. Doch nach dem Kampf am Strand von

Punta Galera waren die Indianer bedeutungslos geworden. Sie wurden befriedet und wieder in die Missionen geholt, wo sie arbeiteten, um ihre Steuern zu bezahlen. Die spanischen Siedler drängten darauf, sie als Arbeitskräfte nutzen zu dürfen; die Missionen verloren ihre Autonomie und wurden der staatlichen Kontrolle unterstellt. Hundert Jahre lang zählte die indianische Bevölkerung noch etwa zweitausend Menschen; im 19. Jahrhundert verschwanden die Indianer fast vollständig.

1885 führte ein Indianer einen dominikanischen Missionar an den überwucherten Ort des Massakers und des Wunders. Nach indianischer Überlieferung, so berichtete der Dominikaner, seien jedes Jahr an Gründonnerstag und Karfreitag im Wald Gesänge und betende spanische Stimmen zu hören: Auch nach vierhundert Jahren erzählten die Indianer ihrem Besucher immer noch genau das, was dieser ihrer Meinung nach hören wollte. In den Ruinen wuchsen Orchideen. Der Dominikaner nahm einige davon mit nach Port of Spain und pflanzte sie zum Andenken an die Märtyrer in der Nähe seiner Zelle an.

Die Zuckerinseln im Norden gewannen immer mehr an Bedeutung, die fünfzehnhundert Quadratkilometer große Insel Guadeloupe wurde gegen Kanada eingetauscht. Frankreich und England kämpften um die Inseln. Doch es waren Kämpfe ohne Helden, von Söldnern ausgetragen, die sich um Landbesitz schlugen, während die Besitzungen mit ihrer stark angewachsenen Negerpopulation hilflos waren, stets von Hunger (es wurde nur wenig Ackerbau betrieben) und von Sklavenrevolten bedroht. Trinidad war nicht bedeutsam; die Insel war sicher. Innere Unruhen gab es nicht. Die spanische Bevölkerung wuchs zunächst auf hundert, dann auf hundertfünfzig Bewohner an. Es wurde ein wenig Kakao angebaut, der nach Spanien ausgeführt wurde. Die inneren Angelegenheiten der Provinz waren trivial.

Der Zimmermann reichte dem Gouverneur eine Rechnung ein; der Gouverneur wies den Schatzmeister an, sie zu bezahlen; der Schatzmeister verkündete, es sei kein Geld mehr da; der Gouverneur befahl, welches zu leihen. Das Geld wurde geliehen, der Zimmermann ausbezahlt und der Kredit abgetragen. Entsprechende Unterlagen, zwölf Seiten, von denen jede einzelne beeidigt und unterzeichnet war, wurden nach Madrid gesandt. Guyana, das immer noch unter seinem Ruf litt, bat wieder einmal um Hilfe. Der *cabildo* – der Rat von St. Joseph – trat zusammen und befand, dass man nichts tun könne. Ein Mann wurde nach Madrid geschickt, um die Obrigkeiten zu informieren. Der Gouverneur inspizierte die Waffen- und Munitionsbestände von Port of Spain und St. Joseph und fand, »in dieser Zeit reger Kriegshandlungen«, ganze fünfzig Pfund Schießpulver vor. In der Nähe von Port of Spain stieg er auf einen Berg und litt sehr unter der Hitze (er war der erste Spanier, der die Hitze Trinidads je erwähnte; es war im Jahr 1711). Doch focht ihn das nicht an, denn er war »von einem unstillbaren Verlangen erfüllt, Ew. Majestät zu dienen«. Er gründete eine Schule für Grammatik und Theologie, »um die Dunkelheit zu vertreiben«.

Es war ein Ausdruck spanischer Ironie und Selbstkarikatur, die allerdings auch ausarten konnte. Als einige Missionare ohne Erlaubnis die Insel verließen, ergriff der Gouverneur zwei zu Besuch weilende Mönche, schaffte sie, obwohl er fieberkrank war, zu Pferd nach Port of Spain und ließ sie von dort mitten in der Nacht in einem Kanu zur priesterlosen Mission bringen. Mit dieser Tat glaubte er viele Seelen gerettet zu haben. »Auch wenn ich noch immer nicht bezahlt worden bin, hätte ich bereitwillig mehr für Ew. Majestät getan, wenn ich besser bei Kräften wäre. Doch ich bin schwach und gebrechlich, da ich die Blüte meiner Jugend an diesem heißen, feuchten Ort geopfert, den Unbilden der Witterung ausgesetzt und fast immer bedürftig, fehlt es doch in diesen Gefilden an allem. Unzählige Male war ich gezwungen, Gras zu essen, als befände ich mich mitten in der Steppe. All dies ist verbürgt und offenkundig, allgemein bekannt und amtlich.«

Die Kakaobäume fielen einer Pilzseuche zum Opfer, und die Einnahmen der Provinz sanken auf zweihunderteinunddreißig Dollar. Ein Gouverneur machte sich auf die Suche nach Eldorado und blieb vierzehn Monate verschwunden. Dann kam es in der Verwaltung des Spanischen Weltreichs zu drastischen Veränderungen, und Antonio Berrios Geisterprovinz von Eldorado verschwand vollends von der Bildfläche. Trinidad wurde von Guyana abgetrennt und beide Gebiete dem Generalkapitanat [der damaligen Verwaltungsregion] von Caracas unterstellt. Caracas wuchs und sollte bald eine Universität bekommen. Berrios Stadt – St. Joseph de Oruña, St. Joseph von Trinidad, manchmal sogar Trinidad von Guyana: allein die zahlreichen Namen waren ein Beleg für die Unwirklichkeit dieser Stadt – korrespondierte nicht mehr direkt mit Madrid.

Im selben Jahr, in dem die Provinz Eldorado verschwand, wurde an der Atlantikküste Trinidads ein kleines entmastetes Schiff von den Kanarischen Inseln angetrieben. Die hungernden Seeleute waren betäubt vom Wein, den sie in Teneriffa geladen hatten und der nun über mehrere Wochen hinweg ihre einzige Nahrung gewesen war. Zwei Jahre später schien sich die Parodie von Entdeckung und Eroberung fortzusetzen, als man vom Orinoko drei weitere missionarische Märtyrer nach St. Joseph brachte, um sie dort zu begraben.

Männer wie diese waren die neuen Abenteurer des spanischen Weltreichs. Ihr Märtyrertum wurde auf spanischen Kupferstichen mit ebenso fantasievollen und blutigen Darstellungen gefeiert wie jene, mit denen zweihundert Jahre zuvor das restliche Europa die Grausamkeit der Konquistadoren verurteilt hatte.

Kirchliche Berichte wie der von Bruder Antonio Caulin rundeten den Zyklus spanischen Heldentums ab: spanisches Blut an Stelle von indianischem Blut, das Heldentum der Märtyrer an Stelle des Heldentums der Eroberer.

Die Insel erholte sich von den Folgen des Kakaobaum-Sterbens. Die Bevölkerung wuchs auf hundertzweiundsechzig an, und das Gesamteinkommen der Insel stieg auf tausendzweihundertachtzehn Dollar. Dann kam eine Pockenepidemie, der selbst die Affen zum Opfer fielen. Das gab den Siedlern den

Rest. Mehr als ein Jahrhundert hatten sie am Rande der Wildnis gelebt. Doch nun warfen sie die spanischen Sitten über Bord, verließen ihre Hütten und lebten, wie vor ihnen die Indianer, im Busch.

Sie wollten in Ruhe gelassen werden. 1745 legten sie den Gouverneur, der sie »grausam behandelt« hatte, in der *casa real* in Port of Spain in Ketten. Es dauerte acht Monate, bis Soldaten aus Venezuela kamen und ihn befreiten. Die *alcaldes* oder Ratsmitglieder des *cabildo* von St. Joseph wurden inhaftiert und einige Siedler nach Havanna verbannt. Der neue Gouverneur befahl dem *cabildo*, dafür zu sorgen, dass die Kirche ein Strohdach bekam; der *cabildo* erklärte, es sei nicht genug Geld da, und dabei blieb es. Nach fünf Jahren kehrten die Exilanten aus Havanna zurück, weil man eine Petition für sie eingereicht hatte. Die ganze Gemeinde, so hieß es, leide unter der Abwesenheit ihrer Elite; es gab niemanden, der Fische fing.

Als 1757 ein neuer Gouverneur nach St. Joseph kam, stellte er fest, dass die Straßen voller Löcher und Gräben und von Baum- und Strauchwerk überwuchert waren. Viele der Hütten waren verlassen, und bei den anderen waren Putz und Strohdächer so verfallen, dass es aussah, als wohne dort niemand. Eine Versammlungsstätte für den *cabildo* war nie zu Ende gebaut worden. Die Bewohner lebten in den Wäldern, und die wenigen Neger, die sie besaßen, waren ihre Gefährten geworden. Da der Gouverneur in St. Joseph kein geeignetes Haus für sich finden konnte, kehrte er nach Port of Spain zurück. Er schrieb an die Bewohner von St. Joseph, bat sie, die Straßen zu säubern, das Versammlungsgebäude fertig zu stellen, eine Truhe für die amtlichen Schriftstücke anzufertigen und ein angemessenes, gebundenes Buch für die Protokolle des *cabildo* zu beschaffen.

Sie könnten den Wünschen des Gouverneurs nicht nachkommen, war die Antwort. Sie seien nur wenige und sehr arm, lebten von dem, was sie sich in den Wälder zusammensuchen und aus dem Meer fischen könnten, und nur allzu oft hätten sie gar nichts. Wenn der Gouverneur sie zwinge, seine Wünsche zu erfüllen, würden sie die Insel verlassen, wie schon so viele vor ihnen. Selbst mit Werkzeug würden sie mehr als ein Jahr brauchen, um die Straßen vom Wildwuchs zu säubern und die Löcher aufzufüllen. Doch sie hätten kein Werkzeug und könnten es sich auch nicht leisten, welches zu kaufen; außerdem gebe es auf der Insel ohnehin kein Werkzeug.

»All diesen Erschwernissen zum Trotz wird Pedro Bontur, der einzige Zimmermann auf der Insel, Weisung erhalten, eine Truhe für die amtlichen Schriftstücke anzufertigen und als Bezahlung Naturalien entgegenzunehmen, sobald und so weit diese von den Bewohnern, welchen man zu diesem Zwecke einen Beitrag abverlangen wird, erhältlich sind. Allerdings müssen Seine Exzellenz der Gouverneur selbst die Bretter zur Verfügung stellen, da dem *cabildo* niemand auf der Insel bekannt ist, welcher sie herzustellen vermöchte. Bei passender Gelegenheit sollten Seine Exzellenz auch die Schlösser und Angeln für selbiges Unterfangen vom Festland mitbringen, da Derartiges auf der Insel nicht verfügbar ist. Des Weiteren wird die Weisung erteilt werden, die Unterlagen des *cabildo* zu ordnen; und auch ein Buch wird angefertigt werden, sobald Papier vorhanden ist, da die Mitglieder des *cabildo* zum jetzigen Zeitpunkt nicht über ein einziges Blatt verfügen.«

Das war eine umfassende Antwort. Der Gouverneur setzte die Bewohner von St. Joseph nicht weiter unter Druck. Er blieb bis zum Ende seiner Amtszeit in Port of Spain, und so wurde das Fischerdorf, das weder offiziell gegründet worden war noch einen Stadtrat hatte, zum Amtssitz der Gouverneure von Trinidad. Die dort ansässigen Spanier gewannen Öl aus Schildkröten, destillierten Rum aus Zuckerrohrsirup und – eine hübsche, vom Festland übernommene Sitte – züchteten und verkauften Singvögel.

Die Bewohner von St. Joseph, in der Neuen Welt inzwischen eine alte Siedlung – der Name des Gründers war in Vergessenheit geraten: Manche glaubten, er laute Barreo, andere meinten, Joseph de Oruña –, lebten mit ihren Negern weiterhin in trunkener Isolation. Sie versuchten einen Arzt vom Fortgehen abzuhalten, weil er ihnen kostenlose Arzneimittel gab und sie fürchteten, keinen anderen wie ihn mehr zu finden. Sie stritten sich mit den Priestern und schlossen die Kirche für eine Weile. Sie intrigierten ohne Geschick und Beharrlichkeit gegen einen Gouverneur, den sie für zu ehrgeizig hielten. Sie verabschiedeten Resolutionen zum Bau einer Schule, zur Vereinheitlichung von Maßen und Gewichten, zum Bau der Truhe für die Amtsdokumente und zur Rückholung ihrer Gefährten aus dem Busch – und unternahmen nichts von alledem. Sie schmiedeten ein Komplott gegen einen neuen Gouverneur, scheiterten und nahmen Rache, indem sie sämtliche Dokumente zerstörten oder versteckten. Ein neuer Arzt kam, doch er starb. Ihm folgte ein Franzose, der einige französische Bescheinigungen vorlegte, die der *cabildo* nicht lesen konnte; zumindest sehe er aus wie ein Arzt, vermerkte man im Protokoll.

Wieder kam ein neuer Gouverneur. Als der *cabildo* von St. Joseph nicht zur Geburtstagsfeier des Königs in Port of Spain erschien, reagierte der Gouverneur auf diese Beleidigung verärgert und übte Druck aus. Sie hätten nicht gewusst, dass sie erscheinen müssten, verteidigten sich die Ratsmitglieder; außerdem habe es an jenem Tag geregnet und sie hätten keine Pferde. In ihren Protokollen allerdings äußerten sie Protest. Es sei die Pflicht eines Gouverneurs, notierten sie, am Geburtstag des Monarchen in die Hauptstadt, *la capital*, zu fahren, wo »unter Kanonendonner und Gewehrsalven das königliche Banner entrollt wird«.

Auf diese Weise hätten die Bewohner Trinidads, von der Geschichte ausgeschlossen, vielleicht weiter Tag für Tag von der Hand in den Mund gelebt, während das 18. Jahrhundert verstrich. Doch völlig unerwartet beschloss Spanien, Trinidad wieder unter seine Fittiche zu nehmen, und mit dem spanischen Arkadien war es vorbei. Andere Orte im Weltreich hatten sich in der Zwischenzeit umstrukturiert und weiterentwickelt. Venezuela war einst ebenso arm gewesen wie Trinidad. Der erste Simón de Bolívar hatte nach Raleighs Überfall auf St. Joseph inständig gebeten, man möge ihn an einen anderen Ort versetzen. »Für Venezuela taugt ein jeder, und seien seine Fähigkeiten noch so beschränkt«, hatte er geschrieben. Jetzt gehörte die Familie Bolívar – in deren Adern auch Indianer- und Negerblut floss – zur Creme der Gesellschaft. Caracas besaß eine Universität und ein Theater. Venezuela war zwar noch kein eigenständiges Land, doch es hatte eigene gesellschaftliche Regeln. Es war das Eigenleben seiner Provinzen, wodurch das Spanische Weltreich so lange aufrechterhalten wurde. Doch genau dieses Eigenleben sollte für das Weltreich schon bald zur Bedrohung werden. Es war absurd und zugleich Ausdruck dessen, was letztlich Spaniens Aufstieg zur Weltmacht ausgemacht hatte.

Und so war nun auch Trinidad wieder betroffen. Wieder einmal hielt man die Insel für strategisch bedeutsam. Von dort aus war die Verteidigung von Provinzen möglich, die ebenso verlockend waren, wie Eldorado es einst gewesen war – eine Verteidigung nicht gegen Plünderer und Piraten, sondern gegen Flottenbewegungen und Armeen. Man wollte die Insel besiedeln und befestigen, sie zu einem weiteren Waffenlager des Weltreichs machen, zu einem zweiten Cartagena; Trinidad sollte das Handelszentrum Südamerikas werden. Doch dazu würde Trinidad nicht rein spanisch bleiben können. Spanien hatte nicht genügend Männer, man würde Einwanderer aus anderen Ländern holen müssen. Die Einwanderer sollten römisch-katholischen Glaubens sein, das schien zumindest eine gewisse Garantie zu bieten.

Auf den Sklaveninseln im Norden gab es solche Siedler: einige Iren, die meisten jedoch Franzosen. Die Franzosen in der Karibik waren an Eroberungen und an fremde, meist englische, Herrschaft gewöhnt. Einigen, die bankrott oder deren Ländereien, Betriebe und Negersklaven mit Hypotheken belastet waren, war es nur recht, erobert zu werden: Es bedeutete, dass sie ihre französischen Schulden los wurden; es bedeutete aber auch, dass sie bei den englischen Kaufleuten, die auf jeder eroberten Insel einfielen, um Handel zu treiben oder Geld zu verleihen, neue Schulden machen konnten. Trinidad, dessen spanische Regierung sich ohnehin bereits in der Defensive befand und daher offen für Einwanderer war, bot sich als Zuflucht ganz besonders an.

Selbstkritisch und im Bewusstsein verpasster Gelegenheiten waren die Spanier jetzt bereit, den anderen nachzueifern. Sie hofften nicht zuletzt, diesen Teil der alten Provinzen von Eldorado in eine westindische Sklaveninsel verwandeln zu können, die ebenso profitabel sein würde wie die Inseln im Norden. Doch es war nicht die Zeit für imperiale Entschlossenheit in der Neuen Welt. Das königliche Dekret zur Kolonisierung, das Madrid an den Gouverneur von »Trinidad, unserer Insel unter dem Winde« sandte, erging im Jahr 1776.

4

Die drei Revolutionen
1776–1797

Auf Trinidad musste ein Neuankömmling nicht mit Fragen nach Schulden, beliehenen Negern oder anderen Belastungen rechnen. Es gab etwa vierhundert französische Familien von verschiedenen Inseln, die bereit waren zu kommen. Nach eigenen Angaben konnten sie insgesamt rund dreiunddreißigtausend Neger mitbringen. Das war übertrieben, doch die Franzosen versuchten das Beste für sich herauszuschlagen. Sie wollten die Sicherheit und das Land. Was sie nicht wollten, waren restriktive spanische Handelsgesetze und Steuern; zugleich wollten sie die Verbindungen zu Frankreich, die ihnen angenehm waren – die Priester, die Hinterlassenschaften und die Reisen –, aufrechterhalten. Schließlich forderten sie Gesetze, die den Besitz von Negern absicherten; die geltenden Gesetze boten ihnen nämlich keine Möglichkeit, etwa einen entlaufenen Neger aus Venezuela zurückzubekommen.

Sie seien am Überlegen, erklärten sie, ob sie nicht mit ihren Negern in die Vereinigten Staaten gehen sollten. »Die brennende Freiheitsliebe der neuen amerikanischen Verfassung«, argumentierte der Vertreter der Franzosen, »muss jeden Bürger begeistern.« In Neuengland sei es zwar kalt, anders als im warmen Trinidad, doch in Florida, Georgia oder Carolina könne ein westindischer Siedler die Art von Feldfrüchten anbauen, die seine Neger gewöhnt waren. Durch diese »zusätzliche Stärkung einer Regierung, die für das Gleichgewicht der beiden Kontinente vielleicht schon bald eine interessante Rolle spielen wird« – der Vertreter der Franzosen schrieb das im Jahr 1777 –, habe Spanien viel zu verlieren, »auch wenn die Amerikaner womöglich gezwungen sind, noch für einige Jahre unter der Herrschaft Großbritanniens zu leben«. Spanien müsse dafür Sorge tragen, dass sich seine karibischen Inseln fortentwickelten. Bloß sei das mit Spaniern nicht zu bewerkstelligen, sie seien zu träge. Solche Dinge konnten Ausländer Spaniern inzwischen sagen; es deckte sich mit dem, was so mancher Spanier dachte.

Vielleicht waren die Forderungen zu hoch gewesen. Vielleicht bezweifelte man in Spanien auch, ob Befestigungen auf Trinidad zum Schutz des riesigen südamerikanischen Kontinents überhaupt beitragen könnten. Manche fanden, der beste Schutz sei ein unbewohnter Küstenstreifen; andere sprachen von einem *campo volante*, einem »wandernden Lager«. Eine Zeit lang unternahm man bezüglich Trinidads gar nichts. Bei den Vertragsverhandlungen zum Frieden von Versailles, 1783, deuteten die Briten an, sie seien nicht abgeneigt, Gibraltar gegen Trinidad einzutauschen. Die spanischen Vertreter reagierten nervös; keiner von ihnen wusste, wo Trinidad lag. Daraufhin erklärte ihnen der spanische Botschafter in Paris, wenn sie Trinidad aufgäben, gäben sie ganz Südamerika auf. Kurz danach wurde Madrid aktiv. Den zukünftigen französischen Einwanderern wurde alles zugesichert, was sie verlangt hatten.

Es ging vor allem um Land und Neger. Jeder Einwanderer – sie mussten alle römisch-katholischen Glaubens sein – würde zweiundfünfzig Morgen Land zugewiesen bekommen und für jeden mitgebrachten Neger nochmals sechsundzwanzig Morgen erhalten. Ein freier Neger oder Mulatte sollte für sich selbst sechsundzwanzig Morgen Land erhalten und noch einmal genauso viel für jeden Neger, den er besaß. Die Einwanderer mussten für ihre Neger zehn Jahre lang keine Steuer zahlen und konnten, ebenfalls zehn Jahre lang, zollfrei Neger ins Land einführen. Es war gestattet, Güter von der Insel auszuführen und zu verkaufen, wenn das Geld zum Kauf von Negern verwendet wurde, und diese Einnahmen wurden nur mit einer Steuer von fünf Prozent belegt. Bis zur Verabschiedung des geplanten Negerkodexes sollte jeder Einwanderer über genügend Waffen verfügen, um seine Neger selbst im Zaum halten zu können.

Als neuer Gouverneur wurde ein Marineoffizier ausgesandt, ein Spanier neuen Typs. José Maria Chacon, Ritter des Ordens von Calatrava, hatte sich als Kapitän der Königlich-Spanischen Marine während des amerikanischen Unabhängigkeitskriegs bei Mobile einen Namen gemacht. Auf Trinidad würde ihm ein hochrangiger Armeepionier zur Seite stehen. Ein Großteil der Mittel für die Entwicklung Trinidads sollte aus Mexiko kommen.

Die Spanier in Port of Spain und St. Joseph bereiteten Gouverneur Chacon einiges Kopfzerbrechen. Es gefiel ihnen nicht, gestört zu werden; sie waren es gewöhnt, in den Wäldern herumzustreifen, und fürchteten, dass sich durch die Einwanderer ihr angestammter Lebensraum verkleinern würde. Sie erhoben Anspruch auf die ganze Insel; mitunter verkauften sie sogar »ihren angeblichen Grundbesitz« an Einwanderer. Wenn das, was sie behaupteten, stimme, so Chacon, bleibe »kaum ein Fleckchen übrig, das man den neuen Kolonisten zusprechen kann«.

Wie ein Ausländer attackierte er sie dafür, dass sie Spanier waren: Sie seien arm, träge und nichtswürdig. Mit einem Dekret wies er alle ihre Forderungen zurück, und um die Spanier in St. Joseph zu isolieren, befahl er dem *cabildo*, die Ratsversammlungen in Port of Spain abzuhalten. Fisch wurde im Landesinneren Mangelware, und wenn welcher aus Port of Spain gebracht wurde, war er nicht zu bezahlen. Schließlich gaben die Spanier von St. Joseph auf und kamen aus dem Busch. Sie waren jetzt eine Minderheit. Sieben der zehn Mitglieder des in Port of Spain tagenden *cabildo* waren Franzosen, außerdem war noch ein Ire dabei.

Auch mit den Negern gab es Probleme. Einige Einwanderer

hatten Neger und Mulatten, denen sie vertrauten, als Köder eingesetzt und auf anderen Inseln Neger geraubt, um auf Trinidad mehr Land beanspruchen zu können. Den Vertrag für »neue« Neger aus Afrika hatte die Regierung mit einer Firma aus Liverpool, Baker and Dawson, abgeschlossen. Doch diese schickte ihre besten »Stücke« nach Havanna. Die Einwanderer beklagten sich; und zwei Iren, Barry und Black, etablierten sich als Negerverschiffer. Sie handelten nicht mit neuen Negern, sondern mit Sklaven von anderen Karibikinseln, die nicht immer auf legalem Wege in ihren Besitz gelangten. Manche der Sklaven standen am Ende ihres arbeitsreichen Lebens, doch es gab Mittel und Wege, Alter und Krankheit zu vertuschen. Von einer Ladung mit vierzig Negern von Barry und Black, von denen jeder Einzelne knapp dreihundert Dollar eingebracht hatte, starben vierunddreißig in den ersten drei Tagen nach ihrer Ankunft.

Madrid intervenierte. Diese und andere Angelegenheiten wurden geregelt. Der für die Sklavenkolonie schon bald kennzeichnende geschäftige Geist war bereits im Entstehen; Männer wie Black verkörperten in ein und derselben Generation, ein und derselben Person, die Pioniere und Aristokraten der Gesellschaft zugleich. Madrid bot einen Kredit in Höhe von einer Million Dollar für die Entwicklung der Landwirtschaft und schickte subventionierte Gerätschaften. Einwanderern wurden neue Steuernachlässe gewährt. Man legte die Stadtgrenzen fest und teilte den Rest der Insel in Verwaltungsbezirke auf. Port of Spain wurde auf dem Reißbrett neu angelegt. Man holte englische Feuerwehrfahrzeuge ins Land, legte Maße und Gewichte sowie die Preise für Brot und Fleisch fest und schaffte die Leprakranken fort. Außerdem trat der versprochene Negerkodex in Kraft.

Neger sollten zukünftig im katholischen Glauben unterrichtet und spätestens ein Jahr nach ihrer Ankunft getauft werden. Sie waren angemessen mit Nahrungsmitteln und Kleidung zu versorgen. Jeder Neger hatte das Recht auf ein eigenes Bett, und mehr als zwei Personen sollten nicht in einem Raum schlafen. Es galt als ausgemacht, dass sich Neger hauptsächlich in der Landwirtschaft zu betätigen hatten und nicht mit »Tätigkeiten, die eine sitzende Lebensweise erfordern«. Allen Negern sollte es gestattet sein, zwei Stunden pro Tag im eigenen Nutzgarten zu arbeiten, ihr jährlicher Arbeitslohn betrug zwei Dollar. Neger unter siebzehn oder über sechzig Jahren waren von der Arbeit freigestellt. An Feiertagen sollte nicht gearbeitet werden. Neger, die alt oder chronisch krank waren, durften nicht vor die Tür gesetzt werden, sondern ihre Besitzer hatten sich um sie zu kümmern.

Neger waren vor allen moralischen Anfeindungen zu schützen. Frauen durften keine für ihr Geschlecht ungeeigneten Tätigkeiten verrichten und auch nicht solche, die sie über längere Zeit der Gegenwart von Männern aussetzten. An Feiertagen sollten sich die Neger nach der Messe in der Gegenwart ihrer Besitzer oder Aufseher einem »unschuldigen Zeitvertreib« hingeben. Es war ihnen nicht gestattet, übermäßig zu trinken; Männer durften sich nicht nach Belieben in der Gesellschaft von Frauen aufhalten, und Neger von unterschiedlichen Plantagen sollten keinen Umgang miteinander pflegen. Die Zerstreuungen der Neger hatten vor dem Abendgebet ein Ende zu finden. Eheschließungen waren zu begrüßen, wobei der Besitzer des Mannes die Möglichkeit erhalten sollte, die Frau zu einem anständigen Preis zu erwerben, andernfalls hatte er den Mann an den Besitzer der Frau zu verkaufen.

Bestrafungen wurden auf Gefängnis, Ketten und die Peitsche beschränkt. Ein Neger durfte nur von seinem Besitzer oder dem Aufseher des Besitzers geschlagen werden; kein Vergehen durfte mit mehr als fünfundzwanzig Peitschenhieben bestraft werden und es durfte dabei weder zu »Quetschungen noch zu Blutergüssen« kommen. Neger, die härter bestraft wurden, konnten konfisziert werden. Wenn Besitzer gegen Bestimmungen des Kodex verstießen, drohten ihnen Strafen zwischen fünfzig und zweihundert Dollar.

Es war ein – verhältnismäßig – guter Kodex. Er war vom königlichen Palast in Aranjuez in Spanien erlassen worden, doch verfasst hatte ihn ein französischer Pflanzer, der – genau wie Gouverneur Chacon – schon nach kürzester Zeit selbst eine Mulattenfamilie hatte. Auf den französischen Inseln waren die Rassengesetze zu jener Zeit nicht nur streng, sondern auch demütigend. Und auf der britischen Insel St. Vincent hatte die Versammlung der Pflanzer zwanzig Jahre zuvor eine »Verordnung zur Umwandlung von Sklaven in echtes Eigentum« beschlossen, in der eine Klausel festlegte, dass jedem Neger, der einen Weißen schlug, »die Nase aufgeschlitzt oder ein beliebiges Gliedmaß abgeschnitten« werden solle.

Wurde der Kodex auf Trinidad befolgt? Die Anzeichen sprechen dafür, dass 1790, vor dem großen französischen Andrang, die Spanier in Port of Spain sogar noch milder vorgingen, als der Kodex es vorschrieb.

Im August 1790 erstach ein neunzehnjähriger Neger namens Francisco in einem Hof in Port of Spain frühmorgens während einer Totenwache einen holländisch sprechenden Neger. Die Protokolle des anschließenden Gerichtsprozesses sind noch erhalten, sie vermitteln einen anschaulichen Eindruck vom Leben der Neger in Port of Spain.

Eine freie Negerin war gestorben, und die Totenwache der Neger in ihrem Haus wurde zu einer Party, die die ganze Nacht andauerte. Eine Ausgangssperre gab es nicht; doch trugen Neger, die nachts unterwegs waren, eine brennende Kerze, was Vorschrift gewesen sein könnte, da es in Port of Spain später ein entsprechendes Gesetz gab. Viele Neger lebten im Haus ihrer Besitzer und gingen dort nach eigenem Gutdünken ein und aus. So wie Francisco, der Seemann war, gingen viele Neger einer aushäusigen Beschäftigung nach, und ihre Besitzer wussten nicht immer, wo ihre Neger gerade waren. An der Totenwache nahmen Sally, Paly und Belchy teil sowie die Frau, die als *Pata de Jamón*, Schweinefuß, bekannt war. Außerdem waren dort noch Ham, Stan, Scipio, Sui und Samson. Manche von ihnen sprachen Holländisch, andere Spanisch oder Französisch.

Sie waren alle jünger als dreißig. Die Lebensdauer der karibischen Neger verlängerte sich erst, als der Sklavenhandel abgeschafft wurde. Francisco war entweder neunzehn oder dreiundzwanzig, genau wusste er es nicht. Die Frau, die er heiraten sollte, ebenfalls eine Sklavin, war älter als er. Francisco hatte das Gefühl, von ihr in die Falle gelockt worden zu sein und war schlechter Laune, als er nach Mitternacht vor ihrem Haus stand und sie rief, damit sie herauskam und mit ihm zur Totenwache ging. Während der Totenwache zettelte Francisco einen Streit mit einem holländischen Neger an, der laut den Rosenkranz betete. Francisco warf ihm vor, er habe keine Ahnung, was er da sage. Die Auseinandersetzung endete in einer Messerstecherei.

Nicht alle bei der Totenwache anwesenden Neger hatten einen guten Ruf. Von Sally, einer Belastungszeugin, hieß es später, sie sei »eine schwarze Frau, die tagelöhnert und einen liederlichen, sündhaften Lebenswandel führt und deren Herrin sie von der Insel gejagt hatte, weil sie ihr Betragen nicht länger dulden wollte«. Verbannt zu werden und nicht mehr zu einem Haushalt zu gehören war eine der Strafen für weibliche Sklaven. »Schweinefuß« wurde nachgesagt, dass sie »als freie Negerin nicht einmal ein Obdach hat, sondern ihre Tage und Nächte unter fremden Häuserdächern oder in Gebäuden verbringt, die eben erst errichtet werden; den größten Teil des Tages ist sie betrunken und gibt sich freizügig schlechten Männern hin«.

Noch war die Sklaverei in Port of Spain kein schlichtes Rassenmerkmal. Ein Sklave war weiterhin ein Individuum und kein völlig Ausgestoßener. Francisco galt vor dem spanischen Gesetz als vollwertiger Mensch. Er gab an, er sei »im Bezirk Curiepe in der Provinz Caracas geboren, und sein Aufenthalt in diesem Hafen gehe auf den Umstand zurück, dass er der Sklave Seiner Exzellenz Don Manuel Sorzanos sei, der ebenfalls hier residiere. Seine Stellung oder Beschäftigung sei die eines Seemannes, er sei unverheiratet und bekenne sich zum römisch-katholisch-apostolischen Glauben«.

Francisco war so sehr Individuum, dass ihn Diskriminierungen erzürnten. So hätten sich seine Schiffskameraden, Neger und Mulatten, geweigert mit ihm zusammen zu essen, weil er ein Sklave sei und sie eigentlich bedienen müsse. Als sie in den Süden der Insel fuhren, hatten sie Francisco zweimal an Land sitzen lassen.

Franciscos Demütigungen waren weniger rassistischer als sozialer Art. Er war wie ein antiker Haussklave. Die abschließenden Ausführungen seines Anwaltes machen dies deutlich. Der Anwalt lehnte sämtliche Beweise der Anklage ab, weil sie von Sklaven stammten. »Nach Artikel 13, Absatz 16, Punkt 3 dürfen Sklaven keine Zeugen sein; und in jenen Fällen, in denen das Gesetz es ihnen gestattet, sind sie vorher zu foltern, da Sklaven von skrupellosem Wesen sind, eine Veranlagung, die der Knechtschaft entspringt, in der sie leben; man sollte stets damit rechnen, dass sie leichtfertige oder falsche Angaben machen und die Wahrheit erst preisgeben, wenn sie eine Belohnung erhalten ... schließlich ist es allseits wohl bekannt, dass es keine schändlicheren Menschen gibt als Sklaven.«

Es ist die Stimme der Antike. Doch wir hören sie im Rahmen der langen und durchdachten Verteidigung eines Sklaven. Der Fall wurde nach Caracas verwiesen. Als von dort die Order kam, Francisco zu foltern, damit er gestand, verhalfen ihm die Behörden zur Flucht.

Der Negerkodex von Trinidad illustriert auf anschauliche Weise die spanische Milde, die Sorge um das Individuum und die alte spanische Rechtsgläubigkeit. Zugleich aber ist diese Milde auch ein Anteil Trinidads, der immer noch ertraglosen Wildnis von St. Joseph und der armen Hafenstadt. Hier gab es keine Minen und – zumindest vorläufig – auch keine Latifundien.

1776 öffnete Spanien in dem Bestreben, sein Weltreich zu bewahren, seine dünn besiedelten Karibikinseln für ausländische Siedler. 1789, im Jahr der Französischen Revolution, trat der Negerkodex von Trinidad in Kraft. Doch inzwischen war jegliche zeitliche Abstimmung dahin; Spanien hatte keine Kontrolle mehr über den Gang der Ereignisse. Es strebte nach eigenen, reichen Zuckerinseln, zu einer Zeit, als die Strukturen, auf denen der Reichtum der Karibik im 18. Jahrhundert beruhte, bereits im Schwinden begriffen waren.

Die Revolution in Frankreich fand ihren Widerhall auf Santo Domingo, der reichsten und spannungsgeladensten Sklaveninsel der Karibik. Zu den örtlichen Antagonismen zwischen Weißen, Mulatten und Negern, zwischen reichen Weißen und »kleinen Weißen« (*petits blancs*), zwischen Vertretern des Mutterlandes und denen der Kolonie, Bürokraten und Händlern, kamen nun die sich verändernden politischen Fraktionen Frankreichs hinzu. Es schien, als habe die Revolution jedem etwas zu bieten, den reichen Weißen ebenso wie den »kleinen Weißen« und den Mulatten, und so stritten sie untereinander, bis sich im August 1791, als auf Trinidad der Prozess gegen Francisco im Gange war, die Neger erhoben und den Norden von Santo Domingo in Aufruhr versetzten.

Im folgenden Jahr traf eine republikanische Armee aus Frankreich ein und stellte sich auf die Seite der Neger. Auch die Insel Martinique brachten die Republikaner unter ihre Kontrolle. Weiße und farbige Pflanzer beider Inseln flüchteten mit ihren loyalen Negern nach Trinidad. Einige Wochen später befanden sich England und Spanien im Krieg mit Frankreich. Spanien, das wenig zu verlieren hatte, konspirierte mit den aufständischen Negern von Santo Domingo. England dagegen zielte darauf ab, Frankreich zu zerstören, indem es die Quelle des französischen Reichtums, das französische Imperium in der Karibik, zerschlug, und riskierte dafür eine Invasion im Mutterland, da es fast seine gesamte Armee zur Eroberung Santo Domingos zusammenzog. Die britische Flotte isolierte die republikanischen Inseln der Franzosen und eroberte sie eine nach der anderen. Nun war es an den französischen Republikanern, davonzulaufen, und einige kamen auch nach Trinidad – das konnte Chacon nicht verhindern.

Weiße, Mulatten, Neger, Royalisten und Republikaner: Nach der langen Diskussion über Siedlungsbedingungen war auf Trinidad innerhalb von drei Jahren eine bunt gemischte französische Kolonie entstanden, die sich im Zustand der Rebellion und

Anarchie befand. Der Feind war jegliche Autorität. Und die Autorität wurde durch England verkörpert, durch die Regierung in Frankreich, durch die französischen Sklavenbesitzer und die weißen Sklavenbesitzer. Doch der Feind war auch die Rebellion, der gefährliche Neger, der anmaßende freie Mulatte, der missionarische Republikaner, egal, ob Mulatte, Weißer oder Neger. Spanien spielte in diesen Konflikten keine Rolle; und Chacon, der nicht über eigene Soldaten verfügte, musste sich in der Kolonie, die er eigentlich hatte organisieren und voranbringen sollen, mit der Rolle des Zuschauers begnügen.

Spanien befand sich immer noch im Krieg mit Frankreich, wenn auch ohne ersichtlichen Erfolg. Das revolutionäre Gedankengut war eine Gefahr für das Spanische Weltreich. Allein Begriffe wie »Republikaner« oder *camarade* schadeten der »Heiligkeit der Religion, der öffentlichen Ordnung und der notwendigen Unterordnung der Kolonien« von der Chacons Obere gesprochen hatten. Chacon versuchte, die nicht-königstreuen Franzosen auf Trinidad aus verantwortungsvollen Positionen fern zu halten und ließ keinen Zweifel an seiner Zufriedenheit, als die Briten das republikanische Martinique eroberten. Die Franzosen, Weiße wie Mulatten, vergaßen ihm das nicht. Mochten sie untereinander auch gespalten sein, die größte Feindseligkeit hoben sie für die Engländer auf. Das war Tradition und hatte mit Ideologie nichts zu tun.

Inzwischen befand sich Victor Hugues in der Karibik, Robespierres Revolutionsemissär; Hugues war ein westindischer Mulatte französischer Abstammung, ein Feind der Engländer, und für die Rolle des Anarchisten und Rächers wie geschaffen: aus armem Elternhaus, ein gescheiterter Frisör, gescheiterter Wirt, gescheiterter Kapitän eines Handelsschiffes, später Lieutenant der französischen Armee, kehrte er nun als Bevollmächtigter mit einer kleinen Flotte und einer Truppe von tausendfünfhundert Mann zu den Inseln seiner Kindheit zurück. Er eroberte die Insel Guadeloupe von einer britischen und royalistischen Armee zurück, die zehnmal stärker war als seine eigene, und ließ dreihundert französische Royalisten hinrichten. Er exhumierte und entblößte die Leiche des britischen Gouverneurs, und die Gedenktafel, die dieser Tat gewidmet wurde, enthielt eine obszöne Anspielung auf den englischen König.

Obwohl sein eigener Bruder in Santo Domingo von aufständischen Negern getötet worden war, verkündete Victor Hugues das Ende der Sklaverei. Er rekrutierte Neger; er bewaffnete Korsaren; er schickte den Indianern der Insel Wein, Schinken, Salz und Waffen. Den Briten drohte er an, für jeden getöteten französischen Republikaner, ob schwarz, weiß oder braun, zwei Engländer zu töten. Piraten und Söldner kannte man in der Karibik bereits, aber Revolutionäre waren etwas Neues. Die Revolten, die Victor Hugues auf Martinique und Dominica anzettelte, schlugen fehl. Auf St. Lucia kam es zu Unruhen. Auf St. Vincent und Grenada wurden viele Weiße getötet; im Konvent in Paris wurde diese Neuigkeit sehr begrüßt.

Victor Hugues war Franzose, ein Repräsentant Frankreichs, und auf Trinidad sollte das Urteil der weißen Franzosen über ihn daher letztlich immer noch milder ausfallen als das über die Engländer, die mit Hilfe französischer Royalisten die Nachbarinsel Tobago befreit hatten. Dort bezeichnete ein gewisser Colonel Williams die Franzosen als Feiglinge und Hurensöhne und nannte einen Franzosen *scoundrel*, englisch für »Schurke«. Dieses Wort klang den Franzosen so unangenehm in den Ohren, dass sie es in der leicht abgewandelten Form *scondrel* nicht mehr vergaßen. Fast fünfzehn Jahre später kam es einem französischen Reisenden zu Ohren, der das Wort in sein Buch aufnahm und in einer Fußnote erläuterte, *scondrel* sei eine so üble englische Beleidigung, dass er sich weigere, sie zu übersetzen. Die Franzosen in der Karibik waren von Krieg, Sklavenrevolten und Massakern bedroht. Doch auch Kränkungen dieser Art wurden gehegt und gepflegt und der Rache für wert befunden.

Freiheit – Recht – Gleichheit: dies war das Motto von Victor Hugues' zahlreichen Proklamationen. Auf Haiti hatte sich Toussaint Louverture, der Anführer der aufständischen Sklaven, ein Mann von unerwartetem Genie, auf die Seite der französischen Republikaner geschlagen. Auf Jamaika hatten entlaufene Sklaven eine Revolte entfacht, die bedrohlich genug war, um sie als Krieg zu bezeichnen. Und auch auf Trinidad gab es Anzeichen von Aufruhr unter den Negern. Ungeachtet des Negerkodexes und der Überlegungen, Neger in ausreichender Zahl und zu bestimmten »Stückpreisen« ohne Steuer- und Zollabgaben einführen zu lassen, schienen die Obrigkeiten nun nicht in der Lage zu sein, den Besitz von Sklaven wirklich abzusichern. Selbst Gouverneur Chacon verlor einige seiner Neger. Vielleicht wurden sie gestohlen, vielleicht waren sie ihm auch davongelaufen. Im Landesinnern nach ihnen zu suchen war zu gefährlich.

Auf der Coblenz-Plantage in Port of Spain starben hundert Neger auf einen Schlag. Jeder von ihnen hatte zwischen zweihundertsiebzig und zweihundertachtzig Dollar gekostet; der Pflanzer war ruiniert; die Besitzung wurde später, als sich die Lage beruhigt hatte, verkauft. Wie alle anderen wurden auch die neuen Neger in ungewohntem Klima schnell krank, und das Klima des im Sumpfland gelegenen Port of Spain war besonders ungesund. Doch die Neger der Coblenz-Plantage hatte man »behandelt«: Sie waren vergiftet worden. Auf Sklaveninseln gehörte das dazu; Gift war die letzte Waffe der Neger, ob aus Rache, Wut oder Verzweiflung. Hundert verkrampfte Körper: Diese Ausformung der Sklaverei und des Kolonialwesens hatte der Negerkodex nicht in Aussicht gestellt. Er wirkte inzwischen wie ein idyllischer Traum von Zufriedenheit, fruchtbaren Feldern und Negern, die sich zwischen gesundem Tagwerk und Abendgebet unschuldigen Zerstreuungen hingaben. Doch mit den Negern, das trat jetzt zu Tage, hatte man zugleich auch eine gewisse Hysterie importiert, in der die reichen und in den Augen mancher Spanier so vorbildlichen Sklaveninseln nun schon seit einem Jahrhundert lebten. Von einer Insel nach der anderen kamen Berichte über Brände und Massaker.

Ein Mann mit einer Negerin als Geliebten und Mulattenkindern auf einer von Rassenhass durchdrungenen Insel, ein königlicher Beamter mitten unter den Agenten der Anarchie, ein Spanier in einer französischen Kolonie – Chacons Machtlosigkeit hätte größer nicht sein können. Er hatte zur Verteidigung vier kleine Türme aus Lehm und Stroh errichten lassen, die schon im ersten Regen zerfielen. Selten war ein Mann weniger um Verteidigung bemüht: Er konnte nichts verteidigen und er hatte nichts zu verteidigen.

Frankreich und Spanien schlossen Frieden, und Spanien wurde für kurze Zeit neutral, ehe es wieder die bewährte Allianz mit Frankreich einging. An Chacons Situation änderte das nichts. Die französischen Kolonisten hatten ihm nicht verziehen. Und Frankreich selbst war als freundliche, neutrale Nation vielleicht sogar gefährlicher denn als Feind: Im französischen Marineministerium lag eine Abhandlung über die Vorteile einer Besetzung der Insel vor.

Im Süden Trinidads, wo sich viele farbige Pflanzer niedergelassen hatten, wurde eine Negerverschwörung aufgedeckt. Eine andere Revolte in der Nähe von Port of Spain wurde vereitelt. Chacon schätzte, dass er zwischen drei- und fünftausend Soldaten benötigen würde, um die Insel unter Kontrolle zu halten; tatsächlich hatte er weniger als hundert.

Als der spanische Admiral Aristizábal nach Port of Spain kam, bat Chacon ihn eindringlich zu bleiben. Doch Aristizábal war auf dem Weg zum spanischen Santo Domingo. Der spanische Teil der Insel, die Kolumbus Hispaniola, die spanische Insel, getauft hatte, war an Frankreich abgetreten worden, und Aristizábal war beauftragt, aus der Kathedrale von Santo Domingo, der ältesten noch bestehenden Siedlung der Neuen Welt, die Gebeine von Christoph Kolumbus zu holen. Kolumbus' Schwiegertochter hatte dessen sterbliche Überreste 1541 vom spanischen Toledo nach Santo Domingo überführt, und nun sollte Aristizábal sie nach Havanna bringen. Er nahm die falsche Kiste, die mit den Gebeinen von Kolumbus' Sohn, dem Vizekönig Westindiens. 1877 entdeckte man die Bleikiste mit Kolumbus' sterblichen Überresten in einem Gewölbe der Kathedrale von Santo Domingo. Sie befindet sich noch heute dort.

Aristizábal übermittelte Chacons Hilferuf nach Havanna, und

aus Kuba kam schließlich ein Hilfsangebot. Es stammte von Jean François, einem ehemaligen Sklaven, der im Aufstand von Santo Domingo früh eine tragende Rolle gespielt hatte. Er hatte mit den Spaniern gegen die Franzosen gekämpft und war nach dem spanisch-französischen Abkommen nach Kuba gegangen. Nun bot er an, seine schwarzen Guerillas auf Trinidad in Garnison zu legen. Das Angebot war ehrlich gemeint. Doch es ängstigte Chacon: Er lehnte ab. Im Grunde hätten die Franzosen erleichtert sein sollen, doch stattdessen waren sie beleidigt. Die Guerillas waren schwarz, doch sie waren auch Franzosen; und unter den Franzosen munkelte man, Chacon beabsichtige, die Insel dem englischen Feind zu übergeben.

Die Verwaltung brach zusammen. Es fehlte an Kalk und Steinen zum Bauen. Es gab weder eine Kaserne noch ein Gefängnis und abgesehen von dem Geschützstand der Hafenbatterie und den halb zerfallenen Türmen keinerlei militärische Befestigungen. Und es gab keine Polizei. Als vier Neger ihren weißen Besitzer erschlugen, war das ein Hinweis auf die grundsätzliche Bedrohung. Chacon ließ die Neger auf der Stelle hängen. Das war zwar ungesetzlich, doch es spielte keine Rolle mehr. Die Insel gehörte den französischen Republikanern, ob reich, arm, schwarz, braun oder weiß; und sie bekämpften sich untereinander. Chacon wäre sie am liebsten alle los gewesen. Die Neger trugen die Kokarde in den Farben der Trikolore und sangen die *Marseillaise.* Es war Teil der französischen Groteske: Die Sklavenrevolte war eben nicht nur eine Sklavenrevolte, der Rassenkrieg nicht nur ein Rassenkrieg. Die örtlichen Feindseligkeiten vermengten sich mit den revolutionären Ansichten aus Frankreich. Paris versorgte alle Seiten mit den gleichen einfachen revolutionären Schlagwörtern, die wie ein Teil des Dramas, aber auch der Verheißung waren: selbst die hübschen, dem Klima der Nordhalbkugel zugehörigen Begriffe des neuen Kalenders der Französischen Revolution – *germinal, brumaire.*

Der Golf von Paria war spanisch und neutral. Dennoch tauchten dort republikanische französische Freibeuter auf, um ihre Schiffe wieder in Stand zu setzen, und Chacon konnte es nicht verhindern. Dann kamen britische Schiffe, um die Freibeuter zu jagen, und auch das konnte Chacon nicht verhindern. Die mit zweiunddreißig Kanonen bestückte Fregatte *Alarm* hatte bereits drei Freibeuterschiffe versenkt. Eigentlich war die Insel längst nicht mehr in spanischer Hand. Spanien war wieder einmal gescheitert.

Eines Tages erschien die *Alarm* zusammen mit der Korvette *Zebra*, die mit zwanzig Kanonen bestückt war, im Golf von Paria. Die *Alarm* unter Kapitän Vaughan kreuzte im Drachensund und riegelte so den Golf ab. Vaughan schickte Chacon eine Nachricht: Es befänden sich französische Freibeuter im Golf, gegen die die *Alarm* und die *Zebra* nun vorgehen würden. Chacon erwiderte, er übernehme keine Verantwortung. Kurz vor dem Morgengrauen wurden die Piratenschiffe beschossen und versenkt. Die *Zebra* kehrte zu ihrem Stützpunkt auf den Inseln über dem Winde zurück. Die *Alarm* ging in Port of Spain vor Anker, und Kapitän Vaughan begab sich an Land, um Chacon aufzusuchen, dessen Haus in der Calle Marina ein Stückchen oberhalb des Ufers stand, wo die Ebbe schwarze Schlammflächen freilegte.

Ein paar Seeleute der *Alarm* blieben in der Nähe der Anlegestelle, während einige Offiziere eine der kurzen geraden Straßen der Neustadt hinaufgingen, um Mrs. Griffiths zu besuchen, eine walisische Dame mit zwei Töchtern in heiratsfähigem Alter. Vaughan gesellte sich nach seiner Vorsprache bei Chacon zu seinen Offizieren. Plötzlich hörten sie draußen Rufe. Die Mannschaften der versenkten Piratenschiffe hatten sich bis nach Port of Spain durchgeschlagen und waren in der Nähe der Anlegestelle mit den britischen Seeleuten in Streit geraten.

Vaughan und seine Offiziere begaben sich zu ihren Männern. Sie befanden sich in der Minderheit und waren in einer feindlich gesinnten Stadt, und so verbarrikadierten sie sich in einem Steinhaus. Immer mehr Franzosen rotteten sich zusammen; es waren hauptsächlich Farbige, zum Teil bewaffnet. Der Schiffsarzt der *Alarm* wurde verwundet.

Die spanische Garnison traf ein, insgesamt achtzig Mann, und stellte sich zwischen die Menge und das Haus. Während ein spanischer Offizier mit der Menge verhandelte, gab man Vaughan zu verstehen, dass er sich mit seinen Männern durch die Hintertür davonmachen sollte. Anschließend gaben die spanischen Soldaten den Weg frei. Die Franzosen stürmten das verlassene Haus und plünderten es. Dann marschierten sie durch die Stadt und sangen die *Marseillaise*. Sie brachen ins Zeughaus ein, und kurz darauf sah man Trikoloren und Kokarden in den Straßen.

Ihre Regierungen mochten sich aus wirtschaftlichen Gründen den Krieg erklären, doch die Franzosen und Engländer selbst bekämpften sich nicht zuletzt deshalb, weil sie einander hassten. Die an diesem Tag erlittenen Demütigungen hatten Vaughan aus der Fassung gebracht; gleich am nächsten Morgen ging er mit zweihundertfünfzig Mann in Port of Spain an Land – die *Alarm* blieb praktisch schutzlos zurück – und ließ sie in der Calle Marina Gefechtsstellung einnehmen. Die Proteste des Offiziers der spanischen Hafenpatrouille ignorierte er. Daraufhin erklärte sich dieser zu Vaughans Gefangenem und bot ihm seinen Degen dar. Vaughan war für derlei Gesten nicht in Stimmung und marschierte in die Stadt ein, wo er von vier- oder fünfhundert bewaffneten republikanischen Franzosen erwartet wurde.

Chacon verlor keine Zeit: Er postierte seine kleine Garnison zwischen den Franzosen und den Engländern. Dann wandte er sich auf Englisch an Vaughan. Trinidad sei eine spanische Insel und neutral, daher verstoße Vaughan gegen internationales Recht. Jeder Versuch, die Insel zu erobern oder sie zu halten, sei völlig aussichtslos. Sie sei mehr oder weniger in französischer Hand, und sollte es zu Kämpfen kommen, würden die wenigen englischen Einwohner und sämtliche Spanier mit Sicherheit getötet werden.

Vaughan hörte zu. Dann traten er und seine Offiziere zusammen und berieten sich kurz. Anschließend kehrte Vaughan zu Chacon zurück, salutierte mit seinem Degen, drehte sich um und führte seine Kolonne zurück zur Anlegestelle. Hinter ihnen sammelte sich die Menge und folgte ihnen unter Pfiffen, Jubel und Gesang.

An diesem Abend kam es in Port of Spain zu einem Tumult. Auf Engländer wurden Schüsse abgefeuert, und ein englischer Neger kam ums Leben. Chacon schrieb einen langen Brief an den ersten Minister des Königs, Manuel de Alvarez de Faria Godoy, den »Fürst des Friedens« in Madrid. Er bat um Schiffe und Männer. Vaughan dagegen hatte niemanden, an den er sich wenden konnte. Nach seiner Rückkehr auf die *Alarm* erschoss er sich.

Vaughan und die *Alarm* fanden Eingang in das Manifest gegen England, das die spanische Regierung wenige Monate später verfasste. Es ging der offiziellen Kriegserklärung um wenige Tage voraus. Chacons Verbündete auf Trinidad waren nun die republikanischen Franzosen, die ihn hassten. Sein Feind war England, dessen Triumphe in der Karibik er noch vor kurzem begrüßt hatte.

In Santo Domingo und anderswo stand die britische Armee kurz vor der Niederlage. In England selbst brauten sich Meutereien innerhalb der Marine zusammen. Doch die britische Kriegsflotte hatte – trotz Victor Hugues – in der Karibik immer noch die Oberhand. An der Küste Südamerikas fielen die Kolonien Berbice, Demerara und Essequibo und dann, in schneller Folge, die Inseln St. Lucia, St. Vincent und Grenada.

Die militärischen Vorbereitungen der Spanier wirkten ängstlich und defensiv. Zweifel kosteten Kraft und zogen das Unglück an. Das westlich von Port of Spain gelegene Chaguaramas war als Hafen ideal; daher fürchtete man, dass spanische Schiffe dort leicht mit Blockade belegt werden könnten. Zum Schutz von Chaguaramas sollte eine Festung errichtet werden. Doch schon meldeten sich wieder die alten Zweifel an der Zweckmäßigkeit von Befestigungen. Es gab so viele andere unbewachte Stellen für eine Landung auf der Insel; eine Festung konnte eingenommen werden, und dann würden die spanischen Geschütze auf die eigenen, im sicheren spanischen Hafen festgehaltenen spanischen Schiffe gerichtet werden. Jede Maßnahme barg ihre eigene Gefahr, jeder Vorteil einen Nachteil.

Venezuela schickte einen Pionier und eine Kanone, doch die britischen Kriegsschiffe hinderten die indianischen Arbeiter daran, zum Bau der Festung überzusetzen. Eine Korvette mit Geld und Munition aus Puerto Rico wurde aufgebracht. Fünf nagelneue spanische Kriegsschiffe, die mit Verstärkungstruppen nach Cartagena unterwegs waren, liefen in Port of Spain ein. Chacon wollte, dass die Soldaten beim Bau der Festung halfen, und überredete den Admiral zu bleiben. Die Soldaten, die das Klima nicht gewohnt waren, wurden reihenweise krank, doch es war kein Geld da, um sie zu versorgen, sodass manche auf private spanische Pflege angewiesen waren.

Die spanische Befürchtung, dass jede Verteidigungsmaßnahme bloß einen Angriff heraufbeschwören würde, sollte sich bewahrheiten. Die Engländer planten tatsächlich einen Angriff. Und die Anwesenheit des neuen Geschwaders im Hafen von Chaguaramas beschleunigte diesen Angriff. Er sollte massiv sein und perfekt ausgeführt werden. Die Festung war noch unfertig; es gab dort nicht einmal Wasser für die Männer. Die von den kranken Soldaten in Position gehievten zwanzig Kanonen und drei Mörser sollten nie einen Schuss abgeben. Die elaborierten Zeichnungen des Pioniers waren nutzlos; sie würden später nach London gebracht werden, wo sie noch heute liegen, clever und präzise, als warteten sie noch immer auf ihre Umsetzung.

Die britischen Streitkräfte sollten am oder vor dem 13. Februar 1797 bei der kleinen Insel Carriacou zusammentreffen, die zu den Grenadine Islands gehört. Mehr als siebentausend Mann mussten in Barbados, Tobago und St. Vincent abgeholt und auf vierzig Transportschiffen einsatzbereit gehalten werden. Am 12. Februar verließen Admiral Harvey und General Abercromby das Hauptquartier auf Martinique. Als sie am 14. Februar in Carriacou eintrafen, war alles bereit. Man hatte einen Lotsen, einen fünfundsechzigjährigen Mandingo-

Neger, ausfindig gemacht, der die Flotte durch den Drachensund in den Golf von Paria führen würde. Solche Kleinigkeiten übersahen die Spanier jetzt hin und wieder. So war der Vizekönig von Mexiko vor einigen Jahren auf dem Weg zu einem offiziellen Besuch in Trinidad umgekehrt, weil er vierzehn Tage lang vor dem Drachensund aufgehalten wurde.

Am 16. Februar, als sich Chacon und der spanische Admiral möglicherweise beim Mittagessen zusammen in Port of Spain befanden, erfuhren sie vom Kommen der Engländer. Chacon hatte sechshundert Mann in Port of Spain stehen. Nicht alle von ihnen waren einsatzfähig; einige hatten noch am Morgen im Krankenhaus gelegen. Dann war da noch die Miliz, doch auf diese war noch nie Verlass gewesen. Eine Hafenbatterie und zwei Schanzen im Hügelland im Norden der Stadt: das war Chacons gesamte Verteidigung. Der spanische Admiral konnte versuchen, sich mit seinem Flottengeschwader aus der Falle zu befreien, die der Golf jetzt darstellte. Oder – auch das wurde diskutiert – er konnte im Golf bleiben und die Truppentransporte angreifen. Dabei würde er zwar seine eigenen Schiffe verlieren, doch vielleicht könnte er die Invasion vereiteln. Ein solcher Angriff verlangte Einsatzbereitschaft und gut abgestimmte Mannschaften; die spanischen Schiffe jedoch waren unterbesetzt, die Mannschaften geschwächt.

Gegen drei Uhr nachmittags begann die britische Flotte in knappen und präzisen Manövern in den Golf einzulaufen: achtzehn britische Schiffe gegenüber einem spanischen Geschwader von fünf Schiffen.

Chacon schickte zweihundert Milizionäre als Verstärkung zu den hundertdreißig Männern in der Seefestung. Doch die Miliz war in der Auflösung begriffen, die Männer ließen ihre Offiziere im Stich und rannten in die Wälder. Im Golf ging es unterdessen weiter wie bei einem Flottenmanöver, wie in der Idealvorstellung eines Strategen, in der dem Feind zwar Stärke zugestanden, ihm aber nicht gestattet wird, sich von der Stelle zu rühren. Die vierzig Truppentransporter, von zwei Fregatten und der Korvette *Zebra* eskortiert, fuhren weiter in den Golf hinein, bis sie genau vor Port of Spain lagen. Sie waren die ganze Zeit außer Reichweite der spanischen Schiffe geblieben, nun ankerten sie außer Reichweite der Küstenbatterie, von der es ohnehin nur eine einzige gab.

Die gesetzten Segel der spanischen Schiffe suggerierten Abfahrbereitschaft. Zwei Kanonenboote und die Fregatte *Alarm*, jetzt unter einem neuen Kapitän, blieben unter Segeln im Drachensund zurück und bewachten die Ausfahrt aus dem Golf. Die spanischen Schiffe rührten sich nicht. Kurz vor Einbruch der Dunkelheit formierten sich die neun britischen Linienschiffe in einem Bogen vor den fünf spanischen Schiffen und sperrten sie so in ihrem sicheren, aber ungeschützten Hafen ein. Der spanische Albtraum war Wirklichkeit geworden.

Die Nacht brach herein; auf den Schiffen gingen die Lichter an und markierten die Positionen für die Schlacht am nächsten Morgen. Nur drei britische Kreuzer glitten hin und her zwischen den dunklen Landmassen der Halbinseln von Venezuela und Trinidad, die sich fast zu berühren schienen. Auf den spanischen Schiffen und in der Festung, die sie beschützte, war alles still.

Die französischen Republikaner in Port of Spain befanden sich in heller Aufregung. Chacon blieb gelassen. Die drohende Niederlage schien ihm gleichgültig zu sein. Er machte sich mehr Sorgen um die Archive und den Inhalt der Schatzkammer und ließ alles nach St. Joseph abtransportieren. Als die Franzosen ihn nach Waffen oder geplanten Aktionen fragten, gab er ihnen zur Antwort: »Alles zu seiner Zeit, Gentlemen. *Poco a poco, señores.*«

Schließlich öffnete er das Zeughaus. Die Franzosen nahmen, was sie tragen konnten, vier- bis fünftausend Musketen, so hieß es, und verschwanden – wie schon die Milizionäre vor ihnen.

Zwischen halb zwei und zwei Uhr früh waren im Westen Explosionen zu hören. Die spanischen Schiffe brannten, die Segel immer noch gesetzt. Sie hatten schon geraume Zeit unbemerkt gebrannt. Es war eine windstille Nacht. Der auf den

Decks der neuen Schiffe verteilte Schwefel und das Harz gerieten langsamer als erwartet in Brand; den Explosionen und Flammen waren bereits lange Schwelbrände vorausgegangen. Und die Explosionen gingen weiter. Die Schiffe brannten bis zum Morgen.

Gegen neun Uhr erreichten der spanische Admiral und einige seiner Leute Port of Spain. Sie waren mit dem Beiboot eines Schiffes herübergekommen und dicht an der Küste entlanggefahren. Der Entschluss zu einem hastigen Rückzug war in einem Kriegsrat gefasst worden; die Offiziere hatten selbst den Schwefel verteilt. Auch die Festung war aufgegeben worden, Kanone und Geschütze vernagelt. Die Seeleute und die Festungssoldaten waren in die Wildnis geflüchtet.

Die Franzosen spannen um diese morgendliche Begegnung zwischen Chacon und dem Admiral eine kleine Geschichte.

»Ihr habt die Schiffe in Brand gesetzt!«, rief Chacon. »Nun ist alles verloren.«

»Nicht alles«, erwiderte der Admiral und bekreuzigte sich. »Es ist mir gelungen, die Statue des heiligen Jakob von Compostela zu retten, meines Schutzheiligen, der auch der Schutzheilige meines Flaggschiffes ist.«

Es gab ein Schiff, das man nicht abbrennen ließ. Es wurde von den Mannschaften zweier britischer Schiffe gerettet und als Beute einbehalten. Die Festung wurde besetzt. Früh am Morgen ging General Abercromby an Bord der Fregatte, die die Truppentransporte bewachte. Einige andere Schiffe näherten sich der Stadt, und es kam zu einem kurzen, aus großer Entfernung geführten Schusswechsel mit der Hafenbatterie. Eine spanische Kanone explodierte und tötete einen Soldaten; der erste und letzte Gefallene der Spanier.

Gegen Mittag begann westlich der Stadt die Landung der britischen Truppen. Ein Kanonenschiff bot ihnen Deckung, weiter ging die Verantwortlichkeit der Marine nicht. Die Soldaten landeten mitten in tiefem schwarzen Schlamm, mehrere hundert Meter von trockenem Boden entfernt, sie versanken bis zu den Knien darin. Auf der Suche nach Flachwasser hatte

Abercromby für seine Landung die schlechteste Stelle auf der gesamten Insel ausgewählt. Doch an der Küste blieb alles ruhig.

Die Ausrüstung der Männer war schwer. Ihre Uniformen, so hieß es, hätten selbst dem kanadischen Winter getrotzt, dabei war es die heißeste Zeit des Tages. Doch am Ende des Schlamms und des Gestanks befand sich eine Zuckerfabrik mit Kisten voller Rum und Zuckerrohrsirup. Die Soldaten mischten sich einen gewaltigen Rumpunsch, tranken und ruhten sich aus. Kurz vor fünf begannen sie mit der Sonne im Rücken ihren Marsch auf Port of Spain; die eine Kolonne nahm die Straße, die andere hielt auf die Hügel im Norden zu.

Chacon hatte sich aus der Stadt zurückgezogen und in seinen beiden Redouten in den Hügeln verschanzt. Damit war er von seiner Hafenbatterie abgeschnitten. Er hatte etwa dreihundertfünfzig Männer bei sich und – sehr passend für diese spanische Abschiedsvorstellung – es außerdem geschafft, einige Indianer mit Pfeil und Bogen zu rekrutieren. Er schickte eine Patrouille aus, die bei ihrer Rückkehr berichtete, die deutschen Jägertruppen der Invasoren erstürmten gerade die Hügel und besetzten Stellungen oberhalb der beiden Redouten. Daraufhin zog sich Chacon zurück.

»Ich war noch immer guten Mutes«, schrieb er später nach Madrid (und behauptete, er habe »den größten Teil des deutschen Regiments zerschlagen«), »und hatte die schwache Hoffnung, ein Ablenkungsmanöver durchführen zu können, indem ich den Feind in den Hügeln angriff. Daher schickte ich Boten in alle Richtungen; doch es war vergeblich, denn als ich an den Ort kam, den ich vorgeschlagen, fand ich dort nur den Admiral vor.«

Inzwischen war es Nacht. Bald darauf erschien bei Chacon, dem Admiral und ihrem Stab ein britischer Offizier mit einer weißen Fahne. Die Engländer hatten eine Waffenruhe befohlen und schlugen Chacon vor, das Gleiche zu tun. Der Offizier präsentierte seine schriftlichen Instruktionen von General Abercromby. »Vermitteln Sie dem Gouverneur mein Bedauern angesichts des offenkundigen Unvermögens seiner Soldaten, seinen Wünschen nachzukommen. Er möge einen Ort für eine Unterredung vorschlagen. Ich biete ihm eine ehrenvolle Kapitulation zu Bedingungen, wie sie guten und pflichttreuen Soldaten geziemen.« Es war ein großzügiges Angebot. Chacon traf sich mit Abercromby, und sie einigten sich noch am gleichen Abend auf die Kapitulationsbedingungen.

Alle Offiziere und Männer Seiner Katholischen Majestät hatten sich »kriegsgefangen zu ergeben«. Um fünf Uhr am folgenden Nachmittag sollten sie »unter militärischen Ehren abziehen« und dreihundert Meter von ihren Stellungen entfernt die Waffen niederlegen. Von diesem Moment an würden sie auf Kosten der britischen Regierung versorgt werden. Persönliche Habseligkeiten durften behalten werden, und den Offizieren wurde es gestattet, ihren Degen zu tragen. Sie alle würden so bald wie möglich nach Spanien gebracht werden, wo sie als Kriegsgefangene gelten würden; solange man sie nicht über einen erfolgten Gefangenenaustausch unterrichtet hatte, war es ihnen nicht gestattet, gegen Großbritannien oder seine Verbündeten in den Kampf zu ziehen. Einigen Offizieren würde man eine sechsmonatige Haftverschonung gewähren, damit diese sich in Spanisch-Amerika um ihre persönlichen Angelegenheiten kümmern konnten. Jegliches Regierungseigentum, einschließlich militärischer Güter, war samt Bestandslisten zu übergeben. Privatbesitz blieb unangetastet, und alle Gesetze und Verträge hatten weiterhin Bestand. Es sollte Glaubensfreiheit herrschen, und die freien Farbigen wurden unter besonderen Schutz gestellt.

Die Kapitulationsurkunde wurde am folgenden Morgen um acht Uhr früh in einem Herrenhaus östlich von Port of Spain unterzeichnet. Die wertvolleren Bestände der Schatzkammer hatte man schon zwei Tage zuvor unter den Dielenbrettern versteckt. Einige Tage später wurde die spanische Heereskasse nach Caracas gebracht; vielleicht ging der Staatsschatz den gleichen Weg, vielleicht verschwand er aber auch mit Chacon nach Cadiz.

Chacon war ein Offizier der Königlich-Spanischen Marine,

der sich soeben selbst entehrt hatte; ein königlicher Gouverneur, der seine Provinz dem Feind übergeben hatte, ein Ritter von Calatrava, der sich kampflos ergeben hatte. Abercromby sah in ihm den Repräsentanten einer »untergehenden Nation« und war bemüht, ihm persönliche Demütigungen zu ersparen. Chacon mochte die Engländer. Er war während des amerikanischen Unabhängigkeitskrieges schon einmal ihr Gefangener gewesen; zudem waren die Engländer die Feinde der französischen Republikaner, seiner Peiniger.

Zweifellos stand Chacon hinter der von Abercromby am Tag nach der Kapitulation ausgegebenen Order, dass alle, die sich als Bürger der französischen Republik betrachteten, die Insel mit ihrem Hab und Gut innerhalb von zehn Tagen verlassen sollten. Für den Transport zu einer holländischen, französischen oder spanischen Kolonie würde gesorgt werden. Alle anderen sollten König George III die Treue schwören, sofern sie unter seiner Herrschaft zu leben und ihren Besitz zu wahren wünschten. Sämtliche Waffen waren zu übergeben, »mit Ausnahme der Degen und Vogelflinten der Ehrenmänner«. Auffällige Formulierungen, die den Respekt vor dem Eigentum und die Rechte von Ehrenmännern betonen – in diesen Worten eines geschäftigen Soldaten spiegeln sich die Glaubenssätze eines neuen Imperiums.

Die britische Kriegsmarine verlor keine Zeit. Ein Angriff auf Puerto Rico, Spaniens andere, gerade erst wirtschaftlich erschlossene Karibikinsel, war geplant, und Harvey und Abercromby verließen Trinidad wenig später. Abercromby ernannte seinen Adjutanten zum neuen Gouverneur von Trinidad; das Gehalt betrug dreißig Shilling pro Tag. Er überließ ihm tausend Soldaten, die Hälfte davon Engländer, der Rest Deutsche, Neger und französische Royalisten. Spanische Angriffe waren nach Abercrombys Einschätzung nicht zu befürchten, und sollte doch einer erfolgen, »so lässt die Disposition der spanischen Truppen, selbst wenn diese in der Überzahl, bei entsprechender Entschlossenheit und Tatkraft die Hoffnung auf einen Sieg mehr als berechtigt erscheinen«.

Entschlossenheit und Tatkraft – eine gute Übersetzung für *buena disposición y gallarda resolución*. Der Gouverneur von Margarita – derjenige, der einst so viele Gefangene genommen hatte, dass er sie fast alle erwürgen lassen musste – hatte diese Begriffe vor hundertsechzig Jahren verwendet, als er die Maxime für das spanische Vorgehen gegen Eindringlinge in »jene Provinzen von Eldorado« beschrieb. »Die Erfahrung hat mich gelehrt«, notierte er, »dass solche Schlachten weniger durch Zahlen als durch ein entschlossenes und tatkräftiges Vorgehen entschieden werden.«

Zu erwähnen wäre noch die Gelassenheit, mit der Chacon ein Gebiet aufgab, das dreihundert Jahre lang in spanischem Besitz gewesen war. Seine Feinde behaupteten, die Engländer hätten ihn bestochen. Das wäre denkbar gewesen, doch es gibt noch eine andere Erklärung. 1797 wirkte England so gut wie besiegt. Chacon nahm an, dass der Krieg bald vorbei sein und dass die Insel mit dem Friedensvertrag wieder Spanien zugesprochen werden würde. In der Überzeugung, die Insel vor dem Zugriff Frankreichs und den republikanischen Franzosen gerettet zu haben, die für das spanische Imperium so gefährlich waren, kollaborierte er voller Elan mit Colonel Picton, dem Gouverneur, den Abercromby zurückgelassen hatte. Die Anwesenheit von Pictons Soldaten hielt die Franzosen, aber auch alle anderen in Schach; Chacon fühlte sich zum ersten Mal seit Jahren wieder sicher. Es gelang ihm sogar, einige seiner entflohenen Neger wiederzubekommen und zu verkaufen.

Picton war ein hitzköpfiger Waliser von achtunddreißig Jahren. Er war ein Berufssoldat, der noch an keiner Schlacht teilgenommen hatte. Man kannte ihn einzig und allein von einem Vorfall am Ende des amerikanischen Unabhängigkeitskrieges, als in Bristol das 75ste Regiment aufgelöst wurde: Picton verlas gerade auf dem Anger seine Instruktionen, als einige Männer zu murren begannen. Picton zog seinen Degen, rannte mitten unter die Ruhestörer und malträtierte den Rädelsführer; die Ruhe war augenblicklich wiederhergestellt. Danach verbrachte

Picton zwölf Jahre als Captain auf Halbsold. Die Untätigkeit bekam seinem Charakter schlecht. Auch an den jüngsten Kämpfen in Westindien war er nicht beteiligt gewesen, er hatte lediglich zu Abercrombys Gefolge gehört. Trinidad war seine erste wichtige Aufgabe.

Als ihm Chacons Berichte über Chaos und republikanische Umtriebe zu Ohren kamen, befahl er den *cabildo* von Port of Spain zu sich. Er legte seinen Degen auf den Tisch und erklärte hitzig, er werde sie beim geringsten Anzeichen von Unruhe allesamt aufhängen. Chacon hatte einen Erzfeind, einen Franzosen aus Martinique, der gern herumerzählte, er besitze eine einsatzbereite Guillotine, und wenn der Tag erst gekommen sei, werde Chacons Kopf der erste sein, der rolle. Picton erklärte, vorher werde er den Franzosen aufhängen und seine Besitzungen niederbrennen. Picton war über einsachtzig groß, »und oft verdüsterte ein widerwärtiger Ausdruck seine Miene«. Der Franzose versuchte eine halbe Stunde lang seine Haut zu retten. Letztlich wurde niemand gehängt und auch keine Plantage abgebrannt. Doch in den Straßen von Port of Spain gab es keine weiteren republikanischen Aufzüge mehr.

Für Chacon war das eine süße Rache, doch Picton hatte auch für ihn Neuigkeiten. England, so teilte er ihm mit, plane eine groß angelegte Kampagne gegen spanisches Eigentum. Eine gedruckte Proklamation lag bereits vor: »Fortuna beschert den Bewohnern Hispanoamerikas: Uneingeschränkte HANDELSFREIHEIT. Die ABSCHAFFUNG aller Ein- und Ausfuhrzölle. FREIE HAND beim Anbau und Verkauf von Feldfrüchten. Eine GEWÄHLTE REGIERUNG. Alles unter dem wirkungsvollen Schutz britischer Waffen.«

Caracas hatte trotz seines Reichtums und seiner Universität keine eigene Druckerei. Das gedruckte Wort besaß daher besondere Autorität. Chacon sah in der gedruckten Proklamation eine neue Art der Kriegsführung, die fatale Konsequenzen haben werde. Zwar ging es um die Handelsfreiheit, nicht um die Freiheit, die der französische Republikanismus proklamierte, doch das Ergebnis würde das Gleiche sein: das Ende des Spanischen Weltreichs. An Freunden hatten die geschwächten Reichen keine große Auswahl, sie hatten nur die Wahl, von wem sie sich ausnehmen lassen wollten. Chacon begriff, wie auch der Generalkapitän von Caracas mit noch größerer Verzweiflung, dass die Briten die Insel, die den Orinoko schützte, nicht aufgeben würden.

Chacon begann eine Rückeroberung zu erwägen. Er sprach mit anderen Spaniern auf der Insel. Doch es war zu spät. Picton war dabei, die gebildeteren Spanier, allen voran die Juristen, von der Insel zu jagen. Den spanischen General hatte man bereits nach Spanien zurückgeschickt. Und nun wurde auch Chacon nach Cadiz deportiert.

Ein Jahr später mussten sich Chacon und der Admiral in Cadiz vor einem Kriegsrat verantworten. Chacon wurde vom Gouverneur von Cumaná verteidigt, der Admiral von seinem Bruder, einem Mann, der im Dienste des untergehenden spanischen Weltreichs einen steilen Aufstieg machte (Botschafter in London und später der letzte faktische Vizekönig von Mexiko). Chacon und der Gouverneur wurden freigesprochen. Doch langsam begann man den Verlust Trinidads wahrzunehmen. Napoleon stieß sich daran, weil er die Übernahme weiterer spanischer Provinzen durch England fürchtete. Spanien stieß sich daran, und die Franzosen auf Trinidad ebenfalls; zudem konnten sie bis zum Abschluss des Friedensvertrages nicht sicher sein, dass Trinidad nicht doch an Spanien zurückfallen würde, und fürchteten in diesem Falle spanische Vergeltungsmaßnahmen.

Die Franzosen auf Trinidad hatten George III die Treue geschworen, doch sie waren erpicht darauf, Madrid zu beweisen, dass sie vorher Spanien die Treue gehalten hatten. Sie trugen Picton ihr Anliegen vor und erklärten, es sei üblich, bei ausscheidenden spanischen Gouverneuren eine Untersuchung zu ihrem Amtsgebaren durchführen zu lassen. Picton war einverstanden; irgendein Komitee trat zusammen, und die französischen Einwohner hielten schriftlich fest, dass sie Chacon dafür verurteilten, die Insel den Briten überlassen zu haben. Sie sandten Petitionen nach Madrid, schickten Abgesandte via New York nach Spanien, gewannen Napoleons Aufmerksamkeit. Zeitungen in Boston und London berichteten über den Gouverneur, der seine Provinz aufgegeben hatte, ohne dass ein einziger Schuss gefallen war.

Drei Jahre nach dem Urteilsspruch hob der spanische König die Entscheidung des Kriegsrates wieder auf. Der spanische Admiral wurde degradiert, Chacon auf Lebenszeit aus spanischem Herrschaftsgebiet verbannt, und beiden Männern wurde ewiges Stillschweigen über die Affäre auferlegt. Als einige Jahre später Frankreich in Spanien einmarschiert und England Spaniens neuer Verbündeter geworden war, wurde der Admiral rehabilitiert. Chacon starb in Portugal.

Für die Franzosen und Spanier in der Karibik war es eine schwere Zeit. Durch die drei Revolutionen – die amerikanische, die französische und die der Neger – waren sie desorientiert und untereinander gespalten angesichts der ausschließlich kommerziellen Interessen Englands und der Vereinigten Staaten, deren Handelsbeziehungen mit dem Spanischen Weltreich sich in den nächsten zehn Jahren verzwanzigfachen sollten. Das härteste Urteil über Chacon fällte Roume St. Laurent, jener Franzose, der zwanzig Jahre zuvor die Bedingungen für die französischen Einwanderer ausgehandelt hatte. Die Rückgewinnung entlaufener Neger hatte Roume damals sehr am Herzen gelegen. Seine Mutter, Rose de Gannes de la Chancellerie, Marquise de Chaurras, hatte mehr als fünfundsiebzig Neger mitgebracht, als sie sich in der Nähe von Port of Spain niederließ. Die Plantage La Chancellerie mitsamt den Negern existierte nach wie vor, doch Roume lebte inzwischen als Bevollmächtigter des Direktoriums von Frankreich in Santo Domingo und diente der Negerrevolution.

Chacon sei nichtswürdig und hinterhältig, schrieb Roume an den Generalkapitän von Caracas; er habe den altehrwürdigen Silberglanz der spanischen Waffen getrübt; man müsse ihn hart bestrafen, um andere davon abzuschrecken, spanische Kolonien und Schiffe an die Engländer zu verkaufen. Bis zu diesem Punkt schrieb er als Verbündeter. Anschließend verkündete er als Diener der Negerrevolution im klassischen Vokabular der Revolution: »Unsere Phalangen haben mit dem Schwert in der einen und der Verfassung in der anderen Hand ihren Siegeszug angetreten.« Rebellen habe man entweder exekutiert oder für die Sache der Freiheit gewonnen. »Unsere neuen Brüder, die Afrikaner, kennen ihre Rechte und Pflichten ebenso gut wie alle anderen Bürger. Die Sklaverei ist das größte Verbrechen wider das göttliche und natürliche Gesetz und schadet der Landwirtschaft ebenso wie Gewerbe und Handel.«

Die Venezolaner fanden das beunruhigend, war es doch auch unter ihren Negern immer wieder zu Unruhen gekommen; sie beschlossen, dass Roume, ob Verbündeter oder nicht, mit Vorsicht zu genießen sei.

Roume steckte in Santo Domingo schon bald in Schwierigkeiten, denn er hatte – wieder einmal – ein Einwanderungskonzept entwickelt. Er schlug vor, die jamaikanischen Neger aufzuwiegeln und wenn möglich von den Plantagen zu stehlen, und er befahl einen Überfall. Toussaint ließ ihn festnehmen, für eine Weile inhaftieren und dann in die Vereinigten Staaten abschieben. Toussaints Anhänger wunderten sich, doch er wusste genau, was er tat: Roume hatte einen neuen Herrn. Es war nämlich Napoleon gewesen, der den Überfall auf Jamaika befohlen hatte, um die Briten erneut zu Feindseligkeiten gegen Santo Domingo zu provozieren. Napoleons und damit nun auch Roumes Ziel war die Zerschlagung der Negerrevolution.

Der französische Bevollmächtigte Roume im amerikanischen Exil, der sterbende Gouverneur Chacon in einer armseligen portugiesischen Herberge: Mit dem Herannahen einer vierten Revolution, einer spanisch-amerikanischen Revolution aus zweiter Hand, die mit Elan, aber ohne Prinzipien, mit Anführern, aber ohne echte Helden vonstatten ging, entstand ein Durcheinander, in dem die Beteiligten mitunter selbst kaum mehr sagen konnten, auf welcher Seite sie eigentlich standen.

Gouverneur Picton sah in der spanisch-amerikanischen Revolution die Chance auf den militärischen Einsatz, der ihm bisher verwehrt geblieben war. Außerdem betrachtete er sie als eine Erweiterung seiner Aufgaben auf Trinidad, der besonderes Gewicht zukam. Er bot Revolutionären Unterschlupf, die das Hohelied der Freiheit sangen. Doch die Insel, die Picton übernommen hatte, war eine Sklaveninsel, auf der er allein das Gesetz repräsentierte. Auf seiner Insel sollte Ordnung herrschen; dort war kein Platz für eine Revolution. Für die Revolutionäre war das eine gefährliche Situation, doch sie war auch für Picton gefährlich.

Als er Jahre später in Ungnade fiel, erregte das weit mehr Aufsehen als bei Roume oder Chacon. Und doch sollte aus diesem Abstieg Pictons auch sein Ruhm hervorgehen, mit dem der Achtunddreißigjährige nach zwölf Jahren auf Halbsold vermutlich nicht mehr gerechnet hatte.

DRITTER TEIL

Die Folterung der Luisa Calderon (1797–1813)

5

Die vierte Revolution
1797–1800

General Picton fiel im Alter von sechsundfünfzig Jahren in der Schlacht von Waterloo. Vier Tage zuvor war er in der Schlacht von Quatre Bras schwer verwundet worden, doch er hatte sich selbst verbunden und seine Verletzung geheim gehalten. Als Wellington, unter dem Picton diente, den Befehl zum Rückzug gab, geriet Picton in Wut und erklärte, Waterloo sei ein verdammt ungeeigneter Ort für eine Schlacht.

»Ein grober, unflätiger Geselle, wenn es denn je einen gab«, war Wellingtons Kommentar über Picton. Doch Picton durfte sich inzwischen etwas herausnehmen: Ritter des Bath-Ordens, Unterhausabgeordneter, einer der Helden des Peninsular-Krieges, vom Unterhaus einhellig zu »einer der herausragenden Gestalten in diesem edlen Wettstreit um Ruhm und Ehre« erklärt, dazu das hohe Ansehen, das er sich in Ciudad Rodrigo, Badajoz und Vittoria erworben hatte, jenes von Sir John Moore (dem aus Charles Wolfes Gedicht) noch übertreffend, der 1797 ebenfalls für dreißig Shilling am Tag als Militärgouverneur in Westindien gedient hatte.

Zehn Jahre nach Pictons Tod beschloss man, in Carmarthen ein Standbild von ihm zu errichten. Der König selbst steuerte Geld bei, und Pictons Bruder, ein Rektor aus Pembrokeshire – er war gerade von einem Besuch auf Pictons Besitzung in Trinidad zurückgekehrt, wo man ihm eine Geldstrafe in Höhe von 164 Pfund wegen Misshandlung zweier dort arbeitender Neger auferlegt hatte – ließ durch den Innenminister, Sir Robert Peel, beschämt seinen Dank ausrichten. Captain Marryat, der Romanautor, selbst Sohn eines Sklavenbesitzers aus Trinidad, schrieb an einer Biographie Pictons. 1835, zwanzig Jahre nach Pictons Tod, erschien eine zweibändige Lebensbeschreibung, die in die zweite Auflage ging. Einige Leute hielten Picton damals für bedeutender als Wellington, doch das war Teil der anhaltenden Reaktion auf die lange Ungnade, die Pictons vier Jahren des Ruhms vorausgegangen war.

Der militärische Ruhm, den Picton anstrebte und erlangte, konnte nicht von Dauer sein. Er beruhte auf persönlichem Heldenmut: Als sich in Badajoz der Qualm legt, sieht man ihn seine Männer durch die Bresche führen; in Busacos setzt sich der Held an die Spitze des portugiesischen Bataillons, das den Rückzug angetreten hat, und brüllt: »Vorwärts!« und »Hurra!«

Sein Stil – »dieser verdammte Kampfhahn Crawfurd, der wird uns noch gehörig in die Bredouille bringen!« – war der militärische Stil der Zeit. »Eine Streitmacht, die den Freund mehr schreckt als den Feind« – Abercromby sagte es in Irland, Picton sagte es in Port of Spain, doch zugeschrieben wird der Gedanke Wellington. Pictons hohes Ansehen sollte, wie auch das anderer, in dem komplexeren, die nationale Identität bestärkenden Mythos Wellingtons aufgehen. Pictons Ruhm hob seine Ungnade auf. Als der Ruhm verging, gerieten der Mann und seine Ungnade in Vergessenheit.

Und so scheint jener Thomas Picton, der im *Newgate Calendar* auftaucht, jener populären Chronik englischer Strafverfahren »mit gelegentlichen Anmerkungen ... originellen Anekdoten ... moralischen Betrachtungen ... Geständnissen und letzten Äußerungen Leidender«, ein ganz anderer zu sein. Zwischen dem Prozess gegen Richard Ferguson (Galloping Dick), der 1800 zur Fastenzeit vom Assisengericht wegen Straßenraubs verurteilt wurde, und dem gegen George Waldron (den Gentleman-Taschendieb), der mehrmals verurteilt und schließlich nach Botany Bay geschafft wurde, findet sich in der Chronik der Prozess gegen Thomas Picton (ehemals Gouverneur von

Trinidad), »verurteilt am 24. Februar 1806 wegen grausamer Folter, angewendet an Luisa Calderon zu dem Zwecke, dieser ein Geständnis abzuringen«.

Hier geht es nur um eine einzige Gerichtsverhandlung. Doch die Untersuchung hatte schon drei Jahre zuvor begonnen, als Picton noch in Trinidad war, und das Verfahren kann erst mit Pictons Tod als beendet gelten. In *Howell's State Trials* nimmt der Fall Picton tausend eng beschriebene Spalten ein. Die Picton-Akten im Staatsarchiv in London sind völlig abgegriffen. Die Affäre war Gegenstand parteiischer Bücher, Pamphlete und Artikel. In London konnte man Bilder von Luisa Calderon und ihren Folterinstrumenten kaufen.

Picton sah Luisa zweimal. Einmal an einem frühen Abend in Port of Spain, als sie, des Diebstahls beschuldigt, in die Eingangshalle der Gouverneursresidenz gebracht wurde; und ein zweites Mal vier Jahre später in London bei seiner ersten Verhandlung. Doch Picton stand nicht nur wegen Luisa Calderon vor Gericht. Er stand vor Gericht, weil er Ende des 18. Jahrhunderts Gouverneur von Trinidad war. Ursprünglich hatte es siebenunddreißig Anklagepunkte gegeben; die Folterung von Luisa Calderon war der einzige Anklagepunkt, der sich hielt. Der Prozess erweckte bald den Anschein einer persönlichen Verfolgung. Die Sklaverei existierte nun einmal, sie machte viele Leute reich. Und doch war es klar, dass man Picton den Prozess machte, weil er Gouverneur einer Sklavenkolonie war. In den Vereinigten Staaten, England und Frankreich gab es Leute, die bereit waren, aus der spanisch-amerikanischen Revolution Kapital zu schlagen; die Revolutionäre selbst verrieten die Revolution, und sie verrieten sich gegenseitig. Und doch war es klar, dass man Picton auch deshalb den Prozess machte, weil er der Revolution schlechte Dienste erwiesen hatte.

Er wurde das Opfer der Gewissensskrupel anderer Menschen, das Opfer einer Auffassung von Menschlichkeit und Vernunft, die der Realität weit voraus war. Und was für ein Opfer: ein stellungsloser achtunddreißigjähriger Soldat, der auf gut Glück nach Westindien gekommen war, weder an Sklaven noch an der Revolution interessiert, sondern nur an Kampf und Ehre – er wollte der Mann sein, der die Kampfmoral eines im Rückzug befindlichen Bataillons wieder stärkt und den Befehl zum Angriff gibt.

Den Posten als Militärgouverneur hatte er bekommen, weil er Spanisch konnte – er hatte es als Fähnrich in Gibraltar gelernt –, und zunächst waren seine Aufgaben klar definiert gewesen: Er sollte in einer eroberten und aufrührerischen Kolonie, in der es zahlreiche, diversen Splittergruppen angehörende französische Republikaner gab, für Ruhe und Ordnung sorgen und die Kolonie gegen Angriffe verteidigen. Jenseits des Golfs, auf dem venezolanischen Festland, gab es viele französische republikanische Flüchtlinge, Farbige aus Trinidad und von anderen Inseln. Sie hatten weniger Scheu vor Kriegshandlungen als ihre spanischen Gastgeber. Die britische Kriegsmarine hatte sich zurückgezogen, und die spanischen und französischen Freibeuter waren in den Golf und die Gewässer um die Insel zurückgekehrt. Picton hatte keine Seestreitkräfte, und auf seine Garnison war kein Verlass.

Die deutschen Söldner, die ihren Sold nicht bekommen hatten, begannen zu desertieren. Ihr Major war krank, die anderen Offiziere waren zu nichts zu gebrauchen. Die Venezolaner zahlten jedem Deserteur sechs Dollar; wenn er seine Waffen mitbrachte, sogar zwanzig; und sie bezahlten auch die Bootsführer, die die Deserteure über den Golf brachten. Picton bot sechzehn Dollar für jeden toten oder gefangenen Deserteur. Vierzehn deutsche Soldaten wurden wieder eingefangen und sofort erhängt. Etwas Vergleichbares hatte es in Port of Spain noch nie gegeben.

Die spanischen Peonen, die einst im Busch gelebt hatten, waren zu einer Bedrohung geworden, waren mit der Machete, die sie alle trugen, immer schnell bei der Hand. In St. Joseph ging ein betrunkener Peon zum Haus einer spanischen Dame, stellte sich mitten in die Eingangshalle und beschimpfte sie. Man musste die Soldaten rufen. Der örtliche spanische Verwaltungsbeamte war der Ansicht, dass der Peon der Insel verwiesen werden sollte; es war die Art von Maßnahme, die Chacon ergriffen hätte. Picton fand, das genüge nicht, und der Mann wurde noch am selben Tag gehängt. Die Peonen hatten es sich zur Gewohnheit gemacht, in der Kirche Asyl zu suchen. Picton schaffte das Prinzip des Asyls ab; angeblich ließ er direkt vor der Kirche einen Galgen errichten.

Man machte Jagd auf die entlaufenen Neger im Landesinnern. Eines Nachmittags wurde eine Negerin namens Present, die vor der Kapitulation mit einem schwarzen Soldaten davongelaufen war, ins Gefängnis gebracht. Ihr Besitzer kam am nächsten Morgen, um sie auszulösen. Er kam zu spät, seine »wertvolle Sklavin« war bei Sonnenaufgang gehängt worden.

Eine freie Negerin beschwerte sich beim Friedensrichter, sie sei in der Nähe des Magazins von vier Männern des Britischen Pionierkorps vergewaltigt worden. Der Friedensrichter, ein Ire, schickte sie zu Picton, »den es, so dachte ich mir, amüsieren würde, von einer Vergewaltigung auf einer westindischen Insel zu hören«. Nach seinem spätnachmittags eingenommenen Mittagessen spazierte der Friedensrichter an den Kai. Dort sah er, dass man in Begriff war, einen der Beschuldigten zu hängen.

»Du Schuft!«, schrie Picton. »Du wirst noch mit Lügen auf den Lippen in die Hölle fahren!«

Die drei anderen Männer wurden von einem Kriegsgericht zu jeweils tausendfünfhundert Peitschenhieben verurteilt.

Mit dieser Strategie unparteiischen Terrors versuchte Picton, Sicherheit und Ordnung zu wahren. Doch wichtiger als die öffentliche Ordnung und die Verteidigung der Insel war die Revolution auf dem Festland.

Man hatte schon einiges getan. Der britische Konsul in Cadiz stellte seit einer Weile allgemeines Propagandamaterial zur Verfügung, und Pictons etwas konkretere Proklamation hatte durchaus Wirkung gezeigt. Die Kapuziner-Missionare, deren Hauptsitz zunächst St. Joseph gewesen war (ihnen fehlten immer noch einige Ausstattungsgegenstände für die Kirche), waren seit der Ausweisung der Jesuiten aus Paraguay mit der spanischen Regierung unzufrieden; jetzt versprachen sie, im

Falle einer britischen Invasion dafür zu sorgen, dass ihre Indianer sich zurückhielten. Und dann gab es einen aus Cadiz gebürtigen Kaufmann, der an den Handelsbeziehungen, die die Briten in Aussicht stellten, interessiert war und in Cumaná als Pictons Agent fungierte; er arbeitete darauf hin, Caracas und Cumaná unter direkte britische Herrschaft zu bringen.

Der Unmut von Missionaren und Kaufleuten ergab noch keine Revolution. Die bahnte sich woanders an: im Gefängnis von La Guaira, in der Zelle eines Gefangenen, der gerade aus Spanien hierher geschafft worden war.

Er hieß Picornell. Aus Mallorca gebürtig, war er nach Madrid gezogen, wo er eine Schule leitete. Er hatte ein Buch über die Erziehung von Säuglingen geschrieben; außerdem war er Freimaurer und Republikaner und hatte auch ein politisches Buch geschrieben. Er begann ein Komplott gegen die Regierung zu schmieden. Ihm schwebte eine spanische Republik nach französischem Vorbild vor, und er versteckte Waffen in seiner Schule. Er wurde verraten, festgenommen, vor Gericht gestellt und mit dreien seiner Anhänger zum Tode verurteilt. Das Todesurteil wurde in eine lebenslange Haftstrafe in Panama umgewandelt. Man brachte ihn nach La Guaira in Venezuela, wo er im örtlichen Gefängnis in Einzelhaft gehalten werden sollte, bis ein Schiff kam, das ihn nach Panama mitnehmen konnte.

Er war ein ungewöhnlicher Gefangener für Venezuela. Er erklärte, er könne die Gefängniskost nicht essen und schlafe nicht gern auf dem Boden, außerdem bat er um Wasser und Seife, um seine Kleider zu waschen. Der Gefängniswärter wurde respektvoll und fürsorglich im Umgang mit ihm. Picornell bat um einen Priester. Ein etwas wachsamerer Beamter hätte das nicht als Zeichen der Reue angesehen. Picornell bekam seinen Priester – und er hatte ihn im Handumdrehen bekehrt.

Innerhalb kürzester Zeit war allein durch diese beiden Kontakte – Gefängniswärter und Priester – ganz La Guaira für die Revolution empfänglich geworden. Picornell konnte sich durch das Zutun seiner Wächter in der Hafenstadt frei bewegen. La Guaira war ein guter Ort für eine Verschwörung. Mehrere hundert republikanische französische Kriegsgefangene hatten einige Jahre hier gelebt und Freiheit und Gleichheit gepredigt: Begriffe, die jeder auf seine Weise interpretieren konnte. Zu Picornells Anhängern zählten bald auch ein hoher Beamter namens José España, der gleichzeitig Pflanzer und Sklavenbesitzer war, sowie ein aus dem Dienst geschiedener Soldat namens Manuel Gual, dem man auch nach dreiunddreißig Jahren beim Veteranenbataillon von Caracas keinen höheren Rang als den eines Hauptmanns zuerkannt hatte.

Nie ging eine Verschwörung schneller vonstatten. Im Dezember 1796 kam Picornell in La Guaira an; im Juni 1797 ließ man ihn fliehen; die Erhebung war für den Juli geplant. Das Manifest war simpel: Amerika war den Indianern weggenommen worden, es war an der Zeit, Gerechtigkeit walten zu lassen. Es werde keine Klassenunterschiede geben, keine Sklaverei, keine Tributzahlungen der Indianer. Einigkeit und Gleichheit würden herrschen, unter Anerkennung jeglicher Religion. Alle Güter würden Gemeinschaftseigentum sein; nicht einmal Tabak-Verkaufsstände werde es geben, denn alles werde umsonst sein. Alle sollten einander »Bruder« nennen. Die Fahne der Republik werde vier Farben haben, die für die vier Rassen stünden: Weiß, Blau für die Neger, Gelb für die Gemischtrassigen und Rot für die Indianer.

Unter den Verschwörern befand sich auch ein wohlhabender Mann namens Montesinos. Er versuchte seinen Frisör, einen Mulatten, für die Sache zu interessieren. Der Frisör war Offizier im Mulattenbataillon, er berichtete seinen Kameraden davon, die wiederum erzählten es dem Kaplan. Montesinos Haus wurde durchsucht; vierundzwanzig Menschen wurden festgenommen. Gual, España und Picornell mussten fliehen und fuhren auf die Insel Curaçao. Curaçao war französisch, und Spanien und Frankreich waren Verbündete, doch der französische Gouverneur, ein Republikaner, gewährte den Verschwörern Schutz und erklärte sie zu französischen Staatsbürgern. Erst als Picornell auf der Straße einen Spanier anschrie: »Du elender Spitzel, du Feind der Menschheit!«, und drohte, ihn mit dem Degen zu durchbohren, schaffte der Gouverneur sich die drei vom Hals.

Die Verschwörer fuhren weiter nach Guadeloupe, das mittlerweile von Victor Hugues regiert wurde. Er hieß sie willkommen. Picornell druckte ein Revolutionslied, das wechselweise Amerikanisches Lied, Amerikanisches Sonett und Amerikanische Carmagnole hieß: »Lang lebe unser Volk! Lang leben Gleichheit, Recht, Gerechtigkeit und Freiheit!«

Gual fuhr weiter nach Martinique. Er berichtete dem Britischen Gouverneur, Venezuela sei bereit für die Revolution, und bat um militärische Unterstützung. Der Gouverneur dachte sich, Gual sei doch genau der richtige Mann für Picton. Sowohl Manuel Gual als auch José España wurden nach Port of Spain geschickt.

Ihre Revolution war nicht die simple Revolution, die Gelegenheit zu militärischen Operationen, die Picton anstrebte. Die vier Farben der Revolutionsfahne standen auch für die vier Ziele der Revolution: Gleichheit für die Mulatten, Freiheit für die Neger, Besitz für die Kaufleute, Sicherheit für alle. Es war der amerikanische Unabhängigkeitskampf, die Französische Revolution und die Rebellion der Neger in einem. Es war eine Groteske, »ein Geschrei«, so ein spanischer Beamter, nach fast allem, und daher nicht bekämpfbar.

Zugegeben, einstweilen war die Revolution gescheitert. Die Venezolaner hatten eine Amnestie ausgerufen; die Mulatten-Spitzel wurden zu Hauptmännern ernannt und mit der Zahlung von sechzig Pesos pro Monat, einer goldenen Medaille mit dem Konterfei des Königs und der Erlaubnis, sich »Don« zu nennen, belohnt. Doch wenn die venezolanischen Beamten von »Monsieur Pitts niederträchtigem und verabscheuungswürdigem Plan, ganz Amerika zu unterminieren« sprachen, von »Ländern, die von Gottlosigkeit und Korruption beherrscht« würden und vom »süßen Joch der spanischen Herrschaft«, benutzten sie damit keine Wendungen, die denen der Revolution hätten entgegengesetzt werden können.

Auch war die Revolution nicht lenkbar. Für Picton war sie

dennoch eine Revolution. Sie hatte Anführer, und er konnte über diese Anführer verfügen. Er schrieb nach London, die »moralische Revolution« habe auf dem Kontinent Fortschritte gemacht. Es sei jetzt nicht nur möglich, die spanische Regierung in Caracas zu stürzen, sondern auch »das gesamte Spanische Weltreich ins Wanken zu bringen«. Zudem würden, quasi als Dreingabe, die venezolanischen Truppen, die sich in Angostura gesammelt hätten, um in Trinidad einzufallen, zur Wahrung der inneren Sicherheit benötigt und daher abgezogen.

Picton befahl einen Überfall auf das Gebiet jenseits des Golfes. Viele Leute auf Trinidad kannten die Gegend und hatten dort Kontakte, und die Kapuziner zeigten sich kooperativ. Die republikanischen französischen Flüchtlinge wurden zerstreut; man erbeutete Vieh und Versorgungsgüter. Ein zweiter Überfall verlief weniger gut. Die Angreifer wurden von den Spaniern und den Republikanern erwartet, ihre Barkassen – samt der Kirchenglocke, die man den Kapuzinern hatte bringen wollen – zusammengeschossen. Zwanzig Menschenleben waren zu beklagen. Vorsicht war weiterhin allenthalben angeraten. Viele der örtlichen Farbigen blieben in Pictons Augen »unversöhnliche Republikaner«. Die Ausweisungen und exemplarischen Bestrafungen wurden fortgesetzt. Aus Martinique kam Verstärkung nach Trinidad; der britische Oberbefehlshaber empfahl »strenge Polizei«.

Ruhe und Ordnung kehrten auf der Insel ein, ja es war sogar Wachstum zu verzeichnen. Neue Siedler mit ernsthaften Bleibeabsichten kamen und brachten noch einmal rund tausend Neger mit. Die Straßen wurden ausgebaut; es bestand Aussicht auf eine gute Ernte. Man trieb weiter Handel mit dem Festland, wenn auch einige der britischen Erzeugnisse für venezolanische Bedürfnisse zu fein waren. Trinidad führte sogar importierte venezolanische Produkte wieder auf andere Inseln aus. Die französischen Pflanzer, die geblieben waren und jetzt Gewinne machten, wollten nicht mehr zu den instabilen Verhältnissen unter spanischer Herrschaft zurück. Ende des Jahres war die britische Herrschaft über die neu eroberte Insel gefestigt. Die Revolution auf dem Festland sah viel versprechend aus. Statt seiner dreißig Shilling pro Tag bekam Picton nun ein Gehalt von tausendzweihundert Pfund im Jahr.

Mit Gual und España war Port of Spain zum Zentrum der Revolution geworden. Doch auch in Europa gab es noch spanisch-amerikanische Revolutionäre, die durch die jüngsten Ereignisse in Venezuela an Glaubwürdigkeit gewonnen hatten. Außerdem waren diese Revolutionäre in Europa nervös geworden: Sie wollten die Revolution nicht verpassen. Der bekannteste dieser Männer, der berühmteste Südamerikaner seiner Generation, war Francisco Miranda, manchmal auch de Miranda. General Miranda, Graf de Miranda. Er war siebenundvierzig und lebte bereits seit sechsundzwanzig Jahren außerhalb Venezuelas. 1797 war Miranda in Paris, doch er hatte dort seine Probleme gehabt, und Ende des Jahres war er nach England übergesetzt, mit einer Perücke und einer Brille mit grünen Gläsern getarnt. Sein Koffer war mit einem falschen Boden versehen; der russische Pass, den er dabei hatte, wies ihn als Mirandow aus.

Zum zweiten Mal innerhalb von acht Jahren hatte Miranda einen Plan für die spanisch-amerikanische Revolution, den er Pitt, dem britischen Premierminister, vorlegen wollte. Miranda erklärte, er wolle die Revolution vor den »verabscheuenswerten Maximen« Frankreichs bewahren. Er und seine Freunde hätten für Colombia, wie der unabhängige spanisch-amerikanische Staat heißen sollte, eine Verfassung ausgearbeitet. Sie gleiche der britischen Verfassung, mit einer Vertretung des Volkes wie dem Unterhaus, einer Vertretung der Adligen wie dem Oberhaus, und einem Inka, dessen Titel erblich war. Acht Jahre zuvor war Pitt ziemlich unwirsch gewesen. Miranda hatte gelitten, doch jetzt wirkte Pitt interessiert, und in seinem Journal zeigte Miranda sich versöhnlich.

Picton schrieb später so über Miranda, als sei er ihm nie begegnet. Doch es ist möglich, dass er Miranda zweiundzwanzig Jahre zuvor in Gibraltar begegnet war. Picton war damals ein siebzehnjähriger Fähnrich; Miranda, fünfundzwanzig Jahre alt und Hauptmann der spanischen Armee, besuchte Gibraltar und wurde von den Offizieren der Garnison empfangen. Für Picton schloss sich die müßige Zeit seines Garnisonsdienstes an, gefolgt von den Jahren auf Halbsold in Pembrokeshire in Wales – Jahre, die er, wie sein Bruder, der Rektor, sich vierzig Jahre später erinnerte, mit »den Freuden der Jagd und dem Studium der Klassiker« ausfüllte. Für Miranda folgten Abenteuer, Anerkennung und Verschwendung: sein Dienst als spanischer Leutenant-Colonel im amerikanischen Unabhängigkeitskrieg, ein Skandal um Geld, Neger und Schmuggel in Kuba, Festnahme und Freilassung, der Bruch mit Spanien, die Flucht in die Vereinigten Staaten, schließlich das Exil in Europa.

Am Anfang war das Exil glanzvoll. Miranda war der erste kultivierte Südamerikaner, den Europa zur Kenntnis nahm; ihm standen viele Türen offen. Er kam bis nach Russland. Er faszinierte die Zarin Katharina mit seinen Erzählungen von der Inquisition, und die Gefahren, denen er als Revolutionär womöglich würde trotzen müssen, machten ihn in ihren Augen besonders attraktiv. In den russischen Botschaften Europas war Miranda fortan jederzeit willkommen.

Als junger Mann in Caracas hatte sich Miranda nach Europa gesehnt, nach einer Zivilisation und Gesellschaft, die größere Herausforderungen zu bieten hatte als die Plantagen und Handelsplätze Venezuelas. Er liebte Europa mehr als jeder Europäer, weil er die Reize und Annehmlichkeiten dieses Kontinents nie als selbstverständlich betrachten konnte. Er erregte Aufsehen. Die Franzosen erwogen, ihn als Gouverneur nach Santo Domingo zu schicken. Sie ernannten ihn zum General ihrer Revolutionsarmee, weil sie dachten, er sei General der spanischen Armee gewesen. Es folgte ein militärisches Debakel, dann ein Prozess und eine Haftstrafe. Doch Miranda beeindruckte Napoleon, so wie er später auch Wellington beeindrucken sollte. Auch nach zwanzig Jahren des Redens, der Enttäuschungen, der verpfuschten militärischen Einsätze, der Zahlungsunfähgkeit langweilte Miranda nie.

Er verlieh sich selbst den Grafentitel. Es war sein koloniales

Dandytum, das zunächst eine Huldigung an London gewesen und dann zu einer Facette seiner Unsicherheit als Außenseiter in einer Umgebung geworden war, in der er sich eigentlich heimisch fühlte. Er schlug Kapital aus seiner Aura. Die spanisch-amerikanische Revolution machte einen Teil dieser Aura aus, auf der bald sein ganzes Selbstwertgefühl aufbaute. Neger in Südamerika? Gab es nicht, oder nur ganz wenige. Die Südamerikaner waren Spanier oder Indianer, und die Indianer stammten von den Inka ab, einem edlen Volk, das auf seine Befreiung wartete. Es gab wohl Neger auf Trinidad und den anderen spanischen Westindischen Inseln, aber diese Inseln gehörten nicht wirklich zu Colombia: Miranda und seine Genossen waren gerne bereit, sie – bis auf Kuba – alle aufzugeben, wenn sie dafür britische Unterstützung erhielten.

Der Plan, den Miranda jetzt Pitt und dem Gesandten der Vereinigten Staaten unterbreitete, sah eine gemeinsame britisch-amerikanische Invasion Südamerikas vor. England sollte die kleineren und schwarzen spanischen Inseln Westindiens bekommen, dazu dreißig Millionen Pfund sowie Handelsvergünstigungen in dem neuen spanisch-amerikanischen Staat; die Vereinigten Staaten sollten ebenfalls Handelsvergünstigungen erhalten; außerdem würden die drei Großmächte ein Verteidigungsbündnis gegen Frankreich eingehen. Pitt war interessiert, der Gesandte der Vereinigten Staaten äußerte sich bestärkend. Sie kamen überein, dass Miranda als Erstes einen Agenten nach Trinidad schicken würde, der von der in Aussicht stehenden Hilfe berichten und ein Auge auf die Revolution haben sollte.

Der Agent war ein kubanischer Exilant namens Caro. Der spanische Geheimdienst in Paris erfuhr von seiner Mission, bevor er auch nur abgereist war, und ließ an alle Hafenstädte Hispanoamerikas einen Steckbrief ergehen. Caro, so hieß es, werde in einer »vollkommen einzigartigen Verkleidung« in Trinidad oder Venezuela eintreffen, mit einer Perücke, die »die Wolle des Negers perfekt imitiert, sein Gesicht und Körper im selben Ton eingefärbt, mit einer so beständigen Farbe, dass weder Wasser noch Schweiß sie abzuwaschen vermögen«. Diese Revolutionäre und die Leute, die sie aufzuspüren versuchten, nahmen Verkleidungen sehr ernst – selbst Miranda, eigentlich ein ernsthafter Mann, benutzte falsche Namen und eine Brille mit grünen Gläsern –, und Caracas gab an die Hafenbeamten aller venezolanischen Hafenstädte den Befehl aus, sämtlichen einreisenden Negern langsam und gründlich, *con detenida pausa*, mit der Hand über den Kopf zu fahren.

Wie noch jedes Mal wurde Miranda auch diesmal enttäuscht. In den Vereinigten Staaten erklärte Alexander Hamilton, er betrachte »diesen Mann« – Miranda – als »intriganten Abenteurer«, dessen Briefe keine Antwort verdienten. Pitt, dem eine mögliche Invasion durch Napoleon viel größere Sorgen bereitete, verstummte. Caro, ob mit oder ohne Verkleidung, wurde endlos aufgehalten. Die Amerikaner zeigten sich dem Plan wieder zugeneigt, dann zogen sie sich erneut zurück: Sie arbeiteten auf einen Pakt mit Frankreich hin. Mirandas militärische Pläne – die er für das britische Kabinett schriftlich niedergelegt hatte, das sie wiederum zum Hauptquartier in Westindien schickte – wurden von den Spaniern abgefangen, und in Venezuela erging der Befehl, Miranda zu verhaften, wenn er irgendwo an Land kam. Dieser Befehl war wenigstens eine Art Achtungsbezeigung.

»Wie ich höre, weilt derzeit ein aus Caracas Gebürtiger in London, der in dieser Sache nützlich sein könnte«, schrieb Picton im Mai 1798 nach London. »Nicht dass er gute Ortskenntnisse besäße oder wichtige Verbindungen hätte, hat er doch, Sohn eines Ladenbesitzers in Caracas, das Land schon früh verlassen; doch als Landsmann, der beträchtlich von sich hat reden machen, könnte er die Aufmerksamkeit der Menschen gewinnen und auf diese Weise dienlich sein. Aus Gründen, die auf der Hand liegen, möchte ich raten, ihn in dieser Angelegenheit nicht um Rat zu fragen, noch ihn auch nur davon in Kenntnis zu setzen, bevor sie nicht in die Tat umgesetzt wird.«

Der Sohn des Ladenbesitzers war Miranda. Und Mirandas Vater war nicht einmal Spanier gewesen. Er stammte von den Kanarischen Inseln, war ein Einwanderer, der sich als Tuchhändler in Caracas niedergelassen und es zu etwas gebracht hatte. Die örtliche *nobleza* schaute auf ihn herab, und es hatte einen Konflikt um seine Position in der Miliz gegeben, den der König gelöst hatte, indem er befahl, dass die Diskussion über die Herkunft von Mirandas Familie auf immer zu verstummen habe. Wer war Pictons Informant? Sein Agent in Cumaná? Ein anders denkendes Mitglied der *nobleza*? Nach all den Jahren in Europa, den Büchern und Gemälden, nach Mirandas Studien, den vielen Worten über Freiheit und Verfassungen, bestand die koloniale Welt doch unverändert fort, eine Welt, die nur von Blut und Geld, Kakao und Tabak, der Führung von Negern und Läden wusste. Dies war Mirandas Schwachpunkt: Durch sein Exil lagen seine Stärke und seine Würde stets in fremder Hand. Bloß der Feind, die spanische Regierung, nahm ihn immer ernst.

Alle hatten erwartet, dass die Briten rasch handeln würden. Doch die Monate verstrichen, und nichts geschah. Die britische Armee war immer noch in Santo Domingo gebunden, England immer noch der Gefahr einer französischen Invasion ausgesetzt. Auf Trinidad machten die deutschen Söldner trotz Auspeitschungen nach wie vor Ärger wegen ihres ausbleibenden Soldes oder desertierten nach Venezuela. Picton begann sich um seine Revolutionäre in Port of Spain zu sorgen. Picornell, die treibende Kraft der Revolution, war von den Briten festgenommen und als Kriegsgefangener nach Bermuda gebracht worden; dort hatte er die irische Garnison zur Meuterei angestiftet. Picton beschloss, José España und Manuel Gual bei Pflanzern, denen er vertraute, zu verstecken.

Er schrieb nach London, dass ein Preis auf den Kopf der beiden Männer ausgesetzt sei. Doch seine Pläne galten jetzt der Verteidigung. Er ließ eine neue Straße über die Hügel und, für dreihundert Pfund, ein kleines Fort an der Nordküste bauen, so als bereite er einen Rückzug vor. Er hatte Angst vor einem Angriff der Spanier; im Hauptquartier kursierte eine Weile das Gerücht, Trinidad sei von einem Flottenverband aus Spanien zurückerobert worden. Picton begann, Briefe wie einst Chacon zu schreiben. Er brauche zweitausend Männer, um Sicherheit und Ordnung aufrechtzuerhalten; er habe kaum noch Hoffnung, die Loyalität der französischen Farbigen zu gewinnen; er brauche richtige Befestigungsanlagen, wenn die Insel britisch bleiben solle.

Die Revolutionäre ihrerseits begriffen, dass sie, genau wie Miranda in London, dem man den Pass verweigerte, zu Gefangenen geworden waren. José España zog es vor – möglicherweise mit Pictons Zustimmung –, sich unter Freunden zu verstecken, auf seinen eigenen Ländereien in Venezuela. Natürlich reiste er in Tarnung. Er verkleidete sich als Seemann und trug eine schwarze Augenklappe. Die Hafenbeamten in La Guaira, die zweifellos noch immer nach einem falschen Neger Ausschau hielten, ließen ihn passieren.

Erst jetzt, als man keine Agenten mehr brauchte, traf Mirandas Agent Caro in Port of Spain ein. Und Caro sah nicht im Geringsten wie ein Neger aus; die Spanier in Paris hatten sich von der Tarnung eines anderen Mannes in die Irre leiten lassen. Caro war krank, schwächlich, voll der Klage; er hatte eine harte Zeit hinter sich. Seine Reise von London nach Port of Spain hatte fast ein Jahr gedauert. Sein Schiff war von einem französischen Korsaren gekapert worden, und man hatte ihn nach Algier gebracht, wo er fast als britischer Spion gehängt worden wäre. Weitere Verzögerungen in Portugal waren gefolgt, dann eine sehr raue Atlantiküberquerung und in Barbados abermalige Verzögerungen. Auf dem Schiff von Barbados nach Trinidad hatte Caro Angst vor spanischen Korsaren gehabt, denn diese hätten ihn mit Sicherheit als britischen Spion erhängt.

Seine Mission hatte keinen Sinn mehr, die Nachrichten, die er brachte, waren längst veraltet. Als er in Port of Spain landete, wurde er festgenommen und zu Picton gebracht. Man forderte ihn auf, sich auszuweisen, doch er hatte seine Papiere verloren. Man schimpfte ihn einen spanischen Spion und verwies ihn der Insel. Caro erklärte, er arbeite als Spion für die britische Regierung. Picton sagte, davon wisse er nichts. »Als ich

Ihren Namen hörte, *Caro*«, erklärte Picton auf Spanisch mit seinem berühmten, Furcht erregenden Lachen, »da habe ich gleich gewusst, dass Sie ein verdächtiges Subjekt sind.«

Caro war krank; und es ging kein Schiff. Er durfte bleiben, allerdings mit niemandem in Kontakt treten. Ab und zu lud Picton ihn zum Essen ein. Von all diesen nicht enden wollenden Widrigkeiten in seinem Leben gab Caro Miranda in seinen Briefen Kunde. Ein paar ermutigende Nachrichten erfand er dazu: In Venezuela gäre es immer noch, es sei nicht mehr vonnöten als ein Anführer und zweitausend Mann. Doch Caro wusste die Lage der venezolanischen Revolutionäre in Trinidad bald einzuschätzen.

»Die Venezolaner haben keinen zielgerichteten Plan«, schrieb er im April 1799 an Miranda. »Sie zeigen keinen Weitblick. Sie sind besser darauf vorbereitet, ihren Herrn zu wechseln, als die Freiheit zu erlangen. Sie glauben, die Unabhängigkeit zu begrüßen sei das Gleiche wie unabhängig zu sein, und dass Unabhängigkeit allein dadurch entstehe, dass sie das spanische Joch abschütteln und sich dem Schutze einer anderen Nation unterstellen.«

Picton las sämtliche Briefe Caros. Den eben zitierten schickte er als Beweis für Mirandas mangelnde Vertrauenswürdigkeit an den Staatssekretär in London.

Miranda versuchte schon seit einiger Zeit, England zu verlassen und nach Trinidad zu reisen. Der Gesandte der Vereinigten Staaten hatte ihm nicht helfen können. Der russische Gesandte sagte, wenn Zarin Katharina noch lebte, hätte Russland Miranda zwei Fregatten und zweitausend Mann zur Verfügung gestellt, doch nun habe man es mit dem »eigenartigen Genie« Pauls I. zu tun. Zwei Engländer hatten erwogen, Miranda mit Kriegsschiffen nach Südamerika zu schicken und ihn als den »Washington jenes Kontinents« aufzubauen; sie versprachen sich »von solch einer Unternehmung ein größeres Maß an Ehre und materiellem Gewinn für England als von dem blutigen und kostspieligen europäischen Krieg.«

Doch aus der Idee wurde nichts. Zur gleichen Zeit setzte

Huskisson, der Staatssekretär des Kriegsministeriums, Miranda davon in Kenntnis, dass er »in jüngster Zeit bei der Regierung in Verdacht geraten sei« – eine Folge von Caros Brief –, und man ihm deshalb keinen Pass ausstellen könne.

»Wie sich der Despotismus doch immer wieder durch Verleumdung zu wappnen sucht«, schrieb Miranda in sein Journal, »um beim Schuldlosen Fehl zu finden!«

Die republikanischen französischen Flüchtlinge in Venezuela legten einen Plan zur Invasion Trinidads vor. Caracas hatte schon immer mit seinen Republikanern gehadert und lehnte den Plan als »tollkühn« ab. Doch Picton war beunruhigt, als er davon erfuhr. Er setzte den Flugschriftenkrieg fort, um den Eindruck einer drohenden Revolution aufrechtzuerhalten. Die Pamphlete stammten teils von Miranda, teils wurden sie vor Ort verfasst.

»Freiheit! Der Stein der Weisen, der jedes Metall in Gold verwandelt. Seht euch die Einwohner des nördlichen Teils unseres amerikanischen Kontinents an. Ihr werdet feststellen, dass die Natur mit großem Ergötzen die Felder der Freiheit bevölkert, hingegen mit tiefstem Bedauern die Ausbreitung der Sklaverei zur Kenntnis nimmt, einer Institution, die den Gesetzen der Natur zuwiderläuft. Ödnis, Einsamkeit und Schweigen sind die Früchte der Tyrannei. *Nunc atque nunquam. Il vaut mieux tard que jamais. Más vale tarde que nunca.*«

»Spanien: In ganz Europa geschlagen, Frieden erbettelnd um den Preis der Ehre, von seinen Verbündeten zu Recht nicht geschätzt, seine Flotte zerstört, seine Armeen in Auflösung begriffen, seine Staatskasse leer – wie kann ein solches Land euch zu dem Gehorsam zwingen, den es seinen Untertanen abverlangt? Die Natur hat euch das schönste, fruchtbarste Land auf dieser Erde geschenkt: In einem solchen Land braucht ihr nichts als die Freiheit, um so glücklich zu sein, wie der Mensch es nur sein kann.«

Es war die Grausamkeit der Revolution. Dreißig Jahre zuvor war Spanien für Miranda das Land der alten Kirchen,

Moscheen, Gemälde, der edlen Weine (die er in seinem Journal auflistet und beschreibt), der reizvollen Prostituierten, schönen Kleider, der Bücher und der Bildung gewesen. Er hatte sich danach gesehnt, in der Armee dieses Landes zu dienen, und um seine Würdigkeit unter Beweis zu stellen, hatte er einen Stammbaum aufgestellt, eine *informe de hidalguía* zum Nachweis reinen Bluts und untadeliger Lebensführung über Generationen hinweg, erstellt nach dem Vorbild der *informe de hidalguía*, die Diego de Ordaz, der Gefährte von Cortés, vorgelegt hatte, als er das Recht beanspruchte, die Region um den Orinoko zu erobern.

Zwischen Trinidad und Venezuela kamen und gingen die Barkassen. Der Handel war in beide Richtungen ungesetzlich, er wurde von beiden Seiten zugelassen. In Trinidad luden die Barkassen britische Waren und Pictons Propagandamaterial; mit Vieh, Maultieren, Tabak, Salz, Trockenfleisch – alles Schmuggelware – und spanischen Spionen kamen sie aus Venezuela zurück. Die Spione waren Picton nützlich. Die Gouverneursresidenz am Meeresufer von Port of Spain stand ihnen offen; einige von ihnen waren erklärtermaßen jederzeit zum nachmittäglichen Essen willkommen. Abends schenkte Picton großzügig Rotwein und Madeira aus.

So erfuhr Caracas davon, dass Picton den Kapitän eines neutralen Schiffs gefragt hatte, ob dieser in der Umgebung des Orinoko eine Fregatte gesichtet habe, und dass Picton »bestürzt und verzagt« dreingeblickt habe, als der Kapitän das verneinte. Caracas erfuhr auch, dass Picton bloß vorgebe, Angst vor einer venezolanischen Invasion zu haben, um die Venezolaner einzulullen. Insgeheim rüste London selbst für eine Invasion, und es befänden sich bereits fünftausend Musketen auf Trinidad, mit denen ein Aufstand in Venezuela unterstützt werden solle.

Eines Morgens um sechs brachte der Offizier der Hafenwache einen Venezolaner zu Picton in die Gouverneursresidenz. Picton war schon zum Ausritt gekleidet. Der Venezolaner erklärte, er sei in kirchlichen Dingen unterwegs. Picton lud ihn zum

Frühstück ein und bot ihm an, wiederzukommen und mit ihm zu speisen. Der Venezolaner kam am nächsten Tag, als Picton gerade die Zeitungen aus England erhalten hatte; er sprach über den Krieg in Europa und die unglückliche Lage, in der Spanien sich befand. Er sprach auch über Venezuela und zeigte seinem Besucher den Bericht über die venezolanischen Invasionspläne, den er erhalten hatte.

Dann befahl Picton dem Venezolaner jählings, die Insel zu verlassen. Der Mann hatte noch nichts gegessen, doch ihm wurde keine Zeit mehr eingeräumt, er musste sogar seine Wäsche zurücklassen. Natürlich war er ein Spion. Nach seiner Überfahrt mit knurrendem Magen (so klagte er gegenüber seinen Vorgesetzten) erstattete er Bericht: Es gebe kein Ereignis, keine Entscheidung in Venezuela, von der Picton nicht binnen zwei Tagen erfahre.

Der Gouverneur von Cumaná setzte zwanzigtausend Dollar auf Pictons Kopf aus; Picton setzte zwanzig Dollar auf den Kopf des Gouverneurs aus.

Picton Absicht war es jetzt, erneut den Eindruck eines unmittelbar bevorstehenden Coups entstehen zu lassen – nicht nur bei den venezolanischen Behörden, sondern, um das Ganze realistischer zu machen, auch bei den Revolutionären auf Trinidad. Er lockte sie aus ihren Verstecken. Er gab ihnen Geld und schickte sie zu den spanischen Verkaufsständen und in die Groghäuser in der Hafengegend.

»Wie könnt ihr euch bloß so versklaven lassen? Versteht ihr denn nicht, was die Steuerfreiheit bedeutet, die die Engländer genießen? Treffliche Männer wie ihr – wollt ihr denn immer Sklaven bleiben?«

Eines Tages hörte ein venezolanischer Agent diese Reden in einem Laden in Port of Spain. Um seine Anwesenheit plausibel zu machen, kaufte er einen Laib Käse.

Der Sprecher war Juan Mansanares, ein vierunddreißigjähriger Anwalt, der aus Spanien, wo er eine Haftstrafe verbüßt hatte, über London nach Trinidad gekommen war. Er sprach Venezolaner auf der Straße an und lenkte das Gespräch dann auf die Menschenrechte, auf das Ende der Unterjochung und auf die Unbill, die er selbst im Dienste seiner Sache erleide. »Die werden mich schon noch kennen lernen, wenn die Zeit gekommen ist, Seine Exzellenz, der Vizekönig von Santa Fé, und der Gouverneur von Guyana. Jetzt werde ich überall steckbrieflich gesucht, aber zu sehen bekommen werden die mich erst, wenn ich ihnen die Kapitulationsbedingungen diktiere. Schaut euch dieses Gesicht hier gut an. Bald werdet ihr es da drüben wieder sehen.«

Es war ein schmales, fahles, pockennarbiges Gesicht. Mansanares war einsfünfundfünfzig groß, normal gebaut und hatte lockiges schwarzes Haar; er trug Jacke und Pantalons; tagsüber neigte er zur Melancholie, doch abends in Pictons Tischrunde, wo er sich großer Beliebtheit erfreute, war er fröhlich. Dies war die Beschreibung, die man nach Caracas schickte. Mansanares betätigte sich auch als Impresario für Manuel Gual, den verbitterten und wortkargen alten Soldaten.

»Was, Sie kennen diesen Mann nicht? Obwohl Sie Venezuela kennen? Wie ist denn das möglich? Vor Ihnen, gnädiger Herr, steht Gual, Freund von Caracas.«

Unter den Venezolanern, die zu dieser Zeit nach Trinidad kamen, befand sich auch ein Zwanzigjähriger namens Manuel de España. Er kam, um seinen älteren Bruder Andrés zu besuchen. Andrés war nach der Kapitulation dageblieben, er arbeitete im Dienst der Briten auf einer der bewaffneten Barkassen im Golf. Seine Mutter in Angostura bekümmerte es sehr, dass er dem Feind diente, und sie schickte Manuel zu seinem Bruder, damit er mit ihm redete.

»Bruder, du siehst das alles falsch«, sagte Andrés. »Aber geh nicht wieder. Hier bahnt sich etwas Großes an. Wir brauchen mutige Männer. Heute Abend werden wir uns mit zwei sehr guten Freunden von mir unterhalten. Du musst dir anhören, was sie zu sagen haben, denn es bedeutet sehr viel für uns.«

Ungefähr um acht an diesem Abend kamen Gual und Juan Mansanares zu Andrés. Das Gespräch drehte sich um die Regierung von Amerika – von Spanisch-Amerika. Manuel sagte, er sei immer ein treuer Untertan des spanischen Königs gewesen. Da redeten Gual und Mansanares nicht weiter.

Vier Tage später luden sie ihn zu sich nach Hause ein, und diesmal sagten sie: »*Amigo*, du kennst uns nicht. Wir sind deine Freunde, verstehst du? Wir alle, wir *americanos*« – einer der Begriffe der Revolution – »müssen uns zusammenschließen, wenn wir keine Sklaven mehr sein wollen.«

Manuel bat sie, sich klarer auszudrücken.

»Wir brauchen ungefähr zwanzig oder dreißig beherzte Männer. Um unsere usurpierte amerikanische Heimat zurückzuerobern.«

Manuel erwiderte: »Ich bin jetzt in dem Alter, wo ich mich darum kümmern muss, mir meinen Lebensunterhalt zu verdienen; und lieber werde ich Holzhauer, als dass ich für den Feind arbeite.«

»Nein, *amigo mío*«, sagte Mansanares, »du verstehst uns falsch. Es ist eins, für den Feind zu arbeiten. Doch es ist etwas ganz anderes, für das eigene Land zu arbeiten. Du bist in dem Alter, wo du dein Land verteidigen kannst. Du und dein Bruder, ihr seid Männer von großem Kampfgeist. Das wissen wir ganz sicher. Wir glauben, dass wir die Befreier unseres Vaterlandes werden könnten.«

»*Amigo*«, sagte Manuel, »ich weiß, dass alle Menschen, die diese Freiheit, von der ihr sprecht, zu ihrer Sache gemacht haben, ein böses Ende genommen haben. Und so wird es immer sein. Ich will nicht zu einem von ihnen werden. Mein Vater hat stets gearbeitet, um für mich aufzukommen, vom Moment meiner Geburt an; seit es in meiner Macht steht, komme ich selbst für mich auf. So wie ich es sehe, werde ich bis an mein Lebensende durch meiner eigenen Hände Arbeit für meinen Lebensunterhalt aufkommen müssen. Und daran wird sich nichts ändern, wer auch auf welche Weise Amerika regieren mag.«

»Schweig«, sagte Gual. »Es ist eins, sich zu versklaven, um für seinen Lebensunterhalt aufzukommen, so wie du es jetzt tust. Aber wenn wir erst die Freiheit gewonnen haben, sieht das alles anders aus. Dann wirst du einer unserer ersten Generale sein.«

Manuel war verwirrt. Diese Definition von Freiheit war ihm neu. Er sagte, er müsse darüber nachdenken. Als er wieder zu Hause bei seinem Bruder war, erzählte er ihm alles.

»Und, was meinst du dazu?«, fragte Andrés.

»Was ich dazu meine? Dass ich nach Hause fahren und diesen Ort hier hinter mir lassen möchte. Ich will nicht über das Unmögliche nachdenken.«

»Du erstaunst mich. So eine klägliche Einstellung, und das als *americano*!«

»Ich sehe einfach nicht, wie ich glauben soll, was diese Männer mir erzählen.«

»Das liegt daran, dass du nichts von der Streitmacht weißt, die Großbritannien uns zur Verfügung stellen wird, wenn der Zeitpunkt gekommen ist.«

Zwei Tage lang bearbeitete Andrés seinen Bruder, bis dieser schließlich einlenkte. Wenn die Revolution so leicht vonstatten gehen werde, wie Andrés es sagte, und wenn er selbst zum General ernannt werde, dann wolle er sich den Revolutionären anschließen. Andrés sagte Gual und Mansanares Bescheid, und diese betrauten Manuel mit seiner ersten Aufgabe. Er sollte einem Priester auf dem Festland einige Dokumente überbringen.

Picton lud Manuel zm Essen in die Gouverneursresidenz ein, stellte ihn dem Gouverneur von Martinique vor, der gerade zu Besuch war, gab Manuel dreihundert Pesos (»Ich sehe mich gezwungen, beträchtliche Summen Geldes als Gratifikation an gewisse Personen auf dem Festland zu entrichten«, schrieb Picton noch im selben Monat nach London und bat um eine Gehaltserhöhung) und versprach ihm das Kommando über eine Fregatte, wenn die Zeit gekommen sei. London habe den Befehl gegeben, die Invasion durchzuführen, sagte Picton; wenigstens fünftausend Mann würden beteiligt sein; der Einsatz würde in etwa vier Monaten beginnen. Er solle ohne Blutvergießen über die Bühne gehen, und Manuel könne sein Teil dazu beitragen: Die Dokumente, die er überbringen solle, würden viele Venezolaner für die Revolution gewinnen.

Gual gab an, er wisse von sechs Ortschaften in Venezuela, die sich sofort an einem Aufstand beteiligen würden. Und in Manuels Gegenwart sagte er zu Picton, er, Gual, benötige nicht mehr als hundertfünfzig bis zweihundert Mann und ein paar Kriegsschiffe. Picton erwiderte, das lasse sich einrichten; er werde zudem dafür sorgen, dass zu Guals Unterstützung ein Geschwader vor der Küste kreuze.

Mehr oder weniger zeitgleich mit Manuels Rückkehr zu seiner Mutter in Angostura begann die venezolanische Polizei nach ihm zu suchen. Manuel ahnte nichts. Er war mittlerweile unterwegs an die Küste, um seine Dokumente abzuliefern. Er wohnte bei Freunden und Fremden, in Städten und auf Plantagen, jeweils für drei bis vier Tage; so reiste man damals in Venezuela. Nach vierundzwanzig Tagen hatte er sein Ziel erreicht. Es war fünf Uhr nachmittags. Er suchte sich eine Unterkunft, ging ein wenig spazieren, kaufte sich Tabak, trank ein Glas Wein. Auf der Straße kam er an ein paar jungen Männern vorbei. Er hörte sie sagen: »Der Mann da wird gesucht.«

Er fragte: »Welcher Mann?«

»Sie.«

Am nächsten Morgen in aller Frühe kamen einige berittene Milizsoldaten auf die Zuckerplantage, auf der Manuel untergekommen war; er hörte, wie sie nach einem jungen Mann fragten, »der gerade aus Trinidad gekommen ist«. Die Leute auf der Plantage meinten, so jemanden kennten sie nicht, und die Milizsoldaten ritten wieder fort.

Manuel verließ die Plantage und ritt bis zum Abend. Er fand wieder auf einer Plantage Unterkunft und legte sich in seiner Hängematte schlafen. Gegen elf oder zwölf Uhr hörte er die Pferde der Miliz. Er lief hinaus zu einem Zitronenhain, von wo aus er sah, wie die Männer im Licht einer Fackel die Nebengebäude nach ihm absuchten. Schließlich gingen sie alle wieder, bis auf zwei. Manuel blieb bis zum Morgengrauen im Zitronenhain. Dann stellte er sich.

Zuerst log er. Doch die Beamten waren freundlich, und Manuel erzählte schließlich alles, was er wusste. Der Gouverneur von Cumaná las die Mitschrift der Vernehmung aufmerksam durch und teilte dem Generalkapitän von Caracas dann mit, dass er nicht sonderlich beunruhigt sei. Er meine zu erkennen, dass Picton sich »Täuschung und Erfindung zum Werkzeug gemacht«. Er glaube nicht, dass man sich in London oder Martinique für eine militärische Aktion rüste; seiner Ansicht nach belüge Picton Gual und Mansanares, so wie er auch Manuel de España belogen habe. Ebenso wenig glaube er, dass sechs Ortschaften in Venezuela kurz vor der Revolte stünden oder dass um Gual eine nennenswerte Verschwörung existiere. Er sehe allenfalls eine geringe Möglichkeit, dass die Briten die Neger in Venezuela bewaffnen und aufstacheln könnten, um ein zweites Santo Domingo herbeizuführen, und natürlich müssten Vorsichtsmaßnahmen ergriffen werden.

Letztlich hatte Caracas bereits gewonnen. Die erste venezolanische Revolution war zerschlagen worden. Als die Nachricht von Manuel de Españas Festnahme und Inhaftierung nach Trinidad gelangte, wurde sie von einer wichtigeren Nachricht überlagert. Die große Tragödie der Revolution hatte sich zugetragen. Man hatte José España, der, als Seemann mit schwarzer Augenklappe verkleidet, von Port of Spain aufs Festland zurückgekehrt war, festgenommen.

José España war ein Pflanzer und Sklavenbesitzer, doch er war zurückgegangen, um – als ersten Schritt der Revolution – einen Negeraufstand anzuzetteln; und er hoffte, mit den Negern auf seiner eigenen Besitzung den Anfang machen zu können. Die venezolanischen Revolutionäre waren genauso naiv, wie ihre Worte es vermuten ließen. Nach dem ersten Ausbruch aus dem Gefängnis in La Guaira zwei Jahre zuvor waren zwei der Revolutionäre zum Haus des amtlichen Dolmetschers gegangen und hatten sich dort aufgehalten, bis man sie festnahm; sie hatten geglaubt, im Haus des französischen Konsuls zu sein. Und jetzt versteckte sich José España, der allgemein bekannt und auf dessen Kopf ein Preis ausgesetzt war, in seinem eigenen Haus. Er hatte sich ein Versteck konstruiert, das nicht mehr zu sehen war, sobald die Haustür geöffnet wurde.

Die Augenklappe legte er ab, jetzt ging er als Kohlebrenner verkleidet durch den Ort.

Er gab seinen Negern einen Termin für ihren Aufstand vor. Einer von ihnen informierte die Polizei, die daraufhin José Españas Haus observierte. Eines Abends hörte der Wachposten ein lautes Geräusch. Er rief die restlichen Wachen herbei. Das Hausmädchen gestand sofort. José España verbarg sich nicht in seinem speziellen Versteck, sondern rannte hinauf aufs Dach, sprang von dort auf das Dach des Nachbargebäudes, ließ sich durch den Schornstein hinab und fiel unter lautem Getöse auf eine auf Böcken liegende Tischplatte, auf der einige Teller standen. Sechs Tage später wurde er nach Caracas gebracht und vor Gericht gestellt. Ihm seien jede »Gottesfurcht, humane Gesinnung und die nicht weniger heiligen Pflichten gegenüber Religion und Gesellschaft« aus dem Sinn gekommen. Sein Ziel sei, »viel unschuldiges Blut zu vergießen; Plünderungen, Brandstiftung, der Ruin ganzer Familien, Chaos und Konfusion, Anarchie, die Missachtung und Erniedrigung der Religion«.

Er wurde dazu verurteilt, »aus dem Gefängnis genommen, an den Schwanz eines Lasttiers gebunden und zum Schafott geführt zu werden, dieweil der Ausrufer seine Verbrechen verkündete; nachdem er durch die Hände des Henkers den Tod gefunden, solle er geköpft und gevierteilt werden; der Kopf solle in einem eisernen Käfig in die Hafenstadt La Guaira gebracht und dort an der Spitze einer zehn Meter langen Stange befestigt werden, die an dem Caracas zugewandten Stadttor aufzustellen sei.«

Die vier Teile seiner Leiche sollten auf die Orte verteilt werden, die mit der Revolution in Zusammenhang standen. Das Urteil wurde zwei Tage später, am 8. Mai 1799, vollstreckt; noch am selben Abend wurden die vier Teile und der Kopf mit Maultieren an die genannten Orte gebracht.

Im Laufe des nächsten Monats erfolgten fünf weitere Hinrichtungen. Dreiunddreißig Männer wurden exiliert, viele von ihnen in Verbindung mit Arbeitsstrafen. Dem Neger, der José España verraten hatte, wurden für den Rest seines Lebens dreihundert Pesos monatlich zugesprochen. Noch bevor die Erhängungen vorbei waren, unterbreitete Gual in Trinidad einen neuen Plan zur Invasion; er benötige bloß zweihundert Mann, drängte er, sowie für ein oder zwei Tage den Schutz zweier Fregatten. Picton schrieb ans Hauptquartier. Gual schrieb an seine Freunde in Venezuela. Das Hauptquartier verfügte weder über die nötige Vollmacht noch über die geforderten Soldaten. Guals Brief wurde in Venezuela abgefangen; einige Leute wurden verhört. Die Revolution, die als »die Revolution von Gual und España« in Erinnerung bleiben sollte, war vorüber.

Pictons Depeschen nach London wurden rarer und blieben dann vier Monate lang ganz aus. In Port of Spain wuchs die Distanz zwischen den Revolutionären und ihrem Patron. Die Revolutionäre waren alle davon überzeugt, dass España verraten worden war, und zwar von Picton. Caro, Mirandas glückloser Agent, befand sich nach wie vor in Port of Spain, immer noch als Gefangener. Es war davon die Rede gewesen, dass er in Tarnung aufs Festland übersetzen solle, und Picton schien einverstanden zu sein. Doch dann besann sich Caro anders. Er schrieb an Miranda, sie sollten die Revolution auf eigene Faust in Gang bringen; es sei gefährlich, noch länger zu warten, »das Geheimnis werde ans Licht kommen«. Schließlich wies Picton ihn von der Insel. Die Revolutionäre auf Trinidad hörten nichts mehr von ihm; sie vermuteten, dass er aufs Festland übergesetzt und dass auch er verraten worden war.

Der Generalkapitän von Caracas war ein neuer Mann, ein tatkräftiger Diener des untergehenden Weltreichs. Er war derjenige, der mit wenig Geld und wenig bürokratischem Aufwand den venezolanischen Geheimdienst aufgebaut hatte. Jetzt spürte er, wie distanziert das Verhältnis zwischen Picton und seinen übrig gebliebenen Revolutionären geworden war, und gedachte daraus Kapital zu schlagen. Er schrieb an den Gouverneur von Cumaná. »Als ersten Schritt sende ich Ihnen einen separaten Brief, den Sie verlieren oder aber als Abschrift in Colonel Pictons Hände gelangen lassen könnten, und zwar derart, dass er den Eindruck erhalten mag, die Person, die ihm die Abschrift zukommen lässt, veruntreue unsere Korrespondenz und erweise ihm einen Dienst.«

Der Brief war glaubwürdig, er war in dem manifestartigen Stil verfasst, der für den offiziellen venezolanischen Briefverkehr typisch war. Er besagte, dass Gual und Mansanares Pictons Gutgläubigkeit missbrauchten, dass Prinzipien wie die ihren zur Abspaltung der Vereinigten Staaten von England geführt und in jüngster Zeit Irland gefährdet hätten, dass ihre Propaganda wohl kaum die ernsthafte Beachtung eines Mannes wie Picton wert sei.

Der Generalkapitän eines untergehenden Weltreichs und der Gouverneur eines aufsteigenden Weltreiches: es gab Übereinstimmungen; Picton schätzte die Lage ähnlich ein.

»Es scheint mir dies ein günstiger Moment«, schrieb der Generalkapitän an seine Gouverneure, »um Pictons Aufmerksamkeit auf seine eigenen Belange zu lenken. Wir könnten damit beginnen, gewisse Andeutungen hinsichtlich einer Invasion zu machen.«

Picton reagierte prompt. Er schrieb nach London, Venezuela bereite einen Feldzug vor, und bat um Hilfe. In den nächsten zwei Monaten schickte er zwei oder drei Depeschen nach London, in denen es um Deserteure, Einwanderer, Landzuweisungen und Rechnungen ging. Dann schrieb er vier Monate lang gar nicht. Es gab nichts zu berichten.

Caro scheint, kurz bevor er Trinidad verließ, Gual begegnet zu sein, und dieser übernahm nun als Mirandas Agent auf Trinidad. Gual war siebenundfünfzig, Miranda neunundvierzig; als junge Männer in Caracas, dreißig Jahre zuvor, hatten sie sich gekannt; jetzt waren sie im Prinzip beide Gefangene. Gual schrieb an Miranda und stellte sich ihm erneut vor. Er habe »die Ehre, von der spanischen Regierung als Urheber der 1797 in Caracas geplanten Revolution geächtet zu sein«. Er berichtete von seiner Wanderschaft und seiner Verfolgung. Miranda bezeichnete er als »Retter des Vaterlandes« und bat ihn inständig, nach Trinidad zu kommen, um den Kampf für die Unabhängigkeit zu Ende zu führen.

Miranda zeigte Guals Brief einem britischen Minister, um zu beweisen, dass die Revolution noch existierte. »Er ist aus Caracas gebürtig«, schrieb Miranda dazu, »hat in der Miliz gedient und ist beliebt; er stammt aus einer reichen, vornehmen Familie. General Miranda kannte ihn gut.«

Reich, vornehm! Miranda wandte diese in Europa mit einer bestimmten Vorstellung verknüpften Begriffe sprachlich korrekt, doch inhaltlich irreführend auf eine einfachere Welt an: die von Negern bewirtschafteten Plantagen Venezuelas, die niedrigen Holzhäuser von Port of Spain, die schlammigen Meeresufer, die primitiven spanischen Läden, die einzige Druckerei der Insel. Er schickte Gual seine Pamphlete.

Gual las sie mit »ehrfürchtiger Begeisterung« und schrieb im Tone eines Mannes zurück, dem die hehre Sprache der Revolution wiedergegeben war. »Ein Lächeln aus unserer Heimat ist mehr wert als die Gunst eines Tyrannen.« – »Ich baue darauf, dass die Bresche, die wir zu schlagen begonnen, durch die Lanze des Achilles verewigt werde.«

Zur gleichen Zeit schrieb Mr. Turnbull vom Londoner Handelshaus Turnbull and Forbes, der Miranda zwei Jahre lang finanziell unterstützt hatte, in Geldangelegenheiten an Miranda. »Es ist uns, verehrter Herr, schlechterdings unmöglich, den derzeitigen Satz aufrechtzuerhalten. Allein die Zinsen unseres Vorschusses belaufen sich auf hundert Pfund per annum. Seien Sie versichert, dass gleich mir auch Mr. Forbes Ihnen dienlich und behilflich zu sein wünscht – doch muss, zu Ihrer wie zu unserer Zufriedenheit, eine Grenze gezogen werden.«

Doch nun sah es wieder einmal so aus, als werde es zu einer englischen Invasion Südamerikas kommen. General Abercromby, der Eroberer Trinidads, kam aus Schottland, um sich mit Miranda zu treffen. Miranda versorgte ihn mit Landkarten, Fakten, Zahlen und gutem Rat. »Die Generale nehmen mich endlich wahr«, schrieb Miranda im März 1800 an Gual. In Madrid erfuhr man davon und schickte mehrfach Warnungen nach Caracas. Gual schrieb an seine Freunde in Venezuela, die britischen Streitkräfte würden verstärkt. Doch dann führte Abercromby seine Armee stattdessen nach Ägypten, wo er auch starb.

»In diesem Lande«, schrieb Miranda an Gual, »ist noch jedes Versprechen, das man uns gemacht, gebrochen worden: nichts als Falschheit und böse Absichten allenthalben.« Alle Spanisch-Amerikaner in London seien inzwischen nach Paris gegangen, wo die Prinzipien der Revolution bestärkt worden seien. »Immer und immer wieder habe ich um meinen Pass gebeten, damit ich das Land verlassen kann, doch durch List und Tücke hält man mich hier fest.« Er hatte lange nichts von Gual gehört und vermutete, dass Guals Briefe abgefangen wurden. »Sollten Sie mir schreiben, dann bitte an die Deckadresse Mr. King, bevollmächtigter Minister der Vereinigten Staaten von Amerika.«

Picton hatte ein Jahr lang nichts über die Revolution geschrieben. Doch obigen Brief von Miranda schickte er als weiteren Beleg dafür, dass Miranda »der britischen Regierung nicht wohlgesonnen« sei, nach London.

Und Gual in Trinidad musste dafür bezahlen. In den Briefen an seine venezolanischen Briefpartner versuchte er den Schaden zu begrenzen: England werde in wenigen Wochen Hilfe schicken, England sei ein großartiges Land. Seine Briefe wurden geöffnet, sowohl diejenigen, die er aus London erhielt, als auch seine eigenen nach Venezuela.

In Port of Spain ging das Gerücht, unter Guals venezolanischen Freunden befinde sich ein gedungener Giftmörder. Der Gouverneur von Cumaná habe die aus Opium oder gestoßenem Glas bestehenden Pillen zur Verfügung gestellt.

»Bleiben Sie bei bester Gesundheit. Geben Sie niemals die Hoffnung auf und verzagen Sie nicht im Angesicht der Tyrannei, die letztlich immer schwach ist. Es entbietet Ihnen sein Lebewohl Ihr stets Sie verehrender Landsmann und Diener, Manuel Gual. Trinidad, den 8. September 1800.« Es war sein letzter Brief; auch er wurde von der venezolanischen Polizei abgefangen.

»Die Menschen, die diese Freiheit, von der ihr sprecht, zu ihrer Sache gemacht haben, haben alle ein böses Ende genommen.« Manuel de España hatte das gesagt; jetzt saß er selbst in einem venezolanischen Gefängnis. Auch sein Bruder Andrés war im Gefängnis, in Port of Spain, eines unbestimmten Vergehens beschuldigt. Die Ländereien von Santiago Mariño in Trinidad waren beschlagnahmt worden. Doch sowohl Santiago Mariño als auch Andrés de España sollten den Kampf später noch einmal aufnehmen. Juan Mansanares, der seinerzeit so freigebig mit Pictons Geld umgegangen und der mit seiner europäischen Jacke über den Pantalons und mit seinen wilden Reden (»die Großsprecherei jener von Groll oder Verzweiflung erfüllten Männer«, schrieb der venezolanische Spion) in den Straßen von Port of Spain aufgefallen war, ward nicht mehr gesehen. Er starb in aller Stille – das genaue Datum ist nicht bekannt – mit sechsunddreißig Jahren. Manuel Gual verließ Port of Spain und begab sich nach St. Joseph. Drei Monate nachdem gemeldet wurde, dass der Giftmörder sich ebenfalls dort aufhielt, starb Gual.

Möglicherweise hatte tatsächlich der Gouverneur von Cumaná das Gift zur Verfügung gestellt. Doch die Spanier Trinidads glaubten, dass Picton für den Giftmord verantwortlich sei. Niemand beschuldigte ihn direkt, und Picton äußerte sich nie dazu. Seine spanisch-amerikanischen Ankläger versuchten nie, die Wahrheit herauszufinden. Sie gaben sich mit ihrem Groll zufrieden; mehr war von der Revolution zu dieser Zeit nicht geblieben.

In Caracas wusste man mehr. Dort kannte man den Giftmörder und gewährte ihm Zuflucht. Er hieß Antonio Vallecilla und war ein Freund Guals gewesen. Zweieinhalb Jahre zuvor war er Caracas als einer der Spanier Trinidads gemeldet worden, die in die Dienste der Briten getreten waren. Er hatte einen Trupp von Peonen aufgestellt, mit denen er im Landesinnern Jagd auf entlaufene Neger machte. Der britische Oberbefehlshaber hatte ihn zum Captain ernannt und ihm sechzig Pesos pro Monat gezahlt; Picton pflegte gegenüber Venezolanern zu erzählen, er habe spanische Soldaten zu seiner Verfügung.

Während Vallecilla auf die Revolution wartete, die doch nie stattfand, hatte er abermals die Seite gewechselt. Er war darin wie Caro, Mirandas einstiger Agent, der verschwunden war. Auch über Caro hatten die Spanier Trinidads niemals die Wahrheit herauszufinden versucht. Er war nämlich keineswegs aufs Festland übergesetzt, noch war er verraten worden. Er war nach England zurückgegangen. Dort beschwerte er sich über Picton und versuchte sowohl von der britischen Regierung als auch von Miranda Geld zu bekommen. Danach fuhr er nach Hamburg. Er schickte weiterhin geistreiche, klagende Briefe an Miranda, seinen »Freund und Herrn«, seinen »Freund und Landsmann«. Kürzlich habe er ein paar Franzosen kennen gelernt, so schrieb er, und es sei nicht ein Mann von Prinzipien darunter gewesen; jeder Einzelne von ihnen sei eine Art »adlig-royalistisch-demokratisch-jakobinischer Salat« gewesen. Fast gleichzeitig schrieb Caro einen hysterischen Brief an den spanischen Gesandten in Hamburg, in dem er um Geld bat; beigelegt war, mit der Bitte um Weiterleitung, ein Brief an den spanischen König, dessen Vergebung er erbat: Nicht mehr als ein Leben in Frieden möge ihm der König gewähren und vielleicht die Gelegenheit, in der königlichen Armee für seine Fehler Wiedergutmachung zu leisten. Die Revolution sei eine Farce, Miranda ein Betrüger; Miranda wolle der Inka-Herrscher Südamerikas werden. Doch Caro wurde nicht vergeben. Er starb drei Jahre später völlig verarmt in Portugal. Auf Trinidad allerdings behielt man ihn wie auch Gual als Märtyrer der Revolution und als Opfer Pictons in Erinnerung.

Die »Revolution von Gual und España« beinhaltete schon viel von dem, was noch kommen sollte: die entlehnten Begriffe, die der Realität der Gesellschaft nicht entsprachen; die Posse um Tarnungen und falsche Namen, die mit Blutvergießen und mit auf Stangen zur Schau gestellten Köpfen endete. An jenem Tag in Caracas hatten die Menschen schweigend zugesehen, wie einer von José Españas Freunden sich zweimal hintereinander dem Henker entwand und beide Male über den ganzen Platz gejagt wurde. Der Henker war ein Mörder, dessen Leben man zwanzig Jahre zuvor unter der Bedingung verschont hatte, dass er bis ans Ende seiner Tage diese Aufgabe ausübte. Inzwischen war er ein alter Mann; er konnte sein Opfer nur mit Mühe in die Schlinge zwingen; niemand rührte einen Finger, um ihm zu helfen.

Einige Jahre später, 1808, als Picton gerade wieder zu Ehren kam, trafen sich Miranda und Wellington in London, um über die Invasion Südamerikas zu sprechen. Aber Wellington ging nicht nach Spanisch-Amerika; sowohl er als auch Picton reisten nach Spanien, um die Invasion der Franzosen abzuwehren. Über Spanisch-Amerika sagte Wellington später: »Ich bin immer im höchsten Maße davor zurückgeschreckt, ein Land aus politischen Motiven in Aufruhr zu bringen. Wenn sich die Menschen von selbst erheben, schön und gut. Aufwiegeln aber sollte man sie nicht: Man lädt eine gewaltige Verantwortung auf sich.«

6

Die peinliche Befragung
1801–1802

Überraschenderweise versuchte Miranda, Picton versöhnlich zu stimmen. In London war eine neue Regierung an der Macht, die sich an Mirandas Invasionsplänen interessiert zeigte. Miranda schlug vor, dass Picton einer der Generäle sein solle. Picton reagierte umgehend; er erklärte, Miranda sei für jedwede Unternehmung in Südamerika ein wichtiger Mann. Eine Woche nachdem Picton das geschrieben hatte, wurde Friede geschlossen, sodass man von jeglichen Invasionsplänen Abstand nehmen musste. Picton war dreiundvierzig; eine Invasion Südamerikas würde, wenn überhaupt, ohne ihn stattfinden.

Einige Jahre später in London freundeten sich Picton und Miranda an. Doch 1801 auf Trinidad hätten sie nicht zusammenarbeiten können. Eine englische Dame vermerkte einmal, wie »prahlerisch« Miranda, der Revolutionär, von hehren Prinzipien sprach. Sie vergab ihm. Picton wäre weniger gnädig gewesen. Er kannte Mirandas Hintergrund zu gut. Nachdem Miranda nun schon seit Jahrzehnten in Europa lebte, hatte sich das Patrizierhafte, das sich in seiner Jugend bereits angedeutet hatte, in ihm durchgesetzt. Picton wiederum war in den viereinhalb Jahren als Gouverneur von Trinidad zum Kolonisten geworden. Er hatte die Revolution, die Revolutionäre, die Spanier abgeschüttelt und die Möglichkeiten Trinidads zu nutzen gewusst. Er war Pflanzer geworden, besaß Neger. Er war – mit der ganzen Verve des Konvertiten – zum entschiedenen Verfechter der Sklaverei geworden. Er verfügte über das entsprechende Vokabular und konnte die entsprechenden Witze machen; so konnte er zum Beispiel behaupten, das System beruhe auf dem »Beistand von Afrikanern von der Küste«.

In London neigte man zu der Ansicht, dass Trinidad von Freien besiedelt werden sollte. Picton gab vor, zuzustimmen; doch die Männer, die er während des Krieges willkommen hieß, waren königstreue französische Emigranten, die von Santo Domingo und anderen französischen Inseln kamen und jeweils einige Hundert treu ergebene Neger mitbrachten: der Comte de Loppinot de Lafressilière, der Vicomte de Montignac, der Comte de Rouvray, der Comte du Castellet, der Baron de Montalembert, der Chevalier Dupont du Vivier de Gourville. Die britische Herrschaft und Picton im Speziellen eröffneten diesen Männern eine zweite Chance, ohne dass sie diesmal hätten Verantwortung übernehmen müssen; und in Trinidad wurde ihren aristokratischen Prinzipien, die die ganze Karibik in Aufruhr versetzt hatten, neues Leben eingehaucht.

Es war eine Aristokratie, für die es in der Zeit vor den Unruhen in der Karibik normal geworden war, sich an ihren eigenen Negern zu messen: Zwischen Weißen und Negern gab es für die Franzosen hundertachtundzwanzig Farbabstufungen, vom halb und halb des echten Mulatten über den Terzeronen, den Marabou, den Sacatra bis zum Sang-Mêlé, der, zu hundertsiebenundzwanzig Anteilen weiß, immer noch als »farbig« galt. Die Klassifizierung war erst spät eingeführt worden – rund hundert Jahre zuvor hatte es auf den französischen Inseln noch einfach schwarze und weiße Sklaven gegeben –, und sie stammte von Menschen, die sich ihrer eigenen Rasse nicht sicher waren, die vom Blut ihrer eigenen Neger durchdrungen und immer ängstlicher darauf bedacht waren, jegliche Konkurrenz zu unterdrücken.

In der zweiten Hälfte des achtzehnten Jahrhunderts wurden auf Santo Domingo eine ganze Reihe von Rassengesetzen erlassen. Man versuchte verschiedentlich, Farbige von ihren Plantagen zu vertreiben und sie daran zu hindern, Häuser zu kaufen oder eigene Negersklaven zu halten. Wer offiziell als Farbiger galt, durfte weder einen Degen noch französische Kleidung tragen; er durfte keine Ausbildung in Frankreich in Anspruch nehmen und sich nicht Monsieur nennen; Farbige durften keine Tanzveranstaltungen abhalten und keine französischen Spiele spielen.

Trinidad, wo es weder Recht noch Rechtsgelehrte gab und die spanische Ordnung nur noch als blasse Erinnerung existierte, war Pictons Königreich. Er war das Gesetz; die französischen Pflanzer waren seine Barone. Für sie erneuerte er 1800 den Negerkodex. Hatte der spanische Kodex die Neger schon auf ihre Grundbedürfnisse reduziert, so befasste sich der neue Kodex nur noch mit den Bedürfnissen und Ängsten der Negerbesitzer.

Die Höchstgrenze für Auspeitschungen wurde von fünfundzwanzig auf neununddreißig Hiebe heraufgesetzt. Neger mussten immer einen Pass bei sich tragen und wurden mit fünfundzwanzig Peitschenhieben bestraft, wenn sie nach neun Uhr abends auf der Straße angetroffen wurden. Die Tanzveranstaltungen der Neger mussten um punkt neun Uhr enden; der Verkauf von Rum an Neger war nicht mehr zulässig, außer in Mengen von mindestens fünf Gallonen oder mehr; freie Farbige, die einen Neger an einer Tanzveranstaltung teilnehmen ließen, mussten eine Geldstrafe zahlen. In Port of Spain sorgte samstagabends eine spezielle Patrouille dafür, dass diese Regeln eingehalten wurden.

Die Arbeitszeiten wurde verlängert, da neue Neger, wie Picton schrieb, grundsätzlich faul seien und es vorzögen, »Hunger zu leiden und das Nichtstun zu genießen«. »Späterdings«, fuhr Picton fort (in sprachlichen Dingen nicht der Firmste), habe der zunehmende Wohlstand der Pflanzer es diesen »ermöglicht, durch beträchtliche Ankäufe von derartigen Negern die Zahl ihrer Arbeitskräfte erheblich zu erhöhen«. Der Brauch, den Negern den Samstag zur Bestellung ihrer kleinen Nutzgärten zu überlassen, sodass man ihnen keine Lebensmittel zuteilen musste, wurde daher abgeschafft; fortan musste ein Pflanzer, der seine Neger am Samstag nicht arbeiten ließ, fünfzig Dollar Strafe zahlen.

Auf den Plantagen geborene und aufgewachsene kreolische Neger waren grundsätzlich leichter zu handhaben, und im Gegensatz zum spanischen Kodex, der noch den Schutz der Neger vor moralischen Anfechtungen vorgesehen hatte, ermutigte man die Neger nun zur Fortpflanzung, »auf dass die Einführung von Sklaven aus Afrika im Laufe der Zeit deutlich vermindert, wenn nicht ganz aufgegeben werden könne«. Eine Frau, die mehr als drei Kinder gebar und dafür sorgte, dass sie gesund blieben, sollte jährlich einen Dollar pro Kind erhalten; eine Frau, die sieben oder mehr Kinder hatte, wurde von der Feldarbeit freigestellt.

Andere Gesetze untersagten es den Negern, die in ihren Nutzgärten angebauten Feld- und Gartenfrüchte zu verkaufen, und stellten dies als Diebstahl an ihren Besitzern unter Strafe. Die härteste Bestrafung drohte bei Zauberei und Hexenkunst. Negerzauberei, die zur Entstehung eines Untergrundlebens führte: das war die große Angst der Franzosen. Unterordnung, die Unterdrückung von Konkurrenz, ja die Unterdrückung von allem, was irgendwie zu Verschwörung und Aufstand führen könnte – der Kodex zeigt, wo die Gefahren auf der Sklaveninsel lagen. Eine venezolanische Invasion stand nicht mehr zu befürchten; die Spanier auf der Insel waren vernachlässigbar. Die französischen freien Farbigen waren verbittert, jedoch geknebelt. Die Gefahr lag bei den Negern, an deren Anzahl sich der Reichtum einer Sklaveninsel bemaß.

Jeden Sonntagvormittag exerzierte die Miliz – die weißen Royals und die farbigen Loyals – drei Stunden lang in der Sonne. Morgens und abends wurden in der Orange-Grove-Kaserne schwarze und weiße Soldaten ausgepeitscht; ein Reisender schätzte, dass im Laufe eines Jahres die ganze Garnison viermal ausgepeitscht wurde. Manchmal wurden die Soldaten mit dem so genannten Pfahlstehen bestraft. Picton hatte dieses militärische Relikt wieder zum Leben erweckt: Der gefesselte Soldat wurde an einem Seil, das an seinen Handgelenken befestigt war, mit dem Flaschenzug hochgezogen und von Zeit zu Zeit ein Stückchen hinuntergelassen, gerade so weit, dass sein großer Zeh, aber nicht mehr, auf dem stumpfen Pfahl aufsetzte.

Land bekam man auf Trinidad billig oder umsonst, doch Neger und Maschinerie waren teuer, und es kostete ungefähr achttausend Pfund, eine Plantage mit fünfundsiebzig Negern aufzubauen. Picton besaß kein Vermögen, und erst am Ende seiner Amtszeit wurde sein Gouverneurssalär von tausendzweihundert auf dreitausend Pfund erhöht. Seine Feinde behaupteten, Picton sei reich geworden, indem er Negersklaven, die zur Zeit der Spanier ins Landesinnere geflüchtet waren, aufspürte und sie auf der Insel oder in Venezuela verkaufte; angeblich hatte ihm dabei ein spanischer Hauptmann geholfen, den er später umgebracht habe. Das klänge nach übler Nachrede, wüssten wir nicht von Antonio Vallecilla, dem Mann, der Manuel Gual vergiftete. Vallecilla hatte einen Trupp von Peonen rekrutiert, mit denen er Jagd auf entlaufene Negersklaven machte; er fuhr immer wieder aufs Festland und siedelte schließlich ganz nach Venezuela um.

Ein anderer Vorwurf lautete, Picton habe einem Waisenjungen sein väterliches Erbteil, nämlich fünfzehn Neger, abgenommen, und eine derartige Transaktion hatte es tatsächlich gegeben. Doch ist es gut möglich, dass die Neger beschlagnahmt wurden, weil ihr Unterhalt – es kostete mindestens vierzig Dollar im Jahr, einen Negersklaven zu halten – in den Jahren der Unmündigkeit des Waisenjungen nicht bezahlt worden war. Zwei spanische Kriegsgefangene beschwerten sich in London, man habe zur Zeit der Kapitulation Geld von ihnen erpresst, was Picton als Lüge abtat. Jemand anders behauptete, ihm sei Geld vermacht worden, das Picton jedoch behalten habe; Picton entschuldigte sich und schickte ihm das Geld zu.

Das Inventar seiner Besitzungen, Holz und sonstige Vorräte – darunter auch gepökelter Fisch für seine Neger – besorgte Picton durch illegalen Tauschhandel mit Schiffen aus den Vereinigten Staaten. Auf einen diesbezüglichen scharfen Brief aus

London antwortete Picton so, wie zweihundert Jahre zuvor jeder beliebige spanische Gouverneur geantwortet hätte: Er wolle seine Insel nur vor Not und Hunger bewahren. Handelsleute beklagten sich in London über die enormen Zölle, die sie in Trinidad entrichten müssten. Picton versprach, die Bücher zur Einsicht zu schicken, tat es dann aber doch nicht; sein Buchhalter sei »indisponiert«.

Für einen Kolonialgouverneur waren das harmlose Geschäfte, die nie eine Rüge oder gar Drohungen aus London nach sich zogen. Eine legitime Einnahmequelle für einen Gouverneur waren Gebühren. Picton schätzte, dass das Gouvernement Trinidads jährlich ungefähr zwölftausend Dollar an Gebühren einbrachte. Er behauptete zwar, er selbst nehme keine Gebühren ein, dies allerdings im Rahmen seiner Bitte um Gehaltserhöhung. Die Gebühren aus dem Auktionsamt beliefen sich auf fünfhundert Dollar im Monat. Billard war in Port of Spain direkt nach der Eroberung sehr populär, und jeder Billardtisch brachte Picton sechzehn Dollar im Monat ein.

Das alles hielt sich durchaus im Rahmen. Die Gebühren wurden nicht an die Regierung gezahlt, sondern an den zuständigen Beamten. Pictons Sekretär erhielt ein Gehalt von einer halben Guinee pro Tag, das durch Gebühren ergänzt wurde: einen Dollar für einen Pass zur Insel Grenada, sechzehn Dollar für ein Offizierspatent der Royal Trinidad Colonial Artillery, vierzig Dollar für eine Anwaltszulassung. Wenn ein Handelsschiff im Hafen vor Anker ging, erhielten alle Gebühren: der Einnehmer, der Marineoffizier, der Revisor, der Kolonialsekretär, die Zollprüfer, der Hafenmeister; selbst für den Offizier der Seefestung fielen ein oder zwei Dollar ab.

Der Aufseher des Gefängnisses von Port of Spain, ein Franzose mit dem für einen Gefängniswärter so passenden Namen Vallot, erhielt jedesmal eine Gebühr, wenn er einen Neger auspeitschen oder ihm – so die von Picton festgesetzte Strafe für entlaufene Negersklaven – die Ohren abschneiden musste. Vallot zog es vor, seine Gebühren vorher zu kassieren, denn es konnte immer etwas schief gehen. Einmal war ein Neger in dem

Moment, wo ihm das Messer ins Ohr schnitt, tot umgefallen; kein Besitzer hätte in solch einem Fall hinterher noch die Gebühr bezahlt. Vallot berechnete für jeden Neger, der im Gefängnis saß, zwei Bits pro Tag, ungefähr einen Shilling oder zwanzig Cents. Das deckte die Kosten der Verwahrung sowie der Verpflegung, die aus gepökeltem Fisch, gedörrtem Pferdefleisch und Brot bestand.

Ein freigelassener Neger aus Grenada kam auf der Suche nach Arbeit nach Trinidad. Er fand Arbeit, wurde jedoch nicht dafür bezahlt. Mit seiner wiederholten Forderung nach den ihm zustehenden siebzig Dollar wurde er seinem Brotherr irgendwann so lästig, dass dieser ihn ins Gefängnis stecken ließ, was ohne jegliche Formalitäten möglich war. Vallot hatte bald herausgefunden, dass der Neger frei und mittellos war und niemanden hatte, der die Gefängnisgebühren für ihn bezahlen würde. Und so erklärte Vallot ihn zu seinem Eigentum und verkaufte ihn, um sich für die fehlenden Gebühren zu entschädigen.

Rangniedere Beamten im Vergleich zu Vallot waren die *alguaziles*, die Polizisten. In Port of Spain gab es sechs von ihnen. Die Farbigen betrachteten diese Tätigkeit als entwürdigend; sie war denjenigen freien Negern vorbehalten, die keine Sklaven besaßen. Ein *alguazil* erhielt jedes Mal eine Gebühr, wenn er einen Neger dingfest machte, der die Ausgangssperre missachtete oder nach Einbruch der Dunkelheit ohne Licht unterwegs war; der Besitzer musste seinen Neger dann auslösen. Besonders gut verdienten die *alguaziles* an neuen Negersklaven, die sich abends vor das Haus ihres Besitzers zu stellen pflegten, um zu rauchen und dem Treiben auf der Straße zuzusehen. Die neuen Neger sprachen normalerweise nur eine der afrikanischen Sprachen; der *alguazil* tat so, als verstünde er die vorgebrachten Erklärungen nicht, nahm den betreffenden Neger fest und steckte ihn ins Gefängnis. Manche kreolischen Neger sprachen sich mit den *alguaziles* ab und ließen sich während des Ausgangsverbots auf der Straße festnehmen. Wenn sich der *alguazil* an die Abmachung hielt, gab er dem Neger einen Teil der für ihn gezahlten Auslösesumme. Allerdings zahlte der Neger seinen Preis dafür: Der Sklavenhalter war verpflichtet, seinen Sklaven nach der Auslösung mit fünfundzwanzig Peitschenhieben zu bestrafen.

Für einen Soldaten brachte der Friede gewisse Sorgen mit sich, und für Picton stellte er sogar eine Bedrohung dar. Bisher hatte Picton als britischer Gouverneur und Vertreter der britischen Macht in einer fremden Kolonie regiert. Nun, da Friede herrschte, kamen mehr und mehr britische Einwanderer nach Trinidad, teils von den anderen Inseln, teils aus England. Für Picton waren es Eindringlinge – der »Abschaum und Bodensatz Westindiens« –, insolvente Ladenbesitzer und Abenteurer aus Liverpool oder Lancaster. Er konnte nicht verhindern, dass sie kamen, aber er hielt sie von der Gouverneursresidenz fern. Man erzählte sich, dass Picton den einen oder anderen englischen Neuankömmling, der in der Gouverneursresidenz vorsprach, auf den Balkon oder das Aussichtstürmchen führte und ihm den Galgen zeigte. »Schauen Sie sich den Galgen dort drüben gut an, Sir! Denn wenn Sie sich nicht ordentlich benehmen, werden Sie hängen, darauf können Sie sich verlassen. Gehen Sie Ihren Geschäften nach und sehen Sie zu, dass mir keine Klagen über Sie zu Ohren kommen.«

Die Neuankömmlinge ihrerseits hatten einiges an Picton auszusetzen. Er stamme, so hieß es, »aus unbekanntem Elternhause irgendwo in den Waliser Bergen« und sei »unter Ziegen aufgewachsen«. Sein Bruder, ebenfalls Soldat, war am Kap der Guten Hoffnung wegen »Feigheit und Grausamkeit« unehrenhaft entlassen worden. Seine Schwester hatte einen Nordamerikaner geheiratet, »einen kleinen Händler und Hausierer namens Bette, der ursprünglich Schausteller oder Wanderschauspieler war«. Bette hatte Picton einmal in Trinidad besucht. Einen Skandal hatte dieser Besuch nicht verursacht, doch die Engländer machten ihn zum Gegenstand einer bösartigen moralisierenden Geschichte: Der »kleine Bette« sei sehr erstaunt über Pictons Lebensstil und den Titel »Exzellenz«

gewesen, »den kein Mitglied der Familie vor oder nach den Tagen des Caractacus [sic] je getragen«. Bette habe sich fehl am Platze gefühlt. Picton wiederum habe das beschämt, und eines Tages sei er eingeknickt und habe Bette gestanden, »als sie noch von zwanzig Pfund im Jahr in Wales gelebt« hätten, sei alles viel besser gewesen.

Pictons Königreich war bedroht. Doch am Anfang schien es ein rein persönlicher Konflikt zu sein; Pictons Barone hielten sich heraus.

Reisende fuhren inzwischen immer von Norden her in den Golf von Paria ein; sie sahen, was Kolumbus gesehen hatte. Der Orinoko, der Fluss aus Kolumbus' Garten Eden, schickte seine Fluten weit hinaus. Selbst jenseits des Drachensunds war das Wasser olivbraun vom Schlamm: ungleichmäßige Streifen, farblich abgestuft, aber klar erkennbar, die an den Rändern weiß schäumten. Der Reisende erblickte den südamerikanischen Kontinent als eine niedrige, durchgehende Bergkette in der Ferne. Dann tat sich eine Lücke in der Bergkette auf und der Kanal des Drachensund wurde sichtbar: zur Rechten Venezuela, zur Linken Trinidad.

Im Golf waren nach wie vor Indianer in ihren Pirogen unterwegs. Sie kamen aus Venezuela, das im Landesinnern noch in ihrer Hand war; auf Trinidad lebten die letzten Indianer in alkoholumnebelter Abgestumpftheit in den Missionssiedlungen. Weder rechts noch links des Kanals waren irgendwelche Anzeichen von Kultivierung zu sehen; die Vegetation befand sich noch im selben unberührten Zustand wie zu Kolumbus' Zeiten. Auf den Trinidad vorgelagerten kleinen Felseninseln, die von dichtem Grün überzogen waren, schnatterten die Affen.

Unter dem Gesang der Galeerenneger näherte sich der Reisende Port of Spain, vorbei am Tiefwasserhafen, wo der spanische General seine Schiffe in Brand gesetzt hatte, vorbei an den seichten Buchten, den Sümpfen. In der Nähe von Port of Spain gab es eine Reihe privater hölzerner Anlegestellen. Die Hauptmole war aus Stein und mit der alten spanischen Barbette-Batterie bewehrt. Die Straßen durchzogen Port of Spain wie ein Gitternetz. Die Stadt war sehr grün; durch die umliegenden Sümpfe und die Berge im Norden war das Klima heiß und ungesund. Ein Reisender bezeichnete die stickigen kleinen Holzhäuser einmal als »hervorragend dazu geeignet, Menschen bei lebendigem Leibe zu braten«.

Die Hitze wurde im Gefängnis zur Bestrafung genutzt; es gab dafür spezielle Zellen, die so genannten *câchots brulants*. In diesen dunklen, fensterlosen Räumen herrschten nie weniger als 40°C; die Gefangenen, die dort auf Bretter gekettet lagen, verfielen schnell und verloren schließlich den Verstand. Diese Räume waren von der Dachkammer des Gefängnisses abgesetzt, die ein »Durchgangsraum« und als solcher für weiße Gefangene von Rang reserviert war, die mehr zahlen konnten als die Gefangenen im unteren Teil. Sie war außerdem erst vor kurzem als Folterkammer ausgestattet worden, mit Hand- und Fußschellen, Ketten, Flaschenzügen und anderen Folterinstrumenten. Für den Gefängniswärter Jean-Baptiste Vallot hatte das einen Zuwachs an Arbeit bedeutet, sodass er sich einen Neger als Gehilfen gekauft hatte. Der Neger hieß Porto Rico; Vallot nannte ihn »Bourique«.

Das Gefängnis war immer voll. Die *alguaziles* waren habgierig, und wer keinen besonderen Schutz genoss, ob er nun schwarz war oder weiß, ob ein Neger, der gegen das Ausgangsverbot verstieß, oder ein »illuminierter« – das heißt, betrunkener – englischer Matrose, musste aufpassen, wo er hinging. Vallots Gefängnis, die Kaserne und Pictons Haus waren die drei wichtigsten Gebäude in Port of Spain. Im Gefängnis waren auch die Galeerenneger, deren Gesang die Reisenden hörten, und ihr Aufseher untergebracht; sie waren Eigentum der Stadt.

Es gab immer noch viele Spanier in Port of Spain, die meisten von ihnen gemischtrassig; sie bewahrten das venezolanische Flair der Stadt, die sich atmosphärisch deutlich von den französischen Plantagen abhob. Es gab Händler, Soldaten und geschickte Handwerker unter den Spaniern, doch waren sie weder so reich noch so gebildet wie die englischen Neuankömmlinge. Den Spaniern gehörten die Groghäuser in der Nähe der Gouverneursresidenz und Läden, in denen man Salz, Tabak und Bedarfsgüter der Peonen kauften konnte; die Läden, die feinere Waren, Stoffe und Weine führten, waren alle englisch. Nur wenige der Spanier konnten lesen. Spanisch war die Sprache der Straße und einiger offizieller Bekanntmachungen. Die ausgezeichnet gedruckte vierseitige Wochenzeitung *Courant* war in Französisch und Englisch verfasst. Die langen Berichte aus Europa waren normalerweise zwei Monate alt. Die Anzeigen betrafen größtenteils die Plantagen: Neger, Lastkarren und sonstige Gerätschaften wurden zum Verkauf angeboten, entlaufene Neger wurden beschrieben, oft als verstümmelt, einäugig oder »von der Peitsche gezeichnet«.

Der *Courant* erschien samstags. Sonntagvormittags exerzierte die weiße und die farbige Miliz. Ein reicher Mann konnte sich dem Exerzieren entziehen, aber die jungen Engländer, die als Kaufmannsgehilfen in den englischen Läden unter Kontrakt standen, mussten immer antreten. Diese Kaufmannsgehilfen verdienten zwischen hundert und zweihundert Dollar pro Jahr, und sie mussten ihre Uniformen selbst stellen. Wenn die Exerzierübungen vorüber waren, mussten sie wieder in die Läden zurück, denn sonntags war nicht geschlossen.

Im Gegensatz zu den Negern hatten die Kaufmannsgehilfen keine freien Tage. Doch genau wie die Neger starben auch sie jung; von hundert mittellosen Engländern, die nach Trinidad kamen, starben zwanzig bis dreißig innerhalb des ersten Jahres. Bei den Negern rechnete man damit, dass sie starben; sie fielen der hohen Arbeitsbelastung, der schlechten Ernährung und speziellen Negerkrankheiten wie dem *mal d'estomac* zum Opfer, das vom Erdeessen herrührte. Ein schottischer Flugschriftenverfasser, der Trinidad bereiste, erklärte, er habe diese Krankheit, ein Produkt tiefster Verzweiflung, auch bei Schotten aus den Highlands beobachtet, die sich in den Vereinigten Staaten in die Sklaverei verkauft hätten. In Trinidad war man jedoch der Ansicht, dass die jungen armen Weißen an ihren Lastern zu Grunde gingen.

Die in Port of Spain vorherrschenden Laster waren Billard, Alkohol und Sex. Damals und noch bis zur Mitte des 19. Jahrhunderts hieß es, »der Fluch der britischen Unterschicht« sei ihr »leidenschaftliches Wesen«. Der Rum, der einen halben Dollar bzw. ungefähr zwei Shilling pro Gallone kostete, verwandelte den Einwanderer rasch in ein »Festmahl für Ungeziefer, selbst von den Sklaven verachtet«, bis er »in irgendeiner Negerhütte seinen letzten Atemzug« tat. Die englischen Kaufleute tranken das, was sie von zu Hause gewohnt waren – Rotwein, Madeira, Portwein –, so wie sie auch weiterhin »im langen Rock aus feinem Wollstoff« ihre Mahlzeiten einnahmen. Es dauerte Jahre, bis sie akzeptierten, dass die leichte Kleidung der Franzosen und Spanier dem Klima eher angemessen und Madeira und Portwein für ein Essen mitten am Nachmittag nicht die richtigen Getränke waren. Allerdings hatte ihre Voreingenommenheit durchaus eine gewisse Berechtigung: Waren die englischen Kaufleute erst einmal so weit, dass sie den Rum akzeptierten, dann waren sie keine Vetreter der englischen Mittelschicht mehr, sondern selbst zu Westindern geworden, kulturell neutral und klassenlos in einer Gesellschaft, die für ein Klassensystem zu primitiv war.

Und dann der Sex. Der frisch eingetroffene Europäer sah sich sofort nach einer Mätresse um, »vom schwarzen, gelben oder kupferbraunen Schlage«. Fand er an einer Negerin Gefallen, verhandelte er mit ihrem Besitzer, war es eine freie Farbige, so verhandelte er mit deren Mutter. Freie Mulattinnen fungierten als Vermittlerinnen, und auch das beste Bordell in Port of Spain wurde von einer Mulattin betrieben, einer gewissen Mrs. Perry; es nannte sich »The British Coffee House«. Dem schottischen Flugschriftenverfasser zufolge, von dem diese Informationen stammen, waren sämtliche Schänken in Port of Spain Bordelle. Die einzige echte Schänke wurde von einem »achtbaren kleinen Schotten aus den Highlands geführt, einem gewissen McKay. Eine solch abgrundtiefe Verderbtheit herrscht jedoch in Westindien, dass ihm, allein deshalb, weil er kein Assortiment an öffentlichen Mädchen im Hause hat, keinerlei Unterstützung zuteil wird.«

Port of Spain war für die Schönheit seiner Mulattinnen bekannt. Fünfundzwanzig Jahre später erläuterte ein englischer Reisender, wie es dazu kam. »Das französische und das spanische Blut scheinen sich harmonischer und erfolgreicher mit dem Blut der Neger zu vermischen als unser britisches. Wir verzehren zu viel Rindfleisch und trinken zu viel Porter für eine wahre Vereinigung mit dem tropischen Saft, der in den Adern der Schwarzen fließt; deshalb weisen unsere Mulattinnen eher die Hautfarbe sehr schmutziger weißer Frauen auf als das kräftige orientalische Olivbraun, das die hochmütige Nachkommenschaft des französischen oder spanischen Halbblutes auszeichnet. Was Gang und Gebärde, Haltung und Figur betrifft, so kann man die schönsten Frauen der Welt an einem Sonntag in Port of Spain bewundern.«

Ohne dass seine französischen Freunde auf Trinidad oder auch seine späteren Ankläger in London dem viel Bedeutung beigemessen hätten, lebte Picton schon seit einiger Zeit offen mit einer freien Mulattin zusammen, Mrs. Rosette Smith. Für den schottischen Flugschriftenverfasser war sie die *aspera et horrenda virgo* der Gouverneursresidenz. Picton hatte ihr den Liefervertrag für die Brennstoffversorgung der Garnison geschenkt, ein Flitterwochengeschenk, wie der Schotte es nannte: »Nimm diese Kleinigkeit an, Liebling. Vom Gewinn kannst du dir Schmuck und Zierrat kaufen.«

Es gab auch einen Mr. Smith. Von ihm ist nur bekannt, dass er seiner Frau Geld schuldete; allein diese Tatsache macht Rosette zu einer Glücksritterin von Format. Über Rosette wissen wir kaum mehr als ein paar Klatschgeschichten. Ihr Aussehen wird nie erwähnt. Wahrscheinlich war sie schön. Angeblich hatte sie einen Teil des Geldes bekommen, das Picton mit den entlaufenen Negersklaven verdient hatte. Gegen eine gewisse Gebühr konnte sie Männer ins Gefängnis werfen lassen, gegen eine andere Gebühr sie aus dem Gefängnis holen. Sie nahm sich in Läden, was ihr gefiel, ohne zu bezahlen; insbesondere englisches Spielzeug. Zweimal in der Woche gab sie einen

Nachmittagsempfang, zu dem, nicht zuletzt weil Picton darauf bestand, die gesamte feine Gesellschaft von Port of Spain erscheinen musste.

Die Engländer sahen ihre Chance gekommen, Rosette zu demütigen, als diese sich bereit erklärte, das Haus von Mrs. Griffiths zu kaufen, einer langjährigen Einwohnerin von Port of Spain, die vierzehn Jahre zuvor zusammen mit ihren »beiden liebenswürdigen Töchtern« unverhofft im Mittelpunkt der durch Captain Vaughan und die *Alarm* ausgelösten Krawalle gestanden hatte. Die Bedingungen waren bereits ausgehandelt. Rosette sollte dreihundert »Joes« für Mrs. Griffiths' Haus bezahlen, ungefähr hundertzwanzig Pfund. Sie bot eine junge Negerin und fünfundzwanzig Joes als Teilzahlung. Sie besaß zwar noch weitere Neger, wollte diese jedoch behalten, deshalb versprach sie, den Rest zu bezahlen, sobald sie das Geld erhielt, das Mr. Smith ihr schuldete. Mrs. Griffiths unterzeichnete eine Art Vertrag.

Doch dann behauptete Mrs. Griffiths, sie habe überhaupt nichts unterschrieben; sie wisse nicht, was sie unterschrieben habe; Rosette habe sie übers Ohr gehauen. Sie weigerte sich, das Haus zu verlassen. Rosette beschwerte sich beim Obersten Richter des *cabildo*. Er war Ire und hatte schon früher einmal Ärger mit Rosette gehabt, als sie wie eine königliche Herrschaft die Erhängung eines irischen Fischers verlangte, weil dieser ihr eine frisch gefangene Schildkröte nicht schenken wollte. Jetzt sagte der Oberste Richter, er könne nichts tun. Angeblich reagierte sich Rosette in der Gouverneursresidenz an Picton ab.

»*Vou pa kalé entré dans couche à moi, jusqu'à tan moi dans case à Mistress Griffith.* Sie kommen nicht in mein Bett, bis Sie mich in Mrs. Griffiths' Haus gebracht haben.«

Picton bestellte den Obersten Richter ein, schimpfte ihn einen Kriecher und entließ ihn. Außerdem gab er Befehl, eine Kompanie schwarzer Soldaten solle das Haus umstellen und verhindern, dass irgendjemand oder irgendetwas hineingelangte. Die Soldaten schmähten Mrs. Griffiths und ihre Töchter und randalierten die ganze Nacht. Als Mrs. Griffiths sich beschwerte, kündigten sie an, am nächsten Tag werde das gesamte Regiment anrücken. Rosette stand draußen und drohte, die Soldaten bis aufs Blut auspeitschen zu lassen, wenn sie jemanden ins Haus ließen. Erst ging das Wasser aus, dann gab es keine Kerzen mehr. Ein Militärarzt, der mit einer der Töchter verlobt war, wurde erwischt, als er versuchte, einen Kessel heißes Wasser ins Haus zu schmuggeln. Eine Mulattin, eine Nachbarin, versuchte ein paar Orangen hineinbringen zu lassen; Rosette ging zu ihr und verwarnte sie. Nach fünf Tagen übergab Mrs. Griffiths das Haus an Rosette.

Und so wuchs unter den Engländern die Legende um Picton. Diese Legende reichte bis zu seinen ersten Tagen auf der Insel zurück. Immer wieder erzählte man sich die Geschichte von Gallagher, dem Soldaten, der ohne Gerichtsverhandlung wegen Vergewaltigung erhängt worden war. Picton und Gallagher, so hieß es, hatten sich in einem Bordell um eine Hure gestritten. Eine Mulattin, deren Preis »ein Portugaleser« war, wusste von dem Streit; Picton zu Gefallen behauptete sie später, Gallagher habe sie vergewaltigt und ihr ein Taschentuch gestohlen.

»*Ly pa kalé volo mouchoie à toi enco*«, sagte Picton. »Er wird dir kein Taschentuch mehr stehlen.«

Er ließ Gallagher festnehmen und fragte ihn: »Hast du die Sonne aufgehen sehen?«

»Ja«, sagte Gallagher.

»Du wirst sie nicht mehr untergehen sehen.« Gallagher wurde gehängt.

Dies war der Stoff, über den sich die Engländer empörten: ein Ausschluss aus der Gouverneursresidenz, schwarze Soldaten, die eine Witwe beschimpften, die zu Unrecht erfolgte Erhängung eines Soldaten. Die Neger in Vallots Gefängnis, die Erde essenden Neger, die am *mal d'estomac* starben – das schien woanders stattzufinden.

Nach wie vor kamen englische Einwanderer nach Trinidad. Ein französischer Reisender vermerkte, die Kaufleute unter ihnen, die kämen, weil sie in Port of Spain das neue Eldorado sähen, böten »ein interessantes und manchmal auch komisches Schauspiel«. Sie landeten in vollem englischem Staat, doch für tropische Abenteuer gerüstet. Auf der Schulter trugen sie Gewehre. Hinter ihnen marschierten ihre Neger mit Musterkoffern, Zelten, Wachstuchplanen. Sich selbst genug, ignorierten sie die örtlichen Gepflogenheiten und erhielten den Apparat ihres häuslichen Lebens in England vollständig aufrecht, während sie zugleich heimlich ernste Gespräche über ihre Aussichten führten, mit den Fremden, die sie hassten und deren Bräuche sie ignorierten, Handel zu treiben. Vielen von ihnen gingen Bankrott. In Unkenntnis der spanischen Gesetze, die die Schuldner schützten, konkurrierten die englischen Kaufleute in jenen frühen Tagen darum, Franzosen und Spaniern Geld zu leihen, das diese nie zurückzuzahlen gedachten.

Die Engländer waren grotesk, weil sie fremd und neu waren und unter sich blieben; der französische Reisende fand, sie begäben sich durch »diese unsoziale Einstellung auf das Niveau halbzivilisierter asiatischer Völker«. Die Engländer waren auch deshalb grotesk, weil sie abenteuerlustiger und begabter waren als die Menschen, in deren Mitte sie lebten. Die Venezolaner hatten ihre »Kakao- und Tabakbarone«. Die Franzosen hatten ihre Aristokratie der hundertachtundzwanzig Farbabstufungen. Die Engländer waren »neue Männer« mit konkreten Gaben. Sie führten auf den Zuckerplantagen Trinidads Dampfmaschinen ein; sie sprachen von einem Kanalsystem zur Erschließung des Landesinneren. Der englische Herausgeber des *Courant* war ein Druckermeister von beachtlicher Bildung und ebensolchem literarischen Stil; seine Zeitung war fast zu gut für Port of Spain.

Die Engländer waren noch keine Kolonisten, sie waren nach wie vor ein Teil Englands. Ihr Handeln wurde noch von komplexen Triebkräften bestimmt, und die Kolonie stellte in gewisser Weise eine Befreiung für sie dar. Englische Handwerker nahmen die Praxis des Duellierens auf: »Je niedriger der Stand der Duellanten, desto blutiger verliefen ihre Begegnungen.« Und der Kampf der Engländer gegen Picton ging über Klatsch bald weit hinaus und entwickelte sich zu einer Art Fortsetzung der in England betriebenen politischen Agitation. Die englischen Einwanderer forderten Rechte; es war die Rede davon, an Zeitungen und Anwälte in London zu schreiben. Sie wollten eine britische Verfassung auf Trinidad. Sie planten eine Petition. Sie kündigten eine öffentliche Versammlung an.

Eine britische Verfassung bedeutete mehr, als das Wort an sich nahe legte. Sie stand für britische Herrschaft auf Trinidad. Sie bedeutete die Entrechtung nicht nur der freien Farbigen, sondern auch der französischen Pflanzer, der Barone Pictons. Die Engländer waren kein bisschen komisch. Ihr Kampf gegen Picton war keineswegs persönlich; sein Königreich war gefährdet. Und die Engländer waren bloß eine der Gefahren.

Die Sklavengesellschaft hatte ihre eigenen Witze. Die junge Negerköchin lässt das sonntägliche *calalu*, ein schleimiges Gemüsegericht, anbrennen. Ihre französische Herrin befiehlt, sie *à quatre piquets* auszupeitschen, nach der »Vier-Pfosten-Methode«, die die Franzosen bevorzugten. Das Mädchen wird ausgezogen und mit gespreizten Extremitäten bäuchlings auf den Boden gelegt, Handgelenke und Knöchel an vier Pflöcken festgebunden. Ihre Herrin steht daneben und raucht eine Zigarre.

Bei jedem Peitschenhieb schreit das Mädchen: »*Aie, aie, madame! Ça ka brulé dos moué!* Das brennt auf meinem Rücken!«

»Eh bien, ma fille«, antwortet daraufhin die Herrin, »*pour chi ou brulé calalou moué?* Warum hast du auch mein *calalu* anbrennen lassen?«

Einmal peitschte Vallot den freien Neger, den er an Stelle der Gefängnisgebühren in Besitz genommen hatte, bis diesem die Haut in Fetzen vom Rücken hing. Ein teilnahmsvoller Mitgefangener, ein begüterter Mulatte, sprach hinterher mit dem blutenden Mann.

Der Neger sagte: »*Gubnah da one debble, de jaila da he broder, and de jail da hell. When jaila say, hang um, Gubnah say teek de rope.* Der Gouverneur ist ein Teufel, der Wärter sein Bruder, und das Gefängnis ist die Hölle. Wenn der Wärter sagt: Häng ihn, sagt der Gouverneur: Nimm das Seil.« »Dieses Humoristikum«, so berichtet der Mulatte in der gewählten Sprache, derer sich die begüterten Mulatten bedienten, »erregte meine Heiterkeit.« Er gab dem Mann einen Dollar.

Selbst das Erdeessen und der *mal d'estomac*, an dem viele Neger starben, waren Gegenstand obszöner Epigramme. Den Selbstmord von Negern allerdings fanden die französischen Pflanzer nicht zum Lachen. Vor Selbstmord und vor Gift empfanden sie ein geradezu religiöses Grauen. Selbstmord, Gift, Hexenkunst; ein ganzes *atelier* von Negern in Raserei; die Peitschen und Ketten der Aufseher nutzlos; die geheimen, harmlos scheinenden Worte – *ah, c'est bien dommage*, zum Beispiel; die Flammen, die Nacht der Rache: das Schreckgespenst des Herrenhauses. Beim ersten Anzeichen einer bestimmten Art von Stille unter seinen Negern führte sich manch ein französischer Pflanzer auf, als stünde er im Banne ebenjener Hexerei, vor der er sich so fürchtete.

1794 waren auf der Coblenz-Plantage im Norden von Port of Spain hundert Neger durch Gift gestorben; die Besitzung wurde dem Verfall preisgegeben. Im Oktober 1801 erwarb Baron de Montalembert die Hälfte der Plantage und stattete sie mit hundertvierzig bewährten Negersklaven aus. Im ersten Monat starben hundertzwanzig von ihnen in Gruppen von sechzig, vierzig und zwanzig. Ungefähr zur gleichen Zeit wurden auch auf St. Hilaire Begorrats Besitzung in Diego Martin, westlich von Port of Spain, Neger vergiftet. Man gewann den Eindruck einer Verschwörung, als lehnten sich die Neger gegen die Autoritäten auf. Montalembert war ein Neuling, aber Begorrat war Pictons engster Freund und zudem in diesem Jahr Friedensrichter.

Begorrat kam aus Martinique und war einer der ersten französischen Einwanderer auf Trinidad gewesen. Er war der Pflanzer, dem Picton direkt nach der Kapitulation mit dem Galgen gedroht hatte, weil er einen republikanischen Unruhestifter in ihm sah. Hinter Begorrats Republikanertum hatte jedoch letztlich bloß der Wunsch gestanden, ohne staatliche Einmischung schalten und walten zu können, und es hatte sich längst in Wohlgefallen aufgelöst. Er war ein ziemlich gebildeter Mann, präzise, von klarem Verstand und trockenem Humor, der lebende Gegensatz zu Picton, und mittlerweile ergänzten sich die beiden hervorragend. Begorrat wusste besser über den Umgang mit Negern Bescheid als jeder andere auf der Insel. Er hatte die Sklavenkolonie für Picton organisiert; in allen Fragen, die Neger betrafen, wandte sich Picton an ihn.

Jetzt zeigte Begorrat, was er konnte. Er ließ einen seiner toten Neger in Gegenwart der übrigen, versammelten Sklaven aufschneiden, und dann suchten er und der Arzt nach Spuren von Gift. Diese finstere Aktion verfehlte ihre Wirkung auf die Giftmörderin nicht. Wie sich zeigte, handelte es sich um eine Krankenschwester aus dem Plantagenspital, die Thisbe hieß. Ohne dass man sie angeklagt hätte, lief sie zu einem Pflanzer in der Nachbarschaft und bat um Hilfe. Er ließ sie zurückbringen. Begorrat rief einige Pflanzer zusammen, die Thisbe verhörten. Sie log und verwickelte sich in Widersprüche.

»Um den ersten Moment der Angst zu nutzen und ihr keine Zeit für Überlegungen zu lassen«, schrieb Begorrat später, »befahl ich, sie ungefähr zwei Sekunden lang an den Handgelenken zehn bis fünfzehn Zentimeter über dem Boden aufzuhängen, was bewirkte, dass sie ihr Vergehen sofort gestand und die Namen all ihrer Komplizen nannte.«

Picton war dafür, die angeklagten Neger sofort vor Gericht zu stellen. Begorrat fand jedoch, man solle systematisch an die Sache herangehen. In diesen Dingen, so sagte er später, handle er gern »mit Feingefühl«. Er schlug vor, die Neger ins Gefängnis zu bringen, sie dort fünf oder sechs Tage in Einzelhaft zu verwahren und dann zu verhören. Picton war einverstanden. Alle unter Verdacht stehenden Neger von Begorrats und Montalemberts Besitzungen sowie alle weiteren Neger, die man für moralisch verdorben hielt, wurden ins Gefängnis gesteckt. Insgesamt waren es zwanzig. Einige legte Vallot in Eisen, andere kettete er an, wieder andere sperrte er in die *cachots brûlants*, schließlich schloss er einige mit den Füßen in den Stock. Ein paar Tage später wurden die Neger von einem Franzosen aus Martinique verhört, der dort in diversen Giftmord-Kommissionen gesessen hatte. Er empfahl, die Neger vor Gericht zu stellen, und Picton berief sieben Pflanzer zu Richtern, darunter auch Begorrat. Sie tagten in einem Raum im Gefängnis. Der Prozess kostete sie viel Zeit, doch sie nahmen kein Geld dafür – zum Zeichen ihrer Großzügigkeit, wie Begorrat sagte. Später wurde in London vor Gericht behauptet, drei oder vier der Neger seien nach allen Regeln der Kunst gefoltert worden. Doch Begorrat bestritt das; nur eine Person sei gefoltert worden, und zwar Thisbe, die Negerin aus dem Spital.

Im November 1801 tagte die Giftmord-Kommission zum ersten Mal. Anfang Dezember trafen sich die zänkischen englischen Einwanderer in einer Schänke, um über ihre Petition für eine englische Verfassung zu diskutieren. Sie gerieten bald in Streit. Wie sich herausstellte, waren die Männer, die die Petition vorbereitet hatten, Radikale vom Londoner Schlag; ein besonders kämpferischer Mann prahlte sogar, er habe Verbindungen zur Corresponding Society. Die meisten der Kaufmannsgehilfen unterzeichneten die Petition. Die respektableren Einwanderer dagegen unterschrieben nicht; England war ihnen immer noch so nah, dass sie vor Londoner Radikalen mehr Angst hatten als vor Picton. Der schon etwas ältere englische Schankwirt sagte, ihm seien »beim Mischen der Getränke einige hitzige Wortwechsel ans Ohr gedrungen«.

Ein Kaufmann meinte, seiner Ansicht nach handele es sich um eine »Intrige zu unheilvollem Zwecke«. Ein Colonel der Miliz verließ die Versammlung, weil er nichts mit »Leuten von solch niederem Stande« zu tun haben wollte. Wieder ein anderer besann sich anders, weil er bei dem Treffen sah, dass nicht genügend »Männer von Erfahrung und Wissenschaft« versammelt waren, um eine britische Verfassung realisieren zu können. Zum Schluss blieben nur noch sechs oder sieben Männer übrig. Sie beschlossen, einen weiteren Versuch zu unternehmen; in vierzehn Tagen sollte ein öffentliches Dinner stattfinden, und bis dahin würde die Petition in Highhams Laden zur Unterschrift ausliegen.

Picton, wider Erwarten gestärkt, verbot das Dinner und drohte, es mit Gewalt auflösen zu lassen, falls es doch stattfand. Er ordnete Ermittlungen gegen alle Unterzeichner der Petition an. Der Oberste Richter und der *escribano* waren den ganzen Tag unterwegs und nahmen eidliche Aussagen auf. Ein oder zwei der Kaufmannsgehilfen blieben standhaft. Der alte Schankwirt sagte, er habe der Sache kaum Beachtung geschenkt, und unterschrieben habe er nur wegen des zusätzlichen Geschäfts. Doch der legale Anschein der Ermittlungen, in denen ein unzuverlässiger irischer Richter die Fragen stellte, begleitet von einem spanischstämmigen *escribano*, der sich unaufhörlich Notizen auf Spanisch machte (er bekam für jede eidliche Aussage eine Gebühr und stellte das Schreiben sowie das Papier zusätzlich in Rechnung), ließ die Schreckensbilder der unbekannten »spanischen« Gesetze der Insel – Inquisition, Streckfolter, Scheiterhaufen – plötzlich reale Gestalt annehmen. Bei vielen reichte das aus, um sie zum Widerruf zu bewegen. Mr. Winterflood fügte sich unmittelbarerem Druck. Er war Revisor bei der Zollbehörde; ein Handelsschiff konnte ihm bis zu zwanzig Dollar Gebühren einbringen. Picton erklärte, wenn er Mr. Winterfloods Namen unter der Petition entdecke, werde er ihn ruinieren. Mr. Winterflood hatte vier verwaiste Neffen, für die er sorgen musste. Er eilte zu Highams Laden und bat Higham, seinen Namen zu streichen. Als dieser der Bitte entsprach, dankte ihm Mr. Winterflood »mit Tränen in den Augen«.

Man fand nur wenig, das sich gegen die Rädelsführer verwenden ließ, doch es reichte. Einem von ihnen war auf einer anderen Insel »der Rock vom Rücken gerissen worden«. Öffentlich misshandelt zu werden galt als Schmach, von der man sich nur durch Flucht befreien konnte. Die Unehrenhaftigkeit ebendieses englischen Radikalen, der nach Trinidad geflüchtet war, wurde abermals und noch deutlicher belegt, als ein französischer Adliger ihn öffentlich mit dem Stock züchtigte, weil er »etwas Unehrliches getan hatte«; ein Korse hatte es gesehen.

Dr. Sanderson, der Mann von der Corresponding Society, der sich bei der Versammlung in der Schänke fast mit einem respektablen Kaufmann geprügelt hatte, war laut einem anderen Engländer »ein Taugenichts«. Doch der Einzige, der etwas Konkretes gegen Sanderson vorzubringen hatte, war Vallot, der Gefängniswärter. Vallot überraschte in dieser Hinsicht immer wieder. Er nahm seine Gebühren und tat seine Arbeit, peitschte mit oder ohne besondere Finessen Neger aus, schnitt hier ein Paar Ohren ab, brannte dort ein Zeichen in eine Wange, setzte einen Neger in den Stock oder überprüfte einen *cachot*. Doch seine scheinbare Teilnahmslosigkeit täuschte. Es ging ihm nicht darum, Schmerzen zuzufügen; er konnte von sich behaupten, wie er es später auch tat, dass er nie wisse, ob er eine Foltermethode hart oder weniger hart anwandte.

Doch Vallot urteilte. Und von Sanderson hielt er nichts. Sanderson mochte ein Radikaler sein, aber »der unter Eid aussagende Zeuge ist der Ansicht, dass Dr. Sanderson ein sehr unbarmherziger Mensch und schlechter Sklavenhalter ist«. Sanderson, dessen Besitzung ohnehin kaum der Rede wert war, hatte einen seiner wenigen Neger mit der Peitsche ins Gesicht geschlagen; das gefiel Vallot nicht. Und dann war da noch das Negermädchen, das sich über Sanderson beschwert hatte. Ihre Behauptung, misshandelt worden zu sein, war belegt; man hatte ihm das Mädchen weggenommen und es im Gefängnis untergebracht. Es ging ihr sehr schlecht. Vallot kaufte manchmal einen der geschwächten Neger in seinem Gefängnis als Spekulationsobjekt, aber dieses Mädchen war zu krank. Vallot bat Sanderson, sie auszulösen. Sanderson erwiderte, sie gehöre jetzt der Regierung und gehe ihn nichts mehr an. Zwei oder drei Tage später starb sie.

Ein Radikaler, der Sklaven besaß. Den englischen Radikalen erwartete auf Trinidad jähe intellektuelle Verwirrung, und Picton erregte sich ganz besonders über jene, die ihre »vorgetäuschte Menschlichkeit nur auf den Lippen tragen, ohne dass ihr Herz davon bewegt würde«.

Die Radikalen waren diskreditiert, die Petition war gescheitert. Doch es blieb eine rein englische Angelegenheit. Ein korsischer Pflanzer, der hörte, dass in Highams Laden ein wichtiges Dokument zur Unterschrift auslag, ging hin, um zu unterschreiben. Higham teilte ihm mit, Ausländer seien nicht zugelassen, »woraufhin der Zeuge den Laden verließ«. Bald allerdings musste die Petition versteckt werden. Higham verbrachte einen Tag und eine Nacht im Gefängnis; außerdem entzog man ihm und einem seiner Freunde das Miliz-Offizierspatent. Das Dinner fand nicht statt.

Während dieser ganzen Zeit tagten im Gefängnis immer wieder die sieben Pflanzer der Giftmord-Kommission. Die Neger wurden aus ihren Zellen geholt, verhört und wieder ihrem jeweiligen Gewahrsam zugeführt. Sie lebten von Wasser und Kochbananen.

Die Pflanzer erstatteten Picton regelmäßig Bericht. Sie erzählten ihm von einem Neger namens Aubinot, der ihrer Erfahrung nach als besonders gefährlich gelten musste. Aubinot war ein Meister der Zauberei und der Weissagung; auf Mr. Ladevezas Besitzung hatte er eine Reihe von Negern mit Hilfe einer vergifteten Peitsche getötet. Man habe ihn ausgiebig befragt, doch habe er womöglich noch mehr zu sagen, daher solle er gefoltert werden. Picton gab Vallot Bescheid. Nachdem Aubinot oben in der Dachkammer gefoltert worden war, brachte man ihn wieder herunter und band ihn an seinen Pfosten, die Füße in einem eisernen Stock.

In einem *cachot brûlant* saß ein anderer gefährlicher Neger, ein Hexer namens La Fortune. Er hatte Krankheit unter den Negern verbreitet und besaß »gefährliche Verbindungen zum Teufel«. Er hatte versucht, sich das Leben zu nehmen, um der Haft zu entgehen: ein weiterer schwerwiegender Anklagepunkt gegen ihn. Im *cachot* war er körperlich und geistig verkommen. Er konnte nicht mehr stehen. Er wurde wiederholt verhört. Zwei der Gefängnisneger mussten ihn herbeischleifen und ihn stützen, während er vor dem Tribunal stand.

Begorrat hatte Thisbe, die Krankenschwester von seiner eigenen Plantage, mehr schlecht als recht selbst gefoltert. Er behauptete, sie habe alles gestanden, doch dieses Geständnis konnte nicht berücksichtigt werden. Man brachte sie in die Dachkammer und folterte sie erneut. Vallots Assistent, Porto Rico, übernahm den anstrengenden Teil der Arbeit und zog am Seil. Sie gestand abermals. Trotz ihrer Schwellungen und Brüche weigerte sie sich jedoch beharrlich, ihren Mann zu verdammen. Diese Art von Sturheit, die nahe legte, dass unter den Negern übernatürliche Kräfte walteten, fürchteten die französischen Pflanzer ganz besonders.

Das Gefängnis als Ort des Schreckens: anders war es gar nicht denkbar. Die Pflanzer der Kommission wappneten sich beim Betreten des Gefängnisses gegen die Folter, die Geständnisse, die verfallenden Körper, als handele es sich um die Finsternis Afrikas, die sie zu überwältigen drohte. Ein Pulver, aus dem Insekten erwuchsen, die eine ganze Plantage verwüsten konnten; geheime Zauber, die das Zuckerrohr zerstörten; Geld, das sich in Mist verwandelte; Neger, die unter Krämpfen starben; das Ende der Welt in einem Inferno aus Blut und Flammen.

Picton konnte sich nicht mehr entziehen. Mochte er auch anführen, dass er nach wie vor Soldat war, dass das Scheitern der Revolution nicht ihm anzulasten war, dass er anderweitige Ziele hatte – Trinidad war sein Werk. Und genau wie die Pflanzer im Gefängnis konnte auch er kein Risiko eingehen. Am 23. Dezember, als die Giftmordkommission gerade an der Arbeit war, brachte ein *alguazil* vom Land einen angeblich entlaufenen Neger. Die beiden englischen Einwanderer, die den Neger gemeinsam besaßen, eilten nach Port of Spain, um sich für ihn zu verwenden. Er sei nicht davongelaufen, er sei bloß beleidigt gewesen und habe sich »auf der Plantage versteckt«, statt sich in den Wald zu schlagen, wie es die Ausreißer sonst taten. Doch Picton ließ Vallot seines Amtes walten. Vallots Messer sank in das Ohr des Negers; das Blut spritzte, der Neger fiel tot um.

Außerhalb des Gefängnisses schien die Stadt friedlich. Jeden Abend ungefähr um die Zeit, wenn von der Seefestung die Abendkanone abgefeuert wurde, ging Picton spazieren. In dem spanischsprachigen Viertel rund um die Gouverneursresidenz kamen Neger, Mulatten und Spanier heraus und hielten vor der Tür ein Schwätzchen oder gingen an einem der Verkaufsstände der Neger in der Nähe des Greenmarket oder in einem der spanischen Schnapsläden etwas trinken. Der Schnaps- und Kramladen in der Nähe der Gouverneursresidenz gehörte einem Spanier namens Rodriguez. Dort nahm am 7. Dezember bei Sonnenuntergang eine Intrige ihren Ausgang.

Luisa Calderon kam in den Laden. Sie kaufte nichts. Sie blieb ein bisschen dort und unterhielt sich mit Rodriguez' Frau. Luisa war ungefähr vierzehn, die jüngste von drei Töchtern einer aus der Sklaverei entlassenen venezolanischen Mulattin. Seit fast zweieinhalb Jahren war sie – gegen das Eheversprechen, wie ihre Mutter behauptete – die Haushälterin und Mätresse eines Händlers namens Ruiz, eines Mulatten. Es wäre eine gute Heirat für Luisa gewesen. Ruiz hatte als Verkäufer in einem spanischen Laden ganz klein angefangen und sich eine eigene Existenz aufgebaut. Er hatte Pictons Gunst gewonnen und belieferte die Garnison mit frischem Fleisch; er handelte mit Vieh und Maultieren vom Festland, und in seinem Laden, der direkt gegenüber der Gouverneursresidenz lag, verkaufte er Salz und Tabak. Er war erfolgreich, zumindest nach dem Maßstab der spanischen Mulatten. Er besaß drei Neger – wenn auch nicht von bester Qualität –, zwei Häuser sowie Maultiere und Karren.

Jeden Abend um die gleiche Zeit verließ Luisa Ruiz' Haus und Laden und ging zu ihrer Mutter. Dass sie sich länger in Rodriguez' Schnapsladen aufhielt, war ungewöhnlich. Sie bat Rodriguez' Frau, einen kleinen Spaziergang mit ihr zu machen, nur bis zur Brücke. Doch Rodriguez' Frau sagte, sie könne nicht. Luisa blieb noch ein wenig. Dann kam Carlos Gonzalez. Rodriguez lud ihn ein, sich zu setzen. Carlos sagte, er habe zu viel zu tun. Carlos war ein in Venezuela geborener sechsunddreißigjähriger Mulatte, der mit seiner Frau in Port of Spain wohnte. Auch er war Händler, ein vermögender Mann. Rodriguez fragte ihn nach seinem neuen Schoner, der im Hafen lag. Mit dem sei alles in Ordnung, erwiderte Carlos.

Luisa verließ das Geschäft. Carlos ging ebenfalls. Vor Ruiz' Laden holte er sie ein, und sie unterhielten sich kurz. Dann betrat sie den Laden. Er ging ein Stückchen weiter die Straße entlang, grüßte geistesabwesend ein paar Leute vor einem Haus, drehte um und ging zurück. Auf der dem Meer zugewandten Seite von Ruiz' Laden gab es einen schmalen Gang, der zur Straße hin offen war. Carlos trat in den Gang und »tat, als lasse er Wasser«. Ein Neger und eine Negerin kamen auf der Straße vorbei. Die Frau rief ihm zu, dort würde »normalerweise Küchengerät abgestellt«. Carlos ging tiefer in den Gang hinein, »immer noch vorgebend, er lasse Wasser«, bis er vor der Seitentür stand. Luisa öffnete.

Vielleicht trat Carlos ein, vielleicht auch nicht; er behauptete später, er sei nicht eingetreten, weil Luisa ihm gesagt habe, dass Ruiz gleich komme. Carlos machte sich auf den Weg nach Hause, nahm aber einen Umweg über die Lagerhäuser am Ufer. Wenig später hörte er – überall liefen Neger herum und verbreiteten die Neuigkeit –, dass man Ruiz zweitausend Dollar in Hartgeld geraubt hatte.

Als Carlos zu Ruiz' Laden kam, hatte sich dort ein Menschenauflauf gebildet. Auch Picton war da. Als er von seinem Abendspaziergang zurückgekommen war, hatte Ruiz sich bei ihm beschwert. Ein bettlägriger Mann im Nachbarhaus sagte, er habe gehört, wie jemand die Seitentür öffnete, und dann habe es geklungen, als breche jemand eine Truhe auf. Picton ging. Carlos, der zweifellos froh war, mit Ruiz über ein neutrales Thema sprechen zu können, fragte, ob Ruiz seine Neger überprüft habe. Ruiz bejahte das. Doch gegenüber Picton hatte Ruiz bereits Luisa und eine weitere Person, einen Mann, beschuldigt. Und zu gegebener Zeit sollten auch Beweise vorliegen: Aus der Seitenwand würden einige Bretter herausgebrochen sein. Ruiz' Neger erklärte, er habe nur die aufgebrochene Truhe gesehen, doch er war ein Neger und noch dazu als Dieb bekannt – genau aus diesem Grunde hatte Ruiz ihn billig bekommen –, und so gab niemand etwas auf seine Aussage.

Am selben Abend brachte man Luisa Calderon zu Picton. Er befragte sie unten in der Eingangshalle. Rosette war auch dabei, sagte aber nichts. Picton drohte, wenn Luisa nicht gestehe, werde er den Henker Ludovigo kommen lassen – einen englischsprachigen Neger, der eigentlich William Payne hieß –, damit er »Hand an sie legte«. Ludovigo werde ihr das Geld schon »entlocken«. Luisa hatte nichts zu sagen. Sie und ihre Mutter – die draußen auf der Straße stand und die Befragung mithörte – wurden von vier Soldaten abgeführt und in der Frauenabteilung des Gefängnisses untergebracht. In dieser Nacht wurden sie nicht in Eisen gelegt.

Am nächsten Tag kaufte Ruiz, obwohl er doch gerade zweitausend Dollar verloren hatte, zwei Ladungen Vieh und Maultiere. Picton, der mit den Einwanderern und ihrer Petition beschäftigt war, bekam das nicht mit, und Begorrat, der als Friedensrichter den Fall Luisa Calderon übertragen bekommen hatte, war in der Giftmordkommission tätig. Begorrat ging im Gefängnis ein und aus; er befahl Vallot lediglich, Luisa hinter »doppeltem Schloss« einzusperren und ihre Mutter in einen Raum im oberen Stockwerk zu bringen.

Es waren geschäftige Zeiten für Vallot. Drei Tage später nahm er Higham, den Ladenbesitzer, auf, und dann kam Ruiz und fragte, ob es möglich sei, Luisa besseres Essen als die normale Gefängnisverpflegung zukommen zu lassen – ohne dass allerdings sein Name ins Spiel gebracht werde. Es war möglich. Vallots Frau Rose ließ Luisa von ihrem eigenen Tisch mitessen. Das war der Alltag des Gefängniswärters: auf dem schmalen Grat zwischen der verhängten Strafe und den Begünstigungen zu wandeln, für die die Leute zu zahlen gewillt waren.

Luisa und ihre Mutter saßen schon eine Woche oder länger im Gefängnis, als ein Spanier von einer der Indianermissionen nach Port of Spain kam. Er besuchte Ruiz, der zwar Mulatte, aber doch auch ein Landsmann war. Sie unterhielten sich über den Raub, und einige Nachbarn gesellten sich zu ihnen. Eine Frau sagte, sie habe Carlos Gonzalez am Abend des Raubes in dem Gang neben dem Haus gesehen. Später stattete der Spanier, nun etwas förmlicher gekleidet, Picton seinen Höflichkeitsbesuch ab.

»Wie ich höre, ist Mr. Pedro beraubt worden«, sagte Picton.

»Ja, so erzählt man sich«, sagte der Spanier.

»Was wollen Sie damit sagen, ›so erzählt man sich‹? Steckt da irgendetwas Unheilvolles oder Verdächtiges dahinter?«

Der Spanier war eingeschüchtert. »Ich habe nur eine Unterhaltung mitgehört, Sir.« Er berichtete, was er von Ruiz' Nachbarin gehört hatte.

Am nächsten Morgen wurde Carlos Gonzalez' Haus durchsucht. Später am selben Tag wurde Carlos festgenommen. Und dann, wenige Tage vor Weihnachten, nahm Begorrat den Fall in die Hand. Begorrats Amtszeit als Friedenrichter lief Ende des Monats aus. Ihm blieb nicht viel Zeit. Am 22. Dezember verhörte er die meisten Zeugen. Viele Leute hatten Carlos und Luisa am Abend des Raubes gesehen. Der spanischstämmige *escribano* schrieb alles mit, was gesagt wurde. Der Fall schien eindeutig. Nur Luisas Geständnis fehlte. Doch als Luisa im Gefängnis verhört wurde, gestand sie nichts, und Begorrat dachte sich, ein bisschen Folter, eine »leichte Tortur«, so wie er sie den Zauberern hatte angedeihen lassen, könne nichts schaden. Er brauchte Pictons Genehmigung, denn er handelte jetzt als Friedensrichter und nicht als Leiter der Giftmordkommission.

Am nächsten Morgen setzte er einen Folterungsbefehl auf: »*Appliquez la question à Luisa Calderon*. Unterziehen Sie Luisa Calderon der Peinlichen Befragung.« Er und der *escribano* brachten den Befehl zur Gouverneursresidenz. Picton las ihn und unterschrieb: *Th. Picton*.

Dafür wurde er später verdammt. Dass es gar keinen Raub gegeben hatte, dass Carlos Gonzalez und Luisa Calderon von dem eifersüchtigen Ruiz verleumdet worden waren, steht wohl außer Frage. Doch traten die Umstände dieser Mulatten-Hinterhof-Intrige schnell in den Hintergrund angesichts des

Skandals, der um die Unterschrift und die darauf folgende Folter entstand.

Begorrat und der *escribano* verhörten an diesem Tag noch drei weitere Zeugen. Spätnachmittags ging Begorrat dann ins Gefängnis und verhörte Ruiz' Partner, der auf Pictons Anweisung ebenfalls inhaftiert worden war. Als die Abendkanone abgefeuert wurde, war Begorrat bereit für Luisa. Sie befand sich in der Dachkammer. Begorrat und der *escribano*, Vallot und Porto Rico sowie zwei *alguaziles* gingen hinauf. Es war ein niedriger Raum mit Dachschrägen, der sich über die gesamte Breite des Gefängnisses erstreckte. Am einen Ende hockte Luisa auf dem Boden, die Füße in eisernen Ringen. Die Ringe saßen seitlich an einer Eisenstange, die wiederum an einem Holzpfahl befestigt war. Selbst wenn die Ringe es ihr erlaubt hätten, hätte Luisa nicht aufrecht stehen können, dafür war die Dachschräge zu steil.

Das Folterinstrument war einfach: An der Decke war ein Flaschenzug angebracht, über den ein Seil mit einer kleinen Schlinge an einem Ende lief. Direkt unter dem Flaschenzug war ein etwa zwanzig Zentimeter hoher spitz zulaufender Holzpfahl in den Boden eingelassen. Die Spitze des Pfahls war kreisförmig und abgeflacht und hatte einen Durchmesser von ungefähr einem Zentimeter.

Einer der *alguaziles*, ein ehemaliger Galeerensklave, flüsterte Luisa zu, sie solle sagen, dass Carlos und sie das Geld genommen hätten. Luisa hatte miterlebt, wie in diesem Raum zwei junge Negerinnen gefoltert wurden, doch sie hatte nichts zu sagen.

Gegen sieben zog Begorrat seine Uhr aus der Tasche und legte sie auf den Tisch; er meinte sich zu erinnern, dass die spanischen Gesetze nicht mehr als eine Stunde Folter am Stück zuließen. Er gab das Kommando.

Vallot öffnete Luisas Fußfesseln. Die beiden *alguaziles* hielten Luisa und führten ihre linke Hand nach oben durch die Schlinge am Ende des Seils. Vallot und Porto Rico packten das andere Ende des Seils und zogen die Schlinge fest zu. Dann bogen die beiden *alguaziles*, die Luisa immer noch festhielten, deren linken Fuß nach hinten und banden ihn mit einem anderen Seil an ihre rechte Hand. Vallot und Porto Rico zogen nun an dem Seil, bis sich Luisas zusammengeschnürter Körper mit seinem vollen Gewicht langsam vom Boden hob. Der Zug, den Vallot und Porto Rico ausübten, übertrug sich auf Luisas Handgelenk, Schulter, Brust und Taille.

Sie hievten Luisa hoch und ließen sie dann wieder hinab, bis ihr rechter Fußballen auf der einen Zentimeter breiten Spitze des Pfahls aufkam und ihr gesamtes Gewicht trug. »In dieser Haltung«, so notierte Begorrat, »schrie besagte Luisa *ay, ay*, wiederholte dies mehrmals, und rief Gott und die Jungfrau Maria an.«

Vallot und Porto Rico hielten das Seil ungefähr zwanzig Minuten lang gespannt. Luisa gestand nicht. Begorrat befahl Vallot und Porto Rico, noch einmal an dem Seil zu ziehen, bis nur noch Luisas großer Zeh den Pfahl berührte. »In dieser Position verblieb sie und wiederholte ihre vorherigen Exklamationen.« Weitere zwanzig Minuten verstrichen. Dann zogen Vallot und Porto Rico noch einmal an dem Seil, sodass Luisa nur noch an ihrem Handgelenk hing. Diesmal bat sie nach zehn Minuten, man möge sie herunterlassen, sie werde gestehen.

Luisas Mutter befand sich in einer Zelle unter der Dachkammer. Sie hörte alles mit an.

Die beiden ließen das Seil los. Luisa wurde losgebunden und in Vallots Zimmer hinuntergeführt. Sie stützte sich auf dem Tisch ab, es ging ihr sehr schlecht. Begorrat gab ihr »eigenhändig« etwas Wein und Wasser, woraufhin sich ihr Zustand zu bessern schien. Ein *alguazil* holte Carlos Gonzalez aus seiner Zelle, und Luisa sagte ihm ins Gesicht, er habe das Geld gestohlen. Er wirkte bestürzt. Dann führte Vallot Luisa wieder in die Dachkammer hinauf und legte sie am Ende des Raums unter der Dachschräge in Eisen.

Vallot war sich Luisas Namens nicht ganz sicher; mit seiner Tendenz zum Nasalen, Verkürzenden machte er sie zu »Luisa Cardon«. Er wusste nicht, weshalb sie gefoltert wurde. Er sah, dass sie litt, hätte jedoch nicht sagen können, ob die Folter besonders grausam war oder nicht. Er tat das, wofür er bezahlt wurde. Er folterte Luisa – die Gebühren beliefen sich auf sechzig *reales*, was ungefähr dreiunddreißig Shilling oder 6,60 Dollar entsprach –, so wie er ihr auf Ruiz' Wunsch auch von seinem eigenen Essen gegeben hatte. »Sie bekam morgens sogar Kaffee«, sagte er später. Doch ihm gefiel ihre Standhaftigkeit: »Es überraschte mich, dass sie so entschlossen war.«

Für Vallot war die Zeit schnell vergangen. Er glaubte, die Folter habe fünfzehn, vielleicht achtzehn Minuten gedauert. Nach Begorrats Uhr dagegen waren es fast dreiundfünfzig Minuten gewesen. Die Militärstrafe aus dem achtzehnten Jahrhundert, aus der sich diese Foltermethode herleitete, war nie länger als fünfzehn Minuten vollzogen worden; sie hatte bei vielen Männern zu Lähmungen und Brüchen geführt und wurde in der Armee schon seit einigen Jahren nicht mehr praktiziert.

Am nächsten Morgen in aller Frühe wies Begorrat einen der *alguaziles* an, den *escribano* ins Gefängnis zu holen. Luisa Calderon sollte erneut verhört werden. Es war Heiligabend, und Begorrat wollte die Angelegenheit vor den Feiertagen und vor dem Ende seiner Amtszeit als Friedensrichter vom Tisch haben. Der *escribano* kam mit Tintenfass und Papier; die beiden *alguaziles* waren da, außerdem Vallot und Porto Rico. Kurz vor elf gingen die sechs Männer in die Dachkammer hinauf. Vallot hatte an diesem Morgen noch keine Zeit gehabt, Luisa etwas zu essen oder zu trinken zu geben, doch jetzt war es dafür zu spät.

Begorrat fragte, wo das gestohlene Geld sei. Luisa sagte, das wisse sie nicht. Begorrat zog seine Uhr aus der Tasche und legte sie auf den Tisch.

Vallot öffnete Luisas Eisen. Die *alguaziles* fesselten Luisa. Diesmal wurde ihre rechte Hand in die Schlinge gesteckt. Porto Rico zog am Seil, ihr rechter Fuß landete auf dem Pfahl. »In dieser Position«, notierte der *escribano*, der die Folterung beschrieb, noch während sie stattfand, »rief besagte Luisa mehrmals die Heilige Jungfrau an.« Sie hatte nichts Weiteres zu sagen. Sie wurde heruntergelassen, anders herum gefesselt und am linken Handgelenk wieder hochgezogen, das vom vorigen Abend noch aufgerissen war.

Das Letzte, was sie getrunken hatte, war Wein gewesen. Nun bat sie um »einen kleinen Tropfen Essig«. »Sie muss wohl gelitten haben«, sagte der *escribano* später, »denn ich sah, dass sie weinte.«

Sie wurde zweimal ohnmächtig, und beim zweiten Mal schien es, als würde sie nicht mehr zu sich kommen. Einer der *alguaziles* hielt sie im Arm. Begorrat schickte Vallot hinunter, damit er etwas Essig holte. Vallot hatte im Gefängnis immer Essig vorrätig, mit dem er die Wunden der ausgepeitschten Neger betupfte. Drei Minuten später war er wieder da, goss sich etwas Essig in die Hand und hielt ihn Luisa unter die Nase. Sie hing immer noch am Seil, von Porto Rico allein gehalten. Als sie wieder zu sich kam, hatte man sie losgebunden.

Für Vallot war die Zeit auch diesmal schnell verstrichen. Er glaubte, die Folterung habe fünf Minuten gedauert; Begorrat zufolge waren es zweiundzwanzig Minuten. Doch wie Vallot später erklärte, hatte er keine Möglichkeit, die Zeit im Blick zu behalten: »Ich war mit anderen Dingen beschäftigt.« Sobald sich Luisa »erholt« hatte – Begorrat war der Ansicht, die Ohnmacht sei nicht ganz echt gewesen –, legte Vallot sie wieder in Eisen. Es war ungefähr um die Mittagszeit. Die sechs Männer verließen die Dachkammer. Die Vernehmungen wurden über Weihnachten – der erste Weihnachtsfeiertag fiel in diesem Jahr auf einen Freitag – ausgesetzt.

Am Samstag bat Ruiz' Partner, den man über Weihnachten im Gefängnis vergessen hatte, obwohl kein Verdacht mehr auf ihm lastete, um seine Freilassung. Sie wurde ihm gewährt. Am selben Tag wurden Luisa und Carlos für kurze Zeit aus dem Gefängnis genommen. Mit Begorrat, dem *escribano*, den beiden *alguaziles* und einer Reihe von Soldaten gingen sie drei Straßen weiter, ungefähr tausendfünfhundert Schritt, bis zu Ruiz' Haus, wobei Luisa »auf dem ganzen Wege eine Zigarre rauchte«. Sämtliche Zeugen waren versammelt. Man durchsuchte Ruiz' Haus, man durchsuchte das Haus von Luisas Mutter, und das Haus von

Carlos Gonzalez wurde sogar zweimal durchsucht. Das Geld wurde nicht gefunden, und so brachte man Luisa und Carlos wieder ins Gefängnis zurück und legte ihnen Fußfesseln an.

Am Dienstag, dem 29., war Begorrat sehr beschäftigt. An diesem Tag fällte die Giftmordkommission ihre ersten Urteile, die noch am selben Tag vollstreckt wurden.

Der Neger Bouqui war der Hexerei, der Weissagung und des Giftmordes angeklagt. Er hatte einige Monate in Einzelhaft verbracht. Nun wurde er von mehreren Wachsoldaten vom Gefängnis zur Kirche eskortiert. In religiöser Hinsicht galt ein neuer Neger als *párvulo*, als Kind unter sechs Jahren; er konnte ohne Unterweisung getauft werden. Der Kurat von Port of Spain taufte Bouqui. Die Soldaten legten ihm Handschellen an und führten ihn zum Galgen. Eine Viertelstunde nach seiner Erhängung machte ihn der Henker vom Galgen los und schnitt ihm den Kopf ab. Den kopflosen Rumpf band er an einen Pfahl. Der Kopf wurde auf eine Stange gespießt, die man an der Bergstraße nach St. Joseph aufstellte.

Im Gefängnis hatte man unterdessen dem Neger Pierre François befohlen, niederzuknien und sein Urteil entgegenzunehmen. Dann brachte man ihn zur Kirche. Er wurde nicht getauft, denn er war bereits Christ. Man las ihm Gebete vor. Dann wurde er in schwere Eisen gelegt, und die Soldaten führten ihn zu dem Pfahl, an dem Bouquis kopfloser Rumpf festgebunden war. Viele Neger sahen zu. Einige von Vallots Gefängnisnegern standen mit Reisigbündeln bereit. Pierre François wurde an den Pfahl mit dem Rumpf gekettet. Er musste ein Hemd anziehen, das mit Schwefel präpariert war. Die Gefängnisneger türmten die Reisigbündel um ihn herum auf. Der Henker entzündete das Feuer.

Es war ungefähr drei Uhr nachmittags, Essenszeit. Die Neger, die zuschauten, taten es nicht lange. Sie liefen schreiend durch die Straßen. Der Gestank von Schwefel und brennendem Menschenfleisch trieb viele Leute aus ihren Häusern, und einige Weiße befürchteten, es werde ein Massaker geben. Begorrat und die französischen Pflanzer hatten die Bestrafung und das Ritual ersonnen. Sie erklärten hinterher, so habe man das in Martinique immer gemacht.

Am selben Tag wurde noch ein drittes Urteil gefällt. Es galt Leonard, einem Mulatten, der verbannt wurde.

Im neuen Jahr, 1802, übergab Begorrat das Amt des Friedensrichters an einen spanischen Pflanzer. Dieser ließ umgehend Carlos Gonzalez' Eigentum beschlagnahmen: Möbel, Wäsche, Talg, einige Stück Vieh, zwei Neger und den Schoner. Danach ließ er sich Zeit mit dem Fall, kümmerte sich vorwiegend am Wochenende darum. Er ließ Luisas Mutter frei. Luisa selbst blieb, in Eisen gelegt, in der Dachkammer. Auch Carlos war noch in Eisen geschlagen. Sie waren jetzt normale Gefängnisinsassen. Ihr Fall hatte nichts Spektakuläres mehr. Was im Gefängnis an Spektakulärem geschah, war mit Begorrat verbunden. Er kam nach wie vor regelmäßig. Am 29. Januar, einem Freitag, verkündeten Begorrat und seine Giftmordkommission eine zweite Folge von Urteilen; diesmal waren fünf Neger betroffen.

Vier der Neger gehörten Begorrat. Louison wurde als Hexerlehrling verurteilt und verbannt. Antoine, sein Mentor, wurde ebenfalls verbannt; vorher sollte er allerdings ein Zeichen auf die Stirn gebrannt bekommen. Auch Felix wurde verbannt, ihm sollten zuvor die Ohren abgeschnitten werden. Felix hatte Glück. Er stand unter heftigstem Verdacht, ein Giftmörder zu sein, doch seine Frau Thisbe, die Krankenschwester, hatte sich sogar unter Folter geweigert, ihn zu belasten. Thisbe sollte getötet werden. Genauso La Fortune, der Giftmörder, der versucht hatte, Selbstmord zu begehen; er stammte von einer anderen Besitzung. Er war die ganze Zeit in einem der *cachots* eingesperrt gewesen und konnte nicht mehr stehen noch gehen; man beförderte ihn auf einem Karren zur Hinrichtung.

Thisbe ging zu Fuß. Bevor sie erhängt wurde, sagte sie in Patois: »Im Vergleich zu dem, was ich erlitten habe, ist das hier wie ein Glas Wasser.« Sie hoffe, ihrem Mann Felix werde nichts geschehen, sie selbst sei »auf dem Weg zu Gott«. Unmittelbar nach ihrer Erhängung hörte man sie noch Felix' Namen rufen.

Felix war da und sah zu, zusammen mit Antoine. Das Zusehen war der erste Teil ihrer Strafe. Dann wurden sie verstümmelt. La Fortune wurde gehängt. Danach schnitt man ihm und Thisbe den Kopf ab und verbrannte die Leichen auf einem vorbereiteten Scheiterhaufen. Am nächsten Tag, einem Samstag, wurde Thisbes Kopf auf Begorrats Besitzung, die westlich der Stadt in Diego Martin lag, auf einer Stange aufgepflanzt. La Fortunes Kopf wurde auf Luzettes Besitzung in St. Anne's, im Norden der Stadt, zur Schau gestellt.

Am Sonntagmorgen um sechs, es waren nur ein oder zwei englische Spaziergänger unterwegs, entdeckte der Wachtposten auf dem steinernen Pier einen Anschlagzettel, der an seinem Wachhäuschen klebte. Die Haftmarken waren noch feucht.

> »Blutrünstige Strafen verderben die Menschen. Dem Volke grausame Spektakel darzubieten, bewirkt die Zerstörung aller zarten Gefühle; es erregt eher Abscheu denn Schrecken, stumpft ab, statt Furcht zu erzeugen. Den niederen Schichten ist es Anreiz, Foltermethoden u. dergl. zum Zwecke der Rache einzusetzen. Sobald es in ihrer Macht steht, selbst auszuüben, was man ihnen demonstriert hat, werden sie es tun. Par Ordre d'Alcalde de Barrio. HUMANITAS.«

Eins war sicher: Ein so wohlformulierter, abstrakter und streitbarer Text war nicht auf Geheiß von M. Bernard, dem französischen *alcalde de barrio* oder Bezirksbürgermeister, öffentlich angeschlagen worden. Dass der Verfasser ein Engländer war, stand außer Zweifel. Picton reagierte mit zwei zornigen und sarkastischen Verlautbarungen (»... gewisse jakobinische Philanthropen ... die zarten Gefühle der Neger ... Giftmörder ... schändliche Verschwörer ...«) und setzte eine Belohnung von fünfhundert Dollar für die Ergreifung des Plakatklebers aus.

Mit Hilfe des Wachtpostens wurde HUMANITAS gefunden. Es handelte sich um einen englischen Anwalt, der erst kürzlich nach Trinidad gekommen war, einen Gefährten von Sanderson, Higham und den anderen. Man fand eine Kopie des Anschlagzettels in seinem Besitz. Er erklärte, er habe den Text an besagtem Sonntagmorgen am Pier abgeschrieben. Tinte? Er behauptete, er habe einen schwarzen Jungen losgeschickt, der ihm in Higham's Store welche besorgen sollte. Um sechs Uhr morgens? Er geriet ins Stocken. Er behauptete, der andere Engländer, den der Wachtposten auf der Mole gesehen habe, sei es gewesen. Der Wachtposten widersprach. Der Anwalt wurde ausgewiesen.

Die Giftmordkommission gab die dritte Folge von Urteilen bekannt. Manuel, ein Neger aus dem Volk der Ibo, sollte auf die übliche Weise getötet werden. Die Hinrichtung von Thisbe und La Fortune lag erst zehn Tage zurück, und man beschloss, Manuel nach St. Joseph zu bringen. Vallots Gefängnisneger wurden vorgeschickt, damit sie den Scheiterhaufen vorbereiteten. Zu gegebener Zeit wurde Manuel, der ein halbes Jahr im eisernen Stock verbracht hatte, in schwere Ketten gelegt und auf einen Karren geladen.

Die Verlagerung des Ganzen nach St. Joseph erschien zunächst wie ein Zugeständnis an den Protest des Anwalts. Doch die Zusätze zu den Urteilen über die Neger Yala und Youba entkräfteten diesen Eindruck. Die Vergehen, die man Yala und Youba anlastete, waren geringfügiger Art. Die beiden hatten »in unziemlicher Weise die Leichtgläubigkeit und den schwachen Verstand der Neger ausgenutzt«, und die Kommission hatte ihre Verbannung verfügt. Picton ordnete an, man solle sie erst nach St. Joseph bringen, damit sie der Erhängung, Enthauptung und Verbrennung Manuels beiwohnten, und ihnen dann die Ohren abschneiden. Eigentlich gemeint waren die Ohren des englischen Anwalts.

Der *Courant* berichtete nichts über die Hinrichtungen. In dieser Aussparung lag auch eine Art von Wahrheit. Für die meisten Leute nahm das Leben seinen üblichen Gang. Es trafen weiterhin britische Einwanderer ein; weiterhin verließen enttäuschte Einwanderer die Insel. Ein Schotte bereitete seine Abreise vor; im *Courant* vom 15. Februar 1802, eine Woche nach Manuels Hinrichtung, ersuchte er in einer Anzeige seine Schuldiger, ihre Rückstände zu begleichen, und seine Gläubiger, ihm ihre Rechnungen zu präsentieren. Außerdem bot er »gegen Bares einen regen Hausburschen und ein gutes Reitpferd«.

Colonel Balfour veröffentlichte den warnenden Hinweis, er werde sich fortan nicht mehr die Mühe machen, Ziegen, die auf seinem Rasen herumtrampelten, einzufangen, sondern werde sie ab sofort töten. Patience Nibbs, eine freie Farbige, tat »mit gütigster Erlaubnis ihren treuen Kunden sowie der Allgemeinheit kund, dass sie in der kommenden Woche wieder ihre bevorzugte Rolle einnehmen und des Morgens zum Markte gehen wird, um dortselbst die besten Suppen und Steaks, Gebratenes und Gekochtes zu offerieren, dazu ein Getränk nach Belieben.«

Einen Tag vor Erscheinen dieser Ausgabe des *Courant* hatte man Luisa Calderon und Carlos Gonzalez jeweils ein zusätzliches Paar Fesseln angelegt. Carlos hatte an diesem Tag um seine Freilassung ersucht. Sein Geschäft stehe am Rande des Ruins, sein neuer Schoner sei »Sonne, Wind und Wurmfraß ausgesetzt« und seine Gesundheit leide unter dem »Mangel an Bewegung, dem Schmutz in der Stätte seines Gewahrsams und den Eisen«. Das Gesuch war dem Friedensrichter ein Ansporn gewesen, den beiden die Haft »noch verdrießlicher« zu gestalten.

Carlos hatte nach wie vor nicht gestanden, und Luisa hatte nicht gesagt, wo sich das gestohlene Geld befand. Zwei Tage nach dem Anlegen der zusätzlichen Fesseln ließ man Luisa »lahm und geschwollen« aus dem Gefängnis, damit sie sich einen »Defensor« suchen konnte: einen respektablen Menschen – es musste kein Anwalt sein –, der sich für sie einsetzen würde. Außerdem ließ man einen Arzt zu Carlos. Der Arzt, ein seit Jahren auf Trinidad ansässiger Engländer, der sich sehr gut mit dem »Trinidadschen Fieber« auskannte, erklärte, Carlos' »leichte Unpässlichkeit« rühre von seinem seelischen Unbehagen her, und berechnete zwei Dollar. Am frühen Nachmittag kehrte Luisa unter Tränen ins Gefängnis zurück. Von den vier Leuten, die sie gefragt hatte, war keiner bereit gewesen, ihr Defensor zu werden.

Sechs Wochen später wurde ein weiterer Neger als Hexer

gehängt. Sein Gefährte musste mit einer Schlinge um den Hals dabei zusehen, so als käme er als Nächster an die Reihe. Doch das Urteil, das man ihm dann unter dem Galgen verlas, lautete nicht auf Erhängung. Man schnitt ihm die Ohren ab, brannte ihm ein Zeichen in die rechte Wange und verbannte ihn.

Wiederum eine Woche später schloss die Giftmordkommission ihre Arbeit ab. Aubinot, der Mann mit der vergifteten Peitsche, der viele Monate an einen Pfahl gebunden im Gefängnis verbracht hatte, wurde gehängt und enthauptet. Man verbrannte seine Leiche und zerstreute die Asche in alle Winde; sein aufgespießter Kopf wurde in der Nähe des Friedhofs zur Schau gestellt. Drei Neger mussten das Ganze mit ansehen; danach schnitt man ihnen die Ohren ab, brannte ihnen ein Zeichen in die rechte Wange und verbannte sie. Einer von ihnen trug den Namen Icare. Icare, Thisbe, Piram: die Franzosen gaben ihren Negern gerne klassische Namen. Ein kolonialer Aspekt ihrer Vorliebe für das Pastorale.

Die englische Opposition auf Trinidad tat gern so, als schwebe sie in Gefahr. Als eines Tages ein Mann namens Redhead eingesperrt wurde, weil er einem von Pictons Freunden auf offener Straße einen Fausthieb verpasst hatte, kam unter den englischen Radikalen das Gerücht auf, ihre Ohren seien nicht mehr sicher, man habe Redheads Kopf gefordert, die im Gefängnis zugefügten Verstümmelungen seien womöglich gar nicht ausschließlich eine »Negerstrafe«, sondern durch jenes unbekannte spanische Recht sanktioniert, das Picton, Begorrat und Vallot anwendeten. Es war bloß ein Gerücht. Picton musste gegenüber den englischen Einwanderern Vorsicht walten lassen. Mitunter steckte er einen oder zwei von ihnen für kurze Zeit ins Gefängnis; wenn es einen triftigen Grund gab, wies er auch mal jemanden aus. Ansonsten konnte er einen Mann nur über dessen Neger belangen: Er konnte Neger wegen Misshandlung durch ihren Besitzer oder wegen Missachtung der Ausgangssperre beschlagnahmen lassen, oder er ließ sie als angebliche Ausreißer verstümmeln.

Auch Dawson setzte Picton über einen von dessen Negern unter Druck. Dawson, ein Sklavenverschiffer aus Liverpool (einer seiner Hausneger hieß Liverpool), war in eine alte und komplizierte Besitzstreitigkeit verwickelt. Er hatte Neger an einen Plantagenbesitzer verkauft, sie jedoch nicht bezahlt bekommen, und nun erhob er Anspruch auf die Plantage. Picton hatte gegen Dawson entschieden, und dieser nutzte nun die Agitation der Radikalen, um Ärger zu machen. Picton erklärte, Dawson sei ein »verdammter Erpresser«. Laut Dawsons Bericht ließ er ihm die Botschaft zukommen, »so ich nicht größte Vorsicht walten ließe, würde er mich einlochen«. Dawson nahm die Botschaft nicht ernst genug.

Dawson hatte einen frommen und treuen Neger namens Goliah. Eines Sonntags wurde Goliah auf dem Weg zur Kirche von einem *alguazil* festgenommen. Am Dienstag fuhr Dawson nach Port of Spain, um Goliah auszulösen und Protest einzulegen. Er beschwerte sich, seine Neger würden dauernd aufgegriffen. Picton sagte, diesmal müsse Dawson zusätzliche Gefängnisgebühren bezahlen, und zwar zwei Joes, weil er seine Neger »zu sehr ermuntere«. Goliah habe eine Machete dabei gehabt und sich außerdem gegen die Polizisten aufgelehnt. Dawson weigerte sich zu zahlen: Er habe Goliah einen Pass gegeben, damit er in die Kirche gehen könne, außerdem sei es Negern erlaubt, Macheten bei sich zu tragen.

Zwei Tage später kamen einige von Dawsons Negern nach Port of Spain. Sie gingen ins Gefängnis, um Goliah zu besuchen. Sie fanden ihn im Hof unter dem Galgen, »von der Taille bis zu den Schultern fürchterlich zugerichtet, denn man hatte ihn aufs Unbarmherzigste mit einer Peitsche malträtiert, die ihm das Fleisch in dicken Stücken vom Leibe gerissen«. Goliah wurde auf die Plantage zurückgebracht. Er kam so weit wieder zu Kräften, dass er ein paar Worte mit seinem Besitzer sprechen konnte; einige Tage später starb er.

Im April 1802 meuterten auf der britischen Insel Dominica die schwarzen Truppen des 8. Westindischen Regiments und töteten ihre Offiziere; der Colonel hielt schon seit geraumer Zeit das Verpflegungsgeld des Regiments zu seinem eigenen Vorteil zurück. Auf der Insel Guadeloupe waren die Franzosen nach bitterem Kampf gerade erfolgreich dabei, auf Napoleons Befehl die Negersklaverei wieder einzuführen. Auf Santo Domingo ging der Negeraufstand weiter. Man hatte Toussaint mit Hilfe eines Tricks gefangen genommen, und General Leclerc, Napoleons Schwager, beabsichtigte, die kreolischen Neger auszurotten und die Insel mit neuen Negern aus Afrika zu bestücken. Napoleon stellte in Paris das schlichte Bestehen dieses Vorhabens als Beleg für dessen Notwendigkeit dar. Mehr als fünfzigtausend französische Soldaten sollten in der Folge umkommen.

Picton – und mit ihm die französischen Pflanzer sowie jene Engländer, die bereits zu Pflanzern geworden waren – konnte behaupten, dass Trinidad von Unruhen verschont geblieben war. Der Wohlstand auf der Insel wuchs. Die Sklaverei war nicht nur etabliert, sondern die Zahl der Neger wuchs von Monat zu Monat. Einige wurden auf dem üblichen Wege eingeführt, doch weit mehr kamen mit ihren Besitzern aus Curaçao, Santo Domingo, Martinique und von anderen Inseln, auf denen die Lage instabil war.

Nur wenige Jahre später waren sich alle, Franzosen wie Engländer, darin einig, dass Picton der »Retter der Kolonie« war. Doch die englische Opposition auf Trinidad, die noch dem politischen Gedankengut aus England anhing, ließ Picton nicht zur Ruhe kommen, und Picton schrieb nach London wie ein Verfolgter. Man beschuldigte ihn der Brutalität gegenüber Negern. Er behauptete, das sei umstürzlerisches Gerede und ziele bloß darauf ab, die Neger zur Rebellion aufzustacheln. Er irrte. Viele seiner Widersacher waren bereits selbst dazu übergegangen, Neger zu kaufen und für sich arbeiten zu lassen. Ihre Klagen galten meistens Pictons schwarzen Soldaten, die »Europäer jeglicher Couleur tagtäglich den entwürdigendsten Demütigungen auszusetzen pflegen, und dies unter einem Gouverneur, der die Minister Seiner Majestät glauben zu machen sucht, er bestehe unerbittlich auf absolutem Respekt und vollkommener Unterordnung seitens der Schwarzen«.

Man hielt ihm vor, er sei »ein *britischer* Gouverneur, der mit aller Macht die Geltung *britischen* Rechts in einer *britischen* Kolonie zu verhindern suche«. Er behauptete, die Forderung nach britischem Recht laufe auf nichts anderes hinaus als auf die demütigende Forderung nach »einer rechtlichen Absonderung der freien Farbigen«. Picton konnte nicht anders als sich selbst in die Falle gehen. Seine Gegner waren englische Radikale, englische Humanitaristen, englische Patrioten und Sklaven besitzende Kolonisten – alles auf einmal. Sie nahmen sämtliche Positionen ein. Im Krieg der Worte konnte Picton nicht gewinnen.

Seine Widersacher schrieben Briefe an Zeitungen auf den anderen Inseln. Sie schrieben an Erskine, den Londoner Anwalt. Und nun schickten sie, was deutlich bedrohlicher war, einen Abgesandten mit ihren gesammelten Beschuldigungen nach London. Begorrat und die anderen schlugen sich auf Pictons Seite. Sie verfassten Resolutionen zu seiner Unterstützung und beschlossen, selbst einen Mann nach London zu senden. Sie entschieden sich für einen französischen Adligen, den Chevalier Dupont du Vivier de Gourville.

Der Geschäftsträger der Regierung von Trinidad in London war Joseph Marryat, Vater des gleichnamigen Schriftstellers; er besaß Ländereien und Neger auf Trinidad. »De Gourville beehrte mich am Morgen seiner Ankunft mit seinem Besuch«, schrieb Marryat einige Wochen später an Picton, »doch bedurfte ich seiner Erklärung nicht, um mir ein Urteil über die gegen Ihre Regierung in Trinidad vorgebrachten Beschwerden bilden zu können. Der Jakobinismus ist nicht mehr in der Mode, und mögen seine Anhänger auch lautstarken Protest äußern, so wird es ihnen doch nicht gelingen, hier einen Eindruck zu erzeugen, der Ihnen zum Nachteil gereicht.«

Marryat war seiner Sache zu sehr verschrieben; er verlieh seinen Hoffnungen, nicht aber den Tatsachen Ausdruck. Die britischen Minister hatten bereits im Juli 1802 entschieden, dass

Pictons Macht eingeschränkt werden müsse. Trinidad sollte künftig von einer dreiköpfigen Kommission regiert werden. Picton sollte Zweiter Kommissionsbeamter und als solcher für das Militär verantwortlich sein. Der Erste und der Dritte Kommissionsbeamte sollten aus London nach Trinidad geschickt werden. Der scharfe Brief von Lord Hobart, dem Staatssekretär im Kriegsministerium, der Picton von diesen Veränderungen in Kenntnis setzte, traf zeitgleich mit dem Brief von Marryat in der Gouverneursresidenz von Port of Spain ein.

Es lag nicht nur an der Opposition. Picton hatte Ordnung hergestellt, doch es war die falsche. London wollte keine weitere westindische Sklavenkolonie. Trinidad sollte eine Kolonie freier Siedler sein – eine Konzession an die Abolitionisten. Aus London war der Vorschlag gekommen, spanische Peonen in Trinidad anzusiedeln. In Londoner Zeitungen hatte man mittels Annoncen um Siedler geworben: sechzehn Morgen Land für einen weißen Siedler, dazu Arbeitsgerät, Vorräte für ein Jahr, eine Finanzhilfe für den Hausbau. Es war die Rede davon gewesen, Londoner Prostituierte nach Trinidad zu bringen, um »die weiße Bevölkerung zu vermehren«. Ein Leutnant zur See, der die asiatischen Meere befuhr, hatte ein Memorandum verfasst, in dem er dafür plädierte, Chinesen in unbegrenzter Zahl einwandern zu lassen. Sklaven, so hatte er geschrieben, seien die kostspieligsten Arbeitskräfte überhaupt; ein Argument, das immer häufiger zu hören war. Das alles hatte Picton ignoriert. Er hatte vor allem die französischen Adligen und ihre Neger willkommen geheißen. Die Minister in London hatten darauf gedrängt, dass Picton nicht zu viel Land vergab. Doch das Land fand sich, die Sklavenplantagen wurden eingerichtet.

Trinidad kam als britischer Kolonie nur dann Bedeutung zu, wenn es zum Mittelpunkt des britischen Handels mit Südamerika wurde. Genau das war die Hoffnung der Kaufleute, die weiterhin nach Port of Spain kamen. Für den Handel waren Neger nicht notwendig. Erforderlich war vielmehr die Unabhängigkeit Südamerikas. Und zur Erlangung dieser Unabhängigkeit musste die Revolution stattfinden, die Picton aufgegeben hatte.

Doch Picton hatte mehr als die Revolution aufgegeben: Er hatte die Spanier Trinidads aufgegeben. Er hatte die meisten Reichen und Gebildeten ausgewiesen. »Allein die Bedürftigkeit«, schrieb er über die Peonen, die übrig geblieben waren, »treibt sie dazu, Anstrengungen auf sich zu nehmen, und mit dem Anlass verschwindet unweigerlich auch ihr Tätigkeitsdrang.« Die Revolution war auf Trinidad durchaus noch lebendig, und sei es nur in Form von Groll. Jener Spanier vom Lande, der so nervös gewesen war, als er sich mit Picton über den Fall Luisa Calderon unterhielt, war ein Revolutionär. Genau wie die anderen erinnerte er sich noch an José España und Caro, die, wie man immer noch glaubte, beide von Picton verraten worden waren; an Juan Mansanares, der als Sechsunddreißigjähriger in Port of Spain umgekommen war; an Manuel Gual, der in St. Joseph vergiftet worden war; an Andrés de España, der immer noch unter nicht näher spezifizierter Anklage in Vallots Gefängnis saß; an Santiago Mariño, den man ausgewiesen und dessen Besitzungen man beschlagnahmt hatte.

In London hatte man Francisco Miranda die Information von Pictons Degradierung zukommen lassen – als gute Nachricht. Miranda war jetzt wieder wichtig. Er führte Gespräche mit dem Mann, der zum Ersten Kommissionsbeamten bestimmt war, und war gerade mit der Auswahl der beiden Männer befasst, die den Ersten Kommissionsbeamten nach Trinidad begleiten sollten. Mit der geheimen Genehmigung der britischen Regierung sollten sie dort als Agenten Mirandas die Verbindungen nach London wiederherstellen und den Weg für eine britische Invasion des Festlandes bereiten.

Eine neue Regierungsform in der neuen Kolonie – vielen eröffnete das neue Aussichten: dem Ersten Kommissionsbeamten selbst, den Postenjägern, die sich an ihn gehängt hatten, den Einwanderern, die auf die Annoncen reagiert hatten.

Dann gab es noch jemanden: einen schottischen Flugschriftenverfasser in Philadelphia. Sobald er die Kunde erhielt, machte er sich auf den Weg. Die junge Miss Franks, »ein Kleinod unter Amerikas Schönen«, schenkte ihm zum Abschied einen Band ihrer »jugendlichen Miszellaneen«. Dieser Flugschriftenverfasser ist der große Unbekannte. Er könnte der Spion eines britischen Ministers gewesen sein oder der Redakteur einer demokratischen Zeitung in London, der eine Meuterei auf See zu verantworten hatte, vielleicht gehörte er auch der Corresponding Society an. Er war einer der ersten Auslandskorrespondenten, ein »Wegefahrer«, wie er sich selber nannte, und es gefiel ihm, dass er in seiner Funktion als Schreibender von einigen Beamten als »Pest« bezeichnet wurde. Vier Jahre lang waren die USA und Haiti sein Revier gewesen. Von der politischen Einstellung her gehörte er in die radikal-humanitaristisch-patriotische Ecke. Nun wurde er beauftragt – von wem, wissen wir nicht –, über Trinidad zu berichten und Picton zu entlarven.

Und schließlich gab es jemanden, der es überhaupt nicht eilig hatte. Das war der Dritte Kommissionsbeamte, ein sehr distinguierter Mann: Es handelte sich um Kommodore Samuel Hood, einen Seehelden, Nelsons zweiten Befehlshaber in der Schlacht am Nil. Er blieb noch eine Weile zu Beratungen in London, da man damit rechnete, dass der Krieg gegen die Franzosen bald wieder aufflammen würde.

Doch noch war Picton Gouverneur. Die knappen Instruktionen, die er unter eingegangene Petitionen schrieb, waren endgültig. Auch die Unterlagen zum Fall Luisa Calderon landeten schließlich bei ihm. Luisa hatte acht Monate lang in Eisen gelegen. Sie wurde freigelassen; ihre Handgelenke blieben für immer gezeichnet. Carlos musste eine Geldstrafe von tausendachthundert Dollar bezahlen und die Prozesskosten tragen. Er wurde deportiert; seine Frau blieb in Port of Spain, um seine Angelegenheiten in Ordnung zu bringen.

Eine Woche später antwortete Picton auf Lord Hobarts Brief. Er begann in ruhigem Ton, doch verließ ihn diese Ruhe bald. »… Verleumdungen und Entstellungen … verabscheuungswürdig und unbedeutend ... übel beleumundete Gesellen ...« Aber er werde gehorchen. Er habe für die Kommissionsbeamten das beste Haus in der Stadt angemietet. In der Gouverneursresidenz könne er sie nicht unterbringen, denn dort gebe es nur ein einziges nutzbares Schlafzimmer, welches er selbst bewohne.

Picton fand nicht, dass er etwas zu verstecken habe, nicht einmal Rosette Smith. Entscheidungen räumten Probleme aus der Welt, und er beabsichtigte nun, reinen Tisch zu machen, keine Angelegenheit unbehandelt zu lassen. Da gab es die Frage der von Carlos Gonzalez zu erstattenden Kosten. Der *escribano* rechnete sie zusammen, es waren dreihundertneununddreißig Posten: die Besuche, die Benachrichtigungen, die Geständnisse, die zwei Folterungen, das Urteil, das Papier, das Schreiben; die geschätzten Kosten: dreihundertdreizehn Dollar.

Um zahlen zu können, wollte Carlos' Frau das Eigentum ihres Mannes vom Treuhänder zurückholen. Eine böse Überraschung erwartete sie. Der Treuhänder präsentierte ihr seinerseits eine Rechnung für Reparaturen und Wartungsarbeiten an Carlos' Schoner. Sie belief sich auf tausendzweihundertachtundneunzig Dollar, darin eingeschlossen sechsundzwanzig Dollar für das zweimalige Suchen und Einfangen von einem der Neger des Schoners. Carlos' Frau legte bei Picton Beschwerde ein. Der Schoner sei für Fahrten auf dem Golf bestimmt, nicht für Reisen nach Europa; er habe neu neunhundert Dollar gekostet. Der Schoner wurde sofort zur Versteigerung angeboten, »angekündigt zunächst durch Trommelschlag und dann durch Silvestre, einen schwarzen Sklaven, der als öffentlicher Ausrufer fungierte, da es einen regulären nicht gab«. Es gingen keine Gebote ein, und der Treuhänder erklärte sich bereit, den Schoner für sechshundert Dollar selbst zu übernehmen. Carlos' Frau willigte ein. Auch die Kosten für die Versteigerung – vom Richter bis hin zum öffentlichen Ausrufer – mussten gedeckt werden. Für Carlos bedeutete dieser mutmaßliche Ehebruch den Ruin. Er kehrte nie wieder nach Trinidad zurück.

Es erging ihm wie Dawson, dem Sklavenverschiffer und

Besitzer Goliahs. Dawson verlor zwei weitere Neger, einer davon der Sklave, den er Liverpool nannte. Dawson verstand den Wink; er verließ die Insel. Alle anderen Unruhestifter saßen im Gefängnis. Picton konnte nach London schreiben, dass alles für die Kommissionsbeamten bereit sei; auf der Insel herrsche »die vollkommenste Ruhe«.

Dabei übersah Picton allerdings die Unzufriedenheit seines Negerhenkers William Payne, den er Ludovigo nannte. Seit den Erhängungen, Enthauptungen und Verbrennungen in St. Joseph war Ludovigo nicht mehr entlohnt worden. Vallot hatte keinen Vorgesetzten wie in spanischen Tagen; er war nur Picton verantwortlich. Und Vallot gab die eingenommenen Gebühren nicht weiter. Er muss gespürt haben, dass sich sowohl Pictons als auch seine eigene Zeit dem Ende zuneigte. Außerdem wurde Vallot alt, er würde bald aus dem Dienst ausscheiden müssen. Ein erstes Anzeichen seiner nachlassenden Kräfte war zu erkennen gewesen, als er jenem bereits erwähnten Neger die Ohren abgeschnitten und ihn damit umgebracht hatte, was einen kleinen Skandal verursachte. Die englischen Besitzer klagten nach wie vor über ihren Verlust. Vallot schnitt niemandem mehr die Ohren ab. Er folterte mit Porto Ricos Hilfe oben in der Dachkammer, peitschte unten Gefängnisinsassen nach der »Vier-Pfosten-Methode« aus und verrichtete andere leichte Arbeiten rund um das Gefängnis. Doch das Ohrenabschneiden, die erbarmungslosen Auspeitschungen unter dem Galgen so wie die, die Goliah das Leben gekostet hatte, und alles, was außerhalb des Gefängnisses erledigt werden musste, überließ er William Payne. Einmal gab er Payne zwei Joes, doch dabei war es geblieben. Im Laufe dieses geschäftigen Jahres wuchs William Paynes Groll, sowohl auf Vallot als auch auf Picton.

Gegen Ende des Jahres, nur wenige Tage vor der Ankunft des Ersten Kommissionsbeamten, gab es abermals eine Welle von Negervergiftungen, wieder auf der Coblenz-Plantage von Baron de Montalembert. Weitere aufgedunsene Leichen unter den Erdeessern, an deren offenen Beinen der Eiter herablief: weitere sechs mutmaßliche Giftmörder – darunter zwei Frauen –, die ins Gefängnis geworfen und unter dem glühend heißen Ziegeldach der *cachots brûlants* im Liegen angekettet wurden. Drei von ihnen – Benoit, Serpent, Piram – wurden in die Dachkammer hinaufgebracht und von Vallot und Porto Rico gefoltert. Petit Georges und Rachel allerdings nicht. Doch auch Elizabeth musste später hinauf; Vallot nannte sie Zabeth. Eine weitere Giftmordkommission für Begorrat, ein weiterer Prozess im Gefängnis, weitere Urteile. Das alles geschah jetzt periodisch. Dies war der Weg, den Picton eingeschlagen hatte, und genau so, das lernte er von Begorrat, war es auf Martinique üblich gewesen.

7

Die Liste des Henkers
Januar bis Juli 1803

Der Erste Kommissionsbeamte traf am 3. Januar 1803 im Hafen von Port of Spain ein. Er kam mit seiner Frau, deren Schwester und einem eigenen Mitarbeiterstab: vier junge Sekretäre, für die offizielle Ämter mit festem Gehalt gefunden beziehungsweise geschaffen werden mussten; fünf Feldmesser (darunter Mirandas zwei Agenten); der Sekretär der Kommission; ein Mann, dem man den sinnlosen Posten des Kronanwalts zugewiesen hatte. Auch eine Reihe von Einwanderern war mitgekommen. Ein Kriegsschiff hatte die ganze Gesellschaft von Portsmouth nach Trinidad gebracht. Dies war der Stil, den der Erste Kommissionsbeamte erwartete. Mit achtundvierzig Jahren kannte er sich mit den Behörden, der Armee, der East India Company aus. Mochten andere sich noch damit abmühen, Privilegien und Pflichten zu definieren, er wusste Bescheid; Menschen wie er verliehen dem britischen Empire Stil.

Ein Kleidungsstil war es noch nicht. Der Erste Kommissionsbeamte zog sich genauso an wie seine jungen Sekretäre. Er trug eine Windsor-Uniform, blau mit rotem Kragen und roten Manschetten, dazu eine Weste und eine gelbe Nankinghose, blaue Strümpfe und Schuhe mit gewaltigen Schnallen. Er war mit Galanteriedegen und Stock ausgerüstet und schnupfte Tabak. Der Erste Kommissionsbeamte war Colonel William Fullarton of Fullarton, Unterhausabgeordneter für Ayrshire in Schottland und Mitglied der Königlichen Akademie der Wissenschaften in London und Edinburgh. Er besaß Landgüter in Ayrshire; seine Frau war die Tochter von Lord Reay. Er hatte ein Buch über den Landbau in Ayrshire geschrieben und ein weiteres über seinen zweijährigen Militärdienst in Indien, wo er zwanzig Jahre zuvor zum Colonel der Armee der Ostindischen Kompanie ernannt worden und als solcher, wie er es ausdrückte, »Kommandant der Südlichen Armee an der Küste von Coromandel« gewesen war.

Es war zweifellos seine Zeit in Indien, die ihn für die politischen Aufgaben des Ersten Kommissionsbeamten geeignet erscheinen ließ: für den Ausgleich mit den Fremden und die Ausdehnung des britischen Einflusses auf das spanisch-amerikanische Festland. Außerdem war der Staatssekretär für die Kolonien ein alter Freund von ihm, ein Kollege aus seinen Tagen in Indien. Colonel Fullarton haftete eine Aura von guten Beziehungen, Wohlstand, Bildung (er hatte mit William Beckfords Privatlehrer die Kavalierstour gemacht), von Erfahrung, Beflissenheit und unterdrücktem Skandal an. Als er 1794 ein Regiment leichter Dragoner für den Einsatz in Irland aufgestellt hatte, war er mit der Zahlung des Verpflegungsgelds in Rückstand geraten; außerdem war in den Büchern die Auszahlung von Futtergeld für nicht existierende Pferde an einen nicht existierenden Mann verzeichnet. 1800 hatte Fullarton ein weiteres Regiment aufgestellt, und der damit verbundene Skandal erhitzte weiterhin die Gemüter. Der Duke of York hatte dem Staatssekretär geschrieben, man solle Fullarton nicht gestatten, nach Trinidad zu fahren, bevor er nicht gewisse »ernste Ansprüche befriedigt« habe.

Doch Fullarton war gekommen, und am folgenden Tag begab er sich, wie er es gerne nannte, »in aller Form« an Land. Die zwei Magistratsbeamten des *cabildo* von Port of Spain begrüßten ihn am Kai und führten ihn, zu Trommelschlag und präsentierten Waffen, durch die von weißen und schwarzen Soldaten gesäumten Straßen zur Gouverneursresidenz. Dort legte er Picton seine Ernennungsurkunde vor, wurde von diesem willkommen geheißen und den Mitgliedern des *cabildo* sowie Pictons eigenem Rat vorgestellt.

Am nächsten Tag war in einer Sonderausgabe des *Courant* zu lesen, der Erste Kommissionsbeamte habe, in Erwiderung auf die Ansprachen, Pictons Regierung gelobt. Fullarton hieß einen seiner jungen Männer die Zeitung mitsamt einem Dementi nach London schicken. Das Beweisstück, der Zeuge, der Begleitbrief – es war die typische Vorgehensweise des Ersten Kommissionsbeamten, die Vorgehensweise eines Mannes, der bürokratische Streitigkeiten gewohnt war. Am nächsten Tag schlug der Sekretär der Kommission vor, in einer Proklamation bekannt zu geben, dass alle bestehenden »Gesetze, Bräuche und Anstellungen« in Kraft bleiben würden. Fullarton war einverstanden. Über Nacht besann er sich jedoch anders, und so schickte er morgens um sechs wiederum einen seiner jungen Männer los, der ihm aus der Druckerei des *Courant* eine Korrekturfahne besorgen sollte. Doch es war zu spät; man hatte bereits fünfzig Exemplare der Proklamation in Port of Spain ausgehängt. Fullarton befahl dem Drucker, sie alle abzureißen. Als das geschah, wusste man auf der Insel, dass es einen Konflikt gab: Picton hatte einen offiziellen Herausforderer.

Es war vor allem ein Konflikt unterschiedlicher Lebensstile. Picton, der tyrannische Negerbesitzer, lebte in der Gouverneursresidenz unter der Tyrannei der Mulattin Rosette Smith; dieser keineswegs ungewöhnliche Widerspruch unterstrich in den Augen der männlichen Kolonisten nur seine Männlichkeit. Man sah ihn oft in seinem Seidenwams umherreiten. Er sprach Französisch, französisches Patois und, zum Erstaunen der Venezolaner, fließend Spanisch. Er führte ein offenes Haus; noch dreißig Jahre später erzählten sich die Pflanzer Pictons Witze, die fast immer fantasievoll ausgeschmückte Drohungen waren.

Die Fullartons zeigten in der Öffentlichkeit eine gewisse Weichheit. Seiner Frau und deren Schwester – den »Damen meiner Familie«, wie er sie zu nennen pflegte – begegnete Fullarton stets respektvoll. Das setzte ihn als Mann, der unter einem »Weiberregiment« stehe, herab; zudem stieß man sich an dem subtilen Anspruch, mit diesem Verhalten als Vorbild unter Barbaren zu wirken. Jahre später, als das Thema keine Rolle mehr spielte und Rosette Smith nichts anderes mehr war als ein anzüglich klingender Name, erinnerten sich sowohl die Franzosen als auch die Engländer der Töchter Lord Reays als »zweier der geschicktesten politischen Intrigantinnen, mit denen je eine westindische Kolonie geschlagen war«.

Dieses Urteil war ungerecht; es war Ausdruck der Grobheit einfacher Männer, die immer grobschlächtiger wurden. Von Ehefrauen sprach man 1803 nur selten. Es ging in erster Linie um Vermehrung. Für Negerinnen, die für die Plantagenarbeit nutzbare Kinder gebaren, waren Belohnungen ausgesetzt; und ging es darum, die weiße Bevölkerung zu vergrößern, so war es keineswegs anstößig vorzuschlagen, dass man dafür Prostituierte aus London nach Trinidad holen könnte. Es war kein Ort für Damen.

Der Januarregen hielt an. Das »beste Haus in der Stadt«, das Picton für die Fullartons ausgesucht hatte, wurde für nicht gut genug befunden. Es war alt und klein. Alles in Port of Spain, selbst Fleisch und Gemüse, wurde importiert und war daher teuer, und Lebensmittel waren auf einer Sklaveninsel immer knapp. Die Fullartons erkannten innerhalb weniger Tage, dass es ihnen mit dem Jahresgehalt des Ersten Kommissionsbeamten, das sich auf dreitausend Pfund belief, nicht gelingen würde, »in halbwegs respektabler Façon eine Tafel und ein Haus zu führen« – so die neuen Worte des neuen Stils –, es sei denn, sie hielten selbst Vieh und bauten ihr eigenes Gemüse an. Mrs. Fullarton meinte, sie könne selbst Butter machen. Und so begab sich Fullarton trotz des Regens umgehend auf die Suche nach einem Stück Land und einem neuen Haus in der Stadt. Seine Erfahrung half ihm dabei. Er entschied sich für ein großes, reparaturbedürftiges Haus in Regierungsbesitz. Schreiner und Maurer machten sich sofort ans Werk; als Arbeiter setzte er Galeerenneger ein, die ja Eigentum der Stadt waren, und die Rechnung über rund sechstausend Dollar, die einige Monate später eintraf, leitete er an das Schatzamt weiter.

Es gab in Trinidad nicht viele Posten, die für Fullartons junge Männer in Frage kamen. Eine Regierungsstruktur existierte nicht; Pictons Ein-Mann-Regime hatte sich auf ad hoc zusammengerufene Komitees und Überreste der spanischen Ordnung gestützt. Für einen von Fullartons jungen Männern wurde der absurde Posten des Provost-Marshals – im weitesten Sinne so etwas wie ein Polizeikommandeur – geschaffen. Doch für die anderen konnte Fullarton wenig mehr tun, als sie zu »Bevölkerungskommissaren« zu machen – ohne Pflichten und mit geringem Lohn – und sie als Sekretäre an sich zu binden. Den Feldmessern erging es schlechter. Ihr Gehalt war auf zehn Shilling pro Tag festgesetzt worden, zu wenig für Port of Spain. Die Feldmesser standen in Fullartons besonderer, geheimer Verantwortung. Zwei von ihnen waren Mirandas Agenten für die südamerikanische Revolution.

Colonel Rutherfurd, der als Oberster Feldmesser nach Trinidad gekommen war, kannte Miranda seit fast dreißig Jahren. Er stammte aus South Carolina, hatte die Vereinigten Staaten jedoch schon vor dem Unabhängigkeitskrieg verlassen und war nach England umgesiedelt. Zum ersten Mal war er Miranda im Dezember 1775 in Gibraltar begegnet – Picton war als junger Fähnrich dort gewesen –, später waren sie zusammen durch die Vereinigten Staaten gereist. Rutherfurd stand hinter mehreren von Mirandas Invasionsplänen und hatte ihm einige Kontakte verschafft.

Rutherfurd hatte in Trinidad wenigstens etwas zu tun; die Grundeigentumsverhältnisse waren oft nicht eindeutig geklärt, und man benötigte einen Feldmesser. Doch sein Assistent hatte keine Arbeit. Fullarton beschrieb ihn mal als Sprachkundler, mal als spanischen Anwalt, mal als Botaniker. Der Assistent hieß Pedro Vargas, hatte sich als Spion allerdings in spanisch-amerikanischer Manier einen Decknamen zugelegt, nämlich Smith. Er war 1799 in Neugranada an einer Verschwörung beteiligt gewesen und nach England geflohen, wo er, als Exilneuling und noch stolzerfüllter Revolutionär, in einem Brief an Pitt über sich schrieb, er stamme mütterlicherseits von den Ureinwohnern

Amerikas ab, »welche die Spanier Indianer nennen«. Später fungierte er als Kurier zwischen Miranda und Napoleon. Im Exil war es mit Vargas, wie mit fast allen spanisch-amerikanischen Revolutionären, bergab gegangen. Sein Stolz auf seine Herkunft hatte sich verzehrt; er ertrug Armut und Enttäuschung nur schlecht.

Jetzt schrieb er an Miranda, von zehn Shilling pro Tag könne er nur in einer Negerhütte leben; in Gesellschaft von Weißen zu wohnen, könne er sich nicht leisten. Es sei ein typisches Beispiel der britischen Böswilligkeit gegenüber den Spanisch-Amerikanern und der Revolution. Trotzdem versuchte Vargas seine Aufgabe als Agent zu erfüllen. Er schickte drängende Briefe und erfundene Berichte über spanische Regierungsspione in Port of Spain an seinen Anführer. In erster Linie sammelte Vargas allerdings Beispiele für Ungerechtigkeiten gegenüber den Spanisch-Amerikanern auf Trinidad: die Unannehmlichkeiten, denen er selbst ausgesetzt war; Tod, Inhaftierung, Verrat und Ausweisung von Revolutionären; Pictons Feindseligkeit; die Erhängung spanischer Peonen und Seeleute.

Miranda in London halfen diese Berichte nicht weiter. Doch sie halfen Fullarton auf Trinidad: Sie ergänzten seine »Materialien« für den »Bericht«, den er zu schreiben gedachte. Und die Spanier auf Trinidad merkten, dass sie nach den Jahren unter Picton jetzt auf dieser Insel, die einmal die ihre gewesen war, endlich wieder Gehör fanden. Sie meldeten sich zu Wort, und Fullarton gefiel der Gedanke, dass er sich in ihrer eigenen Sprache mit ihnen unterhalten konnte.

Einer der Spanier, die sich zu Wort meldeten, war zu spanischen Zeiten Ingenieur bei der Armee gewesen. Er sagte, Picton habe ihn fälschlich des Raubes angeklagt und eingesperrt. Es war zur Zeit der Affäre um Luisa Calderon gewesen, und er wusste viel über die Inhaftierung und Folterung von Luisa Calderon zu berichten. Fullarton war der Ansicht, der Spanier könne ihm nützlich sein und müsse eingestellt werden. Man beschloss, dass der unsinnige Posten des Provost-Marshals auch den Posten des *alguazil mayor* oder Obersten Polizisten in sich begriff, und so wurde der Spanier zum stellvertretenden *alguazil mayor* ernannt.

Die freien Farbigen sahen die Fullartons ebenfalls als ihre Beschützer an. »Wann immer«, schrieb Fullarton, »ich oder ein Mitglied meiner Familie das Haus verließ, bezeigten uns die Einwohner auf äußerst schmeichelhafte Weise ihren Respekt und ihre Hochachtung.« Und auch die englischen Oppositionellen betrachteten Fullarton als ihren Fürsprecher; sie begannen wieder von einer öffentlichen Versammlung zu reden.

So verliefen die Fronten. Picton hatte, wie eh und je, die Pflanzer auf seiner Seite, die französischen wie die englischen. Noch wahrte man allerdings die Regeln des Anstands. Am Geburtstag der Königin gab Picton einen Ball in der Gouverneursresidenz. Die Fullartons waren begeistert. Ob Rosette Smith anwesend war, ist nicht bekannt.

Doch dann war da das Gefängnis. Fullarton hatte fast unmittelbar nach seiner Ankunft davon gehört. Der junge Provost-Marshal hatte es besichtigt und Bericht erstattet. Das Gefängnis ließ sich nicht mehr länger ignorieren. Aber Fullarton wollte nicht den Anschein erwecken, er schnüffele herum. Er beschloss, zunächst eine Botschaft an Vallot zu richten. Die Botschaft besagte, dass man Menschen nicht einfach so ins Gefängnis stecken könne, sondern dass ihr Vergehen benannt werden müsse, und dass Vallot, bevor er jemanden auspeitsche oder verstümmele, einen Bericht schreiben solle.

Es war eine einfache Botschaft. Doch verkomplizierte sie nicht nur die Abläufe im Gefängnis ungemein, nein, sie kam praktisch der Abschaffung des Gefängnisses gleich. Fullarton und sein Provost-Marshal hatten den Sinn des Gefängnisses nicht begriffen. Das Gefängnis hatte durchaus seine rechtliche Komponente, doch wichtig war es vor allem als zentraler Ort zur Disziplinierung der Neger. Es war eine öffentliche Einrichtung mit einem genossenschaftlichen Element: Es wurde durch die Gefängnisgebühren, die die Pflanzer zahlten, mitfinanziert und von Vallot geleitet. Offizielle Berichte zu verlangen, die Führung von Büchern, die Benennung der Vergehen, all das bedeutete, die eigentliche Funktion des Gefängnisses und die Rechte jener zu ignorieren, die dafür bezahlten, dass es betrieben wurde. Vallot würde in dem Moment nicht mehr von Nutzen für die Gemeinschaft sein, wo den Negern dämmerte, dass er in seinem Gefängnis nicht als freier Mann schalten und walten konnte.

Es war genau so gekommen, wie Vallot es befürchtet hatte. Nach dreizehn Jahren im Gefängnis, davon sechs Jahre unter Picton, neigte sich seine Arbeit dem Ende zu. Er begann davon zu sprechen, dass er die Insel verlassen und in die Vereinigten Staaten umsiedeln werde.

In den französischen Herrenhäusern ging das Gerücht um, der Erste Kommissionsbeamte habe das Auspeitschen und Anketten von Negern verboten. Die Magistratsbeamten, die Fullarton in Empfang genommen hatten, legten offiziell Protest ein. Der Erste Kommissionsbeamte wisse nicht, was er tue; er unterminiere die öffentliche Ordnung. Das war eine schwer wiegende Anklage. Fullarton wiegelte ab. Es liege ein Missverständnis vor; die Magistratsbeamten sollten sofort an Vallot schreiben. Natürlich solle Vallot die Gefangenen weiterhin auspeitschen und in Eisen legen, wenn die Magistratsbeamten es von ihm verlangten; er, Fullarton, wolle bloß, dass die in Ketten liegenden Neger im Gefängnis nicht mehr ohne Erlaubnis bestraft würden. Das war schon besser. Doch es blieb eine Einmischung – mit solchen Kleinigkeiten fing es immer an, und Vallot war, wie alle, die Neger besaßen, beunruhigt.

Drei Tage später sprach Fullarton das Thema Gefängnis auf einer Versammlung des *cabildo* erneut an. Vielleicht brauche man einfach ein neues Gefängnis. Begorrat war anderer Ansicht. Doch einer der Magistratsbeamten wusste von einem Stück Land, auf dem ein neues Gefängnis erbaut werden könnte, und später am Nachmittag gingen sie alle hin, um sich das Grundstück anzusehen. Danach statteten sie dem Gefängnis einen Besuch ab.

William Payne, der Henker, war übelster Laune. Er hatte

gehört, dass Fullarton als Verteidiger der Unterdrückten galt, und so beklagte er sich sofort, er habe für ein Jahr Arbeit ganze zwei Joes bezahlt bekommen. Fullarton bat ihn, seine Beschwerde schriftlich einzureichen.

Vallot führte die Gruppe herum. Im Gefängnis stank es; Fullarton beschrieb die kleinen, überfüllten Zellen als »pestilenzische Verschläge«. Unten in dem größeren Raum, der ungefähr sechs mal sechs Meter maß, befanden sich fünfzig oder sechzig Neger, Männer und Frauen, die an Hals oder Handgelenken angekettet waren. Einige waren nackt, mindestens ein Dutzend waren bis aufs Skelett abgemagert, »Gespenster, denen kaum noch Menschliches eignete«. Vallot wusste nicht bei allen Negern, wer sie waren, wer sie ins Gefängnis gesteckt hatte oder wann sie entlassen werden sollten. Viele der Gefangenen, so erklärte Vallot, fielen ihm nur zur Last, da niemand Gebühren für sie zahle. Fullarton war der Ansicht, dass das an der übertriebenen Höhe der Gebühren lag. Doch er sagte nichts. Das Reden hatte Vallot übernommen. Er deutete auf eins der »Gespenster« und sagte, diese Frau gehöre ihm; er habe sie kürzlich für zwei Joes als Spekulationsobjekt gekauft. Fullarton missbilligte dieses »Geschäft«. Vallot begriff das nicht. Er wusste, dass er nichts zu verbergen hatte. Doch er hatte einen feinen Instinkt für Gefahr, und als sie im hinteren Bereich des Gefängnisses waren, versuchte er etwas zu offensichtlich, die Gruppe an einer bestimmten Tür vorbeizuschleusen. Fullarton fragte nach.

Die Tür führte zu dem Flur mit den *cachots brûlants*. In den niedrigen, fensterlosen Zellen befanden sich fünf der Gefangenen von Baron de Montalemberts Plantage, nackt in der Hitze und der Dunkelheit, »einige von ihnen flach auf dem Rücken ausgestreckt, beide Beine in unbeweglichen Eisen fixiert«. Sie waren schon seit Wochen dort eingesperrt. Ursprünglich hatte Vallot sechs Neger aufgenommen, vier hatte er gefoltert, einer war wohl gestorben.

Begorrat, der Präsident des Tribunals, das über die Giftmörder richtete, beantwortete Fullartons Fragen. Er erzählte Fullarton, wie man in Martinique früher verfahren sei, und versprach, ihm die Annalen des Rates jener Insel zu zeigen. »Die mir angeborene Geradsinnigkeit«, schrieb Begorrat zwei Monate später, »verleitete mich zu der Annahme, es sei Ziel und Absicht des Colonels, Aufschluss über Gegenstände zu gewinnen, die dem Europäer, welcher noch nicht in den Kolonien gelebt, fremd und unbekannt erscheinen müssen. Ich betrachtete es daher als meine Pflicht und Schuldigkeit, dem Colonel den bestmöglichen Einblick zu gewähren und ihm mit jeglichen Auskünften zu dienen, die mir zu Gebote stehen.«

Vordringlich war für Fullarton die Frage, ob die Neger, die er vor sich sah, gefoltert worden waren. Begorrat erklärte, anders lasse sich die Wahrheit aus diesen Übeltätern nicht herauslocken. Doch auch ihn warnte sein Instinkt, und so sagte er, gefoltert habe man während der Ermittlungen zu den Giftmorden nur einmal. Er erzählte, wie er einen seiner toten Neger habe aufschneiden lassen und wie die Krankenschwester Thisbe Hilfe suchend zu einem Nachbarn gelaufen war. Er erzählte von den Massenvergiftungen im vorangegangenen Jahr, von rasenden Maultieren und Scharen sterbender Neger.

Fullarton notierte sich die erschreckenden Zahlen. Der Neger als Opfer und Bedrohung zugleich; die Sklaverei als doppeltes Grauen, das sich selbst rechtfertigt: hier offenbarte sich ein Schwachpunkt, eine Instabilität. Fullarton sagte, selbst wenn sie für schuldig befunden würden, seien die fünf Neger in den *cachots* schon ausreichend bestraft worden. Begorrat verstand den Wink; er entschied, dass die ihres Verstandes beraubten Neger freigelassen werden sollten, es lägen nur ungenügende Beweise vor. Die Führung war vorbei.

Als die Gruppe eben das Gefängnis verlassen wollte, übergab William Payne Fullarton seine schriftliche Beschwerde:

In St. Joseph erhängt und verbrannt sowie enthauptet	1 Mann
Ohren abgeschnitten, ebendort	2 dito
Ohren abgeschnitten und gebrandmarkt, ebendort	4 Männer

Unter dem Galgen ausgepeitscht	1 dito
Mit dem Pranger bestraft	1 dito
Durch die Stadt geführt und in den Pranger gestellt	1 dito
Auf dem Markt Ohren abgeschnitten	1 dito
Dasselbe im Gefängnishof	1 dito
Mulatte und Neger mit der Peitsche durch die Stadt gejagt	2 dito
Ohren von zwei Schwarzen abgeschnitten, im Gefängnishof	2 dito
Als Teilzahlung erhalten (Lohn) 2 Joes	

William Payne

Fullarton erzählt, er habe in jener Nacht lange nachgedacht. Er habe versucht, ganz rational zu betrachten, was er gesehen hatte, und »unzulänglich disziplinierte Neger« gegen »überzogene Spekulation, unangemessene Ernährung und schlechte Führung durch Pflanzer und Aufseher« abzuwägen. Am folgenden Nachmittag begab er sich wieder ins Gefängnis; er sah das Gleiche wie am Tag zuvor. Er fasste einen Entschluss. Wenn kein neues Gefängnis gebaut würde, so erklärte er, werde er in eigener Verantwortung die Gefangenen in eine Hulk im Hafen umquartieren lassen. Er bestand nun auf einer Liste der Gefangenen, ihrer Vergehen und ihrer Bestrafungen. Und er verlangte einen wöchentlichen Bericht über alle beschlagnahmten Neger.

Am nächsten Tag sprach Picton bei Fullarton vor und protestierte. Er empfand die Besuche im Gefängnis als Kritik. Fullarton erklärte, sie seien nicht als Kritik gedacht gewesen, dankte Picton aber für seine Offenheit.

Mrs. Fullarton butterte inzwischen selbst und fand ihre Butter genauso gut wie die aus Cambridge. Das Land und die Menschen, die sie regierte, wuchsen ihr langsam ans Herz. Durch ihre Höflichkeit nahm sie die Unterdrückten, die so etwas nie erlebt hatten, im Sturm für sich ein, besonders die dafür sehr empfänglichen Spanier. Für Mrs. Fullarton waren sie Teil ihrer romantischen Vorstellung von der Position, die sie innehatte. Auch Fullarton hatte eine bestimmte Vorstellung von seiner Rolle. Zwanzig Jahre zuvor hatte er sich in Indien von den korrupten und machthungrigen neuen Männern Englands umgeben gesehen und schon damals gedacht, dass er in einer Zeit des nationalen Verfalls lebe. Seine Kampagne gegen Picton war von der Hysterie, der Selbstgerechtigkeit, ja auch der Selbstverliebtheit geprägt, die aus dieser Sichtweise erwuchs.

Seine Feinde behaupteten später, er sei mit dem festen Vorhaben aus England gekommen, Picton strafrechtlich zu verfolgen. Das war durchaus möglich. Doch seine Kampagne begann mit jenem Moment des Schocks, den er im Gefängnis erlebte. Darauf kam er immer wieder zurück – auf William Paynes Rechnung, auf Begorrats präzise Erklärungen, denen doch jede vorsätzliche Grausamkeit abging. Logische Überlegungen hätten Fullarton eigentlich zum Abolitionismus führen müssen. Doch er war ein Beamter, der sich beweisen wollte; ein Reformer war er nicht. Es war in Ordnung, dass Neger Sklaven waren und diszipliniert wurden, dass man sie im Gefängnis in Ketten legte und auspeitschte, bloß sollten sie nicht zu streng bestraft werden. Genau wie Picton war auch Fullarton innerhalb kurzer Zeit emotional verstrickt. Es gelang ihm nie, sein Anliegen, das ihm so offensichtlich und vernünftig erschien, hinlänglich zu definieren oder zu vertreten, und bald war dieses Anliegen – mal war es die Humanität, mal der »britische Nationalcharakter« – in Rechtfertigungen und Hass aufgegangen. Er begann Picton zu hassen; er verlor seine eigentliche Aufgabe als Erster Kommissionsbeamter aus den Augen; er vergaß den eigentlichen Grund für seinen Hass.

Jetzt verlangte er nach Beweisen. Seine jungen Männer eilten umher und nahmen Zeugenaussagen auf. Der Spanier, den er zum stellvertretenden *alguazil mayor* gemacht hatte, begann dem Fall Luisa Calderon nachzugehen. Endlich gab es auch Arbeit für Pedro Vargas, Mirandas nutzlosen Agenten. Vargas fungierte als Dolmetscher, als Mittelsmann, als der Mann, der sowohl das spanische Recht als auch die Methoden der britischen Minister kannte. Der Feldzug gegen Picton wurde Vargas' Anliegen und Aufgabe und sollte es bis zu seinem Tode bleiben, er bewirkte Vargas' Rückkehr aus der Fantasiewelt der Revolution in die Realität.

Innerhalb von vierzehn Tagen hatte man eine Menge Informationen zusammengetragen. Genug, um einen Prozess anzustrengen. Für Fullarton war es erst der Anfang. Das ganze Unterfangen mit seinen Wiederholungen, Unterbrechungen und Wiederaufnahmen, seinen Umwegen und seinen Demütigungen sollte fünf Jahre dauern. Es kostete Fullarton den Verstand, seine Ehre und sein Leben.

P. F. McCallum, der schottische Flugschriftenverfasser aus Philadelphia, traf schließlich und endlich in Port of Spain ein. Er war in New York erkrankt, an einem »Wechselfieber der semitertianen Art, das sich laut Galen aus einem ständigen, täglichen und periodischen Tertianafieber zusammensetzte«. Er empfand das Fieber als ungerecht. Schon während seiner Reisen habe er »unglaubliche Entbehrungen auf sich genommen, ward den widrigsten Winden ausgesetzt«. Zähigkeit gehörte damals noch nicht zum Mythos des Journalisten, noch zu dem des Briten; Klagen galt als Zeichen von Empfindsamkeit. Die jungen Misses Frank reisten aus Philadelphia an, um McCallum zu pflegen, und letztlich erwies sich seine Krankheit als »wunderbares Eingreifen der Vorsehung, durch welches das Leben des Autors verlängert ward« – denn das Schiff, mit dem er eigentlich zu den Westindischen Inseln hätte segeln sollen, sank mit Mann und Maus. Er glaubte, er sei verschont geblieben, »um die Verbrechen eines zweiten Nimrod ans Tageslicht zu bringen«.

McCallum missfiel von Anfang an, was er von Pictons Port of Spain sah. Er landete an einem Sonntag, entdeckte aber keinerlei Anzeichen dafür, dass dieser Tag geheiligt wurde. Die Spielhäuser waren voller Menschen, die Billard spielten. (Einer seiner Mitreisenden hatte einen Billardtisch und anderes Spielgerät mitgebracht und wollte ein Spielhaus eröffnen; er stammte ursprünglich aus London, »eine Art Drogist oder Säuremischer«, der mit einer Schauspielerin davongelaufen und viele Jahre in Frankreich und den Vereinigten Staaten herumgereist war.) Die Schiffsreisenden wurden zur Gouverneursresidenz gebracht. Sie mussten anderthalb Stunden warten, und McCallum konnte den Anblick von Pictons Sekretär bald nicht mehr ertragen. Der »Zweibeiner«, wie er es formulierte (spätestens hier erkennen wir in McCallum einen Vorläufer von Dickens), »platzierte sich mal so, mal anders; dann wieder betrachtete er seine feinen Züge in einem Spiegel; grinste etliche Male nach Osten und nach Westen und bewunderte seine Beißer, und wenn er umherstolzierte, schnatterte er wie eine Gans.«

Picton kam heraus. »Der Grande«, dachte sich McCallum, »der emporgekommene Grande.« McCallum hoffte darauf, dass Picton ihn beleidigen oder bedrohen oder ihm wenigstens den berühmten Galgen zeigen würde. Doch Picton wechselte kein Wort mit McCallum, ja würdigte ihn keines Blickes, und wenig später sah sich McCallum – der sich, solchermaßen ignoriert, mit Reflexionen über die Tugend getröstet hatte – plötzlich entlassen.

Sobald er eine Unterkunft gefunden hatte – direkt neben der Kaserne, mit Auspeitschungen morgens und abends –, ging er ans Werk. Er besuchte eine Indianermission. Er beneidete die Indianer um die »Unschuld ihres Denkens«, empfand jedoch »Mitleid angesichts der Blindheit ihrer Vorstellungen«. Den Missionar hielt er für einen Lüstling. Er sah Negerinnen in schweren Ketten, die an Hals und Fußgelenken befestigt waren, und dankte Gott für seine weiße Haut. Er trug Fakten und Zahlen zusammen. Er erkundigte sich nach den örtlichen Feldfrüchten und Obstsorten. (1803 wirkten sich Form und Farbe der Banane noch nachteilig auf ihren Ruf aus: Sie galt als »urintreibend und der Fleischeslust förderlich«.) Er stattete Fullarton einen Besuch ab und »verbrachte eine Stunde mit diesem herausragenden Manne in seinem Arbeitszimmer«. Und er nahm Kontakt mit der englischen Opposition auf.

Die Oppositionellen hatten schon wieder Ärger mit Picton. Sie hatten eine weitere Versammlung angekündigt, um öffentlich die Durchsetzung englischen Rechts zu fordern. Doch Picton hatte ihnen zu verstehen gegeben, dass er von dieser Idee nach wie vor nichts hielt, und die Versammlung war abgesagt worden. Nun beschlossen die Oppositionellen, sich regelmäßig samstagabends in McCallums Herberge zu treffen. Sie gründeten den »Klub der Garstigen« und stellten eine Satzung auf. McCallum oblag es als Sekretär, die Protokolle und Dokumente des Klubs zu verwahren. Doch McCallum war auf der Hut. Wenn die Inquisition, wie er Begorrat und dessen Freunde nannte, »auch nur ahnte, dass meine Feder derart der Humanität verpflichtet ist, so würde die Hand, die sie führt, bald der Folter unterworfen«.

McCallum war in einer Woche der krisenhaften Zuspitzungen eingetroffen. Fullarton und die französischen Pflanzer versetzten einander immer wieder in Erstaunen, und die Franzosen waren mittlerweile nervös geworden. Die Nachricht, dass Fullarton Vallots Kauf einer inhaftierten Negerin als Spekulationsobjekt missbilligt hatte, hatte die Runde gemacht und großen Ärger ausgelöst: Jeder Mann habe das Recht, seine Neger an jeden beliebigen Interessenten zu verkaufen. Jemand anders hatte sich bei Fullarton über einen französischen Bäcker beschwert, der seine sieben Neger in solch extremem Maße »auspeitschte und blessierte«, dass ihr »Geschrei zur Ruhestörung wurde«; einer war schon zu Tode gepeitscht worden, ein anderer hatte ein Auge verloren. Es herrschte große Wut darüber, dass Fullarton einer Beschwerde über häusliche Angelegenheiten überhaupt Gehör schenkte. Der Bäcker selbst tobte vor Zorn, als er davon hörte.

Doch Fullarton hatte noch mehr getan. Der französische Kommandant oder Vorsteher des westlich von Port of Spain gelegenen Distrikts Carenage hatte Ärger mit einem Pflanzer gehabt, einem Mulatten. Dieser Mulatte war als Unruhestifter bekannt. Wegen seiner »Kapriolen« hatte man ihn bereits von der Teilnahme an der samstagabendlichen Patrouille befreit, die Betrunkene und streunende Neger aufgriff und Negerfeste auflöste, die nach der Ausgangssperre stattfanden. Nun weigerte sich der Mulatte auch noch, seine Neger zum Straßen-Arbeitstrupp des Kommandanten abzustellen. Der Kommandant drohte, er werde den Mulatten zu Vallot schicken. Der Mulatte erklärte daraufhin, er habe genügend Bargeld bei sich, um Vallot zu bezahlen. Er kam also ins Gefängnis. Da der Kommandant jedoch Fullartons Anweisung ignorierte und das Vergehen des Mulatten nicht benannte, sorgte Fullarton dafür, dass der Mulatte wieder freigelassen wurde.

Der Kommandant war außer sich. Seit dreizehn Jahren, seit den Tagen der Spanier, diene er nun als Kommandant, und bisher sei noch jeder, den er ins Gefängnis geschickt habe, auch ins Gefängnis gekommen. Nun aber sei er gedemütigt, bei den Mulatten herrsche großer Jubel, und es bestehe die Gefahr eines Aufstandes. Der freigelassene Mulatte sei zu seinem Nachbarn gelaufen, einem Mann mit revolutionärer Vergangenheit, und dieser wiederum sei an die Küste geeilt und habe herausgeschrien, dass Weiße und Farbige gleich seien und dass der Erste Kommissionsbeamte für die Farbigen und gegen die Weißen sei.

Das alles geschah am Dienstag nach McCallums Ankunft. Doch es sollte noch schlimmer kommen. Am Samstagvormittag kam eine alte französische Farbige von einer der anderen Inseln nach Port of Spain. Picton hatte sie vor einiger Zeit ausgewiesen, doch sie hatte ein Gesuch an Fullarton gerichtet und von diesem die schriftliche Erlaubnis erhalten, für eine Woche zu kommen. Um neun Uhr morgens meldete sie sich bei Fullarton. Um halb zwei kehrte sie mit einem *alguazil* zurück. Picton hatte sie aufgefordert, die Insel umgehend zu verlassen, und persönlich einen Deportationsbefehl ausgeschrieben. Fullarton schickte den *alguazil* fort und sagte der Frau, sie dürfe bleiben. Dann schickte er einen seiner jungen Männer mit dem Deportationsbefehl zum Sekretär der Kommission.

Der Sekretär mahnte, Fullarton solle mit Bedacht handeln,

denn »solcherlei Vorgänge bedeuteten einen Triumph für General Pictons Feinde«.

»Ich bin zu einer Antwort nicht befugt«, sagte der junge Mann und kehrte zu Fullarton zurück.

Später aßen sie alle zusammen zu Abend, die Fullartons, Mrs. Fullartons Schwester, die jungen Männer. Auch drei spanische Gäste waren anwesend: der neue stellvertretende *alguazil mayor*, der *escribano*, der im Fall Luisa Calderon im Einsatz gewesen war, und Pedro Vargas.

Gegen acht, als sie gerade im Salon Tee tranken – auch der *escribano* und der stellvertretende *alguazil mayor* sprachen, als Teil des ungewohnten Rituals, dem ungewohnten Getränk zu –, kam Picton und sagte, er müsse mit Fullarton reden. Sie gingen durch die offene Tür auf die angrenzende Galerie oder Veranda hinaus. Innerhalb von kürzester Zeit schrien Picton und Fullarton sich an. Der Wachtposten hörte es, die Bediensteten hörten es. Picton hämmerte mit der Faust auf das Geländer, Fullarton hämmerte zurück. Dann verzog sich der Sturm. Picton ging.

Stift, Papier: Fullarton bat seine jungen Männer um eine Aussage. Während sie diese formulierten – »... die Unterzeichneten ... speisten zu Abend ... saßen beim Tee .... plötzlich, zur Überraschung der ganzen Gesellschaft ... lautstark und in drohendem Ton ...« –, entschuldigte sich Fullarton bei den Spaniern, dass er nicht auch sie um eine schriftliche Aussage bat, aus Gründen des Taktes, wie er sagte. Die Aussage wurde unterzeichnet, und Fullarton las sie durch. Etwas fehlte. Er schrieb: »Allerdings haben Sie versäumt zu erwähnen, mit welcher Heftigkeit Brigadegeneral Picton die Fäuste auf das Geländer niedersausen ließ, während er mit General Fullarton sprach, was diesen natürlich veranlasste, mit noch größerer Heftigkeit auf dasselbe Geländer zu hämmern.«

Am Sonntagmorgen ging Fullarton mit seiner Familie in die Kirche. Danach bereitete er mit Hilfe seiner jungen Männer die Dokumente vor, die Berichte von Vargas und die Berichte des stellvertretenden *alguazil mayor*. Sie fertigten von allem

Abschriften an. Womöglich wurden sie dabei von Mrs. Fullarton unterstützt, die manchmal als Sekretärin aushalf. Fullarton beabsichtigte, auf der Sondersitzung des Rates am nächsten Tag seine gesammelten Beschuldigungen gegen Picton vorzubringen.

Doch abends trafen beunruhigende Nachrichten ein. Picton hatte in seiner Funktion als Militärbeauftragter der Kommission sämtliche Wachtposten aus der Stadt abgezogen. Faktisch war immer das Militär die eigentliche Polizei gewesen, die *alguaziles* kümmerten sich nur um Betrunkene und Streuner. Fullarton erkannte, welche Gefahr ihm drohte: Womöglich würden noch weitere Mulatten laut rufend zum Strand eilen und es würde einen Aufstand geben. Es ließe sich dann leicht so hinstellen, als habe er sie ermutigt. Er hatte keine militärischen Befugnisse, und nahm er seine zivilen Befugnisse wahr, so stieß er auf Widerstand. Es war, als hätte er gar kein Amt inne. Ihm kam der Gedanke, sich mit Picton zu duellieren, »das normale, persönliche Verfahren unter Gentlemen«. Natürlich war das ausgeschlossen. Doch in Momenten der Anspannung tröstete sich Fullarton fortan oft mit der Fantasie persönlicher Gewaltanwendung.

Am nächsten Tag erläuterte er im Rat detailliert seine Beschuldigungen gegen Picton. Er verlangte eine beglaubigte Liste aller Personen, gleich welcher Rasse und Hautfarbe, die »eingesperrt, verbannt, angekettet, ausgepeitscht, verstümmelt, zwecks Abpressen eines Geständnisses gefoltert, erhängt, verbrannt oder sonst wie bestraft« worden waren.

Er sorgte für eine Sensation. Zum Teil war es Begorrats Schuld, denn von ihm hatte Fullarton all diese Informationen erhalten. Doch niemand machte Begorrat Vorwürfe. Und Begorrat selbst war entsetzt. »Nie hätte ich mir träumen lassen«, sagte er später, »dass Auskünfte, die mit solch uneingeschränkter Offenheit einem Manne erteilt wurden, der doch das Feingefühl eines Magistratsbeamten sollte zu würdigen wissen, vom ersten Moment an dazu bestimmt sein würden, die ungeheuerliche Anklage zu formlieren, die Ihnen vorliegt; die, am heutigen Tage der Öffentlichkeit präsentiert, die Gedanken lähmt, jedes vernünftige Urteil zu Schanden werden lässt, und männiglich veranlasst, schweigend und gleichsam versteinert vor Verwunderung und Entsetzen seinen Nachbarn zu mustern.«

Die Mitglieder des Rates baten die beiden Kommissionsbeamten, sich zu versöhnen. Nach einer dreistündigen Diskussion erklärte sich Fullarton um der Ruhe und Ordnung willen dazu bereit. Der Schreiber des Rates zerriss die Dokumente; es war ein Glück, so schrieb Fullarton später, dass er zu Hause Abschriften davon hatte. Picton richtete eine schriftliche Entschuldigung an Mrs. Fullarton. Man bewahrte sie auf, als Beweismaterial; außerdem fertigte man Kopien an.

Auf seiner Position beharrend, solange er in der Defensive gewesen war, begann Fullarton nun, im vorübergehenden Entspannungszustand der Versöhnung, Forderungen zu stellen. Er erklärte, der Sekretär der Kommission habe Unfrieden zwischen Picton und ihm gestiftet und solle vom Dienst suspendiert werden. Drei Tage später wiederholte er diese Forderung noch einmal und erklärte ihre Erfüllung zur Voraussetzung für seine weitere Versöhnlichkeit. Er wollte, dass sein Provost-Marshal das Amt des Sekretärs übernahm und dass auch seine anderen jungen Männer im Umfeld dieses Amtes beschäftigt wurden; er wollte einen Dolmetscherposten für Pedro Vargas; und er selbst wollte explizit damit betraut werden, »sich um die täglichen Amtsgeschäfte zu kümmern«.

Es war zu viel, der Streit flammte wieder auf. Am nächsten Tag, dem sechsten Jahrestag der Eroberung, fasste Picton sein Rücktrittsgesuch ab. Die Handschrift war sauberer als sonst, seine sprachlichen Unsicherheiten bestanden nach wie vor. »Ich sehe nun eindeutig die Schwierigkeit, wenn nicht Unmöglichkeit, im Einvergehen mit einem Mann von solch unaufrichtigem, abscheuligem Charakter zu handeln. Seit dem Moment seiner Ankunft ist die Szene von dunklen, mysteriösen Intrigen bestimmt.« Und dann überschlugen sich die Worte: »geheuchelte Philanthropie ... prahlt mit seiner großen Menschenfreundlichkeit ... schlimme Befürchtungen der Grundbesitzer

... raffinierte, verzerrte Darstellungen ... in höchstem Maße selbstische, eigennützige Motive ... schmerzlich für einen aufrichtigen, ehrenhaften Mann.«

An diesem Abend fand die Patrouille unter Fullartons stellvertretendem *alguazil mayor* in dem Wachhäuschen auf dem Pier lang nach der Ausgangssperre einen Neger, der auf einem Tornister samt Soldatenmantel und Decke lag und schlief. Zeitgleich sahen sie einige Seeleute – immer verdächtig – ein Kanu bewachen. Die Patrouille war »schon mit dem Neger belastet«; der Wachtposten der Festung weigerte sich, ihnen zu helfen – ein Dauerbefehl Pictons –, und so entkamen die Seeleute. Nur ein kleiner Zwischenfall, doch für Fullarton ein Beleg seiner Machtlosigkeit, ja vielleicht sogar Gefährdung.

Er hoffte darauf, dass sich die Situation in einigen Tagen verändern würde. Kommodore Samuel Hood, der Dritte Kommissionsbeamte, war fast zwei Monate lang in Barbados aufgehalten worden, wo er sich für die älteste Tochter des Gouverneurs erwärmt hatte. Doch nun war er schließlich und endlich unterwegs. Fullarton hatte Hood in London kennen gelernt und bewunderte ihn als Offizier und wahren Gentleman, als einen Seehelden, Gelehrten und Mann von »hohem beruflichem und öffentlichem Ansehen«. Fullarton hatte für Hood »das beste Haus, das in Port of Spain zu finden war« gemietet: wunderbar gelegen, mit Blick auf den Golf und die Schiffe. Er hatte einen seiner jungen Männer damit beauftragt, für den Kommodore »alles auf das komfortabelste herzurichten«.

Außerdem war er fest entschlossen – egal, was Picton davon halten mochte –, an Bord des Flaggschiffs zu gehen und Hood als Erster zu begrüßen, und zwar in Begleitung von Sir James Bontein. Sir James zeichnete sich allein dadurch aus, dass er auf der ganzen Insel der einzige Engländer mit Adelstitel war. Er war ein Jahr zuvor in der Hoffnung auf einen Posten nach Trinidad gekommen, mit einer Empfehlung des Premierministers Addington, man möge ihm doch so etwas wie das Amt eines Steuereinnehmers zuweisen, falls er dazu geeignet scheine und ein solcher Posten existiere. Picton hatte Sir James kein wie auch immer geartetes Amt zugewiesen, und Sir James war nun bereit, sich auf Fullartons Seite zu schlagen.

Doch Hood ließ Fullarton im Stich. Er ergriff von Anfang an Partei für Picton. Er ließ keinen Zweifel daran, dass er weder Fullarton etwas abgewinnen konnte, noch dem zu großen Haus, das dieser für ihn ausgesucht hatte, noch dem servilen jungen Mann aus Fullartons Gefolge, der ihm dienlich sein wollte, noch Mrs. Fullarton. Und Fullarton konnte das einfach nicht verstehen. Hood war ein viel beschäftigter Mann, der seine Aufmerksamkeit weniger auf Trinidad richtete als auf die Verpflichtungen, die sich aus einem großen Krieg ergaben. Doch für Fullarton war diese Zurückweisung ein ständiger Quell des Kummers. Ärger stellte sich nur zögerlich ein. Es sollte Monate dauern – der Krieg war wieder ausgebrochen, Hood befördert worden und abwesend –, bis sich Fullarton den Gedanken an ein Duell mit Hood zugestand.

Nach all den Vorbereitungen war der Empfang ziemlich chaotisch abgelaufen. Fullarton und Sir James Bontein waren wie geplant an Bord des Flaggschiffs gegangen und hatten Picton mit seinen Soldaten am Kai stehen lassen. Als die Amtspersonen an Land kamen, ließ Picton Hood links liegen, stellte sich vor Sir James und sagte: »Ich hoffe, Euer Exzellenz sind bei guter Gesundheit hier eingetroffen. Gestatten Sie mir, Ihnen zu Ihrer glücklichen Ankunft auf Trinidad zu gratulieren.«

Sir James war verblüfft.

Picton erläuterte: »Wie ich höre, sind Euer Exzellenz zum Kommissionsbeamten ernannt worden.«

Jetzt erst begriff Sir James, dass er bewusst beleidigt wurde und dass der zornentbrannte Picton willens war, einen öffentlichen Eklat zu verursachen. Dieser fand dann auch statt, und zwar mit solcher Heftigkeit, dass Sir James sich viele Wochen lang überhaupt nicht mehr blicken ließ und schließlich, als er sah, dass er auf Trinidad nichts zu erwarten hatte, nach England zurückkehrte.

Hood genoss seinen Ruhm, bis hin zu den Artikeln, die im

Courant über ihn erschienen, und die Szene am Kai hätte ihn eigentlich gegen Picton einnehmen müssen. Doch dem war nicht so. Auch sonst lief jetzt nichts mehr so, wie es sollte. Fullartons jungen Mann jagte Hood fort. Mrs. Fullarton behandelte er zunächst höflich; sie hatten gemeinsame Freunde, zum Beispiel Sir Thomas Trowbridge in London und die arme Lady Mitchell, die wenig später in Barbados »dem Siechtum« zum Opfer fallen sollte; außerdem war Hood Lord Seaforths Tochter in Barbados zugetan. Doch der vierzigjährige Junggeselle war kein Salonseemann, und er machte bald unumwunden klar, dass Mrs. Fullarton ihn irritierte und seiner Ansicht nach eine gefährliche, intrigante Person war.

Auch der britische Oberbefehlshaber, der mit Hood zusammen aus Barbados gekommen war, tat sein Missfallen an den Fullartons deutlich kund. Der Oberbefehlshaber logierte im Haus der Fullartons. Er war ein überaus beschäftigter Mann, der sich mit Landvermessung, der Planung von Befestigungsanlagen und Verteidigungsstrategien befasste. Er konnte die »Unterbrechungen der offiziellen Geschäfte« durch Fullarton und dessen Frau nicht ertragen und zog nach einer Woche in die Herberge um, in der auch P. F. McCallum, der Flugschriftenverfasser, wohnte.

Fullarton verlieh seinem »Taktgefühl« Ausdruck, indem er den militärischen Paraden fernblieb. Er wolle nicht, so erklärte er, dass man ihm Einmischung in militärische Belange nachsage oder dass seine Kommentare einer etwaigen Kritik des Oberbefehlshabers am örtlichen Militär Vorschub leisten könnten. Diese »weibische« Entschuldigung steigerte die Unhöflichkeit noch. Der Oberbefehlshaber war fuchsteufelswild, und gegen Ende der Woche war Fullarton völlig isoliert und in der Defensive.

Hood, der Oberbefehlshaber und Picton hatten mehr gemein als *esprit de corps* und eine grundlegende Abscheu gegen »Papierkram«, Intrigen und Winkeladvokaten. Sie hatten alle drei kein Interesse an freien Siedlern auf Trinidad. Einige Wochen zuvor hatte der Oberbefehlshaber Fullarton einen entsprechenden Wink gegeben, doch Fullarton hatte nicht darauf reagiert. Die Generäle und Admirale wollten das Land für sich. Maitland, der besiegte General von Haiti, Admiral Cochrane und andere rechneten mit Landzuweisungen als Lohn für ihre Dienste; sie wollten Sklavenplantagen einrichten. Für die englischen Einwanderer, die mit Fullarton nach Trinidad gekommen waren, hatte man bisher nichts getan, und sie verarmten zusehends. Sie hatten schon ihre Überfahrt bezahlen müssen, und Trinidad war teuer. Ein Pfund Butter kostete sechs Shilling, einer der Einwanderer zahlte hundert Dollar Miete im Monat. Keiner von ihnen hatte Land oder Arbeitsgerät erhalten. Ein Waliser, der begonnen hatte, ein kleines Stück Land zu roden, wurde verjagt, indem man ihm mit Vallot und dem Gefängnis drohte, mit »neununddreißig Peitschenhieben und der Bestrafung für Neger«.

Bei ihrem Gespräch in London waren sich Hood und Fullarton über die freien weißen Siedler noch einig gewesen. Fullarton glaubte nicht, dass Hood sich wirklich verändert hatte, dass Hood und der Oberbefehlshaber tatsächlich auf Pictons Seite standen. Und er versuchte ihnen das mitzuteilen. Er lieferte Beweise. Jemand war an der Gouverneursresidenz vorbeigegangen und hatte Picton und Hood streiten hören; jemand anderes hatte von einem Offizier im Gefolge des Oberbefehlshabers gehört, dass dieser gesagt habe, die örtlichen Soldaten seien zwanzig Jahre hinterher.

Fullarton war sich sicher, dass er Hood im Gespräch unter vier Augen würde überzeugen können. Doch Hood wollte kein solches Gespräch, und Fullarton musste seine Argumente auf den Rats- und Kommissionssitzungen vorbringen. Er wisse, dass seine beiden Besuche im Gefängnis Unwillen erregt hätten, doch die spanischen Gesetze sähen vor, dass der Gouverneur dem Gefängnis einmal in der Woche einen Besuch abstatte und dass der Gefängnisaufseher Bücher führe. Porto Rico, Vallots Gehilfe, sagte als Zeuge aus. Es stimme nicht, erklärte er, dass Colonel Fullarton angeordnet habe, die Neger von ihren Ketten zu befreien, und dass er Auspeitschungen verboten habe.

Der Colonel habe ihn nur gebeten, und zwar nicht einmal schriftlich, die Neger nicht zu hart zu bestrafen.

Es nützte nichts. Hood stand auf Pictons Seite, die beiden Männer waren ständig zusammen. Das Militär hatte immer noch Order, die zivile Macht in keiner Weise zu unterstützen. Am Sonntagnachmittag brachen einige Seeleute in einen Laden ein, und niemand hielt sie davon ab. In den heißen Straßen verrottete der Müll – der Intendant der Polizei, der die Aufsicht über die Müllbeseitigung hatte, unterstand militärischem Befehl. Es war davon die Rede, Fullarton wegen Behinderung der Gerichtsbarkeit und der Zweckentfremdung städtischer Gelder strafrechtlich zu verfolgen: Der *cabildo* von Port of Spain zahlte Vallot zwanzig Cent pro Tag und Mann für die Unterbringung und Verpflegung der Galeerenneger, und Fullarton hatte die Galeerenneger nicht nur als Bauarbeiter an seinem und Hoods Haus eingesetzt, sondern auch, nachdem das Militär sich zurückgezogen hatte, als Hilfspolizisten. Die Beschuldigungen waren absurd. Doch Fullarton nahm gewissenhaft dazu Stellung, von Pedro Vargas und dem Provost-Marshal unterstützt.

Die öffentlichen Angriffe gegen Fullarton wurden persönlicher. Er sei, so erklärte Picton, »ein äußerst verschlagener Mann, der unter dem Regiment einer intriganten Frau« stehe. Er sei wirklich und wahrhaftig verrückt. Picton behauptete es, Hood behauptete es. Gleichzeitig gab der Kronanwalt Fullarton zu verstehen, dass man bloß eine Entschuldigung von ihm erwarte. Fullarton, der aus Respekt vor Hood langsam ins Wanken geriet, andererseits jedoch nicht nachgeben wollte und sich immer mehr in die Vorstellung eines »Toledo«, eines Degen-Duells, mit Picton hineinsteigerte, versuchte Zeit zu gewinnen. Er werde nach London schreiben, sagte er. Der Staatsekretär werde, sein Einverständnis vorausgesetzt, die Form von Fullartons Entschuldigung bei Picton diktieren.

Hood und der Oberbefehlshaber waren seit gut zwei Wochen auf der Insel. Es war Zeit für den Oberbefehlshaber abzureisen. Die englischen Oppositionellen ließen ihm, vielleicht über McCallum, den Flugschriftenverfasser, eine Petition zukommen. Er leitete sie an Picton weiter. Fullarton gab dem Oberbefehlshaber einige Dokumente. Dieser sandte sie am nächsten Tag mit Dank zurück und ging an Bord seines Schiffes.

Fullarton erfuhr, dass einige Protokolle der Kommissionssitzungen nicht nach London geschickt worden waren. Er wurde nervös, hatte das Gefühl, alles Mögliche könne geschehen. Er verkündete, er werde nicht mehr regelmäßig an den Rats- und Kommissionssitzungen teilnehmen. Er wolle sich dem täglichen Gegeneinander nicht länger aussetzen. Außerdem wolle er über die Insel reisen, um Material für einen Bericht zu sammeln.

Die Aussage war zweideutig. Hood und Picton stürzten sich sofort darauf. Zog sich Colonel Fullarton aus der Kommission zurück? Durfte er sich überhaupt ohne Erlaubnis zurückziehen? Durfte er ohne Zustimmung der anderen Kommissionsbeamten einen Bericht verfassen? Kurze Briefe gingen hin und her, vier Stück innerhalb eines Tages. Ironischerweise schrieb ausgerechnet der junge Provost-Marshal, den Fullarton zum Sekretär der Kommission gemacht hatte, die Briefe für Hood und Picton.

Unterstützt wurde Fullarton von der englischen Opposition und McCallums Klub der Garstigen. Fullarton setzte McCallum als Agenten ein und bezahlte ihn aus »Mitteln für geheimdienstliche Aktivitäten«, die wiederum aus der Staatskasse Trinidads stammten. McCallum war der Ansicht, Fullartons Herz sei »von der Milch der frommen Denkart durchdrungen«. Allerdings kann es weder Fullarton noch seiner Frau mit McCallum und dessen Freunden vom samstagabendlich tagenden Klub der Garstigen wirklich wohl gewesen sein. Die Männer waren ungebildet, nahmen jedoch nicht nur politische, sondern auch literarische Kompetenz für sich in Anspruch. McCallum selbst verwendete gern französische und spanische Wörter, die er allerdings oft nicht richtig einzusetzen wusste, außerdem war sein Wortschatz häufig altmodisch und lateinisch durchsetzt: hundsföttisch, lanziniert, wirbelsinnig.

Doch auch politisch bestand eine Kluft zwischen ihnen. Fullarton sprach, wenn er sein Anliegen definierte, vom britischen Nationalcharakter und den Prinzipien der Gerechtigkeit und Fürsorge. McCallum sprach von seinen Rechten als Engländer. McCallums Einwände gegen die Sklaverei richteten sich letztlich gegen die fortgesetzte Bereicherung »einiger Individuen in Liverpool«, einiger Negerverschiffer nämlich, die weiterhin »in ihren Kutschen herumfahren, Schildkröten verspeisen und Portwein oder Rotwein trinken« würden. Sie richteten sich gegen jene Generäle und Admirale, die arme britische Einwanderer – vor allem Schotten aus den Highlands – um ihr Land und ihre Hoffnungen brachten. Und letztlich richteten sich die Einwände konsequenterweise auch gegen die Anwesenheit von Negern und damit letztendlich gegen die Neger selbst. McCallum bewunderte Toussaint, »einen der besten Männer weit und breit«, doch zugleich konnte er, mit der Erinnerung an Haiti im Kopf, die schwarzen Truppen Trinidads in der benachbarten Kaserne nie »ohne Abscheu« betrachten.

Die frühe englische Opposition gegen Picton hatte aus zwei Lagern bestanden: den Respektablen – hauptsächlich Kaufleuten – und einer Hand voll Radikaler, denen man nachsagte, dass sie die Neger zur Aufsässigkeit ermutigten. Keine anderthalb Jahre später hatte sich die Trennungslinie verwischt; die Opposition war zahlreicher geworden. Der radikal-humanitaristische Aspekt, der sich aus Londoner Argumenten und Doktrinen speiste, war in den Hintergrund getreten – wo es in dieser Kolonie doch so leicht war, einen Neger zu kaufen und zu vermieten, eine Investition und Einkommensquelle für weniger als hundert Dollar. Jetzt vertraten die Kaufleute die Opposition, und zwar mit einer einfachen Forderung: britisches Recht zur Sicherung der britischen Herrschaft.

Fullarton, McCallum, die Kaufleute, die wenigen übrig gebliebenen Radikalen – sie hatten einen gemeinsamen Gegner und benutzten die gleichen Worte, doch hinter diesen Worten standen vier unterschiedliche Einstellungen. Selbst unter Fullartons Anhängern verlor das Anliegen von Gerechtigkeit und Fürsorge, das zunächst so klare Handlungsgebote nach sich zu ziehen schien – eine Anweisung an einen Gefängnisaufseher, die Forderung, im Gefängnis Bücher zu führen –, an Eindeutigkeit. An welchem Punkt in der Spanne zwischen Sklaverei und Abolitionismus lag für den Humanitaristen die Grenze? Wie sollte man mit den französischen Farbigen umgehen? Sie wurden permanent erniedrigt, doch es waren auch viele altgediente Revolutionäre unter ihnen. Fullarton empfahl Festigkeit ohne zu große Strenge – es war eine Formel, die nichts besagte.

Doch Fullarton befand sich nicht bloß in der Defensive, er war auch verwirrt; er konnte sein Anliegen nicht klar formulieren. Drei Tage nach dem Austausch der vier Briefe bestellten Hood und Picton ihn zu einer Kommissionssitzung ein, in der über Finanzen beraten werden sollte. Doch man beriet nicht über Finanzen. Vielmehr musste sich Fullarton anhören, wie Picton seine Entschuldigung für die Szene auf Mrs. Fullartons Veranda zurückzog. »Er sprach so, wie er fühlte, und wie er bei vergleichbaren Anlässen immer fühlen und sprechen wird.« Weiterhin musste sich Fullarton sagen lassen, dass er sich mit einer »Gruppe gerissener, übel wollender Intriganten, pekuniärer wie moralischer Bankrotteure« umgeben habe. Und schließlich musste er sich anhören, wie Picton in brutaler Deutlichkeit die Grundsätze der Sklavenkolonie formulierte.

Picton sprach nicht mehr von der »Hilfe der Afrikaner« oder von den Annehmlichkeiten, die dem Neger im Vergleich zum europäischen Bauern zuteil wurden. »In jedwedem Lande, in dem die Sklaverei etabliert ist oder toleriert wird, erlauben die Gesetze dem Sklavenbesitzer, den Gehorsam des Sklaven durch vernünftige und maßvolle Strafen sicherzustellen. Durch die Verfügung des Ersten Kommissionsbeamten, dass ohne seine Erlaubnis keine Strafen verabreicht werden dürfen, hat er die Sklavenbesitzer und Magistratsbeamten ihrer Macht beraubt und die Sklaven in gewissem Maße von letzteren beiden unabhängig gemacht. Das Elend, das sich in vielen unserer benachbarten Kolonien breit gemacht und sie verwüstet hat, sollte uns gemahnen, vor derlei gefährlichen Neuerungen auf der Hut zu sein.«

Von den Beschimpfungen einmal abgesehen, ließ sich Fullartons Anliegen jetzt zumindest negativ definieren. Eine Versöhnung war unmöglich. Fullarton entschied, dass er immerhin Erster Kommissionsbeamter war und dass es, Hood hin oder her, an der Zeit war zu handeln. Er teilte seinen jungen Männern mit, dass er von nun an offen Beweismaterial sammeln werde. Zur Vernehmung von Zeugen verpflichtete er zwei als Anwalt praktizierende Engländer (wobei sich drei Jahre später herausstellte, dass einer von ihnen gar kein Anwalt war), und Pedro Vargas ernannte er zu seinem spanischen Sachverständigen. Der größte Teil der Arbeit war bereits getan. Innerhalb von zwei Tagen hatte Fullarton einen Zwischenbericht erstellt, der siebenunddreißig Anklagepunkte gegen Picton umfasste, unter anderem wegen Hinrichtung ohne Gerichtsverfahren, unrechtmäßiger Inhaftierung, Folter sowie Verbrennung bei lebendigem Leibe. Ein Prozess gegen Picton war in Fullartons Augen unausbleiblich; die Frage war bloß, wo er stattfinden sollte.

Demnächst würde ein Schiff nach England absegeln. Doch unter den Passagieren befanden sich auch einige Angehörige des Militärs, die Picton wohlgesonnen waren. Fullarton, der den Postmeistern nicht mehr traute, hielt es für sicherer, einen seiner Feldmesser als Kurier nach England zu schicken.

Das Schiff sollte noch weitere Briefe befördern: Einen von Picton, in dem dieser Fullarton attackierte und Hood pries. Und einen an Miranda, in dem Pedro Vargas Picton attackierte, ein Brief, mit dem Vargas für kurze Zeit von seinem Amt als Sachverständiger in die vergessene, geheime Welt der Revolution zurückkehrte. Er schrieb im alten Stil, verwendete Worte, die ihn nichts kosteten. Die Spanier in Trinidad und Venezuela, so schrieb er, betrachteten Miranda allesamt als ihren Retter.

Fullarton ging noch am selben Tag zum Gefängnis und bewirkte die Entlassung eines wohlhabenden Mulatten, der seit zwei Jahren grundlos festgehalten wurde. Allerdings wäre Fullarton zu diesem Akt schon die ganze Zeit befugt gewesen. Vallot und seine Frau, Rose Banier Vallot, zeigten sich kooperativ. Sie erkannten Autorität grundsätzlich an und führten Befehle immer aus. Die Sache ging sie nichts an, doch sie bildeten sich stets ihr Urteil und waren gerne bereit, sich zu äußern. Vallot sagte, er habe immer den Eindruck gehabt, dass Picton sich dem Mulatten gegenüber besonders rachsüchtig verhalte; er und Mme Vallot hätten für den Mulatten getan, was sie konnten. Mme Vallot war der Ansicht, Picton habe in diesem Falle voller Bosheit und Hass gehandelt.

Auf der Kommissionssitzung drei Tage später verlas Fullarton die Anklagepunkte gegen Picton, die er nach London geschickt hatte. Picton tobte. »Die Empörung«, schrieb Fullarton, »mit der er die Mitteilung entgegennahm, hätte, wäre sie denn einem Manne von ebenso ungezügeltem Temperament wie dem seinen entgegengeschlagen, zu seinem unmittelbaren Tode geführt; war ich doch bewaffnet, er hingegen nicht. Meine Hand lag auf dem Degen, doch ich zog ihn nicht.«

Hood war äußerst verärgert. Er erklärte, Fullartons Papier sei ein »verleumderisches Machwerk«, und noch am selben Tag, ganze dreißig Tage nach seiner Ankunft, trat er zurück. So waren nun also zwei von drei Kommissionsbeamten zurückgetreten. Der dritte, Fullarton, hatte Angst und hegte Fluchtpläne. Ein mit Staatsgeldern gemieteter Schoner wartete im Hafen.

Zur gleichen Zeit erhielt Fullarton schlechte Nachrichten aus London. Zwei Minister der vorigen Regierung, Gönner Pictons, versuchten ihn um seinen Sitz im Unterhaus zu bringen. Sie hatten entschieden, dass der Posten des Kommissionsbeamten ein mit Einkünften verbundenes Amt der Krone sei. Doch Fullarton hatte keine Zeit, sich jetzt darüber Gedanken zu machen; er antwortete nicht einmal auf Hoods und Pictons wütende Fragen nach seinen Plänen. Es gab ein paar Dinge, die er noch in aller Eile erledigen musste: Er benötigte die Berichte von Begorrats erster Giftmordkommission und Vallots Zeugenaussagen zu den Folterungen.

Vallot zeigte sich abermals kooperativ. Er setzte sich in seinem Raum an den Tisch, auf den sich Luisa Calderon nach ihrer

Folterung gestützt hatte, und schrieb in seinem phonetischen Französisch die Geschichte der Folter auf Trinidad. »*Je déclare que … à leurs arrivée en prison … pour tâcher davoirs deux la verité … less quatre nègres … ont étés mis au piquet par moi et mon nègre nommé Bourique … Je déclare en outre que quand Louise Cardon ou Calderon aité mise aupiquet …*«

Louise Cardon oder Calderon – auch Begorrat dachte an diesem Tag an sie. Er entschloss sich, die Prozessakten noch einmal durchzusehen, »um sicherzustellen, dass mit den Papieren alles seine gehörige Ordnung habe«. Er ging zum *escribano*. Der *escribano* teilte ihm mit, er habe sämtliche Gerichtsakten der Insel vor ein paar Tagen auf dessen Wunsch hin Colonel Fullarton ausgehändigt.

Diese Information, die auf einer Sondersitzung der Kommission verlautete, löste großen Unmut aus. Man attackierte Fullarton. Fullartons Provost-Marshal protestierte. Man beschloss, den *escribano* zu entlassen. Fullartons Provost-Marshal protestierte. Man beschloss, den *escribano* festzunehmen.

Am späten Nachmittag, die Fullartons saßen noch mit ihren jungen Männern beim Essen, brachte der Provost-Marshal die Nachricht, dass sich der *escribano* als Gefangener im Haus von Richter Black befinde, dem ehemaligen Sklavenverschiffer, einem der Magistratsbeamten des *cabildo*. Unter spanischem Recht war es ein Privileg der Beamten, eine etwaige Haft statt im normalen Gefängnis in einem Privathaus abzubüßen. Aus irgendeinem Grunde – vielleicht wegen der Beweisaufnahme, vielleicht wegen seiner bevorstehenden Flucht – trug Fullarton volle Uniform: die blaue Windsorjacke mit rotem Besatz, den Galanteriedegen. Seine Kutsche stand bereit. Er nahm seinen Stock und fuhr mit dem Provost-Marshal und einem der jungen Männer zum Haus von Richter Black. Es war kurz vor Sonnenuntergang. Fullarton eilte die Treppe hinauf in die erste Etage, blieb auf dem Treppenabsatz stehen und rief: »Ist Mr. Castro hier?«

Castro war der Name des *escribano*. Castro und Richter Black saßen an einem Tisch und besprachen einige rechtliche Fragen. Als sie Fullartons »gebieterischen Ton« hörten, erhoben sie sich beide.

»Ist Mr. Castro hier? Als Gefangener?«, fragte Fullarton und trat ein.

»Ja«, sagte Richter Black, »Mr. Castro ist hier. Dort ist er.«

Fullarton ging zu Castro und fasste ihn am Arm. »Mr. Castro, *mon ami, venez avec moi.* Warum und mit welchem Recht, möchte ich wissen« – er wandte sich Richter Black zu –, »halten Sie Mr. Castro fest?«

Richter Black sagte, er handele auf Anweisung der Kommissionsbeamten und des Rates.

»Ist er frei? Darf er hinausgehen? Mr. Castro, sind Sie frei?«

»Ich bin ein Gefangener«, sagte Castro.

»Sehen Sie, Sir. Mr. Castro ist ein Gefangener. Das ist unrechtmäßig. *Eventuellement il y va de la potence.* Das ist ein Fall für den Galgen. Ich werde Mr. Castro mitnehmen.«

Richter Black sagte, Castro stehe in seiner Obhut. »Wenn Sie ihn gewaltsam mitnehmen wollen, kann ich Sie nicht davon abhalten.«

»Tja, *puisque c'est ainsi*, Mr. Castro, *je vous nomme commissaire de population de cette colonie.*« Ein Bevölkerungskommissar war immun. »*Voyons à présent*«, sagte Fullarton zu Richter Black (von dem dieser Dialog natürlich stammt). »*Si vous leur retiendra prisonier ...*« Fullarton brach ab und bat den Provost-Marshal, die anderen jungen Männer herzubringen. »Holen Sie eine Bibel«, sagte Fullarton zu Richter Black, »holen Sie eine Bibel.«

Richter Black weigerte sich. Er wollte keine Aussage machen.

»Eine Bibel ist nicht vonnöten«, sagte der Provost-Marshal. »Mr. Black ist Katholik und kann auch aufs Kreuz schwören.«

Richter Black sagte, er sei Protestant, aber das spiele keine Rolle. Er werde sich nicht vereidigen lassen.

»Dann muss ich auch nicht mitschreiben«, sagte der Provost-Marshal und zerriss das Blatt, auf dem er schon zu schreiben begonnen hatte.

Fullartons andere junge Männer trafen jetzt ein, die »Eid-Männer«, wie Picton sie nannte. Doch Richter Black beeindruckten sie überhaupt nicht. Er war mittleren Alters, berüchtigt für seinen Geiz, und als gerissener Geschäftsmann zugleich gefürchtet und bewundert, seit er als Negerverschiffer einmal eine Ladung von vierzig kranken Negern an Land gebracht und zu einem unerhörten Preis verkauft hatte – vierunddreißig von ihnen waren innerhalb von drei Tagen gestorben.

»Vergessen Sie nicht, Sir«, sagte er zu Fullarton, nachdem die jungen Männer eingetroffen waren, »Sie haben gesagt, dass ich an den Galgen gehöre.«

Das warf die Eid-Männer erst einmal aus der Bahn. Fullarton wurde klar, dass er mit seiner idiomatischen Phrase, *il y va de la potence*, übers Ziel hinausgeschossen war – von ihrer Entbehrlichkeit einmal ganz abgesehen, war doch der *escribano* Spanier und der Richter Ire. Er erklärte, er habe Richter Black nicht mit dem Galgen gedroht, sondern gesagt, dass sich die Akten, die der *escribano* ihm gegeben habe, auf die Erhängung am Galgen bezögen.

»Gentlemen«, sagte Fullarton zu den jungen Männern, »hören Sie gut zu. Ich habe erklärt, dass dieser Vorgang hier unrechtmäßig ist. Sie würden mir doch zustimmen, meine Herren, dass dieser Vorgang unrechtmäßig ist?«

»Äußerst unrechtmäßig«, sagten sie, und Richter Black kam es vor, als sprächen sie im Rezitativ.

»Wie dem auch sei«, meinte Richter Black, »vergessen Sie eins nicht: Sie haben gesagt, dass ich an den Galgen gehöre.«

»Es geht die Fama, Sie hätten gedroht, alle, die gegen General Picton aussagen, einzusperren, ins Exil zu schicken oder zu erhängen.«

Richter Black sagte: »Ich verbürge mich dafür, dass man Mr. Castro keine dieser Strafen auferlegen wird.«

Alles, was zu sagen war, war gesagt. Castro saß stumm da. Vielleicht konnte er als der Bevölkerungskommissar, zu dem er soeben ernannt worden war, nicht verhaftet werden; dennoch gab Fullarton seinen Rettungsversuch auf.

Am nächsten Tag ging Fullarton an Bord des wartenden Schoners. Seine Flucht, oder zumindest eine gewisse Distanz, war dringend geboten; nur sie, so glaubte er, würde ihm Sicherheit gewähren. Pedro Vargas und zwei der jungen Männer begleiteten ihn. Doch der Schoner lief weder an diesem noch am nächsten Tag aus. Die Leute an der Küste wollten ihre Gerichtsakten zurückhaben. Hood sagte, er werde den Schoner entweder einnehmen oder versenken, wenn Fullarton abzusegeln versuche. Die ganze Stadt – inklusive McCallums und des Klubs der Garstigen – beobachtete den Schoner und wartete ab.

An Bord des Schoners ergänzte Fullarton seinen in Etappen geschriebenen Brief an den Staatssekretär. »Ob ich mich als Gefangenen betrachten muss, ist zum gegenwärtigen Zeitpunkt ungewiss. Man hindert mich mit Hilfe der Seestreitkräfte daran, den Instruktionen Eurer Lordschaft Folge zu leisten; während meines Aufenthalts an Land wiederum war ich den Landstreitkräften unter General Picton ausgeliefert.«

Mrs. Fullarton besuchte ihren Mann. Auch einer der jungen Männer ging mit an Bord und berichtete in Mrs. Fullartons Gegenwart – er hielt es für seine »Pflicht und Schuldigkeit« –, wie Hood sich äußere. In Fullartons Augen wichen diese Äußerungen von Hoods früherem Stil und Charakter ab; sie erinnerten weniger an die Sprache eines Befehlshabers als an die »Ausdrucksweise eines betrunkenen Bootsmannes«.

Über den Provost-Marshal, der immer noch Sekretär der Kommission war, sandten Hood und Picton einen offiziellen Brief an Fullarton. Sie bekundeten ihr Erstaunen über seine Flucht und forderten die Rückgabe der Gerichtsakten.

Im Rat wurde gerade eine Resolution verlesen, in der Fullarton verurteilt wurde, als der Provost-Marshal mit Fullartons Antwort zurückkehrte. Er las sie vor.

»Ich ersuche Sie hiermit, den Rat und die Kommissionsbeamten von Folgendem in Kenntnis zu setzen: Wer immer Gerichtsakten von der Insel zu entfernen gedenkt, ist entweder seiner bürgerlichen Pflichten nicht kundig oder er verletzt sie wissentlich. Im vorliegenden Falle wurden die Gerichtsakten, auf die Sie in Ihrem Brief Bezug nehmen, samt und sonders von mir an Land in sicheren Gewahrsam gegeben.« Die Akten würden zurückerstattet, sobald Fullarton die Gewissheit habe, dass seine Anwälte, die – eine letzte Überraschung – »derzeit selbst nicht über den Verbleib der Akten informiert« seien, Kopien davon anfertigen würden.

Hood blieb sein Ärger, Picton sein Sarkasmus im Halse stecken. Sie waren stumm vor Staunen. Dann gab der Provost-Marshal seinen Rücktritt als Sekretär bekannt, legte einem Schreiber die Akten der Kommission in den Schoß und gesellte sich zu Fullarton auf den Schoner, der nun, da es keinen Sinn mehr gehabt hätte, ihn einzunehmen oder zu versenken, schließlich in Richtung Grenadine Islands auslief.

Dort schiffte sich der Provost-Marshal nach England ein, mitsamt Fullartons empörtem Etappenbrief und all den anderen Unterlagen. Und Fullarton, der Erste Kommissionsbeamte, durchstreifte die Antillen auf der Suche nach dem Oberbefehlshaber, der, wie er glaubte, ihn und seine Frau als Einziger vor dem Zweiten und Dritten Kommissionsbeamten – die beide zurückgetreten waren – beschützen konnte. Hoods und Pictons stummes Staunen verwandelte sich unterdessen in das Gefühl, ungerecht behandelt worden zu sein. Sie begannen, ebenso gequälte, durch beigefügte Unterlagen ergänzte Briefe wie Fullarton nach London zu senden: an den Staatssekretär und sogar an den Premierminister.

Sie schrieben nach London. Doch sie wurden auch tätig. Sie entließen den Hafenmeister (er hatte Fullarton mit dem Schoner geholfen). Sie entließen Fullartons *alguazil mayor*. Sie hielten Castro, den *escribano*, weiterhin in Gewahrsam und setzten alles daran, die Leute, die vor Fullartons Eid-Männern ausgesagt hatten, in alle Winde zu zerstreuen: Sie verbannten einen spanischen Mulatten nach England und einen Spanier nach Venezuela; sie gestatteten dem spanischen Anwalt, der Carlos Gonzalez vertreten hatte, endgültig auszureisen. Den Revolutionär Andrés de España ließen sie aus dem Gefängnis verweisen.

Dann war da der Mulatte, der sich geweigert hatte, seine

Neger zum Straßen-Arbeitstrupp abzustellen und deshalb festgenommen, auf Fullartons Veranlassung aber wieder freigelassen worden war, weil der örtliche Kommandant das Vergehen nicht genau benannt hatte. Nun nahm man den Mulatten abermals fest, beschuldigte ihn eines konkreten Vergehens und verurteilte ihn zu sieben Monaten Haft. Doch er wurde gleich wieder freigelassen; seine Inhaftierung war nur der Form halber erfolgt, um die Autorität des Kommandanten wiederherzustellen und die Hochstimmung der Mulatten zu dämpfen. Der Kommandant hatte sich nach bester französischer Manier so umfassend über seine Demütigung ausgelassen, dass die freien Farbigen begonnen hatten, ihm Glauben zu schenken. Es war allgemein bekannt, dass die Mulatten Zozo, Barrou und Stanislaus de Colaux, die andernorts Aufstände angezettelt hatten, auf die Insel zurückgekehrt waren. Der freigelassene Mulatte, mittlerweile in dem Glauben, unter besonderem Schutz zu stehen, sprach davon, den Kommandanten zu verklagen. Der Anwalt, den er konsultierte, riet ihm nicht nur von rechtlichen Schritten ab, sondern empfahl ihm vielmehr, das bisschen Zeit, das ihm noch blieb, zu nutzen, um dem zornigen Kommandanten ein für alle Mal aus dem Weg zu gehen. Der Mulatte begriff; er verkaufte eiligst Haus und Hof und zog fort.

Picton und Hood wurden auch auf politischer Ebene tätig. Sie versetzten der Idee einer Besiedlung Trinidads durch weiße Kleinbauern den Todesstoß. Ungefähr hundert entlassene Soldaten, Preußen und Holländer, waren als Einwanderer nach Trinidad gekommen. Doch sie erhielten nicht die Parzellen, mit denen sie gerechnet hatten, sondern wurden – »um ihre Rationen einzusparen« – als zusätzliche Arbeitskräfte auf die verschiedenen Plantagen verteilt.

Um Fullartons Rückhalt bei den Engländern zu schwächen, verkündete man das Prinzip der Einigkeit der Weißen gegenüber Negern und Mulatten. Die Idee stammte von Begorrat. Er redete schon eine Weile von einer Verfassung nach kanadischem Vorbild, mit deren Hilfe die Interessen der Franzosen verteidigt werden sollten; doch jetzt erklärte er, dass die Franzosen auch eine britische Verfassung akzeptieren würden, sofern deren »Milde« sich nicht auch auf Neger und Mulatten erstreckte. Denn sonst würde sich die Insel womöglich zu einem zweiten Haiti entwickeln, »wo die unbesiegbaren Armeen des Bonaparte von diesem Menschenschlage niedergeworfen, zu dessen Unterjochung sich die europäischen Mächte, welche Kolonien in Amerika besitzen, vereinigen müssen«.

Außerdem unternahm man weitere Versuche, die reichen und respektablen Engländer von den radikalen Engländern, dem Gesindel, abzuspalten. Überall in der Stadt wurden Anschläge angebracht, auf denen den britischen Kaufleuten versichert wurde, dass Hood und Picton »ihre Interessen berücksichtigten«. Zugleich ergriff man Maßnahmen gegen englische Unruhestifter. Ein Neger, der einem von McCallums Freunden gehörte, wurde beschlagnahmt und verstümmelt. Und der Klub der Garstigen wurde aufgelöst.

Sowohl Picton als auch Hood wollten McCallum loswerden. Picton wusste, dass McCallum an einem Buch schrieb; außerdem glaubte er, McCallum sei als Spion für einige britische Minister auf die Insel gekommen. Hood erinnerte sich daran, dass in einer »demokratischen« Londoner Zeitung, die McCallum herausgegeben hatte, sein verstorbener Bruder beschimpft worden war. Und er meinte zu wissen, dass dieselbe Zeitung auch für eine Meuterei auf See verantwortlich zeichnete.

Zuerst setzten sie McCallum unter Druck, indem sie verlangten, er solle in der Miliz dienen. Er weigerte sich; er sei nur zu Besuch da und werde die Insel in ein paar Wochen wieder verlassen. Seinen Freunden erklärte er, die Miliz sei eine Freiwilligenarmee, deren Offizierspatente keinen Pfifferling wert seien, und er werde »den Ersten, der versuche, Hand an ihn zu legen, erschießen«. Einige seiner Freunde blieben daraufhin dem sonntäglichen Exerzieren fern. Am Mittwochvormittag wurde McCallum zu einem Treffen mit mehreren Miliz-Offizieren geladen, das in einem Privathaus stattfand. Man bot ihm einen Stuhl an und forderte eine Erklärung. Die Neuigkeit verbreitete sich wie ein Lauffeuer. Zuschauer tauchten auf.

McCallum hielt eine Rede über die Freiheiten des britischen Staatsbürgers. Er verkündete, falls man beabsichtige, im Stil der Star Chamber [ein für seine willkürlichen Urteile berüchtigter britischer Gerichtshof im 16. Jh. A.d.Ü.] gegen ihn vorzugehen, werde man einen erbitterten Gegner in ihm finden. Man entließ ihn, doch er ahnte, dass sein »Verderben ... in nächster Nähe dräute«. Fünf Tage später wurde er am frühen Nachmittag festgenommen, zu Hoods Haus gebracht und dort Hood und Picton vorgeführt.

»Geben Sie uns Auskunft über Ihre Person«, sagte Picton.

»Im Anschluss an meine Rückkehr nach London gedenke ich, was immer Sie womöglich von mir wissen wollen, der Allgemeinheit zur Kenntnis zu bringen, und sofern Sie bis zu diesem Zeitpunkt *überlebt* haben und es lesen können, werden Sie es, davon bin ich überzeugt, äußerst interessant finden.«

»Interessant werde ich es ganz gewiss nicht finden. Sie sind ein gemeiner Ruhestörer.«

»Gestatten Sie mir, Euer Exzellenz zu versichern, dass diese Behauptung jeglicher Grundlage entbehrt. Wofür ich mich hinwiederum bei einigen der Männer, die Ihrem direkten Befehl unterstehen, nicht verbürgen würde; habe ich doch am heutigen Vormittage drei Offiziere eines der schwarzen Regimenter beobachtet, als sie gerade mit Knüppeln einen Engländer ermordeten.«

»Was sind Ihre Absichten in dieser Kolonie?«

»Da ich britischer Staatsbürger bin, wird wohl niemand mein Recht anfechten, in einer britischen Kolonie zu leben. Doch ich mache kein Hehl daraus: Während meiner Reisen auf dem amerikanischen Kontinent habe ich so viel über Brigadegeneral Pictons hohes Ansehen gehört, dass sich alsbald der sehnliche Wunsch in mir heranbildete, ihn kennen zu lernen.«

Picton ließ sein berühmtes Grinsen sehen.

McCallum stellte ein paar rechtliche Fragen über den Souverän, über Amtsbefugnisse und Grundrechte und belegte damit, dass seine Festnahme unrechtmäßig war.

»Schweigen Sie!«, sagte Picton.

»Nun gut, meine Herren. Ich bin gewiss, dass man mich in Bälde vollständig anhören wird: am Urquell der Gerechtigkeit.«

»Halten Sie den Mund!« Zum ersten Mal sagte Hood etwas.

Eine Anordnung wurde aufgesetzt.

»Wir inhaftieren ihn wegen Ungebühr vor Gericht«, sagte Picton.

»Dann betrachte ich mich als politischen Gefangenen. Und bestehe folglich auf den zugehörigen Privilegien.«

Picton ignorierte das. »Sagen Sie Vallot«, befahl er dem Offizier auf Spanisch, »dass niemand außer seinem Diener den Gefangenen sprechen oder besuchen darf.«

Um halb vier war McCallum im Gefängnis. Er nannte es »die Bastille«, doch seine Zelle war groß, fast sieben Meter lang und über drei Meter breit, und er hatte sie ganz für sich. Zwei Negersoldaten bewachten ihn. Die Spinnen in der Zelle waren »so groß wie in Europa die Krabben«, aber die erwähnten »Skorpione, Tausendfüßler, Blindschleichen, Moskitos« gab es wahrscheinlich eher nicht. Im *cachot* über ihm war eine alte schwarze Frau eingesperrt, eine mutmaßliche Giftmörderin, die aussah wie siebzig oder achtzig. In dem Raum unter ihm befanden sich fünfzig oder sechzig angekettete Neger; ihre Ketten rasselten und klirrten, und die »giftigen Gase ... die sie über ihre Absonderungen reichlich verströmen«, drangen durch die Spalten zwischen den Dielen nach oben.

Vallot war ein »finsteres, abstoßendes Ungeheuer«. Das ist alles – hier zeigte sich, woran es McCallum als einem Flugschriftenverfasser mangelte: Er besaß keinerlei Talent für Personenbeschreibungen. Vallot war gesprächig wie immer. Er redete über die Vereinigten Staaten und erzählte von seinen Überlegungen, vielleicht dort hinzuziehen. Als McCallum sagte, dass er Durst habe, bot Vallot ihm mit Wasser versetzten Rum an. McCallum begann davon zu trinken. Dann kam ihm der Gedanke an Gift, und er hörte wieder auf. Er trank nichts, bis sein Diener mit dem Abendessen kam. Der Diener brachte auch Feder, Tinte und Papier. McCallum begann, ein Gefängnistagebuch zu führen.

Am nächsten Tag hatte er Durchfall und döste immer wieder ein. Er war überzeugt, dass Vallots mit Wasser versetzter Rum Gift enthalten hatte. Er wusste, dass die »Publizität« seiner Reisen gefürchtet war, und das Bewusstsein, dass er seinem Berufsstand verpflichtet war, tröstete ihn. Trotz seiner angegriffenen Gesundheit entging ihm nicht, dass Vallot vier Neger auspeitschte; eine Frau, einen Jungen und zwei Männer. Es waren »Vier-Pfosten-Auspeitschungen«, *à quatre piquettes*. Die Peitsche war einen Meter zwanzig lang, in der Mitte verdickt und hinterließ bei jedem Hieb einen bis zu zehn Zentimeter tiefen Schnitt. »Wenn das Opfer einen Laut von sich gab, was fast unablässig geschah, oder sich loszumachen versuchte, trat ihm Vallot, der oben am Kopfende stand, erbarmungslos ins Gesicht.«

In dieser Nacht konnte McCallum wegen seines Durchfalls nicht schlafen. Am nächsten Morgen gab er seinem Diener einen kurzen Brief an einen seiner Freunde mit (den Besitzer jenes Negers, der verstümmelt worden war und immer noch irgendwo im Gefängnis festgehalten wurde), worin er diesen bat, doch nach Möglichkeit einen Besuch von Dr. Parker zu veranlassen. Um elf Uhr kamen ein paar Soldaten, um McCallum zu Picton und Hood zu bringen. Er sagte, er könne nicht laufen.

Vallot war besorgt – er stand auf jedermanns Seite. »Ach bitte! Sonst wird man noch Zwang anwenden. Sie müssen es versuchen.«

Sie nötigten ihn, zu Hoods Haus zu laufen, und dort stand er dann drei Stunden lang mit Blick auf Golf und Schiffe am Fuß der Treppe in der Sonne. Dr. Parker, den McCallum konsultieren wollte, kam die Treppe herunter; er weinte. McCallum ging hinauf. Picton hielt den Brief in der Hand, den McCallum am Morgen geschrieben hatte. Als Absender hatte McCallum »Bastille, Schwerverbrechertrakt« angegeben.

»Haben Sie diesen Brief geschrieben?«

»Ja. Er war nicht an den Herrn gerichtet, an den er adressiert ist, sondern an Eure Exzellenzen. Die Adresse spielt keine Rolle, die inhaltliche Parallele gilt.«

»Was ist eine Parallele?«, fragte Picton und stellte McCallums Wortwahl damit in der gleichen Weise in Frage, wie Fullarton gelegentlich Pictons Aussprache in Frage gestellt hatte.

»Ich hoffe doch, Sie halten mich nicht für einen Lexikografen«, erwiderte McCallum und benutzte damit ein noch gewaltigeres Wort.

»Wie heißen Sie, Sir?«, fragte Hood. Er versuchte einer Tatsache auf den Grund zu gehen, die bis heute rätselhaft ist: McCallum hieß mit Vornamen Pierre Franc.

»Das ist Euer Exzellenz wohl bekannt.«

»Würden Sie mir bitte sagen«, drängte Hood, »wo Sie geboren worden waren?«

»Das vermag ich nicht genau zu sagen, wiewohl ich damals persönlich zugegen war. Es war irgendwo auf der Insel Großbritannien.«

»Wo waren Sie getauft worden?«

»Ich muss zugegen gewesen sein, als diese Zeremonie vollzogen wurde, und doch entsinne ich mich nicht.«

»Hatten Ihre Eltern das Ereignis je erwähnt?«

»Wohl möglich.«

»Welche Schule hatten Sie besucht?«

»Haben Sie den Eindruck, dass meine Bildung Lücken aufweist?«

»Stehen Sie auf, Sir! Wissen Sie überhaupt, mit wem Sie reden?«

»Ich habe Sie bereits davon unterrichtet, dass ich nicht stehen kann. Und was die Frage betrifft, wer *Sie* sind, so weiß ich vielleicht besser Bescheid, als Ihnen lieb ist.«

»Schweigen Sie!«

McCallum zog seine Schnupftabakdose hervor.

»Sir!«, rief Hood aus. »Wie lange schnupfen Sie schon Tabak?«

»Ich entsinne mich wirklich nicht mehr, wiewohl ich persönlich zugegen war, als ich die erste Prise nahm. Vielleicht wähnen Sie sich gerade an Bord Ihres Schiffes beim Verhör Ihres Kochs. Aber vergessen Sie nicht, dass ich nicht unter Ihrer

Gewalt stehe und daher keine Angst davor habe, einen Dämpfer zu erhalten, wie Sie das wohl nennen.«

Hood konnte so lange auf einem Punkt herumhacken, bis sein Gegenüber in Tränen ausbrach.

»Ich verabscheue Ihr Geschreibsel«, sagte Hood. »Führen Sie ihn ab. Fort mit ihm.«

Als McCallum die Treppe in den sonnendurchfluteten Garten hinunterging, sah er McKay hinaufkommen. McKay war der »achtbare kleine Schotte aus den Highlands«, der versuchte, in Port of Spain eine Schänke ohne Prostituierte zu führen, was auf keinerlei Gegenliebe stieß. Er war Mitglied des Klubs der Garstigen und hatte die Kiste mit den »Dokumenten« des Klubs dabei. Von einem Wortwechsel schreibt McCallum nichts.

Völlig erschöpft, in noch schlechterer gesundheitlicher Verfassung als zuvor und nach Hoods Einschüchterungsversuchen zudem unter Schock, kehrte McCallum, vier Stunden nachdem er das Gefängnis verlassen hatte, wieder dorthin zurück. Vallot ging seinen Pflichten nach. McCallum kam gerade rechtzeitig, um mitzuerleben, wie Vallot zwei Neger nacheinander an die Pfosten band und auspeitschte. Ungefähr eine Stunde später bekam McCallum von seinem Diener das Essen gebracht. Die Negersoldaten an der Zellentür stocherten darin herum, um einen etwaigen verborgenen Brief zu finden. McCallum protestierte. Einer der Neger »knurrte« und drohte ihm mit dem Bajonett. McCallum verging der Appetit. Daraufhin aßen die Neger sein Essen; sie bedankten sich nicht dafür.

Am selben Tag fand eine Ratssitzung statt. Picton verteidigte in einer langen Rede seine Regierung. Man verfasste eine Proklamation, in der der Milizdienst für obligatorisch erklärt wurde. In einer weiteren Proklamation wurde eine Belohnung von hundert Dollar für die Auffindung der Gerichtsakten ausgesetzt, die sich nicht unter den Dokumenten des Klubs der Garstigen befunden hatten.

Am frühen Nachmittag – die bevorzugte Zeit für Festnahmen, wie es schien – wurde ein weiterer englischer Gefangener ins Gefängnis eingeliefert. Man sperrte ihn in die Zelle neben McCallum. Diese Zelle war bloß drei Meter lang und nur zweieinhalb Meter breit und schon mit zwei Engländern, einem Indianer, zwei französischen Mulatten und vier Negern belegt.

Der neue Gefangene war Dr. Timbrell, Militärarzt der königlichen Artillerie. Er hatte drei Jahre zuvor Mrs. Griffiths, der Witwe mit den »liebenswürdigen Töchtern« geholfen, als sie in ihrem Haus von Pictons schwarzen Soldaten belagert wurde – dem Haus, das sie angeblich nicht an Rosette Smith verkauft hatte. Dr. Timbrell hatte mittlerweile eine der Töchter geheiratet. Sie kam jetzt, um ihren Mann im Gefängnis zu besuchen, konnte jedoch nur wenig Trost spenden. Ein Negersoldat stand neben ihr, und McCallum schien es, als werde dieser ihr »das Bajonett in die Brust stoßen, sobald sie auch nur den Mund öffnete«.

Es ging das Gerücht, dass Picton versucht habe, Mrs. Griffiths zu bestechen. Doch die Anklage gegen Dr. Timbrell war schwerwiegender. Um sieben Uhr morgens brachte man ihn zu Hoods Haus. Um zwei Uhr nachmittags kam er zurück und erzählte McCallum – der seine Vergiftung und seinen Durchfall inzwischen vergessen hatte –, man habe ihn ins Gefängnis geworfen, weil er vor Fullartons Anwälten zum Fall des Artilleriesoldaten ausgesagt habe, der sechs Jahre zuvor ohne Gerichtsverhandlung wegen Vergewaltigung erhängt worden war. Timbrell hatte den ganzen Vormittag lang bestritten, eine solche Aussage gemacht zu haben. Er wollte, so sagte er später, die Anwälte schützen. Picton und Hood hatten entschieden, dass Timbrell vor ein Kriegsgericht gestellt werden solle, weil er »geheimes Wissen über seinen befehlshabenden Offizier« weitergegeben und – unter den Franzosen in Westindien ein Vergehen – »mit Farbigen und Negern Umgang gepflegt« habe.

Letztere Beschuldigung, so erklärte Fullarton später, »war vollkommen gerechtfertigt, da man Dr. Timbrell in einem Raum zusammen mit neun anderen, dieser Beschreibung entsprechenden Personen festhielt«.

Timbrells Geschichte bedrückte McCallum. Ebenso die

schlechte Luft und der Gestank in seiner Zelle sowie das Geräusch der Ketten aus der Zelle unter ihm. Gegen vier Uhr nachmittags hatte der nimmermüde Vallot irgendetwas am Verhalten des Negerburschen auszusetzen, der die zahlenden Gefangenen bediente. Er war noch ein kleiner Junge, doch Vallot band ihn in gewohnter Professionalität fest, entkleidete ihn, peitschte ihn aus und betupfte die Schnittwunden dann mit Limonensaft.

Eine Stunde später kam ein Brief an »Mr. P. McCallum, Gefangener im Gefängnis von Port of Spain«. Er trug die Unterschrift des von Fullarton entlassenen Sekretärs der Kommission, den Hood und Picton wieder eingesetzt hatten. »Sir, ich bin beauftragt, Sie davon in Kenntnis zu setzen, dass Sie morgen Abend nach New York verschifft werden sollen, von woher Sie gekommen.« Dieser Formulierung begegnete McCallum nicht zum ersten Mal. Er meinte zu wissen, wie sie nach Hoods und Pictons Wunsch eigentlich hätte weitergehen sollen: ... nach New York verschifft werden sollen, von woher Sie gekommen, und von dort aus zum Ort Ihrer Hinrichtung ...

Doch es gab eine Verzögerung, McCallum zufolge wegen Feilschereien mit dem amerikanischen Kapitän des Schoners. McCallum blieb im Gefängnis. Am nächsten Tag brachte ihm sein Diener einen Brief, im Mund »verborgen wie ein Tabakpfriem«. Er stammte von einem anderen Schotten, den man ebenfalls festgenommen und verhört, dann aber freigelassen hatte. Der Brief war in hohem Ton verfasst, ein Überbleibsel des Geistes, der im Klub der Garstigen geherrscht hatte; Neuigkeiten enthielt er nicht. »Autoren, die sich dazu herabgelassen, ihr Talent einzusetzen, um die Verderbtheit menschlicher Ungeheuer bloßzustellen, haben womöglich nicht weniger zum Glück der Menschheit beigetragen als jene, die nur die menschlichen Tugenden darstellten.«

McCallums Laune hob sich. Doch er musste noch einen Tag im Gefängnis verbringen – ein weiterer Vormittag, an dem Vallot drei Neger festband und auspeitschte und dann Salz, Essig und Gefängnisstaub auf die Wunden gab –, bevor die *alguazi-*

les erschienen und ihn zum Hafenmeister führten. Dieser brachte McCallum zu seiner Unterkunft neben der Kaserne, damit er seine Koffer holte, und dann wieder zurück zum Kai, wo er ihn gegen Quittung dem amerikanischen Kapitän übergab. McCallum behauptete später, die Kommissionsbeamten, die ihn unbedingt hätten loswerden wollen, und zwar mit genau diesem Schiff (einige Besatzungsmitglieder waren an Gelbfieber erkrankt, in New York herrschte eine Epidemie), hätten den unwilligen Kapitän mit siebenhundert Dollar bestochen. Der Sekretär der Kommission gab dagegen an, sie hätten sechsundfünfzig Dollar gezahlt.

Zwei Wochen zuvor hatte Fullarton auf Union Island, einer der Grenadine Islands, seinen zweiten Kurier, den Provost-Marshal, nach England eingeschifft. Danach war er gen Norden gesegelt, von Insel zu Insel, immer dem Oberbefehlshaber hinterher, den er um Hilfe bitten wollte. Der Oberbefehlshaber, der sich wie ein Mann auf der Flucht verhielt, lief stetig weiter nach Norden, um dann in einer Blitzaktion nach Süden zum Hauptquartier auf Barbados zu segeln. Auch Fullarton kehrte nun nach Süden um. Offensichtlich hatte er etwas begriffen; er gab den Oberbefehlshaber auf.

Er sprach mit Pedro Vargas über die Notwendigkeit einer Gesellschaft für »wissenschaftliche« Erkundungen, die Südamerika und sämtliche Inseln abdecken sollte. Diese Fantasie, die der Untätigkeit der beiden einen Sinn zu verleihen schien, wuchs sich immer weiter aus. Fullarton begann Vargas als »Mann der Wissenschaft« zu bezeichnen, und Vargas freundete sich bald mit seiner Rolle als Naturforscher an. Agent der Revolution für Miranda war er ja bereits, außerdem war er Fullartons Feldmesser, offizieller Dolmetscher und Sachverständiger für spanisches Recht (angeblich hatte er als Sekretär für drei Vizekönige in Neugranada gearbeitet).

Auf diese Weise näherten sie sich ganz gemächlich wieder den Gewässern um Trinidad, die sie einen Monat zuvor verlassen hatten. Sie kreuzten vor der Nordküste, wo eine Bergkette sie davor bewahrte, von Port of Spain und anderen besiedelten Gebieten aus gesehen zu werden. Dann kreuzten sie vor der Atlantikküste. Gelegentlich ging Fullarton an Land, um die Reaktion der Bevölkerung zu testen, einer Bevölkerung, die er brauchen würde. Er berichtete, in den Gegenden, die nicht direkt dem Einfluss oder Zugriff Pictons ausgesetzt seien, habe man ihn mit Aufmerksamkeit und Respekt empfangen. Am südöstlichen Ende der Insel allerdings zeigte ihm jemand eine Proklamation: Picton und Hood hatten bekannt gegeben, dass Fullarton sich gegen den Befehl des Königs von seinem Posten entfernt habe und nicht mehr als Erster Kommissionsbeamter gelten könne.

Es war Hoods letzte Amtshandlung als Dritter Kommissionsbeamter gewesen. Er war zum Hauptquartier auf Barbados zurückgekehrt; der Krieg gegen Frankreich konnte jeden Moment wieder ausbrechen, und man hatte ihn zum Oberbefehlshaber des Flottenstützpunktes der Inseln über dem Winde gemacht. Picton hatte wieder die alleinige Befehlsgewalt auf Trinidad. Er zog die Wachtposten vor Fullartons Haus ab und entließ höchstpersönlich die auf dem Grundstück arbeitenden Galeerenneger, die gerade damit beschäftigt waren, die Gräben zuzuschütteten, in denen man angestautes Überschwemmungswasser abgeleitet hatte. Mrs. Fullarton und ihre Schwester hörten Picton rufen. Sie kamen gerade rechtzeitig auf den Balkon hinaus, um zu sehen, wie direkt vor dem Balkon zwei Karrenladungen Schutt ausgekippt wurden. Dann gingen die Neger fort.

Fullarton wusste, dass Hood Trinidad verlassen hatte. Als er in den Golf von Paria einlief, erfuhr er außerdem, dass Picton detaillierte Order zum Kriegsrecht erlassen hatte, dass Hood die im Golf stationierte Brigg der Britischen Kriegsmarine Pictons Befehl unterstellt hatte und dass der Leutnant Anweisung hatte, Fullartons Schoner einzunehmen, falls er in Port of Spain vor Anker ging. Fullarton vereitelte Pictons Pläne, »denn statt in Port of Spain vor Anker zu gehen und dort mit gewaltsamen Mitteln die Regierung wieder an mich zu reißen, segelte ich von Punta Icaque« – wo ihm der örtliche Kommandant Ärger machte – »durch den Golf von Paria direkt nach Barbados«.

An dem Tag, als Fullarton und Pedro Vargas ihre Flucht nach Barbados antraten, verfasste Miranda in London ein spanischsprachiges Memorandum. Am Tag zuvor war der Krieg gegen Frankreich wieder ausgebrochen. Miranda wollte sofort nach Trinidad fahren; seiner Ansicht nach sollten die Briten unverzüglich mit den schwarzen Truppen Trinidads Venezuela angreifen. Es sei nur eine kleine Armee, doch »wird von ihr hinlängliche Wirkungskraft auf den Kontinent ausgehen. Die meisten Einwohner erwarten uns in Ungeduld, und die meisten Spanier auf Trinidad wollen sich uns anschließen, wie dem beigefügten Auszug aus den Briefen meines Beauftragten Vargas unschwer zu entnehmen ist. Diese einfache Darstellung wird genügen, um die Minister Seiner Britannischen Majestät davon zu überzeugen, dass ich keine andere Wahl habe, als der Stimme des Mutterlandes Folge zu leisten, welches mich in diesem Moment größter Gefahr zur Hilfe ruft.«

Hood war glücklicherweise gerade nicht in Barbados, sondern auf See. Fullarton setzte sich mit dem Gouverneur in Verbindung. Doch vom Oberfehlshaber hielt er sich fern. Er entwarf einen Brief an ihn. »Nichts könnte mir größere Freude bereiten, als Brigadegeneral Picton persönlich im Kampf gegenüberzustehen oder aber ihn in einer militärischen Stellung mit einer Streitmacht gleicher Stärke anzugreifen; im vorliegenden Falle jedoch hätte ich *non equo marte* angegriffen, mit der Torheit eines Schutzpolizisten, der, nur auf den Stock eines Konstablers vertrauend, allein ein bewaffnetes Bataillon angreift. Hätte man mich beauftragt, Port of Spain im Sturm dem Feinde zu entreißen, so weiß ich kaum einen anderen General, gleich welcher Armee, den ich lieber zum Gegner hätte als den Brigadegeneral.«

Fullarton schickte diesen Brief nicht sofort ab. Am nächsten Tag schrieb er einen weiteren, viel längeren Brief, der an Hood gerichtet war. Es war der Ersatz für das Treffen unter vier Augen, dem Hood nie zugestimmt hatte.

»Ich hoffe, dass unser Verkehr mit Brigadegeneral Picton uns nicht hat vergessen lassen, welches Benehmen Offizieren und Gentlemen wohl ansteht.« Sodann lieferte Fullarton all die Erklärungen und Beweise, von denen Hood nie etwas hatte wissen wollen, und er berichtete alles, was man ihm berichtet hatte. Er schrieb voller Bedauern. »Ihr Loblied war stets auf meinen Lippen.« Und doch habe man Hood in Port of Spain auf offener Straße sagen hören, Fullartons Benehmen sei in höchstem Maße schändlich. »Was nun Sie und mich betrifft, so steht unser militärischer Leumund längst außer Frage. Ich bin mir der Tatsache wohl bewusst, dass, solange wir in unserer jeweiligen Situation verbleiben, den anderen herauszufordern oder seine Herausforderung anzunehmen für uns beide in höchstem Maße ungebührlich wäre.«

Auch diesen Brief schickte Fullarton nicht sofort ab. Doch dann meinte es das Schicksal gut mit ihm. Das Postschiff mit den Depeschen von London nach Trinidad legte in Barbados an. Der Staatssekretär hatte Pictons Rücktritt angenommen, er bestätigte Fullarton, dass er in seiner Funktion als Erster Kommissionsbeamter die Exekutivgewalt innehabe und übertrug ihm explizit den Befehl über die Royal and Loyal Trinidad Militia, die Miliz von Trinidad. Die Originale der Depeschen gingen an Picton in Trinidad. Kopien sandte Fullarton an den Kommandanten der Garnison von Trinidad, an den Offizier, der die Miliz befehligte, an den Gouverneur von Barbados und an den ihm wenig geneigten Oberbefehlshaber. Von Letzterem erhielt er eine prompte und korrekte Empfangsbestätigung samt einer Esseneinladung.

Das Postschiff erreichte Trinidad drei Tage später. Picton entschied, man werde die nächsten Depeschen aus London »zu diesem gewichtigen Thema« abwarten, und so lange dürfe Fullarton nicht an Land kommen. Das Kriegsrecht wurde ausgerufen; man gab scharfe Munition an die Soldaten aus und lud die Kanonen der Seefestung. Doch zugleich bereitete Picton seine Abreise vor. Er hatte Begorrat zum Verwalter seiner Besitzungen ernannt, und dieser hatte die »bedeutendsten Eigentümer« veranlasst, eine Adresse an Picton zu richten; darüber hinaus hatten sie für einen Prunkdegen gespendet, damit er »in London wohl gerüstet sei«.

Zwei Tage später lief Fullartons Schoner von Süden her in den Golf ein. Er kam nicht allein. Der Schoner wurde von einem Kriegsschiff eskortiert, demselben, mit dem Fullarton aus England gekommen war.

Picton schickte einen Offizier mit einem Brief an Bord. Fullarton sei nicht mehr Erster Kommissionsbeamter und dürfe nicht an Land kommen. Um zu verhindern, dass Fullarton sich heimlich an Land begebe, werde man alle Boote, die von dem Schoner oder dem Kriegsschiff kamen, durchsuchen. Mrs. Fullarton dürfe den Schoner nur betreten, wenn sie von dem Kapitän des Kriegsschiffs eskortiert werde.

Fullarton wechselte auf das Kriegsschiff, das drei Tage lang rund um die westlich von Port of Spain gelegenen Halbinsel Chaguaramas kreuzte. Während dieser »Beobachtungsfahrt« setzte Fullarton einen Brief an Picton auf und bereitete eine Proklamation vor. Außerdem schrieb er einen Brief mit mehreren Anlagen an den Oberbefehlshaber in Barbados. Vargas und die anderen waren vollauf damit beschäftigt, von allem Kopien anzufertigen. Dann war die Fahrt zu Ende, und der beunruhigte befehlshabende Offizier der Garnison schickte einen Emissär zu Fullarton. Fullarton gab die Zusicherung, um die man ihn bat: Er habe nicht vor, »die Ihrem Befehl unterstehenden Soldaten vor die Notwendigkeit zu stellen, sich Ihren Anweisungen zu widersetzen oder ihrem König die Loyalität aufzukündigen, welche sie verpflichtet, die zivile Regierung zu unterstützen.«

Am selben Tag schickte Fullarton einen seiner jungen Männer mit einem Brief zu Picton. »Seien Sie versichert: Ginge es allein um Ihre persönlichen Injurien oder den Widerstand gegen die Ausübung meiner Amtspflichten, so wünschte ich, Sie würden sich meiner Landung an der Mole persönlich widersetzen, auf dass ich meinen Degen ziehen und Ihre werte Person damit durchbohren könnte.«

Nun bekamen sie alle Briefe. Fullarton schickte seinen Brief an den Oberbefehlshaber ab, und drei Wochen nachdem er ihn geschrieben hatte auch den Brief an Hood. Fullarton erhielt einen Brief vom befehlshabenden Offizier der Garnison von Trinidad. Er sei betrübt über Fullartons unangenehme Situation, finde jedoch, dass Fullarton gutes Urteilsvermögen beweise, indem er sich an den Oberbefehlshaber wende, statt an die direkt dem Brigadegeneral unterstehenden Truppen.

Und dann plötzlich war die Krise vorbei. Der Oberbefehlshaber hatte entschieden, dass Picton abgelöst werden solle, und die Brigg mit Pictons Nachfolger traf im Golf ein. Noch am selben Abend, dem 14. Juni 1803, schiffte sich Picton »nach einem bewegenden Abschied von seinem Liebling, der kupferfarbenen Rosette« – die fantasievolle Ausschmückung stammt von McCallum – auf der Brigg ein und segelte nach Barbados. Nach fast sechseinhalb Jahren war Pictons Herrschaft zu Ende, und dieses Ende sah in Fullartons Augen aus wie eine Flucht.

»Auf Grund der Unmengen von Personen, die er persönlich gekränkt und geschädigt«, so schrieb Fullarton später, »wäre es gefährlich für ihn gewesen, sich bei Tageslicht einzuschiffen oder auch nur einen Augenblick zu lang in der Kolonie zu verweilen, nachdem man ihn seiner Macht enthoben hatte.«

Picton kehrte nie wieder nach Trinidad zurück. Rosette Smith verschwindet von der Bildfläche.

Erst drei Tage später ging Fullarton an Land. Er wollte zweifelsfrei klarstellen, welche Privilegien ihm als Erstem Kommissionsbeamten zustanden und wo die Befugnisse der militärischen Macht endeten. Das bedeutete weitere Briefe. Dann veröffentlichte er seine Proklamation, in der er seine eigenen Befugnisse definierte, und am nächsten Morgen um neun ging er »in aller Form« an Land, nicht von dem Schoner aus, mit dem er unterwegs gewesen war, sondern vom Kriegsschiff, auf das er einige Tage zuvor gewechselt hatte. Er stellte fest, dass unter den Farbigen und Negern große Freude herrschte. »Es bedurfte meines persönlichen Eingreifens und entschiedener Weisungen, um zu verhindern, dass man die gesamte Stadt illuminierte, was, da sie vollständig aus Holz erbaut ist, ein äußerst gefährliches Unterfangen gewesen wäre.«

Gedämpft wurde Fullartons Triumph nur durch das Wissen darum, dass Hood und der Oberbefehlshaber Picton bereits für den geplanten Feldzug gegen die französischen Inseln St. Lucia und Tobago in ihre Dienste genommen hatten, sowie durch den Brief, den Hood Fullarton von seinem Flaggschiff aus schickte, dem angestammten Reich des Seehelden. »Sir, ich sehe mich gehalten, den Empfang einer voluminösen Epistel von Ihren Händen zu bestätigen, die mich in einem Moment erreicht, da ich einer Pflicht von größerer Bedeutung für mein Vaterland zu genügen habe, als die erste und letzte Seite (mehr habe ich nicht durchsehen können) Ihres Schreibens sie mir abzuverlangen scheinen.«

Bald hatte Fullarton weiteren Kummer. Einer seiner jungen Männer starb; der Tod holte die nicht an das örtliche Klima Gewöhnten hier oft sehr plötzlich. Doch es gab viel zu tun. Es war jetzt an Fullarton, Beamte wieder einzusetzen (den Hafenmeister, den stellvertretenden *alguazil mayor*, den *escribano*) beziehungsweise zu entlassen (den Rat, den Kronanwalt, den ihm übel gesinnten Kommandanten in Icacos) und Adressen entgegenzunehmen. Eine der an ihn gerichteten Adressen war vorwiegend von britischen Kaufleuten, Kaufmannsgehilfen, den früheren Mitgliedern des Klubs der Garstigen sowie von Einwanderern unterzeichnet, die auf Trinidad verarmt waren. Sie beglückwünschten ihn dazu, die Regierung »zu einem selbst gewählten Zeitpunkt ... aus der Ferne« ausgeübt zu haben; sie hofften, er werde »ein britisches Rechtssystem etablieren«.

Ein solches Rechtssystem war nun genau das, was die freien Farbigen fürchteten, und innerhalb von drei Tagen hatten die britischen Farbigen, die sich von den französischen Farbigen mit ihrer eher revolutionären Gesinnung abgrenzten, ihrerseits eine besorgte Adresse an Fullarton gerichtet. Sie legten einen größeren Maßstab an als den der örtlichen britischen Bevölkerung und dankten dem Souverän, »ihm, der das britische Zepter schwingt« dafür, »dass er allen britischen Untertanen das Gefühl vermittelt, in einer britischen Kolonie zu leben«.

Das Britische als Ideal von Gerechtigkeit und Fürsorge: Das war Fullartons eigener Ausdrucksweise nachempfunden. Doch Fullarton wollte sich nun in seiner Funktion als Exekutivbeamter beweisen. »Es ist mein ernsthafter Wunsch und mein Bestreben«, antwortete er, »das Prinzip des Ausgleichs einzuführen und die Unantastbarkeit von Eigentum und Person zu gewährleisten. Andererseits erfüllt es mich mit großer Genugtuung, hiermit öffentlich bezeugen zu dürfen, dass ich von keinem einzigen Fall Kunde habe, in dem sich die weiße oder die farbige Bevölkerung Trinidads nicht der gebührlichen Zucht und Ordnung unterworfen hätte.«

Fullarton ging jetzt härter gegen die Neger vor. Die Patrouillen der *alguazil* waren in den Wirren der letzten Zeit vorübergehend eingestellt worden, sodass die Neger sich, vorwiegend im Bereich der Kaianlagen, ohne Pässe ihrer Besitzer herumtrieben; ihr Trommeln, Tanzen und ihre ausgelassenen nächtlichen Feste hatte sich zu einer Belästigung ausgewachsen.

Fullarton, nach wie vor der auf Ausgewogenheit bedachte Verwaltungsbeamte, erließ präzise Bestimmungen für die Einziehung der dreieinhalb Prozent Zoll auf eingeführte Güter. Die britischen Kaufleute protestierten. Sie wollten britisches Recht – aber nur bis zu einem gewissen Grad. Nun, da Picton aus der Welt war, begannen sich die Fronten zu verschieben. Nicht alle, die Fullarton unterstützt hatten, brauchten ihn jetzt noch.

In seinem Bestreben, zu jeglicher Kritik an seiner Person Stellung zu nehmen und zugleich eine möglichst hieb- und stichfeste Anklage gegen Picton auf die Beine zu stellen, trug Fullarton selbst zu seiner wachsenden Verunsicherung bei und geriet immer weiter in die Isolation. In seiner Antwort an die britischen Farbigen hatte er, wenn auch in verhüllter Form, das Prinzip der Rasse als Grundlage der Sklavenkolonie vertreten, so wie es ganze drei Monate zuvor noch Picton, Begorrat und die anderen getan hatten. Und Fullarton ging noch weiter. Er erfuhr, dass vor einiger Zeit mehrere Pflanzer auf den Bahamas von ihrem Plan Abstand genommen hatten, nach Trinidad – damals noch unter Picton – umzusiedeln, und stattdessen mit ihren fünf- oder sechstausend Negern in die Vereinigten Staaten gegangen waren. Ein Detail für die Picton-Akte. Gleichzeitig blieb das verbindende Element zwischen Fullarton, McCallum und dem Klub der Garstigen der patriotisch-humanitaristisch-radikale Wunsch nach einer Besiedelung Trinidads durch freie weiße Kleinbauern und nach der Abschaffung der Sklavenplantagen.

Starre Prinzipien und undifferenzierte Empörung waren unmöglich geworden. Kern des Problems war die Sklaverei. Das Prinzip von Gerechtigkeit und Fürsorge: Nur die britischen freien Farbigen sprachen noch in diesen – übernommenen – Begriffen. Und noch lange nach der Abschaffung der Sklaverei waren die französischen wie die britischen freien Farbigen für ihre Härte gegenüber den eigenen Sklaven bekannt – war doch diese Oberherrschaft das Einzige, was sie über ihre Sklaven erhob.

Fullarton bekam Post aus London: von seinem Freund, dem Unterstaatssekretär, und vom Provost-Marshal. Ein neuer Gouverneur solle ernannt werden. Und wahrscheinlich werde es zu einer gerichtlichen Untersuchung von Pictons Taten kommen. Man werde Zeugen und schriftliche Unterlagen benötigen. Fullarton wandte sich an Sir James Bontein, der seit dem Tag von Hoods Ankunft, als Picton ihn am Kai beleidigt hatte, die Öffentlichkeit scheute, und vertraute ihm einige Dokumente an, die er nach London bringen sollte. (In London sollte Sir James dann, wiederum in Form von öffentlichen Beleidigungen durch Pictons Anhänger, für die Gunst der kostenlosen Überfahrt nach England teuer bezahlen.)

Pedro Vargas nutzte die Gelegenheit, um Miranda einen Bericht zu senden. Der letzte lag drei Monate zurück. Einen

Großteil dieser Zeit hatte Vargas mit Fullarton auf See verbracht, wo er Abschriften von Dokumenten anfertigte, »botanisierte«, Verfolger und Verfolgter war. Dennoch fand er einiges zu sagen. Caracas, so berichtete er Miranda, sei reif für die Revolution. Die Venezolaner seien bereit, der Sache ihr Leben und – hier machte sich der englische Einfluss bemerkbar – ihr Eigentum zu opfern. Vargas selbst tue auf Trinidad, was er könne, um den Erfolg der Revolution sicherzustellen. »Vergessen Sie nicht, dass Sie in Amerika geboren sind: Das Land ruft Sie und wird Sie mit offenen Armen empfangen.«

Dann widmete sich Vargas wieder seiner Arbeit: der Ausarbeitung der Anklage gegen Picton. Die Zeit drängte; der neue Gouverneur konnte jeden Tag eintreffen. Es schälte sich heraus, dass es nur zwei Punkte gab, in denen die Anklage Erfolg versprach: zum einen Begorrats Giftmordkommission mit ihren Folterungen und der rituellen Verbrennung von Lebenden und Toten, zum anderen der Fall Luisa Calderon. Was die Giftmordkommission betraf, so hatte Vargas seine Zweifel, denn nach spanischem Recht war die Aussage eines Sklaven nur dann etwas wert, wenn sie unter Folter erwirkt worden war. Luisa Calderon dagegen war eine freie Frau, und ihr Alter war ein weiterer Pluspunkt. Nach Vargas' Ansicht untersagte das spanische Recht die Folterung von Personen unter vierzehn. Luisa Calderon war zum Zeitpunkt ihrer Folterung fünfzehn gewesen. Vargas meinte, man solle sie für dreizehn erklären. Er überredete den alten spanischen Kuraten von Port of Spain, eine Änderung in den Büchern vorzunehmen und eine falsche Geburtsurkunde auszustellen. Luisa Calderons Mutter musste auf das neue Alter ihrer Tochter eingeschworen werden. Sie war mehr als kooperativ – sie hätte auch bedenkenlos behauptet, ihre Tochter sei zehn Jahre alt gewesen, als man sie folterte.

Die Geburtsurkunde, die Details des Gerichtsverfahrens: das waren die schriftlichen Unterlagen. Darüber hinaus hatte man in London um Zeugen gebeten. Dieser Bitte ließ sich problemlos entsprechen. Alle waren bereit, mit Fullarton nach London zu reisen, wo die britische Regierung – dies zu bewirken stand in Fullartons Macht – für ihren Lebensunterhalt aufkommen würde: die beiden *alguaziles*, die Luisa gefesselt hatten; Castro, der *escribano*, der während der Folterung protokolliert hatte; Vallots Gehilfe Porto Rico, der am Seil gezogen hatte; Vallot selbst, der stets auf jedermanns Seite war; und schließlich Luisa. Fahren wollten also alle, die sich in der Folterkammer befunden hatten, bis auf Begorrat: Folterer und Opfer auf gemeinsamer Fahrt nach London. Auch der stellvertretende *alguazil mayor* war bereit mitzukommen; er hatte maßgeblichen Anteil an der Beweisaufnahme gehabt und war stets zur Stelle gewesen, um die Zeugen aufs Kreuz schwören zu lassen, mochte dieses auch manchmal nur aus zwei Papierstreifen bestehen, die auf einen normalen Buchumschlag geklebt waren.

Fullarton machte sich derweil daran, mit gewissen Verleumdungen aufzuräumen, die er in den Ratsprotokollen entdeckt hatte. So las er dort zum Beispiel, dass Mrs. Fullarton eines Tages am Mittagstisch einen dunklen Mulatten direkt neben Baron Montalembert gesetzt habe und dass die Nachricht von diesem »außergewöhnlichen Ereignis« die »furiose Vorstellungskraft« der Mulatten auf gefährliche Weise angeheizt habe. Fullarton schrieb dem Baron. Der Baron antwortete, in einem solchen Falle hätte er sich auf der Stelle von der Tafel erhoben. Der Informant hatte gelogen, und der Baron erbot sich, ihn zu beliebiger Zeit und an beliebigem Ort zur Rede zu stellen. Fullarton gab den Brief weiter und überließ es den beiden Männern, die Sache unter sich auszumachen.

Dann standen noch die Behauptungen im Raum, Fullarton sei verrückt, er sei in das Haus von Richter Black eingedrungen und habe diesem mit Erhängung gedroht. Doch Fullarton blieb nicht mehr viel Zeit. Erst an seinem letzten Morgen in Port of Spain – der neue Gouverneur wurde erwartet, das Schiff lag seeklar im Hafen, um sich dem Kriegskonvoi nach England anzuschließen, alles war gepackt, Mrs. Fullarton, ihre Schwester und die Bediensteten waren reisefertig, die jungen Männer und die Zeugen ebenfalls – sah sich Fullarton in der Lage, Richter Black zu verhören.

Als besonderes Ärgernis empfand Fullarton die Tatsache, dass im Ratsprotokoll stand, er spreche »ein barbarisch schlechtes Französisch, ein fast unverständliches Kauderwelsch«. Er hatte gesagt *il y va de la potence*; Richter Black hatte *pend tous* daraus gemacht. Fullarton verwahrte sich auch gegen die im Protokoll auf Spanisch festgehaltene Behauptung, er habe Richter Blacks Haus *con la espada en una mano y el bastón en la otra* betreten. Tatsächlich habe er nur seinen Degen und seinen Stock bei sich gehabt.

Richter Black meinte: »Das eine ist eine wörtliche Übersetzung des anderen.«

»Auf Spanisch klingt es viel schlimmer. Auch Sie haben gerade einen großen Stock in der Hand. Wäre es denn korrekt, wenn ich deshalb den Eindruck vermittelte, dass Sie hier sind, um mich einzuschüchtern?«

»Ganz gewiss nicht. Dieser Spazierstock, den ich bei mir habe, ist das Zeichen des ordentlichen Magistratsbeamten, *Bar of Justice* genannt, auf den wir vereidigt werden.«

Das Verhör von Richter Black dauerte vier Stunden und endete erst, als die Ankunft des neuen Gouverneurs gemeldet wurde. Fullarton nahm den Gouverneur in Empfang und hielt eine über das Zeremonielle weit hinausgehende Willkommensrede, in der er alles erklärte, was er getan hatte.

An einem bestimmten Punkt hatte er das Gefühl, zur Untermauerung seiner Rede Zeugen zu benötigen, und so ließ er nach Castro, dem *escribano*, schicken, der samt Gepäck mit den anderen am Kai wartete. Doch statt Castros brachte man ihm die Nachricht, dass Richter Black Castro unmittelbar nach der Vereidigung des neuen Gouverneurs hatte festnehmen lassen. Black hatte auch versucht, den stellvertretenden *alguazil mayor* festnehmen zu lassen, der jedoch flinker als Castro gewesen war, womöglich auch eher zur Flucht entschlossen, und sich auf dem Schiff hatte in Sicherheit bringen können.

Richter Black wurde wieder vor den Rat einbestellt. Er erklärte, er habe Castro festnehmen lassen, weil dieser Gerüchten zufolge demnächst nach England abreisen werde, jedoch nicht alle Amtspapiere abgegeben habe. Wohl habe Castro einen Stellvertreter ernannt, doch sei sich Richter Black nicht sicher, ob dieser überhaupt berechtigt sei, Castros Amt zu versehen. Der Stellvertreter sehe zwar aus wie ein Weißer, doch fließe »möglicherweise Mulattenblut in seinen Adern«.

Fullarton war immer noch Erster Kommissionsbeamter und hatte Anspruch auf das entsprechende Gehalt, doch besaß er nun keinerlei exekutive Gewalt mehr. Und Richter Blacks Unverschämtheit war keine Unverschämtheit mehr. Fullarton begriff, dass er zu viel Zeit damit verbracht hatte, klare Verhältnisse für den neuen Gouverneur zu schaffen, statt sich um seine Abreise zu kümmern. Seine Reisegesellschaft war groß, mit den Zeugen und Bediensteten umfasste sie fast zwanzig Leute.

Doch nun nahm er sich nicht einmal mehr die Zeit, die Teilnehmer zu zählen oder ihre Anwesenheit zu überprüfen. Und er ließ sich nur sehr kurz von einem der Einwanderer aufhalten, die mit ihm nach Trinidad gekommen waren. Der Mann war völlig verzweifelt – er hatte seine gesamten Ersparnisse in Höhe von dreihundert Pfund ausgegeben, und sowohl seine Frau als auch seine Tochter waren gestorben. Er glaubte, unter dem Schutz von »Colonel Fullington« zu stehen. Die Ansiedlung freier Weißer war eins von Fullartons Anliegen gewesen. Doch jetzt war für derlei Anliegen nicht der richtige Moment. Fullarton riet dem verzweifelten Witwer, sich Land zu nehmen, wo er welches finden könne, und begab sich eilends an Bord des Tenders. Er verließ die Insel ohne die Schlüssel zu seinen Koffern und ohne einige seiner Bediensteten. Und er verließ die Insel ohne Vallot.

Auch Pedro Vargas blieb auf Trinidad zurück, von Fullarton mit der Aufgabe betraut, sich um Vallot und Castro, um die Schlüssel und die Bediensteten zu kümmern. Vargas war immer noch Beamter und somit immun. Die Frage der Amtspapiere des *escribano* konnte innerhalb weniger Tage geklärt werden. Doch konnte Vargas Castro nicht mehr dazu bewegen, nach England zu fahren. Seine abermalige Festnahme durch Richter

Black hatte Castro zu sehr eingeschüchtert. Nach England würde er nur unter dem Schutz einer königlichen Vorladung fahren.

Vallot konnte Vargas nicht einmal mehr finden. Zum ersten Mal seit dreizehn Jahren befand sich Vallot nicht in seinem Gefängnis. Er versteckte sich. Auch er war völlig eingeschüchtert. Zwar hatte Richter Black nicht versucht, ihn festzunehmen – undenkbar, den Gefängniswärter ins Gefängnis zu sperren –, doch er hatte Vallot geschildert, was die Engländer in England nach englischen Recht mit ihm anstellen würden. Vallot erkannte, in welche Falle er beinahe hineingestolpert wäre: der Folterer gefoltert, der Auspeitscher ausgepeitscht, der Ohrenabschneider seiner Ohren entledigt, der Gefängniswärter – so kurz vor dem Ruhestand – im Gefängnis eines anderen. Vallot, den schon die Treulosigkeit seines Negerhenkers und Fullartons Eingreifen in Gefängnisbelange aus der Bahn geworfen hatten, entschloss sich zu fliehen. Er floh vor Fullarton, so wie Fullarton vor Richter Black floh. Vallot floh vom Kai, aus seinem Gefängnis, aus der Stadt, und er versteckte sich elf Tage lang auf Richter Blacks Anwesen, bis Vargas abgereist und die Gefahr einer Reise nach England gebannt war.

Fullarton war am 20. Juli 1803 abgesegelt, ganze achtundzwanzig Wochen nach seiner Ankunft. Nun hatte das Gefängnis keinen Wärter mehr, und der Gehilfe des Wärters befand sich auf hoher See. Der Henker war schon Wochen zuvor verschwunden. Es gab ohnehin nichts mehr für ihn zu tun. Das war der Preis seiner Liste.

8

Die Opfer: I
Juli 1803 – Februar 1806

Wie schon nach Fullartons erster Abreise kehrte auch diesmal nach zwei oder drei Tagen wieder Normalität ein. Der neue Gouverneur war um Ausgleich bemüht. Er entließ die Hälfte der von Fullarton eingesetzten Ratsmitglieder und setzte die Hälfte der von Fullarton entlassenen Ratsmitglieder wieder ein.

Vallot verließ Richter Blacks Anwesen. Er kehrte nicht wieder ins Gefängnis zurück; jemand anders hatte seinen Posten übernommen. Doch der neue Mann war unerfahren, und als nach ein paar Tagen die Folterung eines Mulatten anstand – wahrscheinlich eines Zauberers, denn die nächtlichen Umtriebe der Neger gingen unverändert weiter –, rief man Vallot vorübergehend zurück.

Der Mulatte hatte ein schwarze Frau bedrängt, mit ihm zu schlafen. Zu guter Letzt hatte er ihr einfach seine Freundschaft und einen Händedruck angeboten. Er presste den Daumennagel in ihre Handfläche, und sie schrie auf. Ihr kleiner Finger verkrampfte sich, ihre Arme zuckten und schwollen an. Andere Neger, die auf der Straße unterwegs waren, liefen herbei, von Angst und Wut erfüllt. Sie beschwerten sich bei einem städtischen Beamten, der gerade vorbeikam.

Im Gefängnis behauptete der Mulatte, was er eingesetzt habe, sei kein Gift. Die Substanz basiere auf einem Aphrodisiakum, das er für einen Dollar von einem weisen alten Plantagenneger bekommen habe, der inzwischen allerdings tot sei. Es habe schon zwei Frauen dazu gebracht, ihn leidenschaftlich zu lieben. Er mische es normalerweise mit Quecksilber, abgefeilten Nägeln und Fett; möglicherweise sei die Dosis zu stark gewesen. Der alte Neger habe ihn vor dieser Gefahr gewarnt.

Der Mulatte wurde – auf Richter Blacks Befehl – zu Vallot hinaufgebracht und gefoltert. Er verriet das Gegenmittel: »Mit Rosenöl versetzter Rum.«

Es wirkte nicht. Vallot kam wieder. Diesmal wurde der Mulatte ohnmächtig und lag einige Zeit in einer Pfütze kalten Schweißes. Dann veränderte er seine Geschichte von dem toten Plantagenneger und dem Dollar: Er behauptete nun, er habe die Substanz von einem Neger bekommen, der wegen Zauberei verbannt worden war.

Das war ernst. Und jetzt begann auch noch der Hals der Frau anzuschwellen. Zwei Ärzte untersuchten sie. Sie stellten fest, dass die Hände der Negerin »von der Arbeit schwielig«, ansonsten aber unversehrt waren, und bezweifelten, dass sie überhaupt vergiftet worden war. Und tatsächlich, sobald ihre Menstruation vorüber war, ließ ihre Hysterie nach, und es ging ihr wieder gut. Dennoch war man der Ansicht, sie habe durch ihre Angst, vergiftet worden zu sein, mehr gelitten als der Mulatte während seiner Folterung. Ein Beamter, der als »Freund der Wahrheit« sprach, meinte sogar, der Mulatte hätte »mehr gelitten, wäre er nicht in Ohnmacht gefallen«.

Der Mulatte wurde verbannt – Kräuter blieben Kräuter, und Negerzauberei blieb Negerzauberei. Man erklärte ihm, er könne froh sein, dass man ihn nicht hänge.

Fullarton, Luisa und die anderen befanden sich wahrscheinlich noch in karibischen Gewässern. Fullarton hatte auf Tortola, einer der Jungferninseln, auf seine Schlüssel, seine Bediensteten und Pedro Vargas gewartet. Dann schloss sich die Reisegesellschaft, die nun ohne Castro und Vallot achtzehn Teilnehmer zählte, dem britischen Konvoi nach Europa an. Auch Picton war auf dem Weg nach England. Der Feldzug mit Hood hatte nicht lang gedauert. Picton war – das Schicksal schien es so zu wollen – nicht im Einsatz gewesen. Die Kampfhandlungen in St. Lucia dauerten nur einen Tag, und das Regiment, dem Picton angehörte, befand sich in Reserve; auf Tobago wurde überhaupt nicht gekämpft, und Picton amtierte für etwa eine Woche abermals als Militärgouverneur.

Während Picton und Fullarton ihr Wettrennen nach England veranstalteten, setzte Francisco Miranda in London alles daran, nach Trinidad zu gelangen. Pedro Vargas' frühe, von privaten Klagen erfüllte Briefe waren nicht sehr ermutigend gewesen. Doch seine jüngsten Berichte hatten die Revolution wieder zu einer realen, dringlichen Angelegenheit gemacht. Miranda war bereit, auf seine regelmäßigen Zuwendungen von der britischen Regierung, immerhin fünfhundert Pfund, zu Gunsten einer Pauschale von tausendfünfhundert Pfund zu verzichten, die natürlich als Kredit zu betrachten sein würde. Sie würde es ihm ermöglichen, nach Trinidad zu gelangen und dort eine Streitmacht zur Invasion von Venezuela aufzustellen: »Zweck dieses Vorschlages ist es, mich meinem Lande in diesem letzten Akt der Hingabe mit allem, worüber ich verfüge, anzuerbieten, ist es doch meine tiefe Überzeugung, dass sich kein Sterblicher je vor einer wichtigeren und ehrenhafteren Obliegenheit gesehen. Es wäre ganz und gar unerklärlich, wenn eine so mächtige und reiche Nation wie England …«

Die Antwort aus England besagte, dass die Minister mit irischen Angelegenheiten befasst seien. Außerdem wussten die Minister in London besser über Trinidad Bescheid als Miranda. Auch er muss dann wohl etwas begriffen haben, als rund zwei Monate später innerhalb weniger Tage sowohl Fullarton als auch Picton in London eintrafen; Fullarton mit seinen diversen Negern und Mulatten sowie seinem neuen Experten für spanisches Recht, dem ehemaligen Sekretär dreier Vizekönige Pedro Vargas.

Fullarton und seine Begleitung trafen als Erste ein. Sie gingen in Glasgow an Land und verbrachten einige Herbsttage auf Fullartons Anwesen in Ayrshire. Mrs. Fullarton ging es nicht gut, laut ihrem Arzt eine Folge des tropischen Klimas und der langen Seereise. Luisa Calderon, in den Straßen von Port of

Spain nicht weiter auffällig, war hier plötzlich eine Exotin, eine Spanisch sprechende »Kreolin mit interessantem Antlitz«, »von vornehmer Erscheinung«, »schlank und anmutig«, mit einem im westindischem Stil um den Kopf gewundenen Musselinturban. Sie und die Neger, die mitgeholfen hatten, sie zu foltern, darunter auch Vallots Porto Rico, wurden unter der Obhut zweier von Fullartons Dienern nach London geschickt. Fullarton verlor bei der Vorbereitung seiner Anklage vor dem Kronrat keine Zeit. Allerdings erzählte man sich, dass Mrs. Fullarton in Ayrshire mit Luisa in der Kutsche spazieren gefahren sei. Mrs. Fullarton erklärte später, das sei eine Verleumdung, und strengte eine Klage an.

Fullarton und Luisa hinterließen in London bleibenden Eindruck. Und als Picton im Oktober 1803 landete, stellte er fest, dass er eine Person des öffentlichen Lebens geworden war. »Der blutbefleckte Gouverneur von Trinidad«, war in einer Zeitung zu lesen, »befindet sich in England, und die Freunde der Menschlichkeit sind im Begriff, ihn den Händen der Gerechtigkeit, gegen welchletztere er sich vergangen, zu übergeben, auf dass er seine Verbrechen sühne.«

Picton schrieb an Addington, den Premierminister. Er schrieb nichts über Trinidad. Er schrieb von der Gefahr einer französischen Invasion und schlug eine Strategie vor: eine Volksmiliz, die über strategisch günstig gelegene Depots mit Nachschubgütern versorgt werden sollte; schlichte graue Uniformen; leicht bewaffnete Freischärler, die feindliche Kolonnen attackierten, dieweil sich berittene Soldaten der nachfolgenden Abteilungen annahmen; reguläre Truppen, die allein um »vorteilhafte Stellungen« kämpften, ohne zu riskieren, dass eine »grundsätzliche Angelegenheit« daraus wurde.

Es war die Sorte Guerillakampf – ein Zustand des totalen Krieges –, mit dem die Neger Haitis die britische Armee zwischen 1794 und 1798 praktisch vernichtet hatten. Der Brief zog kein Gespräch nach sich. Dutzende von Leuten schrieben dem Premierminister und unterbreiteten ihm Verteidigungsstrategien. Pictons Brief wurde von einem Sekretär quittiert. Es war der Anfang von Pictons langer Ungnade: der General, der während eines großen Krieges keine einzige Schlacht geschlagen hatte.

Auch Luisa Calderon stand an einem Anfang. Ungezählte Male sollte sie in den nächsten Jahren vor dem Kronrat, vor verschiedenen Gerichten, vor Anwälten, die selbst nach fünf Jahren noch ungläubig oder gequält zuhören konnten, den Arm heben und das Bein anwinkeln, um zu beschreiben, wie man sie an den zwei Tagen vor Weihnachten im Gefängnis von Port of Spain gefesselt und aufgehängt hatte. Begorrat und die Uhr, Porto Rico und das Seil, Begorrat und der Wein, nachts die Eisen, Vallot und der Essig. Die Folter wurde zu einem Ritual, das in mehreren Etappen vollzogen wurde: Stets die gleichen Fragen, ohne dass die Antworten, Worte und Posen letztlich irgendetwas vermitteln konnten, doch der Ablauf geregelt, die Dramatik mit jeder Wiederholung sich steigernd, und der Tatort, Vallots Gefängnis, wie so oft in Gerichtsprozessen, bald ein mythischer Ort, den sich jeder Zuhörer in seiner Fantasie selbst ausgestaltete. Es gibt keinen Grundriss des Gefängnisses; wir kennen es nur über die Beschreibung der einzelnen Räume. Pictons Freunde im Rat von Trinidad ließen das Gefängnis lange vor dem Strafprozess abreißen.

Weniger als eine Woche nach seiner Abreise entdeckte man, dass Fullarton die Staatskasse Trinidads geleert hatte, die bei seiner Ankunft noch einen Barbestand von hunderttausend Dollar aufgewiesen hatte – die Ersparnisse von sechs Jahren. Auch nach Fullarton war durchaus noch Geld auf der Insel: Da waren einerseits die britischen Kaufleute, andererseits die Pflanzer, die auf Kredit von den Kaufleuten lebten. Doch die Regierung war auf Jahre hinaus bankrott.

Als die Gouverneursresidenz – das Haus, in dem Fullarton gewohnt hatte – baufällig wurde, »kaum ein Eckchen, wo man bei heftigen Regenfällen trockenen Hauptes hätte stehen können«, der Fußboden nur mit größter Vorsicht betretbar, war eine Instandsetzung nicht möglich. Als die Regierung die angrenzenden Grundstücke erwarb, zahlte sie zum Teil mit Galeerennegern, und um für staatliche Bauprojekte neue Neger zu sechzig Pfund pro Kopf kaufen zu können, musste sie beim örtlichen Verschiffer einen Dreijahres-Kredit aufnehmen. Auch als in den Kasernen die Gestelle für die Hängematten zusammenstürzten, hier und da die Wände einbrachen und die Soldaten auf dem schadhaften Boden schlafen mussten, konnte man nichts unternehmen. Die Soldaten selbst, die nur in unregelmäßigen Abständen Nachschub aus London erhielten, gingen mittlerweile in Lumpen.

Picton hatte seine Regierungsgeschäfte mit achttausend Pfund pro Jahr bestritten. Fullarton hatte innerhalb eines halben Jahres dieselbe Summe allein für sich und seine jungen Männer ausgegeben: für Gehälter, Reisekosten und »geheimdienstliche Aktivitäten«. Hinzu kamen noch die sechstausend Dollar für Fullartons Haus; tausendsechshundert Dollar für die Vorräte, die man für die Schiffsreise der achtzehnköpfigen Reisegesellschaft nach England an Bord genommen hatte; die Gehälter der diversen Bevölkerungskommissare, die Fullarton ernannt hatte (darunter auch Vargas und einige der Feldmesser); sowie die Ausgaben des Vermessungsamtes (wieder Vargas sowie McCallum, der Flugschriftenverfasser), die noch einmal so hoch waren wie alle anderen Kosten zusammen.

Der Kronanwalt von Trinidad schickte einen Brief nach London, in dem er alle diese Ausgaben im Einzelnen auflistete. Fullarton hatte den Mann entlassen, doch dieser war auf seinen Posten zurückgekehrt, sobald Fullarton abgereist war. Fullarton, der jetzt vor dem Kronrat zugange war, erklärte, nach Ansicht von Pedro Vargas, Trinidads offiziellem Sachverständigen für spanisches Recht, habe ein Kronanwalt keinerlei finanzielle Befugnisse. Doch Fullarton war auch selbst nicht um eine Stellungnahme zum Thema Finanzen verlegen. Nicht nur habe er rechtmäßig gehandelt, er habe zudem nach wie vor Anspruch auf staatliche Bezüge. Er sei immer noch Erster Kommissionsbeamter bei einem Jahresgehalt von dreitausend Pfund. Auch seine Bevölkerungskommissare hätten ihre Ämter nach wie vor inne; einige von ihnen erhoben noch neun Jahre später Anspruch auf ihr Gehalt. Der Provost-Marshal forderte sogar noch nach zehn Jahren sein Gehalt ein. Und dann die Anwälte, die Neger und Mulatten, die als Zeugen dienten, und Luisa Calderon: Sie alle hatten ein Recht auf Erstattung ihrer Unkosten.

Am Anfang nahm Pedro Vargas das Geld für Luisa und die anderen entgegen, doch Mr. White, der Solicitor des Schatzamtes, entschloss sich bald, die Auszahlung persönlich vorzunehmen. Für den stellvertretenden *alguazil mayor* fand man eine Unterkunft in Soho; er erhielt eine Guinee pro Tag.

Der Kronanwalt und seine Freunde konnten Fullarton nicht belangen. Doch immerhin konnten sie den stellvertretenden *alguazil mayor* zu Grunde richten, als abschreckendes Beispiel für Castro, Vallot oder sonst jemanden, der womöglich erwog, nach London zu fahren, um auszusagen. Der stellvertretende *alguazil mayor* war ein Mann von bescheidenem Wohlstand. Er hatte Schulden, und er hatte Außenstände. Seine Außenstände vergaß man; seine Gläubiger jedoch machten ihm bereits nach vierzehn Tagen Ärger. Sein kupferbeschlagener Kutter (Kupferbeschlag zum Schutz der Schiffsrümpfe in tropischen Gewässern war eine Neuheit und sehr kostspielig) wurde mitsamt dem zugehörigen Neger zu einem Schleuderpreis versteigert; dann kamen die Hausneger an die Reihe und schließlich, am Jahresende, sein Haus.

Im neuen Jahr, 1804, traf in Trinidad die Nachricht ein, dass Picton Anfang Dezember des vergangenen Jahres verhaftet worden war. Der Kronrat hatte einen königlichen Kurier beauftragt, »besagten Brigadegeneral Picton herbeizuschaffen«, damit er sich für sieben Fälle widerrechtlicher Hinrichtung und eine Folterung verantworte. Picton wurde in einem Privathaus eingesperrt und die Kaution auf vierzigtausend Pfund festgesetzt. Bei einer so hohen Summe ging man von der Schuld des Angeklagten aus. Sieben weitere Anklagepunkte, die mit der Giftmordkommission in Zusammenhang standen, sollten hinzukommen; vielleicht auch noch die Massenerhängung der deutschen Söldner vor der Kaserne von Port of Spain. Doch man fand Bürgen. Marryat, der Vater des Romanautors, half aus.

In London, vor dem Hintergrund der Rituale und Höflichkeiten bei Gericht, wo alles auf Aussagen, Prinzipien und Worte reduziert wurde, empfand man den Fall als schockierend; er erschien hoffnungslos. In Trinidad empfand man ihn als politische Verfolgung. Dort versuchte der alte Baron Montalembert, sich nach vielen krisenreichen Jahren und dem Verlust von insgesamt hundertfünfzig Negern noch einmal eine neue Existenz aufzubauen. Ein weniger wohlhabender Mann wäre ruiniert gewesen.

Ein englischer Einwanderer berichtete, einer seine Freunde auf Martinique habe vier seiner Neger verbrennen müssen. Ein anderer kannte einen Pflanzer auf Guadelupe, der sogar zur Zeit der britischen Besatzung zwei Neger verbrannt hatte. Begorrat erklärte, es habe noch viel mehr derartige Fälle gegeben, und kein britischer Staatsbürger habe es damals gewagt, sich der Anwendung französischen Rechts zu widersetzen oder sie auch nur zu kommentieren. Nur in Trinidad würden sich die »Feinde der Regierung« über »eingebildete Verbrechen« ereifern.

Und Giftmörder waren nicht die einzigen *scélérats*. Da waren zum Beispiel die vielen Brandstiftungen der jüngsten Zeit. Ein Mann aus Port of Spain hatte entdeckt, dass man sein Haus unter dem Fußboden präpariert hatte, um es niederzubrennen, und nur kurze Zeit später machte er die gleiche unerfreuliche Entdeckung noch einmal. Mr. Patrice hatte zwei entlaufene Neger erwischt, als sie Feuer an sein Zuckerrohr legen wollten. Abgesehen von dieser »infernalischen Rasse« befanden sich auch viele französische Farbige auf der Insel, von denen man wusste, dass sie Weiße umgebracht hatten. Obwohl verbannt, zum Teil sogar nach London, tauchten sie immer wieder auf. Es war von Folter die Rede. Aber Vallots Pfahlstehen war »in Kavallerieregimentern wohl bekannt«, und Begorrat kommentierte sarkastisch, man solle doch vielleicht eine genaue Beschreibung nach London schicken.

Nach anfänglicher Überraschung und Verärgerung bestand die Reaktion auf die Nachricht von Pictons Verhaftung darin, dass man reinen Tisch machte. Immer mehr Menschen – die man niederer Ämter enthoben und deren Besitz man konfisziert hatte – brachten Klagen und Ansprüche gegen Picton vor.

Brigadegeneral Hislop, der neue Gouverneur, wollte vermitteln. Er war gerecht in seinem Urteil, lebte seit fast zehn Jahren in Westindien und hatte jegliche militärischen Ambitionen aufgegeben. Er aß gern; seine Feinde schrieben ihm mit der typischen Grausamkeit der Karikatur im achtzehnten Jahrhundert »das Gemüt eines Trunkenbolds« zu. Zwanzig Jahre zuvor hatte er an der Belagerung Gibraltars teilgenommen; es war sein letztes Gefecht gewesen. Nun, mit vierzig Jahren, ging es ihm nur noch um eine Stellung und finanzielle Sicherheit.

Er wollte in dem Konflikt zwischen Fullarton und Picton nicht Partei ergreifen, doch ihm lag daran, die Sache zu bereinigen, und sei es nur, weil er wegen jenes Mulatten mit dem Aphrodisiakum, den man ganz am Anfang von Hislops Regierungszeit gefoltert hatte, etwas nervös war. Ein italienischer Seemann, der zur gleichen Zeit im Gefängnis saß, hatte die Folterung miterlebt, und so hatten schließlich auch die noch auf der Insel verbliebenen englischen Radikalen davon erfahren. Sie bearbeiteten den Italiener so lange, bis er log. Er behauptete, Vallot habe am Seil gezogen und Porto Rico habe es dann festgehalten. Alle wussten, dass Porto Rico mit Fullarton nach England gefahren war. Der Italiener wurde wieder ins Gefängnis gesteckt, und der englische Ladenbesitzer, der auf ihn eingewirkt hatte – einer der ersten englischen Radikalen auf der Insel und mittlerweile fast der letzte –, war froh, sich nach England absetzen zu dürfen.

Gleichzeitig wurden eine grundsätzliche Untersuchung zu Folter und Negerverbrennungen durchgeführt, und Begorrat und die anderen legten schriftlich nieder, was sie und ihre Freunde auf anderen Inseln über diese Bestrafungen wussten. Begorrat hatte sogar ein paar spanische Gesetzbücher aufgetrieben, um zu belegen, dass mutmaßliche Verbrecher, solange sie nicht unter vierzehn, über sechzig oder schwangere Frauen waren, eine Stunde lang an einer kräftigen Schnur aufgehängt werden durften.

Das Gefängnis wurde abgerissen und Vallot aus seinem plötzlich so turbulenten Dienst in den Ruhestand entlassen.

Das alles geschah gerade noch rechtzeitig. Als Nächstes nämlich traf aus London die Nachricht ein, die Anklagejury von Middlesex habe, während der Kronrat sich noch mit den anderen Anklagepunkten befasste, die Klage gegen Picton für begründet erklärt, denn er habe »wider geltendes Recht veranlasst, dass man Luisa Calderon, eine freie Mulattin, der peinlichen Befragung unterzog«.

Von der King's Bench, einer Abteilung des Obersten Gerichts, erging eine Verfügung, in Port of Spain vor einem Untersuchungsgericht eine Zeugenbefragung durchzuführen. Und nur wenige Wochen später trafen Exemplare von Fullartons gerade erschienenem Buch in Trinidad ein: *Eine Darstellung, Briefe und Dokumente, die Verhältnisse auf Trinidad betreffend.*

Es dauerte ungefähr zwei Monate, von Trinidad nach England zu gelangen. Die gerichtliche Verfügung wurde Mitte Mai 1804 erlassen und Ende November im Gericht von Trinidad zu den Akten genommen. Möglicherweise ging die Verzögerung auf den Krieg zurück.

Im Mai war eine französische Flotte in der Nähe der Insel gemeldet worden, und in den folgenden Monaten hatte es zwischen der britischen Kriegsmarine einerseits und den Pflanzern und Kaufleuten andererseits ein Gerangel darum gegeben, was eigentlich zu verteidigen sei. Eigentum, meinten die Pflanzer und Kaufleute; die Marine selbst, meinte man bei der Kriegsmarine, »das schwimmende Eigentum der Regierung Seiner Majestät«. Bei der Kriegsmarine forderte man, der Hafen von Chaguaramas müsse befestigt wurde. Die Pflanzer und Kaufleute forderten den Bau eines Forts zum Schutz von Port of Spain und den umliegenden Plantagen.

Gouverneur Hislop war unschlüssig. Er zog die Neger-Bauarbeiter aus Chaguaramas ab, nachdem man bereits fünfundsiebzigtausend Pfund ausgegeben hatte, und ließ auf einem Hügel bei Port of Spain ein kleines Fort für zehntausend Pfund bauen. Er befriedete die Pflanzer, die es nicht gerne sahen, wenn ihre Neger – egal wofür – in Anspruch genommen wurden, indem er hauptsächlich Neger einsetzte, die Farbigen gehörten. Es war merkwürdig: Die Kolonisten sprachen von Eigentum und von Rechten. Der Krieg sicherte beides, und er war nie fern, doch er war immer die Obliegenheit anderer.

Die Auseinandersetzung muss einen Großteil von Begorrats Zeit in Anspruch genommen und verhindert haben, dass die gerichtliche Verfügung früher zu den Akten genommen wurde. Fullartons Rechtsanwalt – der Mann ohne Qualifikation, der einige Jahre zuvor Pictons Sekretär vierzig Dollar für eine Anwaltszulassung bezahlt hatte –, war wieder in Port of Spain und schwor Luisas Mutter und andere wohlwollende Zeugen auf Luisas neues Alter ein. Die Mulatten waren begeistert. Einige von ihnen glaubten, je jünger sie Luisa machten, desto unrechtmäßiger würde die Folterung werden. Begorrat hatte etwas mehr zu tun. Er musste Luisas Alter festsetzen; er musste Vallot auf Linie bringen; er musste das Protokoll umschreiben. Es war nämlich wieder aufgetaucht. Begorrat hatte es ein paar Monate bei sich zu Hause liegen gehabt.

Die Folterung war in der allgemeinen Hektik um Weihnachten 1801 ziemlich unsystematisch vorgenommen worden. Alle Gesetzeswidrigkeiten zu tilgen war nicht ganz einfach. Erschwerend kam hinzu, dass für jeden Schritt des Vorgangs Castros Unterschrift nötig war. Castro hatte inzwischen, genau wie Vallot, vor allem und jedem Angst. Er weigerte sich zu unterzeichnen; er unterzeichnete doch; er drohte, vor Gericht zu gestehen. Begorrat begann ihn unter Druck zu setzen. Er beschuldigte Castro vor Zeugen verschiedentlicher Auslassungen im Protokoll. Es gab tatsächlich Auslassungen. Castro knickte ein.

Luisa hätte einen Defensor haben müssen, bevor man sie folterte. Begorrat fügte das in den Folterungsbefehl ein – nicht die

Ernennung eines Defensors, wohl aber seine Absicht, einen zu ernennen. Mehr konnte er nicht tun, denn ein tatsächlicher Defensor hätte sofort Einspruch gegen den Folterungsbefehl erhoben und dessen Ausführung lang hinausgezögert. Zwischen dem Befehl zur Folterung und der Folterung selbst hätten fünf Tage verstreichen müssen; Begorrat hatte Luisa sofort foltern lassen. Er ergänzte den Befehl nachträglich um eine Erklärung. Die Folter müsse sofort angewendet werden, um »weiteren Verzögerungen vorzubeugen, welche sich widrig auf diesen Fall auswirken würden«. Nach spanischem Recht durfte nicht zweimal innerhalb von vierundzwanzig Stunden gefoltert werden. Begorrat hatte Luisa um sieben Uhr abends foltern lassen und dann noch einmal am nächsten Tag – Heiligabend – um elf Uhr, nach dem Frühstück. Er vertauschte die Uhrzeiten. Den »Akt der Folterung« selbst ergänzte Begorrat um all die spanischen Präliminarien: den Eid auf das Kreuz, die drei Ermahnungen, die Eigenentlastung des Richters: »... sollte sie aber Verletzungen davontragen oder gar sterben, ist dies ihr selbst anzulasten und nicht dem Hohen Gericht, welches allein bestrebt ist, die Wahrheit zu ergründen.«

Unter Folter abgelegte Geständnisse mussten innerhalb von vierundzwanzig Stunden in einem Raum ohne Folterinstrumente bestätigt werden. Begorrat sicherte sich in der abschließenden Verteidigungsschrift so gut wie möglich ab. Er schrieb sie vollkommen um. Ursprünglich stammte sie aus der Feder eines Mannes, der im Fall Luisa Calderon als Dolmetscher gedient hatte, eines unbedeutenden, verarmten Spaniers, der nichts gegen den Eingriff einzuwenden hatte.

»Doch als«, schrieb Begorrat, »die Peinliche Befragung ausgeführt ward, konnte nichts, weder die Liebe noch die Angst, sie mehr bremsen; sie zollte der Wahrheit den fälligen Tribut und lüftete augenblicklich das Geheimnis.« Dann kam er zur zweiten Folterung. »Das Hohe Gericht jedoch, noch nicht zufrieden gestellt und begehrlich zu erfahren, wer die Komplizen waren, hielt es für angemessen, im Interesse der Wahrheit ein zweites Mal die Folter anzuwenden; die das Mädchen geduldig über sich ergehen ließ, unter steter Aufrechterhaltung und Wiederholung ihrer vorherigen Aussage; und ertrug auch während des zweiten Males, da ihr heftige Schmerzen zugefügt wurden, mit heroischer Fassung alle Martern dank ihres Respektes vor der Wahrheit, welches höchst ungewöhnlich für ein Mädchen im zarten Alter von vierzehn Jahren.«

So hatte er alles untergebracht: Luisas folterfähiges Alter, das Schuldbekenntnis, die Erklärung und Rechtfertigung des gesamten Vorgangs. Als Verteidigung für Luisa war dieses Abschlussplädoyer nicht besonders gut geeignet, und was die Verteidigung Begorrats betraf, so wies selbst der korrigierte Ablauf noch Widersprüche auf. Auf die ohne Folter erteilte Bestätigung des Geständnisses beispielsweise war sofort eine weitere Folterung gefolgt. Doch Fullartons Anwalt war nun einmal so wenig ein Anwalt, wie der Kronanwalt ein Kronanwalt war oder der *escribano* ein *escribano*.

Das korrigierte Protokoll ließ man wieder Castro zukommen, die gerichtliche Verfügung wurde zu den Akten genommen:

> ... und dass er, besagter Thomas, in erwähntem Amte, aber mit der widerrechtlichen und böswilligen Absicht, eine gewisse Luisa Calderon aus Port of Spain zu peinigen und drangsalieren, Schimpf und Schande über sie zu bringen und ihr großen Schmerz an Körper und Seele zuzufügen, und zwar mit Waffen und Gewalt, widerrechtlich, grausam und unmenschlich, und ohne vernünftigen oder einleuchtenden Grund, unter Ausnützung seiner erwähnten Position, dafür sorgte, dass besagte Luisa (eine junge Frau von weniger als vierzehn Jahren in Gottes Friede und Geleit wie auch dem unseren seinerzeit) grausam und unmenschlich gefoltert ward, indem man an ihren Handgelenken eine gewisse Schnur befestigte, welche sodann über einen gewissen Flaschenzug geführt und an der Decke eines gewissen Raumes in einem gewissen Gefängnis angebracht ward ... Durch welch grausame und unmenschliche Folter die Hände Handgelenke Arme und Füße besagter Luisa

> auf grausamste Weise gestoßen, gestaucht und verletzt wurden und besagte Luisa krank, schwach und elend ward. Zur großen Peinigung und Versehrung besagter Luisa; in Missachtung unserer Gesetze, in offenkundiger Verletzung der Freiheiten unserer Untertanen; in äußerster Rechtsbeugung; in Übertretung und Verletzung der Pflichten seines erwähnten Amtes; als übles Exempel für alle anderen in ebendiesen Fall Involvierten, die gegen unsere öffentliche Sicherheit und Ordnung gegen die Krone gegen unsere Würde verstoßen.

Gerechtigkeit, Pflicht, Würde: Das waren große Worte in diesem Zusammenhang. Besagter Thomas, besagte Luisa: Die Gleichstellung war beleidigend und in Port of Spain nicht ungefährlich. Das Benehmen der Farbigen ließ immer mehr zu wünschen übrig: Eine Woche nach der öffentlichen Bekanntgabe der von der King's Bench erlassenen gerichtlichen Verfügung – auf fünf gedruckten Handzetteln und in einer Anzeige im *Courant* – dehnte der Rat die Ausgangssperre ab neun Uhr abends auch auf die Farbigen aus. Das verfügte Untersuchungsgericht allerdings verzögerte sich um viele Wochen. Fullartons Anwalt war nicht da; dann war der Kronanwalt, der seltsamerweise die Verteidigung übernahm, nicht da; dann wurde Gouverneur Hislop, der den Vorsitz führen sollte, krank. Erst im neuen Jahr – Picton hatte in London beim Kronrat um größere Eile sowie um die Erlaubnis ersucht, sich dreizehn Monate nach Zahlung seiner Kaution von vierzigtausend Pfund dem Gericht wieder zu stellen –, erst 1805 also wurde der erste Zeuge verhört.

Es war Castro, der *escribano*. Man vereidigte ihn auf Spanisch und auf Englisch. Er legte dem Gericht das stark korrigierte Protokoll vor. Der Kronanwalt fragte, ob es sich um das Originaldokument handele. Castro bejahte. Weder Castro noch die Anwälte hatten ausreichend Zeit gehabt, um alle Korrekturen Begorrats zu lesen. Niemand wusste, dass Begorrat erläutert hatte, warum Luisa unmittelbar nach Unterzeichnung des Folterungsbefehls gefoltert worden war. Als der Kronanwalt Castro suggerierte, dass Begorrat die vorgeschriebenen fünf Tage gewartet habe, stimmte Castro zu; er habe vergessen, das ins Protokoll aufzunehmen. Fullartons nicht qualifiziertem Anwalt gefiel die Idee eines Kreuzverhörs, doch er wusste nicht, worauf er eigentlich hinauswollte. Seine Fragen drehten sich im Kreis. Castro ließ sich nicht aus der Ruhe bringen. Er verhielt sich den ganzen Tag untadelig.

Dann allerdings erfuhr Begorrat etwas, das ihn alarmierte: Castro war nach der Gerichtssitzung zu Fullartons Anwalt gegangen; außerdem suchte er offenbar einen Zuständigen, vor dem er eine eidliche Erklärung ablegen konnte.

An der zweiten Sitzung des Untersuchungsgerichts nahm Castro nicht teil. Er ließ ausrichten, er sei krank. Seine Befragung wurde vertagt.

Man rief Luisas Mutter in den Zeugenstand. Fullartons Anwalt geriet sofort in Schwierigkeiten.

»Nennen Sie, so exakt wie möglich, Tag und Jahr der Geburt von Luisa Calderon.«

»Ich erinnere mich nicht mehr genau, wann sie geboren wurde, aber ich weiß zumindest, dass sie im August am St. Louis-Tag geboren wurde und dass sie zehn Jahre alt war, als sie im Gefängnis saß.«

Fullartons Anwalt versuchte noch einmal, eine vernünftige Antwort zu bekommen: Er hatte von der Frau bloß hören wollen, dass Luisa dreizehn Jahre alt gewesen sei. »War Luisa Calderon älter als zehn Jahre, als sie im Gefängnis war?«

Es war eine Suggestivfrage.

»Nein«, sagte Luisas Mutter. »Eher jünger.«

Jetzt übernahm der Kronanwalt.

»Wie alt sind Sie?«

»Vierzig.«

»Woher wissen Sie, dass Sie vierzig sind?«

»Ich weiß es, weil ich einen Taufschein hatte, als ich aus meinem Land hierher gekommen bin.«

»Können Sie schreiben oder lesen?«

»Nein.«

»Haben Sie je Luisas Eintrag ins Geburtenregister gesehen?«

»Don Pedro Vargas hat mir eine Abschrift davon gezeigt.«

»Wer ist Don Pedro Vargas?«

»Er war der Sprachkundler des Gouverneurs, der meine Tochter weggeholt hat.«

»Wie alt ist Ihre Tochter heute?«

»Zwischen fünfzehn und sechzehn.«

Eine plumpe Falle: Luisas Gefängnisaufenthalt lag erst drei Jahre zurück.

»Wissen Sie, warum Ihre Tochter ins Gefängnis musste?«

»Weil Don Ruiz ihr die Schuld an einem Raub gab, den sie gar nicht begangen hatte.«

»War Luisa nicht Pedro Ruiz' Mätresse und hat bei ihm gewohnt, bevor sie ins Gefängnis kam?«

»Ja. Er hatte versprochen, sie zu heiraten.«

»Wie lange hatten Ruiz und Luisa zusammengelebt, bevor man Luisa den Raub anlastete?«

»Zwei Jahre und fünf Monate.«

Mit zehn wegen Diebstahl im Gefängnis, mit sieben Mätresse: Der Kronanwalt hatte keine weiteren Fragen. Es blieb Fullartons Anwalt überlassen, aus seiner Verärgerung und Inkompetenz heraus seine Zeugin endgültig zu diskreditieren.

»Wenn Ihre Tochter erst zehn Jahre alt war, als sie im Gefängnis saß, und seither bloß drei Jahre vergangen sind, wie soll sie dann jetzt zwischen fünfzehn und sechzehn sein?«

»Nein, ich habe gesagt, dass sie vierzehn Jahre alt war.«

Das war noch schlimmer. Sie hatte seinen Ärger missverstanden. Sie näherte sich der Wahrheit.

»Wollen Sie sagen, dass Luisa zur Zeit ihrer Haft vierzehn Jahre alt war?«

»Ja. Nicht ganz, sie war kurz davor.«

Das war es, was er hatte hören wollen. Seine Beweisführung war ruiniert, aber er hatte bekommen, was er wollte. Er setzte sich. Der Dolmetscher legte Luisas Mutter das Protokoll ihrer Aussage vor, und sie unterschrieb es mit ihrem Zeichen.

Fünf Tage später tagte das Untersuchungsgericht erneut. Diesmal erschien Castro wieder. Fullartons Anwalt sagte, Castro wolle alles zurücknehmen, was er am ersten Gerichtstag gesagt habe. Castro las eine eidliche Erklärung vor, die zu den Akten genommen wurde: Er habe gelogen, weil er um seine Freiheit und sein Eigentum gebangt habe, »wegen der Tücke einiger Männer, deren Namen zu nennen ihm, dem aussagenden Zeugen, gleichfalls gefährlich werden könne«. Mehr werde er nicht sagen; ab jetzt werde er nur noch »vor dem Hohen Gericht in Europa« aussagen. Kaum war er fertig, brach Fullartons Anwalt ohne jede Vorwarnung zusammen. Er brach permanent zusammen; vielleicht war er nicht gesund, oder er trank.

Am nächsten Tag forderte Gouverneur Hislop in seiner Funktion als Vorsitzender des Gerichts Castro auf, sich zu erklären und die Namen der Männer, vor denen er Angst hatte, zu nennen. Castro sagte, das könne er aus den erwähnten Gründen nicht tun. Der Kronanwalt drang in ihn. Castro weigerte sich zu antworten. Man brachte ihn wegen Missachtung des Gerichts ins Gefängnis – in das neu gebaute, gemeine Gefängnis. Zwei Jahre zuvor hatte er noch als Gentleman gegolten, als jemand, den man nicht ins gemeine Gefängnis werfen konnte. Und während er nun also im Gefängnis saß, erfuhr er auch noch, dass man ihn seines Amtes als *regidor* des *cabildo* enthoben hatte. Er hatte dieses Amt zu spanischen Zeiten gekauft, und es stellte einen wichtigen Bestandteil seines Besitzes dar. Doch er hatte keinen Beleg dafür. Fullartons Anwalt war ihm keine Hilfe, er war schon wieder krank. Schließlich lenkte Castro ein. Er sagte, er werde doch Fragen vor Gericht beantworten, aber er wolle die Fragen mit nach Hause nehmen und die Antworten schriftlich abfassen. Gouverneur Hislop war einverstanden. Castro wurde freigelassen, nachdem er eine Woche im Gefängnis verbracht hatte.

Als das Untersuchungsgericht im Ratssaal erneut zusammentrat, war auch Begorrat anwesend. Castro weigerte sich, in Begorrats Anwesenheit seinen Eid zu leisten. Begorrat ging, doch er hatte die gewünschte Wirkung erzielt. Castro begann wieder Zugeständnisse zu machen. Er erklärte gegenüber dem Kronanwalt, dass er nicht wisse, von wem die »Zusätze« im Protokoll stammten. Er begann in weiten Teilen seine Aussage vom ersten Tag zu wiederholen.

Fullartons Anwalt schwieg während der gesamten Sitzung. Nur als Castro angab, Luisa sei zur Zeit ihrer Folterung fünfzehn Jahre alt gewesen, bat Fullartons Anwalt ihn, diese Aussage zu wiederholen. Und ganz zum Schluss, als Castro gerade anhob zu sagen, dass Porto Rico und die anderen mit Fullarton nach England gereist seien, legte Fullartons Anwalt Einspruch ein, mehr aus dramaturgischen denn aus rechtlichen Gründen.

Das Gericht vertagte sich. Fullartons Anwalt wurde für fast einen Monat krank. Und dann wurde das Kriegsrecht ausgerufen.

Spanien war auf Frankreichs Seite in den Krieg eingetreten, und Gouverneur Hislop hatte aus London erfahren, dass sich der spanische Admiral Gravina auf Martinique befinde und einen Angriff auf Trinidad plane. Hislop war froh, dass er den Hügel westlich von Port of Spain hatte befestigen lassen. Er begab sich mitsamt dem Archiv in das Fort, begleitet von den Kaufleuten mit ihren Büchern. Den Menschen, die in Port of Spain zurückblieben, riet man, in Falle einer Niederlage den bestmöglichen Frieden mit dem Feind zu schließen.

Das Mehl wurde knapp. Das Schießpulver ebenfalls. Die Garnison war klein, und die Loyal Militia, die Miliz der Farbigen, erwies sich als Belastung. »Euer Lordschaft«, schrieb ein Captain der Miliz später an den Staatssekretär, »ein Bataillon von Fremden zu kommandieren muss für einen Mann, der seit jeher mit untadeligem Ruf in der Armee Seiner Majestät gedient, immer eine verdrießliche Angelegenheit sein, aber diese Männer auf Englisch zu kommandieren, zugleich jedoch die gebotenen Erklärungen beim Exerzieren und bei den Gefechtsübungen auf Französisch und Spanisch erteilen zu müssen, ist außerordentlich schwierig und blamabel obendrein.«

Gouverneur Hislop betrachtete es als sinnvollen Schritt, eine Kompanie berittener Negersoldaten auszuheben. Er achtete darauf, nur »treue und wohlgesinnte Neger« auszuwählen. Doch den Pflanzern gefiel weder die Vorstellung, ihre Neger zu bewaffnen, noch sie zu verlieren. Hislop machte ihnen ein Angebot. Man würde bei der Aushebung den Wert jedes einzelnen Negers bestimmen, sodass man, falls er Schaden nehmen oder zu Tode kommen sollte, seinen Besitzer angemessen entschädigen könne.

Doch wie sich zeigte, war es ohnehin ein falscher Alarm gewesen. Die Regierung kehrte nach sechs Wochen wieder in die Stadt zurück. Hislop wies eingedenk der aufgetretenen Knappheiten die Bäcker von Port of Spain an, fässerweise Zwieback für die Miliz zu backen.

Schon vor der Unterbrechung hatte Castro angefangen, Zugeständnisse zu machen. Doch jetzt war er völlig demoralisiert.

»Habe ich Sie je in irgendeiner Weise bedroht?«, fragte ihn der Kronanwalt. »Fühlen Sie sich von mir geängstigt oder eingeschüchtert?«

»Nein.«

Etwas später erläuterte Castro, vom Kronanwalt souffliert, die Auslassungen im Protokoll, die ihn umgetrieben hatten. Es seien nur zwei: an einer Stelle fehle eine Unterschrift, an einer anderen eine *rúbrica* hinter einer Unterschrift. »An sonstige Auslassungen erinnere ich mich nicht.«

Fullartons Anwalt sprang auf, um ein Kreuzverhör vorzunehmen. Der Kronanwalt erhob Einspruch; Gouverneur Hislop wies den Einspruch zurück. Doch Fullartons Anwalt hatte nichts zu fragen. Es gelang ihm mit Mühe und Not, fünf irrelevante Fragen zu stellen, dann setzte er sich wieder.

Am nächsten Tag rief er in dem inzwischen hoffnungslosen Unterfangen, Luisas Alter zu klären, abermals einen seiner – der Sache eher abträglichen – Mulatten in den Zeugenstand.

»Wie alt war Luisa Calderon, als sie mit Pedro Ruiz zusammenzog?«

»Nach meiner Einschätzung und nach dem, was ihre Mutter mir erzählt hat, war sie zehn.«

Fullartons Anwalt war ratlos. »Erschien sie Ihnen damals ungefähr so alt?«

»Ja, sie war noch keine Frau, hatte keine Brüste, und deshalb schätzte ich sie auf dieses Alter.«

Später am selben Tag rief Fullartons Anwalt Luisas Paten in den Zeugenstand.

»Geben Sie dem Gericht so exakt wie möglich an, wann Luisa getauft wurde.«

»Das weiß ich nicht mehr genau.«

»Wie alt erschien sie Ihnen damals?«

»Sie war ein kleines Mädchen, keinen Monat alt.«

Jetzt verlor Fullartons Anwalt endgültig den Kopf. »Ist es zehn Jahre her, dass sie getauft wurde?«

»Ich glaube schon, so ungefähr.«

Das bedeutete, dass Luisa jetzt erst zehn Jahre alt war. Sie war also mit sieben inhaftiert und gefoltert und mit viereinhalb zu Ruiz' Mätresse geworden. Wie betäubt überließ Fullartons Anwalt den Mulatten dem Kronanwalt. Der Kronanwalt hatte keine Fragen.

Fullartons Anwalt sagte, er habe keine weiteren Zeugen mehr zu befragen. Es gebe da zwar noch einen *alguazil*, aber der befinde sich auf dem Festland.

Der Kronanwalt rief Vallot in den Zeugenstand. Vallot kannte die gesamte Geschichte der Folter auf Trinidad, fast alles, was er zum Thema sagen konnte, würde belastend sein. Zum allgemeinen Erstaunen erhob Fullartons Anwalt Einspruch. Man ignorierte ihn und vereidigte Vallot, der jetzt im Ruhestand war, befreit vom Staub und Schweiß des Gefängnisses, vielleicht in seiner Festtagskleidung, vielleicht ein wenig nervös, vielleicht auch etwas wackelig, nachdem man ihn auf Linie gebracht hatte.

Der Kronanwalt servierte ihm häppchenweise einfache Gedächtnishilfen: »Wurde Luisa Calderon genauso behandelt wie die anderen Gefangenen?«

»Sie wurde besser behandelt als die anderen Gefangenen.«

»In was für einem Raum war sie eingesperrt?«

»In einem großen Raum.«

»War es eine komfortable Unterkunft für eine Gefangene?«

»Es war ein Raum, der eigentlich für Weiße bestimmt war, der beste im ganzen Gefängnis.«

»Wie war das Essen, das sie im Gefängnis bekam?«

»Sie aß von unserem Tisch mit. Morgens bekam sie sogar Kaffee.«

»Haben Sie jemals untersagt oder verhindert, dass man ihr Erquickung oder Trost spendete?«

»Nein, nie. Im Gegenteil, ihre Schwester kam jeden Tag und brachte ihr Zuckerwerk und Tabak.«

Es klang wie ein Hotel. Fullartons Anwalt nahm das Kreuzverhör auf. Er entlockte Vallot gleich zu Beginn die Auskunft, dass es zu spanischen Zeiten im Gefängnis keine Folterinstrumente gegeben hatte. Doch das war ein reiner Glückstreffer gewesen. Diese wichtige Tatsache blieb einfach im Raum stehen, und binnen kürzester Zeit hatte sich Fullartons Anwalt wieder in seiner üblichen wahllosen Fragerei verloren. Er fragte nach dem Gefängnisalltag, nach den Rationen der Galeerenneger (»Nie weniger?« – »Nie weniger.«), nach den Eisen, nach dem Personal. Und Vallot durchlebte noch einmal seine Gefängnisjahre.

»Wann haben Sie zum letzten Mal den Pfahl gesehen?«

»Im alten Gefängnis habe ich ihn immer gesehen, aber seit das neue gebaut wurde, gibt es ihn nicht mehr.«

Und im neuen Gefängnis, das bisher nicht mehr als ein gesichtsloses Gebäude war, gab es einen neuen Gefängniswärter, der nicht einmal namentlich erwähnt wird. Vallot war Vallot. Der neue Name sollte niemals dieses Gewicht haben; wir kennen ihn nicht. Es war Vallots letzter öffentlicher Auftritt. Sein eigener Neger, Porto Rico oder Bourrique, war ihm zwei Jahre zuvor ins ferne London entführt worden (»Wo ist er jetzt?« – »Ich weiß es nicht, aber ich glaube, er ist bei Mr. Fullarton.«). Und dann verschwindet auch Vallot, fünfzehn Jahre lang eine wichtige Persönlichkeit, von der Bildfläche.

Das Gericht hatte den entscheidenden Teil seiner Arbeit getan. Der Mann mit Namen Ruiz gab seine Empörung angesichts der Unterstellung zu Protokoll, er würde mit einem Mädchen von vier, sieben oder zehn Jahren schlafen, das noch nicht einmal Brüste hatte. Begorrat protestierte dagegen, von seinem Freund, dem Kronanwalt, in den Zeugenstand gerufen zu werden. Doch er tat dies nur der Form halber. Seine Antworten waren flüssig, präzise und detailliert. Er überwältigte Fullartons Anwalt. Er zerstörte Castro, den *escribano.*

»Ich kenne ihn seit 1784. Er stand im Dienste von Captain Barritto, damals Gouverneur der Insel. Nach der Ankunft von Mr. Chacon wurde er zum *escribano* ernannt, sehr zum Unwillen der Bürgerschaft, da er ein einfacher Soldat im Veteranenkorps von Margarita gewesen war. Er war nach Angostura gegangen, wo er sich zur Küstenwache meldete; in Margarita war er der Diener und Barbier von Hauptmann Litemondi gewesen. Weshalb ich des Glaubens bin, dass ihm die Voraussetzungen zum Studium des spanischen Rechts nie gegeben waren.«

Dies war das Einzige was noch zu tun blieb: die Bestrafung und öffentliche Erniedrigung Castros. Begorrat und seine Freunde widmeten sich dieser Aufgabe in den Gerichtssitzungen der folgenden drei Monate, die von zwei langen Kriegsrechtsperioden unterbrochen wurden.

Der nächste Alarm war begründet. Die französische Flotte hatte Nelsons Mittelmeerblockade umfahren und die Blockade der spanischen Flotte aufgehoben; man wusste, dass die spanische und die französische Flotte Richtung Karibik abgesegelt waren. Gouverneur Hislop saß mit seinem Archiv und fünfhundert Fässern Zwieback auf seinem kleinen befestigten Hügel. Er musste allerdings feststellen, dass er vergessen hatte, Wasserfässer und -kessel einzulagern. Der Generalproviantmeister der Miliz, der auch Kaufmann war, verdiente ein kleines Vermögen, indem er sich für Vorräte bezahlen ließ, die er nicht lieferte.

Eines frühen Morgens tauchten vor der Nordküste dreizehn Kriegsschiffe auf. Die Soldaten an der Küste setzten ihr kleines Lehmfort in Brand und ergriffen die Flucht. Am Nachmittag liefen die Kriegsschiffe, waffenstarrend und gefechtsbereit, in den Golf von Paria ein und riegelten ihn ab. Eine Schlacht fand nicht statt.

Der Besucher war Nelson; er hatte eine vierundzwanzigtägige Atlantiküberquerung hinter sich, eine auf Verdacht betriebene Verfolgungsjagd auf die französische Flotte, die er drei Monate zuvor aus den Augen verloren hatte. In Westindien hatte er sich von einer amerikanischen Brigg, von einem privaten Schooner aus Trinidad – das Signal war von einem Kaufmannsgehilfen gekommen, der nach dem Feind Ausschau gehalten hatte – und schließlich von dem Feuer aus dem Lehmfort in die Irre führen lassen. Nelson dachte, die Insel sei eingenommen und die französische und spanische Flotte befänden sich im Golf von Paria. Er musste feststellen, dass er drei Tage vergeudet hatte. Am nächsten Morgen um sieben segelte er, ohne mit der Küste Kontakt aufgenommen zu haben, nach Europa zurück. Das unehrenhafte Verhalten von Gouverneur Hislops Miliz wurde kommentarlos im Logbuch der *Victory* festgehalten. Trafalgar war noch vier Monate entfernt.

Es dauerte sechs Wochen, bis man sich auf der Insel von dem Schrecken des Besuchs von Nelson erholt hatte. Als das Untersuchungsgericht seine Arbeit wieder aufnahm, machte sich eine gewisse Nachlässigkeit breit. Fullartons Anwalt beantragte Fristverlängerung und erschien dann nicht. Man entschied, dass er mit dem Gericht sein Spiel treibe, und beendete die Untersuchung. Schon seit über einem Jahr war bekannt, dass Fullartons Anwalt nicht qualifiziert war. Doch erst jetzt, nachdem er Fullartons Erfolgsaussichten praktisch zunichte gemacht hatte, wurde großes Aufhebens darum veranstaltet und er wurde verbannt.

In London hielt der Prozess alle in Atem. Fullarton korrespondierte mit dem Schatzamt wegen seines noch ausstehenden Gehalts für die Zeit seit seiner Abreise aus Trinidad (es belief sich auf 5250 Pfund) und der Unkosten seiner jungen Männer. Nur London könne die Schulden begleichen, schrieb er, denn die Staatskasse Trinidads sei bekanntlich leer. Auch Picton beschloss, sein Geld einzufordern. Kommodore Samuel Hood, der Dritte Kommissionsbeamte, kehrte nach England zurück, und Fullarton war der Ansicht, dass der Kronrat auch ihn befragen solle. Der wohlhabende Mulatte, dessen Freilassung Fullarton veranlasst hatte, verklagte Picton auf vierzigtausend Pfund Schadenersatz wegen Freiheitsberaubung.

Es gab einen neuen Staatssekretär für die Kolonien, Lord Castlereagh. Er war kein Freund von Fullartons Freunden; er löste die Trinidad-Kommission auf und kappte damit Fullartons entscheidende Verbindung zum Schatzamt. Fullarton protestierte. Picton schrieb an Lord Castlereagh, dass der spanische Kurat, der die falsche Geburtsurkunde für Luisa Calderon ausgestellt habe, bestraft werden müsse. Der Kronrat beschloss, eine andere Kommission nach Trinidad zu schicken, die Nachforschungen über Pictons Giftmordkommission anstellen sollte.

Außerdem wurde endlich das Buch veröffentlicht, das McCallum, der Flugschriftenverfasser, schon im vorigen Jahr angekündigt hatte, dessen Erscheinen jedoch durch die Drohungen von Pictons Freunden verzögert worden war. *Travels in Trinidad* wurde durch die Hinzunahme anderer Texte auf dreihundertfünfzig Seiten aufgestockt, Berichte über die Schrecken von Barbados, Haiti und den Vereinigten Staaten, »das hinterste Ende der Welt«, ein Land der Sklaverei, des Betrugs und des schwindenden Christentums, wo »eine Schänke und eine Schmiede schon eine Stadt ausmachen«, und wo an den »sumpfigen Küsten von North und South Carolina« Menschen aus dem schottischen Hochland, McCallums eigene Leute, wie Neger Knechtschaft erleiden mussten.

Die Neue Welt als Konstrukt aus Blut und Betrug, als Gaukelei – McCallum wurde dafür bezahlt, für eine bestimmte Sache einzutreten, doch mit seiner Leidenschaft und manchmal auch seinem Stil nahm er Charles Dickens vorweg. In seinem Vorwort schrieb er, manch einer finde womöglich, er habe »in seinen Schilderungen der Gräuel, die auf der unglücklichen Insel Trinidad sich zugetragen, zu ausgiebig einem schroffen

Stile gehuldigt.« Doch nahm er eine Entschuldigung für sich in Anspruch: »Ich selbst war ein Opfer von Unterdrückung.«

Über Neger wurde viel geschrieben. Doch die Neger um 1800 bleiben so anonym wie dreihundert Jahre zuvor die Indianer von Las Casas. Es ist die Stummheit der Leibeigenschaft. Selbst Porto Rico, Vallots Helfer, ist nicht mehr als ein Neger und ein Name. Die Vergiftungen, ein Liebestrank, der einer Frau mit abgearbeiteten, schwieligen Händen verabreicht wird, ein weiser alter Zauberer, das *obeah*, das Trommeln, und die spontanen, ausgelassenen Feste – dies sind die Dinge, die an die Oberfläche treten. Sie suggerieren eine im Untergrund existierende Fantasiewelt, in der kreolische Neger, französische Neger und englische Neger sich zusammenfinden.

Die Neue Welt als Gaukelei: diese Neger-Fantasiewelt veränderte und entwickelte sich. Auf Trinidad, einer Einwanderungsinsel, war sie sehr vielfältig geworden, ein Traum jenseits der Arbeit und realer als diese, ein Traum von Macht und Schönheit, von Titeln, Flaggen und Uniformen, von Königen, Königinnen und Höflingen.

Der Pflanzer, der seine Neger betrachtete und nur Neger sah, ahnte nichts davon. Er wusste vielleicht, dass sich einige von ihnen in abgelegte Kleider gewandeten und andere Neger empfingen, dass sie zusammen aßen, tanzten und ihre Feste feierten: eine vor den Negerhütten inszenierte Imitation des weißen Gesellschaftslebens. Doch er wusste nicht, dass der Neger-Fuhrmann – er gehörte Rosette Smith, der jetzigen Rosette Picton –, der gerade in Port of Spain Waren aus dem Laden von Mr. Rigby, einem Kaufmann und Negerverschiffer, verlud, dass dieser Fuhrmann also, ein besonders dummer Neger, nachts ein König mit zwölf Höflingen und einer eigenen Uniform war: einem schwarzen Mantel mit scharlachrotem Kragen und einem grünen Band über der einen Schulter, zu dem ein Hut mit schwarzer Kokarde gehörte.

Nur die Neger wussten das; und jeder Pflanzer aus Santo Domingo, Martinique oder Guadelupe, der davon erfahren hätte, wäre erschrocken. Negeraufstände, die so plötzlich zu beginnen und wieder zu enden schienen und in denen so unbekümmert Verrat begangen wurde, blieben meist nur Teil der Neger-Fantasien. Doch unter einem entsprechenden Anführer konnten sie wahr werden. Der Moment war gegeben, wenn die Heimlichkeit zu ihrer eigenen Bestätigung wurde, wenn die Fantasie über die Welt der harten Arbeit und des Eigentums Oberhand gewann und sie ins Lächerliche zog. So, wie es jetzt der Fall zu sein schien, in dieser zweiten Dezemberwoche 1805, am helllichten Tag vor Mr. Rigbys Laden.

Dagueville, der alte französische Verkäufer, beschimpfte den Fuhrmann, den König. Der Fuhrmann war geistesabwesend, er verlud die Ware schlecht. Der König war wachsam.

Der Gefährte des Königs sagte: »Wir werden in diesen Läden inzwischen sehr schlecht behandelt. Neulich hat mich sogar ein kleiner weißer Junge geschlagen.«

Der König antwortete: »Wenn Mr. Dagueville jetzt vor dir stehen würde, dürfte er nicht so kreppisch sein und dich einfach schlagen.«

»Kreppisch« – was war das für ein Wort? Der König hatte die Stimme nicht gesenkt. Dagueville hörte ihn.

Mr. de Gannes de la Chancellerie badete eines Morgens in dem Fluss, der seine Besitzung in einem der kühlen Täler nördlich von Port of Spain durchzog. Zwölf Negerinnen, die Körbe mit Kochbananen auf dem Kopf balancierten, kamen auf dem Pfad vorbei. Sie rasselten mit Chac-Chacs, sangen ein Lied in Patois und tanzten. *Pain c'est viande béqué*, sangen die Frauen. Und der Refrain lautete: *San Domingo*!

Vin c'est sang béqué.
San Domingo!
Nous va boire sang béqué.
San Domingo!

»Brot ist Weißenfleisch, Wein ist Weißenblut. Wir werden Weißenblut trinken.« Es war ein altes Lied von einer anderen Insel.

Mr. de Gannes nahm es nicht persönlich. Er sah nur das Pastorale, die Wiedererstehung eines Lebens, das für viele andere Menschen wie ihn verschwunden war.

Mrs. Metiver, die Frau eines Pflanzers, der auch der Garnisonsarzt war, lag krank zu Bett. Am Abend kamen zwei Damen, um sie zu besuchen, und Dr. Metiver brachte sie zu seiner Frau ins Zimmer. Während sie dort waren, hörten sie das rhythmische Rasseln der Chac-Chacs. Bald sagte Mrs. Metiver: »Jetzt kommt das Lied.«

Dr. Metiver ging ans Fenster und lauschte.

Pain nous mangé est viande béqué.
Coca!
Vin nous boire c'est sang béqué.
Coca!

Dr. Metiver wurde am Fenster entdeckt. Die Stimme eines Negers rief: »*Paix! Paix donc!*«

Dr. Metiver lief hinaus in die Dunkelheit. Er fand niemanden.

Er befragte seine Neger. Und jetzt – nach den Liedern und der ganzen Schauspielerei war es geradezu absurd – gaben sie bereitwillig Auskunft. Aber das war ein fester Bestandteil der Fantasie: Wenn der Zeitpunkt gekommen war, würden sie wie Magier die wahre Welt zum Vorschein kommen lassen. Sie erzählten, dass in Carenage, westlich von Port of Spain, ein großes Negertreffen stattfinden solle. Jedem König seien mindestens drei Negerkonvois oder -regimenter unterstellt. Drei Jahre lang hätten die Neger von Port of Spain drei Bits pro Woche in eine zentrale Kasse eingezahlt. Wer der Schatzmeister sei, wüssten die Neger nicht.

Dann bat einer von Dr. Metivers Negern ihn um die Erlaubnis, zu dem Treffen in Carenage zu gehen.

»Wie kannst du die Dreistigkeit besitzen!«, sagte Dr. Metiver.

Doch die Unlogik der Nachfrage hatte ihm einen gehörigen Schrecken eingejagt. Er war erst seit acht Jahren auf Trinidad.

Er begann herumzupoltern und behauptete, von Carenage gewusst zu haben.

Dr. Metiver zog los, um seine Nachbarn zu warnen. Manche blieben völlig gelassen, so auch Mr. de Gannes de la Chancellerie, auf dessen Kopf die Neger bereits getrunken hatten. Doch Gouverneur Hislop hörte zu. Erst kürzlich war der Aufseher einer Baumwollplantage ermordet worden, und der Mörder war in den tiefen Wald im Inselinnern verschwunden. In Port of Spain hatte ein schwarzer Soldat einen Sergeant umgebracht. Als Gouverneur Hislop Dr. Metivers Geschichte hörte, ließ er sofort seine Truppen antreten und schickte sie zu verschiedenen Besitzungen, damit sie dort die Neger festnahmen, deren Namen Dr. Metivers Neger genannt hatten. Die Soldaten ergriffen in dieser Nacht König Noel, den Fuhrmann; sie ergriffen König Samson, König Edward und König Herold, König Simon und König Baptiste, außerdem eine ganze Reihe von Königinnen und Prinzessinnen, Dauphins und Dauphines. Doch der alte Michel, der »Richter« des Regiments »Sans Peur«, und zwei weitere Anführer entkamen.

Die gerichtliche Untersuchung, die zugleich der Prozess war, begann am nächsten Tag. Man war der Ansicht, dass an Stelle des im spanischen Recht vorgesehenen »dilatorischen Verfahrens« ein »Schnellverfahren« angebracht sei. Ein spanischer Jurist wurde zurate gezogen. Er meinte, sowohl die Notwendigkeit als auch der Codex Justinianus rechtfertigten ein Schnellverfahren. Noel, der gekrönte Fuhrmann, wurde zum Kronzeugen.

Das Spiel war aus. Doch nicht alle Neger wussten es. Einige setzten ihre Warnungen und ihren Spott fort. An jenem Tag, dem ersten Prozesstag, konnten zwei auf dem Balkon sitzende Französinnen einen Neger im weißen Hemd beobachten, der auf einem weißen Maulesel in Port of Spain einritt. Unterhalb des Balkons hielt er an. Ein anderer Neger gesellte sich zu ihm. Sie unterhielten sich und erwähnten den Namen eines Franzosen, dessen Kopf sie wollten. Eine der Frauen eilte die Treppe hinunter; die Neger liefen fort.

Vier Tage später – die Untersuchung war weit fortgeschritten; die heimlichen Königreiche der Neger wie aufgedeckte Ameisenhügel; Peitsche, Ketten und Schlimmeres einsatzbereit – ging Lieutenant Whitsun von der Royal Militia auf der Straße an einem Neger vorbei. Der Neger sagte laut vernehmlich: »Wenn sie die *bacara*, die Weißen, diesmal richtig totmachen, dann sind wir sie los.«

Lieutenant Whitsun schlug den Neger mit seinem Stock und nahm ihn fest. Der Neger sagte, er werde den Lieutenant an einen Ort führen, wo es noch mehr Neger gebe, die so redeten wie er. Sie machten sich auf den Weg. Doch dann nahm der Neger Reißaus. Lieutenant Whitsun lief ihm nach und rief dabei um Hilfe. Ein Mann von der Miliz stürzte sich auf den Neger und warf ihn zu Boden. Das war alles, was von der nächtlichen Fantasie übrig blieb: die Drohung, die Unterwerfung, die Peitsche am helllichten Tag.

Die Untersuchung ergab, dass die Neger eine Revolte am ersten Weihnachtsfeiertag geplant hatten. Zuerst sollten Mr. de Gannes und Mr. Rochart die Köpfe abgeschnitten werden; dann wollten die Neger Schweinefleisch essen – sie hatten für den Festschmaus gesammelt – und in der Windmühle auf Mr. Shands Besitzung tanzen. Danach wollten sie zu Mr. Melvilles Besitzung ziehen und Weihwasser trinken.

Im Ratssaal kam das als verworrene Negergeschichte heraus – zusammenhanglose Fragmente einer ausufernden, verworrenen Fantasie. Zwischen Beginn der Ausgangssperre und Sonnenaufgang statteten sich diese Könige und Höflinge, diese Generale und Richter – viele von ihnen von Wunden übersät – Besuche ab und tauschten Höflichkeiten aus. Sie gaben ihren Segen und verhängten Strafen. Frankreich, England und Afrika, die Plantagen selbst, die Kirche, der Rat: dies waren die Quellen der Rituale, der Titel, der Zeremonien der Macht.

Jeder König hatte seine eigene Flagge. König Baptiste verwahrte die seine in einem »indianischen Korb«. Eine freie Schwarze hatte sie für zwölf Dollar angefertigt; zur Zeit der Festnahmen arbeitete sie gerade an einer Flagge für König Samson vom Regiment Macacque oder auch Affenregiment. Die Könige wollten einander in nichts nachstehen. Die Uniform von König Edward von Carenage bestand aus »einer braunen Leinenjacke, einer Hose mit blauen Bändern, Pelerine, Borten und Litzen«, seine Offiziere hatten weiß und grün bemalte Holzschwerter. Als Samson sich mit Edward überwarf und daraufhin sein eigenes Regiment aufstellte, ließ er für sich und seine Offiziere die gleichen Uniformen anfertigen. Samson konnte das tun, denn er war ein mächtiger Mann. Er war ein Doktor, außerdem besaß er einen Vorrat an Schießpulver. Bei Tage allerdings tat Samson gern so, als wäre er nur ein einfältiger alter Ibo-Neger.

Ein Regiment konnte rein kreolisch sein; ein afrikanisches Regiment konnte darauf bestehen, dass alle von »einer Farbe« waren, und Mulatten dementsprechend ablehnen. Manche Regimenter hielten den älteren Inseln die Treue, Martinique, Guadelupe, Grenada; ja es gab sogar ein dänisches Regiment. Jeder, der sich meldete, bekam einen Titel. Das konnte zum Beispiel »major de dames« sein oder »capitaine de dames«. Als Scipio dem Regiment von Carenage beitrat, bot man ihm den Titel »My Lord St. John« an. Er lehnte ab, er wollte einfach nur der »Sekretär« sein; auf Versammlungen »kritzelte er wichtig vor sich hin«. Im realen Leben gehörte er dem Kronanwalt, der ja in Wirklichkeit auch kein Kronanwalt war – da vermischte sich eine Gaukelei mit der anderen.

Die Könige tauschten höfliche Botschaften aus, denn es gab durchaus Neger, die schreiben konnten. Die Botschaften wurden von jungen Frauen überbracht, manchmal sogar von Negern, die in den Arbeitskolonnen arbeiteten. Ihre Anonymität bei Tage kam ihnen dabei zu Nutze. Ein Neger, dessen Beine von eiternden Wunden bedeckt waren, konnte zum Beispiel sagen, er habe sich einen Splitter in den Fuß getreten und müsse die Wunde im Fluss auswaschen, um keinen Wundstarrkrampf zu bekommen. Dann verschwand er über Nacht. Am nächsten Morgen sah man ihn dann vielleicht – ein komischer Anblick – im Paletot zur Plantage zurückkommen. Ein

Paletot deshalb, weil die Besuche von Königen und Königinnen sehr förmlich abliefen.

König Noel, der Fuhrmann, der bei Tage so ausnehmend dumm tat, schickte vier Abgesandte, die einen anderen König abholen und hertragen sollten. Dies sei »die Zeremonie, nach der ein König empfangen wird«, denn Könige betätigten sich niemals körperlich. Einem König wurden zum Beispiel Kochbananen und Wein kredenzt; ein bestimmtes Festmahl bestand aus *calalu*, Rindfleisch und Rum.

Die Nacht konnte auch noch andere Formalitäten mit sich bringen. Der alte Michel, der »Große Richter«, bestrafte Missetäter, indem er sie wie ein Plantagenaufseher schlug, oder er erlegte ihnen eine Geldstrafe auf, ließ sie zwei Stunden lang auf den Knien Steine aneinander schlagen oder schloss sie für zwei Wochen aus dem Regiment aus.

Manchmal erhoben König Noel und seine Königin Marie eine Abgabe. Dann wurde ein großer Laib Brot gebacken, und alle Untertanen des Königs, manchmal auch ein anderer König, erhielten ein Stück davon. Mitunter empfingen ein König und seine Königin die »Kommunion«, ein ungesalzenes Stück Zwieback; König Samsons Untertanen zahlten zwei Dollar pro Kopf, um dieser Zeremonie beiwohnen zu dürfen. Geld war für einen König immer wichtig. Samson verkaufte Rum zu siebenundzwanzig Cent die Flasche.

Die Königreiche der Nacht wuchsen, die Fantasie kannte keine Grenzen. Ein Besitzer mochte eine gewisse »Erregtheit« unter seinen Negern beobachten – doch war er selbst es, bar jeden Geheimnisses, jeder Anmut, der langsam zum Phantom wurde. Und dann wurde der Besitzer wegen seiner Dummheit und seines schlichten Gemüts zur Zielscheibe des Spotts in Form von rätselhaften Liedern und direkten Warnungen. Bestimmte Floskeln wie *c'est bien dommage* bargen das ganze Geheimnis. Doch das wussten nur die Neger.

Doch jetzt, um Mitternacht, fiel die ganze Fantasie plötzlich in sich zusammen. Nach dem Chac-Chac-Gerassel und dem Gesang draußen vor den hell erleuchteten Fenstern kamen Soldaten, durchsuchten alles und machten die Flaggen und Uniformen wertlos. Die Könige und Höflinge, aus ihrem Traum geweckt und gefangen genommen, behaupteten, es sei nur ein Spiel gewesen. Sie würden alles erzählen. Erst später, als sie ganz in der anderen Welt waren, wandelte sich das in bewussten Verrat um. Samsons Königin, die freie Negerin, die die Flaggen angefertigt hatte, warf ihnen das vor: »Jetzt wo die Sache schief gegangen ist, möchtet ihr am liebsten sagen, dass ihr nichts damit zu tun hattet. Aber vorher, als alles glatt lief, da hat es euch Spaß gemacht, und ihr wolltet alle daran teilhaben.«

Für einige allerdings ging das Spiel noch weiter. Dominique Rivieu legte dem Rat »Dokumente« vor, um seine Unschuld zu beweisen. Mr. Rigby, der Kaufmann und Negerverschiffer, las sie vor. Es war auch ein Brief von einem der Könige darunter, die hatten entkommen können. Dominique Rivieu verstand nicht, warum diese Dokumente ihn nicht retten konnten.

Die Untersuchung begann am 11. Dezember 1805. Am 19. Dezember fanden die ersten Hinrichtungen statt. Drei Neger wurden auf dem zentralen Platz in Port of Spain erhängt und dann enthauptet. Ihre in Ketten gelegten Leichen wurden aufgehängt, ihre Köpfe aufgespießt: Es war das Ende ihrer Spötterei. Ein freier Neger büßte seine Ohren ein und wurde wieder zum Sklaven gemacht; man verkaufte ihn von der Insel weg. Andere Rädelsführer büßten ebenfalls ihre Ohren ein und bekamen jeweils hundert Peitschenhiebe verabreicht. Diejenigen, die nur fünfzig Peitschenhiebe erhielten, mussten fortan eiserne Fußringe tragen.

Samsons Königin musste »auf immer und ewig in Ketten arbeiten« und einen »zehn Pfund schweren, an ihrem Bein zu befestigenden Eisenring« tragen. Alle Königinnen, Prinzessinnen und Dauphines, selbst diejenigen, die als harmlos, verspielt oder unschuldig beschrieben wurden, erhielten neununddreißig beziehungsweise fünfundzwanzig Peitschenhiebe. »Marie, Bonavita, Marie, Marie Ursule und Jeanrose erhalten jeweils fünfundzwanzig Peitschenhiebe.« So viele Maries – es konnte kaum noch als Name gelten. Die Blasphemie der Negerkommunion rief besonderes Entsetzen hervor, gerade jetzt zur Weihnachtszeit. In der neuen protestantischen Kirche von Port of Spain hielt Mr. Clapham einen Dankgottesdienst ab.

Die Untersuchung dauerte bis nach Weihnachten. Der Untergrund war sehr umfassend gewesen, die Neger fast aller Besitzungen hatten ihm angehört. Ein weiterer Neger wurde erhängt und geköpft. Sechs andere bekamen die Ohren abgeschnitten und wurden von der Insel wegverkauft.

Aus London signalisierte Lord Castlereagh seine Billigung. Er wisse sehr wohl, schrieb er an Gouverneur Hislop, dass man diese »Klasse der Bevölkerung« im Auge behalten müsse. Der Kronanwalt von Trinidad habe ihm das gerade erst gesagt. Der Kronanwalt sei in London, um für Picton auszusagen und »die Sache um Fullarton zuzuspitzen« (wie General Maitland es ausdrückte, der besiegte General aus Haiti, der immer noch auf eine Landzuweisung in Trinidad aus war). Der Aufstand lasse sich letztlich, so habe der Kronanwalt allerdings hinzugefügt, auf eine »Gruppe von Männern *weißer* Hautfarbe« zurückführen.

Am Ort des Geschehens trieb die Geschichte Blüten. Die »Monstren« hätten geplant, »sich sämtlicher Weißer zu entledigen, indem sie diese in Mr. Shands neuer Windmühle zermahlten«. Die »Schurken« hätten erklärt, es solle nur mehr »eine Farbe« geben.

In dieser Wildwest-Atmosphäre – der alte Michel, Richter des Regiments Sans Peur, war immer noch auf freiem Fuß, und man hatte zweihundert Dollar auf seinen Kopf ausgesetzt – traf der Anwalt des Kronrates ein, um Nachforschungen über die Verbrennung Lebender und Toter anzustellen, die vier Jahre zuvor an Weihnachten auf die Aktivitäten von Pictons Giftmordkommission gefolgt war. Der Anwalt blieb einen Monat. Er erlebte nicht mehr mit, wie der alte Michel, den der Hunger aus seinen »Schlupflöchern« trieb, sich stellte. Doch er sprach mit Begorrat, Black und den anderen und kam zu dem Schluss, dass es nichts gab, wofür Picton sich hätte verantworten müssen. Die

Verhältnisse auf Trinidad seien zu einfach dargestellt worden. Innerhalb von drei Jahren hatte sich die wilde Mischung aus Philanthropie und Jakobinismus, die unter den englischen Siedlern anzutreffen war – Londoner Ideen, von Londonern vertreten –, in Luft aufgelöst.

Doch der Anlass des Protests bestand noch immer, und zwar in London. Die Gruppe von Männern weißer Hautfarbe war vollständig vertreten: Fullarton; Fullartons nicht qualifizierter Anwalt, verbannt und zornig; McCallum, der Flugschriftenverfasser; der radikale Ladenbesitzer und nun auch der vom Kriegsgericht verurteilte und verbannte Generalproviantmeister der Miliz.

Für Gouverneur Hislop, der bloß seine Ruhe wollte – sein Haus wurde immer feuchter und baufälliger, die Staatskasse war gähnend leer –, stellte die Kritik dieser Männer eine zusätzliche Belastung in einem ohnehin arbeitsreichen Jahr dar. Ein Problem folgte auf das andere, eine Untersuchung löste die andere ab. Die laufende Untersuchung befasste sich mit dem Mulatten, der Picton auf vierzigtausend Pfund Schadenersatz wegen Freiheitsberaubung verklagt hatte. Der Mann sei berüchtigt, so Hislop, mehrere andere Inseln hätten ihn ausgewiesen. In Martinique sei er an den Pranger gestellt worden, um den Hals ein Schild mit der Aufschrift: »Dieser Mulatte hat einen Weißen geschlagen.« Hislop war nicht wohl bei der Untersuchung, er war der Ansicht, dass sie heftigste Auswirkungen zeitigen würde.

Hinzu kam, dass Hislop von steten Befürchtungen bezüglich des von ihm angewandten Rechts geplagt wurde. Diese Männer in London stellten die Rechtmäßigkeit von fast allem, was er getan hatte, in Frage. Als Soldat, so schrieb Hislop, habe man ihn von Kindesbeinen an dazu angehalten, sich in der Tugend des Gehorsams gegenüber seinen rechtmäßigen Vorgesetzten zu üben. Es sei nur schwer zu ertragen, dass man ihn jetzt »ins Rampenlicht zerre und als Unterdrücker darstelle.« Bevor seine Befugnisse nicht eindeutig festgelegt seien, werde er keine einzige Hinrichtung mehr durchführen lassen, auch anlässlich der blutigsten Morde nicht.

Hislop hatte eine unangenehme Überraschung erleben müssen. Lord Castlereagh hatte die Erhängungen und Verstümmelungen um Weihnachten gebilligt. Doch dieser Nachricht war eine andere gefolgt, die durch das gleichzeitige Eintreffen zahlreicher, an diverse Adressaten gerichteter Exemplare eines hämischen Pamphlets von P. F. McCallum noch schlimmer wurde. Die Nachricht war, dass der Fall Luisa Calderon am 24. Februar 1806 in der King's Bench in Westminster vor Lord Ellenborough, den Lordoberrichter, gekommen war. Die Verhandlung hatte den ganzen Tag gedauert, von neun Uhr morgens bis sieben Uhr abends. Picton wurde schuldig gesprochen.

Was im Untersuchungsgericht in Port of Spain festgestellt worden war – Luisas folterfähiges Alter –, hatte weniger der Verteidigung Pictons als der Verteidigung Begorrats und Vallots gedient. Ein Großteil der Aussagen wurde sowohl von Lord Ellenborough als auch von Pictons Rechtsanwalt für belanglos befunden und verworfen. Der Rechtsanwalt verteidigte weder Begorrat noch Vallot. Wenn ein Beamter bei der Ausführung eines Befehls das Gesetz überschreite, so erklärte er, sei dafür allein der Beamte verantwortlich. Vallot hätte sich wohl kaum gefreut, wenn er das erfahren hätte.

Picton schritt im Korridor des Gerichtsgebäudes auf und ab; groß, fahl und keinen Tag jünger aussehend als seine fünfzig Jahre. Er war schwarz gekleidet. Luisa Calderon trug Weiß an diesem Wintertag – ob das Mrs. Fullartons Idee gewesen war? – und sah aus wie achtzehn. Im weißen Kleid und weißen Mousselinturban, so berichtete der Reporter des *Newgate Calendar*, beschrieb sie mit Hilfe eines Dolmetschers ihre Folterung. Dann erzählte der Neger-*alguazil*, der bei ihrer Folterung assistiert hatte (die zwei Jahre in London hatten die beiden einander näher gebracht; Luisa nannte ihn Mr. Rafael, also bei seinem Vornamen), seine eigene Version der Geschichte. Er illustrierte sie mit ausholenden Gesten.

»Der Herr, der eben das Wort hatte«, sagte Pictons Rechtsanwalt daraufhin, »ist hier als ein Schauspieler aufgetreten. Doch ich beklage mich nicht. Ich möchte, dass der Fall in jeglicher Manier, die meinem gelehrten Freunde ratsam erscheinen mag, dargestellt werde.« Das Einzige, worauf es tatsächlich ankomme, sei der Folterungsbefehl. In Trinidad gelte spanisches, nicht englisches Recht. Auch dürfe man nicht vergessen, dass die Gesetze einer britischen Kolonie nicht immer den englischen Gesetzen entsprächen. In der britischen Kolonie St. Vincent beispielsweise dürften offiziell Nasen aufgeschlitzt und Hände abgehackt werden. Der Pfahl sei keineswegs ein seltenes Folterinstrument, man finde ihn in jeder Enzyklopädie der Geistes- und Naturwissenschaften. Es handele sich um eine Militärstrafe, die »an jenen tapferen Männern vollzogen ward, welche im Dienste und zur Verteidigung ihres Vaterlandes ihr kostbares Blut vergossen und ihr Leben aufs Spiel gesetzt«. Selbst wenn die Folterung von Luisa Calderon ungesetzlich gewesen sei, so könne man sie nicht als böswillig bezeichnen. »Es gab keinen Streit zwischen zwei Parteien, keine …«

»Sie können das jetzt nicht vertiefen«, sagte Lord Ellenborough. »Der Akt gilt, so er ungesetzlich ist, als böswillig.«

Derart wachsam und präzise war er schon den ganzen Tag gewesen. Und nun formulierte er in schlichten Worten die Streitfrage: »Die Frage ist: War dieser Akt nach spanischem Recht legal?«

Wie sahen 1801 in Spanisch-Westindien die Gesetze zur Folterung aus? Waren es die alten Gesetze, die Begorrat und seine Freunde ausgegraben hatten? Lord Ellenborough verwarf diese Gesetze der Reihe nach; sie seien zu »entlegen« oder »viel zu fragwürdig«. Er wusste mehr über die spanischen Kodizes, als man meinen konnte.

Und die Zeugen Pictons erwiesen diesem keinen guten Dienst. Der Kronanwalt von Trinidad kannte sich mit spanischem Recht nicht aus. Er sagte, er habe Leute auf Trinidad in Gesetzbüchern blättern sehen und sei davon ausgegangen, dass es sich um die Gesetze der Insel handele. Er selbst könne kein

Spanisch und habe auf Trinidad nur selten Gerichtssitzungen beigewohnt.

Doch es kam noch schlimmer. Der Chevalier Dupont du Vivier de Gourville, der vier Jahre zuvor als Pictons Emissär nach England gekommen und geblieben war, wurde gefragt, ob er von Folterungen zu spanischen Zeiten wisse. Er verstand die Frage falsch und rief: »*Jamais! Jamais!*« Damit überraschte er Anklage und Verteidigung gleichermaßen. Er begriff und begann davon zu reden, dass man Verbrechern die Daumen zusammengebunden habe. Doch das Malheur war passiert.

Es gab einen Zeugen, der Westindien gut kannte, dort nach spanischem Recht als Anwalt praktiziert hatte und ein Exemplar des relevanten spanischen Gesetzbuches besaß, der *Recopilación*. Spanien und England standen im Krieg, und dieses Exemplar war das einzige in London verfügbare. Der spanische Anwalt aus Westindien, in dessen Besitz es sich befand, hieß Pedro Vargas.

»Sind Sie mit dem Inhalt dieses Buches vertraut?«

»Ja. Das heißt, mehr oder weniger. Es kann sein, dass ich einzelne Teile vergessen habe.«

»Enthält das Buch Passagen, die sich mit der Folter befassen oder sie rechtfertigen?«

»Nein, Sir. Meines Wissens gibt es keinerlei derartige Passagen.«

»Haben Sie auf einer der Inseln oder sonst irgendwo in Spanisch-Westindien je davon gehört, dass gefoltert wurde?«

»Nein, davon habe ich nie gehört.«

»Kennen Sie irgendein Gesetz, das die Anwendung der Folter genehmigt?«

»Ja. Es gibt ein sehr altes derartiges Gesetz, aus dem Jahr 1260 oder 1266, ungefähr so.«

Dies war das Plädoyer der Anklage. Der Verteidiger bat Pedro Vargas, die *Recopilación* an der Stelle aufzuschlagen, wo es um Diebstahl gehe.

Vargas hantierte mit den drei Bänden, blätterte darin herum, fand nichts. »Es sind drei Bände«, sagte er. »Das wird etwas schwierig werden.«

»Wann sind Sie in dieses Land gekommen?«

»Ich glaube, es war 1799.« Damals war er der Revolutionär gewesen, der proskribierte Verschwörer aus Neugranada, der Pitt stolz seine indianische Abstammung kundgetan hatte.

»Haben Sie im Rahmen des Alien Act Ihren Namen beim Kolonialministerium gemeldet?«

»Ich glaube, diese Frage darf ich nicht beantworten.«

»Das dürfen Sie ihn nicht fragen«, sagte Lord Ellenborough. »Er könnte sich strafbar machen. Diese Frage sollte nicht gestellt werden.«

»Haben Sie zu irgendeiner Zeit unter dem Namen Smith in diesem Land gelebt?«

»Ja.« Unter dem Namen Mr. Smith hatte er als Kurier zwischen Napoleon und Mr. Martin – Miranda – in London fungiert. Aber das lag fünf Jahre zurück.

»Waren Sie zu irgendeiner Zeit von Colonel Fullarton dazu angestellt, Ermittlungen gegen General Picton durchzuführen?«

»Ich glaube nicht. Ich war nicht offiziell bei ihm angestellt.«

Pictons Rechtsanwalt ließ nicht locker. Und Vargas zog sich Schritt für Schritt zurück. Der Verteidiger höhnte – »der erfahrene Jurist, der geniale Advokat« –, doch Vargas' Aussage stand. Sie vernichtete Picton.

Es war das Ende des öffentlichen Schauspiels. »Die Menschlichkeit hat Genugtuung erhalten«, erklärte Fullarton. Doch darauf beschränkte sich sein Erfolg dann auch. Der Fall war noch nicht abgeschlossen; ein Antrag auf Wiederaufnahme des Verfahrens lag vor. Und für Fullarton hatten sich die Dinge bereits zum Schlechten gewendet. Zwei Monate lang war er ernstlich krank gewesen. Die Trinidad-Kommission war aufgelöst worden, der Geldhahn für Fullarton damit zugedreht. Lord Castlereagh hatte sich alles andere als kooperativ gezeigt, und der Kronrat hatte die Befassung mit den anderen Anklagepunkten gegen Picton verschoben.

Dem Antrag auf Wiederaufnahme des Verfahrens wurde stattgegeben. Als die Bücher des Marquis von Landsowne verkauft wurden, fand Pictons Rechtsanwalt ein Exemplar der *Recopilación*. Vargas' Aussage wurde in Zweifel gezogen. Ein Armeeoffizier, der in Trinidad gedient hatte, veröffentlichte ein Buch, in dem er für Picton eintrat. Fullarton verklagte ihn. Auch der ehemalige Staatssekretär für die Kolonien, Fullartons Freund, verklagte ihn. Ebenso der stellvertretende *alguazil mayor* aus Trinidad, der tat, was man ihm auftrug. Das Buch wurde wieder zurückgezogen, doch in allen drei Fällen wurde die Klage aufrechterhalten.

Der stellvertretende *alguazil mayor*, dessen Aussage man letzten Endes gar nicht berücksichtigt hatte, war schon jetzt ruiniert, ein in Soho gestrandeter Fremder. Er hatte seinen gesamten Besitz in Port of Spain verloren, sein Haus, sein Schiff, seine Neger. Nun erfuhr er auch noch, dass Begorrat und die anderen vorhatten, seine Rückkehr nach Trinidad zu verhindern. Der alte spanische Kurat, der auf Vargas' Veranlassung eine falsche Geburtsurkunde für Luisa Calderon ausgestellt hatte – die man ebenfalls nicht berücksichtigt hatte –, war krank. Auf Pictons Drängen sollte er wenig später wegen Meineids vor Gericht stehen.

In London spielte jemand McCallum einen Streich, indem er in der Zeitung *Globe* folgende Annonce veröffentlichte: »Falls Mr. J.P. [sic] McCallum, der Verfasser von *Travels in Trinidad*, nicht binnen vierzehn Tagen, gezählt vom heutigen Tage, die wenigen Effekten abholt, die er in der No. 40 Suffolk-Street, Charing-Cross, hinterlassen, so werden wir diese zwecks Begleichung seiner ausstehenden Miete verkaufen und sodann rechtliche Schritte in die Wege leiten, um den Restbetrag einzutreiben.«

McCallum sollte das alles überstehen. Aber Vargas steckte in Schwierigkeiten. Er hatte die Sache, für die er gekämpft hatte, gegen eine andere ausgetauscht, hatte Miranda für Fullarton aufgegeben, und jetzt ging er mit Fullarton unter. Er besaß keine besonderen Fertigkeiten. Eine Weile lang gab er sich als Botanist aus und fand auch Arbeit in Kensington, allerdings nur vorübergehend. Er hatte seine Posten als Sachverständiger, Feldmesser und Bevölkerungskommissar verloren. Er bat beim Schatzamt um Geld. Sein Gesuch um Zahlung seines Gehalts als Bevölkerungskommissar wurde an einen ehemaligen Kollegen und Mitbetreiber der Revolution weitergeleitet, den Obersten Feldmesser von Trinidad, einen lebenslangen Freund Mirandas. Das Gesuch wurde abgelehnt. In London war Vargas ein Niemand, und er wusste nicht, wo er sonst hingehen sollte.

9

Die Opfer: II
1806–1808

»Vargas hat seine Obliegenheiten in Trinidad nicht beobachtet«, hatte Miranda an seinen Freund, den Obersten Feldmesser von Trinidad, geschrieben. »Und jetzt ist er mit botanischen Arbeiten befasst und hat sich auf die Liste von Pictons Anklägern setzen lassen!«

Vier Monate nach Vargas' Rückkehr aus Trinidad begriff Miranda, dass er Vargas verloren hatte. Aus dieser Richtung hatte er mit Abtrünnigkeit nicht gerechnet; er musste es sich erst von einem britischen Minister sagen lassen, und selbst dann wollte er Vargas nicht verurteilen, bevor er ihn nicht angehört hatte. Bald sprach er nicht mehr von Vargas, so wie er auch von dessen Vorgänger auf Trinidad, Caro, nicht mehr gesprochen hatte, nachdem dieser sich losgesagt hatte – der Mann, von dem die Spanier sagten, er habe sich als Neger verkleidet.

Es war Fullarton, der Miranda bei einem Abendessen von Vargas berichtete. Fullarton, der von dem Prozess gegen Picton regelrecht besessen war, hatte seine Auskunft als gute Nachricht präsentiert, und er bemühte sich, auch Miranda auf seine Seite zu ziehen. Auf Trinidad hatte Fullarton für eine britische Verfassung plädiert, um sich die Unterstützung der Engländer gegen Picton zu sichern. Doch mittlerweile waren die Rassenverhältnisse auf der Insel einfacher geworden. Die Lager hatten sich verschoben, und jetzt bezeichnete Fullarton die Forderung nach einer britischen Verfassung als »Machenschaft« der

Anhänger Pictons. Ihr Ziel sei es gewesen, der Revolution und den spanischen Interessen auf Trinidad massiv entgegenzuwirken.

Miranda dinierte alle paar Wochen mit Fullarton. Einmal trafen sie sich im Crown and Anchor in The Strand und begaben sich von dort zusammen zu einem Dinner der Society of Arts – Miranda als Gast, Fullarton als Mitglied mit den Eintrittskarten. So hatte Fullarton es festgehalten – er schrieb Miranda in geradezu besitzergreifendem Ton von der Gesellschaft. Es war eine andere Art, sich Miranda, der als Sammler bekannt war, zu präsentieren: Zwei Räume in Mirandas gemietetem Haus in der Grafton Street waren mit Büchern, Papieren und Bildern angefüllt, und seine Schulden bei Londoner Buchhändlern gingen in die tausende.

Miranda war immer freundlich. Doch er ließ sich auf nichts ein. Sein Interesse am Fall Picton hatte weder mit Luisa Calderon noch mit Fullarton zu tun. Es bezog sich auf Trinidad als Basis für die Revolution in Südamerika. Und tatsächlich sollte Miranda zur Zeit des Prozesses gar nicht in London sein. Er war fünf Monate zuvor abgereist. Für die britische Regierung war er bei deren komplizierten europäisch-südamerikanischen Manövern zu einer regelrechten Belastung geworden, und so hatte man ihn schließlich im September 1805 ziehen lassen. Man schickte ihn mit sechstausend Pfund in die Vereinigten Staaten, von wo aus er, so es ihm gelingen würde, die Invasion Südamerikas durchführen sollte.

Einer der Briefe, die er erhielt, stammte von Fullarton, der ihm – aufmerksam bis zum Schluss – gutes Gelingen wünschte. Miranda notierte sich Fullartons Adresse auf einem Zettel. Der Zettel überlebte sämtliche Abenteuer der folgenden Monate. Doch es war das Ende ihrer Beziehung.

Der Anwalt des Kronrats, den man nach Trinidad gesandt hatte, damit er den Negervergiftungen nachging, war wieder fort. Der alte Michel, der Große Richter des Regiments Sans Peur, war aus dem Busch gekommen und hatte sich gestellt. Und die allgemeine Unruhe angesichts der Nachricht von Pictons Verurteilung hatte noch nicht nachgelassen, als Miranda nach erlittener Niederlage in Port of Spain eintraf.

Er hatte versucht – ein absurdes Unterfangen –, in Venezuela einzumarschieren und war gescheitert. Er hatte eine Niederlage erlitten, ohne überhaupt in Venezuela zu landen, und seine Ankunft in Port of Spain im Juni 1806 gestaltete sich wie eine Heimkehr nach fünfunddreißig Jahren. Als er Venezuela 1771 verlassen hatte, konnte man Trinidad noch als Teil seines Landes bezeichnen – wenn auch ein vernachlässigter Teil, in dem die Spanier von St. Joseph alkoholisiert mit ihren Negern im Busch lebten und Port of Spain nicht mehr als eine Ansammlung von Fischerhütten war.

So wie Raleigh in der Sicherheit des Towers, hatte auch Miranda im Exil viele Jahre lang seine Rückkehr geplant. Wieder und wieder war er die Argumente durchgegangen; seine Boten hatten hoffnungsvolle Botschaften gebracht; die Zweifler hatte er gewinnen können, nicht für den Traum, aber für das finanzielle Wagnis. Und als die Unternehmung dann stattfand, war sie wie ein Wachtraum, simpel, offensichtlich und grotesk.

Es war eine wirre, söldnerische Aktion gewesen, die unter Geheimhaltung stattfand, aber doch von der Presse begleitet wurde (der *Richmond Enquirer* gab Trinidad als den Sammelplatz an). In den Vereinigten Staaten wuchs sie sich zu einem diplomatischen und rechtlichen Skandalon aus: Schiff und Waffen, beide nicht von bester Qualität, von einem amerikanischen Kaufmann gestellt; die zweihundert Rekruten, zum Teil ohne Ausbildung, ziemlich wahllos in New York zusammengesucht; auf See dann die Druckmaschine an Deck, die Proklamationen an die Bewohner Südamerikas ausspie; im Topp die rot-blau-gelbe Flagge der unabhängigen Republik; die Rekruten – die Befreier –, über militärische Handbücher gebeugt. Und dann Miranda, ruhelos, ständig in seinen sehr weißen Zähnen herumstochernd, aufbrausend, keinen Widerspruch duldend, in laute Auseinandersetzungen mit seinem schwierigen amerikanischen Kapitän verwickelt; Miranda, auch mit fünfundsechzig Jahren noch der europäische, ja englische Dandy, fast einen Meter achtzig groß und breitschultrig, graue Haarbüschel in den Ohren, sein gepudertes langes graues Haar »hinten zusammengefasst«; Miranda im roten Bademantel, selbst wenn das Bad nur aus einem Eimer an Deck kam; Miranda, der Intelligente, der lange Vorträge hielt, der Enthaltsame, der hauptsächlich gesüßtes Wasser trank, der Patrizier, der zuchtmeisterliche Befreier, der die demokratischen Spötteleien seiner amerikanischen Rekruten auf sich zog.

So war die Expedition also nach diversen Verzögerungen und Auseinandersetzungen im venezolanischen Puerto Cabello angelangt. Man erwartete sie schon – es folgten ein vierzigminütiger Schusswechsel, Chaos und Panik unter den Invasoren. Zwei Schoner und sechzig Männer wurden bei der Flucht zurückgelassen, vierzig der Männer ins Gefängnis geworfen, zehn weitere erschossen, geköpft und ihre Köpfe aufgespießt, und zwar auf Betreiben desselben energischen Beamten, der sieben Jahre zuvor die Revolution von José España zunichte gemacht hatte.

Es war erneut geschehen: Die Revolution, die so lange nur aus Worten bestanden zu haben schien, der Einsatz, der wie ein Spiel gewesen war – Flaggen, Uniformen, ein Kennwort (es war »America«) –, und dann das echte Blut auf dem Strand und die Köpfe am Straßenrand.

Bei dem Versuch, Miranda auf seine Seite zu ziehen und ihm verständlich zu machen, dass sie letzten Endes ähnliche Ziele verfolgten, hatte Fullarton davon gesprochen, dass die Engländer auf Trinidad der Revolution feindselig gegenüberstanden und die auf der Insel gebliebenen Spanier verfolgten. Fullarton hatte berichtet, dass Gouverneur Hislop allen Spaniern den Dienst in der Miliz auferlegt hatte – »freiwillig«, aber teuer, denn Uniform und Ausrüstung kosteten ungefähr hundert Dollar pro Jahr – und dass er auf diese Weise viele der ärmeren Spanier, potenzielle Rekruten für die Revolution, von der Insel vertrieben hatte. Und als dann in London bei Gesprächen über die

Revolution der Vorschlag geäußert wurde, der Gouverneur von Trinidad solle das Kommando führen, hatte Miranda kaum an sich halten können. Es wäre »intolerabel und schändlich«, schrieb er an einen britischen Minister, wenn eine von ihm geführte Expedition dem Befehl des Gouverneurs von Trinidad unterstände, besonders nachdem Picton so grob mit den Revolutionären umgesprungen sei.

Doch nun, da Mirandas absurder Invasionsversuch fehlgeschlagen war und man eigentlich hätte vermuten sollen, dass er sich restlos blamiert und unmöglich gemacht hatte, kamen ihm die Briten in der Karibik zu Hilfe, und zwar auf inoffiziellem Wege. Miranda war nach wie vor wichtig, man erwartete noch Großes von ihm. Gouverneur Maitland lieferte ihm aus Grenada Nachschubgüter, auf Barbados fanden sich Rekruten, und Admiral Cochrane stellte ihm Schiffe zur Verfügung. Und Gouverneur Hislop in Port of Spain empfing Miranda – einen Mann, auf dessen Kopf dreißigtausend venezolanische Pesos ausgesetzt waren – als Helden, er quartierte ihn in der Gouverneursresidenz ein, dem verfallenen Haus, in dem einst Fullarton gewohnt hatte. Miranda, der immer noch einen Sinn für Führung und militärischen Stil hatte, nannte seine Unterkunft das »Hauptquartier« und war sofort wieder damit beschäftigt, die nächste Invasion zu planen. Gouverneur Hislop war begeistert. Er versprach Miranda fünfhundert Rekruten, dann siebenhundert Rekruten, und in einer dramatischen Geste sperrte er den Hafen von Port of Spain für den Handel mit dem Festland.

In Port of Spain hatte Miranda einen Brief von einem seiner neuen amerikanischen Anhänger vorgefunden. »Nach meiner Kenntnis ist auf dieser Insel jedermann ein Anhänger Pitts und Pictons, weshalb es geboten ist, besagte Themen mit großer Zurückhaltung zu behandeln.« Das Gleiche hatte auch Fullarton in London gesagt. Und es stimmte. In den letzten drei Jahren hatte sich etwas verändert: Picton hatte unter den Engländern auf der Insel keine Feinde mehr. Er war nicht mehr der Despot, der Gegner englischen Rechts, er war nur noch der britische Gouverneur, der wegen ein paar Negern und Mulatten verfolgt wurde.

Doch das spielte jetzt keine Rolle mehr, der Kampf gegen Picton und Pictons Anhänger war Fullartons Sache. Für Miranda, der seine neue Invasion plante, war auf Trinidad alles so, wie es sein sollte. Er hatte den Befehl über die Invasion, er wohnte in der Gouverneursresidenz, und Gouverneur Hislop war kooperativ.

Hislop fand es richtig erfrischend, Miranda zu Gast zu haben, einen distinguierten Herrn aus London, der das Gezanke und das Glücksrittertum auf den Kolonien für unter seiner Würde befand. Als Miranda nach Trinidad kam, sprachen Hislop und sein Sekretär kaum noch miteinander; Miranda vermerkte, der Konflikt befinde sich »auf seinem Höhepunkt«. Die beiden waren wegen eines besonders skandalösen Geschäfts des Sekretärs in Streit geraten, und der Sekretär (der bald darauf, da er sein Glück gemacht hatte, nach England zurückkehren sollte, wo ihn ein Sitz im Parlament erwartete) verbreitete jetzt in seinen Briefen nach London, dass Hislop ein Säufer und Lüstling sei. Solcherlei Feindseligkeiten vergifteten Hislops Junggesellenleben in der Gouverneursresidenz. Die Herzlichkeit, mit der er Miranda empfing, war aufrichtig, und Mirandas Einfluss trat in den Depeschen, die Hislop jetzt nach London sandte, deutlich zu Tage. Miranda habe auf dem Festland großen Rückhalt, schrieb Hislop, deshalb könne die Unternehmung nur Gutes bringen.

Für Gouverneur Hislop und die Engländer auf Trinidad war Miranda ein Star. Er war nicht nur der südamerikanische Revolutionär, der die Franzosen aus Südamerika fern halten und den Kontinent dem britischen Handel öffnen konnte. Er war auch ein distinguierter Herr aus London, dem seine Kultiviertheit, seine Verbindungen zu den Großen und seine Fremdheit eine besondere Aura gaben. In der Vorstellung der Engländer gab es einen klaren Unterschied zwischen Miranda und den ortsansässigen Spaniern, den Peonen, Ladenbesitzern und Barkassenkapitänen. Letztere entsprachen den Menschen, zu deren

Befreiung er gekommen war. »Allein die Bedürftigkeit«, so hatte Picton über die Spanier Trinidads geschrieben, »treibt sie dazu, Anstrengungen auf sich zu nehmen, und mit dem Anlass verschwindet unweigerlich auch ihr Tätigkeitsdrang.« Diese Einstellung gegenüber den Spaniern herrschte bei den Engländern immer noch vor. Miranda war fremder als die Spanier vor Ort, er war ein Exot in Trinidad.

Und die Einstellung der Engländer hatte durchaus etwas für sich. Miranda hatte fünfunddreißig Jahre lang außerhalb Venezuelas gelebt, und nur noch wenige Südamerikaner verstanden ihn. Für manche der schlichteren Gemüter war er einfach der Anführer, die magische Leitfigur der Unterdrückten. Andere sahen in ihm primär den Mann, der sich erfolgreich auf dem gesellschaftlichen Parkett Europas bewegte (ein Bild, das sie durch die Andeutung sexueller Triumphe ergänzten: Vielleicht Katharina die Große? Vielleicht Lady Hester Stanhope?), und der dazu, wie die Südamerikaner voller Groll oder aber voller Bewunderung konstatierten, eine gewisse südamerikanische Aura ausbeutete, die auch ihnen eignete.

Ihre Beschränkungen waren für sie ausschließlich wirtschaftlich und politisch begründet, was Mirandas eigenen Äußerungen entsprach. Den grundlegenderen, systemimmanenten Mangel erkannten sie nicht, jenes Gefühl, von der realen Welt fern gehalten zu werden, ein Gefühl, das Miranda sein ganzes Leben lang auszugleichen versucht hatte. Kein anderer südamerikanischer Revolutionär hatte sich im Exil so lange gehalten, war so unversehrt geblieben; kein anderer hatte eine so konstante intellektuelle Selbstverherrlichung betrieben. Für John Adams war Miranda »ein Achilles, der durch eine persönliche Kränkung, sei sie real oder eingebildet, verwundet wurde«. Die meisten Venezolaner sahen sich zu einem so großzügigen Urteil nicht in der Lage: Ihnen stellte sich Miranda eher als lächerliche Figur dar, als Schwätzer und Schwindler, affektiert und grotesk, ein Möchtegern-Inka-Herrscher auf seinem persönlichen Kreuzzug.

In Trinidad war er zweimal verraten worden. Einige seiner Getreuen waren gestorben, der alte Manuel Gual zum Beispiel, ein Kindheitsfreund aus Caracas, den Picton fallen gelassen hatte und der angeblich vergiftet worden war. Gegenüber Gual bewies Miranda Pietät – ganz anderes als gegenüber den amerikanischen Abenteuern, die er in Puerto Cabello ihrem Schicksal überlassen hatte. Er trug so viel Informationen wie möglich über die Revolution und die Todesfälle vor sieben Jahren zusammen, und in einem letzten Akt der Ehrerbietung begab er sich nach St. Jospeh, um Guals Sterbeurkunde zu holen.

Es gab noch andere, die der Revolution treu geblieben waren. Andrés de España zum Beispiel, der seinen Bruder, indem er ihm eine Generalsuniform in Aussicht stellte, für die Revolution gewonnen und so alsbald in ein venezolanisches Gefängnis befördert hatte und der danach selbst von Picton ins Gefängnis gesteckt worden war. Andrés war später »Feldmesser« des stetig größer werdenden Vermessungsamtes von Trinidad geworden. »Er hat nichts als den Sturm von Schanzen im Sinne«, schrieb der Oberste Feldmesser von Trinidad anerkennend an Miranda. Andrés war loyal, aber er stand nicht auf gutem Fuße mit den anderen Revolutionären. Bei der Revolution auf Trinidad, die darniederlag, weil sich nie etwas tat, und die jetzt auch noch ihrer entlehnten Ideolgie verlustig gegangen war, ging es nur noch um persönliche Ambitionen und Auseinandersetzungen.

Da gab es zum Beispiel jenen Mann, einen Franzosen oder Engländer, der nach Trinidad gekommen und fast umgehend verstummt war. Nach einigem Drängen erklärte er, warum. Er hatte Chevalier de Gourvilles Tochter geheiratet, eine entfernte Verwandte von Baron de Montalembert. Er hatte gedacht, Miranda würde verstehen, dass es sich hier um »eine der bedeutsamsten Verbindungen in diesem Teil der Welt« handelte und dass Miranda ihn daher, und zwar umgehend, für das Amt des Schriftführers im Rat von Trinidad empfehlen würde, hatte doch der bisherige Schriftführer einen Tag zuvor einen schlimmen Unfall erlitten, den er, wie man annahm, nicht überleben würde.

Dann gab es jenen mühsam zusammenbuchstabierten Brief

eines alten Spaniers aus Trinidad, der Miranda, unter Berufung auf seine einstige Bekanntschaft mit Caro, seiner Unterstützung und Bewunderung versicherte. Caro hatte die Revolution verraten, doch in Trinidad hielt sich der Mythos, dass er seinerseits von Picton verraten worden war.

Miranda erfuhr nun auch mehr über Pedro Vargas und dessen Beziehung zu Fullartons stellvertretendem *alguazil mayor*. Erst jetzt hörte er, dass der *alguazil mayor* möglicherweise ein Spion der spanischen Regierung gewesen war.

Amerika, so hatte Vargas geschrieben, erwarte Miranda mit offenen Armen. Doch er hatte das geschrieben, als er selbst die Revolution schon aufgegeben hatte, und viele der Spanier in Trinidad waren wie Vargas. Sie zollten Miranda als einem großen Venezolaner ihre Anerkennung, doch sie hatten wenig Vertrauen in seine Sache, und einige von ihnen hatten ihre Meinung darüber geändert. Miranda war Gouverneur Hislops Ehrengast, was nicht mehr als recht und billig war. Doch die Spanier Trinidads betrachteten sich als eine enteignete und missachtete Bevölkerungsgruppe, und viele von ihnen hofften inzwischen, dass die Insel irgendwie wieder in spanische Hände gelangen würde. Ja es kursierte das Gerücht, dass genau damit zu rechnen sei, und nur wenige der ortsansässigen Spanier waren bereit, gegen das Spanische Weltreich die Waffen zu ergreifen. Was die reicheren Spanier betraf – »verabscheuungswürdige Schleichhändler« nannte Miranda sie –, so standen sie der Idee einer Invasion und Revolution absolut feindselig gegenüber. Miranda fand nach und nach heraus, was auch Vargas herausgefunden hatte – es waren nicht zuletzt diese Dinge, die Vargas den Glauben genommen hatten.

Spanische Soldaten gab es nur wenige. Und unter den englischen, französischen und amerikanischen Soldaten gab es ständig Zankereien. Ein Amerikaner legte Protest ein, weil er unter einem Engländer dienen sollte; Graf Loppinot de Lafresillière weigerte sich, unter einem Amerikaner zu dienen, und quittierte deshalb den Dienst. Eines Nachts betrank sich die Mannschaft von Mirandas Schiff und wurde aufsässig; die Männer feuerten eine Kanone ab und setzten drei Signallaternen. Das Ganze endete schließlich im Gefängnis von Port of Spain.

In New York, Port of Spain und London summierten sich Mirandas Schulden. Ein Londoner Buchhändler wollte nicht mehr länger auf sein Geld warten und die Drohung stand im Raum, dass die Bücher aus dem Haus in der Grafton Street fortgeschafft würden. Ja selbst das Mietverhältnis war bedroht. Und Miranda erhielt besorgte Briefe von seiner Haushälterin, die auch die Mutter seiner beiden kleinen Söhne war.

Als junger Mann hatte Miranda Prostituierte bevorzugt, wobei er, wie bei Weinen, stets auf Eigenschaften und Preise achtete. Die anspruchslose Beziehung zu Sarah – jetzt im fortgeschrittenen Alter stand er ohne Wenn und Aber zu ihr und hatte sie auch in dem Testament, das er vor der Abreise aus London aufgesetzt hatte, berücksichtigt –, war wie ein klandestiner Bereich in seinem englischen Leben, parallel zu dem anderen klandestinen Bereich: der Sache, für die er kämpfte. Es konnte vorkommen, dass jemand schrieb: »Bitte nehmen Sie eine Kutsche, allein, und kommen Sie …« Er ignorierte die Missbilligung, pflegte jedoch die Bekanntschaft und fuhr allein.

Sarahs Briefe mit ihren fehlenden Worten und Endungen und ihren grammatikalischen Unregelmäßigkeiten waren von Liebe und Freude erfüllt, insbesondere der Freude an ihrem Erstgeborenen, dem zweijährigen Leander. Doch die Dunkelheit war nie fern – das Wissen um die Existenz vermeintlicher Freunde und die Angst vor dem Abgrund.

»Mein lieber kleiner Leander bringt jeden Tag Feder und Tinte, damit ich dem General schreib, er soll ihm Spielzeug und schöne Sachen schicken, und wenn [ ] wütend – ich geh weg von dir, Mammy und geh zum G, dann nimmt er ein Buch und liest eine halbe Stunde über Sie und erzehlt Ihnen selbst, was für ein guter Junge er werde ein ganz feiner Kerl, und ich fühle mir geschmeichelt weil alle sagen er ist seinem Alter zwei Jahre voraus.«

»Alles ist nur für einen Moment Leander wie seine Mutter werden gering geschätzt jetzt wo Sie nicht in der Nähe sind, ich werd bis an mein Lebensende ihn dazu anhalten, so von ihnen allen zu denken wie ich sie sind Schlangen im Gras für uns – ich durchschau ihre Falschheid besser, seit ich alein bin.«

Port of Spain muss wie ein Vakuum für Miranda gewesen sein, das Tor zur Heimat und zugleich das Ende der ihm bekannten Welt. Einen Monat nach seiner Ankunft in Port of Spain machte er sich erneut auf den Weg, um seine Invasion durchzuführen.

Es war eine Zeit der großen Worte. Ein Abschiedsgruß an Gouverneur Hislop: »Ich hoffe, dass uns die Vorsehung in Bestärkung der reinen Absichten, die uns beseelen, Erfolg gewähren wird; und dass die Nachwelt, mit umfassenderen Kenntnissen versehen, dereinst ein gerechtes Urteil über die Ereignisse fällen wird, die aus einer so patriotischen wie ehrenhaften Hingabe hervorgegangen.« Und ein an seine Soldaten gerichtete Proklamation: »Es bietet sich nun die glorreiche Gelegenheit, ein Volk vom Joch der Unterdrückung und Willkürherrschaft zu befreien, ein Volk, das ein besseres Schicksal verdient hat, das sich an den Segnungen des schönsten Landes auf Erden, welches die Vorsehung ihm großzügig anheim gegeben, sollte freuen können, indes es unter dem Joch einer Tyrannei steht, die zu grausam ist, als dass die menschliche Natur ihr noch länger standhalten könnte. Der Golf, den Kolumbus entdeckte und mit seiner Gegenwart beehrte, wird nun Zeuge unserer glanzvollen Taten und unseres tapferen Einsatzes werden.«

Drei Monate später war Miranda wieder zurück in Port of Spain, wo er von den Spaniern auf der Straße ausgezischt wurde. Seine Expedition war unter Meinungsverschiedenheiten und Geldforderungen auseinander gebrochen, es war die Rede von schlechter Führung und Brutalität. Andrés de España, der als Captain der Infanterie dabei gewesen war, berichtete von hungernden Soldaten und Prügel mit dem Strick während des Rückzugs. Diese Beschuldigung und die ganzen unschönen Fakten sollten bei einer Untersuchung zu Tage treten.

Dabei hatte Miranda sein Ziel fast erreicht. Er hatte die Ortschaft Coro ohne größere Schwierigkeiten eingenommen, und aus einer venezolanischen Depesche, die Gouverneur Hislop hatte abfangen können, ging hervor, dass mit weiteren Erfolgen zu rechnen war. Coro, so schrieb der venezolanische Beamte, könne zu einem zweiten Gibraltar werden, falls die Briten sich offiziell entschlössen, Miranda zu Hilfe zu kommen; ja von Coro aus könne gar »der ganze Kontinent in Brand gesetzt werden«. Doch die Hilfe, um die Miranda gebeten hatte, kam nicht. Von zwei entlaufenen Negern abgesehen, reagierte das venezolanische Volk nicht auf seine Proklamationen. Das Interesse der Ortsansässigen konzentrierte sich auf einen Bischof, der gerade auf Durchreise war. Nach zehn Tagen trat Miranda den Rückzug an.

Seine Rückkehr nach Port of Spain verlief ohne jegliche Förmlichkeiten und wurde zumindest teilweise von einer örtlichen Sensation überschattet. Vierzehn Tage zuvor waren zweihundert chinesische Einwanderer eingetroffen. Ein Agent der Ostindischen Kompanie hatte sie aus der chinesischen Bevölkerung Kalkuttas angeworben und unter größter Geheimhaltung per Schiff herbeitransportiert, denn die chinesische Regierung sollte nichts davon erfahren. Man hatte sie aus so weiter Ferne nach Trinidad geholt, damit sie den botanischen Garten anlegten, den Gouverneur Hislop für Port of Spain geplant hatte, und damit sie Gemüse anbauten. Gemüse war in Port of Spain immer knapp. Die spanischen Peonen betrieben fast gar keinen Landbau, und die Plantagen, auf denen Kakao, Baumwolle, Kaffee und Zucker angebaut wurde, konnten keine Neger erübrigen. Der Anbau von Gemüse war kaum gewinnträchtig, und man hegte die vage Hoffnung, dass die Chinesen die Basis einer freien asiatischen Bauernschaft auf Trinidad bilden würden, eine Art Puffer zwischen den Weißen, mit denen ihre Interessen sie verbinden würden, und den Negern, von denen sie sich instinktiv abgrenzen würden.

Vorläufig allerdings waren die Chinesen für Weiße, Neger und Mulatten bloß Gegenstand einer wohlwollenden, aber erstaunten Betrachtung: ihre Kleidung, ihre Pferdeschwänze, ihre kleinen Trippelschritte, ihre zierlichen Sonnenschirme. Sie sahen nicht aus wie Menschen, die Gemüse anpflanzen oder den botanischen Garten zum Sprießen bringen konnten; sie sahen nicht aus wie Bauern. Sonnenschirme! Vielleicht hatte man in Kalkutta die falschen Chinesen rekrutiert.

Es hatten sich genügend Dinge zugetragen, die Miranda deutlich machten, dass die Sache, für die er kämpfte, eine Illusion war, dass er nach seinen Jahren im Exil alleine dastand und es keine Partei mehr gab, an die er sich anhängen konnte. Die einzig nennenswerte Anerkennung erhielt er von Engländern, und zwar von Einzelpersonen. Doch England hatte er nie getraut. Die Amerikaner hatten ihm nichts Neues erzählt, als sie meinten, England ziele darauf ab, Südamerika in ein zweites Indien zu verwandeln. Früher hatte er sich einmal für die Vereinigten Staaten interessiert; nach dem Unabhängigkeitskrieg hatte er mit dem Mann, der später zum Obersten Feldmesser von Trinidad wurde, die Schlachtfelder bereist. Doch mittlerweile war Mirandas Sichtweise etwas nüchterner geworden. Er betrachtete die Amerikaner als Abenteurer und bezweifelte, dass die Konföderation Bestand haben würde.

Auf seiner Rückreise hatte er sich mit Präsident Jefferson und dessen Kabinett in Washington getroffen. Jefferson hatte anlässlich des Krieges in Europa gesagt: »Wir werden sie alle ernähren, während sie sich bekriegen.«

»Wenn sie dafür bezahlen«, sagte ein Sekretär.

»Selbstverständlich«, erwiderte Jefferson.

Und das sichtlich korrumpierte Trinidad, wo die englischen Einwanderer bereits genauso kolonialistisch geworden waren wie die Franzosen, die die komplexen Triebkräfte ihrer Landeskultur durch den simplen Parameter von Geld und Rasse ersetzt hatten und ihre Handlungen an keinerlei Idealen mehr maßen, wo die spanischen Revolutionäre sich zankten und zum Teil Verräter waren, wo also alle Voraussetzungen für einen Kasten- oder Rassenkrieg gegeben waren, dieses Trinidad, das nicht mehr zu Venezuela und dem Spanischen Weltreich gehörte, war genau wie das Venezuela, aus dem Miranda vor fünfunddreißig Jahren geflohen war.

Doch Miranda hielt an seiner Sache fest. Ein Amerikaner, der sich ihm in New York angeschlossen und die Tragödie von Puerto Cabello miterlebt hatte, beschrieb Mirandas Niederlage mit bitterer Ironie: »Er liebt die Freiheit, bewundert Aufrichtigkeit, schätzt kluge Männer, respektiert Demut und schwelgt in jener vornehmen und strahlenden Integrität, jener Zuversicht, welche die goldenen Zeiten der Antike ausgezeichnet.«

Mit dem typischen Gefühl des Kolonialisierten, etwas vorenthalten zu bekommen, hatte sich Miranda zu gut auf die Welt und seine Rolle vorbereitet; nach all den Jahren im Exil verfolgte er eine romantische Illusion. So zog er es in Trinidad vor, die Neger nicht zu sehen. Sie hatten keinen Platz in seiner Revolutionsromantik, seiner Vision einer Welt, die von klassischer Reinheit und Schönheit war. Die Indianer – edle, nicht wilde – hatten durchaus ihren Platz darin, denn in Mirandas Fantasie stammten sie von den legendären Inkas ab, und er beklagte ihre Erniedrigung auf Trinidad. Dieses romantische Indianerbild hatte auch sein Freund, der Oberste Feldmesser, sich angeeignet, der inzwischen so viel Zeit mit den verkommenen, alkoholabhängigen Indianern in den Missionen verbrachte, dass man ihn *Indio* nannte, den Indianer.

Zwei Invasionen waren gescheitert; zu dem Fiasko der zweiten sollte demnächst eine Untersuchung durchgeführt werden. Miranda wohnte nicht mehr in der Gouverneursresidenz, seinem vormaligen »Hauptquartier«. Doch er war es gewohnt, mit Enttäuschungen zu leben, und sobald er konnte, schickte er jemanden nach London – keinen Spanier –, der um Unterstützung ersuchen sollte. Miranda war nicht bescheiden: Er wollte viertausend Soldaten. Er selbst blieb in Trinidad; er konnte jetzt nichts mehr tun als warten.

Ein ganzes Jahr lang, von Oktober 1806 bis Oktober 1807, saß Miranda in Trinidad und wartete. Es war ein Jahr des zweifachen Exils: Venezuela war ihm schon lange verschlossen, nun also auch noch England. Nie war seine Abhängigkeit größer als zu dieser Zeit, und sein guter Leumund in London war alles, was ihm noch geblieben war. Seine Gläubiger setzten ihn unter Druck, er war dem Ärger und Spott von Leuten ausgesetzt, die sich von ihm verraten fühlten, und die Briefe aus London brachten Kunde von anderen, die wiederum ihn verraten hatten.

Er hatte von der britischen Regierung sechstausend Pfund für die Invasion Venezuelas bekommen. Doch ein anderer, ein Engländer und guter Freund, dem man den Auftrag erteilt hatte, das Kap der Guten Hoffnung zu erobern, hatte danach, womöglich mit Zustimmung aus London, die Gelegenheit genutzt, um Buenos Aires anzugreifen. Die britische Kapitulation in Buenos Aires war zeitgleich mit Mirandas Rückzug aus Venezuela erfolgt. Es war genau das, was Miranda befürchtet hatte: ein britischer Versuch, Südamerika zu erobern, statt es zu befreien.

Weitere Briefe trafen ein. Turnbull von Turnbull & Forbes, der von Mirandas Gläubigern, vor allem dem Londoner Buchhändler, bedrängt wurde, hatte gedroht, Sarah und die Kinder auf die Straße zu setzen. »Er war äuserst kühl zu mir ... Mir gings sehr schlecht und fast ist mir das Herz gebrochen.« Turnbull hatte Miranda viele Jahre lang unterstützt und erwartete, dass dieser endlich eine Gegenleistung erbrachte. Er hatte ihm die Exportangebote seiner Firma und eine Liste venezolanischer Kaufleute geschickt; nach Erlangen der Unabhängigkeit sollte Miranda die Angebote mit seiner persönlichen Empfehlung verteilen. Doch Miranda betrachtete Turnbull auch als seinen Freund; in seinem Testament hatte er ihm seine Bilder vermacht.

»Mein herzensliebster General, ich nutze jede Gelegenheit, meinem lieben Freund zu schreiben, denn wenn ich in der Nacht kommt es mir vor wie wenn ich mit Ihnen spreche, ich bin voller Zuversicht das die Zeit nicht mehr weit ist wo ich von Ihrem Glück hören oder sehen wird, mein Bangen um Ihre Sicherheit wird jeden Tag gröser ich bete stündlich zu Gott er möge Sie vor den vilen Gefahren beschützen die Sie umgeben – und Ihnen Ehre und Erfolg beschehren – ich spüre Ihre Liebe sehr, allein meine beiden süßen Kindlein können mich trösten und wenn ich sie betrachte steigt meine Angst um Ihre Sicherheit – mein geliebter Leander ist im Aussehn und Gebaren genau wie Sie mein Verehrter – er versucht ständich von Ihnen zu sprechen und umarmt mich und verspricht mir das Sie wiederkommen und Sie sollen ihm viele hübsche Sachen mitbringen – und wenn wir zusammensitzen [] erzehl mir vom General Mamma wir reden stundenlang von Ihnen dann will er ein Schiff kaufen und zu Ihnen fahren seine Rede ist so unschuldig und macht solche Freude – das ich mir manchmal wünsche andres nie zu hören – Mein Oheim malt sein Bild Er hält kein Moment lang still.«

In der Hitze von Port of Spain las Miranda von dem Kaminfeuer, das man gemäß seinen Anweisungen Mitte Juli in den beiden Bibliotheksräumen in der Grafton Street entzündete, um der Luftfeuchtigkeit beizukommen. Seine Bücher und Papiere waren kostbar (er hatte verfügt, dass sie nach Erlangung der Unabhängigkeit in den Besitz der Universität von Caracas übergingen) und durften nicht aus dem Haus gegeben werden, außer an ganz bestimmte Leute und auch dann nur gegen Quittung. Colonel Rutherfurd, der nach London zurückgekehrte ehemalige Oberste Feldmesser von Trinidad, war zu Besuch gekommen und hatte mit den Kindern gespielt. Rutherfurd, der noch vor kurzem im Kreise von Ministern und Generälen an Gesprächen über Südamerika teilgenommen hatte, war jetzt im mittleren Alter ohne Posten und benötigte dringend Geld. Die neuen Männer Englands waren Individualisten mit einem entsprechenden Bewusstsein, sie waren in keine Gemeinschaft, keinen Clan in England eingebunden und daher ohne Protektion – das war die andere Seite der englischen Aggression und Gewinnsucht an Orten wie Trinidad. Es war wie eine Art Vakuum, das in Dickens' Frühwerk erscheinen sollte wie die Angst eines Kindes vor der Dunkelheit.

»Mein geliebter Leander hat gerade dieser Stunde an seinen Papa geschrieben und ihm versprochen das er seinen Bruder nicht mehr so necken und sein Buch studiren wird aber sein Reifen und sein Kreisel sind ihm doch lieber, in unserer Straße hat es einen Jahrmarkt gegeben er hat ein Gewehr und einen Degen und eine Trommel gekauft, man versteht sein eigenes Wort fast nicht mehr, dies sind seine glücklichsten Tage mein Verehrtester.« Nachrichten von zu Hause aus Mayfair – doch in Sarahs Briefen gewann unweigerlich Panik die Oberhand: durch die Mühsal des Schreibens und die Konzentration schlug bewältigbare Angst in übermächtige Angst um.

Direkt neben einem von Sarahs Briefen findet sich in Mirandas Papieren aus Trinidad eine Einladung des Kronanwalts, der nach dem Prozess gegen Picton wieder nach Trinidad zurückgekehrt war: »Mr. Gloster würde sich glücklich schätzen, am Donnerstag um vier bei einem Dinner *en famille* mit General Mirandas Anwesenheit beehrt zu werden.« Plötzlich fällt wieder Licht in die Dunkelheit. Dies war die Seite, von der man Miranda kannte; die englischen Einwanderer auf Trinidad sahen nie etwas anderes. Seine innere Pein trat in seinen Briefen nach London zu Tage. In Trinidad aber achtete er darauf, Stärke zu zeigen. Mochte London ihn im Stich lassen, mochte Sarah mit ihrer besonderen Ergebenheit bemüht sein, ihm in Sachen Rasse etwas begreiflich zu machen – auf das Wohlwollen der Engländer in Trinidad war Miranda angewiesen.

Trotz seiner Vorsicht konnten ihm dabei Fehler unterlaufen.

Lieutenant Alexander Briarly von der britischen Kriegsmarine trug sich mit dem Gedanken, das venezolanische Angostura anzugreifen. Auf Trinidad sorgte Briarly für die Einhaltung der Navigationsakte, die den britischen Handel auf britische Schiffe beschränkte. Sobald er sich auf See befand, war Lieutenant Briarly von Gouverneur Hislop unabhängig, und er hatte weit reichende Vollmachten. Er war mit Admiral Cochrane befreundet, der Miranda so großzügig ausgeholfen hatte, und war ein vermögender Mann. Er besaß ein Haus in Port of Spain, das zehntausend Dollar gekostet hatte, und einen Landsitz im Wert von dreizehntausend Pfund mit dreiunddreißig Negern und elf Maultieren.

Miranda lieh sich Geld von Briarly und wohnte auf dessen Einladung sowohl im Herrenhaus als auch in dem Haus in Port of Spain. Sie sprachen über Geschäftliches. Miranda brauchte Geld, weil er einen Teil seiner Schulden bezahlen wollte, und Briarly erklärte sich bereit, Mirandas Schiff zu kaufen, die *Leander*. Dann brach Briarly einen Streit vom Zaun. Mirandas Diener nähmen sich »zu verschiedenen Zeiten mit den Maultieren und Negern zu viele Freiheiten heraus, sehr zum Nachteile des Anwesens«. Es war eine brüske Aufforderung, zu verschwinden. Das Geschäft war abgeblasen.

Mirandas guter Ruf in London war wie ein Phantom, das jedermann hätte in Frage stellen können. Doch die Engländer bemühten sich, Briarlys Verhalten klein zu reden. Briarly sei ein Schuft, genau wie Gouverneur Hislops Sekretär, mit dem er sich verbündetet habe. Briarlys Kommando bestehe aus nichts anderem als einer im Hafen liegenden alten Hulk zur Verwahrung von Kriegsgefangen, die er zu einem lächerlichen Preis erstanden und dann um ein Vielfaches teurer an das Marineministerium verkauft habe. Er habe innerhalb von vier Jahren ein Vermögen gemacht, indem er zum einen mit nord- und südamerikanischen Schleichhändlern, denen er Schutz gewährte, den Gewinn teilte und zum anderen Prisen aufbrachte. Aus reiner Gehässigkeit gegen Gouverneur Hislop hatte er auch das Schiff aufgebracht, mit dem die Chinesen gekommen waren.

Die Engländer redeten Briarlys Verhalten also klein. Und Miranda war entgegenkommend. Er sagte, er werde sich »mit Vergnügen« Briarlys guter Eigenschaften erinnern und »seine Schwächen vergessen«. Und für die meisten Engländer trug der gute Ruf, den er in London hatte. Miranda konnte nicht bei Gouverneur Hislop in der Gouverneursresidenz wohnen, denn das hätte nach einer offiziellen britischen Gutheißung seines Invasionsversuchs ausgesehen. Doch er war gefragt. Richter Black schickte ihm eine humorige und prahlerische englisch-spanische Einladung zum Weihnachtsfest (»Lieber General, Weihnachten *con nosotros* ist eine Zeit des Schlemmens und der Fröhlichkeit.«). Er wurde zu einem Ball in der Gouverneursresidenz eingeladen. Eine Gruppe von Engländern veranstaltete eine einmonatige Landpartie zu einer Reihe von Anwesen, und Miranda war der viel bewunderte Recke in diesem Kreise. Die Partie wurde in einem Journal dokumentiert, das man dem General später übergeben wollte.

Auf dem Land hatte sich einiges verändert. Es gab jetzt mehr englische Pflanzer, von denen sich viele übernommen hatten und verschuldet waren; aber sie hatten etwas aufgebaut, das sich, auch in seiner abgeschwächten Form, als eine Spielart von englischem Leben erkennen ließ. Man fuhr zu Besuch auf die Landgüter von Freunden, zum Abendessen, über Nacht, übers Wochenende. Die Landgüter waren modern: Mit Hilfe der neuen Dampfmaschine auf Lows Gut wurde an einem Tag mehr Zuckerrohrsaft gewonnen als mit drei »Viehmühlen«.

»*Donnerstag, den 6. März 1807*. Den ganzen Tag zu Hause verbracht: Der General gab Miss Lurie Französischunterricht. Nach dem Essen ein Spaziergang mit den Damen, dieweil der Abend sich neigte – eine Meile, um die Neuerungen in Augenschein zu nehmen. *Freitag, den 7. März*. Den ganzen Tag zu Hause geblieben. Nach dem Essen mit den Damen über das Anwesen promeniert.«

In Mirandas Gesellschaft strengten sich die Engländer an. Sie legten ihre besten Manieren an den Tag, ihre gepflegteste Ausdrucksweise. Miranda ging darauf ein, er tat, was man von ihm erwartete. Einem alten Pflanzer (in früheren Zeiten ein erbitterter Feind der englischen Opposition) bescheinigte er, ein »Epikureer« zu sein; das Wort wurde registriert. Auf einem anderen Landgut merkte er an, die Damen seien nur »zart verhüllt«, eine von ihnen trage sogar »etwas Durchscheinendes«.

Die Engländer der Reisegesellschaft empörten sich mit Miranda darüber, wie der spanische Priester die achthundert Indianer der Savannah-Grande-Mission ausbeutete. »Er setzt alles daran, ihnen ein Höchstmaß an Arbeit abzuringen, hat sie Unmengen von Zedern fällen und aus dem Wald schleppen lassen, die er zum Bau eines geräumigen Hauses von gewaltiger Größe benötigt.« Ein Spanier »von niedrigstem Stande« habe den Indianern Rum verkauft und sich den Gewinn mit dem

Priester geteilt. Miranda war »äußerst angetan von der Fahrt und der Landschaft, jedoch entsetzt über die Behandlung, die man den Indianern angedeihen ließ«. Als allerdings auf einer Besitzung die zweihundert Neger ihren Sonntagsstaat anlegen und ihre Kirchenlieder vorsingen mussten, hatte er nichts dagegen einzuwenden.

Unter den Besitzungen, die sie besuchten, war auch eine namens Union Estate. Sie gehörte Picton, zusammen mit einem Mann namens McDonald. Keiner von beiden war anwesend. Überall lagen Sachen herum; es gab viele Bücher, von denen, wie Miranda feststellte, keines McDonald gehörte. Feindes Haus hätte Miranda nicht betreten. Er hatte seit seiner Ankunft viel gelernt. Mochte es in London für Fullarton, Pedro Vargas und die anderen bergab gehen – der Provost-Marshal ersuchte immer noch um sein Gehalt, der stellvertretende *alguazil mayor*, dem man seine eine Guinee pro Tag aberkannt hatte, bemühte sich um eine Passage zurück nach Trinidad und eine Landzuweisung als Entschädigung –, mochte es also in London für Fullarton bergab gehen, in Trinidad stand längst niemand mehr auf seiner Seite.

In Trinidad sammelte man für Picton. Das Komitee gab ein Dinner in Mrs. Perrys Schänke in der King's Street in Port of Spain (»Serviert wird um vier Uhr.«). Einer von Mirandas Landgastgebern wollte hinfahren. Er hatte sich einen Tag zuvor per Boot auf den Weg gemacht, kam jedoch nicht an, weil er wegen zu starkem Gegenwind umkehren musste. Die Engländer, an erster Stelle Gouverneur Hislop, gingen alle davon aus, dass Miranda auf der richtigen Seite stand. Man hatte auch Miranda selbst zu dem Dinner eingeladen, damit er »Mr. Pictons Freunde kennen lerne«. Er ging nicht hin. Doch er stand auf der richtigen Seite.

Eine Woche nachdem Miranda von der Landpartie nach Port of Spain zurückgekehrt war, trat auf Verfügung zum zweiten Mal das Untersuchungsgericht in Sachen Luisa Calderon zusammen. Seit der Verhandlung in London waren vierzehn

Monate vergangen. Der Kronrat hatte Fullartons übrige Anklagepunkte verworfen; Picton sollte bald von Lord Castlereagh dem König vorgeführt werden (was Fullarton dazu veranlasste, eine wütende Flugschrift zu verfassen), doch Picton befand sich gegen eine Kaution von vierzigtausend Pfund immer noch auf freiem Fuß, und bis zu seinem Wiederaufnahmeverfahren würde es noch ein Jahr dauern.

Das vom Gericht für dieses zweite Verfahren benötigte Beweismaterial – zur Folter und zu den spanischen Gesetzen auf Trinidad – hatte man elf Monate zuvor freiwillig in London vorgelegt. Doch war es in Form einer besorgten Resolution des Rats von Trinidad vorgelegt worden, und der Vertreter der Anklage hatte es verworfen: Es handele sich dabei um »eine Art Manifest gegen das, was in der Verhandlung sich zugetragen«. Nun sollten noch einmal dieselben Zeugen befragt, dieselben Tatsachen festgestellt werden.

Der entscheidende Mann war Castro, der *escribano*. Er zweifelte inzwischen nicht mehr an der Rechtmäßigkeit der Folter. Er hatte sich bereits daran erinnert, dass er in seiner Kindheit im spanischen Córdoba einmal mit ein paar Freunden am Gefängnis vorbeigegangen war und dabei die »Schreie und Klagen« zweier Männer vernommen hatte, die des Mordes an einem Priester verdächtigt und in einem »Privatgemach im Gefängnis« gefoltert wurden. Die Aussage, die Castro diesmal vor dem Untersuchungsgericht machte, war konkreter. Sie bezog sich auf den Neger Francisco, der 1791/92 wegen Mordes an einem anderen Neger vor Gericht gestanden und dessen Folterung man angeordnet hatte. Castro war damals der *escribano* gewesen, und es war ihm gelungen, eine Abschrift der alten Prozessakte zu finden, deren Original man seinerzeit nach Caracas geschickt, aber nie zurückerhalten hatte.

Einige Wochen später starb im Gefängnis von Port of Spain der spanische Kurat, der die falsche Geburtsurkunde für Luisa Calderon ausgestellt hatte. Einundzwanzig Jahre lang war er Kurat in Port of Spain gewesen, in nächster Zukunft hätte er sich vor Gericht wegen Meineids und Fälschung verantworten müssen. Zur gleichen Zeit reiste der stellvertretende *alguazil mayor* aus London ab; er hatte die Verleumdungsklage, zu der ihn Fullarton genötigt hatte, fallen gelassen und war auf dem Weg nach Trinidad. Im Rat war davon die Rede, ihm die Einreise zu verwehren. Es ist nicht bekannt, ob man ihn auf die Insel ließ; er verschwindet von der Bildfläche.

Castro, der Kurat, der stellvertretende *alguazil mayor*: Sie alle waren Spanier, und sie alle hatten auf der falschen Seite gestanden. Es war jetzt sehr einfach, die Spanier von Trinidad zu demütigen. Sie hatten keine gemeinsame Linie, hatten nichts und niemanden, dem sie die Treue halten konnten, jeder war auf sich allein gestellt und musste auf seine Weise seinen Frieden finden. Miranda hätte das bemerken müssen. Doch Miranda hatte das für Exilanten typische kompensatorische Gefühl reiner Zeitweiligkeit entwickelt; er konnte das koloniale Trinidad mit seinen Negern und spanischen Schmugglern nicht als Ableger des kolonialen Venezuela begreifen. Venezuela blieb etwas Besonderes: halb Peru, halb Europa.

Miranda hatte einen Mann mit der Bitte um viertausend Soldaten nach London geschickt. Doch London war nicht bereit, viertausend Soldaten zu entsenden, auch keine vierhundert, und schließlich konnte kein Zweifel mehr daran bestehen, dass von britischer Seite mit keinerlei wie auch immer gearteter Unterstützung für eine dritte Invasion zu rechnen war. Es gab nichts mehr, worauf Miranda in Trinidad noch hätte warten können, und so leitete er, noch bevor sein Abgesandter wieder da war, seine Rückkehr nach England in die Wege.

Doch Gouverneur Hislops Glaube an Miranda und dessen Sache war ungebrochen. Hislop wollte sich von Trinidad mit seinen »vielen Verdrießlichkeiten« befreien, und er betrachtete Mirandas Sache mittlerweile als eine Chance für sich. Er hatte sich – trotz des zweimaligen Scheiterns, des tatenlosen Jahres, der Zurückweisungen aus London – mit der Idee angefreundet, das Gouverneursamt in Trinidad aufzugeben und Miranda seine Dienste als Soldat anzubieten.

Für Hislop war es ein besonders unersprießliches Jahr gewesen. Lieutenant Briarly hatte das Schiff eingenommen, mit dem man die chinesischen Einwanderer hergebracht hatte, und der Versuch, es wieder zurückzugewinnen, hatte monatelange Auseinandersetzungen bedeutet. Die Chinesen selbst, von denen man sich so viel versprochen hatte, besaßen keinerlei gartenbauliche Kenntnisse, wie inzwischen zu Tage getreten war. Sie waren faule Luxusgeschöpfe, diese Männer mit ihren Pferdeschwänzen und Sonnenschirmen, waren dem Opium und dem Glücksspiel verfallen, und ihr Unterhalt war sehr teuer. Es hieß, wenn ein Chinese im botanischen Garten arbeite, halte ihm ein anderer den Sonnenschirm. Und es gab noch ein weiteres, unvorhergesehenes Problem: Die freien farbigen Frauen würdigten die Chinesen keines Blickes, die Chinesen ihrerseits würdigten die Negerinnen keines Blickes. Ihr Leben ohne Frauen machte die Chinesen langsam, aber sicher wahnsinnig. Sie begannen lautstark zu fordern, man solle sie wieder nach Kalkutta zurückbringen, und zu guter Letzt verfrachtete man sie auf genau das Schiff, mit dem sie auch gekommen waren, und schickte sie zurück.

Und es gab weiteren Ärger mit Lieutenant Briarly. Gegen Hislops ausdrückliche Anweisung – die Briarly, wie er öffentlich kundtat, schnurzegal war – nahm Briarly ein weiteres Schiff ein. Er wurde wegen »Missachtung eines Befehls« ins Gefängnis geworfen, was ihn noch mehr aufbrachte. »Der Gestank und Dreck in diesem Gemäuer«, so sein Protest aus dem Gefängnis, »ist dazu angetan, jegliche Gesundheit zu ruinieren, allein durch die Menge der auf so engem Raume zusammengepferchten Neger und sonstigen Personen.« Der Provost-Marshal erklärte, das Gefängnis werde jeden Tag gewischt und sei »so sauber, wie ein Gefängnis nur sein kann«; Briarly habe sogar sein »Gemach« selbst auswählen dürfen. (Port of Spain und seine Gefängnisse! Erst zwei Monate zuvor hatte Miranda einen mittellosen schwedischen Gefangenen gerettet, der die Gefängnisgebühren nicht bezahlen konnte und von Wasser und Brot lebte.)

Nach seiner Freilassung gab es für Briarly kein Halten mehr. Ein spanischer Schmuggler, der unter Briarlys Schutz stand, beschwerte sich über einen Engländer, der ihn denunziert habe. Briarlys Männer lockten den Denunzianten an Bord von Briarlys im Hafen liegender Hulk. Er wurde getreten und geschlagen, mit der Kugel eines Zwölfpfünders bedroht und geteert. Danach, so beklagte er sich später bei Gouverneur Hislop, »warf man Ihrem Petenten seinen Hut hinterher«, und er durfte in seinem eigenen Boot an Land zurückkehren. Dort jedoch jagte man ihn dann durch die Straßen bis zu einem Haus, in dem er eingesperrt und mit Knüppeln auf den Kopf und ins Gesicht geschlagen wurde, während draußen ein Midshipman »mit gesenktem Kopfe« Wache stand. Der Engländer floh, rannte unter allseitigen Rufen »Haltet den Dieb!« (geteert sah er aus wie ein Neger) in einen Hof und versteckte sich hinter einem »Negerbett« in einem der Negerquartiere hinter dem Haus.

»Wer ist da?«, fragte der Besitzer.

»Ich.«

»Wer sind Sie?«

»Mr. Leake.«

Doch obwohl er zwei stark blutende Kopfverletzungen hatte, lieferte der Besitzer ihn aus, und Briarlys Männer hätten ihn wohl umgebracht, wenn nicht der Hafenmeister eingegriffen hätte. Es war die Art von tollem Seemannstreiben, wie es Mr. Marryats Sohn in einigen seiner Romane beschreiben sollte.

Gouverneur Hislop wollte nur noch fort. Er erklärte sich Miranda kurz vor dessen Abreise in einem Brief. In diesem Brief, »persönlich und vertraulich, Genl. Miranda zur alleinigen persönlichen Erwägung und Bedenkung anvertraut«, erklärte Hislop, er strebe an, von seinem Gouverneursamt entbunden zu werden. Er wolle sich jedweder künftigen Expedition Mirandas anschließen, könne allerdings keinen niedrigeren Rang als den des Generalmajors akzeptieren. »Mein vornehmliches Ziel ist es, in aktivem und ehrenvollem Dienste zu stehen, selbstredend ohne nachteilige Auswirkungen auf meine persönlichen

Interessen, welche zu beachten ich mich, anderen und mir selbst zuliebe, verpflichtet fühle.«

Mirandas Antwort war knapp: Er schrieb, Hislop könne sich auf ihn verlassen. Hislop nahm ihn beim Wort und begann, zur Vorbereitung auf seine neue Laufbahn jeden Morgen ein bis zwei Stunden Spanisch zu lernen.

Bis zum Schluss wandten sich immer wieder Menschen Hilfe suchend an Miranda. Auf dem Schiff erhielt er zum Beispiel ein paar Zeilen von einem Seekadetten, einem Statisten auf dieser Reise, der »kurz vor seiner Lieutenantsprüfung« stand. Der junge Mann hatte »ein wenig gezecht, dieweil es mein Geburtstag war« und sollte nun degradiert werden. Er wollte, dass General Miranda sich für ihn verwandte.

Zu Hause in London wartete Fullarton, dessen Adresse und wohlwollenden Brief Miranda während der Abenteuer der letzten siebenundzwanzig Monate aufbewahrt hatte. Alles was Fullarton über Trinidad und die Anhänger Pictons gesagt hatte, war richtig gewesen; doch Fullartons Kampf war seine persönliche Angelegenheit. Es gab nichts, wovon Miranda ihm hätte schreiben können. Und jetzt, Ende 1807, war Fullarton sehr krank und selbst in Not. Seine Anhänger waren in alle vier Winde zerstreut. McCallum, der Flugschriftenverfasser, hatte noch ein Pamphlet geschrieben, doch jetzt wandte er sich einer neuen Sache und einem neuen Förderer zu, dem Herzog von Kent. Für Picton ging es bergauf. Die Beweislage gegen ihn wurde immer dürftiger, und das Ergebnis des Wiederaufnahmeverfahrens war vorhersehbar. Fullartons Verleumdungsklage verlief ungünstig. Er hatte den Prozess verschleppt, hatte Zeugen beeinflusst, und es war nicht auszuschließen, dass man ihn wegen Missachtung des Gerichts ins Gefängnis warf. Für Fullarton hatte Miranda keine hoffnungsvollen Botschaften im Gepäck. Die mitgebrachten Botschaften – von Gouverneur Hislop und anderen – waren alle für Picton: einst Freund, dann Feind und nun anscheinend wieder Freund der spanisch-amerikanischen Revolution.

Jetzt war Picton derjenige, der Miranda Material über die Anfangszeit der britischen Herrschaft auf Trinidad und die positive Einstellung der damaligen britischen Regierung zur Revolution zukommen ließ. Und Miranda zeigte sich erkenntlich. Er erwähnte Picton gegenüber Wellington, dem er zum ersten Mal Ende Januar 1808 begegnete. In London war Miranda eine Persönlichkeit, jemand, dessen Bekanntschaft zu machen für die Mächtigen aus ganz unterschiedlichen Gründen von Interesse sein konnte, und das war eine eigene Art von Macht. Fullarton und Gouverneur Hislop hatten das verstanden, Picton hatte es verstehen gelernt. Pedro Vargas dagegen hatte diese Macht nicht begriffen, als er zum Ersten Kommissionsbeamten Fullarton übergewechselt war, der so freigiebig Posten verteilte und die Staatskasse von Trinidad plünderte.

Vier Jahre lang hatte sich Miranda zu Pedro Vargas nicht geäußert. Doch jetzt in London kramte er den Brief hervor, den er 1799 von Vargas erhalten hatte, kurz nachdem dieser als Flüchtling nach London gekommen war. Vargas hatte darin von seinem Anteil an der Verschwörung in Neugranada und von der Festnahme und Folterung der Verschwörer geschrieben. Folter im Spanischen Weltreich: ein Widerspruch zu der Aussage, die Vargas im ersten Verfahren gemacht hatte. Das war etwas für Picton. Berechnung, Rache. Doch Vargas war einst ein echter Revolutionär gewesen, seine Erfahrungen und seine Worte hatten Miranda mitgerissen, und die Folterungen hatten tatsächlich stattgefunden.

Miranda ließ Pedro Vargas fallen. Und er ließ auch Fullarton fallen, Vargas' Dienstherrn. Fullarton stand jetzt allein da. Einen einzigen Brief erhielt er. Er stammte von dem Mann, der während Mirandas Landpartie auf Trinidad das Journal geführt und Miranda nach England zurückbegleitet hatte. Vermutlich war es ein Schmähbrief. Fullarton wohnte in einem Hotel in London. Er ließ den Brief mit einer kurzen förmlichen Anmerkung an Miranda zurückgehen (»Mit den besten Empfehlungen von Colonel Fullarton«). Wenige Tage später, am 13. Februar 1808, starb er.

Miranda, der auf Spanisch mit Gouverneur Hislop korrespondierte – Hislop lernte nach wie vor Spanisch für seine neue Laufbahn –, teilte diesem die Neuigkeit in einem Postskriptum mit. »*Murió Fullarton! Casa sin llamar la atención pública.* Fullarton ist gestorben! Und die Öffentlichkeit hat es kaum zur Kenntnis genommen.«

»Mein lieber General«, schrieb der Journalverfasser an Miranda, »ich habe, wenige Minuten nachdem ich Sie verlassen, von Fullartons Tod erfahren – mein Brief muss ihn … Ich fürchte, er möchte etwas genommen haben, um seinen Abgang zu beschleunigen …«

Es war ganze fünf Jahre her, dass Fullarton als Erster Kommissionsbeamter in den Hafen von Port of Spain eingelaufen und zu gegebener Zeit »in aller Form« an Land gegangen war. Das Gefängnis erwartete ihn: die angeketteten Neger, die Frau, die Vallot als Spekulationsobjekt gekauft hatte, die *cachots brûlants* – sein Anliegen, seine Obsession. Fünf Jahre später war er daran zu Grunde gegangen. Der britische Nationalcharakter, das Prinzip von Gerechtigkeit und Fürsorge, eine ganz bestimmte Auffassung von Pflicht, die Vorstellung, er habe eine Rolle auszufüllen: die des Streiters für Recht und Gerechtigkeit, des Verfolgers, des Verfolgten, des Verachteten, des Vergessenen: Man fühlt sich an die Unerbittlichkeit erinnert, mit der sich in den alten Sagen die Geschicke wenden.

Zwei Monate später wurde Picton zum Generalmajor ernannt. Sechs Wochen darauf, an einem Samstag im Juni 1808, wurde sein Wiederaufnahmeverfahren in der King's Bench vor Lord Ellenborough und einer Sonderjury eröffnet. Abermals beschrieben Luisa Calderon und der *alguazil* – nach fünf Jahren in England sprachen beide Englisch und benötigten keinen Dolmetscher mehr – die vor sieben Jahren vorgenommenen Folterungen; abermals (»Treten Sie heran und lassen Sie die Geschworenen selbst sehen«) führte Luisa die Narben an ihren Handgelenken vor.

Miranda notierte, ohne Namen zu erwähnen, das Verdikt der Jury: Die Folter war nach den spanischen Gesetzen Trinidads erlaubt. Es blieben noch gewisse Formalitäten zu erledigen, was sich über Jahre hinziehen sollte. Doch Picton war freigesprochen.

Sein Fall erregte allerdings schon seit zwei Jahren nicht mehr die Gemüter. Im Moment verfolgte die Öffentlichkeit – und Miranda ebenso – den Prozess gegen General Whitelocke, der versucht hatte, Buenos Aires zurückzuerobern. Colonel Rutherfurd, der einstige Oberste Feldmesser von Trinidad, ging jeden Tag zur Verhandlung und erstattete hinterher Bericht.

Picton begann unter Zuhilfenahme des Briefes, den Miranda ihm gegeben hatte, auf die Festnahme von Pedro Vargas zu drängen. Luisa Calderon und der *alguazil*, nun ohne einen Herrn und nicht mehr von Interesse, zudem trotz der Narben an Luisas Handgelenken in den Ruch der Betrügerei geraten, baten über ihren Anwalt um Pässe für die Heimreise nach Trinidad. Damit verschwinden sie von der Bildfläche. Porto Rico, Vallots Gehilfe, der das Seil gehalten hatte, war bereits früher verschwunden. Vielleicht war er gestorben, vielleicht hatte er auch in der unterdrückten farbigen Bevölkerung Londons seinen Platz gefunden.

Am 23. November 1808 schrieb Picton an den Staatssekretär für die Kolonien: »Was die Briefe hinsichtlich des Meineides von Pedro Vargas betrifft, so muss ich darum bitten, sie für niemals geschrieben zu betrachten.« Pedro Vargas war gestorben, und inmitten all der schmutzigen Niederlagen, des Verrats und der Verschwendung suggerierte Pictons Geste die verschämte Großzügigkeit eines Mannes, dessen Stern im Aufgehen war, mochten ihn auch noch einige Schwierigkeiten, besonders mit Lord Castlereagh, erwarten.

Fullartons aussichtslose Verleumdungsklage war der einzige Teil der ganzen Geschichte, der noch nicht abgeschlossen war. Mrs. Fullarton betrieb die Klage weiter. Das Verfahren zog sich über viele Monate hin. Eine eidliche Aussage folgte auf die andere. »Ich weiß nicht, wann das jemals enden soll«, meinte Lord Ellenborough, als er sich gegen eine weitere Vertagung aussprach. »Ich bin bereit, hier sitzen zu bleiben und mich der

Sache nach besten Kräften anzunehmen, so lange, bis diese Kräfte restlos aufgezehrt sind.«

Mrs. Fullarton geriet mit jedem Versuch der Selbstbehauptung weiter ins Abseits. All die geringfügigen Veruntreuungen, die ihr verstorbener Mann in Irland und Schottland begangen hatte, wurden wieder aus der Versenkung geholt, ebenso ihre eigenen angeblichen Kutschfahrten in Ayrshire mit Luisa Calderon, damals noch eine Exotin. So viel Wichtiges und Wahres dagegen wurde übersehen oder heruntergespielt: die Mahlzeiten für die Unterdrückten in dem renovierten Haus in Port of Spain (das inzwischen wieder verfallen war), die als erhebend empfundenen Höflichkeiten, die anerkennenden Blicke auf der Straße, der Abriss des Gefängnisses, die Unterbindung weiterer Folterungen, die endgültige Abschaffung der Negerverbrennungen.

»Eines der nützlichsten Ziele der Rechtsprechung besteht darin, weiteren Ärger oder Schaden abzuwenden«, erklärte Lord Castlereagh schließlich. »Schon die Verhandlung als solche ist ein Quell weiteren Ärgers, wie ihn doch jeder ehrenhafte, empfindsame Mensch zu diesem Gegenstande würde zu vermeiden suchen.« Er beendete den Prozess.

Die Geschicke aller wendeten sich. Der Journalverfasser, der glaubte, sein Brief habe zu Fullartons Tod beigetragen, hatte sich auf Trinidad mit dem Rang eines Colonels (den er tatsächlich gar nicht bekleidete) Mirandas Expedition angeschlossen. Vier Monate nach Fullartons Tod war er völlig verarmt, saß wegen seiner Schulden im Gefängnis und schrieb Bettelbriefe.

Auch Miranda musste so manche Enttäuschung verwinden. Er hatte mit Wellington ernsthaft über eine Invasion Südamerikas gesprochen. Dann hatte Napoleon den spanischen König zum Abdanken gezwungen, und französische Truppen waren in Spanien einmarschiert. Spanien hatte sich mit England verbündet; eine britische Invasion in Südamerika war nicht mehr möglich, stattdessen sollte Wellington seine zehntausend Soldaten nach Spanien führen. Er sagte es Miranda draußen auf der Straße. Miranda protestierte lautstark. Wellington ging ein paar Schritte voraus, »nur ein Stückchen, auf dass wir nicht die Aufmerksamkeit auf uns zögen«. »Ich glaube nicht«, sagte er dazu später, »dass ich je eine schwierigere Aufgabe zu bewältigen hatte.«

Früher im selben Jahr waren die Kleider, Waffen und Munition, die Miranda in Port of Spain zurückgelassen hatte, einer Feuersbrunst zum Opfer gefallen. Es war wie ein Zeichen gewesen, ein weiterer Anlass zu übertriebenen Protesten und übertriebenen finanziellen Forderungen. Doch Miranda war jetzt achtundfünfzig. Wie Raleigh war er ein Mann der Tat, der immer Pech gehabt und jeden Einsatz verpfuscht hatte. Und vielleicht entsprach sein jetziger Protest angesichts der vorherrschenden Tatenlosigkeit dem des alternden Raleigh im Tower: ein formelles Aufbegehren und zugleich eine Herausforderung des Schicksals. Die Geschehnisse in Spanien und ihre Auswirkungen in Südamerika sollten sowohl für Picton als auch für Miranda Folgen haben: Ruhm und Ehre für Picton auf der Iberischen Halbinsel; für Miranda der unerwartetete letzte Einsatz in Venezuela, abermaliges Scheitern, gefolgt von Ungnade, Verrat und Gefängnishaft bis an sein Lebensende.

10

Die Erben
1809–1813

Nun da Spanien besetzt und umkämpft war, standen seine Kolonien allein. Spanien und England waren jetzt Verbündete, und zwischen Caracas und Port of Spain war ein freier Austausch möglich. Die englischen Kaufleute in Port of Spain hatten sich das immer gewünscht: In Caracas benötigte man vieles, was sie liefern konnten. Eine der ersten Nachfragen aus Caracas galt einer Druckerpresse, denn in Caracas gab es zwar eine Universität, aber keine Zeitung. Gouverneur Hislop besorgte eine alte Presse von der Insel Grenada und schickte den Herausgeber des *Trinidad Weekly Courant* nach Caracas, der sie für die *Gaceta de Caracas* in Betrieb setzen sollte. Als Gegenleistung bat Gouverneur Hislop, ein paar Juristen aus Caracas nach Trinidad zu schicken. Picton hatte sämtliche spanischen Anwälte vertrieben, und seither gab es auf Trinidad niemanden, den man zu Fragen des spanischen Rechts hätte konsultieren können.

Für Gouverneur Hislop stellten die Gesetze der Kolonie nach wie vor ein Problem dar. Ein Kaufmann, der wegen Betrugs angeklagt war, floh nach England und beharrte darauf – zum Schluss sogar vor dem Oberhaus –, dass man ihn nicht wegen eines Verstoßes gegen spanisches Recht vor ein englisches Gericht stellen könne. Sein Beispiel machte Schule. Ein französischer Arzt und Pflanzer namens Lebis entsprach dem klassischen Klischee der abolitionistischen Propaganda: Er peitschte eines Morgens vor dem Frühstück einen seiner Neger zu

Tode, behauptete aber, nicht gegen das Gesetz verstoßen zu haben. Und er schien im Recht zu sein. Den 1789 abgefassten Negerkodex für Trinidad hatte die Audiencia in Caracas nicht ratifiziert; Pictons Kodex aus dem Jahr 1800 war nie vom König sanktioniert worden. Gouverneur Hislop und sein Richter konnten nicht mehr tun, als Lebis eine Geldstrafe über hundertfünfzig Dollar aufzuerlegen, weil er »in seiner Funktion als Arzt seinen Sklaven unsachgemäß behandelt« habe.

Nur wenige Monate zuvor hatte es einen noch größeren Skandal gegeben. Eine freie Farbige namens Betsy Diggins, die sogar bei Männern wie Picton und dem Baron de Montalembert für ihre Grausamkeit gegenüber ihren wenigen Negern bekannt war, hatte einen Indianer, einen Kariben aus St. Vincent, beschuldigt, gepökelten Fisch und Mehl gestohlen zu haben. Sie ließ den Indianer von einigen Negern – ihren eigenen und denen ihrer Nachbarn, Männern wie Frauen – aufspüren. Dann band sie den Indianer draußen auf dem Hof fest und folterte ihn. Die halbe Nacht hindurch hörte ihr Nachbar, ein freier Neger, »Schreie und gramvolles Stöhnen«.

Am nächsten Morgen sahen ein paar Leute, die gekommen waren, »um Brot zu kaufen«, den Indianer bäuchlings auf dem Boden liegen, verstümmelt und an einen Pfosten gebunden. Einige wiesen Betsy, die »Bastardin«, darauf hin, dass der Indianer nicht einer ihrer Neger, sondern ein freier Mann sei, und dass sie Ärger bekommen würde. Doch zwei oder drei Tage später zerrten Betsy und ihre beiden Neger, der eine ein Kreole, der andere ein neuer Neger vom Stamm der Ibo, den Indianer in eine Schlucht und steinigten ihn zu Tode. Dann zerteilte Betsy die Leiche selbst mit einer Machete.

Der Bericht der Brotkäufer kam dem Bezirkskommandanten zu Ohren, der daraufhin bei Betsy erschien, um Nachforschungen anzustellen. Betsys Mann hatte schweres Rheuma und lag im Sterben, er wusste von nichts. Sie selbst behauptete, sie wisse nicht, wo der Indianer sei, schließlich sei er nicht ihr Eigentum, sondern ein freier Mann, und deshalb werde sie nicht nach ihm suchen.

Mit Hilfe von Betsys verängstigten Negern machte man sich dennoch auf die Suche. In der Schlucht stank es fürchterlich, einer der Peonen musste sich übergeben. Man fand die Leiche, beziehungsweise »einige Teile«, von Blättern der wilden Bananenstaude bedeckt. Die Krähen hatten schon viel »vernichtet«. Der Kopf des Indianers fehlte. Einer von Betsys Negern führte die Suchenden zu einer Art Grab, doch der Schädel, den man dort ausgrub, gehörte einem Neger – ein weiteres Rätsel, dem jetzt nachzugehen allerdings nicht nötig erschien.

Betsy wurde verhaftet und zu den Galeerennegern ins Gefängnis gesteckt. Einen Tag später starb ihr Mann. Und wiederum einige Tage später, als das Gefängnis in der großen Feuersbrunst von Port of Spain niederbrannte, entkam Betsy und schaffte es irgendwie, nach London zu kommen, wo sie mit Hilfe eines Anwalts vom Red Lion Square Anspruch auf Immunität gegenüber den englischen Gesetzen erhob.

»Ich bin dieser Tage nicht eben auf Rosen gebettet«, schrieb Gouverneur Hislop an Miranda, wobei er sich eines mittlerweile sehr gepflegten Spanisch bediente. Er betrieb nach wie vor seine Sprachstudien daheim in seinem baufälligen Haus, jeden Morgen eine Stunde. Das Spanische, so schrieb er, werde bald das Deutsche als universale Militärsprache ablösen. In anderen Briefen beklagte er das Fehlen einer »spanischen Gesellschaft mit Damen von aparten und graziösen Umgangsformen«.

Die Soldaten Trinidads gingen inzwischen in zerlumpten, völlig abgetragenen Mänteln, Pantalons und Schuhen, obwohl neue bezahlt worden waren. Was Hislop eigentlich beklagte, war das Fehlen der echten Welt. Er brachte Miranda damit indirekt seine Einsatzbereitschaft in Erinnerung. Doch das waren persönliche Briefe. In London sahen die Leute nur den gewissenhaften, Belästigungen ausgesetzten und manchmal auch hysterischen Beamten; seine Feinde auf Trinidad sahen nur den schwachen Verwalter, den Gentleman, der es allen recht machen wollte und sich etwas zu bereitwillig den leiblichen Genüssen hingab.

»In den letzten sechs Jahren«, schrieb Hislop auf Spanisch

an Miranda, »habe ich die Infamie und Verworfenheit der Menschen ausgiebiger erfahren als in meinem gesamten vorherigen Leben.«

Doch Gouverneur Hislop beschwerte sich zu früh. Die echte Welt und die großen Ereignisse, auf die er sich vorbereitet hatte, standen vor der Tür. Die Revolution in Venezuela sollte sich schließlich und endlich realisieren. Spaniens Macht war ziemlich unvermittelt geschwunden, und das von Spanien abgeschnittene Venezuela war im Begriff, in zahllose durch Rasse und Kaste bestimmte Gruppen zu zerfallen. Allerdings ereignete sich nicht die Revolution, die Gouverneur Hislop oder Miranda erwartet hatten. Was eintrat, war der Verlust von Recht und Ordnung. Die friedfertige, defizitäre koloniale Gesellschaft war blutig geworden. Spanien, so erkannte man nun, stand für mehr als seine gescheiterte koloniale Administration. Es hatte, wenn auch noch so vage, einen Verhaltenskodex und Bezugsrahmen geboten, den die koloniale Gesellschaft von selbst nicht erstellen konnte. Ohne einen solchen Bezugsrahmen war Gehorsam, der ja Einverständnis voraussetzt, nicht mehr möglich.

Die koloniale Gesellschaft, deren einzige Bezugspunkte Rasse und Geld waren und deren gesammelte Weisheit sich auf Kakao, Tabak, Zucker und die Führung von Negern beschränkte, war deformiert. Das hatten sowohl Gouverneur Hislop als auch Miranda gespürt, Ersterer auf Trinidad, Letzterer in seinen frühen Jahren in Caracas sowie während seines jüngsten Abenteuers in Coro. Es lag nicht nur daran, dass die Weine, die feinen Umgangsformen, die Bücher, die Kunst und das Ideengut einer lebendigen Kultur von außerhalb kamen. Die primitive Gesellschaft brachte primitive Menschen hervor.

Für den Kolonienbewohner wäre das eine schwierige, selbstzerstörerische Erkenntnis gewesen. Mirandas Analyse war, trotz all seiner Erfahrungen, immer eine politische gewesen, in die inadäquaten Schlagworte seiner angenommenen Kultur gefasst. Pedro Vargas hatte 1799, als er sich Pitt vorstellte, voller Hochmut geschrieben, die Südamerikaner gehörten zu den einfältigsten Menschen der Welt. Was Vargas dabei allerdings nicht in Betracht gezogen hatte, war die Geisteshaltung der Europäer, die in diesem Mangel etwas Romantisches sahen. Ein weiteres Beispiel für besagte Einfältigkeit lieferte Mirandas neuer Agent auf Trinidad, der selbst jetzt, als die Revolution eindeutig nicht mehr Miranda zuzuordnen war, noch große Reden schwang – es war der Spanier, der Picton Informationen zum Fall Luisa Calderon hatte zukommen lassen; er lebte in der Nähe der Indianermission von Arima, einer Gegend, die für die Faulheit ihrer Bewohner berüchtigt war. Er schrieb, Miranda werde »wie ein Idol verehrt« und sei für die Venezolaner, was für die Juden der Messias sei.

Für Hislop läutete die neue Entwicklung, auch wenn er selbst es noch nicht erkannte, das Ende seiner Beziehung zu Miranda ein, das Ende seines Traums vom romantischen venezolanischen Abenteuer. Er war Gouverneur einer britischen Kolonie und konnte nicht offiziell die Zerstückelung eines mit England verbündeten Reichs gutheißen. Er war außerdem Gouverneur einer Kolonie voller Neger und aufsässiger Mulatten, und genau wie Picton zehn Jahre zuvor wurde nun auch Hislop unruhig angesichts der unerwarteten positiven Auswirkungen, die die Revolution in Venezuela auf das Selbstverständnis der Rassen zeitigte. Miranda hatte von Indianern und Spaniern gesprochen, von den vermischten Kulturen der Inkas und Konquistadores. Er hatte nichts von Negern und Mulatten gesagt. Er hatte nicht ahnen lassen, dass ein Aspekt der Revolution, selbst in der Provinz Barcelona, wo es nur wenige Neger gab, darin bestehen würde, dass weiße Offiziere und Mulattenoffiziere »Arm in Arm und im Chore singend« durch die Straßen zogen.

Das Spanische Weltreich war in der einstigen Provinz Eldorado im Untergang begriffen, der Stern des Britischen Weltreichs war aufgegangen. Doch die neu entstandene britische Kolonie wies eine bemerkenswerte Ähnlichkeit mit der spanischen Provinz auf, die gerade von innen heraus zerstört wurde.

In Venezuela verloren die spanischen Gesetze an Bedeutung. Auf Trinidad wusste auch zwölf Jahre nach der britischen Eroberung niemand, welche Gesetze eigentlich galten. Die Leute griffen je nach Bedarf auf die spanischen oder die britischen Gesetzestexte zurück, und oft taten sie schlichtweg, was sie wollten. Die Rechtsordnung auf der Insel war ein einziges Chaos, es gab hunderte anhängiger Rechtsstreitigkeiten. Schon seit Jahren bat Gouverneur Hislop um Unterstützung. Nun endlich kam Lord Castlereagh in London zu dem Schluss, dass man auf Trinidad so etwas wie einen Lord Oberrichter benötigte.

Nahe gebracht hatte ihm diese Idee ein gewisser George Smith, der eine Weile lang als Richter auf Grenada gedient hatte. Smith hatte ein Vorstellungssgespräch bei Lord Castlereagh gehabt und dann ein Jahr lang mit diesem um die Stelle verhandelt. Es würde, so hatte Smith vertreten, eine »mühselige, niemals endende Aufgabe sein, was jedoch für mich einer der vornehmlichsten Gründe wäre, sie zu versehen«. Er forderte viertausend Pfund im Jahr, erklärte sich dann aber mit zweitausend Pfund zuzüglich Gebühren einverstanden (einer seiner Feinde behauptete, Smith sei Castlereaghs Schwager). Im Mai 1809 entsandte man George Smith nach Trinidad, damit er die rechtlichen Verhältnisse dort in Ordnung brachte.

Obwohl Smith stolz darauf war, zugelassener Anwalt mit regulärer Berufsausbildung zu sein (im Gegensatz, so erklärte er, zu den kolonialen Strolchen, die sich sonst in Westindien als Juristen ausgaben), trat er nicht als Oberrichter englischer Prägung in Erscheinung, sondern als königliches Gericht spanischer Prägung, quasi als Ein-Mann-Gericht. Ja groteskerweise war er mit einer ganzen Reihe spanischer Titel ausgestattet, die ihm alle in London per Handzeichen des englischen Königs verliehen worden waren. Smith war ein Freund Mirandas, er hatte sich dessen spanische Gesetzesbücher ausgeliehen und sich nach vielen Entwürfen sorgfältig und unter Aufzählung all seiner Titel selbst eine Ermächtigung ausgeschrieben.

Auf Trinidad nahm Smith seine Titel sehr ernst. Er war Junggeselle, reizbar, ziemlich schwerhörig und ließ sich gern als »Euer allergnädigste Hoheit« ansprechen. Manche Leute hielten ihn für verrückt, doch der englische Einwanderer, der einen

Brief provokativ an »Herrn George Smith« richtete, bekam Ärger wegen »freventlichen Verhaltens«. Smith hatte sich bei seinem Kommen darauf eingestellt, sich mit genau dieser Art von kolonialer Unverschämtheit zu befassen. Seine vorherige koloniale Erfahrung auf Grenada hatte ihn offenbar grundlegend verstört, und auf Trinidad zeigte sich bald, dass Smith über sein Gehalt, seine Gebühren und seine spanischen Titel hinaus noch ein Anliegen hatte. Es war dies nicht etwa der Abolitionismus, auch wenn Smiths Einfluss nicht zuletzt in seiner Freundschaft mit den Londoner Abolitionisten, insbesondere mit Wilberforces Schwager, gründete. Smiths Anliegen war die Geißelung der englischen Kolonialgesellschaft. Es war ein englisches soziales Ressentiment, eine rein englische Angelegenheit. Mit den Negern hatte es wenig zu tun, sie waren für Smith nie mehr als eine anonyme und unvermeidliche Last.

Bevor er nach Trinidad gereist war, hatte er in einem Brief an Castlereagh geschrieben, dem kolonialen Menschen »ermangele es grundsätzlich an moralischen Prinzipien«. In Trinidad wurde sein Vorurteil bestätigt.

»Man kann von der Bevölkerung einer Kolonie bloß eine Vorstellung gewinnen, wenn man sich unters Volk mischt«, berichtete er. »Normalerweise sind Kolonien vom Abschaum des Mutterlandes bevölkert; Trinidad hingegen ist vom Abschaum der anderen Kolonien bevölkert.« Smith schlug regelrecht um sich, er war bereit, sich mit jedermann anzulegen. »Ich gebe keinen Pfifferling darauf, was die Leute hier denken«, schrieb er nach London, bat um die Polizeigewalt und versprach, gute Arbeit zu leisten. Auch auf Trinidad nahm er kein Blatt vor den Mund. Er kündigte an, er werde »dafür sorgen, dass man ihn nicht so schnell vergaß«, und er verhielt sich dementsprechend. Schon bei seiner Ankunft brüskierte er einige Beamte, und der Kronanwalt wehrte sich bald dagegen, wie ein kleiner Junge behandelt zu werden. Ein Ortsansässiger, der sich wegen einer Rechtsangelegenheit privat an Smith wenden wollte, wurde von dessen englischem Diener die Treppe hinuntergeworfen.

»Was man im Laufe der letzten zehn Jahre in dieser Kolonie

an privaten Geschäften getätigt, ist wahrlich grauenvoll«, berichtete Smith, und entschied innerhalb von vier Monaten siebenhundert anhängige Streitfälle, was ihm ungefähr fünftausend Dollar an Gebühren einbrachte. Er erklärte, er gewinne viel Eigentum von Anwälten und Kaufleuten zurück, »die es sich, nachdem sie selbst nie einen Shilling besessen, nun von der Ausbeute ihrer verstorbenen Freunde, deren Verwandte und Erben sie beraubt, gar wohl ergehen lassen«. Die »Entsetzensschreie« der als Betrüger und Schuldner Bloßgestellten waren zu einem »Quell allgemeinen Amüsements und Gelächters« geworden.

Die Schuldner waren Pflanzer wie Sablich. Sablich hatte 1807, kurz bevor der britische Sklavenhandel für ungesetzlich erklärt worden war, von einem Liverpooler Verschiffer eine ganze Ladung neuer Neger bestellt. Die Neger waren fast dreizehntausend Pfund wert, die Sablich jedoch nie gezahlt hatte, und bis zu Smiths Eintreffen hatte es auch keine Möglichkeit gegeben, ihn zum Zahlen zu zwingen.

Smiths Einschätzung der Gesellschaft entsprach ziemlich genau der von Gouverneur Hislop, der darüber hocherfreut war: Konnte er jetzt doch sagen – er machte sich nämlich nur ungern andere zum Feind und war überhaupt ein Gentleman –, dass das Gesetz nicht mehr in seinen Händen lag. In seiner Begeisterung sah Hislop über Smiths Reizbarkeit hinweg. Madame Vence, eine Kaufmannsgattin und Nachbarin von Smith, sagte in einer geringfügigen Schuldenangelegenheit aus. Sie redete zu lang. Smith drohte, wenn sie nicht den Mund halte und sich um ihre eigenen Angelegenheiten kümmere, werde er sie von den *alguaziles* ins Gefängnis werfen lassen. Kaum war sie zu Hause, fiel sie in Ohnmacht.

Und dann war da Smiths Geräuschempfindlichkeit. Zwar war sein Gehör geschädigt, doch nächtliches Hundegebell oder das Schwatzen der Neger seiner Nachbarn konnte er nicht ertragen. Seine Diener – Engländer – waren angewiesen, jeden bellenden Hund zu töten, was sie durchaus genüsslich taten. Eines Abends bewarfen sie sowohl den Terrier als auch das Haus des

Mannes, der neben Madame Vence wohnte, mit Steinen, was offenbar ein Handgemenge nach sich zog. An einem anderen Abend brach gegenüber, vor dem Haus des Comte du Castellet, Streit unter den Negern aus. Smiths englische Diener nahmen die Neger allesamt fest und brachten sie ins Gefängnis. Sie wurden vom Gefängniswärter ausgepeitscht – neununddreißig Hiebe für jeden, die Höchststrafe – und am nächsten Morgen zu ihrem Besitzer zurückgebracht. Es war des Comtes ganzer Stolz, dass keiner seiner Neger, die gemeinhin als »wertvoll und ordentlich« galten, je ausgepeitscht worden war. Er legte Protest bei Hislop ein, der ihn jedoch an Smith verwies; dieser wiederum lud den Comte daraufhin – eine eigentümliche Art der Entschuldigung – zum Frühstück ein.

Smiths Verhalten gegenüber MacIntosh war demgegenüber nur noch als irrational zu bezeichnen. MacIntosh verdiente sich seinen Lebensunterhalt mit der Vermietung seiner zwölf oder dreizehn Neger. Sie waren nicht von bestem Charakter, und sie beschwerten sich – vielleicht, weil sie von Smiths anti-englischer Einstellung gehört hatten – über schlechte Behandlung. Sie hofften darauf, konfisziert zu werden. Man steckte sie ins Gefängnis, und Smith bestellte MacIntosh ein. Er befand, MacIntosh sei weder dazu in der Lage, sich um seine Neger noch um sein Geld zu kümmern, und befahl MacIntosh, gewisse Sicherheiten zu leisten. Und dann ließ er zur allgemeinen Überraschung sämtliche Neger auspeitschen.

Er hatte sowohl die Sklaven als auch die Sklavenhalter bestraft, was ziemlich genau seine Einstellung zur Sklaverei widerspiegelte. Sieben Jahre zuvor hatte Fullarton zur Frage der Sklaverei keine klare Haltung gefunden. Auch er war mit einem gewissen Sendungsbewusstsein nach Trinidad gekommen. Doch Fullarton erkannte schnell, dass die Sklaverei nun einmal existierte, ja die Grundlage der Gesellschaft schlechthin darstellte, und dass man die Neger deshalb einer gewissen Ordnung unterwerfen musste. Letztes Endes hatte er nicht mehr sagen können, als dass man die Neger möglichst maßvoll auspeitschen solle. Smiths Empörung war umfassender. Er verabscheute die Sklavengesellschaft, und damit verabscheute er sowohl die Sklavenhalter als auch die Sklaven selbst, die kolonialistischen Weißen wie die unterwürfigen Neger.

Da er sich solcher rassischer und gesellschaftlicher Verallgemeinerungen bediente, benötigte Smith einen Bezugspunkt, irgendeine heldische Gemeinschaft. Zunächst entschied er sich für die Franzosen und die Spanier, doch obwohl sie seiner Darstellung zufolge »das prahlerische und herrschsüchtige Wesen der englischen Kolonisten« fürchteten, bildeten sie keinen wirklich zufrieden stellenden Kontrast. Die freien Farbigen eigneten sich da besser: Sie waren unterdrückt, aber keine Neger; sie waren selbst Negerbesitzer und mit ihrem gemischten Blut geschlagen wie mit einer Krankheit; die Begrenztheit ihrer Privilegien saß wie ein Stachel in ihrem Fleisch.

Smith machte sich zum Fürsprecher der freien Farbigen. Letztlich war dies der eigentliche Kriegsschauplatz der Kolonien, dies war es, was jegliches erklärtes mutterländisches Prinzip, ob französisch, spanisch oder englisch, jedes Prinzip der Revolution, des intellektuellen Fortschritts, des Rechts, der sozialen Dynamik, der Gerechtigkeit und der Freiheit hemmte und entstellte: das Problem der Rasse, die Schande der Sklaverei. Beide trugen dazu bei, die Kolonialgesellschaft primitiv zu halten.

Die lärmenden Neger, die betrügerischen Kaufleute und Pflanzer: nach einigen Wochen begann Smith zu ahnen, dass dafür nicht zuletzt Hislop mit seiner Nachgiebigkeit verantwortlich war. Und Hislop hegte erste Zweifel hinsichtlich Smiths, dessen Reizbarkeit sich, wenn ihr freier Lauf gelassen wurde, zur Raserei entwickelte.

Ein vor kurzem eingetroffener Methodistenpriester beschwerte sich, Mr. Harvey, ein Captain der Miliz, habe ihn beschimpft.

»*Alguaziles*!«, rief Smith. »*Alguaziles*! Wo sind die *alguaziles*? Señor! Schaffen Sie Mr. Harvey her!«

Mr. Harvey fragte, nach welchem spanischen Gesetz er verhaftet werde. Smith anwortete: »Nach der Aufruhrakte.«

Und es gab noch andere Beschwerden. Fullartons Provost-Marshal in London stellte fest, dass die rund zweihundert Pfund an Gebühren, die er sich bisher immer mit seinem Stellvertreter auf Trinidad geteilt hatte, nicht mehr eingingen. Als der Stellvertreter, ein »schwacher, zittriger Mensch«, deshalb bei Smith vorsprach, beleidigte Smith ihn, erklärte, sein Posten sei unter spanischem Recht sinn- und bedeutungslos, es gebe keine von ihm wahrzunehmenden polizeilichen Pflichten mehr, und von den noch eingehenden Gebühren könne sein Vorgesetzter nicht einmal »ein Abendessen bestreiten«. Sollten er oder sein Vorgesetzter in London weiteren Ärger verursachen, müssten sie sich in Acht nehmen.

Die Plünderer der Witwen und Waisen waren in Verlegenheit gebracht worden, und Smith hatte von »allgemeinem Amüsement und Gelächter« gesprochen. Doch nachdem das Gelächter verklungen war, begann man allenthalben festzustellen, dass ganze Vermögen verschwanden. Jeglicher umstrittene Besitz sowie das Geld und Grundeigentum Verstorbener wurden neuerdings an einen Beamten weitergeleitet, den so genannten *depositario*. Seit Smiths Ankunft hatte auf diese Weise Eigentum im Wert von hundertachtzigtausend Pfund den Besitzer gewechselt, doch nur viertausend Pfund waren zurückerstattet worden. Der *depositario* war ein junger Mann namens William Burnley. Ganz unvermittelt taucht dieser Mann in den Unterlagen auf, in Verbindung mit Smith. Wer war Burnley? Hatte Smith ihn auf Grenada kennen gelernt, während seiner ersten Dienstzeit auf den Westindischen Inseln? Mehr als dass Burnley aus Virginia kam und ein Gentleman war, schreibt Smith nicht über ihn. Smith tat jeglichen Protest gegen den *depositario* als belanglos und querulatorisch ab. Er behauptete, sämtliche vom *depositario* eingezogenen Gelder gingen an einen Liquidator in London, der sie in Staatspapiere investiere, und die Besitzungen auf Trinidad würden vom *depositario* verwaltet.

»Verwaltet«, das war das Schlüsselwort. Dieses Wort beängstigte die vermögenden Männer am Ort, von denen einige selbst als Verwalter angefangen hatten. Und die vermögenden Männer am Ort hatten Recht. Ob Smith es wusste oder nicht, der junge Gentleman aus Virginia, den er als *depositario* beschäftigte, war im Begriff, die Grundlage für eins der größten und beständigsten Vermögen Trinidads zu schaffen.

Smith hatte versprochen, dafür zu sorgen, dass man ihn nicht so schnell vergessen werde, und er hielt Wort. Die Picton-Fullarton-Affäre war erst seit kurzem aus der Welt, und den Weißen auf Trinidad muss es vorgekommen sein, als seien in Smith, der Ein-Mann-Audiencia, Picton und Fullarton in einer Person zurückgekehrt, um sie zu peinigen: In ihm verbanden sich die Brutalität und das autokratische Gehabe des einen mit dem Sendungsbewusstsein und dem finanziellen Gebaren des anderen.

Eine Opposition trat auf. Sie forderte Smiths Abberufung und kam – wie zu Pictons Zeiten – um eine britische Verfassung ein. Während der Jahre von Hislops laschem Gouvernement hatten sich nur wenige Leute über die Rechtstaatlichkeit Gedanken gemacht; die allgemeine Unsicherheit bezüglich der Rechtslage war vielen entgegengekommen, besonders Leuten mit Schulden. Jetzt aber, unter Smiths Terror, erschienen Gesetze plötzlich wichtig, und genau wie zu Pictons Zeiten verhieß eine britische Verfassung mehr als nur die Rechtstaatlichkeit. Sie verhieß eine Regierung durch ortsansässige Weiße und Freiheit von Londoner Beamten wie Smith. Sie verhieß die Streichung sämtlicher Schulden. Und jetzt verhieß sie außerdem, dass den freien Farbigen das Wahlrecht entzogen würde. Dafür gab es einen einleuchtenden Grund: Venezuela befand sich im Aufruhr, und es war nicht auszuschließen, dass die Unruhen auf Trinidad übergreifen würden, gab es doch unter den französischen freien Farbigen auf Trinidad nach wie vor verbitterte und respektlose republikanische Elemente, die auf den großen Tag warteten.

Smith sah weder Weiße noch Neger, er sah bloß den Aspekt der Rasse, die Bedrohung der Farbigen, seiner heldischen Gemeinschaft, und er rüstete sich zum Kampf für ihre Rechte.

Der *Courant* druckte entgegen seinem Befehl die Petition für eine britische Verfassung sowie flankierende Briefe ab. Smith ließ den Herausgeber in der Druckerei verhaften und sperrte ihn für drei Monate ein. Gouverneur Hislop erhob Einspruch; er fand, Smith greife in die Pressefreiheit ein. Smith erwiderte, es sei Unfug, in einer Sklavenkolonie von Pressefreiheit zu sprechen.

Und so kam es zwischen Smith, der königlichen Audiencia, und Hislop, dem Gouverneur, schließlich zum offenen Streit. Wobei es in diesem Streit eigentlich gar nicht um die Pressefreiheit ging. Es ging um die freien Farbigen. Hislop war ein Gentleman, dem die Sympathie seiner Mitmenschen in dieser Kolonie, in der er seit sieben Jahren lebte, immer noch wichtig war. Doch sobald es um Rasse ging – besonders jetzt, angesichts der Berichte über eine Revolution und Rassenunruhen in Venezuela –, war es Hislop vorgegeben, wessen Partei er zu ergreifen hatte. Er nahm die Petition für eine britische Verfassung an und schickte sie Smiths Einwänden zum Trotz nach London.

Daraufhin schrieb Smith selbst nach London. Eine britische Verfassung, erklärte er, basiere auf »allgemeiner Freiheit«. In einer Kolonie, in der vier Fünftel der Bevölkerung Sklaven seien, werde eine solche Verfassung zur »absoluten Karikatur«. Schwurgerichtsverfahren seien absurd, »wenn die Geschworenen die einzelnen Fälle schon vorher kennen, wenn Pflanzer als Richter und Soldaten als Obmänner eingesetzt werden. Der spanische Kodex hingegen ist von einer Schlichtheit, die ihn für ein Land, das sich nicht eben durch eine Vielzahl herausragender Denker auszeichnet, eindeutig als besser geeignet erscheinen lasse. In Anbetracht dieses Widerstreits der Interessen, Leidenschaften und Vorurteile, in dem wiederum jede Klasse der hiesigen Gesellschaft gegen die anderen ins Feld zieht; in Anbetracht der politischen Weisheit des Mutterlandes einerseits und der engstirnigen, bigotten Politik, von der das Denken eines gewissen ungebildeten Kolonisten zuvörderst bestimmt ist, andererseits, spreche ich mich mit äußerstem Nachdruck gegen den Aufbau einer internen Legislative aus.«

Eine Verteidigung der Illiberalität im Namen der Liberalität: Die Rassenfrage stellte sämtliche Prinzipien auf den Kopf.

Was die Petition selbst betreffe, schrieb Smith, so seien über die Hälfte der Unterzeichner »unbekannt oder aber bekannt für ihre völlige Mittellosigkeit. Dieser bunt zusammengewürfelte Haufen besteht aus Kaufmannsgehilfen, Lehrburschen, Setzerjungen und dem Bodensatz der Gesellschaft.« Solche Menschen seien, »so respektabel sie in ihrem bescheidenen oder niedrigen Stande auch sein mögen, hinsichtlich des politischen Anliegens dieser Adresse so sehr fehl am Platze, wie es der Gehilfe des Dorfkrämers in einer vergleichbaren, von den Freisassen einer englischen Grafschaft an unseren König gerichteten Adresse wäre«.

Die Sache der freien Farbigen ließ sich gesellschaftlich einsetzen: Sie wurde Teil jener internen englischen Dynamik, in der der angebliche Gegenstand, wie etwa Luisa Calderons Folterung, in Vergessenheit geraten konnte.

In den nach London gesandten Briefen und Petitionen ging es durchweg um die Sache an sich. In Port of Spain dagegen wurde der Kampf langsam persönlich.

»Ihre Freundschaft deuchte mich Gift«, schrieb ein englischer Einwanderer an Smith. »Wenn ich Ihrem Namen ›der Sehr Ehrenwerte‹ voranstelle, so spreche ich Sie damit, dessen können Sie versichert sein, nicht etwa als Mitglied des Kronrats an, eines Gremiums, das ich respektiere. Vielmehr beabsichtige ich Sie dieserart von einem in Port of Spain ansässigen Herrn desselben Namens zu unterscheiden, der vor Scham erröten würde, verwechselte man ihn mit Ihnen.« Der dies schrieb war ein Mann namens Lockhead, ein Mitglied der Königlichen Akademie der Wissenschaften in Edinburgh; Smith hatte einige seiner Neger konfiszieren lassen.

Gegenüber den Negern und ihren Besitzern verhielt sich Smith weiterhin völlig unbeherrscht, und wann immer möglich, ging er gegen beide zusammen mit Gewalt vor. Der Polizeichef beschwerte sich darüber, dass die *petits marchands* – Neger, die von ihren Besitzern als Straßenhändler eingesetzt wurden –

nach acht Uhr abends noch draußen auf der Straße waren und immer wieder verscheucht werden mussten.

»Gut«, sagte Smith. »Kommen Sie am nächsten Montagabend direkt nach dem Schuss der Abendkanone zu mir.«

Zur verabredeten Zeit wartete Smith bereits zu Pferd; auch der Polizeichef war mit dem Pferd gekommen. Sie ritten zwei oder drei Straßen weiter.

»Da sind sie«, sagte der Polizeichef und brachte sein Pferd zum Stehen. »Sehen Sie das Licht dort, Sir?«

»Bleiben Sie, wo Sie sind, Major«, sagte Smith, »ich werde Ihnen demonstrieren, wie man die Kerle auseinander treibt.«

Er hielt in vollem Galopp direkt auf den kleinen Straßenmarkt zu. Die Neger stoben schreiend und schimpfend auseinander, die Waren ihrer Besitzer ließen sie zurück. Damit war dem unliebsamen Straßenhandel vorläufig ein Ende gesetzt.

Die freien Farbigen verfassten nun eine eigene Petition an Gouverneur Hislop. Sie baten um die Erlaubnis, eine Adresse an die Krone zu richten. Die Petition wies Smiths Einfluss auf; es war die Petition einer heldischen Gemeinschaft – gebildet, ergeben, korrekt: »Von Respekt für die verfassungsmäßigen Behörden durchdrungen, Recht und Ordnung achtend und von Vaterlandsliebe erfüllt, wandern sie durch die Finsternis politischer Erniedrigung, in Ergebenheit, Geduld und Stärke … Sie sehen sich verpflichtet, unter Zuhilfenahme aller erforderlichen Mittel (und zugleich in Übereinstimmung mit den Prinzipien der Ordnung, des Respekts und des Gehorsams gegenüber der Regierung, welche Grundlage ihres Handelns sind und von welchen sie niemals ablassen werden) die Erkenntnis zu befördern, dass in dieser Kolonie eine vielköpfige wohlhabende und nützliche Klasse freier Untertanen existiert, denen *irgendetwas* zusteht.«

Gouverneur Hislop beeindruckte das nicht. Er forderte die Farbigen auf, sich deutlicher auszudrücken. Welches denn die »schikanösen Regeln« seien, vor denen sie Angst hätten?

Sie antworteten in noch vorsichtigerem Ton. »Da sie stets der Ansicht gewesen, dass spezifische Ansprüche oder Forderungen von ihrer Seite in höchstem Maße unschicklich seien, haben sie einen Austausch zu diesem Thema tunlichst weder geführt noch empfohlen.«

Was den freien Farbigen, wie allgemein bekannt, tatsächlich Angst machte, war das Gerücht, dass im Falle der Einführung einer englischen Verfassung freie Farbige genau wie Neger ausgepeitscht werden dürften.

Hislop sagte, er könne eine Adresse an die Krone nicht genehmigen. Sie würde den Eindruck entstehen lassen, dass die freien Farbigen Grund zur Angst hätten. Dabei herrsche, so deutete er an, vielmehr auf der anderen Seite Angst: Aus Venezuela kamen schlechte Nachrichten. Die Juntas übten »eine robespierresche Schreckensherrschaft« aus, unter der die europäischen Spanier besonders litten. Außerdem erzählte man sich auf der Insel, bis Weihnachten würden größere Mengen französischer Farbiger, Republikaner, nach Trinidad gebracht werden. Nachts wurden umstürzlerische Aufrufe aufgehängt oder auf den Straßen ausgelegt.

Dann gab es so etwas wie einen Zwischenfall. Ein französischer Mulatte drohte »am helllichten Tage und auf offener Straße« einem Franzosen Fußtritte und Prügel an. Der Mulatte, ein ehemaliger Adjutant eines revolutionären Generals, war sieben Jahre zuvor nach England verbannt worden, jedoch unter falschem Namen zurückgekehrt. Man stellte fest, dass er die Petition der Farbigen unterzeichnet hatte. Er kam ins Gefängnis – und brach aus. Die Steckbriefe, auf denen eine Belohnung auf seine Erfassung ausgesetzt war, wurden abgerissen. Nach mehreren Festnahmen und Verbannungen sowie einer rasch durchgeführten Zählung der männlichen Farbigen über zwölf verstummten die Farbigen.

In England setzte derweil Mr. Marryat ein Gegengewicht zu Smiths Beschreibung der englischen Petitionsunterzeichner als »Bodensatz« und erklärte, die Farbigen Westindiens seien eine »bösartige, niederträchtige Rasse«, Aufwiegler und Desperados, denen es an Bildung und Manieren fehle. Es sei schon viel Schaden angerichtet worden, »indem man die Doktrin von den

Menschenrechten in den Köpfen dieser Leute hat Einzug halten lassen. Ich kann das Verhalten von Mr. Smith, der sie derart aufstachelt, nur mit dem eines Wahnsinnigen vergleichen, der mit brennenden Holzscheiten um sich wirft ...«

Es war die typische Symmetrie eines jeden Rassen- und Religionskonflikts. Eine britische Verfassung wurde jedoch nicht auf den Weg gebracht. Ein Sieg für Smith, seine abolitionistischen Freunde in London und die freien Farbigen auf Trinidad.

Was blieb, war der interne englische Kampf: zwischen Smith und Gouverneur Hislop, zwischen Smith (der sich als »unverdorbenen Engländer« bezeichnete) und den Engländern, zwischen Smith und der Kolonialgesellschaft. Smith behauptete – und sein Sieg schien das zu bestätigen –, er habe enge Verbindungen zu Lord Castlereagh, der inzwischen Außenminister war, außerdem zu Lord Camden, Lordpräsident des Kronrats, und zur Familie Lord Liverpools, des künftigen Premierministers. Er ging weiterhin rabiat gegen die Kolonisten vor, gegen hoch gestellte wie niedere.

Sablich, der immer noch dreizehntausend Pfund für seine Neger schuldig war, wurde für bankrott erklärt. Sein Zucker wurde beschlagnahmt und seine Besitzung gepfändet. Der *depositario* erhob Anspruch auf Sablichs sämtliche Außenstände. Sablich protestierte im *Courant*. Er musste für drei Tage ins Gefängnis, und man drohte ihm mit Auspeitschung, der Negerstrafe.

Eine Französin beschwerte sich eines späten Abends, ihr Mann habe sie geschlagen und sie fürchte um ihr Leben. »Nehmt den Kerl fest«, sagte Smith zu seinen *alguaziles*, »und bringt ihn hinter Schloss und Riegel.« Der »Kerl« war Dolmetscher. Sechs Monate verbrachte er im »widerlichen Dreck« des Gefängnisses, bei den Galeerensklaven. Dann führte man ihn zu Smith und stellte ihn vor die Wahl, entweder tausend Dollar zu zahlen, oder von der Insel zu verschwinden, oder ins Gefängnis zurückzugehen. Er ging ins Gefängnis zurück.

»Adriens Verhältnisse«, erläuterte Smith, »nehmen dem Versuch, ihn durch eine Geldstrafe zu maßregeln, jegliche Grundlage.«

Mit diesen ungebildeten, mittellosen Abenteurern, die durch die Neger vergessen hatten, wo ihr Platz war, sollte Smith sich nie abfinden. Und selbst die freien Farbigen mussten feststellen, dass es Grenzen gab. Ein freier Farbiger, der einen anderen zum Duell forderte, wurde umgehend für zwei Monate ins Gefängnis gesteckt.

Smiths Befugnisse in seiner Funktion als personifiziertes königliches Gericht spanischer Prägung waren sehr weit reichend. Es war unmöglich zu sagen, wie und wo sie sich von Gouverneur Hislops Befugnissen englischer Prägung zu unterscheiden begannen. Doch jetzt gab es Männer, die man um Rat fragen konnte. Es waren die venezolanischen Juristen, die man, nun da zwischen Spanien und England Frieden herrschte, nach Trinidad gebeten hatte, damit sie in Fragen des spanischen Rechts aushalfen. Diese Männer konnten zumindest die Befugnisse eines königlichen Gerichts definieren.

Und die Venezolaner ließen sich nicht lang bitten; sie ergriffen leidenschaftlich Partei. Smith stellte zwei Venezolaner ein und zahlte ihnen zweitausend Dollar aus eigener Tasche; Hislop stellte einen ein, dem er dreitausenddreihundert Dollar zahlte. Sie alle hatten sich in Caracas als Anwälte hervorgetan, doch nun ging es ihnen um mehr als um das spanische Recht. Sie hatten sich über die Revolution entzweit. Sie hatten begonnen, einander zu hassen, und jetzt schickten sie sich an, ihren venezolanischen Hass über ihre englischen Patrone auszuleben.

Der klügste und teuerste dieser Anwälte, der Mann an Hislops Seite, war Andrés Level de Goda. Er war einer der ersten Venezolaner, die nach dem spanisch-englischen Frieden nach Trinidad gekommen waren, und während seines Aufenthalts in Trinidad hatte Level, dem sich hier zum ersten Mal eine Vergleichsmöglichkeit bot, am Sinn der venezolanischen Unabhängigkeit zu zweifeln begonnen, für die er sich doch seit seinen Studententagen eingesetzt hatte. Level kam zu der Ansicht, dass die

Venezolaner weder intellektuell noch gesellschaftlich für die Unabhängigkeit gerüstet waren und Venezuela ohne Spanien und das Spanische Weltreich auseinander fallen würde.

Levels Haltung zu Venezuela entsprach Smiths Haltung zu Trinidad, und tatsächlich hatte er seine Dienste auch zunächst Smith angeboten. Doch er war mit venezolanischer Übertreibung an die Sache herangegangen, hatte erklärt, dass Smith als königliche Audiencia alles und Hislop nichts sei. Vielleicht hatte er zudem auch zu viel Geld verlangt. Smith schickte ihn fort, und er ging zu Hislop. Dieser zahlte – wenn auch nach einigem Feilschen, wie der ungerade Betrag vermuten lässt –, und Level machte sich sofort daran, Smith und den von ihm beschäftigten Anwälten einen Riegel vorzuschieben. Smiths Anwälte seien Betrüger, erklärte er, und sie verhöhnten das spanische Recht, indem sie Smith, »dem Wahnsinn nahe und fast taub, der weder Spanisch spricht, noch es versteht«, glauben machten, er könne allein als königliches Gericht fungieren.

Level de Goda war dreiunddreißig Jahre alt. Er erinnerte sich noch an die Zeit, als Trinidad Teil des Spanischen Weltreichs gewesen war; auf den Besitzungen seines Vaters auf der anderen Seite des Golfs von Paria hatte man den Schuss der Abendkanone hören können. Level machte es nichts aus, auf einer spanischen Insel, die zu einer britischen Kolonie geworden war, spanisches Recht zu praktizieren. Es sei eine Ehre, einem befreundeten Land zu dienen, erklärte er; außerdem, daran erinnerte er sich noch vierzig Jahre später, sei die Bezahlung sehr gut. Die englischen Anwaltshonorare überschritten alles in Venezuela übliche bei weitem. Level konnte den Weg zur Gouverneursresidenz in einer eigenen Kalesche zurücklegen. Level glaubte, dass sein Erfolg andere Venezolaner neidisch machte. Dieses Eingeständnis wie auch Levels Position auf Trinidad vermitteln einen Maßstab für das damalige Venezuela und die Revolution (genauso die Tatsache, dass der Herausgeber des *Courant* nach Caracas fuhr, um für die wichtigste Zeitung der Stadt eine gebrauchte Druckerpresse in Betrieb zu setzen).

Level hatte also seine Zweifel hinsichtlich der venezolanischen Unabhängigkeit. Doch er hatte sich noch nicht offen davon losgesagt. Im Mai 1810 fuhr er nach Venezuela, um vor der Obersten Junta der neuen kreolischen Regierung zu sprechen. Er hielt eine bombastische Rede über Unabhängigkeit und Freiheit und erntete großen Applaus. Doch die neuen Spielarten von Hass, die er hier erlebte, beängstigten ihn: »Jene Missgunst, welche uns verzehrt und der Missgunst in andren Ländern nicht ähnelt, ja vielleicht nur in diesen Breiten existiert ... welche erst durch die Gebeine des Feindes zufrieden gestellt.«

In Venezuela gebe es Doktoren, Juristen, Musiker, sagte Level. Doch das seien alles Einzelpersonen, die zusammengenommen noch keine eigenständige Gesellschaft ergäben. Level sah die Unabhängigkeit als ein langes, blutiges Chaos. Er kehrte als erklärter *godo* nach Trinidad zurück, als »Gote« – das südamerikanische Schimpfwort für einen europäischen Spanier.

Level de Goda, *godo/godismo*: Das Wortspiel lag auf der Hand. Von Trinidad aus unterstützte Level nun jede pro-spanische Bewegung auf dem hispanoamerikanischen Festland. Aus Venezuela kam verschiedentlich die Forderung, Level auszuweisen, »da dieser aus der Art Geschlagene es nicht verdient, als Amerikaner bezeichnet zu werden«.

Doch seine erbittertsten venezolanischen Feinde hatte Level auf Trinidad. Es waren die Anwälte, die auf Smiths Seite standen, leidenschaftliche Republikaner. Sie behaupteten, Level sei gar kein Anwalt mehr, er sei wegen eines Betrugs, bei dem es um ein paar Neger ging, aus der Anwaltskammer in Caracas ausgeschlossen worden. Level wiederum bezeichnete sie als Glücksritter und behauptete, sie neideten ihm seinen Erfolg bei den Engländern Trinidads, »so wie ein Krämer dem anderen« seinen Erfolg neide. Die Männer, die Level so beschimpfte, waren Pedro Gual und Miguel Peña, Bolívars künftige Gefährten, Minister, Unterhändler. Einer von ihnen, Miguel Peña, arbeitete außerdem für Smith, auf dessen eigene Kosten. Auch dies vermittelt einen Maßstab.

Doch mochten Smith und Hislop diese sich bekriegenden

Venezolaner einerseits auch unter ihre Fittiche nehmen, so waren sie andererseits zugleich deren Marionetten. Die Anwälte schienen beispielsweise zu dem Schluss gekommen zu sein, dass das Durcheinander um die Verfassung Trinidads eher aufgeklärt und spanischen Rechtsausführungen unterworfen werden könne, wenn aus dem Gouverneur Hislop eine Art spanischer Vizekönig würde, in Entsprechung zu Smiths königlichem Gericht. Hislop stellte fest, dass er Briefe und Grußformeln in spanischem Stil mit Smith austauschte: »Gott wahre Ihre Ehre auf Jahre hin«, »So befahlen es der Präsident und seine Genossen Richter«, »mit den anderen Papieren bezüglich dieser Angelegenheit zu verwahren«, die schließlich von spanischen Briefen überhaupt nicht mehr zu unterscheiden waren.

Hislop wurde das alles zu viel. Er war schon zu lange Gouverneur, hatte zu viele Strapazen überstehen müssen. Er begann darauf zu drängen, dass London ihn ablösen ließ. »Nach Meinung anderer erfahrener Männer, die ich zurate gezogen, zuvörderst jedoch nach meinem eigenen Empfinden«, so schrieb er, brauche er eine Veränderung, ein paar Monate in England, am liebsten im Mai, »wenn die Witterung mild ist und besonders erquicklich für eine Konstitution, die fünfzehn Jahre lang unter dem hiesigen Klima gelitten«.

Doch ein Nachfolger war nicht gleich zu finden. Und den englischen Einwanderern gefiel die Vorstellung, mit Smith allein gelassen zu werden, überhaupt nicht. Sie bestanden darauf, dass Hislop blieb und die Sache wie ein spanischer Vizekönig ausfocht, mit Level de Godas Hilfe.

Hislops Position war neu definiert worden. Als Nächstes brachte Level de Goda den *cabildo* von Port of Spain auf Vordermann, der während seines zweihundertzwanzigjährigen Bestehens die meiste Zeit entweder nur pro forma existiert oder sich im Busch befunden hatte oder aber, seit der Kapitulation nämlich, eine spanische Körperschaft unter einem britischen Gouverneur war. In Spanisch-Amerika war der *cabildo* früher gemeinhin ein lokales Exekutivorgan gewesen, das die Herrschaft der Mächtigen sicherte. Doch Level de Goda beanspruchte für den *cabildo* von Port of Spain weitaus mehr. Er beanspruchte die alten kastilischen Privilegien. Er erklärte den *cabildo* zum unabhängigen Tribunal, welches das Volk vor dem Souverän beschütze.

Mittels dieser Art von Legalismus hatten einige der Provinzen Venezuelas ihre Unabhängigkeit erklärt. Und mittels dieser Art von Legalismus stellten jetzt Hislop und der *cabildo* die von Smith in seiner Funktion als königliches Gericht ergriffenen Maßnahmen in Frage. Der *cabildo* erklärte, Sablichs dreitägige Haft im normalen Gefängnis »unter Negern« sei ungesetzlich gewesen. Sablich sei ein wohlhabender, angesehener Mann, dem eine respektvollere Behandlung zugestanden hätte. Hislop veröffentlichte die Resolution, und noch am selben Tag begannen zum Zeichen ihrer neuen Würde als Schutzherrn des Volkes die hohen Beamten des *cabildo* rote und die niederen Beamten weiße Bänder zu tragen.

Einige Monate zuvor hatte Smith im Zuge seiner Ablehnung einer britischen Verfassung vorgeschlagen, den *cabildo* wieder in seinen ursprünglichen Status zu erheben. Doch die fünfundzwanzigseitige Petition an den englischen König, die er nun zu verfassen begann, war voller Hass gegen den *cabildo*. Dieser verletze sämtliche spanischen und westindischen Gesetze; die Bänder seien ein Zeichen von Verachtung, eine »widerrechtliche Aneignung der Vorrechte der Krone«. Hislop solle bestraft, der *cabildo* aufgelöst und seine Mitglieder mit Geldstrafen belegt werden.

Den *cabildo* und Level de Goda beeindruckte das nicht. Sie attackierten Smith genau da, wo er sich am bedrohlichsten zeigte: Sie weigerten sich, Smiths *depositario* anzuerkennen und ernannten selbst einen. Sie hatten das spanische Recht auf ihrer Seite; wie sich herausstellte, war die Ernennung des *depositario* ein Vorrecht des *cabildo*.

Es war eine Niederlage für Smith. Wie Hislop fühlte auch er sich reif für eine Ruhepause. Er wollte über Weihnachten ein paar Freunde in Grenada besuchen und bat Hislop um die Genehmigung, die Insel zu verlassen. Level sagte, das komme überhaupt nicht in Frage. Als Vizekönig dürfe Hislop dem Vertreter des königlichen Gerichts nicht die Genehmigung erteilen, seinen Posten zu verlassen, das dürfe nur der König. Auch der *depositario* des *cabildo* protestierte und verlangte eine Übersicht über das komplette »gerichtliche Depot«, bevor das königliche Gericht die Kolonie verließ. Der *cabildo* beanspruchte das Recht, sich wegen Smith selbst an den König zu wenden. Smith kündigte an, er werde nach London schreiben und um die Genehmigung ersuchen, das Versammlungshaus des *cabildo* niederzubrennen. Doch schließlich schrieb er weder nach London, noch fuhr er über Weihnachten weg.

Level de Goda, der sein Jurastudium an der Universität von Caracas mit Auszeichnung abgeschlossen hatte und von Smith als Anwalt abgelehnt worden war, hatte gewonnen. Er war zu schnell und vielseitig für Miguel Peña und Smiths andere Anwälte gewesen. Smith begann den gleichen, venezolanischen Hass auf Level zu verspüren wie Miguel Peña und die Revolutionäre auf dem Festland. Für sie hatte sich ihr einstiger Freund Level de Goda, »unser auf ewig erinnerlicher Advokat« mit seiner Klugheit und Penetranz in eine »Höllenfurie verwandelt, die man auf uns gehetzt, uns zu peinigen«. Sie setzten einen Preis auf seinen Kopf aus, sie forderten seine Ausweisung. Hislop ignorierte das, er war der Ansicht, dass Level Land auf Trinidad erhalten solle: für seine Dienste und als Entschädigung für seine beschlagnahmten venezolanischen Besitzungen.

Die örtliche Intrige hatte nur einen Teil von Levels Zeit in Anspruch genommen. In erster Linie war er mit der Planung einer Gegenrevolution in Cumaná beschäftigt gewesen; mindestens einmal war er auch aufs Festland gereist. Doch auf Trinidad stand er unter der Beobachtung von Miguel Peña und anderen. Das Komplott wurde aufgedeckt, und zwei der Verschwörer in Cumaná wurden verhaftet. Darüber und über andere venezolanische Ereignisse, nicht aber über den Rechtsstreit mit Smith, berichtete Level vierzig Jahre später in seinen verbitterten, übertriebenen Memoiren.

Eines der großen Dramen der venezolanischen Revolution bahnte sich an. Und für Level wie für Peña und die anderen Venezolaner war das wichtigste Ereignis auf Trinidad in der zweiten Jahreshälfte 1810 das Einlaufen der aus England kommenden *HMS Sapphire* in den Hafen von Port of Spain.

An Bord befand sich ein junger venezolanischer »Delegierter«. Er war nach England gefahren, um Anerkennung und Unterstützung für ein unabhängiges Venezuela einzuwerben. Doch mehr als das private Versprechen von Wellingtons Bruder, England werde sich nicht feindselig zeigen, und eine Rückfahrt mit einem britischen Kriegsschiff hatte er nicht erreicht. Hislop kam mit dem Delegierten nicht zurecht. Zu offen bekundete der kleinwüchsige junge Mann mit den scharfen Gesichtszügen und einer Spur afrikanischen oder indianischen Bluts seine Bewunderung für Napoleon.

Es war die alte revolutionäre Taktik, eine Großmacht gegen die andere auszuspielen. Aber Hislop war beunruhigt, und er schrieb nach London, um von den neuesten Entwicklungen in Venezuela zu berichten: Die europäischen Spanier waren aus Neu-Barcelona vertrieben worden, wo sich wegen Hislops zweideutigen Verhaltens anti-britische Gefühle breit machten (so hatte Hislop zum Beispiel gehört, wie jemand die Briten – ihn eingeschlossen – als »gerissene Ränkeschmiede« bezeichnete). Die Farbigen begannen Ärger zu machen, französische Musketen und Säbel wurden geliefert, ein Schiff aus den Vereinigten Staaten lud in La Guaira Waffen aus. Es wirkte wie der Beginn einer französischen Machtübernahme.

Der Delegierte hatte eine Bitte. Genau wie Miranda viereinhalb Jahre zuvor interessierte er sich für Manuel Gual, den Revolutionär, der 1800 in Trinidad gestorben war und nun als einer der Märtyrer der venezolanischen Revolution galt. Guals Tod durch Gift während Pictons Amtszeit war eines der Rätsel Trinidads geblieben. Miranda hatte damals eine Kopie von Guals Sterbeurkunde erhalten. Der Delegierte wollte nun Guals Gebeine vom Friedhof in St. Joseph holen. Hislop lehnte ab. »Für die Engländer«, schrieb Level de Goda im Ton eines Mannes, der in allem Englischen erfahrener ist als die meisten anderen Venezolaner, »ist es eine äußerst ernste Angelegenheit, zwischen Leichen und menschlichen Gebeinen zu graben.« Doch Level – von dem die ganze Geschichte stammt – schreibt, er habe Hislop geraten, die gewünschte Genehmigung zu erteilen.

Das Ganze war ohnehin eine typisch venezolanische Fantasterei: Level hatte von dem spanischen Kuraten von St. Joseph, der Miranda die Sterbeurkunde ausgestellt hatte, gehört, dass Gual gar nicht da begraben lag, wo alle ihn vermuteten. Gual war unbußfertig gestorben, und man hatte seine Leiche in den Sumpf von Caroni geworfen. Was der Delegierte ausgrub und mit an Bord der *Sapphire* nahm, waren laut Level die Gebeine eines sehr kleinen, einst innigst geliebten Pferdes, das einem englischen Arzt gehört hatte. Es ist eine typisch venezolanische Geschichte, die ein altes Geheimnis erneut aufwirft. Doch es ist auch Levels vierzig Jahre später geäußerter Spott über die Revolution, einen ihrer Märtyrer und den Delegierten.

Ohne dass Hislop es wusste, befand sich noch etwas anderes an Bord der *Sapphire*: das Gepäck von Miranda, den der junge Delegierte von dessen Büchern, Kindern und der Haushälterin in der Grafton Street wieder zur Revolution zurückberufen hatte, einer Revolution, die niemandem mehr zugeordnet und längst nicht mehr gesteuert werden konnte. Miranda hatte sich Männern verpflichtet, die halb so alt waren wie er. Er war jetzt sechzig, genauso alt wie Antonio de Berrio, als dieser sich, nach Westindien gekommen, um sich zur Ruhe zu setzen, der Suche nach Eldorado und jenen »Männern, die in Westindien geboren« verpflichtet hatte.

Miranda selbst kam auf einem anderen britischen Kriegsschiff. Level de Goda berichtet, eines Tages habe vom Drachensund aus eine britische Fregatte ein Signal gegeben, woraufhin der Delegierte vom Kai von Port of Spain aus das Signal erwidert habe und kurz darauf mit der *Sapphire* ausgelaufen sei. Das ist wohl eher fabuliert, doch umging Miranda tatsächlich

Trinidad, wo man ihn ein Jahr lang unterstützt hatte, und ebenso Gouverneur Hislop, der von einer noblen Befreiung und vornehmen spanischen Damen geträumt hatte. Der junge Delegierte war Bonapartist, zumindest seinen Worten zufolge, und Miranda schickte sich an, in der Uniform eines Generals der fast zwanzig Jahre zurückliegenden Französischen Revolution an Land zu gehen. Es war wie eine Abkehr von den Jahren in London, eine schwache, selbstzerstörerische Geste der Rache und des Opportunismus. So zeigte sich Miranda zum Schluss, nach lebenslanger Vorbereitung, wider Erwarten als melodramatischer Südamerikaner.

Die Zurückbeorderung in die Heimat brachte letztlich nicht die Erfüllung. Die Venezolaner ließen Miranda warten. Die zahlreichen Fehlschläge der folgenden zwanzig Monate waren vorhersehbar: der Groll der Einheimischen, die ernüchternde koloniale Realität; die hehren Grundsätze entlehnter Verfassungen, die in einer nach Rasse, Hautfarbe und Region zersplitterten Gesellschaft verpufften; die Gesellschaft, die, unzulänglich ausgeformt, in lauter kleine Egoismen zerfiel; Mirandas Versuch, sich an die Spitze der nicht anerkannten Farbigen zu setzen, der Akt eines Mannes, dessen Stern im Sinken war; die Niederschlagung der Revolution durch eine Armee der spanischen Regierung, eine wahre Volksarmee, deren Mitglieder in ihrer Angst vor Terror selbst Terror ausübten. Und schließlich Mirandas schreckliche Erkenntnis am Ende seines langen politischen Lebens (dieselbe Erkenntnis, die am Anfang von Level de Godas politischem Leben gestanden hatte): dass nämlich die Gesellschaft nicht stimmte, dass die Sache, für die er kämpfte, nicht stimmte, dass die schönen Worte nicht passten. Eine schreckliche Erkenntnis, doch muss sie zugleich versöhnlich gewirkt haben, da Mirandas eigenes Leben letztlich Ausdruck dieser Wahrheit gewesen war. Besiegt, doch immer noch handlungsfähig, begann er Spanien mit neuen Augen zu sehen, so etwas wie Partnerschaft zu erwägen. Und dann wurde er verraten.

Doch Ende November 1810 in Port of Spain nahm das Drama erst seinen Ausgang. Draußen im Hafen lag die *Sapphire*. An dem Tag, an dem Miranda verraten wurde, würde sie im Hafen von La Guaira warten – und hätte er nicht beschlossen, eine letzte Nacht an Land zu verbringen, so hätte sie ihn in Sicherheit gebracht. Außerdem befanden sich zwei jener Männer in Port of Spain, die Miranda nach seiner Niederlage verraten sollten: zwei Rebellen, die, um ihre eigene Freiheit zu erkaufen, Miranda um drei Uhr morgens wecken und in den Kerker der Festung San Carlos bringen würden. Einer dieser Männer war Miguel Peña, Smiths Anwalt. Der andere war der siebenundzwanzigjährige Delegierte. Hislop hielt ihn für einen Bonapartisten, meldete seinen Namen jedoch nicht nach London. Er hieß Bolívar.

Mit oder ohne die Gebeine von Pferd oder Märtyrer lief Bolívar auf der *Sapphire* zu seinem Treffen mit Miranda aus und überließ es Andrés Level de Goda, Miguel Peña und ihren englischen Helfern, die Revolution in Port of Spain auszufechten und ein bisschen Spanisches Weltreich zu spielen. Für sie alle war die Komödie fast vorüber.

Level, der stolz darauf war, dass man einen Preis auf seinen Kopf ausgesetzt hatte, schmiedete Pläne für eine zweite Gegenrevolution in Cumaná. Er wurde von Peña beobachtet und von einem ungeschickten verarmten Spanier aus Trinidad beschattet. Diesmal sollten Menschen zu Tode kommen. Doch was sich in der Vielvölkerstadt abspielte, war bestes Liebhabertheater. Die Spanier – in Trinidad waren das die Spanisch-Amerikaner und spanischen Mulatten – waren nur in ihren eigenen Augen Helden oder Bösewichte. In Port of Spain stellten sie seit langem ein trostloses Element dar. Die Franzosen waren reicher, die Engländer lebendiger; mit der Revolution in Venezuela hatten die Spanier nun begonnen, sich als ein andersartiges, schlecht organisiertes Volk der Worte, Uniformen, Komplotte und Bluttaten zu betrachten. Gefährlich erschienen sie allerdings bloß sich selbst.

Der Herausgeber des *Courant* war Mitbesitzer der Druckerpresse der *Gaceta de Caracas*. Als Journalist, der meinte, auf Trinidad genau wie seine Kollegen in England für die Pressefreiheit gelitten zu haben, schrieb er von der »Emigration der Göttin vom europäischen Kontinent nach Westindien, ins Spanische Weltreich – welchselbe Emigration Millionen unserer somit unter der Göttin Schutz gestellten Mitmenschen vom Joch der Tyrannei befreien und in den Genuss jener Rechte bringen wird, die ihnen naturgemäß zustehen.«

Doch genau diese Prinzipien sowie die Sorgen, die er sich als Geschäftsmann machte, zeigten dem Herausgeber auf Trinidad, wie groß die Distanz zwischen ihm und den Venezolanern war. Selbst Gouverneur Hislop, einst voller romantischer Vorstellungen über Venezuela, entdeckte den Prokonsul in sich. Die Venezolaner ermutigten die Franzosen zu sehr; zur Abschreckung, meinte Hislop, würden eine »Kriegsflotte und eine deutliche Sprache« ausreichen.

Miguel Peña und seine Freunde hatten Bolívars bonapartistische, anti-britische Reden teilweise übernommen; sie hatten erlebt, dass solche Reden zu Blutvergießen führen konnten. Eines Tages kamen sie auf die neusten Nachrichten vom Krieg in Europa zu sprechen. Nach seinen Siegen im Sommer war Masséna an der Festungslinie von Torre Vedras in Portugal von Wellington abgewehrt worden. Einer von Peñas Freunden sagte: »Die Engländer sind Hunde. Ihre Soldaten sind feige und nichtswürdig. Sie trauen sich nicht, den Franzosen gegenüberzutreten. Es wird nicht lange dauern, bis Großbritannien erobert ist. Früher oder später wird Napoleon Herrscher über die ganze Welt sein.«

Solche Reden aus dem Munde eines Venezolaners, das war zu viel für Hislop. In seiner Depesche nach London zitierte er die spanischen Sätze ohne Übersetzung. Doch Peña und seine Gefährten konnten nicht belangt werden. Sie standen unter Smiths Schutz. Peña in seiner Funktion als Smiths Anwalt konnte sogar als Regierungsbeamter gelten.

Smiths Autorität war zwar in Frage gestellt worden, doch seiner Macht tat das keinen Abbruch. Sein *depositario* aus Virginia verwaltete weiterhin Besitzungen mit umstrittener Eigentümerschaft, »günstig im Erwerb und teuer im Verkauf«. So als spürte er, dass seine Zeit langsam ablief, war er sogar dazu übergegangen, die Besitzungen von Leuten zu beschlagnahmen, die nur vorübergehend abwesend waren. Smith bestrafte Protest. Protest war das, was er erwartete, belegte dieser doch den Sinn von Smiths Strafmission, ja vertiefte ihn noch, und je mehr er strafte, umso mehr schien es, als würden seine Mühen niemals enden.

Da war zum Beispiel Sanderson, ein englischer Barrister, der behauptete, Kenntnisse in spanischem Recht zu besitzen. Sanderson war einer der Anführer der englischen Einwanderer und genau die Sorte Mann, die Smith gern demütigte. Sanderson sprach von Gesetzen, Rechten und einer britischen Verfassung, jedoch allein zur Untermauerung eines simplen Konzepts für die Sklaverei. Wilberforces Schwager, mit dem Smith befreundet war, hatte ein abolitionistisches Pamphlet mit dem Titel *Die Krise der Zuckerkolonien* verfasst, auf das Sanderson mit *Die verkappte Emanzipation oder Die wahre Krise der Kolonien* reagiert hatte. Als Beispiel für die schleichende Bevorrechtigung der Neger in Trinidad berichtete Sanderson von einem weißen Jungen, dessen Aussage in einem Mordprozess Smith verworfen hatte. Der weiße Junge habe »dem Hohen Gericht keinerlei *Vorstellung von Gott* vermitteln« können. In einem anderen Falle aber habe Smith »mit größter Sorgfalt die Zeugenaussage eines afrikanischen Kindes aufgenommen, welches jünger als besagter Knabe und bei seiner Befragung nicht nur keinerlei Vorstellung von Gott erkennen zu lassen, sondern der Kenntnis jedweder Religion zu ermangeln schien«.

Als Smith Nachforschungen anstellte, fand er heraus, dass Sanderson in einem Rechtsstreit von beiden Parteien Honorar kassiert hatte. Sanderson wurde vorübergehend die Zulassung entzogen. Der *cabildo* unterstützte Sanderson, Level de Goda beriet ihn. Unter Berufung auf spanisches Recht stellte Sanderson in einem Brief an den *Courant* Smiths Befugnisse als königliche Audiencia in Frage. »Ich biete den Machtbefugnissen, die er sich widerrechtlich angeeignet, Trutz und tue kund, dass ich ihn verachte, als einen ungerechten, ehrlosen Mann.«

Smith erließ eine Beschlagnahmeverfügung für Sandersons Besitz und befahl die »Überführung seiner Person ins gemeine Gefängnis«. Level de Goda erklärte, als Anwalt könne Sanderson nicht »mit Negern und Übeltätern« ins gemeine Gefängnis gesperrt werden. Und als wahrer Gentleman solle Sanderson lieber Gift nehmen. Es war ein typisch venezolanischer Ratschlag; Sanderson zog es vor, lautstark zu protestieren.

Er kam nicht ins Gefängnis. Stattdessen führte ihn der neue stellvertretende *alguazil mayor* aus der Stadt zu der Festung auf dem Hügel, die Hislop sechs Jahre zuvor hatte bauen lassen. Er verbrachte die Nacht in einem kahlen Zimmer. Am nächsten Tag musste er »in sintflutartigem Regen unter Gefährdung seines Lebens und von einem Leberleiden gepeinigt« wieder die ganzen fünf Meilen zu Smiths Gericht zurückmarschieren.

Smith ließ den Gerichtssaal räumen und die Türen schließen. Er war leger gekleidet, in weißer Jacke und Pantalons, und saß nicht hinter dem Gerichtstisch. Er forderte Sanderson auf, den Eid zu leisten. Sanderson wollte wissen, vor was für einer Art von Gericht er sich befinde, welches die Parteien und wer die Zeugen seien. Smith antwortete nicht. Er ließ Sanderson wieder zur Festung bringen, »unter denselben entsagungsvollen Bedingungen«, so schrieb Sanderson noch am selben Tag an Hislop, »wie bereits erwähnt. Alle drei Wegstrecken von jeweils fünf Meilen wurden in der von Regenschauern durchsetzten Mittagshitze zurückgelegt. Doch wurde besagtem John Sanderson keinerlei Transportmittel zur Verfügung gestellt, sodass er den Hügel unter Lebensgefahr zu Fuß hätte ersteigen müssen, hätte man ihm nicht gestattet, das Pferd eines Freundes zu benutzen.«

Nach dieser Episode war man sich einig, dass Smith endgültig verrückt geworden und wie ein »Entlaufener« zu behandeln sei (eine örtliche Wortprägung, nach den entlaufenen Negern, die als aus der Art geschlagen und gefährlich galten). Die Sache war dringend. Hislops Ablösung war endlich gewährt worden, und es gab Leute auf Trinidad, die der Ansicht waren, ohne Hislops Schutz sei es besser, »verbannt zu werden« und Smith »die leere Insel« zu überlassen.

Doch Level hatte eine Idee. Die alte kastilische Würde des *cabildo* hatte er bereits wiederhergestellt. Jetzt befand er, Smiths Vollmacht, mochte sie auch vom englischen König erteilt sein, könne unter spanischem Recht von den Mitgliedern des *cabildo* in deren Funktion als Schutzherren des Volks für nichtig erklärt werden. Hislop stimmte zu, und unter solcherlei Manipulationen entwickelten sich die Ereignisse auf Trinidad allmählich zu einer wirren Parodie der venezolanischen Verhältnisse, in der die venezolanischen Anwälte die Rollen, die sie im wahren Leben ausfüllten, umkehrten. Peña, der Revolutionär, unterstützte den autokratischen Smith. Level, der Anti-Revolutionär, begann heimlich eine juristische Begründung für eine Rebellion vorzubereiten. Es war Fantasterei, purer Unsinn. Doch alle, die venezolanischen Anwälte wie die britischen Beamten, spielten ihre Rollen – mal als Anführer, mal in zweiter Reihe – mit vollem Ernst.

Level wollte, wie schon zuvor, schnell und an mehreren Fronten gleichzeitig zuschlagen. Er hatte festgestellt, dass Smith sich mit den spanischen Gesetzen kaum auskannte, daher wollte er ihm zuerst seine Rechtsberater nehmen. Miguel Peña und zwei seiner Freunde wurden der Aufwiegelung und der Urkundenfälschung angeklagt und umgehend ohne Anhörung der Insel verwiesen. Smith forderte eine Erklärung. Hislop versagte ihm jegliche Erklärung und weigerte sich, ihn zu empfangen.

Miguel Peña schrieb einen langen Protestbrief an Hislop. Er sei auf Einladung nach Trinidad gekommen, habe einen ausgezeichneten Posten in Caracas aufgegeben. Sein Gewissen sei rein und er verlange Beweise für seine angeblichen Vergehen. Einen Unbekannten könne man auf diese Weise herumkommandieren, einen Abenteurer, einen Knaben, einen Barkassenkapitän, einen Trinker, einen Faulpelz, »aber nicht einen spanisch-amerikanischen Gentleman«, so schrieb er. »In meiner Heimat würde ein englischer Gentleman nicht so geringschätzig behandelt werden.« Es half nichts, und auch Levels Beschimpfung half nichts. Am Ausweisungsbefehl war nicht zu rütteln.

Dann befahl Hislop Sandersons Freilassung aus dem Festungsgefängnis. Drei Tage später, als Smith noch gegen Sandersons Freilassung protestierte, ließ man die Bombe platzen. Der *cabildo* legte Hislop eine Resolution vor. Smiths Befugnisse, so war darin zu lesen, seien in sich widersprüchlich und verstießen gegen spanisches Recht, daher sollte er seines Amtes enthoben werden. Level hatte schon einige Wochen zuvor einen zehn Punkte umfassenden Antrag auf Amtsenthebung aufgesetzt. Der seiner Anwälte beraubte Smith machte sich selbst in seinen spanischen Gesetzbüchern kundig und erklärte dann, seine Vollmacht könne nur in Frage gestellt werden, wenn aus ihr »Schmach und Schande oder untilgbares Übel« zu erwachsen drohe. Level fügte genau diese Worte – auf Spanisch – in die Resolution des *cabildo* ein. Smith untersagte Level de Goda, weiterhin als Anwalt zu praktizieren. Er drohte, er werde Hislop »in unserem gemeinsamen Heimatland ... durch alle Instanzen« verfolgen.

Doch er sah wohl, dass er Opfer eines Staatsstreichs geworden war. Er bat um einen Pass, damit er nach England reisen könne. Hislop sagte, das hätten sie alles schon durchgesprochen. Nur der König könne dem Vertreter des königlichen Gerichts die Erlaubnis erteilen, seinen Posten zu verlassen, und auch das erst, nachdem Smith sich der üblichen *residencia*, der Untersuchung seines Amtsgebarens, unterzogen habe.

Genau wie den anderen ihres Amtes enthobenen Beamten Hispanoamerikas blieb auch Smith nur die Flucht. Smiths *depositario*, der junge Mann aus Virginia, arrangierte die Flucht. Sie ritten eines Nachmittags in nördlicher Richtung durch die Hügel zur Prospect-Plantage. Am nächsten Morgen um fünf gingen die beiden Männer dann als Seeleute verkleidet an Bord einer Brigg und segelten nach Grenada. Dort stellte Smith dem *depositario* eine Vollmachtsurkunde aus. Der *depositario* kehrte nach Port of Spain zurück, wo im Rat bereits »der Antrag gestellt, unterstützt und angenommen ward, dass besagter George Smith seinen Sitz im Rat aufgegeben sowie alle von ihm in der Kolonie bekleideten Ämter niedergelegt habe«. Der Staatsstreich war perfekt.

Die Rebellion auf Trinidad war eine Parodie gewesen. Jenseits des Golfs, in Venezuela, fand eine echte Rebellion statt. An dem Tag, als Miguel Peña aus Trinidad ausgewiesen wurde, war in Cumaná die von Level und anderen heimlich vorbereitete prospanische Gegenrevolte ausgebrochen. Sie währte nicht lange. Die eingenommene Festung wurde zurückerobert, und weitere Flüchtlige kamen nach Trinidad. Aus Cumaná wurde die Forderung laut, »unsere Gegner, die europäischen Spanier ... diese undankbaren Bestien« auszuliefern. Der südamerikanische Stil hatte sich durchgesetzt – das typisch venezolanische Hin und Her.

Miguel Peña, als »spanisch-amerikanischer Gentleman« in Port of Spain eine vernachlässigbare Größe, war in Caracas bald aktiv, ein Mitstreiter Mirandas und Bolívars. Miguel Peña war es auch, der im venezolanischen Kongress mit einigen verächtlichen Worten über England den Antrag auf Unabhängigkeit einbrachte.

Zusammenhanglos aneinander gereihte Paragrafen voller hochfliegender Gedanken, befand Level de Goda, »Einfältigkeiten, Hyperbeln, Übertreibungen, poetische Ergüsse«. Die neue englische Firma Gallagher & Lamb (Gallagher war der Herausgeber des *Trinidad Weekly Courant*) druckte in Caracas eine Zusammenfassung der Erklärung in drei Sprachen; ein Exemplar wurde an die Regierung von Trinidad geschickt. Alle Menschen sollten frei sein, allerdings mussten alle römisch-katholisch sein. Die Einführung von Negern war verboten, doch die Einwanderer, die bereits Neger besaßen, durften diese mitbringen.

Chaos im Denken, Chaos im Handeln: Wenige Tage später begannen die Massenverhaftungen und -hinrichtungen europäischer Spanier. Unter den englischen Kaufleuten in Port of

Spain verursachte das einigen Kummer. Viele der Hingerichteten waren ihnen noch Geld schuldig. Das Spanische Weltreich war zerschlagen worden, seine einschränkenden Handelsbestimmungen hatten keine Bedeutung mehr, doch der englische Traum von Port of Spain als dem Handelszentrum Südamerikas begann zu zerbröckeln.

Für Venezuela war es der Beginn eines blutigen Jahres, eines Jahres des Volksterrors und Gegenterrors. Eine koloniale Ordnung brach zusammen, alle waren verunsichert, und alle – die Indianer, die europäischen Spanier, die Mulatten, die Priester, die Kakao- und Tabakbarone – waren bestrebt, sich vor dem potenziellen Feind zu schützen.

Gouverneur Hislop, der vom Dienst unter Miranda und von einem noblen Befreiungskrieg geträumt hatte, blieb dieses Jahr erspart. Man hatte vorübergehend jemanden zu seiner Ablösung geschickt, und nun endlich, im April 1811, nach fast acht Jahren auf Trinidad, durfte Hislop die Insel verlassen. Ende Juni traf er in England ein. Auf einen Sommer in England hatte er sich jahrelang gefreut, doch ihn erwartete Ärger. Hislops eigene kleine Rebellion – die Amtsenthebung von Smith, die Nichtanerkennung der königlichen Autorität – hatte Lord Liverpool, den Kolonialminister, sehr verstimmt.

Smith war in England, Sanderson ebenfalls, und die beiden bereiteten sich darauf vor, ihren Streit vor englischen Gerichten weiter auszufechten. Und in Port of Spain hing nun Level de Goda in der Luft. Eben noch siegreich, eben noch in seiner eigenen Kalesche zwischen seinem Haus und der Gouverneursresidenz unterwegs, war er plötzlich eine Randfigur, ein Venezolaner ohne Land und ohne Stelle. Seine Gönner und seine Feinde waren in alle vier Winde zerstreut, gerade so, als sei das seinen juristischen Fähigkeiten zu verdanken. Er stand allein da. Es war das Schicksal des Exilanten, der seine eigene Sache in der Sache anderer aufgehen lässt. Levels eigene Interpretation seiner Lage war allerdings eher verstiegen. So erklärte er sich beispielsweise die Tatsache, dass Smith nicht zurückkehrte, damit, dass sich Lord Castlereagh in London »mittlerweile schäme«.

Verstiegen: Level forderte nun sogar von der kaum mehr existenten Regierung des Spanischen Weltreichs eine Belohnung für die Dienste, die er der britischen Regierung auf Trinidad erwiesen hatte. Und er bekam sie. Level wurde zum Gouverneur und Schatzmeister der venezolanischen Provinzen Cumaná, Barcelona und Margarita ernannt. Diese Provinzen befanden sich alle in Rebellenhand. Level ging nach Puerto Rico. Dort gab es nichts für ihn zu tun. Er reiste weiter nach Spanien, »auf der Suche nach nützlichem Wissen«, tatsächlich aber, um zu sehen, ob er nicht einen etwas realistischeren Posten bei der spanischen Regierung bekommen könnte.

Diese Regierung, so musste er feststellen, hielt sich mit letzter Kraft im völlig übervölkerten Cadiz, das von den Franzosen bombardiert wurde, während der Rest des Landes schon von der französischen Armee besetzt war. Spanien war auf eine pure Vorstellung reduziert worden, doch Level war begeistert, die große Welt und solch große Ereignisse zum ersten Mal hautnah zu erleben; in einem Land zu sein, das den Bezug auf die Klassik nahe legte, das sich mit Griechenland zur Zeit der Invasion durch Xerxes vergleichen ließ; der Armee nahe zu sein, die die Namen Austerlitz, Jena und Marengo berühmt gemacht hatte. Als Spanisch-Amerikaner war Level privilegiert: Er hatte Zugang zu allen Parteien, zu Franzosen, Spaniern, Engländern. Er verbrachte das ganze Jahr 1812 in Spanien.

In Mirandas Fantasie hatte es in Venezuela kaum Neger gegeben. Doch als er sich nun durch die mannigfaltigen gesellschaftlichen Splittergruppen Venezuelas lavierte, erschien Miranda mehr und mehr wie der Anführer einer Revolte der Farbigen. Er wirkte auf viele beunruhigend. Münzgeld war damals rar und dem neuen Papiergeld trauten die Menschen nicht. Im März gab es in Caracas ein Erdbeben, das einige Venezolaner als Ausdruck von Gottes Missfallen an der Revolution auffassten. Doch die Ereignisse hatten sich bereits gegen Miranda gewendet. Drei Monate zuvor waren unter der Führung eines Marineoffiziers spanische Regierungstruppen gelandet – ungefähr zweihundert Mann –, die jetzt großen Zulauf von

Menschen aller Hautfarben erhielten, und diese wild zusammengewürfelte Armee, von Angst und der Aussicht auf Beute getrieben, verzeichnete inzwischen erste Erfolge.

In Spanien selbst war die Befreiung im Gange. Wellington hatte eine Offensive gestartet. Im April stürmte Picton – an der Spitze seiner Division – die Festung in Badajoz und bescherte den befreiten spanischen Einwohnern eine Nacht des Schreckens. Es war die berüchtigtste Plünderung des ganzen Krieges. Und es war Pictons berühmtestes Gefecht, »ein Beispiel an Kriegskunst und Tapferkeit«, wie Lord Liverpool einige Tage später im Unterhaus verkündete, »von keinem anderen Offizier übertroffen«. Schließlich und endlich hatte sich der Ruhm eingestellt. Picton war dreiundfünfzig. Seine Laufbahn als aktiver Soldat hatte erst zwei Jahre zuvor begonnen.

Nicht lange nach Badajoz suchte Level de Goda Picton auf. Sie hatten sich zehn Jahre zuvor auf Trinidad kennen gelernt. Möglicherweise wollte Level wegen eines Postens mit Picton sprechen; er selbst behauptet allerdings, Picton habe ihn nach der großen Schlacht kommen lassen, um zu erfahren, wie es um seine Besitzungen auf Trinidad stand.

In London war der Rechtsstreit zwischen Sanderson und Smith inzwischen bis vor die King's Bench gelangt. Lord Ellenborough war wieder dabei, außerdem einige der Anwälte, die auch im Fall Picton und bei den nachfolgenden Verleumdungsklagen involviert gewesen waren – sie wussten allmählich gut über die Verhältnisse auf Trinidad Bescheid. Sanderson erklärte, man habe ihn um sein Auskommen und seinen guten Ruf gebracht, er verlangte eine Entschädigung.

Smith, der bloß hinderlich sein wollte, beantragte die Vertagung der Verhandlung. Er wollte, dass man Level de Goda, Miguel Peña und andere Anwälte aus Caracas befragte. Das Gericht bot an, jemanden nach Cadiz zu schicken und dortige spanische Anwälte befragen zu lassen. Doch damit gab Smith sich nicht zufrieden. »Wir wissen nur zu gut«, sagte der Kronanwalt, »dass die Provinz Venezuela und die Stadt Caracas sich im Aufstand befinden; ebenso gut könnten Sie uns zum Mond schicken.« Lord Ellenborough wurde ungeduldig. Doch man gewährte Smith die Vertagung.

Zwei Monate später war der Aufstand in Venezuela vorbei. Miranda, den Bolívar und Miguel Peña nach seiner Niederlage dem Feind ausgeliefert hatten, saß im Gefängnis von La Guaira. Tag für Tag trafen republikanische Gefangene im Gefängnis ein, manche wurden gefoltert, manche gefesselt und geschlagen, manche verbrannt, und manche bekamen die Ohren abgeschnitten. Und Trinidad nahm weitere venezolanische Flüchtlinge auf.

In Venezuela schien es, als sei das Spanische Weltreich wiederhergestellt worden, und Level de Goda schickte sich an, nach Hause zurückzukehren. Es war an der Zeit. Die große Welt und die großen Ereignisse verloren langsam ihre Romantik. Als im Herbst die Franzosen auf dem Rückzug vor der vorstoßenden Armee Wellingtons wieder nach Madrid kamen, hielt sich Level gerade dort auf. Da er, wie er sagte, keinerlei Interesse daran hatte, Wellingtons »Reaktion« mitzuerleben, verließ er Madrid unverzüglich und begab sich im Eiltempo nach Sevilla, Tag und Nacht durchreisend, ohne auch nur zum Essen Halt zu machen.

Ende des Jahres verließ Level Spanien und fuhr nach Puerto Rico. Dort angekommen, stellte er fest, dass sich die Lage in Venezuela bereits wieder verändert hatte. Wieder das typisch venezolanische Hin und Her: Der spanische Marineoffizier, der zunächst die Autorität Spaniens wieder durchgesetzt zu haben schien, hatte tatsächlich bloß eine persönliche Gewaltherrschaft etabliert, Terror um des Terrors willen. Es gab Hilfsappelle und den Ruf nach Rache. Außerdem hatte von Port of Spain aus abermals eine erfolgreiche republikanische Invasion des östlichen Venezuela stattgefunden; vierundneunzig Mann mit ganzen fünf Musketen, einem Fass Pulver und keiner einzigen Kanone. Es war der kleinere, der südamerikanische Maßstab.

Geringer Aufwand, gewaltige Folgen, das war jetzt das Muster. Der Anführer der Republikaner hieß Santiago Mariño. Er besaß Ländereien im venezolanischen Guiria und auf Trinidad, seine

Besitzungen in Trinidad hatte Picton einst zeitweise beschlagnahmt. Santiagos verwitwete Schwester, die einen Laden in Port of Spain führte, half ihm. Die Spanier in Port of Spain waren alle eingeweiht. Sie redeten und stritten in den Kaufläden und Groghäusern über das Komplott, sogar Schüsse drohte man sich gelegentlich an.

Die Männer, die mit den ersten beiden Kanus fahren sollten, versammelten sich in Mr. Marcos Laden. Es gab eine Szene am Kai, als einer der venezolanischen Organisatoren alle anwesenden europäischen Spanier zum Pistolenduell forderte. Der Venezolaner kündigte an, die Invasoren würden jedem europäischen Spanier in Venezuela den Kopf abschneiden. Er erklärte einem amerikanischen Sympathisanten, die Invasion müsse von Trinidad ausgehen, da die Venezolaner selbst »Dummköpfe und Feiglinge« seien. Tatsächlich waren die meisten Männer in den Kanus französische Farbige. Einige trugen die roten Jacken der Loyal Militia. Es war auch ein britischer Farbiger dabei, der früher in Captain Parkes Kompanie »die große Trommel gerührt« hatte. Außerdem gab es einige freie Neger, darunter einen Mann namens Joe-Joe, der einen Säbel der Seewehr trug und etwas zusammenhanglos verkündete, »wenn es nach ihm ginge, würde er allen Engländern den Kopf abschneiden«.

Die Kanus wurden von Negern zu Santiagos Besitzung auf dem Eiland Chacachacare gepaddelt. Dort schlachtete Santiago vor der neunstündigen Überfahrt einen weißen Ochsen und verteilte das Fleisch an seine Soldaten. Ein Weißer namens Jim tötete eine Ziege. Um sechs Uhr, als es dunkel geworden war, fuhren sie mit einem Schoner und einem Kanu los. Die meisten der Männer waren nur mit einer Machete bewaffnet. Alle hatten zehn Dollar erhalten. Es hieß, das Geld komme von einem venezolanischen Marquis, der als Flüchtling in Port of Spain lebte; er habe Santiago fünftausend Dollar für jede eroberte Stadt versprochen.

Am nächsten Tag wurde in Port of Spain das Kriegsrecht ausgerufen und ein Untersuchungsausschuss der Miliz gebildet.

Dennoch legten um acht Uhr abends ganz offen weitere Kanus ab. Der Anführer schritt mit einem Degen auf dem Kai umher. Die Anwerbung von Männern und die Waffenbeschaffung gingen weiter. Der Korse Susini prahlte auf dem Platz der Stadt vor seinen Freunden, er sei im Begriff, »einige der Waffen des Königs zu erwerben und einen saftigen Gewinn damit herauszuschlagen, indem er sie an die Republikaner verkaufe«. Susini kaufte dreißig alte Musketen ohne Bajonett zu jeweils fünf Dollar von Harry dem Deutschen.

Harry der Deutsche war der *alguazil* in der Gouverneursresidenz. Er hatte Freunde im deutschen Korps. Susini schickte drei seiner Neger zu Harry in die Duke Street, damit sie die Musketen abholten. Später schaute Susini im Laden von Santiagos Schwester vorbei, um zu fragen, ob vielleicht jemand dreißig Musketen gebrauchen könnte. Als ein paar Tage später Ermittlungen angestellt wurden, behauptete Susini, er habe keine Musketen gekauft, er habe nur ein Glas Grog mit Harry getrunken. Harry hingegen behauptete, die Musketen seien an Susini gegangen. Zu seiner Verteidigung sagte Harry außerdem, nur zwei der Musketen taugten etwas. Er habe die Waffen gekauft, um andere reparieren zu können, einige von ihnen hätten nicht einmal Ladestöcke.

Jeder Rekrut bekam vier Dollar als Vorschuss. Die übrigen sechs Dollar sollten in den Kanus ausgezahlt werden. Einige Farbige hatten die vier Dollar angenommen, ohne tatsächlich mitfahren zu wollen. Doch Pantaleon ging ihnen nicht auf den Leim. Pantaleon war einfacher Soldat bei den Seewehr. Er hatte eine Pistole, und bevor die dritte Gruppe Kanus Port of Spain verließ, machte Pantaleon die Runde durch die Höfe der Mulatten und schüchterte die Leute ein: entweder ins Kanu, oder die vier Dollar zurück. Francisco und sein Bruder gaben die vier Dollar zurück; Scilly, der in der Loyal Militia die Basstrommel schlug, ebenso.

Es war eine mondhelle Nacht. Christian Ulsen, ein deutscher Kanonier der Königlichen Artillerie, schlenderte durch die Stadt. Er ging an der spanischen Kirche vorbei und dann die

Rue des Trois Chandelles zum Meer hinunter. Sieben oder acht Männer saßen am Ufer. Einer von ihnen winkte ihn zu sich herüber. Ulsen ging hin. Ein junger Mann mit dunkler Jacke, »gekleidet wie ein Gentleman«, sprach ihn an. Der Mann deutete auf ein Kanu am Strand. In dem Kanu saßen ein paar Leute. Der Mann sagte zu Ulsen, er werde ihm vier Dollar geben, wenn er ins Kanu einsteige. Danach bekomme er noch einmal acht Dollar.

Es war gutes Geld. Bargeld auf die Hand gab es in Trinidad nur äußerst selten, aber Ulsen war unsicher und bat um etwas Bedenkzeit. Ulsen war mit einigen Mulatten befreundet, zu denen er jetzt ging. Sie sagten, sie hätten die vier Dollar alle angenommen. Der Mann mit der dunklen Jacke rekrutiere Männer für die Invasion Venezuelas; er sei derjenige, der zwei Tage zuvor alle europäischen Spanier auf dem Kai gefordert habe. Ulsen ging zur Kaserne zurück und sprach mit Blackett, dem Artilleristen, der im Schreibzimmer der Brigade tätig war. Blackett meinte, Ulsen solle dem Gouverneur Bescheid sagen. Ulsen fuhr nicht nach Venezuela. Es war sein Glück: Santiago Mariño erlaubte keinem der mitgefahrenen Männer, nach Trinidad zurückzukehren.

Don Francisco Rocatalada wohnte in der Nähe der spanischen Kirche. Er hörte den Spektakel auf dem leeren Grundstück neben seinem Haus, ging zu seinem Freund Ardilla, dem *escribano*, und sagte: »Komm mit und sieh dir an, was es mit diesem Kriegsrecht auf sich hat.« Zwanzig Männer unterhielten sich lautstark im Licht des Mondes. Pantaleon, der Soldat der Seewehr, schien das Kommando zu haben. Er hatte seine Pistole dabei. Er verkündete, dass sie sich die zehn Dollar, die er ihnen gegeben hatte, auch verdienen müssten. Darüber gab es eine große Diskussion. Letzten Endes brachte er alle dazu, in die Kanus zu steigen. »Lasst uns aufbrechen und uns unser Geld verdienen!«, sagte er. Als die Kanus davonglitten, feuerte er mit seiner Pistole in die Luft.

»Von nichtswürdiger Provenienz«, so beschrieb der amtierende Gouverneur die Invasion ein paar Tage später in seinem Bericht an London, »und auf ein paar Vagabunden beschränkt.« Er kannte die Fakten. Der Untersuchungsausschuss der Miliz befasste sich bereits mit den Ereignissen, obwohl sie noch im Gange waren. Es war wie Journalismus. Aus Venezuela zurückkehrende Zeugen wurden direkt ergriffen. Und so erfuhr man die unglaubliche Geschichte eines prompten Sieges. Die Landung auf Santiagos Besitzung in Guiria morgens um drei, der halbstündige Marsch auf die Stadt, die »neun Machetenhiebe« für den *contador* oder Schatzmeister von Guiria, der Widerstand leistete (er überlebte), die Eroberung der Stadt.

Im Untersuchungsausschuss in Port of Spain wurden wenige Tage nach dem Ereignis Santiago Mariños erste Depeschen, knapp, exklamatorisch und »im Stile Bonapartes verfasst«, in wörtlicher Übersetzung publik gemacht.

»Robbins! Ich bin in Guiria, zu allgemeinem Beifall.«

»Paul! Am 13. um drei Uhr früh sind wir nach Guiria gekommen, am 14. nach Punta de Piedra und am 15. zur großen Freude aller nach Yrupo. Zur Sache: Die anderen Städte erwarten uns, aber wir brauchen noch einmal hundert Franzosen und mehr Waffen. Unsere Hoffnung ruht auf dir, auf dass du jede erdenkliche Möglichkeit ausschöpfest, uns Besagte zu senden. Schnell, schnell, schnell, dann wirst du am Ende belohnt werden. Mariño. 16. Januar, im Jahr eins der kolumbianischen Unabhängigkeit.«

»Vaneschi! Komm und diene als Offizier in meinen Truppen, die zurzeit auf Cumaná marschieren. Und bring Courman mit.«

»Valdez! Solltest du den Wunsch haben, dass wir in 15 Tagen in Cumaná sind, so komm mit hundert Franzosen und mit Waffen.«

»Lordat! Wir haben in dieser Stadt bereits die Unabhängigkeit ausgerufen. Es ist unabdingbar notwendig, dass du uns ein paar Männer schickst. Setz sie in Marsch! Los!«

Und so hatten sich die französischen Farbigen – nervös, aggressiv, grausam – nach all den Demütigungen und Vertreibungen schließlich bewiesen. Die Französische Revolution mit ihren großen Verheißungen hatte sie aus ihren Strukturen gerissen. Jetzt, nach zwanzig Jahren, war ihre republikanische Stunde gekommen, wenn auch in fremder Sache. Die meisten von ihnen sollten über kurz oder lang umgebracht werden; kein venezolanischer Sieg war je von Dauer.

Die neuerliche Invasion war nur eine Episode im venezolanischen Krieg, genau wie das, was sich einige Monate später in Port of Spain zutrug, als nämlich ein bekümmerter Abgesandter der Obrigkeiten von Caracas eintraf, der die Vermittlung des britischen Gouverneurs erbat. Der Mann aus Caracas klagte, die Republikaner ermutigten die Neger, die Mulatten und andere zu Gleichheitsvorstellungen französischer Prägung, ja sie ermutigten sogar diejenigen Neger, die Briten gehörten, aus Trinidad davonzulaufen. Die Republikaner, die jetzt politisches Ansehen anstrebten und auf gleicher Ebene mit der britischen Regierung von Trinidad verkehren wollten, wiesen die Anschuldigung zurück: Keineswegs ermutigten sie Neger dazu, aus Trinidad davonzulaufen, und eingefangene Neger werde man für ihre rechtmäßigen Besitzer in Verwahrung halten.

Jetzt war das Chaos in Venezuela vollkommen. Die unzulänglich gestaltete Gesellschaft war zerfallen; sie war zu primitiv für Ideale, die die Zeit überdauerten. Das einzig vorherrschende Ideal war das Ich, die Sicherung des eigenen Überlebens. Es war die Tragödie des einfältigen Menschen, wie sie auch vierzehn Jahre zuvor in Port of Spain ersichtlich geworden war, als Manuel de España, noch keine einundzwanzig Jahre alt, die Loyalität zu seiner Mutter, seiner Religion und dem Spanischen Weltreich aufgab, nur weil man ihm eine Generalsuniform und das Kommando über eine Fregatte versprochen hatte.

»Auch nach einundvierzig Jahren«, schrieb Level de Goda 1851, »ist die venezolanische Revolution noch nicht vorüber.«

Von dieser Revolution wie von jeglichem Handeln war Miranda durch den an ihm begangenen Verrat befreit. Man hatte ihn von Venezuela nach Puerto Rico ins Gefängnis geschafft. Dort begegnete ihm 1813 Level de Goda. Sie waren jetzt keine Feinde mehr und hatten dieselben Ansichten über Spanien und Venezuela. Für Level war Miranda eine »wandelnde Bibliothek«, und seine Reden bezauberten ihn. Mochte Miranda auch nach wie vor an Zeitungen interessiert sein, die Welt hatte er wieder auf Ideen reduziert. Er hatte seinen Frieden gefunden.

Level war von der physischen Präsenz des alten Mannes tief beeindruckt. Er prägte sich Details ein, um sich später daran zu erinnern: wie Miranda eine halbe Zitrone in eine gigantische Tasse Tee auspresste und diesen so zu »Limonade« machte, und wie er an der Zitronenschale herumknabberte, während er seinen Tee trank, sodass er schließlich Tee und Zitrone zur gleichen Zeit verzehrt hatte.

Vielleicht war für Miranda, wie für Raleigh, die Gefangenschaft der Zustand, den er unbewusst suchte. Seine Untätigkeit, sein Scheitern und sein Exil bekamen dadurch etwas Dramatisches. Er dachte über London und das Haus in der Grafton Street nach; er wollte, dass man Sarah und den Kindern irgendwie Geld zukommen ließ. Für Venezuela und Südamerika sah er nur Chaos und die Vorherrschaft anderer Mächte voraus. Keine Fremdherrschaft, so erklärte er Level de Goda; die Einwohner würden die Freiheit und zugleich die Verpflichtung haben, dafür zu sorgen »dass die Plantagen Gewinn einbrachten«. Als er hörte, dass er von Westindien nach Europa in ein Gefängnis in Cadiz verlegt werden sollte, sagte er: »Gott sei Dank!«, und umarmte den Generalkapitän von Puerto Rico, der ihm die Nachricht überbracht hatte.

Zweieinhalb Jahre, bis zu seinem Tod 1816, blieb Miranda im Gefängnis von Cadiz. Es herrschte Krieg in Venezuela: Die Revolution war abermals niedergeschlagen worden. Es herrschte Krieg in Europa: Lieutenant-General Sir Thomas Picton starb im Alter von sechsundfünfzig Jahren in Waterloo eines glorreichen Todes – zwei Tage lang hielt er die Verletzung von

Quatre-Bras verborgen, dann sein Ärger über Wellingtons Rückzugsbefehl, schließlich, kurz nach seinem eigenen Befehl an seine Fünfte Division (»Attacke! Hurra! Hurra!«) der Tod.

Miranda in seinem Gefängnis veranstaltete bis zum Schluss großes Aufhebens um seine »Papiere«.

Auf Trinidad waren Recht und Ordnung eingekehrt; das Britische Weltreich hatte sich etabliert. All die Splittergruppen der letzten Zeit waren zerschlagen worden, London hatte sich durchgesetzt. Smith bekam in seinem Streit mit dem *cabildo* Recht; er sollte wieder eingesetzt werden, doch er ging nicht mehr nach Trinidad zurück; und dann bekam er doch Unrecht. Der *cabildo*, der sich kastilische Privilegien angemaßt und den Souverän herausgefordert hatte, bekam nicht nur Unrecht, sondern wurde zudem als überheblich und nichtswürdig verurteilt.

Der neue Gouverneur, der erst achtundzwanzig Jahre alt war, aber einer guten Familie entstammte, berichtete, dass die Mitglieder des *cabildo* mit den Gesetzen, die sie doch eigentlich ausführen sollten, selbst nicht vertraut seien; dass sie ihre Pflicht vernachlässigten; dass ihr finanzielles Gebaren sie »zuhöchst in Misskredit gebracht«. Sie wurden alle entlassen.

Die einzige Person, der man mit Respekt begegnete, war der junge Gentleman aus Virginia, William Hardin Burnley, der in seiner Funktion als Smiths *depositario* ein Vermögen verdient hatte. Er besaß jetzt einen so großen Teil des verfügbaren Landes der Kolonie, dass man ihn nicht ignorieren konnte. Er besaß so viel, dass er Verantwortung tragen und auf Seiten der Macht stehen musste.

Die Macht wurde von dem jungen Gouverneur verkörpert. Er hatte sämtliche Befugnisse eines englischen und eines spanischen Gouverneurs. Damit er spanisches Recht anweden konnte, hatte ihm London alle Vollmachten der königlichen Audiencia in Caracas erteilt, sodass er Laienrichter, *oidor*, *fiscal*, *escribano* und *relator* in einer Person war. Außerdem war er Intendant des Kronguts und *corregidor* des *cabildo*. Und er hatte noch ein weiteres ererbtes Amt. Er war Königlicher Vize-Patron der

Heiligen Römisch-Katholischen Kirche. Der junge Gouverneur nahm seine Aufgabe sehr ernst – einige Jahre später sollte das Gegenstand einer englischen Petition sein.

»Auf die Beschwerde eines spanischen Priesters über zwei Herren, die es versäumt hätten, das Haupt zu entblößen, als er mit dem heiligen Öl an ihnen vorbeiging, da er einen Kranken zu salben gedachte, befahl Sir Ralph Woodford, die beiden, wiewohl aus höchst achtbaren Familien stammend, ins Gefängnis zu werfen, sie alsbald in der Kirche öffentlich Buße tun zu lassen und schließlich der Insel zu verweisen.«

Zu feierlichen Anlässen fuhr Sir Ralph in einem Vierspänner vor der Gouverneursresidenz vor, begleitet von einer berittenen Eskorte. Er besichtigte eine Ehrenwache, und im Ratssaal legten er und die Mitglieder des *cabildo* ihre spanischen Roben an. Dann führte Sir Ralph, den Stab des *regidor perpetuo*, des Ratsherrn auf Lebenszeit, in der Hand und von salutierenden Soldaten flankiert, die Prozession zu Fuß zur spanischen Kirche. Dort wurde er von den Priestern in Empfang genommen und zu seinem eigenen Stuhl geleitet. Zu einer festgelegten Zeit wurde die Hostie gezeigt. Draußen präsentierten die Soldaten das Gewehr, und die Hafenbatterie feuerte einen Salut aus einundzwanzig Rohren.

Sir Ralph war nicht römisch-katholisch; die katholische Emanzipation in England war noch ein paar Jahre entfernt. Der Titel, den er geerbt hatte und ehrte, Königlicher Vize-Patron der Heiligen Römisch-Katholischen Kirche, ging auf den Titel zurück, den Papst Julius im Jahr 1508 Ferdinand und Isabella dafür verliehen hatte, dass sie die Mauren aus Spanien vertrieben und das Christentum in Südamerika eingeführt hatten.

1508 war Mexiko noch nicht entdeckt, kein Spanier war auf Sklavenjagd nach Trinidad gekommen, die Perlenfischereien auf Margarita gab es noch nicht. Der Golf von Paria wimmelte von den Pirogen der Indianer. Kokosnuss, Zuckerrohr und Mango hatten noch nicht die Mangroven und Hochwälder Trinidads verdrängt. In dem veränderten, entvölkerten Land war ein Großteil dessen, was sich zwischenzeitlich ereignet hatte, in

Vergessenheit geraten; die Aufzeichnungen tatsächlicher Menschen und tatsächlicher Handlungen waren in den Papieren in Simancas untergegangen.

Die Suche nach Eldorado, die zweihundert Jahre zuvor begonnen hatte, der Traum von der Wiederentdeckung der Neuen Welt, war zum Mythos geworden; es war wie eine Rückkehr zum Ursprung der Welt. In den ältesten spanischen Familien von Port of Spain lebte noch die Erinnerung an einen frühen Konquistadoren weiter, Josef de Oruña, der eine Stadt gegründet hatte, von den Indianern besiegt worden war und einen Nachfolger namens Antonio de Barrero gehabt hatte. Beide Namen waren verloren gegangen, der Berrios genauso wie der Familienname Oruña, der Name seiner Frau, die er hatte ehren wollen.

Auf beiden Seiten des Golfes hatte das Spanische Weltreich nach dreihundert Jahren seine Erben.

Epilog: Der Tod des Jacquet

Wie schon einmal im Anschluss an die große Suche nach Eldorado, fiel Port of Spain aus der Weltgeschichte heraus. Von den nächsten hundertfünfzig Jahren sind nur die Annalen eines entlegenen Verwaltungsbezirks geblieben. Port of Spain war es nicht bestimmt, der große britische Handelsstützpunkt in einem unabhängigen Südamerika zu werden. Diese Revolution war fehlgeschlagen. Und das Reich, das die Briten im 18. Jahrhundert auf den Zuckerinseln im Westen und auf den Sklavenplantagen errichtet hatten, hatte ausgedient. Das Britische Weltreich richtete seine Aufmerksamkeit jetzt nach Osten, auf die maladen, reichen Länder Asiens, die nur auf sie warteten. Männern, die ihre Laufbahn für beendet gehalten hatten, bot sich hier eine neue Chance. Wieder einmal hatten die Engländer ihr bewährtes Glück – die Belohnung dafür, dass sie den Rest der Welt in vielerlei Hinsicht überflügelt hatten.

Während ein in Unehre gefallener spanischer Beamter inzwischen beruflich meist am Ende war, gab man einem englischen Beamten gewöhnlich noch eine Chance. Smith erhielt in Ceylon einen neuen hohen Posten, doch er beging Selbstmord. Hislop dagegen fand sich mit über fünfzig Jahren in Indien wieder, wo er in den Rang eines Barons erhoben wurde und als Kommandeur der dekhanischen Armee sein Glück machte. Doch die Probleme verfolgten ihn. Das Massaker an dreihundert Männern der Garnison von Talner und die Erhängung des marathenischen Gouverneurs, die er zu verantworten hatte, lösten einigen Wirbel aus – er wurde in der Dankesnote des britischen Unterhauses nicht erwähnt –, und die Auseinandersetzung um die Kriegsbeute von Talner endete schließlich vor dem Kronrat. Hislop verlor. Wellington meinte, wenigstens sei das Geld dadurch, dass es nicht an Hislop gehe, »nicht in mexikanischen Wertpapieren oder kolumbianischen Schuldverschreibungen verschwunden, so wie der Rest von Hislops Vermögen«.

Im Westen stellte die Abschaffung des Sklavenhandels im Jahr 1807 und die Abschaffung der Sklaverei im Jahr 1834 – beides Londoner Entscheidungen und Londoner Siege – Stationen im Niedergang der Zuckerinseln dar. Admiral Cochrane fand, dass die hundertsieben Neger, die er von einem Sklavenschiff heruntergeholt hatte, als Gegenleistung für Essen und Kleidung vierzehn Jahre lang als »Lehrlinge« auf seinen Besitzungen auf Trinidad Dienst tun sollten, außerdem sollte ihm die Regierung weiteres Land zuteilen, damit er seine hinzugewonnenen Arbeitskräfte beschäftigen konnte.

Anderen Einwanderern boten sich da weniger Möglichkeiten. Die Einnahmen des Obersten Feldmessers von Trinidad sanken, da sie von den Vermessungen der Landzuweisungen abhingen, die wiederum von der kontinuierlichen Einfuhr von Negern abhingen. Ehrgeizigen und talentierten Menschen, Kaufleuten, die Geld zu verleihen hatten, Anwälten und Journalisten, die nach Höherem strebten, bot Trinidad keine Zukunft mehr. Die Insel würde nicht über das hinauswachsen, was sie war: ein Außenposten, eine rückständige Provinz. Trinidad, »jene Provinzen von Eldorado«, war als britische Kronkolonie ein ebensolcher Irrtum und Fehlschlag gewesen wie als Teil des Spanischen Weltreichs. Losgelöst vom Geschehen innerhalb des restlichen Empires beschleunigte sich der Zyklus imperialer Entwicklung hier abermals. Auf das besondere Talent, die besondere Tatkraft folgte der besondere Niedergang, der in ihnen bereits angelegt war.

In der spanisch-französisch-afrikanischen Stadt der Pflanzer, Barkassenführer, Soldaten, Sklaven, Huren und Besitzer von

Groghäusern und Kramläden, in denen Salz, Tabak und getrocknetes Fleisch an Peonen verkauft wurden, wirkten die ersten englischen Einwanderer fremd und erregten Aufsehen. Sie waren eine Nummer zu groß für diese Umgebung, sie sahen absurd aus und wirkten eingebildet und einfältig. Sie unterschieden sich nicht nur durch ihren Reichtum und ihren unternehmerischen Geist (mitunter auch ihren Leichtsinn), durch ihre Kleidung und die traditionelle englische Art, ihre Mahlzeiten einzunehmen, sondern auch durch ihren lebendigen Intellekt. Sie waren von einer natürlichen Überlegenheit. Diese intellektuelle Lebendigkeit – die Drohungen, an Londoner Anwälte oder Zeitungen zu schreiben, das Beharren auf Rechten und Freiheiten – war ein Mitbringsel aus London.

In der Sklavengesellschaft, wo ihnen die Selbstverwirklichung derart leicht gemacht wurde, begann diese Lebendigkeit zu verkommen und letztlich zu verschwinden, und nun erschien den Engländern ihre Überlegenheit als schlichte Eigentümlichkeit ihrer Rasse. Die Verlagerung des Britischen Empires nach Osten und die Emigration der Ehrgeizigen sorgten für eine zusätzliche intellektuelle Verarmung. Die Engländer begannen den Franzosen auf Trinidad zu ähneln. Der Gehalt der Kontroversen nahm ebenso ab wie das Format der Menschen. Was übrig blieb, war eine Kolonie.

1807 lautete einer der aus Trinidad vorgebrachten Einwände gegen die Abschaffung des Sklavenhandels, sie sei ungerecht gegenüber den Afrikanern, denen man damit nicht nur zivilisatorische Einflüsse vorenthalte, sondern die in Zukunft auch unter grausamen Bedingungen auf ausländischen Schiffen transportiert werden würden. Diese Argumentation, mit ihrem verkappten Bezug auf diverse Ideale, ist erkennbar englischen Ursprungs.

Anders dagegen der Einwand gegen die Verordnung, die 1823 das Auspeitschen von Negerinnen untersagte. Diese Verordnung, so hieß es, bedeute den Ruin weißer Familien, die es ohnehin schon schwer genug hätten. Negerinnen seien bekannt für ihre Aufsässigkeit; die Verordnung würde sie nur dazu ermutigen, ihre Besitzer zu provozieren. Es folgte das Beispiel eines alten, frommen französischen Ehepaars, das eines Tages bei Tisch auf schamlose Weise provoziert wurde, mit einer Auspeitschung reagierte und durch die anschließende Geldstrafe ruiniert wurde. Dieser Einwand stammte von Menschen, die die Werte der neuen Gesellschaft akzeptiert hatten und sich nicht länger an den Londoner Maßstäben orientierten, sondern ihre eigene Überlegenheit allein daran festmachten, dass sie sich sowohl hinsichtlich ihrer wirtschaftlichen Verhältnisse als auch ihrer Rasse von ihren Negern unterschieden.

Die Überlegenheit wurde auf beiden Seiten akzeptiert, und damit war die Kolonie für das Jahrhundert geprägt. Am Anfang, zu Zeiten intellektueller Lebendigkeit, hatten Menschen wie Fullarton, Hislop und Smith, die an sich und die Welt höhere Ansprüche stellten, jeder auf seine Weise das Gefühl gehabt, die Kolonie sei unvollkommen und vieles daran sei falsch. Mit dem intellektuellen Verfall verschwand auch diese Unzufriedenheit. Vergleichbare Beamten sollten nicht mehr nachfolgen. Es würde keine Besuche von Autoren wie McCallum mehr geben, der mit Port of Spain einen Ableger Londons besuchte.

Im neunzehnten Jahrhundert sollte Port of Spain, das abseits aller britischen Schifffahrtslinien lag, ein isolierteres Dasein führen als um 1800. Die Schriftsteller des neunzehnten Jahrhunderts, die auf die Insel kamen, Trollope, Kingsley, Froude, waren Touristen, die als Bewohner einer Industrienation einen königlich-britischen und einen heldenhaft aufrechterhaltenen Außenposten des Empires besuchten.

Die Geschichtsschreibung des Britischen Weltreichs, die Picton ehrte und Fullarton überging, war zu diesem Zeitpunkt bereits selektiv und anachronistisch. Trollope sorgte sich über den Mangel an Arbeitskräften, Kingsley schrieb über die Vegetation und berichtete liebevoll über die Menschen, Froude ließ sich sorgenvoll über Rasse und Weltreich aus. Keiner von ihnen stellte den primitiven Stand der agrarischen Kolonie infrage, die nichts produzierte, sondern alles importierte, und in der sich die Ansicht breit gemacht hatte, Bildung sei etwas Unwichtiges, höchstens für ehrgeizige Arme Interessantes – für die Reichen, Weißen und in gesicherten Verhältnissen Lebenden hingegen reiche es aus, wenn sie hinreichend lesen und rechnen konnten.

Allen drei Schriftstellern schien es wichtig, dass »die Plantage Gewinn einbrachte«. Und um das zu gewährleisten, ersetzte man die Neger auf den Plantagen durch Kontraktarbeiter – Chinesen und Portugiesen, vor allem aber Inder aus der notleidenden Gangesebene. Es war eine neue Form vorsätzlicher menschlicher Vernachlässigung – nach altbewährtem Muster. Die Inder waren Menschen, denen das Prinzip der Autorität immer fern gewesen war. Sie lebten unter dem schützenden Regiment von Ritualen, die sie von der Außenwelt abschotteten. Im Hinterland von Trinidad schufen sie sich ein einfaches, ländliches Indien. Sie waren eine der Facetten der Kolonie, die sich zu einem imperialen Amalgam entwickelte, einer kleineren Ausgabe des Empires.

Die Kolonie war romantisch und wartete nur darauf, von Touristen entdeckt zu werden. Die englischen Touristen des frühen zwanzigsten Jahrhunderts kamen nicht der Sonne oder der Strände wegen. Es war die geschichtliche Aura, die sie in die Karibik lockte, in die Gewässer, in denen die großen Seeschlachten des 18. Jahrhunderts geschlagen worden waren. Doch nach dem Ersten Weltkrieg rückten diese Siege plötzlich in weite Ferne. Die Touristen, die jetzt kamen, stammten vor allem aus den Vereinigten Staaten. Sie interessierten sich für Voodoo, für die Tänze und zynischen Lieder der Neger, die Bands des Karnevals – für das Untergrundleben der Neger, das die Sklavenbesitzer zu unterdrücken versucht hatten. Trinidads Vergangenheit war vielschichtig und widersprüchlich. Bloß wessen Vergangenheit war es?

Heute bin ich selbst ein Fremder in dieser Stadt. Port of Spain ist größer, greller und lauter und das Bildungsniveau ist höher als zu meiner Schulzeit zwischen 1939 und 1948. Damals schien Trinidad trotz des Krieges und der US-amerikanischen

Stützpunkte auf der Insel am Ende der Welt zu liegen. Venezuela, zu dem Trinidad einst gehört hatte, lag direkt gegenüber, auf der anderen Seite des Golfs, und an manchen Tagen konnte man es sehen. Trotzdem war Venezuela nicht mehr als ein Faktum aus dem Geographiebuch. Die spanische Sprache war auf Trinidad ausgestorben und vom Spanischen Weltreich war nichts geblieben. Britisch-Guyana war näher; und die Schlagzeile, die eines Tages auf der Titelseite einer venezolanischen Zeitung prangte, wirkte völlig absurd: »England, gib uns Trinidad und Guyana zurück oder wir holen sie uns mit Gewalt.«

Venezuela veränderte sich durch den neuen Reichtum, den das Öl hereinbrachte. (Noch kurz vor seinem Tod, 1851, klagte Level de Goda darüber, dass die spanische Regierung während des spanisch-französischen Krieges nicht von Cadiz nach Venezuela emigriert sei. Mit jenen »Gelehrten, vermögenden Männern, zu Millionären gewordenen Kaufleuten, herausragenden Landwirten, Staatsmännern und erstklassigen Handwerkern ... wäre die Zivilisation in diesen einundvierzig Jahren bis in den letzten Winkel vorgedrungen. Selbst das Fieber hätte man bannen können. Schlangen und Tiger wären verschwunden, ja, sogar die Moskitos, und wir hätten in Weisheit, Wohlstand und Wohlbehagen im Garten Eden gelebt.«)

Doch in Port of Spain galt Venezuela immer noch als das ferne Land der Diktatoren, der Armee, des Sadismus, der unerwarteten Revolutionen und der Flüchtlinge, die sich, wenn sie in den Straßen von Port of Spain auftauchten, als erstaunlich normale Mulatten entpuppten.

In Port of Spain hatte sich viel zugetragen, doch sichtbare Spuren waren davon nicht geblieben. Nur die Menschen waren da, ihre Vergangenheit jedoch war aus allen Geschichtsbüchern herausgefallen. Nach Picton hatte man eine Straße benannt, doch der Name sagte niemandem etwas. Geschichte, das war zum einen das Märchen von Kolumbus und zum anderen das Märchen von den eingeborenen Kariben und Arawaken und ihren seltsamen Gebräuchen. Es war inzwischen unmöglich geworden, sich diese Menschen in dieser Landschaft vorzustellen. Geschichte war das, was auf der Fünf-Cent-Briefmarke von Trinidad zu sehen war, die Raleigh bei der Entdeckung des Pechsees zeigt.

Doch Geschichte war auch ein Märchen, in dem es weniger um die Sklaverei als um ihre Abschaffung ging, in der das Gute über das Böse siegt. Anders hätte sich das Ganze nicht erzählen lassen. Jede andere Version wäre zwangsläufig mehrdeutig und beängstigend gewesen. Die Sklaven waren niemals real. Sie müssen heute, genau wie die ausgerotteten Ureinwohner, anhand ihrer täglichen Verrichtungen rekonstruiert werden. Genau wie Vallots Gefängnis (von dem kein Plan erhalten ist) existieren sie heute nur in der Vorstellung. In den amtlichen Dokumenten haben die Sklaven keine Stimme, kein Gesicht. Sie sind registriert, doch sie tragen keine Namen. Sie haben keine Geschichte.

Mit einer Ausnahme: Jacquet, der *commandeur* oder Aufseher der Zuckerplantage Bel-Air, hat eine Geschichte. Bel-Air gehörte Dominique Dert, einem der ersten französischen Siedler. Eine Straße im Zentrum von Port of Spain ist nach ihm benannt und weist auf den ehemaligen Standort seines Anwesens hin. Als Gouverneur Hislop im Januar 1806 Beweise über Giftmorde an Negern sammelte, erzählte ihm Dert die Geschichte von Jacquet. Dert war ein recht gebildeter Mann. Er scheute die Nähe zu seinen Negern nicht, doch aus ihm sprach der Pflanzer, der viel durchgemacht hatte. In zweiundzwanzig Jahren hatte er hundertfünfundzwanzig Neger verloren, Kinder wie Erwachsene, die meisten davon durch Gift.

Im September 1803 brachte die Leibsklavin von Madame Dert einen kleinen Jungen zur Welt. Vermutlich war Dert selbst der Vater, und das Kind wurde der Liebling der gesamten Plantage. Als es ein knappes Jahr alt war, wurde es eines Morgens in seinem Korb vor der Hütte seiner Mutter von heftigen Krämpfen ergriffen. Der Bauch des Jungen schwoll an, und er starb einen grässlichen Tod. Alle waren entsetzt, denn alle wussten, dass es Gift war. Acht von Derts Sklaven waren in diesem

Monat schon durch Gift zu Tode gekommen, viele weitere litten an Vergiftungserscheinungen. Während alle um das Baby trauerten, rief Dert seine Neger zusammen, sein gesamtes *atelier*, und bat sie, zu versuchen, den Giftmörder zu finden.

Alle Neger gingen zur Beerdigung des Babys. Nur der *commandeur*, Jacquet, erschien nicht. Er war zu aufgewühlt. Mit seinen sechsundsechzig Jahren war er für einen Neger sehr alt. Die Plantage war sein Leben, und Dert und seine Familie waren ihm ans Herz gewachsen.

Am nächsten Tag erfuhr Dert von einem seiner Haussklaven, dass er sich einen neuen *commandeur* werde suchen müssen: Jacquet sei verrückt geworden. Dert ließ Jacquet in das Spital der Plantage, das *cep*, bringen, wo dieser eine Woche lang Tag und Nacht weinte und schrie, vor allem nachts. Dann beruhigte er sich. Er bat darum, die Neger der Plantage zusammenzurufen, und erklärte Dert, er wolle mit einigen von ihnen sprechen.

In Derts Gegenwart begab sich Jacquet zu den Negern und sprach mit den acht oder zehn, die er Dert genannt hatte.

»Erinnerst du dich«, sagte Jacquet zu einem von ihnen (die ursprünglich französischen Dialoge stammen von Dert), »dass ich dich einmal gezwungen habe, Reis und Fleisch zu essen und dazu Rum zu trinken? Und dass du Blut erbrochen hast und ins Spital gebracht wurdest?«

Der Neger erinnerte sich.

»Sehen Sie, Monsieur«, sagte Jacquet zu Dert, »ich habe nicht gelogen.« Und er beichtete noch etwas. »Ich wollte Sie und Ihre ganze Familie vergiften. Sie wissen ja, dass ich als Ihr *commandeur* jeden Morgen Ihren Wasserkrug gefüllt habe. Drei Mal wollte ich ausreichend Arsen hineintun, aber jedes Mal hat mich irgendetwas zurückgehalten, irgendeine Angst.« Dennoch war er sicher, dass er seinen Plan schließlich ausführen würde. »Ich hätte Sie ruiniert. Alle diese Neger hier wären tot.«

Doch dann hatte er stattdessen das Baby vergiftet. Er hatte nicht damit gerechnet, dass die Trauer so groß sein würde, dass er selbst so sehr darunter leiden würde. Der Tod des Babys war sein »Unglück«.

Dert war eher verblüfft und verletzt als wütend. Er habe geglaubt, sagte er, Jacquet immer ein guter Herr gewesen zu sein.

Genau das war der Grund: Auf seine alten Tage war Jacquet eifersüchtig geworden.

»Du warst der *commandeur*«, meinte Dert. »Du hast diese Neger angeführt. Warum hast du nicht noch viel mehr von ihnen umgebracht?«

Das habe nicht an ihm gelegen, erwiderte Jacquet. Er habe ihnen ständig zu essen angeboten, aber sie hätten es nicht immer angenommen.

Die anderen Neger bestätigen das. Jacquet hatte sie zu sehr gedrängt und sich zu auffällig benommen. Sie wussten schon seit geraumer Zeit, dass der Aufseher der Plantage der Giftmörder war.

Die Neger wollten, dass man Jacquet in den Kessel der Zuckerfabrik warf, doch Dert lehnte das ab. Er brachte es nicht über sich, den alten Mann zu bestrafen.

Doch Jacquet bestand auf seiner Bestrafung. Er habe den Tod verdient. Verbrennen wollte er allerdings nicht. »Gebt mir ein Seil. Ich werde mich erhängen.«

Dert wurde neugierig. Er ließ ein Gestell und ein Seil bringen.

Jacquet befestigte das eine Ende des Seils an dem Gestell und legte sich die Schlinge um den Hals. Doch dann verließ ihn der Mut.

Einige Tage später versammelte Dert das *atelier* erneut und befragte Jacquet über den Giftmord an dem Baby. Jacquet berichtete, er habe bemerkt, dass das so eifrig umsorgte Baby zu einer bestimmten Zeit immer in seinem Korb allein gelassen wurde. Daraufhin habe er eine Schnupftabakdose mit Arsen gefüllt, in die Hosentasche gesteckt und auf den richtigen Moment gewartet. Als der Augenblick gekommen war, musste alles sehr schnell gehen, und er verabreichte dem Baby viel zu viel Arsen. Er hatte von einem Mann in Port of Spain zwei Portionen Arsen gekauft und einen Teil davon sogar an seine

Freunde weiterverkauft; er kannte auch auf anderen Plantagen Giftmischer.

Dert erkundigte sich nach dem restlichen Arsen. Gleich nachdem das Baby gestorben sei, habe er das Gift in den Kessel geworfen, meinte Jacquet.

Wenige Tage später wurde er tot aufgefunden. Er war vergiftet worden. Ob er sich selbst vergiftet hatte, wurde nie bekannt.

September 1966 – November 1968
Überarbeitet im Januar 1973

Postskriptum

Diese Erzählung basiert hauptsächlich auf Dokumenten (Originalen, Kopien, Drucken) des Britischen Museums, des Staatsarchivs in London und der London Library. Die Übersetzungen stammen überwiegend von mir selbst. Dialoge erscheinen so, wie sie in den Quellen stehen.

ERSTER TEIL – DAS DRITTE MARQUISAT

»The Venezuela Papers« im Britischen Museum

Dies sind die spanischen Aufzeichnungen aus der Region. Sie beginnen 1530 mit der einem unbedeutenden, Sklavenhandel treibenden Beamten aus Puerto Rico erteilten Genehmigung, Trinidad zu besiedeln und die Eingeborenen, »welche allbekanntermaßen Menschenfresser sind« zu christianisieren. Sie enden mit dem Untergang des Spanischen Weltreichs. Die Aufzeichnungen wurden zur Zeit des britisch-venezolanischen Grenzkonfliktes vom britischen Außenministerium im Westindien-Archiv in Sevilla wiederentdeckt und 1897 zusammengestellt. Sie waren ein ausgezeichnetes Forschungsmaterial.

Der Konflikt, der inzwischen auf den unabhängigen Staat Guyana übergegangen ist, lässt sich auf die uneingelösten Forderungen der Konquistadoren zurückführen, die nach Eldorado suchten. Einige ausgewählte Dokumente hat das Außenministerium übersetzen lassen. Ich habe hin und wieder auf sie zurückgegriffen, wobei mir der *juez del derrotamiento,* der Judge of All Irregularities, besonders zupass kam. Auch Raleighs Übersetzungen der erbeuteten Berichte über de Veras »Entdeckung« von Eldorado habe ich verwendet. Darüber hinaus gehen Teile der Geschichte Albujars auf Raleighs Schilderung zurück.

The Principal Navigations, Voyages, Traffiques and Discoveries of the English Nation, Vol. 7, von Richard Hakluyt, Everyman Library, Glasgow 1903–1905.

The Discovery of Guiana. Herausgegeben von V. T. Harlow, London, 1928. Enthält Raleighs *The Discovery of the Large, Rich and Beautiful Empire of Guyana* und eine Auswahl spanischer Dokumente in der Übersetzung des Außenministeriums.

Anmerkung der Übersetzerinnen:

Die vom Autor zitierten Passagen aus Raleighs Bericht über die erste Reise entstammen der Ausgabe: *The Discovery of Guiana.* Herausgegeben von Sir R. H. Schomburgk, Hakluyt Society, London 1848. Mit Raleighs Tagebuch von 1617 in einem Anhang.

Die deutschen Zitate folgen der deutschen Übertragung dieses Werkes: *Gold aus Guyana. Die Suche nach Eldorado 1595.* Von Sir Walter Raleigh. Aus dem Englischen übertr. und hrsg. von Egon Larsen. © by Edition Erdmann im K. Thienemanns Verlag Stuttgart, Wien 1988.

Das Vorbild für Robinson Crusoe

Es gibt noch eine andere Version der St.-Helena-Geschichte. »Nach unserer Ankunft auf St. Helena begab ich, Edmund Barker, mich in Begleitung unseres Schiffsarztes und vier oder fünf der Peguinen (Männer von Pegu), welche wir gefangen genommen, an Land, wo ich in einem Haus unweit einer Kapelle einen Landsmann vorfand, einen gewissen John Segar aus Burie in Suffolk. Diesen hatte Abraham Kendall vor achtzehn Monaten dortselbst zurückgelassen, als er mit der *Roiall Merchant* anlegte, auf dass er dort Genesung finde, da er an Bord zu sterben drohte. Bei unserer Ankunft fanden wir ihn von frischer Gesichtsfarbe und von denkbar bester körperlicher Gesundheit, doch war sein Geist verwirrt und er nur halb bei Verstande, wie wir alsbald erkannten. Denn ob aus Furcht vor uns, da er erst nicht zu erkennen vermochte, ob wir Freund oder Feind, oder aus jäher Freude, als er seine alten Gefährten und Landsleute in uns erkannte, verdunkelte sich sein Geist, so dass er acht Tage und Nächte keine Ruhe fand und schließlich aus Mangel an Schlaf verstarb.«

Aus: *The Voyages of Sir James Lancaster 1591–1603*. Herausgegeben von Sir William Foster. Hakluyt Society, London, 1940. (Edmund Barker war auf dieser Reise, die »mit drei großen Schiffen« begann, Lancasters Stellvertreter.)

Die im Buch verwendeten Zitate stammen aus: *Robinson Crusoe. Erster und zweiter Teil.* Von Daniel Defoe, übers. von Lore Krüger, Berlin, Weimar 1973.

The Voyage of Robert Dudley to the West Indies, 1594–95. Herausgegeben von G. F. Warner, Hakluyt Society, London 1899.

English Privateering Voyages 1588–95. Herausgegeben von Kenneth R. Adams, Hakluyt Society, London 1959. Die Quelle für die von Abraham Kendalls begangene »Barbarei« auf »Trinidatho«.

Raleighs last Voyage. Herausgegeben von V. T. Harlow, London 1932. Eine ausgezeichnete Sammlung englischer und spanischer Texte, einschließlich der Übersetzung von Bruder Simón.

Historia de la Nueva Andalucia. Von Bruder Antonio Caulin, Madrid 1779. Caulins Auseinandersetzung mit Raleighs Überfall von 1595 bestand darin, ihn zu verschweigen.

Raleighs Niederlage in Cumaná

Francisco de Vides' Bericht über die Niederlage, die Raleigh im Jahr 1595 in Cumaná durch die indianischen Bogenschützen zugefügt wurde, wie auch über Raleighs anschließendes Verhalten, kann meines Erachtens als glaubhaft angesehen werden. Der Bericht enthält konkrete Details, ist nicht prahlerisch und schildert die Grausamkeiten sehr zutreffend. Raleighs Beschreibung der Auswirkungen der vergifteten Pfeile – dem Guyana-Erforscher Schomburgk zufolge korrekt und präzise – scheint den Bericht ebenso zu bestätigen wie sein Kommentar, »dass niemand es ertragen kann, sie zu behandeln oder zu pflegen«.

ZWEITER TEIL – DIE SPANISCHE KAPITULATION

Histoire de l'Île de la Trinidad sous le gouvernement espagnol. Von M. P. Borde, Paris 1876. Quelle der Dokumente des *cabildo* aus dem 18. Jahrhundert, der Dokumente über die französische Immigration und die spanische Kapitulation, der französischen Erinnerungen an spanische Schikanen (der Verräter Chacon) und an die englisch-irische Verschlagenheit (die Partie Neger der Negerverschiffer Barry and Black).

History of Trinidad. Von E. L. Joseph, Trinidad 1839. Die Ansichten eines späten englischen Einwanderers zum Kolonialverhalten der Engländer, Erinnerungen Ortsansässiger an die Affäre um die *Alarm* und an die Kapitulation.

History of Trinidad. Von L. M. Fraser, Trinidad 1891.

History of the Peoples of Trinidad and Tobago. Von Eric Williams, London 1964. Enthält Informationen über das Wunder von Arenal.

Die schwarzen Jakobiner. Toussaint l'Ouverture u. d. San Domingo-Revolution. Von C. L. R. James, übers. von Günter Löffler, Berlin 1984 (Originalpubl. New York 1963). Enthält Informationen über die französischen Rassenbestimmungen in

Santo Domingo, die 128 Schattierungen und den Verlauf der Negerrevolution.
Voyage aux Îles de Trinidad, de Tabago, de la Marguerite, et en Vénézuela. Von M. Dauxion-Lavaysse, Paris, 1812. Der »Französische Reisende«. Von ihm und McCallum stammen sämtliche lokalen Klatschgeschichten über Picton.

DRITTER TEIL – DIE FOLTERUNG DER LUISA CALDERON

Die Trinidad-Akten im Staatsarchiv von London

Dies ist die wichtigste Quelle. Die Akten umfassen auch die wenigen noch existierenden Ausgaben des *Courant* sowie eine Kopie – so frisch wie an dem Tag, an dem sie aus Gallaghers Druckerpresse kam – von Pictons 1800 erlassenem Neger-Kodex.

Documentos Relativos a la Revolución de Gual y España. Hg. H. García Chuecos, Caracas, 1949. Die geheimdienstlichen Berichte Venezuelas.
The Life of Miranda. Von W. S. Robertson; Chapel Hill 1929. Eher ein Hauptbuch als eine Biografie, außerdem unvollständig. Ich habe einige der darin enthaltenen Übersetzungen verwendet.
Archivo del General Miranda. Caracas und Havana, 1929-1950.
Antapodosis (1851). Von Andrés Level de Goda. *Boletín de la Academia Nacional de la Historia.* Caracas 1933.
Bolívar. Von Salvador de Madariaga, London, 1952.
Six Months in the West Indies. Von Henry Nelson Coleridge, London, 1825. Zur Schönheit der spanischen und französischen Mulattinnen von Port of Spain.
Memoir of Lieutenant–General Thomas Picton. Von H. B. Robinson. London 1835.
An Address to the British Public on the Case of Brigadier-General Picton. Von Lieutenant-Colonel Edward Alured Draper, London

1806. Das Buch, das für Picton Partei ergriff und die Verleumdungsklagen nach sich zog.
Travels in Trinidad during the months of February, March and April, 1803. By Pierre F. McCallum, Liverpool 1805.
A Statement, Letters and Documents, Respecting the Affairs of Trinidad. Von Colonel Fullarton, London 1804.
Howell's State Trials, Vol.30, London 1822. Deckt den Fall Picton komplett ab und enthält auch Castros Abschrift des Gerichtsprotokolls im Fall des Negers Francisco, der sich 1791/92 unter spanischem Recht wegen Mordes verantworten musste.

Mein Buch *Abschied von Eldorado* begann damit, dass ich vor einigen Jahren in der Panter-Taschenbuchausgabe des *Newgate Calendar* den Prozess gegen Picton entdeckte. »Bullo«, der französische Gefängniswärter und Folterer, interessierte mich, er erinnerte an eine Figur von Dumas, ebenso »Don Pedro Bargass«. Doch in keinem der Bücher über die Region konnte ich genauere Informationen über die beiden Männer oder über den Prozess finden. Fraser ist unverständlich: Bei ihm ist Fullarton ein boshafter Verrückter, der unvermittelt in einer friedlichen Kolonie auftaucht und Picton wegen der lang zurückliegenden, unerheblichen Bestrafung eines straffällig gewordenen Mulattenmädchens zu verfolgen beginnt.

So wird Geschichte umgeschrieben: Nicht durch bewusste Lügen, sondern durch Auslassungen. Und hier handelte es sich um ein komplexes Geschehen. Zieht man nun noch die statistischen Daten der beiden Weltreiche hinzu, die Fakten und Zahlen zum wirtschaftlichen Wachstum bzw. Niedergang; berücksichtigt man die anachronistische Auffassung vom Wesen dieser landwirtschaftlichen Kolonie, Fehlleistung der Revolutionäre und der Weltreiche gleichermaßen; und berücksichtigt man außerdem die vorherrschende geografische Sichtweise, die Vorstellung einer äußersten nationalen Grenze – dann fragmentiert sich die Vergangenheit, ja sie löst sich, für Engländer wie Franzosen und sogar für die Venezolaner, nachgerade auf.

In Robertsons *Life of Miranda* findet sich nur wenig zu den Intrigen um Trinidad und fast nichts zu Mirandas Jahr in Port of Spain. Aus jenem Teil von Mirandas Papieren wiederum, die in Caracas in mehreren Bänden »mit wissenschaftlichem Apparat« veröffentlicht wurden, sind Picton, Fullarton und andere komplexe Gestalten fast vollständig herausgestrichen worden. In der von Dr. García Chueco getroffenen Auswahl der geheimdienstlichen Berichte Venezuelas dagegen ist Picton zeitweise die zentrale Figur der britischen Intrigen; in dieser Auswahl wird die Welt der Agenten und Doppelagenten im Hafenviertel von Port of Spain lebendig. Das wird sie erneut – und vieles andere noch dazu – in der anlässlich von Mirandas zweihundertstem Geburtstag 1950 in Havanna veröffentlichten Ausgabe von Mirandas Papieren, die redaktionell und typographisch kaum bearbeitet wurde.

So fügte sich ein Mosaiksteinchen ans andere, und aus der fragmentarischen Beschreibung gesellschaftlicher Funktionen entstanden vollständige Bilder von Individuen. »Bargass« wurde zu Pedro Vargas, »Bullo« entwickelte sich – mehr als je erwartet – zu Vallot. Die Vergangenheit war plötzlich zugänglich; allerdings musste sie erst wieder zusammengesetzt werden.

Die Witze der Sklavengesellschaft

Die beiden Witze, die ich in meinem Buch wiedergegeben habe (einer aus McCallums *Travels in Trinidad*, einer aus Frasers *History of Trinidad*), weisen einige Gemeinsamkeiten auf: den Dialekt, das passive Opfer und das vorgetäuschte Mitgefühl. Interessanterweise hält Trinidad mit der Variante eines solchen Witzes Einzug in die spanische Geschichte, und dieser Witz wurde zweimal von Las Casas, dem »Befreier der Indios« erzählt.

Im Jahr 1510 reiste ein baskischer Sklavenhändler namens Juan Bono nach Trinidad. Die Indianer empfingen ihn freundlich. Er nahm einige von ihnen gefangen, verschleppte und verkaufte sie. Irgendwann kam er wieder. Diesmal wollten die Indianer nicht, dass er blieb. Sie rannten zum Strand hinunter und riefen: »Juan Bono, *malo*! Juan Bono, *malo*!«

Juan Bono erzählte ihnen, er habe sich gebessert, er sei kein *malo* mehr; er sei gekommen, um mit den Indianern Trinidads zusammenzuleben. Sie erlaubten ihm zu bleiben. Er ließ sie eine große Strohhütte bauen und hieß sie alle hineingehen, dann steckte er die Hütte in Brand. Als die Indianer ins Freie rannten, wurden sie ergriffen und an den Strand hinuntergeschafft.

Die Geschichte ist nicht sehr überzeugend, aber Las Casas behauptet, er habe Bono später getroffen und mit ihm gesprochen. Bono habe gesagt, die Indianer seien die gastfreundlichsten, herzlichsten Menschen, denen er je begegnet sei.

»Aber warum«, fragte Las Casas daraufhin, »seid Ihr dann so übel mit ihnen umgesprungen, Elender?«

»Ich versichere Euch, Pater, das waren meine Destruktionen.«

Der »Befreier der Indios« reißt einen spanischen Insider-Witz, einen grausamen Witz auf Kosten der Indianer. Es ist unvermeidlich: Opfer zu sein bedeutet immer, auch lächerlich zu sein.

Auf Trinidad erzählte man sich offenbar als Witz über den fast analphabetischen Vallot, wie dieser während Fullartons Besuch etwas zu plump versuchte, den Zugang zu den *cachots brûlants* zu versperren (E. L. Joseph, *History of Trinidad*).

Mir scheint, dass Humor in der Sklavengesellschaft eine wichtige Rolle spielte. Das Absurde, das dem Sklaven in den Augen der Freien anhaftete, muss dazu beigetragen haben, die Sklavengesellschaft akzeptabel zu machen. Eine etwas kultiviertere Spielart des Humors in der Sklavengesellschaft Trinidads findet sich in den Gedichten – von stetig sinkender Qualität –, die an die örtlichen Zeitungen gesandt wurden. Nach der Abschaffung des Sklavenhandels wurden die Witze rassistischer.

Der walisische Einwanderer, der mit Fullarton nach Trinidad kam, seine Frau und sein ganzes Geld verlor, kein Land erhielt und dem man dann auch noch mit »neununddreißig Peitschenhieben und der Bestrafung für Neger« drohte, gelangte irgendwie wieder nach England zurück. Dort richtete er alle paar Monate, unterstützt sowohl von Picton als auch von Fullarton, einen Beschwerdebrief in phonetischer Schreibung an einen der britischen Minister, einmal auch an »Lord Cassel Ray«. Dass er je eine Entschädigung erhalten hätte, ist nicht belegt. Er hieß David Davies.

Der Mann, der während Mirandas Landpartie das Journal führte, hieß John Downie. Offenbar brachte er in London Picton und Miranda zusammen; er erhielt etwas Geld von Picton. Miranda bat Downie, sich nicht mehr nur als Colonel zu bezeichnen, sondern endlich in die Armee einzutreten. Downie tat wie geheißen. Er ging nach Spanien und war einer der Letzten, die sich in Corunna einschifften. Von ihm erfuhr Miranda wenige Tage nach dem Ereignis von Sir John Moores Tod.

Begorrat wurde zwar 1813 aus der Regierung entlassen, blieb jedoch einer der tonangebenden Pflanzer. Er klagte bis in die 1830er Jahre, dass er vor dem finanziellen Ruin stehe, und war stets bereit, eine weitere Petition auf die Beine zu stellen.

Burnley, Smiths *depositario*, wurde ein großer Mann. 1841, nach der Abschaffung der Sklaverei, leitete er eine Untersuchung zum Thema Arbeit. Er wollte unbedingt beweisen, dass die Arbeit von Freien billiger war als Sklavenarbeit. Die Untersuchung führte unter anderem zu der Erkenntnis, dass die Neger nach Abschaffung der Sklaverei aufhörten, Erde zu essen.

Der korrekte Einwand von englischer Seite wäre gewesen, dass das Gesetz, das die Auspeitschung von Negerinnen verbot, den Frauen gegenüber ungerecht sei. Das ist bei Mrs. Carmichael nachzulesen (*Domestic Manners and Social Condition of the White, Coloured and Negro Population of the West Indies*, London 1833), die ihr Buch allerdings erst schrieb, nachdem sie und ihr Mann ihre Plantagen und Neger verkauft hatten und nach England zurückgekehrt waren. »Diejenigen Eltern, die an ihren Kindern Interesse zeigten, beklagten sich bitterlich über den Ratsbeschluss, demzufolge ihre Töchter nicht mehr auf Anweisung ihres Herrn geschlagen werden dürfen. So seltsam es auch erscheinen mag, trauten sie es sich doch selbst nicht zu, ihre Kinder zu strafen, und zwar aus der Befürchtung heraus, die Bestrafung könne zu hart ausfallen ... Heutzutage ist die körperliche Züchtigung, der man junge Frauen aussetzt, gemeinhin um ein Zehnfaches härter als zu Zeiten, in denen der Herr ihr Richter war.«

Mrs. Carmichaels Ehemann (den sie in ihrem Buch als Mr. C. bezeichnet) kam als Lieutenant mit einer der britischen Invasionstruppen nach Trinidad. Mrs. Carmichael unterschied ihre Neger in »gute Neger« und »schlechte Neger«. Gute Neger wussten, wann sie einen Fehler gemacht hatten, und nahmen ihre Auspeitschung hin wie richtige Männer. Für mildere Strafen hatten sie kaum Verständnis. Sie behaupteten, in den Stock gelegt zu werden, bedeute für Neger eine Ruhepause, und sie beschimpften und verrieten die »schlechten Neger«, die Mr. C. Schwierigkeiten machten. Die meisten von Mrs. Carmichaels Negern waren gut und hatten an den aus London kommenden Reformen, die sie als schikanös empfanden, noch mehr auszusetzen als Mr. C. Und da die Schikanen kein Ende nahmen, wurden die Neger verdorben. Am Ende hatten Mrs. Carmichael und Mr. C. das Gefühl, es gebe keine guten Neger mehr, sondern nur noch schlechte und undankbare, mit denen sie nichts mehr zu tun haben wollten. Und so verkauften sie all ihre Neger (kurz bevor sie durch die Abschaffung des Sklavenhandels an Wert verloren) und kehrten nach England zurück.

Kaufte ein Franzose einen Neger, sah er die Sache meist sehr viel nüchterner als Mrs. Carmichael. Ein gutes Beispiel dafür ist Monsieur de Montlezun, ein romantisch gesinnter Reisender mit philosophischer Neigung, der 1815 nach Trinidad kam (*Souvenirs des Antilles*, Paris 1818). Es gefiel ihm dort nicht. »Die Sklaverei existiert hier nur noch dem Namen nach. Kauft man einen Neger und zwar als Franzose, sagt dieser einem frech ins Gesicht, dass er einem Franzosen nicht dienen will, und zu allen anderen ist er genauso unverschämt. Er beträgt sich so schlecht, dass man sich gezwungen sieht, ihn wieder zu verkaufen. Womöglich peitscht man ihn aus. Dann macht er sich davon und erstattet Anzeige; er zeigt ein Tröpfchen Blut auf seinem Arm oder sonst irgendwo, und schon muss man ihn für dreißig *moades* abgeben, einen festen Preis, der häufig nicht einmal der Hälfte seines Kaufpreises entspricht.«

Was Mrs. Carmichael über das Schlagen von Kindern berichtet (eine ganz andere Angelegenheit als das Auspeitschen von Frauen auf den Feldern durch den Aufseher, wie Mrs. Carmichael wohl wusste), stammt mit ziemlicher Sicherheit aus ihrer eigenen Anschauung. Die brutale und rechtmäßige körperliche Züchtigung von Kindern gehört bis heute zu den Tragödien des Hinterhoflebens von Trinidad. Ein brutal geschlagenes Kind wird auf Trinidad als »blessed« (engl. für gesegnet) bezeichnet. Die Bedeutung leitet sich zwar vom französischen »blesser«, für »blessieren, verletzen«, her, doch es wird als englisches Wort in der Bedeutung von »gesegnet« verwendet und erweckt damit Anklänge an Kirche, Sakrament und Ehrfurcht. Eine »Segnung« gebietet Stille. Der »Segner« wird von den Frauen in seinem Umfeld mit großer Behutsamkeit behandelt. Solange die Stille währt, ist er entrückt, verletzlich und von einer unnatürlichen, ja göttlichen Ekstase ergriffen. Das »gesegnete« Kind erfährt besondere, liebevolle Zuwendung und erhält eine spezielle Liebesgabe: Butter in heißer, gezuckerter Milch. Aus einer Atmosphäre der Stille wird eine Atmosphäre der Süße: Es ist bekannt, dass sich Menschen nach einer »Segnung« näher stehen.

Das Drama, das hier inszeniert wird und das Mrs. Carmichael sowohl in seiner realen Ausformung, in dem Verhältnis zwischen Herrn und Sklaven, als auch in dessen Nachahmung, dem Verhältnis zwischen Erwachsenen und Kind, beaufsichtigt haben mag, ist natürlich das Drama der Auspeitschungen auf den Plantagen, das hier in einen Traum von Gemeinschaft umgewandelt wird. In den nächtlichen Königreichen der Neger spielte der Große Richter, der in der Nacht straft wie bei Tag der Aufseher, eine wichtige Rolle.

Envoi: das Gefängnis 1825

»Das Gefängnis ist das beste in den Antillen und äußerst respektabel. Man hat die Weisheit besessen, ein ehrliches Tretrad aufzustellen, und diese großartige Erfindung bringt auf Trinidad die gleichen heilsamen Effekte hervor wie überall, wo sein stattlicher Korpus je rotierte.« (Coleridge: *Six Months in the West Indies)*

Es handelt sich hier um das dritte Gefängnis von Port of Spain. (Vallots Gefängnis wurde um 1803/04 abgerissen, das nächste brannte 1808 im großen Feuer von Port of Spain nieder.) Mit seinen hohen, glatten, ockerfarbenen Wänden steht es noch heute. In einem mittlerweile vornehmen Bezirk im Zentrum von Port of Spain nimmt es die Fläche eines ganzen Häuserblocks ein. Über dem zurückgesetzten Tor stehen die Jahreszahl der Fertigstellung, 1812, und in großen, aber eleganten schmiedeeisernen Buchstaben in georgianischem Stil die Worte PRO REGE ET LEGE, für König und Gesetz.

Die Schreibweise der Zitate wurde behutsam der neuen deutschen Rechtschreibung angeglichen, um den Lesefluss nicht zu beeinträchtigen.

Trotz aller Bemühungen konnten möglicherweise nicht alle Rechteinhaber der Zitate ermittelt werden. Berechtigte Ansprüche bleiben gewahrt.

Namen- und Sachregister